해리포터와 아즈카반의 죄수

해리포터와 아즈카반의 죄수

Harry Potter and the Prisoner of Azkaban

조앤·K·롤링 지음 | 김혜원 옮김

문학수첩 리틀북스

HARRY POTTER & THE PRISONER OF AZKABAN
by J. K. Rowling

First published in Great Britain in 1999
Bloomsbury Publishing Plc, 38 Soho Square, London W1V 5DF

수상
(受賞)

1997, 1998, 1999년 스마티즈상 금메달 수상
The Nestle Smarties Book Prize Gold Award Winner 1997, 1998, 1999 UK

1998, 1999, 2000, 2001년 영국 올해의 어린이책 수상
Children's Book of the Year Winner 1998, 1999, 2000, 2001 UK

1998, 1999, 2001년 영국 도서상 수상
British Book Awards Winner 1998, 1999, 2001 UK

1998, 2000년 카네기 메달 도서관 협회 최고 추천작
Library Association Carnegie Medal Highly Commended 1998, 2000 US

1998, 1999년 ALA(미국 도서관 협회) 최우수 도서
Best Books for Young Adults 1998, 1999 US

1998, 1999, 2000년 미국 PW(퍼블리셔스 위클리) 최우수 도서 선정
Publishers Weekly Best Children's Books 1998, 1999, 2000 US

1999, 2000년 영국 위트브레드상 수상
Whitbread Books of the Year Winner 1999, 2000 UK

1999, 2001년 ABC 어린이 도서 판매자가 뽑은 우수 도서상 수상
ABC Children's Booksellers Choices Award Winner 1999, 2001 US

1999, 2000년 영국 올해의 작가 선정
Author of the Year 1999, 2000 UK

1999, 2000, 2001년 CBC(미국 어린이 도서협회)의 '어른도 즐길 수 있는 도서'로 선정
CBC Not Just for Children Any More 1999, 2000, 2001 US

2000년 대영제국 훈장
J.K.Rowling OBE Awarded June 2000

차례

해리포터와 아즈카반의 죄수

차례

해리포터와 아즈카반의 죄수

제 1 장

부엉이 집배원

해리 포터는 여러 면에서 굉장히 별난 아이였다. 우선 일년 중 여름 방학을 가장 싫어한다는 점이 그랬고, 또 한밤중에 몰래 하는 일이 있더라도 숙제를 진정으로 하고 싶어 한다는 점이 그랬다. 그는 또 마법사이기도 했다.

거의 자정에 가까운 시간이었지만, 해리는 담요를 머리 위까지 끌어올리고, 표지가 가죽으로 된 커다란 책(바틸다 백셧의 《마법의 역사》)을 펴서 베개에 기대어 놓은 채, 손전등을 들고 침대에 배를 깔고 엎드려 있었다. '14세기의 마녀 화형은 완전히 무의미했었다—이것에 관해 논하라' 는 것이 해리가 써야 할 논술 주제였다. 때문에 해리는 이 논술을 쓰는 데 도움이 될 만한 것이 없나 찾으며, 독수리 깃펜 끝을 책에 대고 주르르 훑어 내려갔다.

그럴듯한 구절이 눈에 들어왔다. 해리는 동그란 안경을 콧등 위로 밀어 올린 뒤, 손전등을 책에 더 가까이 갖다 댔다.

흔히 머글로 알려져 있는 마법사가 아닌 사람들은 중세기에 마법을 두려워하기는 했지만, 마법사를 제대로 알아보지 못했다. 아주 가끔은 진짜 마녀나 마법사를 잡기도 했지만, 화형은 전혀 효과가 없었다. 마녀나 마법사는 아주 기초적인 마법인 불꽃이 뜨겁지 않게 하는 마법을 부린 뒤 고통으로 비명을 지르는 척하며 오히려 부드럽고 간지러운 느낌을 즐겼기 때문이다. 실제로, 웬델린이라는 아주 기이한 마법사는 변신술을 이용해 여러 모습으로 변장하여 자진해서 마흔일곱 번이나 잡혀갔을 정도로 화형당하는 걸 즐기기도 했다.

해리는 이빨 사이에 깃펜을 문 채로 베개 밑으로 손을 넣어 잉크병과 양피지 두루마리를 꺼냈다. 그리고 천천히 아주 조심스럽게 잉크병을 열고 깃펜을 한 번 푹 담갔다가 써 내려가기 시작했다. 그러다가 해리는 종종 쓰는 걸 멈추고 귀를 기울였다. 혹시라도 더즐리 가족이 화장실에 가다가 그가 글 쓰는 소리를 들었다가는, 남은 방학 동안 내내 계단 밑 벽장 속에 갇히기 십상이었기 때문이다.

해리가 여름 방학을 결코 좋아하지 않은 건 바로 프리벳가 4번지의 더즐리 가족 때문이었다. 해리에게는 버논 이모부와 페투니아 이모, 그리고 이종사촌 두들리가 유일한 친척이었다. 그들은 머글인데다 마법에 대해서는 매우 중세적인 태도를 갖고 있었다. 더즐리네 지붕 밑에서는 마법사 부부였던 해리의 돌아가신 부모에 대해서는 단 한 마디 말도 할 수 없었다. 페투니아 이모와 버논 이모부는 해리를 오랫동안 학대하기만 한다면, 해리의 마법사 기질을 없앨 수 있을 거라고 생각했다. 그러나 그들의 기대는 수포로 돌아가고 말았다. 요즈음 그들은, 혹시 해리가 지난 2년 동안 호그와트 마법학교를 다녔다는 사실이 주위에 알려질까 봐 전전긍긍해 하고 있었다. 그러나 그들이 할 수 있는 거라곤 고작 여름 방학이 시작되자마자 해리의 마법책과 요술지팡이와 커다란 냄비와 빗자루를 감추고, 해리가 이웃 사람들과 말을 나누지 못하게 막는 게 다였다.

마법책들을 모두 빼앗긴 해리는 호그와트의 교수님들이 내 준 방학 숙제를 전혀 할 수가 없었다. 특히 문제가 되는 숙제는 해리가 가장 싫어하는 스네이프 교수가 내 준, 오그라들게 하는 마법의 약에 관한 논술이었다. 해리가 만약 숙제를 하지 않은 것을 알게 된다면 그는 분명 해리에게 한 달간 벌을 줄 구실을 잡았다고 좋아할 게 뻔했다.

낮에 해리는 버논 이모부와 페투니아 이모와 사촌 두들리가 정원에 나가 새로 산 버논 이모부의 회사 차에 끝없는 감탄을 하고 있는 사이(어찌나 큰 목소리로 찬사를 늘어놓았던지 동네 사람들이 다 알아 버릴 정도였다), 아래층으로 살금살금 내려가 계단 밑 벽장 위에 있는 열쇠로 벽장문을 열고 책 몇 권을 꺼내 와 침대 밑에 숨겨 두었다. 침대 시트에 잉크 자국만 남기지 않는다면, 더즐리 가족은 그가 밤에 마법 공부를 하고 있다는 사실을 절대 알지 못할 것이다.

해리는 특히 지금 당장은 이모나 이모부와의 충돌을 피하고 싶었다. 왜냐하면 그들은 이미, 학교 방학이 시작되고 일주일쯤 뒤 해리의 마법사 친구가 전화를 걸었다는 이유로 해리에게 굉장히 화가 나 있었기 때문이다.

호그와트에 있는 해리의 단짝 친구 중 하나인 론 위즐리는 마법사 가족 출신이었으므로 해리가 모르는 많은 것들을 알고 있기는 했지만, 전화는 한 번도 사용해 본 적이 없었다. 그런데 그가 전화를 했을 때, 공교롭게도 버논 이모부가 전화를 받았다.

"버논 더즐리입니다."

마침 그 방에 있던 해리는 수화기를 통해 들려오는 론의 목소리를 듣자 몸이 얼어붙었다.

"여보세요? 여보세요? 제 말 들리세요? 해리—포터—좀—바꿔—주세요!"

론이 고래고래 소리를 질렀다. 버논 이모부는 깜짝 놀라 수화기를 귀에서 멀찌감치 떼고, 성난 표정으로 뚫어지게 바라보았다.

"누구야?" 그가 전화기에 대고 고함을 질렀다. **"너 누구야?"**

"론—위즐리데요!" 론이 마치 버논 이모부와 축구장 양쪽 끝에 서서 대화하기라도 하는 듯 다시 고함을 질렀다. **"전—해리의—학교—친구예요—."**

버논 이모부의 작은 눈이 그 자리에서 꿈쩍도 못하고 있는 해리에게로 홱 돌아갔다.

"해리 포터라는 애는 없다!" 전화가 폭발이라도 할까 봐 걱정되는 듯, 그는 이제 수화기를 더 멀찌감치 떼고 고함을 질렀다. **"어떤 학교인지는 모르겠지만 다시는 전화하지 마라! 우리 가족 근처엔 얼씬도 하지 마라!"**

그리고 그는 독거미가 붙어 있기라도 한 듯 수화기를 전화기 위에다 쾅 내던졌다. 그리고는 호통을 쳐대기 시작했다.

"어떻게 감히 우리 집 전화번호를 너와 같은 족속들에게 가르쳐 줄 수 있냐!" 버논 이모부가 해리에게 침을 튀기며 버럭 소리를 질렀다.

론은 해리를 곤란에 빠뜨렸다는 걸 깨달았는지, 그 뒤로 다시는 전화를 하지 않았다. 해리의 또 다른 단짝 친구인 헤르미온느 그레인저도 연락하지 않기는 마찬가지였다. 해리는 론이 헤르미온느에게 전화하지 말라고 주의를 주었던 게 아닌가 하는 생각도 해보았지만, 그것은 아닌 것 같았다. 왜냐하면 헤르미온느는 해리의 학년에서 가장 영리한 데다 전화 사용법을 아주 잘 아는 머글 부모님이 계시므로, 전화에다 대고 호그와트의 학생이라며 소리를 질러대지는 않을 것이기 때문이었다.

결국 해리는 기나긴 5주 동안 마법사 친구들로부터 단 한 마디의 소식도 듣지 못했고, 작년만큼이나 견디기 힘든 여름 방학을 보내고 있었다. 하지만 아주 작은 것이긴 해도 딱 한 가지 나아진 것은 있었다. 어떤 친구들에게도 부엉이 편에 편지를 보내지 않겠다고 맹세한 뒤, 밤에 헤드위그를 밖으로 내보내도 좋다는 허락을 받았던 것이다. 헤드위그가 온종일 새장 속에 갇혀 있어서 너무나 시끄럽게 울어 댔기 때문에 버논 이모부가 어쩔 수 없이 양보한 것이었다.

해리는 웬델린이라는 괴상한 마법사에 대해 쓰다가 잠시 멈추고 다시 귀를 기울였다. 어두운 집 안은 쥐 죽은 듯 조용했다. 그저 뚱보 사촌 두들리의 코고는 소리만 어렴풋하게 간간이 들려올 뿐이었다. *매우 늦은 시각임이 분명하다*고 해리는 생각했다. 피로 때문인지 눈이 따끔거렸다. 숙제는 내일 밤에 마쳐야 할 것 같았다…….

그는 잉크병 뚜껑을 닫고 침대 밑에서 낡은 베갯잇 하나를 꺼내 손전등과 《마법의 역사》 책과 쓰다 만 양피지 두루마리와 깃펜과 잉크를 넣은 뒤, 침대에서 기어 나와 그것들을 침대 밑에 숨겼다. 그리고 일어서서 기지개를 켜고는, 침대 옆 탁자에 있는 야광 자명종의 시간을 보았다.

새벽 한 시였다. 해리는 이상하게 속이 뒤틀렸다. 깨닫지도 못한 사이에 그가 열세 살이 된 지 벌써 한 시간이나 지난 것이다.

그러나 해리의 또 한 가지 별난 점은 생일을 전혀 기대하지 않는다는 것이다. 그는 지금까지 생일 카드 한 장 받아 본 적이 없었다. 더즐리 가족은 그의 생일을 무시해 버리기 일쑤였는데 이번 생일도 마찬가지일 게 뻔했다.

해리는 어두운 방에 놓여 있는 헤드위그의 텅 빈 커다란 새장을 지나 창가로 걸어갔다. 창 문턱에 기대자, 오랫동안 담요 밑에 있었던 그의 얼굴에 차가운 밤 공기가 상쾌하게 스쳤다. 헤드위그가 날아간 지도 벌써 이틀이 되었다. 그러나 해리는 전혀 걱정하지 않았다. 그 부엉이는 전에도 그런 적이 있었다. 그래도 그는 부엉이가 빨리 돌아와 주길 바랐다……. 이 집에서 그를 보고 피하지 않는 것은 헤드위그뿐이기 때문이었다.

해리는 또래들에 비해 아직 작고 마르기는 했지만, 작년에는 그래도 키가 몇 센티미터나 자랐다. 하지만 그의 새까만 머리카락은 언제나 똑같았다. 그가 아무리 어떻게 해보려 해도, 머리는 늘 어수선하게 흐트러져 있었다. 안경을 낀 그의 두 눈은 밝은 초록색이었고, 이마에는 머리카락 사이로 확연히 드러나 보이는 번개 모양의 가느다란 흉터가 나 있었다.

해리의 모든 별난 점 가운데에서도, 이 흉터는 가장 색다른 것이었다. 더즐리 가족은 지난 10년 동안, 이 흉터가 해리에게서 부모님을 앗아간 교통사고 때 생긴 상처라고 거짓말을 해 왔지만, 릴리와 제임스 포터 부부는 자동차 사고로 죽은 게 아니었다. 그들은 백 년 만에 나온 가장 두려운 존재인 어둠의 마법사 볼드모트에게 살해된 것이었다. 그러나 그의 저주에도 불구하고 해리는 이마에 그저 번개

흉터만 남은 채 살아남았고, 볼드모트는 어떤 이유에서인지 힘을 잃고 간신히 목숨만을 부지한 채 달아났다…….

사실 해리는 호그와트에서 그와 직접 부딪혔었다. 해리는 어두운 창가에 서서 얼마 전 있었던 그 끔찍한 만남을 떠올렸다. 그 생각을 하면 해리가 열세 번째 생일을 맞을 수 있게 된 건 정말로 천운이었다.

해리는 헤드위그가 혹시 칭찬을 기대하며 죽은 쥐를 물고 오지나 않나 하며 별이 총총한 하늘을 죽 훑어보았다. 그런데 지붕 꼭대기들을 멍하니 바라보고 있던 해리의 눈에 무언가가 들어왔다.

황금빛 달에 비친 윤곽은 점점 더 커지고 있었다. 유난히 한쪽으로 기울어진 커다란 동물이 날갯짓을 하며 해리 쪽으로 날아오고 있었다. 그는 그것이 점점 더 아래로 내려오는 걸 조용히 지켜보며 한쪽 손을 창문 걸쇠에 올려놓은 채, 문을 닫을까 말까 망설이고 있었다. 그러나 그 기괴한 동물이 프리벳가의 가로등쯤 날아왔을 때 해리는 그것이 무엇인지 깨닫고 얼른 옆으로 비켜섰다.

부엉이 두 마리가 의식이 없는 것 같은 또 다른 부엉이를 부축하고 창문으로 날아들더니 해리의 침대 위에 내려앉았다. 그런데 부축을 받고 와서 곧바로 졸도해 버린 커다란 회색빛 부엉이의 다리에 커다란 꾸러미 하나가 묶여 있었다.

해리는 의식을 잃은 부엉이를 단번에 알아보았다—그 부엉이는 위즐리 가족의 부엉이 에롤이었다. 해리는 얼른 침대로 달려가 에롤의 다리에 묶여 있는 줄을 풀고 꾸러미를 떼어 낸 뒤 조심스럽게 에롤을 헤드위그의 새장 속으로 옮겼다. 그러자 에롤은 한쪽 눈을 살며시 뜨고, 들릴까 말까 한 희미한 목소리로 한 번 부엉 하며 감사 표시를 하고는, 급히 물을 먹기 시작했다.

해리는 다른 부엉이들에게로 고개를 돌렸다. 한 마리는 바로 자신의 부엉이인 눈처럼 새하얀 색의 커다란 암컷 헤드위그로 역시 발에 묶인 꾸러미를 들고는 만족스런 표정을 짓고 있었다. 해리가 그 꾸러미를 떼어 내자 헤드위그가 애교스럽게 해리를 한 번 물고는 에롤에게로 휙 날아갔다.

또 한 마리는 잘생긴 황갈색으로 처음 보는 부엉이였다. 하지만 호그와트의 문장이 박혀 있는 편지와 꾸러미를 들고 있었으므로, 어디서 보낸 부엉이인지 금방 알 수 있었다. 해리가 짐을 내려놓자, 그 부엉이는 자랑스럽게 깃털을 곤두세우며 날개를 쫙 펴고는 다시 어둠 속으로 날아갔다.

해리는 침대에 앉아 제일 먼저 에롤이 가져다 준 꾸러미의 갈색 포장지를 주욱 찢었다. 안에는 황금빛 종이로 포장된 선물과 생일 카드가 들어 있었다. 생전 처음 받아 보는 생일 카드였다. 떨리는 손으로 봉투를 열자 종이 두 장이 떨어져 나왔다. 한 장은 편지였고, 또 한 장은 신문에서 오려 낸 조각이었다.

신문에서 오려 낸 조각은 흑백 사진 속의 사람들이 움직이고 있는 것으로 보아 마법사 신문인 《예언자 일보》에서 오려 낸 게 분명했다. 해리는 그 신문 조각을 집어 들고 읽어 내려갔다.

마법부 직원이 복권에 당첨되다

마법부의 머글 문화유물 오용 관리과 과장인 아서 위즐리 씨가 매년 열리는 《예언자 일보》의 복권 추첨에서 1등에 당첨되어 상금으로 700갈레온을 받았다.

위즐리 씨는 《예언자 일보》에 이렇게 말했다. "우리 가족은 상금으로 이집트로 가서 그린고트 은행 지점에서 일하고 있는 장남 빌과 함께 여름 휴가를 보낼 것입니다."

위즐리 가족은 이집트에서 한 달을 보낸 뒤, 위즐리 씨의 다섯 자녀가 다니고 있는 호그와트의 새 학기가 시작되기 전에 돌아올 예정이다.

총 아홉 명의 위즐리 가족 전부가 거대한 피라미드 앞에 서서 그에게 손을 흔들고 있는 모습을 보자, 해리의 얼굴에 미소가 번졌다. 똥똥하고 자그마한 위즐리 부인과, 키가 크고 대머리인 위즐리 씨, 그리고 여섯 아들과 한 명의 딸의 머리카락은 모두(흑백 사진이라 전혀 알 수는 없었지만) 원래 타는 듯한 빨간색이다. 사진 한가운데에는 키가 호리호리하게 큰 론이, 그의 애완용 쥐 스캐버스를 어깨 위에 올려놓고 여동생 지니에게 팔을 두르고 서 있었다.

해리는 위즐리 가족이 복권에 당첨된 건 정말 잘된 일이라고 생각했다. 그들은 매우 좋은 사람들이었지만 안타깝게도 대단히 가난했던 것이다. 그는 론의 편지를 집어 들었다.

해리에게.

생일 축하해!

전화 사건에 대해선 정말로 미안해. 네 머글 친척들이 그 일로 너를 힘들게 하지 않았기만 바랄 뿐이야. 아빠께 물어봤더니, 내가 전화에다 대고 고함을 지르지 말았어야 했다고 하시더라구.

이곳 이집트는 정말 놀라워. 빌 형이 우리에게 무덤들을 구경시켜 주었는데, 옛 이집트의 마법사들이 무덤에 어떤 저주 주문들을 걸어 놓았는지 들으면 넌 아마 믿지 못할 거야. 마지막 무덤엔 엄마가 지니를 못 들어가게 하셨어. 그 안엔 머리나 팔 다리가 하나씩 더 있는

온갖 돌연변이 머글들의 뼈가 있었거든.

아빠가 《예언자 일보》의 복권에 당첨되었을 때 난 도저히 믿을 수 가 없었어. 700갈레온이라니! 상금의 대부분이 이 여행하는 데 들어 가기는 했지만, 내년에 난 새 요술지팡이를 살 수 있을 거야.

해리는 론의 낡은 지팡이가 순식간에 두 동강 나던 때가 눈에 선했다. 론의 지팡이는 그들 둘이 호그와트로 타고 날아간 자동차가 학교 정원에 있는 커다란 나무에 부딪히는 바람에 그렇게 되고 만 것이었다.

우린 새 학기가 시작되기 일주일 전쯤 돌아가서 내 지팡이와 새 책을 사러 런던에 갈 거야. 거기서 널 만날 수 있을까?

머글들한테 차로 데려다 달라고 하지 말고!

다른 방법으로 런던에 오도록 해봐.

론

P.S. 퍼시 형은 지난주에 호그와트 전교 회장이 되었다는 편지를 받았어.

해리는 사진을 다시 흘끗 보았다. 호그와트 최고 학년인 7학년이 된 퍼시가 특히 우쭐대는 것 같았다. 그는 단정한 머리 위에 멋진 터키모(붉은색에 검은 술이 달려 있는 모자 : 역주)를 쓰고 있었고, 가슴에는 전교 회장 배지를 달고 있었다. 그의 뿔테 안경이 이집트의 태양에 반사되어 반짝거렸다.

해리는 이제 소포로 눈을 돌렸다. 안에는 작은 유리 팽이처럼 보이는 게 들어 있었는데, 밑에는 론의 또 다른 편지가 있었다.

해리, 이건 포켓 스니코스코프야. 주위에 믿지 못할 사람이 있으면, 이게 빛을 발하며 빙글빙글 돌아간대. 빌 형은 그게 어제 저녁 식사하는 동안 내내 빛을 냈다고, 마법사 관광객들에게나 팔리는 싸구려 물건이라며 믿을 수 없다고 했지만, 그건 모르는 소리야. 빌 형은 프레드와 조지 형이 자신의 수프에 딱정벌레를 넣었다는 사실을 전혀 몰랐거든.

안녕—

론

해리는 포켓 스니코스코프를 침대 옆 탁자 위에 올려놓았다. 그랬더니 뾰족한 끝으로 균형을 맞추고 아주 얌전히 서서 야광 시곗바늘을 비추고 있었다. 해리는 그것을 잠시 기분 좋게 바라본 뒤 헤드위그가 가져온 꾸러미를 집어 들었다.

그 안에도 역시 포장지에 싸인 선물과 카드와 편지가 들어 있었는데, 보낸 사람은 헤르미온느였다.

해리에게.

론이 편지로 너의 버논 이모부에게 전화를 걸었던 일에 대해 알려주었어. 너한테 별일이 없으면 좋을 텐데.

난 지금 프랑스에서 휴가를 보내고 있어서 네게 이걸 어떻게 보내야 할까 걱정했었어. 세관 통과할 때 걸리면 어떡해?—그런데 마침 그때 헤드위그가 나타났지 뭐야! 내가 볼 때 헤드위그는 생일날 네 기분을 좋게 해줄 걸 찾고 있었던 것 같아. 난 네게 줄 선물을 '부엉

이 주문 배달' 로 샀지 뭐야. 《예언자 일보》에 광고가 났거든(그래서 배달시켰지 뭐. 마법사 세계에서 어떤 일이 벌어지고 있는지 계속 알 수 있다는 게 너무 좋아). 일주일 전쯤 신문에 론과 론네 가족 사진 난 것 봤니? 그 앤 틀림없이 신나게 즐기고 있을 거야. 정말 부러워. 고대 이집트의 마법사들은 정말 매력적이거든.

여기 프랑스 지방의 마법 역사도 아주 흥미로워. 난 내가 알아낸 것들 일부를 포함시켜서 마법의 역사 논술 숙제를 몽땅 다시 썼어. 그런데 너무 긴 건 아닌가 몰라. 빈스 교수가 쓰라고 한 양보다 양피지 두루마리 두 개 분량이 더 많거든.

론은 방학 마지막 주에 런던에 갈 거라고 하더라. 너도 올 수 있니? 네 이모와 이모부가 네가 가도록 내버려 둘까? 네가 올 수 있으면 정말 좋을 텐데. 만약 여의치 못하면, 9월 1일에 호그와트 급행 열차에서 만나자!

헤르미온느

P.S. 론이 그러는데 퍼시가 전교 회장이 됐대. 퍼시는 정말로 기뻐할 거야. 론은 그다지 탐탁해하지 않는 것 같지만 말야.

해리는 웃으며 헤르미온느의 편지를 한쪽 옆으로 치워 놓고 그 애가 보낸 선물을 집었다. 그건 아주 무거웠다. 헤르미온느를 잘 알고 있는 터라, 그는 그게 분명 아주 어려운 주문들로 가득한 커다란 책이겠거니 하고 생각했다. 하지만 그렇지 않았다. 포장지를 북 찢자, '빗자루 수리 장비 세트' 라는 은빛 글자가 인쇄된 매끄러운 까만 가죽 케이스가 눈에 들어왔다. 그는 가슴이 쿵쾅쿵쾅 뛰었다.

"와, 헤르미온느!" 해리는 케이스의 지퍼를 열고 안을 들여다보며 감격에 겨워했다.

안에는 손잡이 광택제와 빗자루 끝을 다듬는 번득이는 은빛 가위 하나, 장거리 여행을 위해 빗자루에 매달 수 있는 아주 작은 놋쇠 나침반, 그리고 《빗자루 관리 방법》이라는 책 한 권이 들어 있었다.

친구들을 제외한다면, 해리가 호그와트를 그렇게 그리워하는 이유는 마법사 세계에서 가장 인기 있는 퀴디치라는 스포츠 때문이었다. 퀴디치는 빗자루를 타고 날아다니며 경기하는 것으로 대단히 위험하긴 했으나 손에 땀을 쥐게 하는 아주 흥미로운 스포츠였다. 해리는 100년 만에 최연소 선수로 뽑힐 정도로 뛰어난 재질을 갖춘 호그와트 그리핀도르 기숙사 팀의 대표 선수였다. 당연히 그가 가장 소중히 여기는 물건 가운데 하나도 경주용 빗자루 님부스 2000이었다.

해리는 가죽 케이스를 옆에 놓고 마지막 소포를 집어 들었다. 그는 누런 봉투에 아무렇게나 휘갈겨 쓴 필체를 한눈에 알아보았다. 그건 호그와트의 사냥터지기인 해그리드가 보낸 게 분명했다. 종이를 찢자 초록빛의 가죽 같은 게 드러났다. 하지만 종이를 다 뜯기도 전에, 무엇인지는 모르겠지만 그 안에 들어 있는 게 이상하게 한 번 부르르 떨더니, 짤깍 하고 큰 소리를 냈다……. 꼭 입이 있는 것 같았다.

해리는 깜짝 놀라 얼어붙은 듯 가만히 있었다. 해그리드가 해리에게 일부러 위험한 물건을 보낼 리는 만무했지만, 해그리드는 위험한 것에 대해 보통 사람들과는 조금 견해를 달리하는 사람이었다. 해그리드는 거대한 거미를 돕거나, 술집에서 머리가 셋 달린 끔찍한 개를 사거나, 불법인 용의 알을 몰래 자신의 오두막으로 가져오곤 했던 것이다.

해리는 손가락으로 그 꾸러미를 슬쩍 쿡 찔러 보았다. 그러자 그게 다시 한 번 짤깍 하고 큰 소리를 냈다. 해리는 한 손으로 침대 옆 탁자에 있는 스탠드를 잡고 머리 위로 들어 올려 때릴 준비를 했다. 그리고 다른 한 손으로는 포장지를 잡고 홱 잡아당겼다.

그러자 책이 한 권 툭 떨어졌다. 해리가 근사한 초록색 표지에 황금빛 글씨로 《괴물들에 대한 괴물책》이라고 쓰여진 제목을 보고 깜짝 놀라는 순간, 그 책은 저절로 홱 뒤집히더니 마치 못생긴 게처럼 옆걸음으로 허둥지둥 달아나기 시작했다.

"어, 이것 봐라." 해리가 중얼거렸다.

괴물책은 침대 끝으로 가서 툭 떨어지더니 빠른 속도로 방을 가로질러 갔다. 해리는 살금살금 따라갔다. 그 책은 해리의 책상 밑에 있는 어두운 공간에 숨었다. 더즐리 가족이 여전히 깊이 잠들어 있기를 바라면서, 해리는 무릎을 꿇고 엎드려 책 쪽으로 손을 뻗었다.

"아야!"

책이 그의 손을 덥석 물고는 재빨리 달아났다. 해리는 이리저리 쫓아다니다가 앞으로 몸을 던져 그 괴물책을 간신히 넘어뜨렸다. 버논 이모부가 옆방에서 시끄럽게 푸푸거리는 소리가 들렸다.

헤드위그와 에롤은 해리가 발버둥치는 책을 양손으로 꽉 잡고 서랍장으로 급히 달려가 허리띠를 꺼내서는 책 둘레를 단단히 매는 모습을 흥미롭게 지켜보았다. 괴물책이 화가 나서 몸을 떨기는 했지만, 더 이상 때리거나 물어뜯지는 못할 것이었으므로, 해리는 그걸 침대로 홱 던진 뒤 해그리드가 보낸 카드를 읽기 시작했다.

해리에게.

생일 축하해!

내년에는 아마 이 책이 네게 유용할 거야.

여기선 더 이상 말하지 않을게. 만나면 말해 주지.

머글들이 너에게 잘 대해 주고 있길 바라.

그럼 안녕.

해그리드

사람을 마구잡이로 깨무는 책이 유용할 거라는 해그리드의 생각에 왠지 불길한 예감이 들긴 했지만, 해리는 해그리드의 카드를 론과 헤르미온느의 카드 옆에 놓으며 환하게 미소 지었다. 이제 호그와트에서 온 편지만 남아 있었다.

편지는 예전보다 다소 두툼했다. 해리는 그 봉투를 뜯고, 안에 있는 양피지 첫 장을 꺼내 읽었다.

포터 군에게.

새 학년은 9월 1일에 시작된다는 걸 유념하길 바랍니다. 호그와트 급행 열차는 킹스 크로스 역의 9와 4분의 3번 승강장에서, 11시에 출발합니다.

3학년생들은 특정 주말에 호그스미드 마을을 방문할 예정이니, 동봉한 허가서에 부모님이나 보호자의 사인을 받아 오길 바랍니다.

내년에 필요한 책의 목록도 동봉합니다.

건강을 빌며.

교감

맥고나걸 교수

호그스미드 방문 허가서를 꺼내 보는 해리는 더 이상 웃고 있지 않았다. 주말에 호그스미드를 방문하는 건 그야말로 굉장히 멋진 일이었다.

그는 그곳이 완전한 마법사 마을이라는 건 알고 있었지만, 한 번도 가 본 적이 없었다. 하지만 도대체 어떻게 버논 이모부나 페투니아 이모의 사인을 받는단 말인가?

해리는 자명종 시계를 슬쩍 보았다. 이제 새벽 2시였다.

해리는 호그스미드 방문 허가서에 대해선 자고 나서 걱정하기로 하고 다시 침대로 들어간 뒤, 호그와트로 돌아가는 날까지 남은 날짜를 카운트 다운 하기 위해 직접 만든 달력 위로 손을 뻗어 X표를 하나 더 쳤다. 그리곤 안경을 벗고 누워 석 장의 생일 카드를 바라보았다.

해리 포터는 대단히 별난 아이였음에도 불구하고, 바로 그 순간에는 다른 사람들과 똑같아진 느낌이 들었다. 생전 처음으로, 생일을 맞는 게 기뻤던 것이다.

제 2 장

마지 아줌마의 큰 실수

다음 날 아침 해리가 식사를 하러 내려가자 더즐리 가족 세 명은 벌써 식탁에 둘러앉아 있었다. 그들은 두들리가 여름 방학을 맞아 집에 돌아온 것을 환영하는 뜻으로 새로 산 텔레비전을 보고 있었다. 그동안 두들리는 식당에 텔레비전이 없어서 냉장고와 거실 사이를 왔다갔다 해야 한다며 투덜댔던 것이다. 두들리는 그 돼지같이 작은 눈을 텔레비전 수상기에 고정시키고 다섯 겹이나 되는 턱을 움직이며 끊임없이 먹어 대고 있었다.

해리는, 짧은 목에 텁수룩한 코밑 수염을 기르고 뒤룩뒤룩 살찐 버논 이모부와 두들리 사이에 앉았다. 더즐리 가족은 생일 축하는 고사하고, 식당으로 들어오는 그를 쳐다보지도 않았지만, 해리는 이런 무시에 너무나 익숙해 있었던 터라 전혀 신경 쓰지 않았다. 그는 토스트 한 쪽을 먹은 뒤 고개를 들어 텔레비전에 나온 기자를 바라보았다. 그는 탈옥한 죄수에 대해 말하고 있었다.

"……블랙은 무기를 가지고 있으므로 대단히 위험합니다. 특별히 긴급 직통 전화가 개설되었으니, 블랙을 보시는 즉시 연락 바랍니다."

"이놈이 흉악한 놈이라는 건 두말 하면 잔소리지." 버논 이모부가 신문 1면에 실린 그 죄수의 사진을 뚫어지게 바라보며 씩씩거렸다. "이 녀석 꼬락서니 좀 봐. 더러운 부랑자 같으니라구! 머리 꼴하고는!"

그는 험악한 표정으로 해리를 슬쩍 흘겨보았다. 단정치 못한 해리의 머리는 언제나 버논 이모부를 화나게 했었다. 그러나 기분 나쁘게 생긴 얼굴에 헝클어진 머리카락을 팔꿈치까지 늘어뜨리고 있는, 텔레비전에 나온 그 남자에 비하면, 해리는 아주 단정한 축에 속했다.

기자가 다시 화면에 나타났다.

"다음 뉴스는 오늘 농수산부 장관께서 방송할……."

"잠깐!" 버논 이모부가 성난 표정으로 기자를 바라보며 소리를 질렀다. "그 미친놈이 어디서 탈옥했는지 말하지 않았잖아! 그럼 무슨 소용이 있어? 그 미치광이가 바로 지금 이 거리를 활보하고 다닐 수도 있단 말이잖아!"

비쩍 마른 말상의 페투니아 이모가 홱 돌아서더니 식당 창문 밖을 내다보았다. 해리는 페투니아 이모가 당장이라도 그 탈옥수를 발견해서 긴급 전화를 걸 당사자가 되길 간절히 바라고 있다는 걸 한눈에 알 수 있었다. 그녀는 아주 수다쟁이로 거의 매일매일을 따분한 이웃들의 뒷얘기나 캐고 다니며 보냈다.

"이런 녀석들은," 버논 이모부가 커다란 보랏빛 주먹으로 식탁을 쾅 치며 말했다. "당장 교수형에 처해야 하는데 말야."

"맞아요." 페투니아 이모가 여전히 옆집의 강낭콩을 흘끗흘끗 보며 맞장구쳤다.

버논 이모부가 차를 한 모금 마시고 나서 손목시계를 흘끔 보더니 덧붙였다. "난 이제 잠시 나가 봐야겠어, 페투니아. 마지가 탄 기차가 10시에 도착하거든."

마음이 온통 빗자루 수리 장비 세트가 있는 이층에 쏠려 있던 해리는 갑자기 정신이 번쩍 들었다.

"마지 아줌마요?" 그가 불쑥 말했다. "설마…… 설마 여기에 오시는 건 아니죠?"

마지 아줌마는 버논 이모부의 여동생이었다. 그녀는 해리와 단 한 방울의 피도 섞이지 않은 사람이었지만(해리의 어머니는 페투니아 이모의 동생이었다), 해리는 그녀에게 늘 고분고분하게 굴어야 했다. 마지 아줌마는 커다란 정원이 딸린 교외의 저택에서 불독을 여러 마리 키우며 살고 있었다. 그녀는 소중히 여기는 개들을 차마 떠나지 못해 프리벳가에 자주 머물지는 않았지만, 해리는 그녀가 방문할 때마다 일어났던 끔찍한 일들을 생생히 기억할 수 있었다.

두들리의 다섯 번째 생일 파티 때는, 마지 아줌마가 두들리의 장난감을 만지려는 해리의 정강이를 지팡이로 호되게 때렸으며, 몇 년 뒤에는 크리스마스날에 두들리에게 줄 자동 로봇과 해리에게 줄 강아지 비스킷 한 상자를 들고 나타났었다. 또 가장 최근에는 해리가 호그와트에 입학하기 전 해에 왔었는데, 그때 해리는 실수로 마지 아줌마가 가장 아끼는 리퍼라는 개의 꼬리를 밟은 적이 있었다. 그 개가 정원으로, 나무 위로 해리를 계속 쫓아다니는데도, 마지 아줌마는 자정이 지날 때까지 그 개를 말리지 않았었다. 이 사건 얘기만 꺼내면 두들리는 아직도 눈물까지 흘리며 배꼽을 잡고 웃어 댔다.

"마지 아줌마는 이곳에 일주일 동안 머무르실 게다." 버논 이모부가 딱딱거렸다. "그리고 손님을 맞이하기 전에……" 그가 퉁퉁한 손가락 하나를 해리에게 위협적으로 갖다 댔다. "몇 가지 명확히 해둬야겠다."

두들리가 능글맞게 히죽히죽 웃으며 텔레비전에서 눈을 뗐다. 해리가 버논 이모부에게 협박당하는 걸 보는 건 두들리가 가장 좋아하는 오락거리였다.

"첫째," 버논 이모부가 딱딱거렸다. "마지 아줌마에게 아주 예의바르게 말해야 한다."

"네." 해리가 씁쓸하게 말했다. "마지 아줌마도 제게 그렇게 한다면요."

"둘째," 버논 이모부는 해리의 답변은 들은 척도 하지 않고 계속해서 말했다. "마지 아줌마는 너의 비정상적인 상태에 대해 아무것도 모르고 있으니, 그녀가 여기에 있는 동안은 어떤…… 어떤 이상한 짓도 해선 안 된다. 얌전하게 굴란 말이다, 알아들었니?"

"마지 아줌마가 그렇게 하면 저도 그럴게요." 해리가 이빨을 뿌드득 갈며 말했다.

"그리고 셋째로," 버논 이모부가 커다란 보랏빛 얼굴에 박힌 작은 눈을 심술궂게 치켜 뜨며 말했다. "마지 아줌마에겐 네가 성 브루터스 구제불능소년 선도학교에 들어갔다고 했다."

"뭐라구요?" 해리가 소리쳤다.

"그러니 넌 계속 그렇게 말해야 해. 그렇지 않았다간 큰일 날 줄 알아라." 버논 이모부가 으름장을 놓듯 말했다.

해리는 그 말을 도저히 믿을 수 없는 듯, 창백한 얼굴로 버논 이모부를 빤히 바라보며 씩씩대고 앉아 있었다. 마지 아줌마가 일주일이나 머문다니…… 그건 언젠가 더즐리 가족이 해리에게 생일 선물로 주었던 버논 이모부의 낡은 양말과 함께, 최악의 생일 선물이었다.

"그럼, 페투니아." 버논 이모부가 무거운 몸을 이끌고 일어서며 말했다. "난 이만 역에 나가 봐야겠소. 따라갈래, 두들리?"

"싫어요." 버논 이모부가 해리를 위협하는 걸 끝내자 두들리가 다시 텔레비전으로 눈을 돌리며 말했다.

"우리 두들리는 고모가 오시기 전에 멋지게 차려입고 있어야 해요." 페투니아 이모가 두들리의 숱 많은 금발머리를 매만지며 말했다. "제가 예쁜 나비 넥타이를 새로 사 두었거든요."

버논 이모부가 두들리의 살찐 어깨를 가볍게 쳤다.

"그럼 갔다 오리다." 그는 이렇게 말하고는 식당을 나갔다.

그런데 큰 충격을 받은 듯 어리벙벙한 얼굴로 앉아 있던 해리에게 문득 좋은 생각이 떠올랐다. 그는 토스트를 먹다 말고, 부리나케 일어서서 버논 이모부를 따라 현관으로 나갔다.

버논 이모부는 운전할 때 입는 짧은 외투를 걸치고 있었다.

"넌 안 돼." 해리가 따라나오자 그가 매몰차게 말했다.

"전," 해리가 차갑게 말했다. "여쭤볼 게 있어서 온 거예요."

버논 이모부가 그를 수상쩍은 눈으로 바라보았다.

"호그…… 저희 학교에서 3학년생들은 가끔 어떤 마을을 방문하게 돼 있어요." 해리가 말했다.

"그래서?" 버논 이모부가 문 옆에 달려 있는 고리에서 차 열쇠를 꺼내며 날카롭게 말했다.

"이모부가 그 허가서에 사인을 해주셔야 갈 수 있어요." 해리가 급히 말했다.

"그런데 내가 왜 그렇게 해야 하지?" 버논 이모부가 코웃음을 쳤다.

"그러니까," 해리가 단어를 조심스럽게 선택하려고 애쓰며 말했다. "마지 아줌마에게 제가 성 뭔가 하는 학교에 다니는 척하는 건 어려울 거예요……."

"성 브루터스 구제불능소년 선도학교다!" 버논 이모부가 고함을 질렀다. 해리는 버논 이모부의 목소리에서 명확히 당황하는 어조를 듣자 이때다 싶었다.

"바로 그거예요." 해리가 버논 이모부의 커다란 보랏빛 얼굴을 태연히 바라보며 말했다. "기억해야 할 게 많잖아요. 전 납득이 가는 소리를 해야 할 거구요, 안 그래요? 제가 만일 어쩌다가 잘못 말하면 어떡해요?"

"그랬다간 당연히 혼나는 거지, 어떡하긴 뭘 어떡해?" 버논 이모부가 주먹을 들어올리고 해리에게 다가서며 버럭 소리를 질렀다. 하지만 해리는 꿈쩍도 하지 않았다.

"절 혼내신대도 마지 아줌마는 제가 어쩌다가 실수로 한 말을 잊지 못하실 거 아녜요." 해리가 으스스하게 말했다.

버논 이모부가 여전히 주먹을 들어올린 채 멈춰 섰다. 그의 얼굴은 거무죽죽한 색으로 변해 있었다.

"하지만 이모부가 제 허가서에 사인만 해주신다면," 해리가 얼른 말을 계속했다. "제가 간 것으로 되어 있는 학교가 어딘지도 기억하고, 머글, 아니 완전히 정상인인 것처럼 행동하겠다고 맹세할게요."

버논 이모부의 이빨이 드러나고 관자놀이에 있는 정맥이 흥분으로 마구 떨리고 있기는 했지만, 해리는 그가 이것저것 재고 있다는 걸 알 수 있었다.

"알겠다." 그가 마침내 날카롭게 말했다. "대신 마지 아줌마가 와 있는 동안 네 행동을 하나하나 조심스럽게 살펴보겠다. 네가 만약 끝까지 약속을 잘 지키면, 그 빌어먹을 허가선가 뭔가에 사인을 해 주지."

그는 이렇게 말하고는 홱 돌아서서 현관문을 쾅 닫고 나가 버렸다. 문을 어찌나 세게 닫았던지 문 위에 있던 작은 창 유리 하나가 툭 떨어졌다.

해리는 식당으로 돌아가지 않고 이층 침실로 올라갔다. 만약 진짜 머글처럼 행동해야 한다면, 지금 당장 시작하는 것도 괜찮을 성 싶었다. 그는 천천히 그리고 비참한 마음으로 생일 선물과 생일 카드를 모두 모아서 방학 숙제와 함께 침대 밑에 감췄다. 그리곤 헤드위그의 새장으로 갔다. 에롤은 많이 회복된 것 같았다. 녀석은 헤드위그와 함께 머리를 날개 속에 묻고 잠들어 있었다. 해리는 한숨을 쉰 뒤, 부엉이들을 푹 찔러 깨웠다.

"헤드위그." 그가 침울하게 말했다. "우리 일주일 동안만 헤어져 있어야겠다. 에롤과 함께 가. 론이 돌봐 줄 거야. 내가 편지 써 줄게. 날 그런 눈으로 보지 마."

헤드위그의 커다란 호박색 눈이 그를 나무라는 듯했다.

"나도 어쩔 수 없어. 내가 론과 헤르미온느와 함께 호그스미드에 갈 수 있는 길은 이것뿐이야."

10분 뒤, 헤드위그는 다리에 론에게 줄 편지를 매단 채 에롤과 함께 창 밖으로 날아가 버렸다. 해리는 참담한 기분으로 빈 새장을 옷장 속으로 치워 버렸다.

하지만 오랫동안 수심에 잠겨 있지도 못했다. 페투니아 이모가 해리에게 당장 내려와 손님 맞을 준비를 하라며 계단 위에다 대고 날카롭게 소리를 질렀기 때문이었다.

"머리 좀 어떻게 해라!" 그가 거실로 내려오자마자 페투니아 이모가 느닷없이 한 마디 했다.

그러나 해리는 자신이 왜 굳이 머리를 단정하게 해야 하는지 알 수 없었다. 마지 아줌마를 기쁘게 하는 게 목적이라면, 해리를 헐뜯기를 좋아하는 그녀에게는 그가 단정하지 않게 보일수록 더욱 좋을 것이기 때문이었다.

곧 바깥에서 우두둑우두둑 자갈 부서지는 소리가 나더니 버논 이모부의 차가 문 앞에 섰다. 그리고 차 문이 꽝 닫히는 소리와 정원 보도를 걸어오는 발소리가 들렸다.

"손님을 맞으러 나가야지!" 페투니아 이모가 해리에게 불만스럽게 말했다.

기분이 침울해지는 걸 느끼며, 해리는 문을 잡아당겨 열었다.

문턱에 마지 아줌마가 서 있었다. 그녀는 체격이 크고 뒤룩뒤룩 살이 찐 데다가 보랏빛 얼굴까지 여지없이 꼭 버논 이모부였다. 심지어 이모부만큼 많지는 않았지만 그녀에겐 콧수염까지 나 있었다. 그녀는 한 손으로는 커다란 여행 가방을, 다른 한 손으로는 사납기 그지없는 늙은 불독을 잡고 있었다.

"우리 두들리는 어디에 있지?" 마지 아줌마가 큰 소리로 말했다. "우리 귀여운 조카 녀석은 어디에 있니?"

그녀의 말이 떨어지기가 무섭게 두들리가 거실로 어기적어기적 걸어왔다. 그의 금발 머리는 무스를 발라 살찐 머리통에 바짝 붙여져 있었고, 나비 넥타이는 대여섯 겹이나 되는 턱에 가려 거의 보이지 않았다. 마지 아줌마는 여행 가방을 해리의 가슴팍에다 억지로 떠맡기고, 한 손으로 두들리를 꼭 껴안고는 그의 볼에다 쪽 하고 입을 맞추었다.

해리는 두들리가 마지 아줌마의 포옹을 참아 내는 건 단지 그 대가를 받기 때문이라는 걸 너무나 잘 알고 있었다. 아니나 다를까, 포옹이 끝나자, 두들리의 통통한 주먹 속에는 빳빳한 20파운드짜리 지폐가 들려져 있었다.

"페투니아!" 마지 아줌마가 해리는 본체만체하고 쌩쌩 찬바람을 일으키며 옆으로 성큼성큼 걸어가면서 소리쳤다. 마지 아줌마와 페투니아 이모도 입을 맞추었다. 아니, 입을 맞추었다기보다는 마지 아줌마가 그 커다란 입을 페투니아 이모의 앙상한 광대뼈에다 갖다 댔다는 말이 맞을 것이다.

어느새 버논 이모부가 유쾌하게 미소 지으며 들어와 문을 닫았다.

"차 마실래, 마지?" 그가 부드럽게 물었다. "그런데 리퍼는 뭘 먹지?"

"리퍼는 과자만 조금 먹으면 돼요." 여행 가방을 들고 있는 해리만 거실에 남겨둔 채 식당 쪽으로 향하는 더즐리 가족을 따라가며 마지 아줌마가 말했다. 그러나 해리는 불평하지 않았다. 마지 아줌마와 함께 있지 않을 수만 있다면 어떻든 상관없었다. 그는 될 수 있는 대로 시간을 오래 끌며 여행 가방을 들고 이층 손님 방으로 올라갔다.

그가 다시 식당으로 돌아왔을 때쯤 마지 아줌마는 차와 과일케이크를 먹고 있었고, 리퍼는 한쪽 구석에서 과일케이크를 요란하게 핥아먹고 있었다. 티끌 하나 없이 깨끗한 마룻바닥에 차와 침이 떨어져 얼룩덜룩해지자, 페투니아 이모가 기겁을 했다. 페투니아 이모는 동물을 아주 싫어했다.

"다른 개들은 누가 돌보니, 마지?" 버논 이모부가 물었다.

"아, 퍕스터 대령이 돌봐 주기로 했어요." 마지 아줌마가 우렁찬 목소리로 말했다. "그분은 이제 은퇴를 해서 하실 일이 별로 없거든요. 뭐든 하는 게 그분에게도 좋죠. 하지만 가엾은 리퍼는 두고 올 수가 없었어요. 녀석은 떨어져 있으면 절 몹시 보고 싶어 하거든요."

해리가 자리에 앉자 리퍼가 다시 으르렁거리기 시작했다. 그제야 마지 아줌마가 처음으로 해리에게 아는 체를 했다.

"아니!" 그녀가 쩌렁쩌렁 울리는 소리로 말했다. "너 아직도 여기에 있었니?"

"네." 해리가 시큰둥하게 대답했다.

"그 듣기 싫게 '네, 네.' 소리 좀 하지 마라." 마지 아줌마가 딱딱거렸다. "너를 여태 데리고 있다니 버논 오빠와 페투니아 언니도 어지간하구나. 나라면 그렇게 하지 못했을 거야. 만약 우리 집 문간에 버려졌다면 넌 즉시 고아원으로 보내졌을 게다."

해리는 더즐리 가족과 사느니 차라리 고아원에서 사는 게 낫다고 말하려고 했지만, 호그스미드 허가서를 떠올리고 그만두었다. 그는 억지로 미소를 지어 보였다.

"날 보고 그렇게 히죽히죽 웃지 마라!" 마지 아줌마가 정나미 떨어지게 큰 소리로 말했다. "넌 지난번에 봤을 때보다 조금도 나아지지 않았구나. 학교에 가면 그런 태도가 좀 고쳐질 줄 알았는데 말이다." 그녀가 차를 한 모금 쭉 들이켜고는 콧수염을 닦으며 말했다.

"오빠가 저 애를 보냈다는 곳이 어디라고 했죠?"

"성 브루터스." 버논 이모부가 재빨리 말했다. "구제 불능인 아이들이 가기엔 딱 좋은 학교지."

"그렇군요." 마지 아줌마가 말했다. "성 브루터스에서는 회초리로 때리기도 하니?" 그녀가 식탁 너머로 소리를 질렀다.

"저……"

버논 이모부가 마지 아줌마의 등 뒤에서 해리를 무섭게 노려보며 엄하게 고개를 끄덕였다.

"네." 해리는 이모부의 눈치를 살피며 얼른 대답했다. 그 뒤 그걸 좀더 적절히 표현하는 게 나을 것 같은 생각이 들어 말을 덧붙였다. "항상이오."

"당연히 그래야지." 마지 아줌마가 말했다. "당연히 때려야 할 사람들을 때리지 않는다는 건 지나치게 감상적이고 말도 되지 않는 허튼소리지. 100명 중 99명에겐 적당한 채찍질이 필요하다니까. 넌 자주 맞니?"

"아, 네." 해리가 천연덕스럽게 말했다. "엄청 많이 맞아요."

마지 아줌마는 눈을 가늘게 떴다.

"난 여전히 네 그 말투가 마음에 들지 않는다." 그녀가 말했다. "매 맞는 것에 대해 그렇게 아무렇지 않게 말하는 걸 보면, 네가 매를 별로 맞지 않는 게 분명해. 페투니아, 제가 언니라면 학교에 당장 편지를 쓸 거예요. 이 아이의 경우엔 매질을 심하게 해도 무방하다는 걸 확실히 말해 줘야 한다구요."

버논 이모부는 해리가 혹시 그들의 거래를 잊지 않을까 걱정스러웠던지, 갑자기 화제를 바꿨다.

"오늘 아침 뉴스 들었니, 마지? 탈옥수 사건 말야?"

마지 아줌마와 함께 지내게 되자, 해리는 그녀가 없었을 때 4번지에서의 생활이 몹시 그리웠다. 버논 이모부와 페투니아 이모는 그 어느 때보다도 심하게 해리에게 그들 앞에서 얼찡거리지 말라고 으름장을 놓았고, 그건 오히려 해리가 바라던 바였다. 하지만 마지 아줌마는 해리의 태도가 나아졌는지 시시때때로 관찰할 수 있도록 해리를 언제나 눈앞에 두고 싶어 했다. 그녀는 해리와 두들리를 비교하는 걸 좋아했으며 두들리에게 값비싼 선물을 사 주고는 부러워하는 눈으로 바라보는 해리를 지켜보는 걸 커다란 기쁨으로 여겼다. 그녀는 또한 해리가 너무나 마음에 들지 않는다며 계속해서 악담을 해댔다.

"저 애가 저렇게 된 게 오빠 탓은 아니에요." 사흘째 되던 날 그녀가 점심을 먹으며 말했다. "근본이 나쁜 아이는 누구도 어쩔 수 없으니까 말이에요."

해리는 음식에만 집중하려고 했지만, 화가 나서 손이 후들거리고 얼굴이 달아오르기 시작했다. *허가서를 잊지 마,* 그는 스스로에게 이렇게 말하며 꾹꾹 참았다. *호그스미드 생각만 해. 아무 말도 하지 마. 일어서지 마…….*

마지 아줌마가 포도주 잔으로 손을 뻗었다.

"그건 품종 개량의 기본 규칙 중 하나예요." 그녀가 계속해서 떠들었다. "개만 봐도 알아요. 암컷에게 뭔가 좋지 못한 유전자가 있으면, 그 새끼들에게도 꼭 그게 전해지거든요……."

바로 그때, 마지 아줌마가 들고 있는 포도주 잔이 그녀의 손에서 폭발해 버렸다. 유리 파편이 사방으로 날아갔고 마지 아줌마는 포도주가 뚝뚝 떨어지는 불그스레한 얼굴로 푸푸거리며 눈을 깜작거리고 있었다.

"마지!" 페투니아 이모가 깩깩거리며 말했다. "마지, 괜찮아요?"

"걱정 마세요." 마지 아줌마가 툴툴거리며 냅킨으로 얼굴을 훔쳤다. "잔을 너무 세게 잡았나 봐요. 일전에 퍕스터 대령 집에서도 이런 일이 있었어요. 괜히 법석 떨지 마요, 페투니아. 제가 그저 너무 세게 쥐었기 때문이니까 말예요……."

하지만 페투니아 이모와 버논 이모부가 수상쩍은 눈초리로 해리를 바라보고 있었으므로 , 해리는 디저트는 그만두고 될 수 있는 대로 빨리 식탁에서 달아나는 게 좋겠다고 생각했다.

해리는 거실로 나와 벽에 기대고 서서 심호흡을 했다. 오래 전에는 그가 자제력을 잃고 진짜로 무언가를 폭발시키기도 했었지만 그런 일이 또다시 일어나게 할 수는 없었다. 호그스미드 허가서만이 문제가 아니었다. 만약 그렇게 했다간, 마법부로부터 무거운 징계를 받게 될 터였다.

해리는 아직 미성년 마법사였고, 마법사 법에 의하면 미성년 마법사는 학교 밖에서 마법을 부리지 못하게 되어 있었다. 그러나 그는 이미 전력이 있었다. 지난 여름에는 프리벳가에서 한 번만 더 마법이 사용되었다는 보고를 받는다면, 호그와트에서 퇴학당할 것이라는 마법부의 공식 경고장까지 받았었다.

그는 더즐리 가족이 식당에서 나오는 소리를 듣자 급히 이층으로 올라갔다.

해리는 다음 사흘 동안은 마지 아줌마가 그에게 불평을 할 때마다 《빗자루 관리 방법》이라는 책에 대해 생각하려고 애썼다. 상당히 효과가 있기는 했지만 이것이 해리를 더욱 멍청하게 보이게 하는지, 마지 아줌마는 그를 보며 저능아라고 말하기도 했다.

마침내 기나긴 일주일이 지나고, 마지 아줌마와의 마지막 저녁식사 시간이 되었다. 페투니아 이모는 아주 공을 들여 저녁상을 차렸고 버논 이모부는 포도주 병을 몇 개나 땄다. 그들은 수프에서 연어 요리를 먹을 때까지는 해리에 대해 단 한 가지도 흠을 잡지 않았다. 레몬 머랭(설탕과 달걀 흰자위 등을 섞어 구워서 파이에 입힌 것 : 역주) 파이를 먹는 동안, 버논 이모부는 지루하게 자신이 다니는 그루닝스라는 드릴 제작 회사에 대해 한없이 늘어놓았다. 그 뒤 페투니아 이모는 커피를 끓이고 버논 이모부는 브랜디 병을 가져왔다.

"좀더 마실래, 마지?"

마지 아줌마는 이미 포도주를 많이 마셨기 때문에 커다란 얼굴이 벌써 새빨개져 있었다.

"조금만 할게요, 그럼." 그녀가 킬킬거렸다. "조금만 더요…… 조금만 더…… 그래요 그 정도는 돼야죠."

두들리는 파이를 네 조각째 먹고 있었다. 페투니아 이모는 새끼손가락을 삐죽이 내밀고 커피를 조금씩 마시고 있었다. 해리는 정말로 자신의 방으로 사라져 버리고 싶은 생각밖에 없었지만, 버논 이모부의 성난 작은 눈을 보니 끝까지 앉아 있어야 할 것 같았다.

"아," 마지 아줌마가 입맛을 다시며 빈 브랜디 잔을 다시 내려놓았다. "정말 맛있었어요, 페투니아. 개들을 열두 마리나 돌보다 보면 전 보통 저녁은 그냥 간단히 데워 먹기가 일쑤거든요……." 그녀가 끄윽 하고 트림을 하며 배를 가볍게 두드렸다. "미안해요. 하지만 전 튼튼한 아이를 보는 게 정말 좋아요." 그러면서 그녀는 두들리에게 눈짓을 했다. "넌 네 아빠처럼 적당한 체격의 남자가 될 거야, 두들리. 그래요, 버논 오빠, 저 브랜디 조금만 더 마실게요…….
그런데, 여기에 있는 이 녀석은……"

그녀가 고개를 홱 돌리자 해리는 움찔했다. 《빗자루 관리 방법》이나 생각해야지, 그는 속으로 마음먹었다.

"이 녀석은 자라다 만 것 같아요, 생김새도 험악하구. 개들이 그렇게 생긴 경우가 있죠. 작년에 그런 놈을 하나 퍕스터 대령에게 물에 빠뜨려 처치해 달라고 부탁했었어요. 생쥐처럼 조그만 개였죠. 열성 유전인자만 받은 녀석이었어요."

해리는 그 책의 12쪽을 기억하려고 애쓰고 있었다. *후진이 되지 않을 때 쓰는 마법.*

"내가 일전에도 말했던 것처럼, 모든 게 혈통의 문제예요. 혈통이 나쁘면 그렇게 되죠. 전 언니의 가문에 대해 말하고 있는 게 아니에요, 페투니아." 그녀가 삽 같은 손으로 페투니아 이모의 앙상한 손을 두드렸다. "하지만 언니의 동생은 나쁜 종자였어요. 아무리 훌륭한 가문에도 그런 일은 종종 생기죠. 그런 여자가 건달과 눈이 맞았으니 그 결과물이 어떤 꼴인지 우리 눈앞에 있는 이 아이를 보면 알 수 있잖아요."

해리는 접시를 빤히 바라보고 있었다. 귀에서 이상한 소리가 울리고 있었다. *빗자루 끝을 꽉 잡고,* 그는 생각했다. 그러나 그 다음이 생각나지 않았다. 마지 아줌마의 목소리는 마치 버논 이모부의 드릴로 그의 마음에 구멍을 뚫고 있는 것 같았다.

"그 포터라는 사람은," 마지 아줌마가 브랜디 병을 잡고 식탁보에 브랜디를 튀기며 말했다. "참, 오빠는 제게 그 사람의 직업이 뭔지 말한 적 없죠?"

그 순간 버논 이모부와 페투니아 이모는 매우 긴장하는 것 같았다. 두들리조차 파이에서 고개를 들고 입을 딱 벌린 채, 엄마 아빠를 멍하니 바라보고 있었다.

"그는…… 직장이 없었어." 버논 이모부가 해리를 흘끗 바라보며 얼버무렸다. "실직 상태였지."

"예상했던 대로군요!" 마지 아줌마가 브랜디를 벌컥벌컥 마신 뒤 옷소매로 턱을 슥 닦으며 말했다. "은행 계좌도 없고, 쓸모 없는 건달에, 게으른 밥벌레……"

"그렇지 않아요." 해리가 불쑥 말했다. 순간적으로 찬물을 끼얹은 듯 식탁이 조용해졌다. 해리는 부들부들 떨고 있었다. 그는 그렇게 화났던 적이 한 번도 없었다.

"브랜디 좀 더 마셔라!" 버논 이모부가 얼굴이 백지장처럼 새하얘져서 큰 소리로 말했다. 그는 병에 남아 있는 브랜디를 마지 아줌마의 잔에 마저 다 따라 주었다. "너 이 녀석," 그가 해리에게 호통을 쳤다. "넌 네 방으로 가, 어서!"

"아뇨, 버논 오빠." 마지 아줌마가 한 손을 들어 올리고, 충혈된 눈으로 해리를 똑바로 쳐다보며 딸꾹질을 했다. "계속해라, 얘야, 계속해. 네 부모가 자랑스럽니? 그들이 교통 사고로 죽은 게 말이다. 아마 술에 취했었겠지……."

"부모님은 교통 사고로 돌아가시지 않았어요!" 해리가 벌떡 일어서며 말했다.

"네 부모는 교통 사고로 죽었단다, 요 못된 거짓말쟁이야. 이 근면하고 점잖은 가족에게 널 떠맡기고 떠났단 말이다!" 마지 아줌마가 화가 나서 고래고래 소리쳤다. "이 건방지고 배은망덕한 녀석아……."

그러나 마지 아줌마가 갑자기 말을 뚝 멈췄다. 잠시 말이 나오지 않는 것 같았다. 그녀는 이루 말할 수 없는 분노로 온몸이 부풀어 오르고 있는 것 같았다……. 하지만 부풀어 오르는 게 멈추지 않았다.

새빨간 얼굴이 팽창하기 시작했고, 작은 눈이 부풀어 올랐으며, 입은 말을 할 수 없을 정도로 팽팽하게 잡아당겨졌다……. 다음 순간, 그녀가 입고 있는 재킷에서 단추가 몇 개 후두둑 떨어지더니 핑 하며 사방으로 퉁겨져 나갔다……. 그녀는 거대한 풍선처럼 부풀어 오르고 있었다. 배가 불룩해지면서 허리띠가 튀어나갔고, 손가락 하나하나가 커다란 살라미 소시지처럼 커져 가고 있었다.

"마지!" 마지 아줌마의 몸이 의자에서 떠 천장 쪽으로 올라가기 시작하자 버논 이모부와 페투니아 이모가 동시에 소리쳤다. 그녀는 이제 완전히 동그랗게 되어 있었고, 그 모습은 마치 돼지 눈이 달린 커다란 풍선처럼 보였다. 그리고 손발이 삐죽이 튀어나온 채로 가끔씩 김 빠지는 소리를 내며 공중으로 떠올랐다. 리퍼가 미친 듯이 짖으며 집 안으로 달려 들어왔다.

"안 돼—"

버논 이모부가 마지 아줌마의 한쪽 발을 잡고 그녀를 다시 아래로 끌어내리려고 했지만, 이모부마저 마룻바닥에서 들어 올려지고 있었다. 잠시 뒤 리퍼가 와락 덤벼들더니 버논 이모부의 다리를 꽉 물었다.

해리는 얼른 식당에서 달려나가 계단 밑에 있는 벽장으로 향했다. 그가 가까이 가자 신비하게도 벽장문이 갑자기 확 열렸다. 순식간에, 그는 가방을 현관문으로 끌어다 놓았다. 그리고 다시 쏜살같이 이층으로 달려 올라가 침대 밑으로 기어 들어가서는, 책과 생일 선물들이 가득 담긴 베갯잇을 붙잡았다. 그가 다시 기어 나와 헤드위그의 빈 새장을 들고 아래층 가방이 있는 곳으로 다시 쏜살같이 내려왔을 때, 버논 이모부가 한쪽 바짓가랑이는 갈가리 찢겨져 피투성이가 된 채로 느닷없이 식당에서 뛰쳐나왔다.

"이리 돌아와!" 그가 고함쳤다. "돌아와서 마지를 제대로 해 놓지 못해!"

버논 이모부를 보자 해리는 갑자기 화가 치밀었다. 그는 가방을 발로 툭 차서 열고, 요술지팡이를 꺼내 버논 이모부에게 갖다 댔다.

"마지 아줌마는 그래도 싸요." 해리가 숨을 가쁘게 몰아쉬며 말했다. "아줌마는 당연히 받아야 할 벌을 받고 있는 거라구요. 제게 가까이 오지 마세요."

그는 손을 뒤로 해 더듬더듬 문 걸쇠를 찾았다.

"전 이만 가겠어요." 해리가 단호하게 말했다. "이젠 더 이상 못 참겠어요."

그리고는 겨드랑이에 헤드위그의 새장을 낀 채로 무거운 가방을 끌고 어둡고 조용한 거리로 나왔다.

제 3 장

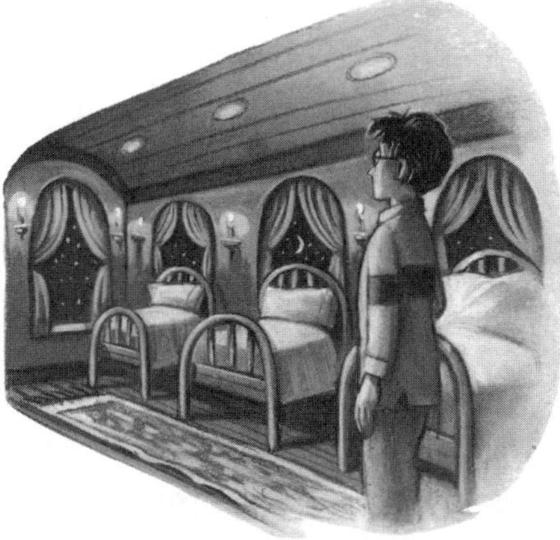

구조 버스

해리는 무거운 가방을 끄느라 너무 힘이 들어서 얼마쯤 가다가 숨을 헐떡이며 매그놀리아 광장에 있는 나지막한 담 위에 털썩 주저앉았다. 여전히 화가 가라앉지 않아 가슴이 쿵쾅쿵쾅 뛰고 있었다.

그러나 어두운 거리에 혼자 10분쯤 있자 갑자기 두려움이 엄습했다. 아무리 생각해 보아도, 자신보다 더 처량한 신세는 없는 듯했다. 그는 어두운 머글 세계에서는 사실상 갈 곳 하나 없는 처지였다. 게다가 엎친 데 덮친 격으로, 지금 막 심각한 마법을 부렸으므로 호그와트에서 쫓겨날 게 뻔했다. 미성년 마법사의 행동 제한 법령을 어겼으므로, 마법부 직원이 지금 여기로 당장이라도 들이닥칠 것 같았다.

해리는 후들후들 떨며 매그놀리아 광장을 여기저기 살펴보았다. 이제 어떻게 될까? 체포될까, 아니면 그저 마법사 세계에서 무법자로 낙인 찍히고 말까? 론과 헤르미온느를 생각하자, 가슴이 더 답답했다. 해리가 범죄자든 아니든 론과 헤르미온느는 지금의 그를 돕고 싶어 할 게 분명했다. 하지만 그들은 모두 멀리 타국에 있는 데다 헤드위그마저 없었으므로 연락할 길이 없었다.

더구나 그에겐 머글 돈이 한푼도 없었다. 가방 맨 밑에 있는 지갑 속에는 마법사 금화만 조금 있을 뿐, 그의 부모가 유산으로 남겨 주신 나머지 재산은 런던에 있는 그린고트 마법사 은행 금고에 보관되어 있었다. 하지만 가방을 끌고 런던까지 걸어갈 수는 없을 것이다. 만약…….

그는 여전히 한 손에 쥐어져 있는 요술지팡이를 내려다보았다. 어차피 호그와트에서 쫓겨난 신세라면(이제 가슴이 아플 정도로 세게 뛰고 있었다), 마법을 조금 더 부린다고 해서 더 이상 나빠질 것도 없을 것이다. 그에겐 아버지로부터 물려받은 투명 망토가 있었다. 만약 가방이 깃털처럼 가볍게 되는 마법을 걸어 빗자루에 묶은 뒤, 투명 망토를 뒤집어쓰고 런던까지 날아간다면 어떻게 될까? 그러면 그는 금고에서 나머지 돈을 꺼내서…… 부랑자로서의 삶을 시작할 수 있을 것이다. 생각만 해도 끔찍했지만, 언제까지 이 담벼락에 앉아 있을 수만은 없었다. 그랬다가는 머글 경찰서에 끌려가서 왜 한밤중에 가방 한가득 마법책과 빗자루를 들고 나왔는지 해명해야 할지도 모르기 때문이었다.

해리는 가방을 다시 열고 투명 망토를 찾으려고 가방 속을 뒤지기 시작했다. 그러다가 갑자기 벌떡 일어나 주위를 휙 둘러보았다.

뒷덜미가 이상하게 따끔따끔한 게 왠지 누군가가 그를 지켜보고 있는 느낌이 들었기 때문이다. 그러나 거리엔 아무도 없었고 주위의 저택에서 흘러나오는 불빛도 전혀 없었다.

그는 다시 가방을 뒤지러 허리를 굽히다가 지팡이를 움켜쥔 채 한 번 더 얼른 몸을 일으켜 세웠다. 소리를 들었다기보다는 어떤 느낌이 들었기 때문이었다. 사람인지 동물인지, 무언가가 뒤에 있는 차고와 울타리 사이의 좁은 틈새에 서 있는 것 같았다. 해리는 어두운 길을 흘끗 바라보았다. 움직이기만 한다면, 그게 도둑고양이인지 아니면 다른 무엇인지 알 수 있을 것이다.

"*루모스.*" 해리가 중얼거리자 지팡이 끝에 눈부신 불빛이 켜졌다. 그가 지팡이를 머리 위로 높이 들어 올리자, 잔돌을 붙여서 마무리된 2번지의 벽들이 갑자기 번쩍했다. 차고 문이 어슴푸레 빛났다. 해리는 그 사이에서 동그랗고 번득이는 눈을 가진 뭔가 아주 커다란 윤곽을 뚜렷이 보았다.

해리는 몇 발짝 뒤로 물러서다가 그만 가방에 다리가 걸리고 말았다. 그런데 넘어지지 않으려고 한쪽 팔을 급히 뻗다가 그만 지팡이는 놓치고, 몸은 도랑으로 빠져 버리고 말았다…….

그때 귀청이 터질 것같이 쿵 하는 소리가 났다. 해리는 갑자기 비치는 눈부신 불빛을 가리려고 양손을 올렸다…….

그리고 비명을 지르며 간신히 다시 보도 위로 기어 나왔다. 잠시 뒤, 거대한 한 쌍의 바퀴가 끽 소리를 내며 해리가 방금 쓰러져 있었던 곳에 멈춰 섰다. 해리는 고개를 살며시 들어 보았다. 난데없이 진한 보랏빛의 3층 버스가 앞에 떡 버티고 있었다. 앞 차창에는 황금빛 글자로 '구조 버스' 라고 쓰여 있었다.

해리는 잠시 넘어진 충격으로 헛것을 본 게 아닌가 생각했다. 그 순간 버스에서 보라색 유니폼을 입은 차장 하나가 뛰어내리더니 어둠 속에 대고 큰 소리로 외치기 시작했다.

"갈 데 없는 마법사를 긴급 수송하는 구조 버스를 타시게 된 것을 환영합니다. 그저 지팡이를 쑥 내밀고 올라타기만 하세요. 원하는 곳으로 태워다 드립니다. 전 오늘 저녁 여러분을 모실 스탠 션파이크 차장입니다……."

차장이 갑자기 말을 멈췄다. 땅바닥에 앉아 있는 해리를 발견한 것이었다. 해리는 지팡이를 다시 와락 붙잡고 급히 일어섰다. 가까이서 보자, 스탠 션파이크는 기껏해야 열여덟이나 열아홉 정도로밖에 보이지 않았다. 귀는 크고 쭉 비어져 나와 있었으며 얼굴엔 여드름투성이였다.

"너 거기서 뭐하고 있는 거니?" 스탠이 사무적인 태도로 물었다.

"넘어졌어." 해리가 말했다.

"왜 넘어졌는데?" 스탠이 숨을 죽이고 웃었다.

"일부러 그런 건 아니었어." 해리가 성내며 말했다. 그의 바지 한쪽 무릎은 찢겨져 있었고, 넘어지지 않으려고 뻗었던 손에서는 피가 흐르고 있었다. 해리는 갑자기 자기가 왜 넘어졌는지를 깨닫고 얼른 몸을 돌려 차고와 울타리 사이의 길을 빤히 바라보았다. 구조 버스의 헤드라이트 불빛이 환히 비추고 있었지만 그곳엔 아무것도 없었다.

"뭘 보는 거니?" 스탠이 물었다.

"커다란 검은 물체가 있었어." 해리가 막연하게 그 빈 곳을 가리키며 말했다. "개 같았는데…… 굉장히 컸어……."

해리는 입을 약간 벌리고 있는 스탠 주위를 살펴보았다. 그는 스탠의 눈이 자신의 이마에 난 흉터로 움직이는 걸 느끼자 불안해졌다.

"네 이마에 있는 그건 뭐니?" 스탠이 불쑥 물었다.

"아무것도 아냐." 해리가 머리카락을 눌러 흉터를 가리며 얼른 말했다. 혹시라도 마법부가 그를 찾고 있다면, 그렇게 쉽사리 잡히고 싶지는 않았다.

"이름이 뭐니?" 스탠이 계속해서 물었다.

"네빌 롱바텀." 해리는 머릿속에 처음으로 떠오른 이름을 댔다. "그러니까…… 그러니까 이 버스는," 그는 스탠이 주의를 딴 데로 돌리길 바라며 계속해서 말했다. "어디든 간단 말이지?"

"물론이지." 스탠이 거만하게 말했다. "네가 가고 싶은 곳은 어디나 갈 수 있어, 육지이기만 하면 말야. 하지만 물 속으로는 갈 수 없어. 그런데," 그가 다시 수상쩍은 듯 물었다. "네가 우리에게 정지하라고 신호한 거 아냐? 지팡이를 쑥 내밀고 말야, 안 그랬어?"

"맞아." 해리가 얼른 말했다. "런던에 가는 데는 얼마지?"

"11시클이야." 스탠이 말했다. "하지만 코코아를 마시면 14시클을 내야 하고 물과 칫솔까지 필요하면 15시클을 내야 해."

해리는 가방을 뒤져 지갑을 꺼낸 뒤 스탠의 손에 금화 한 닢을 쥐어 주었다. 그리고 스탠과 함께 헤드위그의 새장이 올려져 있는 가방을 버스 발판 위로 들어 올렸다.

버스에는 좌석이 없었다. 대신, 커튼이 쳐진 창문 옆에 놋쇠로 만들어진 여섯 개의 침대가 놓여 있었다. 침대마다 옆에 있는 선반에서 촛불들이 활활 타고 있었다. 버스 뒤쪽에서 나이트 캡(잘 때 쓰는 모자 : 역주)을 쓴 자그마한 마법사 하나가 "지금은 안 돼요. 고마워요. 난 민달팽이들을 소금에 절일 거예요."라고 중얼거리더니 다시 잠들어 버렸다.

"넌 이거 써." 스탠이 핸들 앞 안락의자에 앉아 있는 운전사 바로 뒤의 침대 밑으로 해리의 가방을 밀어 넣으며 작은 소리로 말했다. "이분은 우리의 운전사, 어니 프랭이셔. 이 애는 네빌 롱바텀이에요, 어니."

아주 두꺼운 안경을 낀 늙은 마법사 어니 프랭이 초조하게 앞머리를 짓누르며 침대에 앉는 해리에게 고개를 끄덕여 인사를 했다.

"이제 출발하세요, 어니." 스탠이 어니 옆에 있는 안락의자에 앉으며 말했다.

또 한 번 **쾅** 하며 엄청나게 큰 소리를 내며 구조 버스가 빠르게 출발하는 바람에, 해리는 뒤로 벌렁 넘어져 침대로 발딱 눕혀졌다. 몸을 일으켜 어두운 창 밖을 내다보자 차는 이제 완전히 다른 길로 거침없이 달리고 있었다. 스탠이 해리의 어리벙벙한 표정을 매우 재미있는 듯 지켜보고 있었다.

"여기가 바로 네가 신호하기 전에 우리가 있던 곳이야." 그가 말했다. "여기가 어디죠, 어니? 웨일즈 지방이죠?"

"그래." 어니가 간단히 대꾸했다.

"머글들은 어떻게 버스 소리를 듣지 못하는 거죠?" 해리가 물었다.

"그들이야 그렇지!" 스탠이 경멸하듯이 말했다. "그들은 듣지만 못하는 게 아니라 보지도 못해. 그들은 아무것도 눈치채지 못해."

"가서 마시 부인을 깨우는 게 좋겠구나, 스탠." 어니가 말했다. "조금 있으면 애버게이브니에 도착하니까 말이다."

스탠이 해리의 침대를 지나가 좁다란 나무 계단 위로 사라졌다. 여전히 창 밖을 내다보고 있던 해리는 점점 더 초조해지는 걸 느꼈다.

어니는 버스 운전법을 완전히 익히지 않았는지 버스가 계속해서

인도 위로 올라갔다. 하지만 이상하게도 어떤 것에도 부딪히지는 않았다. 죽 늘어선 가로등과 우편함과 쓰레기통들은 버스가 다가가면 펄쩍펄쩍 뛰어올랐다가 버스가 지나가고 나면 다시 제자리로 돌아갔다.

잠시 뒤 스탠은 여행용 망토로 몸을 감싸고 있는, 힘이 하나도 없는 창백한 마녀와 함께 아래층으로 다시 왔다.

"이제 내리세요, 마시 부인." 스탠이 유쾌하게 말했다. 어니가 브레이크를 밟자 침대들이 버스 앞쪽으로 약간 미끄러졌다. 마시 부인은 손수건으로 입을 가리고 비틀거리며 계단을 내려갔다. 마시 부인이 내리자 스탠이 그녀의 가방을 내려보낸 뒤 문을 닫았다. 또 한 번 **쾅** 하더니, 버스가 요란한 소리를 내며 좁다란 시골길을 달려 내려가자 나무들이 펄쩍펄쩍 뛰어올랐다.

해리는 설사 시끄럽게 쾅쾅거리지도, 한 번에 수백 킬로미터씩 날아다니지도 않는 보통 버스를 타고 여행을 하고 있다고 해도 결코 편안히 잠을 이룰 수는 없었을 것이다. 앞으로 닥칠 일과 천장으로 부풀어 올라간 마지 아줌마에 생각이 미치자 속이 울렁거렸다.

스탠은 혀를 이빨 사이로 내민 채 열심히 《예언자 일보》를 읽고 있었다. 1면에 커다랗게 실린, 홀쭉한 얼굴에 헝클어진 긴 머리를 늘어뜨린 남자가 해리에게 천천히 눈을 깜작이고 있었다. 어디선가 본 듯한 얼굴이었다.

"저 사람이야!" 해리가 잠시 자신의 근심을 잊고 소리쳤다. "그 사람 머글 뉴스에 나왔었어!"

스탠이 신문의 1면으로 고개를 돌리더니 킬킬거렸다.

"시리우스 블랙이야." 그가 고개를 끄덕이며 말했다. "물론 머글 뉴스에도 나왔었지, 네빌 넌 도대체 어디에 있었기에 이 사람 이름도 모르는 거야?"

그는 해리의 멍한 표정에도 아랑곳없이 싱글거리며 1면을 빼내어 해리에게 넘겨주었다.

"신문을 더 읽어 봐, 네빌."

해리는 신문을 촛불 쪽으로 가져갔다.

블랙, 아직도 체포되지 않다

아즈카반 감옥에 수감되었던 가장 악명 높은 죄수 시리우스 블랙이 여전히 잡히지 않고 있다고 마법부가 오늘 밝혔다.

"우리는 어떻게든 블랙을 다시 체포할 것입니다." 마법부 장관 코넬리우스 퍼지가 오늘 아침 이렇게 말했다. "그러니 제발 진정하시기 바랍니다."

퍼지 장관은 이 위기를 머글 수상에게 알린 것 때문에 와록 국제 연맹의 회원들로부터 심한 비난을 받았다.

"제가 왜 그렇게 해야 했는지 정말 모르시겠습니까." 퍼지 장관은 대단히 화가 나 있었다. "블랙은 미치광이입니다. 마법사든 머글이든 그를 만나게 되는 사람은 누구나 위험합니다. 난 블랙의 진짜 정체에 대해서는 누구에게도 누설하지 않겠다는 수상의 확언을 받았습니다. 우린 이 사건에 용감하게 대처해야 합니다. 그가 그런 일을 저질렀다고 말한들 누가 믿겠습니까?"

머글들에게는 블랙이 총(머글들이 서로를 죽일 때 사용하는 일종의 금속 지팡이)을 소지하고 있다고 말했지만, 마법계는 12년 전에 블랙이 단 한 번의 저주로 무려 열세 명을 살해했던 것과 같은 대량 학살이 또 일어나지나 않을까 하는 두려움에 떨고 있다.

해리는 홀쭉한 얼굴에서 유일하게 생생하게 살아 있는 것 같은 시리우스 블랙의 눈을 들여다보았다. 흡혈귀를 직접 본 적은 없었지만 창백할 정도로 새하얀 피부를 가진 블랙의 모습은 꼭 어둠의 마법 방어술 수업 시간에 사진에서 본 흡혈귀처럼 보였다.

"무시무시하게 생겼지?" 신문을 읽는 해리를 유심히 지켜보던 스탠이 말했다.

"이 사람이 *열세 명*을 죽였어?" 해리가 신문을 스탠에게 다시 넘겨주며 물었다. "*단 한 번의 저주*로?"

"그래." 스탠이 말했다. "사람들이 모두 보는 앞에서. 벌건 대낮에 말야. 굉장한 사건이었지. 안 그래요, 어니?"

"그래." 어니가 음울하게 말했다.

스탠이 안락의자를 빙그르르 돌려 해리와 마주 보고 앉았다.

"블랙은 **그 사람**의 대단한 추종자였어." 그가 말했다.

"뭐라구? **볼드모트**?" 해리가 아무 생각 없이 말했다.

스탠은 여드름까지 새하얘질 정도로 깜짝 놀랐다. 또 어니는 핸들을 어찌나 갑자기 홱 틀었던지, 그 버스를 피하려고 농가 한 채가 통째로 펄쩍 비켜 서야 했다.

"너 정신 나갔니?" 스탠이 큰 소리로 말했다. "그 이름을 어떻게 입에 담을 수 있어?"

"미안해." 해리는 허둥지둥 말했다. "미안해, 이…… 잊어버렸……"

"잊어버렸다구!" 스탠이 가냘프게 말했다. "깜짝 놀랐잖아. 심장 떨려 죽겠네……."

"그러니까…… 그러니까 블랙이 **그 사람**의 추종자였단 말이지?" 해리가 변명이라도 하는 듯 한 마디 거들었다.

"그래." 스탠이 여전히 가슴을 쓸어내리면서 말했다. "그래, 맞아. 그 사람과 아주 가까웠다고 그러더라. 어쨌든, 어린 해리 포터가 그 사람을 물리치자……"

해리는 초조하게 앞머리를 다시 한 번 끄집어 내렸다.

"……그 사람의 추종자들이 모두 잡혔어, 그렇죠 어니? 그 사람이 사라져 버리자 그들 대부분은 모든 게 끝났다는 걸 알고 조용해졌어. 하지만 시리우스 블랙만은 안 그랬어. 자신이 그 사람의 2인자라고 믿고 있었기 때문이래. 어쨌든, 블랙은 머글들이 잔뜩 몰려 있는 거리 한가운데에서 궁지에 몰리자, 요술지팡이를 꺼내 거리의 반을 폭파시켰다는 거야. 그런데 그 저주에 마법사 한 명과 머글 열두 명이 걸렸대나 봐. 끔찍하지, 어? 그리곤 블랙이 어떻게 했는지 알아?" 스탠이 목소리를 낮춰서 극적인 분위기를 내며 말했다.

"어떻게 했는데?" 해리는 그 다음 내용이 궁금해 다급하게 물었다.

"*웃었대.*" 스탠이 말했다. "제자리에 서서 웃었대. 그리고 마법부에서 지원병들이 도착했을 때도 양처럼 순해져서는 계속 큰 소리로 웃고 있었대. 미친 거지. 그랬죠, 어니? 정말로 미쳤죠?"

"글쎄, 아즈카반에 잡혀갈 당시엔 미치지 않았다 하더라도 지금쯤은 미쳤을 거야." 어니가 느릿느릿 말했다. "만일 내가 그곳에 갇히게 된다면 난 차라리 그 전에 죽어 버릴 거야. 그 놈한테는 딱 맞는 벌이야. 그놈이 한 짓을 생각해 보면 말야……."

"그런데 어떻게 그 사건을 숨길 수 있었죠, 어니?" 스탠이 물었다. "거리 전체가 박살이 나고 그렇게 많은 머글들이 죽었는데 말이에요. 그 사건을 어떻게 위장했죠, 어니?"

"가스 폭발인 것처럼 해야 했지." 어니가 툴툴거렸다.

"그런데 그런 그가 탈옥한 거야." 스탠이 신문에 나온 기분 나쁘게 생긴 블랙의 얼굴을 다시 한 번 살피며 말했다. "아즈카반에서 탈옥에 성공한 적은 한 번도 없었죠, 어니? 그 사람이 어떻게 탈옥했는지 정말 모르겠단 말이에요. 놀라워요, 그렇잖아요? 특히 아즈카반의 간수들을 생각하면 정말 어려운 일인데 말이에요."

어니가 갑자기 몸을 떨었다.

"다른 얘기 해라, 스탠. 아즈카반의 간수들만 생각하면 난 기분이 좋지 않아서 말야."

스탠이 마지못해 신문을 치우자, 해리는 버스 창문에 몸을 기댔다. 기분이 훨씬 더 나빠졌다. 그는 스탠이 며칠 뒤 승객들에게 어떤 말을 하게 될까 보지 않아도 훤히 알 수 있을 것 같았다.

"저 해리 포터 얘기 들으셨어요? 그 애가 아줌마를 부풀어 오르게 했대요! 그 애가 이 구조 버스에 탔었어요. 그렇지 않아요, 어니? 그 애는 급히 도망치던 중이었어요……."

해리는 시리우스 블랙과 똑같이 마법사 법을 어겼다. 마지 아줌마를 부풀게 한 게 아즈카반에 수감될 정도로 나쁜 짓일까? 해리는 마법사 감옥에 대해서는 전혀 들은 바가 없었지만, 아즈카반에 대해 말하는 사람들은 한결같이 두려워하는 어조로 말했었다. 호그와트의 사냥터지기인 해그리드는 작년에 그곳에서 두 달 동안 보냈었다. 해리는 그나마 용감하다고 할 수 있는 해그리드마저도, 아즈카반으로 가게 되었다는 말을 들었을 때 그의 얼굴에 나타났던 두려움이 잊혀지지 않았다.

구조 버스가 덤불과 쓰레기통과 전화 부스와 나무들을 펄쩍 뛰어 물러나게 하며 어둠 속을 달리는 동안, 해리는 불안하고 비참한 심정으로 깃털 침대에 누워 있었다. 한참 뒤, 스탠은 해리가 코코아 값을 냈다는 걸 기억하고 따뜻한 코코아를 한 잔 들고 왔는데, 버스가 앵글시에서 애버딘으로 갑자기 방향을 트는 바람에 그만 해리의 베개에다 쏟고 말았다.

이윽고 잠옷에 슬리퍼를 신은 마법사들이 이층에서 하나씩 내려오더니 버스에서 내렸다. 그들은 모두 밝은 표정이었다.

이제 승객은 해리뿐이었다.

"자, 이제 네 차례야, 네빌." 스탠이 손뼉을 치며 말했다. "런던 어디쯤이지?"

"다이애건 앨리." 해리가 말했다.

"좋았어." 스탠이 말했다. "꽉 잡아, 자……."

쾅.

차는 또다시 큰 소리를 내며 채링 크로스 가(런던 시의 중앙. 스트랜드 가 서쪽 끝의 번화가 : 역주)를 달리고 있었다. 해리는 똑바로 앉아서 건물과 벤치가 구조 버스가 지나갈 수 있도록 비켜 서며 길을 내는 것을 지켜보았다. 하늘이 점점 밝아 오고 있었다. 다이애건 앨리에 도착하면 두 시간 동안 기다렸다가 그린고트 은행 문이 열리면 돈을 찾아 떠날 것이다……. 어디로 갈지는 그때 가 봐서 생각해 볼 작정이었다.

어니가 브레이크를 밟자 구조 버스가 '리키 콜드런' 이라는 작고 허름해 보이는 술집 앞에 끽 하며 멈춰 섰다. 그 술집 뒤에는 다이애건 앨리로 들어가는 마법의 입구가 있었다.

"고맙습니다." 해리가 어니에게 다정스레 말했다.

그는 계단을 펄쩍 뛰어내린 뒤 스탠의 도움을 받아 가방과 헤드위그의 새장을 보도 위로 내렸다.

"자," 해리가 말했다. "그럼 잘 가!"

하지만 스탠은 듣고 있지 않았다. 그는 버스 출입구에 그대로 서서 눈을 부릅뜨고 리키 콜드런으로 들어가는 어두운 입구를 바라보고 있었다.

"여기 있었구나, 해리." 등 뒤에서 어떤 목소리가 들려왔다.

그리고 해리가 미처 몸을 돌리기도 전에 어깨에 손이 얹혀졌다. 동시에 스탠이 소리쳤다. "이럴 수가! 어니, 이리 와 보세요! 이리 와 보시라구요!"

어깨에 올려진 손의 주인을 올려다본 해리는 몸이 얼어붙는 듯했다……. 그 자신이 제 발로 마법부 장관 코넬리우스 퍼지에게 찾아온 것이었다.

스탠이 그들이 서 있는 보도로 뛰어 내려왔다.

"네빌을 뭐라고 부르셨죠, 장관님?" 그가 흥분해서 물었다.

가는 세로줄 무늬가 있는 긴 망토를 입고 있는 자그마하고 뚱뚱한 퍼지 장관이 차갑고 피로에 지친 것 같은 표정을 지었다.

"네빌?" 그가 이맛살을 찌푸리며 말했다. "이 애는 해리 포터란다."

"내가 그럴 줄 알았어요!" 스탠이 매우 기쁜 듯 소리쳤다. "어니! 어니! 네빌이 누군지 알아맞혀 보세요, 어니! 이 애가 해리 포터예요! 흉터가 보여요!"

"그래." 퍼지 장관이 퉁명스럽게 말했다. "해리가 다행히 구조 버스를 타고 와서 대단히 기쁘기는 하지만, 이 애와 난 지금 리키 콜드런으로 좀 들어가야겠는데……."

퍼지 장관이 해리의 어깨를 더 세게 누르며 술집 안으로 들어갔다. 바 뒤편에 나 있는 문에서 초롱을 든 구부정한 형체 하나가 나왔다. 이빨이 다 빠지고 쭈글쭈글한 술집 주인 톰이었다.

“기어코 그 아이를 찾아내셨군요, 장관님!” 톰이 말했다. “뭐 좀 드시겠습니까? 맥주를 드릴까요? 브랜디를 드릴까요?”

“그냥 차로 한 잔 주시오.” 퍼지 장관이 여전히 해리를 잡은 채로 말했다.

그들 뒤에서 귀에 거슬리는 삐걱거리는 소리와 헐떡이는 소리가 나더니, 스탠과 어니가 해리의 가방과 헤드위그의 새장을 들고 나타나 흥분한 얼굴로 주위를 둘러보았다.

“왜 네가 누구라고 솔직히 말하지 않았지, 네빌?” 스탠이 해리에게 밝게 미소지으며 말하는 사이, 어니는 부엉이 같은 얼굴로 빤히 바라보았다.

“내실로 안내해 주시오, 톰.” 퍼지 장관이 매섭게 말했다.

“안녕.” 톰이 퍼지 장관에게 고갯짓을 해서 바에서 나가는 복도 쪽을 가리키자, 해리가 스탠과 어니에게 힘없는 목소리로 인사했다.

“안녕, 네빌!” 스탠이 외쳤다.

퍼지 장관은 톰의 안내를 받으며 좁은 복도를 지나 작은 내실로 해리를 데려갔다. 톰은 손으로 짤깍 소리를 내서 벽난로에 불이 확 타오르게 한 뒤 방에서 나갔다.

“앉아라, 해리.” 퍼지 장관이 난로 옆에 있는 의자를 가리키며 말했다.

해리는 불 앞에 앉아 있는데도 팔에 소름이 돋는 것 같은 기분이 들었다. 퍼지 장관은 가는 세로줄 무늬가 있는 망토를 벗어 옆으로 치운 뒤, 짙은 초록색 바지를 끌어올리고 해리 반대편에 앉았다.

“난 코넬리우스 퍼지란다, 해리. 마법부 장관이지.”

해리는 물론 그를 이미 알고 있었다. 그는 퍼지 장관을 한 번 본 적이 있었지만, 그 당시엔 아버지의 투명 망토를 입고 있었으므로 퍼지 장관은 그 사실을 전혀 알지 못했다.

술집 주인인 톰이 잠옷 위에 앞치마를 두른 채로 차와 핫케이크가 담긴 쟁반을 들고 다시 나타났다. 그는 그 쟁반을 퍼지 장관과 해리 사이에 있는 탁자 위에 놓고는 문을 닫고 나갔다.

"해리." 퍼지 장관이 차를 따르며 말했다. "너 때문에 우리가 얼마나 안절부절못했는지 아니. 네 이모네 집에서 그런 식으로 달아나다니! 얼마나 걱정했는지……. 하지만 무사해서 다행이다. 중요한 건 바로 그거니까 말이다."

퍼지는 직접 핫케이크에 버터를 발라 접시를 해리 쪽으로 밀었다.

"먹어라, 해리. 기운이 없어 보이는구나. 자…… 마지 더즐리 양의 불행한 팽창 사건은 우리가 다행히도 잘 처리했단다. 마법 사고 복구반 두 분이 몇 시간 전에 프리벳가에 급파되었단다. 더즐리 양의 몸에 구멍을 내고 그녀의 기억력을 수정했지. 덕분에 더즐리 양은 그 사건을 전혀 기억하지 못하게 되었단다. 그뿐이란다. 아무 피해도 없다는 말이다."

퍼지 장관은 차를 마시며 마치 아주 사랑하는 조카를 바라보는 삼촌처럼 해리에게 미소를 지어 보였다. 해리는 자신의 귀를 도저히 믿을 수 없었다. 그는 뭔가 말하려고 입을 열었지만, 뭐라고 말해야 할지 몰랐으므로 다시 입을 다물었다.

"아, 네 이모와 이모부가 화났을까 봐 걱정하고 있는 거니?" 퍼지 장관이 물었다. "그들은 물론 대단히 화가 났단다, 해리. 하지만 그들은 네가 크리스마스와 부활절을 호그와트에서 보내기만 한다면 내년 여름에 널 다시 데려가겠다고 했단다."

해리는 간신히 입을 열었다.

“전 크리스마스와 부활절은 항상 호그와트에서 보내요.” 그가 시무룩하게 말했다. “그리고 전 프리벳가로는 다시는 돌아가고 싶지 않아요.”

“자, 자, 마음이 좀 가라앉으면 기분이 달라질 게다.” 퍼지 장관이 걱정스런 어조로 말했다. “아무튼, 그들은 너의 가족이잖니. 그러니 분명 서로를 좋아하고 있을 거야……. 어……, 내심으론 말이다.”

그러나 해리는 퍼지 장관의 생각이 잘못된 것이라고 고쳐 줄 기분이 아니었다. 여전히 이제나저제나 자신이 어떻게 되는 건지 말해 주기만 기다리고 있었다.

“그러니까 이제는,” 퍼지 장관이 핫케이크를 하나 더 집어 버터를 바르며 말했다. “네가 남아 있는 2주 동안의 방학을 어디서 보낼 건지 결정하는 일만 남았단다. 난 네가 여기 이곳 리키 콜드런에 방을 하나 얻어 있으면 어떨까 하는데…….”

“잠깐만요.” 해리가 불쑥 말했다. “징계는요?”

퍼지가 눈을 깜작였다.

“징계?”

“전 법을 어겼잖아요!” 해리가 말했다. “미성년 마법사의 행동 제한 법령 말예요!”

“오, 얘야, 우린 그런 사소한 일로 널 처벌하지는 않는단다!” 퍼지가 핫케이크를 흔들며 큰 소리로 말했다. “그건 사고였잖니! 아줌마를 부풀게 했다는 이유만으로 아즈카반에 가지는 않는단다!”

하지만 이것은 과거의 마법부의 반응과는 전혀 달랐다.

“작년에, 전 그저 집요정이 제 이모부 집에서 푸딩을 팽개쳤다는 이유로 공식 경고장을 받았어요!” 해리가 눈살을 찌푸리며 말했다.

"그때 마법부는 한 번만 더 마법을 부리면 제가 호그와트에서 쫓겨날 거라고 말했어요!"

해리가 잘못 본 것인지는 모르지만, 퍼지 장관의 얼굴에 언뜻 당황한 기색이 스쳤다.

"상황은 변하게 마련이란다, 해리……. 우린 여러 가지를 정상 참작해야만 하지……. 현재의 분위기에서는…… 설마 퇴학당하고 싶은 건 아니겠지?"

"물론 그렇지는 않죠." 해리가 또박또박 말했다.

"그렇다면 쓸데없이 소동을 피울 게 뭐 있겠니?" 퍼지 장관이 웃었다. "지금은 핫케이크나 먹거라, 해리. 난 가서 톰에게 네가 묵을 방이 있나 알아봐야겠다."

해리는 내실에서 성큼성큼 걸어나가는 퍼지 장관을 빤히 바라보았다. 뭔가 대단히 이상한 일이 벌어지고 있는 게 분명했다. 자신을 처벌할 의도가 없었다면 퍼지 장관은 왜 리키 콜드런에서 기다리고 있었던 걸까? 더군다나 마법부 장관이 직접 미성년 마법사 문제에 관여하는 건 분명히 평범한 일이 아니라는 생각이 들었다.

퍼지 장관은 술집 주인인 톰과 함께 다시 돌아왔다.

"11호 방이 비어 있다는구나, 해리." 퍼지 장관이 다정하게 말했다. "아주 편할 게다. 딱 한 가지, 네가 알아 둘 게 있는데…… 런던에서는 돌아다니지 않았으면 좋겠구나, 알았지? 다이애건 앨리에만 있거라. 그리고 어두워지기 전에는 반드시 이곳으로 돌아와야 한다. 내 말 이해했으리라 믿는다. 톰이 나 대신 널 지켜볼 게다."

"알겠어요." 해리가 천천히 말했다. "하지만 왜……?"

"널 또다시 잃고 싶지 않기 때문이지." 퍼지 장관이 애정 어린 웃음을 지으며 말했다. "아니, 아니…… 네가 여기에 있는 게 가장 좋다는 생각이 든 것뿐이란다……. 내 말은……."

퍼지는 요란하게 목을 가다듬고는 가는 세로줄 무늬가 있는 망토를 집어 들었다.

"그러면 난 이만 가 봐야겠구나. 알다시피 할 일이 많아서 말이다……."

"블랙은 잡으셨나요?" 해리가 불쑥 물었다.

느닷없는 해리의 질문에 퍼지 장관의 손가락이 망토의 은빛 단추에서 스르르 미끄러졌다.

"그게 무슨 말이니? 아, 너도 들었구나……. 글쎄다. 아니, 아직은 못 잡았지만 시간 문제일 뿐이란다. 아즈카반의 간수들은 지금까지 실패한 적이 없거든……. 그리고 난 간수들이 그렇게 화나 있는 건 본 적이 없단다."

퍼지 장관이 약간 진저리를 쳤다.

"그럼, 이만 작별해야겠다."

그가 손을 내밀었고, 해리는 그와 악수를 했다. 그런데 그때 문득 한 가지 생각이 떠올랐다.

"저…… 장관님? 뭐 좀 여쭤 봐도 될까요?"

"물론이지." 퍼지 장관이 미소를 지으며 말했다.

"호그와트의 3학년생들은 호그스미드에 가도 좋다고 했는데, 저희 이모와 이모부는 그 허가서에 사인을 해주지 않으셨어요. 장관님께서 대신……?"

퍼지는 약간 곤란해 하는 것 같은 표정을 지어 보였다.

"아," 그가 말했다. "곤란하다, 해리. 미안하구나. 난 네 부모나 보호자가 아니라서 말이다……."

"하지만 마법부 장관이시잖아요." 해리가 간절히 말했다. "장관님께서 허락해 주신다면…….”

“안 된다, 해리. 미안하구나. 규칙은 규칙이란다.” 퍼지가 단호하게 말했다. “호그스미드는 내년에도 갈 수 있잖니. 사실, 내 생각엔 네가 가지 않는 게 좋을 것 같구나……. 그래…… 그럼, 난 이만 가야겠다. 잘 지내거라, 해리.”

그리고 마지막으로 한 번 더 미소를 지은 뒤, 퍼지는 방을 나가 버렸다. 그가 나가자마자 톰이 다가와 해리에게 환히 미소지었다.

“날 따라오렴, 포터.” 그가 말했다. “네 물건들은 내가 이미 올려다 놓았단다.”

해리는 톰을 따라 멋진 나무 계단을 올라가, 11호라고 쓰여진 놋쇠 번호판이 붙어 있는 문 앞으로 갔다. 톰이 자물쇠를 따고 문을 열어 주었다.

안에는 매우 편안해 보이는 침대와 반들반들하게 닦인 오크 가구와 그리고 유쾌하게 딱딱 소리를 내며 타고 있는 난로가 있었다. 그런데, 옷장 위에……

“헤드위그!” 해리는 너무 놀라 숨이 막혔다.

눈빛처럼 새하얀 부엉이가 부리를 맞부딪쳐 딸깍 소리를 내며 해리의 팔 위로 날아왔다.

“정말 굉장히 영리한 부엉이더구나.” 톰이 싱그레 웃었다. “네가 도착하기 5분 전쯤 날아들었단다. 필요한 게 있으면 주저하지 말고 말하거라.”

그는 한 번 더 인사를 하고 나갔다.

해리는 얼빠진 사람처럼 멍하니 헤드위그를 쓰다듬으며 한참 동안 침대에 앉아 있었다. 창 밖의 하늘은 진한 푸른색에서 차가운 회색빛으로 빠르게 변하더니, 다시 천천히 황금빛이 도는 핑크빛으로 물들었다. 해리는 자신이 불과 몇 시간 전에 프리벳가를 떠났으며 퇴학당하지도 않았고, 이젠 더즐리 가족에게서 벗어나 2주 동안을 자유롭게 보내게 되었다는 사실이 도저히 믿기지 않았다.

"정말 이상한 밤이었어, 헤드위그." 해리는 길게 하품을 했다.

그리고 안경을 벗지도 않은 채 픽 쓰러져 잠들어 버렸다.

제 4 장

리키 콜드런

해리가 그 이상스런 새로운 자유에 익숙해지기까지는 며칠이 걸렸다. 예전에는 일어나고 싶을 때 일어나거나 먹고 싶은 걸 먹어 본 적이 한 번도 없었지만 이제는 달랐다. 또 다이애건 앨리에서 벗어나지만 않는다면 가고 싶은 곳은 어디든 갈 수 있었고, 그 거리에는 세상에서 가장 매혹적인 마법사 가게들이 빽빽이 들어서 있었으므로, 해리는 퍼지 장관과의 약속을 깨면서까지 굳이 다시 머글 세계로 빠져나가고 싶은 마음이 전혀 들지 않았다.

또한 매일 아침 리키 콜드런에서 식사를 할 때마다 다른 손님들을 관찰하는 것도 재미있는 일이었다. 시골에서 쇼핑을 하기 위해 올라온 어딘가 약간 이상해 보이는 자그마한 마녀들도 있었고, 《오늘날의 변신술》이라는 잡지에 실린 최근 기사를 놓고 논쟁을 벌이는 덕망 있어 보이는 마법사들도 있었다. 또 우락부락하게 생긴 마법사들도 있었고, 귀에 거슬리는 쉰 목소리로 떠들어대는 난쟁이들도 있었다. 한번은 어깨까지 덮는 두툼한 양모 털모자를 뒤집어쓴 채로 날 간(肝) 한 접시를 주문한, 좀 수상쩍어 보이는 마녀도 있었다.

아침을 먹고 나면 해리는 뒷마당으로 나가 요술지팡이를 꺼내어 쓰레기통 위에서 왼쪽으로부터 세 번째에 있는 벽돌을 가볍게 톡톡 두드린 뒤, 벽에서 스르르 나타나는 다이애건 앨리로 들어가는 아치형의 입구로 들어가곤 했다.

해리는 해가 저물 때까지 기나긴 낮 시간 동안 이런저런 가게들을 둘러보고 밝은 색깔의 파라솔이 있는 야외 카페에 앉아 군것질을 하며 보냈다. 카페에 있는 사람들은 서로 자신들이 산 물건들을 보여주거나("여보게, 그건 달 전용 망원경이로구먼. 더 이상 달 지도를 가지고 고민할 필요가 없겠군, 안 그런가?"), 시리우스 블랙에 대해 이것저것 얘기하기도("난 그자가 다시 아즈카반으로 잡혀 들어갈 때까지는 어린아이들을 절대 혼자 나다니지 못하게 할걸세.") 했다.

해리는 이제 더 이상 담요 밑에서 손전등을 켜고 숙제를 할 필요가 없었다. 이제 그는 플로린 포트슈의 아이스크림 가게 바깥에 있는 밝은 햇살 아래에 앉아서, 가게 주인 플로린 포트슈의 도움을 받으며 논술 숙제들을 하나하나 해 나갔다. 해리가 그 아이스크림 가게에서 숙제를 한 건 그 주인이 중세의 마녀 화형에 대해 상당히 많이 알고 있기 때문이기도 했지만, 무엇보다도 해리에게 30분마다 과일이나 과즙을 얹은 선데 아이스크림을 공짜로 주었기 때문이었다.

그러나 해리는 그린고트의 금고에서 황금 갈레온과 은 시클과 청동 크넛을 지갑에 조금씩 넣어 가지고 나올 때마다, 그 돈을 한꺼번에 몽땅 써 버리지 않도록 자제하는 연습을 해야만 했다. 그는 호그와트에 5년을 더 다녀야 한다는 사실을 명심하려고 애썼고, 더즐리 가족에게 마법책을 살 돈을 달라고 사정해야 하는 처지가 되는 게 어떤 것일지 생각하며 곱스톤 세트(구슬치기와 비슷한 마법사 게임으로, 게임을 할 때 점수를 잃으면, 돌들이 상대팀 선수의 얼굴에 불쾌한 냄새가 나는 액체를 내뿜는다)를 사고 싶은 마음을 꾹꾹 눌렀다. 그는 또 커다란 유리공 안에 들어 있는 움직이는 은하수 모형도 몹시 사고 싶었다. 그것만 있다면 천문학 수업을 다시는 받을 필요가 없을 것이다. 그러나 리키 콜드런에 온 지 일주일쯤 되었을 때, 해리가 가장 좋아하는 고급 퀴디치 용품점에 그의 결심을 송두리째 무너뜨리는 물건이 나타났다.

가게에 몰려든 사람들이 저마다 뚫어지게 보고 있는 게 무엇인지 알고 싶어, 흥분한 마법사들을 헤치고 안으로 들어가자 새로 만들어진 듯한 진열대가 눈에 들어왔다. 그 위에는 그가 지금까지 본 어떤 빗자루보다도 훌륭한 빗자루가 올려져 있었다.

"막 출시된 빗자루야." 네모진 턱의 마법사가 함께 온 친구에게 말하고 있었다.

"세상에서 가장 빠른 빗자루죠. 그렇죠 , 아빠?" 해리보다 어린 남자아이가 아빠 팔에 매달리며 큰 소리로 말했다.

"아일랜드의 퀴디치 팀이 막 이 빗자루를 일곱 개 주문했습니다!" 가게 주인이 모여든 사람들에게 말했다. "월드컵 우승 후보에 오른 팀이죠!"

앞에 서 있던 우람한 마녀가 옆으로 움직이자, 해리는 그 빗자루 옆에 있는 표지판을 분명하게 읽을 수 있었다.

파이어볼트

이 최첨단 경주용 빗자루는 다이아몬드처럼 강하게 빛나는 광택과 고유 등록 번호가 매겨진 회백색의 최고급 유선형 손잡이가 일품입니다. 파이어볼트의 꼬리 부분은 하나하나 잘 골라서 만든 자작나무 가지를 공기역학적으로 마무리했으므로, 균형감각이 탁월하고 정확도가 매우 높습니다. 파이어볼트는 10초 내에 시속 250킬로미터까지 속력을 낼 수 있으며, 절대로 고장나지 않는 브레이크 마법을 걸어 놓았습니다. 가격은 직접 문의하십시오.

가격은 직접 문의하라구……. 해리는 금화가 얼마가 들든 파이어볼트를 꼭 사고 싶었다. 평생 그렇게 갖고 싶은 건 처음이었다……. 그러나 님부스 2000으로도 퀴디치 시합에서 한 번도 진 적이 없었고, 이미 아주 좋은 빗자루를 갖고 있는데, 파이어볼트를 사려고 그린고트의 금고를 탈탈 털어야 할 필요가 있을까? 해리는 물론 그 가격을 묻지는 않았지만, 그날 이후 거의 매일 와서 파이어볼트를 한없이 바라보았다.

그러나 해리가 정작 사야 할 것들은 따로 있었다. 그는 마법의 약 재료들을 사기 위해 약재상에도 갔고, 학교 망토가 이제 팔과 다리 부분이 몇 센티미터나 짧아졌으므로, 말킨 부인의 전천후 망토 가게에 가서 새 망토도 샀다. 하지만 무엇보다도 새 교과서를 사는 게 급선무였다. 금년엔 '신비한 동물 돌보기'와 '점술'이라는 두 과목이 새로이 추가되어 있었다.

창문으로 서점 안을 들여다보던 해리는 깜짝 놀랐다. 예전에 진열되어 있던 도로포장용 석판만 한 황금빛 마법책 대신에, 《괴물들에 대한 괴물책》 수백 권이 들어 있는 커다란 철조망 상자가 보였다. 책들이 서로 붙잡고 사납게 맞붙어 싸우며 공격적으로 물어뜯어서인지, 여기저기에 찢겨진 페이지들이 날아다니고 있었다.

해리는 주머니에서 책 목록을 꺼내 찬찬히 살펴보았다. 《괴물들에 대한 괴물책》은 '신비한 동물 돌보기' 과목에 필요한 책이라고 적혀 있었다. 해리는 이제야 해그리드가 왜 그 선물이 유용할 거라고 했는지 알 수 있었다. 그는 그제서야 안심이 되었다. 그는 혹시 해그리드가 또 어떤 무시무시한 새로운 애완 동물을 도우려고 하는 게 아닐까 생각해 왔던 것이다.

해리가 플러리쉬와 블러트 서점으로 들어가자, 점원이 허둥지둥 그에게로 왔다.

"호그와트?" 그가 무뚝뚝하게 물었다. "새 책을 사려고 왔니?"

"네." 해리가 말했다. "전……"

"비켜서거라." 점원이 해리 말은 들으려고도 하지 않고 성급하게 말했다. 그는 아주 두꺼운 장갑을 끼고 우툴두툴한 커다란 지팡이를 집어 들더니 괴물책들이 들어 있는 상자 쪽으로 걸어갔다.

"잠깐만요." 해리가 얼른 말했다. "전 그 책은 이미 구했는데요."

"그래?" 굉장히 안도한 듯 점원의 얼굴이 환히 밝아졌다. "그것 참 고맙구나. 난 오늘 아침에만도 벌써 다섯 번이나 물렸거든……."

상자 안에서 시끄럽게 잡아 찢는 소리가 났다. 괴물책 두 개가 또 다른 괴물책 하나를 잡고 마구 뜯어 내고 있었다.

"그만해! 그만해!" 점원이 소리치며 창살 사이로 막대기를 집어넣어 책들을 쳐서 서로 떨어지게 했다. "다시는 들여놓지 말아야지, 다시는! 미친 짓이었어! 이건 눈에 보이지 않는 투명책 2백 권을 들여놓았을 때보다 더 심해……. 그 책은 엄청 비쌀 뿐더러, 절대 찾을 수가 없었거든……. 그건 그렇구…… 뭐 다른 거 필요한 거 있니?"

"네." 해리가 책 목록을 내려다보며 말했다. "카산드라 바블라츠

키가 지은 《미래 들여다보기》라는 책이 필요해요."

"아, 점술을 시작하는구나. 그렇지?" 점원이 장갑을 벗고 해리를 점술에 관한 책들이 있는 서점 뒤편으로 안내하며 말했다. 작은 탁자에 《예측할 수 없는 것들 예측하기》, 《충격과 낙담에 대비하세요》, 《행운이 악운으로 변할 때》와 같은 책들이 잔뜩 쟁여져 있었다.

"여기 있구나." 점원이 까만 표지의 두꺼운 책을 내리려고 계단을 올라가며 말했다. "《미래 들여다보기》는 점을 치는 기초적인 방법을 알려 주는 아주 좋은 책이지. 손금 보기, 수정 구슬로 점치기……"

하지만 해리는 듣고 있지 않았다. 그의 눈은 작은 탁자에 진열되어 있는 책들 가운데, 《죽음의 징조 : 최악의 운명이 다가오고 있다는 걸 알 때 어떻게 할 것인가》라는 책으로 쏠려 있었다.

"오, 내가 너라면, 그런 책은 읽지 않을 거란다." 해리가 무얼 보고 있는지 눈치챈 점원이 재빠르게 말했다. "죽음의 징조들은 어디에서나 보게 될 테니 말이다. 너무 무서워서 숨이 막힐 지경이지."

하지만 해리는 그 책의 앞표지를 뚫어지게 바라보았다. 표지엔 번득이는 눈을 가진, 곰같이 커다란 검은개의 사진이 있었다. 그런데 이상하게도 어디선가 본 듯 낯이 익었다…….

점원이 《미래 들여다보기》라는 책을 해리의 손에 쥐어 주었다.

"뭐 또 다른 거 있니?" 그가 물었다.

"네." 해리가 그 개의 사진에서 눈을 떼고 멍하니 책 목록을 들여다보며 말했다. "저…… 《중급 변신술》과 《표준 마법서(3학년)》가 필요해요."

해리는 10분 뒤 겨드랑이에 새 책들을 끼고 플러리쉬와 블러트 서점에서 나와 행인들과 이리저리 부딪히며 멍하니 다시 리키 콜드런으로 향했다.

그는 쾅쾅거리며 계단을 올라가 방 안으로 들어가서 책들을 침대 위에 내려놓았다. 누군가가 들어와 말끔히 치워 놓은 것 같았다. 열려진 창문으로 햇살이 쏟아져 들어왔다. 뒤편의 머글 거리에서 버스 지나가는 소리와 다이애건 앨리에서 떠드는 군중 소리가 들렸다. 해리는 세면기 위에 걸린 거울에 비친 자신의 모습을 바라보았다.

"그게 설마 죽음의 징조는 아니었겠지." 그는 거울에 비친 자신의 영상에게 시비조로 말했다. "매그놀리아 광장에서 그걸 보았을 때 난 겁에 질렸었어……. 아냐, 아마 그저 길 잃은 개였을 거야……."

그는 반사적으로 한 손을 들어올리고 뻗친 머리를 차분해지도록 눌렀다.

"그래 봤자 아무 소용 없을걸." 거울 속의 그가 씨근거리며 말했다.

며칠이 훌쩍 지나가 버렸다. 해리는 이제 가는 곳마다 혹시 론이나 헤르미온느가 있지 않을까 하고 찾기 시작했다. 개학날이 다가오자, 다이애건 앨리에는 호그와트 학생들이 많이 눈에 띄었다. 그곳에서 해리는 그리핀도르 기숙사의 룸메이트인 시무스 피니간과 딘 토마스를 만났다. 그 애들도 고급 퀴디치 용품점에서 파이어볼트를 넋 나간 얼굴로 바라보고 있었다. 또 플러리쉬와 블러트 서점 앞에서는 동그란 얼굴에 건망증이 심한 아이인 진짜 네빌 롱바텀과도 마주쳤지만 말을 나누지는 못했다. 네빌이 책 목록을 두고 왔는지 아주 무섭게 생긴 그 애의 할머니에게 혼나고 있었기 때문이다. 해리는 자신이 프리벳가에서 도망친 동안 네빌로 행세했던 것을 네빌의 할머니가 알아내지 못했으면 하고 바랐다.

방학 마지막 날 아침 해리는 잠자리에서 눈을 떴다. 이제 내일이면 호그와트 급행 열차에서 론과 헤르미온느를 만날 것이다. 그는 얼른 일어나서 옷을 입고 마지막으로 한 번 더 파이어볼트를 보려고 밖으로 나갔다. 그리고는 점심을 어디서 먹을까 생각하고 있을 때 누군가가 그의 이름을 소리쳐 불렀다.

"해리! 해리!"

론과 헤르미온느가 플로린 포트슈의 아이스크림 가게 앞에 있는 파라솔에 앉아 열심히 손을 흔들고 있었다. 론은 놀라울 정도로 주근깨가 많아진 것 같았고, 헤르미온느는 얼굴이 많이 탄 것 같았다.

"마침내 만났군!" 해리가 자리에 앉자 론이 씩 웃으며 말했다. "우리가 리키 콜드런에 갔더니 네가 벌써 나갔다지 뭐야. 그래서 우린 플러리쉬와 블러트 서점에도 가고, 말킨 부인의 전천후 망토 가게에도 갔었어. 그런데……"

"학교 비품은 지난주에 다 구입했어." 해리가 설명했다. "그런데 너희들은 내가 리키 콜드런에 있다는 걸 어떻게 안 거니?"

"아빠가." 론이 말했다.

론의 아버지 위즐리 씨는 마법부에서 일하고 계시니, 마지 아줌마에게 일어난 일에 대해서 다 들어 알고 있을 것이다.

"그런데 너 정말로 네 아줌마를 부풀어 오르게 한 거니, 해리?" 헤르미온느가 매우 진지하게 물었다.

"일부러 그러려고 했던 건 아냐." 해리가 말하는 사이, 론이 큰 소리로 웃었다. "난 그저…… 더 이상 참을 수가 없었던 것뿐이야."

"웃을 일이 아냐, 론." 헤르미온느가 나무라듯 말했다. "솔직히, 난 해리가 퇴학당하지 않은 게 놀라워."

"나도 그래." 해리가 시인했다. "퇴학당하는 게 문제가 아니라, 난 체포될 줄 알았어." 그가 론을 바라보았다. "네 아버지는 퍼지 장관이 왜 날 처벌하지 않았는지 아시겠지?"

"바로 너이기 때문이겠지 뭐, 안 그래?" 론이 여전히 킥킥대며 어깨를 으쓱해 보였다. "유명한 해리 포터가 어쩌구저쩌구. 내가 만약 아줌마를 부풀어 오르게 했다면 마법부는 날 가만두지 않았을 거야. 하지만 날 찾으려면 아마 무덤을 파헤쳐야 했을걸. 우리 엄마가 날 벌써 저 세상으로 보내 버렸을 테니까 말야. 어쨌든, 오늘 저녁에 네가 직접 아빠께 여쭤 봐. 오늘 밤엔 우리도 리키 콜드런에 머무를 테니까 말야! 넌 내일 우리와 함께 킹스 크로스 역에 가면 돼! 헤르미온느도!"

헤르미온느가 밝게 미소 지으며 고개를 끄덕였다. "엄마와 아빠가 오늘 아침에 호그와트에 가져갈 짐과 함께 날 이곳에 내려 주셨어."

"정말 잘됐다!" 해리가 기뻐서 소리쳤다. "그러니까, 너희들 새 책과 비품을 다 준비했단 말이지?"

"이것 봐," 론이 가방에서 길고 얄팍한 상자 하나를 꺼내 열며 말했다. "새 요술지팡이야. 35센티미터에 버드나무로 만들어졌고 유니콘 꼬리털 한 가닥도 들어 있어. 그리고 우린 책도 다 구했어." 그러면서 론은 의자 밑에 있는 커다란 가방을 가리켰다. "괴물책은 어땠니, 어? 우리가 두 권을 달라고 하니까 점원이 거의 울려고 했어."

"그건 다 뭐니, 헤르미온느?" 해리가 그녀 옆에 있는 의자에 놓여 있는 가방 세 개를 가리키며 물었다.

"난 너보다 수강할 과목이 더 많잖아, 안 그래?" 헤르미온느가 말했다. "이건 산술점과 신비한 동물 돌보기와 점술과 고대 문자와 머글 연구 등에 관한 책이야."

"넌 머글 연구는 무엇 때문에 수강하려는 거니?" 론이 헤르미온느를 보고 눈알을 굴리며 말했다. "넌 머글 태생이잖아! 엄마와 아빠는 머글이시구! 넌 이미 머글들에 대해 많이 알고 있잖아!"

"하지만 마법사의 관점에서 그들을 연구하는 건 아주 재미있을 거야." 헤르미온느가 진지하게 말했다.

"너 일년 내내 잠자거나 먹을 계획은 있는 거니, 헤르미온느?" 해리가 이렇게 묻자, 론이 낄낄거렸다. 하지만 헤르미온느는 들은 척도 하지 않았다.

"내겐 아직 10갈레온이 남았어." 그녀가 지갑을 살피며 말했다. "9월달에 내 생일이 있는데, 엄마와 아빠가 나더러 직접 내 생일 선물을 사라고 돈을 조금 더 주셨거든."

"좋은 책은 어떨까?" 론이 순진하게 말했다.

"아니, 그러고 싶지는 않아." 헤르미온느가 태연하게 말했다. "난 부엉이가 정말 갖고 싶어. 해리는 헤드위그가 있고 넌 에롤이 있잖아……."

"난 없어." 론이 말했다. "에롤은 우리 가족 부엉이야. 내겐 스캐버스밖에 없어." 그가 주머니에서 애완용 쥐를 꺼냈다. "그런데 이 녀석을 한 번 검사해 봐야 할 것 같아." 그가 스캐버스를 탁자 위에 올려놓으며 덧붙였다. "내 생각에 이집트 기후가 녀석에게 잘 맞지 않았던 것 같아."

스캐버스는 예전보다 더 말라 보였고, 콧수염도 확실히 축 늘어져 있었다.

"저쪽에 신비한 동물 가게가 있어." 이제는 다이애건 앨리에 대해 훤히 알고 있는 해리가 말했다. "거기 가서 물어보면 스캐버스에게 어떤 문제가 있는지 알 수 있을 거야. 그리고 헤르미온느는 부엉이를 살 수 있을 거구."

그래서 그들은 아이스크림 값을 치르고 신비한 동물을 취급하는 가게로 갔다.

안에는 빈 공간이 별로 없었다. 벽에는 새장들이 죽 진열되어 있었는데 고약한 냄새가 났으며, 새장 속에 있는 새들이 모두 찍찍, 거억거억, 깨액깨액, 쉬쉬 하며 갖은 소리를 내고 있어서 몹시 시끄러웠다. 카운터에 있는 마녀가 어떤 마법사에게 앞뒤가 구분이 안 가게 생긴 도롱뇽을 돌보는 방법에 대해 조언을 해주고 있었으므로, 해리와 론과 헤르미온느는 새장들을 살피며 말없이 기다렸다.

커다란 보랏빛 두꺼비 한 쌍이 죽은 검정파리들 위에 앉아 잔치를 벌이고 있었다. 창가에서는 보석 장식이 아로새겨진 등딱지를 가진 거대한 거북이 한 마리가 반짝반짝 빛나고 있었다. 불쾌하기 짝이 없는 오렌지빛 달팽이들은 유리 수조 옆으로 천천히 도망치고 있었고, 살이 통통하게 찐 하얀 토끼는 계속해서 실크 중산 모자로 변했다가 펑 하며 커다란 소리를 내고는 다시 원래 모습으로 돌아오는 걸 반복하고 있었다. 그리고 온갖 색깔의 고양이와, 갈가마귀들이 들어 있는 시끄러운 새장과, 요란하게 윙윙거리고 있는 커스터드 빛깔의 이상한 모피 덩어리들이 담겨진 바구니도 있었다. 또 카운터에는 털이 하나도 없는 기다란 꼬리를 이용해 줄넘기 같은 걸 하고 있는 날씬한 까만 쥐들이 들어 있는 커다란 우리도 있었다.

드디어 앞뒤가 없는 도롱뇽에 대해 묻던 마법사가 떠나자, 론이 카운터로 다가갔다.

"이건 제 쥐인데요." 그가 마녀에게 조심스럽게 말을 꺼냈다. "제가 이집트에 데려갔다 온 이후 안색이 좀 좋지 않아요."

"녀석을 카운터 위에 올려놔 보거라." 마녀가 주머니에서 두꺼운 까만 안경을 꺼내며 말했다.

론이 안주머니에서 스캐버스를 꺼내 다른 쥐들이 들어 있는 우리 옆에 놓자, 그 쥐들이 줄넘기하던 걸 멈추고 더 잘 보려고 창살로 몰려들었다.

론이 갖고 있는 거의 모든 것들이 그렇듯이, 애완용 쥐 스캐버스도 다른 사람으로부터 물려받은 것이었으므로(그것은 한때 론의 형 퍼시의 쥐였다) 약간 초라했다. 우리 안에 있는 번질번질한 쥐들 옆에 있으니, 스캐버스가 한층 더 수심에 가득 차 있는 것처럼 보였다.

"흠." 마녀가 스캐버스를 집어 들며 말했다. "이 쥐는 몇 살이지?"

"몰라요." 론이 말했다. "아주 늙었어요. 제 형 거였거든요."

"이 녀석은 어떤 능력이 있지?" 마녀가 스캐버스를 이리저리 살피며 물었다.

"어……" 사실 스캐버스는 흥미로운 능력을 보여준 적이 한 번도 없었다. 마녀의 눈이 스캐버스의 해진 왼쪽 귀에서 발가락이 하나 없는 앞발로 움직이더니 큰 소리로 혀를 끌끌 찼다.

"이 녀석은 고된 생활을 해왔구나." 그녀가 말했다.

"퍼시 형이 제게 주었을 때도 그랬어요." 론이 자기 잘못이 아니라는 듯 화를 내며 말했다.

"보통 쥐나 이런 정원 쥐는 3년 이상 살지 못한단다." 마녀가 말했다. "자, 네가 좀더 오래 사는 것을 찾고 있다면, 이런 것들이 좋을지도 모르겠구나……."

그녀가 까만 쥐들을 가리키자, 그 쥐들이 얼른 다시 줄넘기를 하기 시작했다. 론이 투덜거렸다. "잘난 척하긴."

"별로 바꾸고 싶지 않다면, 이 쥐에게 강장제를 좀 먹여 보려무나." 마녀가 카운터 밑으로 손을 뻗어 작은 빨간색 병을 내보이며 말했다.

“좋아요.” 론이 말했다. “얼마죠? ……아야!”

맨 꼭대기에 있는 우리 위에서 오렌지 빛깔의 커다란 무언가가 날아올랐다가 순식간에 론의 머리에 내려앉더니, 미친 듯이 으르렁거리며 스캐버스에게 달려들었다. 론은 얼른 몸을 굽혔다.

“안 돼, 크룩생크, 안 돼!” 마녀가 외쳤다. 하지만 겁에 질린 스캐버스는 비누처럼 매끄럽게 쏙 빠져나가 마룻바닥에 뛰어내린 뒤, 문 밖으로 달아났다.

“스캐버스!” 론이 쥐를 쫓아 가게에서 뛰쳐나가며 소리쳤다. 해리도 따라나갔다.

그들은 10분쯤 뒤에야 겨우 고급 퀴디치 용품점 앞에 있는 휴지통 뒤에 피신해 있는 스캐버스를 잡았다. 론은 후들후들 떨고 있는 쥐를 다시 주머니에 쑤셔 넣은 뒤 똑바로 서서 머리를 문질렀다.

“그게 뭐였니?”

“아주 큰 고양이 아니면 아주 작은 호랑이였을 거야.” 해리가 말했다.

“헤르미온느는 어디에 있니?”

“부엉이를 사고 있겠지…….”

그들은 거리를 가득 메운 사람들을 헤치고 다시 신비한 동물 가게로 갔다. 그들이 도착하자, 막 헤르미온느가 가게에서 나오고 있었다. 하지만 부엉이는 들고 있지 않았다. 그녀는 양팔로 커다란 적갈색 고양이를 꼭 껴안고 있었다.

“그 괴물을 산 거야?” 론이 기가 막힌 듯 입을 헤벌리고 물었다.

“멋지지 않니?” 헤르미온느는 좋아서 얼굴이 빨갛게 달아올랐다.

그건 견해의 차이라고, 해리는 생각했다. 그 고양이의 적갈색 털은 숱이 많고 보풀보풀하긴 했지만, 영락없는 안짱다리인 데다 얼굴은 심술궂게 보였으며, 꼭 담벼락에 곤두박질치기라도 한 것처럼 이상하게 찌그러져 있었다. 그러나 스캐버스가 보이지 않자, 그 고양이는 헤르미온느의 양팔에서 흡족한 표정으로 그르렁거리고 있었다.

"헤르미온느, 그건 하마터면 내 머리가죽을 벗겨 버릴 뻔했어!" 론이 말했다.

"일부러 그런 건 아니었어. 그렇지, 크룩생크?" 헤르미온느가 고양이를 바라보며 말했다.

"그러면 스캐버스는 어떻게 하구?" 론이 불룩한 가슴 주머니를 가리키며 말했다. "녀석은 휴식과 안정이 필요해! 그런데 저게 돌아다니고 있으면 스캐버스가 어떻게 마음을 놓을 수 있겠니?"

"그러고 보니 생각났다. 네가 쥐의 강장제를 까먹고 안 가져갔더라구." 헤르미온느가 론의 손에 작은 빨간색 병을 털썩 내려놓으며 말했다. "그리고 걱정은 그만둬. 크룩생크는 내 기숙사 방에서 잠자고 스캐버스는 네 기숙사 방에서 잠잘 텐데, 뭐가 문제니? 가엾은 크룩생크. 가게에 있던 마녀가 그러는데 이 녀석은 그 우리에 한참 동안 있었대. 아무도 사려는 사람이 없어서 말야."

"왜 아니겠어." 리키 콜드런으로 출발하며 론이 빈정거렸다.

그들이 안에 들어서자 아서 위즐리 씨가 술집에 앉아 《예언자 일보》를 읽고 있었다.

"해리!" 그가 고개를 들고 미소를 지었다. "잘 지냈니?"

"네." 해리가 론과 헤르미온느와 함께 쇼핑한 것들을 들고 위즐리 씨에게 걸어가며 말했다.

위즐리 씨가 신문을 내려놓자, 이제는 아주 친근해진 시리우스 블랙이 사진 속에서 해리를 빤히 올려다보고 있었다.

"아직 못 잡았나 보죠?" 그가 물었다.

"그래." 위즐리 씨가 아주 근심스러운 표정으로 말했다. "마법부 사람들이 만사를 제쳐 두고 찾고 있지만, 지금까지는 별로 운이 따라 주지 않는구나."

"그를 잡으면 보상금을 받나요?" 론이 물었다. "현상금을 더 많이 걸면 좋을 텐데……."

"터무니없는 소리 마라, 론." 위즐리 씨가 말했다. 가까이서 보니 위즐리 씨는 매우 긴장하고 있는 것처럼 보였다. "블랙은 열세 살짜리 마법사에게 잡힐 사람이 아니란다. 내 말 귀담아 듣거라. 그를 다시 잡아들일 사람은 아즈카반의 간수들밖에 없단다."

바로 그때 위즐리 부인이 쇼핑 가방을 잔뜩 들고 술집으로 들어왔다. 뒤이어 이제 호그와트의 5학년생이 되는 쌍둥이 형제 프레드와 조지, 전교 회장으로 새로 선출된 퍼시, 그리고 위즐리 집안의 막내둥이이자 고명딸인 지니가 따라 들어왔다.

해리가 가는 곳이면 어디든 졸졸 쫓아다니던 지니는 그를 보자 예전보다 훨씬 더 당황해 하는 것 같았다. 그건 어쩌면 작년에 해리가 호그와트에서 그녀의 생명을 구해 주었기 때문인지도 몰랐다. 지니는 얼굴이 새빨개져서 해리를 똑바로 쳐다보지도 못한 채 "안녕."이라고 중얼거렸다. 그러나 퍼시는 해리와 한 번도 만난 적이 없었던 사람처럼 진지하게 손을 쑥 내밀며 이렇게 말했다. "해리, 만나서 정말 반갑다."

"안녕, 퍼시." 해리가 웃지 않으려고 애쓰며 말했다.

"잘 지내지?" 퍼시가 악수를 하면서 점잔을 빼며 말했다. 해리는 꼭 시장과 인사를 나누는 것 같은 기분이 들었다.

"응, 잘 지내. 덕분에……."

"해리!" 프레드가 퍼시를 팔꿈치로 밀어젖히고 허리를 깊숙이 숙이며 말했다. "여보게, 이렇게 만나다니 그저 반가울 따름이네."

"오 , 이거 해리 아닌가." 조지가 프레드를 밀치고 해리의 손을 잡으며 말했다. "정말 반갑네."

퍼시가 얼굴을 찌푸렸다.

"그만하면 됐다, 이제." 위즐리 부인이 쌍둥이 형제에게 주의를 주었다.

"엄마!" 프레드가 마치 이제야 엄마를 발견한 듯 위즐리 부인의 손을 잡으며 말했다. "만나서 정말 반가워요."

"그만하면 됐다고 했잖니." 위즐리 부인이 쇼핑한 물건들을 빈 의자에 내려놓으며 말했다. "잘 있었니, 해리? 우리 소식은 들었겠지, 굉장하지 않니?" 그녀가 퍼시의 가슴에 달린 새로운 은빛 배지를 가리켰다. "한 가족에서 전교 회장이 두 명이나 나오다니!" 그녀가 자랑스러움으로 감정이 북받쳐서 말했다.

"또 시작이셔." 프레드가 들릴락 말락 하게 투덜거렸다.

"그러니 너희들은 반장이 못 됐지." 위즐리 부인이 갑자기 눈살을 찌푸리며 말했다.

"반장 같은 건 되어서 뭐해요?" 이번엔 조지가 매우 비위가 상한 것 같은 표정으로 말했다. "인생에서 재미란 재미는 다 없어져 버릴 텐데 말예요."

지니가 낄낄거렸다.

"네 여동생에게 좋은 본보기가 좀 되어 봐라!" 위즐리 부인이 날카롭게 쏘아붙였다.

"그 애들 말고도 지니가 본받을 만한 오빠들은 또 있잖아요, 엄마.” 퍼시가 거만하게 말했다. “전 이만 올라가서 저녁 만찬 때 입을 옷으로 갈아입어야겠어요…….”

그가 가 버리자 조지가 괴로운 듯이 한숨을 푹 쉬었다.

“우리가 퍼시 형을 피라미드에 가두려고 했었는데, 그만 엄마에게 들키고 말았지 뭐야.”

그날 밤 만찬은 매우 즐거웠다. 일곱 명의 위즐리 가족과 해리와 헤르미온느는 술집 주인 톰이 붙여 준 세 개의 탁자에 앉아 차례로 나오는 5가지의 맛있는 요리를 먹었다.

“아빠, 우린 내일 어떻게 킹스 크로스에 갈 거죠?” 프레드가 화려하게 장식된 초콜릿 푸딩을 먹기 시작하며 물었다.

“마법부가 자동차 두 대를 내주기로 했단다.” 위즐리 씨가 말했다.

모두들 고개를 들고 의아한 눈초리로 그를 바라보았다.

“왜요?” 퍼시가 호기심에 찬 얼굴로 물었다.

“형 때문이지, 퍼시.” 조지가 자못 진지하게 말했다. “그리고 차 보닛에는 ‘전교 회장’ 이라고 쓰여진 작은 깃발을 달 거야.”

“그건 ‘전국 교만한 자 연합회장’ 이라는 뜻이야.” 프레드가 말했다.

퍼시와 위즐리 부인을 제외하고 모두가 푸딩을 한 입씩 담고 킥킥거렸다.

“마법부가 왜 자동차를 내주는 거죠, 아빠?” 퍼시가 위엄 있는 목소리로 다시 물었다.

“우리에게 차가 없으니까 그런 거란다.” 위즐리 씨가 말했다. “그리고 아빠가 마법부에서 일하고 있으니까, 내게 호의를 베푸는 거지.”

위즐리 씨의 목소리는 태연했지만, 해리는 그의 귀가 꼭 론이 궁지에 몰려 있을 때 그러는 것처럼 새빨개졌다는 걸 알아챘다.

“다행이잖니.” 위즐리 부인이 활발하게 말했다. “너희 모두가 가져가야 할 짐이 대체 얼마나 많은지 알기나 하니? 너희가 머글 지하철을 타고 간다면 볼 만했을 게다……. 그런데 짐은 다 싸 놓았겠지?”

“론은 아직 새로 산 물건을 가방에 넣지 않았어요.” 퍼시가 기다렸다는 듯 얼른 일러바쳤다. “녀석이 제 침대에다 다 쏟아 놓았어요.”

“그럼 넌 그만 가서 짐을 싸는 게 좋겠구나, 론. 아침에는 시간이 많지 않을 테니까 말이다.” 위즐리 부인이 꾸짖자, 론이 퍼시를 노려보았다.

저녁을 다 먹고 나자 모두들 배도 부르고 졸음도 오기 시작했으므로, 그 다음날 할 일을 점검하기 위해 한 명씩 이층에 있는 각자의 방으로 올라갔다. 론과 퍼시는 해리 옆방에 묵고 있었다. 그런데 해리가 가방을 닫고 잠갔을 때 옆방에서 성난 목소리가 들려왔다. 해리는 무슨 일인가 싶어 슬며시 가 보았다.

12호의 방문은 조금 열려 있었는데, 퍼시가 론에게 소리를 지르고 있었다.

“그건 여기 침대 옆 탁자 위에 있었어. 내가 닦으려고 빼놓았단 말야…….”

“난 손대지 않았어, 알겠어?” 론이 큰 소리로 맞받아쳤다.

“무슨 일이니?” 해리가 물었다.

“내 전교 회장 배지가 없어졌어.” 퍼시가 해리에게 홱 돌아서며 말했다.

"스캐버스의 쥐 강장제도 없어졌어." 론이 가방 속에 있는 물건들을 내던지며 말했다. "술집에다 두고 왔나 봐……."

"내 배지를 찾아낼 때까지 넌 아무 데도 가지 못할 줄 알아!" 퍼시가 소리쳤다.

"스캐버스 약은 내가 갖다줄게. 난 짐을 다 쌌거든." 해리는 론에게 이렇게 말하곤 곧장 아래층으로 내려갔다.

술집으로 내려가는 복도는 이제 아주 어두워져 있었다. 해리가 반쯤 갔을 때, 응접실에서 다른 두 사람의 성난 목소리가 들려왔다. 잠시 뒤, 그는 목소리의 주인공이 위즐리 씨와 위즐리 부인이라는 걸 알았다. 들어갈까 말까 망설이고 있을 때, 그들이 자신의 이름을 들먹이는 소리가 들렸다. 그는 가게문으로 바싹 가까이 다가갔다.

"……그 애에게 알리지 않는다는 건 말도 되지 않아요." 위즐리 씨가 흥분해서 말하고 있었다. "해리는 알아야 할 권리가 있어요. 퍼지 장관에게 말해 보려고 했지만, 그는 막무가내였어요. 하지만 그 애는 열세 살이고……"

"아서, 진실을 알면 해리는 공포에 떨 거예요!" 위즐리 부인이 말도 안 된다는 듯 날카롭게 말했다. "그런 일이 다가오는데 해리를 기어코 학교로 다시 보내야겠어요? 제발, 그 애는 차라리 모르는 게 행복할 거예요!"

"난 그 애를 비참하게 만들려고 그러는 게 아녜요. 난 단지 그 애에게 조심시키고 싶은 것뿐이라오!" 위즐리 씨가 반박했다. "당신도 해리와 론이 어떤 애들인지 알지 않소. 그 애들은 혼자서도 마구 돌아다니잖소……. 금지된 숲에도 두 번씩이나 들어갔구 말이오! 하지만 해리는 금년엔 그렇게 해서는 안 돼요! 그 애가 집에서 가출한 날 밤에 그 애에게 무슨 일이라도 일어났더라면 어떡할 뻔했소! 만약 구조 버스가 그 애를 태우지 않았더라면, 그 애는 마법부가 찾아내기 전에 틀림없이 죽었을 거요."

"하지만 그 앤 죽지도 않았고 무사하잖아요. 그러니 말한들 무슨 소용이……."

"몰리, 사람들은 시리우스 블랙이 미쳤다고들 해요. 어쩌면 정말로 그런지도 모르지만, 탈옥이 전혀 불가능하다고 하는 아즈카반에서 빠져나온 걸 보면 머리가 상당히 비상한 놈이 분명해요. 3주가 지났는데 아무도 그의 흔적조차 보지 못했잖소. 난 퍼지 장관이 《예언자 일보》에 계속해서 뭐라고 말하든 상관하지 않아요. 블랙을 잡는 건 스스로 주문을 외우는 요술지팡이를 발명하는 것만큼이나 어려운 일이오. 우리가 확실히 알고 있는 건 블랙이 무엇을 찾고 있는가 하는 것뿐이오."

"하지만 호그와트에 있다면 해리는 안전할 거예요."

"우린 아즈카반이 굉장히 안전하다고 생각했소. 하지만 블랙이 아즈카반에서 탈옥할 수 있었다면, 호그와트도 침입할 수 있다는 말이오."

"하지만 블랙이 확실히 해리를 찾고 있는지는 아무도 모르잖아요……."

둔탁하게 쿵 치는 소리가 났다. 해리는 위즐리 씨가 주먹으로 탁자를 쾅 하고 친 게 분명하다고 생각했다.

"몰리, 얼마나 더 말해야 알아듣겠소? 퍼지 장관이 비밀로 하기를 바랐기 때문에 보호되지는 않았지만, 사실 블랙이 탈옥한 날 밤에 퍼지 장관은 아즈카반에 갔더랬소. 그런데 간수들이 퍼지 장관에게 말하길, 블랙이 한동안 잠을 자면서 '그는 호그와트에 있어…… 그는 호그와트에 있어' 라며 매일 똑같은 잠꼬대를 했다는 거요. 블랙은 미쳤어요, 몰리. 그는 해리가 죽기를 바라요. 굳이 말한다면, 그는 해리를 죽이면 **그 사람**이 다시 권력을 잡게 될 거라고 생각하고 있다는 거요. 블랙은 해리가 **그 사람**을 물리친 그날 밤 모든 걸 잃었기 때문에, 아즈카반에서 홀로 12년을 보내는 동안 골똘히 그 생각만 했을 게 뻔하다는 거요……."

침묵이 흘렀다. 해리는 그러나 조금이라도 더 듣고 싶어 문에 더 가까이 기대섰다.

"글쎄요, 아서. 당신이 옳다고 생각하는 대로 하셔야겠죠. 하지만 당신은 알버스 덤블도어를 잊고 있어요. 내가 볼 땐 덤블도어가 교장으로 있는 한 호그와트에선 그 누구도 해리를 해치지 못해요. 그분도 이 사실을 모두 알고 계시겠죠?"

"물론이오. 우린 그에게 학교 정원으로 들어가는 입구마다 아즈카반의 간수들을 배치시켜도 괜찮은지 의견을 물어 봐야 했다오. 탐탁히 여기지는 않았지만, 결국 동의했다오."

"탐탁히 여기지 않았다구요? 블랙을 잡으려고 오는 건데, 왜 탐탁히 여기지 않는다는 거죠?"

"덤블도어는 아즈카반의 간수들을 좋아하지 않아요." 위즐리 씨가 느릿느릿 말했다. "그건 나도 마찬가지라오. 신성한 학교에 그런 간수들이 서성인다는 건 분명 좋은 일은 아니잖소. 하지만 블랙과 같은 마법사를 다룰 땐, 이런 불쾌한 사람들과도 협력해야만 해요."

"그들이 만약 해리를 구한다면……"

"그러면 내 다시는 그들에 대해 험담하지 않으리다." 위즐리 씨가 지친 목소리로 말했다. "늦었소, 몰리. 우리도 올라가는 게 좋겠소……."

의자가 삐걱이는 소리가 들렸다. 해리는 가능한 한 조용히 술집으로 들어가는 복도 쪽으로 가서 숨었다. 응접실 문이 열렸고, 잠시 뒤 위즐리 부부가 계단을 올라가는 발소리가 들렸다.

쥐의 강장제 병은 그들이 아까 앉았던 테이블 밑에 놓여 있었다. 해리는 위즐리 부부의 방문이 닫히는 소리가 들릴 때까지 기다렸다가 약병을 들고 다시 이층으로 향했다.

프레드와 조지가 층계참의 어두운 곳에서 쪼그리고 앉아, 퍼시가 배지를 찾으려고 론과 함께 쓰는 방을 샅샅이 뒤지고 있는 소리를 들으며 킥킥대고 웃고 있었다.

"우리가 갖고 있거든." 프레드가 해리에게 속삭였다. "그걸 좀더 좋게 만들려고 말야."

배지에는 이제 '잘난 척하는 사람' 이라고 쓰여 있었다.

해리는 억지로 한 번 웃고는 론에게 가서 쥐의 강장제를 건네준 뒤, 자기 방으로 돌아와 문을 닫고 침대에 누웠다.

그러니까 시리우스 블랙이 찾고 있는 건 바로 해리였다. 이제야 모든 게 명백해졌다. 퍼지 장관이 그에게 그토록 관대했던 건 그가 살아 있는 걸 발견하고 너무 안도했기 때문이었다. 퍼지 장관은 해리에게, 해리를 감시하는 마법사들이 많은 다이애건 앨리에만 있으라고 약속하게 했었다. 그리고 내일 해리가 기차를 탈 때까지 위즐리 부부가 보살필 수 있도록, 그들 모두를 역까지 데려다 줄 마법부의 차 두 대를 보내는 것이다.

해리는 옆방에서 나는 낮은 고함소리를 들으며 누워 있었다. 이상하게 겁이 나지 않았다. 시리우스 블랙은 단 한 번의 저주로 열세 사람을 죽인 사람이었다. 위즐리 부부는 해리가 만약 그 사실을 안다면 분명히 당황할 거라고 생각했다. 그러나 해리는 알버스 덤블도어 교수가 있는 곳이면 어디든 그곳이 지구상에서 가장 안전한 장소라고 말했던 위즐리 부인과 생각이 같았다. 사람들은 언제나 볼드모트가 두려워하는 사람은 덤블도어 교수뿐이라고 말하지 않았던가? 그렇다면 볼드모트의 오른팔인 블랙도 덤블도어 교수를 그렇게 두려워할까?

그런데 모두들 계속해서 이들 아즈카반의 간수에 대해 말하고 있었다. 대부분의 사람들이 아즈카반의 간수를 굉장히 두려워하는 것 같았으므로, 그들이 만약 학교 주변에 배치된다면 블랙이 학교 안으로 들어올 가능성은 거의 없어 보였다.

아니, 지금 이 순간 해리를 가장 괴롭히는 건 이제 호그스미드에 갈 가능성이 더욱 희박해졌다는 사실이었다. 블랙이 잡힐 때까지는 아무도 해리가 위험을 무릅쓰고 성 밖으로 나가는 걸 바라지 않을 것이다. 사실 해리는 그 위험이 지나갈 때까지 행동 하나하나를 다 감시받는 건 아닌가 하는 걱정이 들었다.

해리는 어두운 천장을 바라보았다. 사람들은 내가 내 몸 하나 돌보지 못할 거라고 생각했던 걸까? 나는 볼드모트를 세 번이나 물리쳤다. 나는 그렇게 무능하지는 않다…….

머릿속에 문득 매그놀리아 광장의 어두운 곳에 숨어 있던 짐승 같은 물체의 영상이 스쳐 지나갔다. *최악의 운명이 다가오고 있다는 걸 알 때 어떻게 할 것인가…….*

"난 죽지 않아." 해리가 소리를 내서 말했다.

"용기 한번 대단하군." 거울 속의 해리가 졸리는 듯이 말했다.

제 5 장

디멘터

다음 날 아침 톰은 평상시처럼 차 한 잔을 들고 싱글거리며 들어와 해리를 깨웠다. 해리가 옷을 입고 뿌루퉁한 헤드위그를 달래 다시 새장 속으로 들여보냈을 때, 론이 스웨터를 입다 말고 성난 표정으로 문을 쾅 열고 방 안으로 들어왔다.

"빨리 기차 타고 떠나야지, 정말 더 이상 못 참겠어." 그가 잔뜩 얼굴을 찌푸리며 투덜거렸다. "적어도 호그와트에서는 퍼시에게 들볶이지 않을 거 아냐. 이제는 또 내가 페네로프 클리어워터의 사진에 차를 좀 흘렸다고 야단이야." 론이 우거지상을 했다. "퍼시 형 여*자친구* 말야. 그 앤 코에 온통 부스럼이 나서 액자 뒤로 얼굴을 감추고 있던데 말야……."

"네게 할말이 있어." 그러나 해리가 막 말하려는 순간, 프레드와 조지가 들이닥쳤다. 그들은 론이 퍼시를 다시 한 번 화나게 한 것을 축하해 주려고 들른 것이었다.

그들이 아침을 먹으러 내려가자, 위즐리 씨는 이맛살을 찌푸리고 《예언자 일보》의 1면 기사를 읽고 있었고, 위즐리 부인은 헤르미온느와 지니에게 자신이 소녀 시절 만들었던 사랑의 묘약에 대해 말해 주고 있었다. 세 사람 모두 깔깔거리며 웃고 있었다.

"너, 아까 무슨 말 하려고 했었니?" 갑자기 생각난 듯 론이 자리에 앉으며 해리에게 물었다.

"나중에." 퍼시가 잔뜩 화가 나서 들어오자 해리가 속삭였다.

그러나 출발할 때 어찌나 부산했던지 해리는 론이나 헤르미온느에게 말할 기회가 없었다. 왜냐하면 그들 모두 가방과 각자의 새장에 앉아 있는 헤드위그와 퍼시의 부엉이 헤르메스를 리키 콜드런의 좁은 계단으로 끌고 내려가 문 앞에 쌓아 놓느라 정신이 없었기 때문이다. 가방 더미 옆에 놓인 고리버들로 만든 작은 우리에서 시끄럽게 으르렁대는 소리가 났다.

"괜찮아, 크룩생크." 헤르미온느가 고리버들 사이로 정답게 소곤거렸다. "기차 타면 내보내 줄게."

"안 돼." 론이 날카롭게 말했다. "가엾은 스캐버스는 어떡해?"

그가 자신의 가슴팍을 가리켰다. 그곳이 불룩한 걸로 봐서 스캐버스가 그의 주머니에서 웅크리고 자고 있는 게 분명했다.

바깥에서 마법부 차를 기다리고 있던 위즐리 씨가 고개를 쑥 들이밀었다.

"도착했다." 그가 말했다. "해리, 어서 타거라."

위즐리 씨가 해리를 데리고 짧은 보도를 지나 두 대의 초록색 구식 자동차 중 첫번째 차 쪽으로 걸어갔다. 차를 몰고 온 마법사들은 에메랄드빛 우단 신사복을 입고 있었는데, 주위를 슬쩍슬쩍 엿보며 왠지 불안한 표정을 짓고 있었다.

"차에 타거라, 해리." 위즐리 씨가 사람들이 북적대는 거리를 이쪽저쪽 살펴보았다.

해리가 차 뒷자리로 들어가자마자, 헤르미온느와 론, 그리고 론이 질색하는 퍼시가 올라탔다.

킹스 크로스로 가는 길은 해리가 구조 버스를 탔을 때보다 굉장히 덜커덩거렸다. 마법부의 차들은 겉보기는 평범해 보였지만, 해리는 그것들이 버논 이모부의 새로운 회사 차였다면 확실히 지나갈 수 없었을 틈새로 미끄러지듯 술술 잘 빠져나가고 있다는 걸 알아챘다. 그들은 기차가 출발하기 20분쯤 전에 킹스 크로스 역에 도착했다. 차가 멈춰서자마자 마법부의 운전사들은 직접 손수레를 가져와 가방들을 실어 주고는 위즐리 씨에게 인사를 한 뒤 다시 차에 올라탔다. 그리고는 신기하게도 신호를 기다리는 차들의 긴 행렬 제일 앞으로 끼어들어 가 멀어져 갔다.

위즐리 씨는 역으로 들어가는 동안 내내 해리에게 바짝 붙어 서 있었다.

"자, 그럼." 그가 일행을 둘러보며 말했다. "인원이 너무 많으니까, 둘씩 짝 지어서 들어가도록 하자. 난 해리와 먼저 가도록 하마."

위즐리 씨는 해리의 손수레를 밀고 9번과 10번 승강장 사이의 개찰구 쪽으로 성큼성큼 걸어가면서도 때마침 9번 승강장에 도착한 머글들의 기차에 대단한 관심을 보였다. 그는 의미심장한 표정으로 해리를 한 번 바라보고는, 아무렇지도 않은 듯 개찰구에 기대섰다. 해리도 똑같이 했다.

잠시 뒤, 그들은 단단한 금속을 뚫고 지나가 9와 4분의 3번 승강장으로 나왔다. 고개를 들자, 진홍색 증기기관차인 호그와트 급행 열차가 아이들을 배웅하려고 나온 마법사들로 가득 찬 승강장 위로 연신 연기를 뿜어내고 있는 게 보였다.

그때 해리 뒤에 있는 벽을 뚫고 퍼시와 지니가 나타났다. 그들은 개찰구까지 뛰어서 왔던지 숨을 헐떡이고 있었다.

"아, 페네로프다!" 머리를 매만지는 퍼시의 얼굴이 금세 핑크빛으로 물들었다. 지니와 해리의 눈이 마주쳤다. 그들은 퍼시가 빛나는 배지가 잘 보이도록 가슴을 쑥 내밀고 구불구불한 머리를 길게 늘어뜨린 여자아이에게로 걸어가는 모습을 바라보다가 둘 다 돌아서서 킥킥대며 웃었다.

나머지 위즐리 가족과 헤르미온느마저 다 도착하자, 해리와 론은 사람들이 꽉꽉 들어찬 객실을 지나 기차 맨 끝에 있는, 사람이 거의 없는 객차로 갔다. 그들은 가방을 싣고 헤드위그와 크룩생크를 선반에 올려놓은 뒤 위즐리 부부에게 작별 인사를 하러 다시 밖으로 나갔다.

위즐리 부인이 모든 자녀들에 이어 헤르미온느와 해리에게도 입을 맞추었다. 해리는 좀 당황했지만, 그녀가 꼭 안아 주기까지 하자 너무 기뻤다.

"몸조심해라. 알았지, 해리?" 그녀가 똑바로 서며 말했다. 그녀의 눈이 이상하게 반짝거렸다. 그녀가 커다란 핸드백을 열며 말했다. "내가 샌드위치를 만들었단다……. 옜다, 론……. 아니, 이번엔 소금에 절인 쇠고기 샌드위치가 아니란다……. 프레드? 프레드 어딨니? 옜다, 얘야……."

"해리." 위즐리 씨가 그를 조용히 불렀다. "잠깐 이리로 오너라."

그가 고개로 기둥을 가리키자, 해리가 위즐리 부인 주위에 모여 있는 다른 사람들에게서 슬쩍 빠져 나와 그를 따라 기둥 뒤로 갔다.

"떠나기 전에 네게 꼭 할말이 있단다." 위즐리 씨가 긴장한 목소리로 말했다.

"말씀 안 하셔도 돼요, 아저씨." 해리가 말했다. "이미 알고 있어요."

"안다구? 어떻게 말이니?"

"저…… 어…… 어젯밤에 아줌마와 하시는 얘기 다 들었어요. 듣지 않을 수가 없었어요." 해리가 얼른 덧붙였다. "죄송해요……."

"그런 식으로 알게 해서 오히려 내가 미안하구나." 위즐리 씨가 걱정스런 표정을 지으며 말했다.

"아니에요……. 솔직히, 저는 괜찮아요. 이렇게 된 게 차라리 잘됐어요. 아저씬 퍼지 장관과의 약속을 어기지 않으셨고, 전 무슨 일이 일어나고 있는지 알았잖아요."

"해리, 많이 놀랐겠구나……."

"아니에요." 해리가 진정으로 말했다. "정말이에요." 위즐리 씨가 믿지 않는 것 같아 보였으므로 그가 얼른 덧붙였다. "영웅이 되려는 게 아니라, 전 시리우스 블랙이 볼드모트보다 더 나쁜 사람은 아닐 거라는 생각이 들어요. 안 그런가요?"

위즐리 씨는 그 이름을 듣고 움찔했지만 무시해 버렸다.

"해리, 난 네가 퍼지 장관이 생각하는 것보다 더 강한 아이라는 걸 알고 있기는 했지만, 네가 겁을 먹지 않았다니 어쨌든 정말 다행이구나. 하지만……"

"아서!" 위즐리 부인이 아이들을 기차에 태우면서 소리쳤다. "아서, 뭐하세요? 기차가 출발하려고 해요!"

"곧 가리다, 몰리!" 위즐리 씨는 이렇게 말하고는 다시 해리에게 돌아서서 더 낮고 다급한 목소리로 계속 말했다. "잘 듣거라. 네가 이것만은 약속해 주었으면 좋겠구나."

"……말 잘 듣고 성에 얌전히 있으라구요?" 해리가 침울하게 말했다.

"그것뿐만이 아니라," 위즐리 씨가 그 어느 때보다도 심각한 표정을 지으며 말했다. "해리, 블랙을 찾아 나서지 않겠다고 내게 맹세하거라."

해리가 그를 빤히 바라보았다. "무슨 말씀이세요?"

시끄러운 휘파람 소리가 연거푸 들려왔다. 차장이 기차를 따라 걸어가며 각 객차마다 문을 쾅쾅 닫고 있었다.

"약속해라, 해리." 위즐리 씨가 여전히 다급하게 말했다. "어떤 일이 있어도 말이다……."

"절 죽이고 싶어 하는 사람을 제가 무엇 때문에 찾아 나서겠어요?" 해리가 딱 잘라 말했다.

"무슨 소릴 들어도 그렇게 하지 않겠다고 맹세해라……."

"아서, 빨리요!" 위즐리 부인이 소리쳤다.

기차에서 나온 증기가 소용돌이치고 있었다. 기차가 벌써 움직이기 시작했던 것이다. 해리가 객차 문으로 달려가자 론이 문을 휙 열어젖히고 해리가 올라타도록 뒤로 물러섰다.

그들은 창 밖으로 몸을 내밀고, 기차가 모퉁이를 돌아 위즐리 부부가 보이지 않을 때까지 손을 흔들었다.

"너희에게만 할말이 있어." 기차가 속도를 내자 해리가 론과 헤르미온느에게 조용히 말했다.

"저리 가, 지니." 론이 야멸차게 말했다.

"잘났어, 정말." 지니가 골이 나서 이렇게 말하고는 저쪽으로 걸어갔다.

해리와 론과 헤르미온느는 복도로 나가 빈 객실을 찾아보았지만 기차 맨 끝에 있는 딱 한 곳을 제외하고는 모두가 만원이었다.

그 객실엔 창가에 앉아 쿨쿨 자고 있는 남자 한 명밖에 없었다. 해리와 론과 헤르미온느는 안으로 들어가려다 말고 문턱에서 우뚝 섰다. 호그와트 급행 열차는 대개 학생들만 타도록 되어 있었기 때문에, 그들은 여지껏 수레를 밀고 다니며 음식을 파는 마녀 말고는 어른을 본 적이 없었다.

그 낯선 사람은 여기저기 기운 매우 허름한 마법사 망토를 입고 있었다. 아주 젊었지만 연갈색 머리카락은 희끗희끗했다.

"누구인 거 같니?" 론이 창가에서 가장 먼 자리를 잡고 앉아서 문을 닫으며 물었다.

"R. J. 루핀 교수야." 론의 말이 떨어지기가 무섭게 헤르미온느가 작은 소리로 말했다.

"어떻게 알아?"

"가방에 써 있잖아." 그녀가 그 남자의 머리 위쪽에 있는 선반을 가리키며 대답했다. 그곳엔 끈으로 여러 겹 교묘하게 꽁꽁 묶은 낡고 자그마한 여행 가방이 하나 있었는데 한쪽 귀퉁이에 다 벗겨진 글자로 *R. J. 루핀 교수* 라는 이름이 새겨져 있었다.

"무슨 과목을 가르칠까?" 론이 루핀 교수의 창백한 옆얼굴을 보고 눈살을 찌푸리며 말했다.

"그거야 뻔하지." 헤르미온느가 속삭였다. "빈자리는 딱 하나밖에 없잖아. 어둠의 마법 방어술."

해리와 론과 헤르미온느에게는 어둠의 마법 방어술 교수님이 두 명이나 있었지만, 둘 다 한 해를 겨우 채웠을 뿐이었다. 그래서인지 그 일자리를 맡으면 불운이 찾아온다는 소문이 떠돌았다.

"이 사람은 잘해 낼 수 있을까?" 론이 못 미더운 듯 말했다. "웬만한 마녀 하나도 당해 내지 못할 것처럼 생겼잖아, 안 그러니? 그건 그렇구……." 그가 해리에게 고개를 돌렸다. "네가 우리에게 하려는 말은 뭐니?"

해리는 위즐리 부부의 언쟁과 위즐리 씨가 조금 전에 주의를 주었던 일에 대해 모두 설명했다. 그가 말을 마치자 론은 굉장히 놀란 표정이었고, 헤르미온느는 양손으로 입을 막으며 놀라움을 감추지 못했다. 그녀가 마침내 손을 내리고 말했다. "시리우스 블랙이 널 잡으려고 탈옥했단 말야? 오, 해리…… 너 정말 정말 조심해야겠다. 블랙을 잡는답시고 공연히 재난을 자초하지 말구 말야, 해리."

"뭐라구? 내가 바보니? 재난을 자초하게?" 해리가 화를 내며 말했다. "재난이 날 찾아다닌다면 모를까."

그들은 해리가 생각했던 것보다 그 소식을 더 나쁘게 받아들이고 있었다. 론과 헤르미온느 모두 해리보다 블랙을 훨씬 더 두려워하는 것 같았다.

"그가 아즈카반에서 어떻게 탈옥했는지는 아무도 몰라." 론이 불안한 듯 말했다. "과거엔 아무도 그런 시도를 한 적이 없었대. 더군다나 그는 감시를 가장 철저히 했던 죄수였잖아."

"하지만 마법부가 반드시 그를 잡을 거야, 안 그러니?" 헤르미온느가 진지하게 말했다. "내 말은, 마법부가 모든 머글들에게까지 그를 경계하도록 주의시켰으니까 말야……."

"저 소리는 뭐지?" 론이 갑자기 말했다.

어디선가 어렴풋하게 휘파람 소리가 들려오고 있었다. 그들은 객실을 빙 둘러보았다.

"네 가방에서 나는 소리야, 해리." 론이 일어서서 선반으로 다가갔다. 잠시 후 그는 해리의 짐 속에서 포켓 스니코스코프를 꺼냈다. 그것은 론의 손바닥에서 아주 빠르게 뱅글뱅글 돌며 찬연히 빛을 내고 있었다.

"그거 *스니코스코프*니?" 헤르미온느가 흥미로운 듯 더 잘 보려고 일어서며 말했다.

"그래…… 하지만 이건 아주 싸구려야." 론이 말했다. "내가 이걸 해리에게 보내려고 에롤의 다리에 묶고 있을 때도 정신없이 돌아갔었어."

"그때 너 못된 짓 하고 있었던 거 아냐?" 헤르미온느가 영리하게 물었다.

"아니! 글쎄…… 난 에롤에게 그런 일을 시키면 안 되긴 했지. 너희들도 알다시피 그 녀석은 장거리 여행은 할 수가 없잖아……. 하지만 에롤 말고는 내가 해리에게 선물을 보낼 수 있는 방법이 없었단 말야."

"가방 속에 다시 넣어 버려." 스니코스코프가 휙 하고 귀를 찢을 듯이 소리를 내자 해리가 말했다. "그렇지 않으면 저분이 깰 거야."

그가 고개로 루핀 교수 쪽을 가리켰다. 론이 스니코스코프를 버논 이모부의 소름 끼치는 낡은 양말 속으로 쑤셔 넣어 일단 소리를 좀 죽인 뒤 가방을 닫았다.

"호그스미드에 가면 저걸 점검해 볼 수 있을 텐데." 론이 자리에 다시 앉으며 말했다. "마법 기구나 가재도구를 파는 더비시와 뱅스라는 가게에서도 저런 거 팔거든. 프레드와 조지 형이 말해 줬어."

"너 호그스미드에 대해서 알기나 하니?" 헤르미온느가 핀잔 주듯 날카롭게 물었다. "난 책에서 읽었는데, 영국에서 머글이 단 한 명도 없는 마을은 그곳밖에 없대."

"그래, 그럴 거야." 론이 생각 없이 아무렇게나 말했다. "하지만 내가 가고 싶어 하는 건 그것 때문이 아냐. 난 그저 허니듀크에 들어가 보고 싶은 것뿐이야!"

"그게 뭔데?" 헤르미온느가 물었다.

"그건 과자가게야." 론이 환상에 잠긴 듯한 얼굴로 말했다. "그 가게엔 없는 거 없이 모두 다 있어……. 먹으면 입에서 연기가 나는 고추 꼬마도깨비도 있고, 딸기 무스(거품이 인 크림에 젤라틴, 설탕, 향료 등을 섞은 냉동 디저트 : 역주)와 응고된 크림이 들어 있는 커다란 초코볼도 있고, 수업 시간에 빨아먹고 있어도 그저 다음엔 뭘 쓸까 생각하고 있는 것처럼 보이는, 정말로 맛 좋은 깃펜 사탕도 있어……."

"더구나 호그스미드는 대단히 흥미로운 곳이야, 그렇지 않니?" 헤르미온느가 열심히 자신의 생각을 밀어붙였다. "《마법의 유적지》라는 책에서는 그곳이 1612년의 도깨비 반란 본부였으며, 비명을 지르는 오두막집은 영국에서 유령이 가장 많이 나오는 흉가로 알려져 있어……."

"……그리고 빨아먹고 있는 동안 땅 위로 몇 센티미터쯤 둥둥 떠오르게 하는 커다란 셔벗볼도 있어." 론이 헤르미온느의 말에는 단 한 마디도 귀 기울이지 않다가 불쑥 말했다.

헤르미온느가 해리의 얼굴을 살폈다.

"학교에서 벗어나 호그스미드에 가면 얼마나 좋을까?"

"그렇겠지." 해리가 맥없이 말했다. "잘 보고 와서 내게 말이나 해줘."

"무슨 뜻이니?" 론이 말했다.

"난 갈 수 없어. 이모와 이모부가 허가서에 사인을 해주지 않았어. 그리고 퍼지 장관도 사인해 주려고 하지 않았고 말야."

론은 충격을 받은 것 같았다.

"네가 못 가다니? 하지만…… 절대 안 되지……. 맥고나걸 교수나 누군가가 허락해 줄 거야."

해리는 씁쓸하게 웃었다. 그리핀도르 기숙사의 담당 교수인 맥고나걸 교수는 매우 엄격했다.

"아니면 프레드와 조지에게 부탁할 수도 있어. 그 형들은 성에서 나가는 비밀 통로란 통로는 다 알고 있잖아."

"론!" 그의 말이 떨어지기가 무섭게 헤르미온느가 날카롭게 말했다. "내 생각엔 블랙이 마음대로 돌아다니고 있는 동안에는 해리가 학교에서 몰래 빠져나가면 안 될 것 같아."

"그래, 내가 허락해 달라고 하면 맥고나걸 교수도 바로 그렇게 말할 거야." 해리가 씁쓸하게 말했다.

"하지만 우리가 해리랑 같이 있으면," 론이 헤르미온느에게 힘차게 말했다. "블랙이 감히……"

"오, 론, 헛소리 좀 그만 해." 헤르미온느가 갑자기 말을 가로막았다. "블랙은 혼잡한 거리 한가운데에서도 많은 사람들을 죽였던 사람이야. 하물며 우리 같은 꼬마들이 있다고 블랙이 해리를 공격하지 못할 것 같니?"

그녀는 말하면서 크룩생크의 바구니 끈을 만지작거리고 있었다.

"그거 내보내지 마!" 론이 다급히 말했지만 이미 늦고 말았다. 크룩생크가 바구니에서 가볍게 뛰어나와 몸을 쭉 펴 하품을 하고는 론의 무릎 위로 살짝 뛰어올랐다. 그 순간 주머니에 있는 불룩한 것이 후들후들 떨자, 론은 화가 나서 크룩생크를 난폭하게 밀어냈다.

"저리 가!"

"론, 그러지 마!" 헤르미온느가 발끈 화를 내며 말했다.

론이 대답하려는 찰나 루핀 교수가 몸을 뒤척였다. 그들은 그가 깰까 봐 걱정하며 지켜보았지만, 그는 그저 고개를 반대쪽으로 돌리고는 입을 약간 벌린 채 계속 잠을 잤다.

호그와트 급행 열차는 계속해서 북쪽으로 달렸고, 창 밖의 풍경은 점점 더 황량해졌다. 머리 위로 잔뜩 구름이 몰려오면서 주위가 점점 더 어두워졌다. 학생들은 그들이 앉아 있는 객실 이쪽저쪽으로 뛰어다니고 있었고, 크룩생크는 이제 빈자리에 앉아 찌그러진 얼굴을 론 쪽으로 돌리고, 노란 눈으로 론의 셔츠 주머니를 똑바로 쳐다보고 있었다.

오후 1시에 음식을 파는 통통한 마녀가 수레를 밀고 그들의 객실 문 앞에 나타났다.

"저분을 깨워야 할까?" 론이 고개로 루핀 교수를 가리키며 어색하게 물었다. "뭘 좀 먹어야 할 것처럼 생겼잖아."

헤르미온느가 조심스럽게 루핀 교수에게로 다가갔다.

"저…… 교수님?" 그녀가 나직이 불렀다. "죄송한데요……, 교수님?"

그러나 그는 여전히 꼼짝도 않고 깊은 잠에 빠져 있었다.

"걱정 마라, 얘야." 그 마녀가 해리에게 커다란 냄비 모양의 케이크를 건네며 말했다. "저분이 깨어났을 때 시장하다고 하면, 난 기관사와 함께 저 앞에 있을 테니까 걱정 말고 와서 말하렴."

"잠자는 거 맞아?" 마녀가 객실 문을 스르르 닫자 론이 조용히 물었다. "내 말은…… 설마 죽은 건 아니겠지?"

"아냐, 아냐, 숨쉬고 있잖아." 헤르미온느는 해리가 건네준 냄비 모양의 케이크를 받으며 속삭였다.

동석하기에 썩 좋은 상대는 아니었을지 모르지만, 그들의 객실에 루핀 교수가 있다는 사실은 나름대로 유용하기도 했다. 어느덧 오후가 반쯤 지나가고 비가 내리기 시작하면서 창 밖의 완만한 야산들이 시야에 흐릿하게 보였을 때, 복도에서 다시 발소리가 들리더니, 그들 세 사람 모두가 가장 좋아하지 않는 녀석들이 문 앞에 나타났다. 드레이코 말포이가 단짝 친구들인 빈센트 크레이브와 그레고리 고일을 양쪽에 하나씩 끼고 들이닥쳤다.

드레이코 말포이와 해리는 호그와트로 가는 첫 기차간에서 만난 이후 죽 사이가 좋지 않았다. 말포이는 핏기가 하나도 없는 뾰족한 얼굴에 늘 냉소적인 아이로 슬리데린 기숙사에 있었다. 해리가 그리핀도르 퀴디치 팀의 수색꾼이듯이, 말포이는 슬리데린 팀의 수색꾼이었다. 크레이브와 고일은 말포이가 시키는 건 무엇이든 하는 아이들로, 둘 다 체격이 크고 근육질이었다. 크레이브는 키가 더 컸으며 아주 굵은 목에 푸딩 그릇처럼 생긴 헤어스타일을 한 반면, 고일은 짧고 곤두선 머리카락에 고릴라처럼 긴 팔을 갖고 있었다.

"이게 누구야." 말포이가 객실 문을 잡아당겨 열며, 언제나처럼 느릿느릿한 말투로 아는 체를 했다. "포터와 위즐리로군."

크레이브와 고일이 괴물 트롤처럼 킥킥거렸다.

"네 아버지가 마침내 이번 여름에 금을 조금 받았다면서, 위즐리?" 말포이가 빈정거렸다. "네 엄마는 혹시 충격으로 돌아가시지 않았니?"

론이 어찌나 빨리 일어났던지 그만 크룩생크의 바구니를 쳐서 바닥으로 넘어뜨리고 말았다. 루핀 교수가 콧김을 내뿜었다.

"누구니?" 말포이가 루핀 교수를 발견하고 반사적으로 뒤로 한 발짝 물러서며 물었다.

"새로 오신 교수님이셔." 해리가 론을 거들 필요가 있을 경우를 생각해 역시 일어서며 말했다. "그런데 좀전에 너 뭐라고 말했니, 말포이?"

말포이의 흐리멍덩한 눈이 가늘어졌다. 그러나 그는 교수님을 바로 코앞에 두고 싸움을 걸 정도로 우둔한 아이는 아니었다.

"가자." 그는 크레이브와 고일에게 화를 내며 투덜거린 뒤 그들과 함께 가 버렸다.

해리와 론은 다시 자리에 앉았다. 론이 손마디를 문질렀다.

"금년에도 허튼소리를 자꾸 했다간 말포이 녀석을 가만 두지 않겠어." 그가 성난 얼굴로 말했다. "정말이야. 녀석이 한 번만 더 우리 가족을 비꼬는 말을 했다간 그냥 녀석의 머리를 잡아서……."

론이 격렬한 몸짓을 해 보였다.

"론." 헤르미온느가 루핀 교수를 가리키며 불만스럽게 말했다. *"조심해……."*

하지만 루핀 교수는 여전히 곯아떨어져 있었다.

기차가 북쪽으로 올라갈수록 빗줄기는 더욱 굵어졌고 창 밖은 짙은 잿빛으로 변했다. 바깥이 점점 어두컴컴해지자 기차 복도와 천장에 전등이 들어왔다. 기차가 흔들거리고 빗줄기가 창문을 세게 때리고 바람 소리도 요란했지만, 루핀 교수는 깊은 잠에서 깨어나지 않았다.

"거의 다 왔나 봐." 론이 루핀 교수 쪽으로 상체를 굽혀 이제는 완전히 새까매진 창문을 바라보며 말했다.

그의 말이 떨어지기가 무섭게 기차가 속도를 늦추기 시작했다.

"좋았어." 론이 일어서서 조심스럽게 루핀 교수 옆으로 걸어가 바깥을 내다보며 말했다. "배고파 죽겠어. 연회에 빨리 가고 싶어……."

"아직 도착할 시간이 아닌데." 헤르미온느가 시계를 보며 이상하다는 듯 말했다.

"그러면 왜 멈추는 거지?"

기차가 점점 더 느려지고 있었다. 기적소리가 사라지자, 창문을 때리는 바람과 빗소리가 훨씬 더 크게 들렸다.

문에 가장 가까이 있던 해리가 일어서서 복도를 살펴보았다. 아이들이 모두 호기심에 찬 표정으로 객실 밖으로 고개를 쑥 내밀고 있었다.

별안간 기차가 덜커덩 하더니 멈춰 섰다. 멀리서 들리는 쿵, 쾅 하는 소리로 보아 선반에서 짐들이 떨어진 것 같았다. 그때 갑자기 모든 전등이 일제히 다 나가 버렸다. 그들은 이제 완전히 암흑 속에 빠져 버렸다.

"무슨 일이지?" 해리 뒤에서 론이 외쳤다.

"아야!" 헤르미온느가 소리쳤다. "론, 그건 내 발이야!"

해리는 손으로 더듬어 간신히 그의 자리로 가서 앉았다.

"엔진이 고장난 게 아닐까?"

"몰라……."

끽끽거리는 소리가 났다. 해리는 거무스름한 론의 윤곽이 창문을 조금 닦아내고 밖을 내다보는 걸 보았다.

"밖에서 뭔가가 움직이고 있어." 론이 말했다. "사람들이 기차를 타고 있는 것 같아……."

갑자기 객실 문이 열리더니 누군가가 해리의 다리로 픽 쓰러졌다.

"미안해……. 너희들 무슨 일인지 아니? 아야…… 미안해……."

"안녕, 네빌." 해리가 어둠 속에서 더듬어 네빌의 망토를 잡고 끌어 올리며 말했다.

"해리? 너니? 무슨 일이니?"

"몰라……. 앉아……."

시끄러운 쉿 소리와 아파서 깽깽 우는 소리가 들렸다. 네빌이 크룩생크 위에 앉으려고 했던 것이다.

"내가 가서 기관사 아저씨에게 무슨 일인지 물어보고 올게." 헤르미온느의 목소리가 들렸다. 그녀가 해리 옆으로 지나가는가 싶더니, 문이 다시 스르르 열리는 소리가 난 뒤 쿵 하는 소리와 아파서 찡얼대는 소리가 두어 번 들렸다.

"거기 누구니?"

"거기 누구니?"

"지니?"

"헤르미온느?"

"너 뭐하고 있니?"

"론을 찾고 있어……."

"들어와서 앉아……."

"여기 말고!" 해리가 다급하게 말했다. "난 해리란 말야."

"아야!" 네빌이 말했다.

"조용히 해라!" 갑자기 어떤 쉰 목소리가 말했다.

루핀 교수가 마침내 깨어난 것 같았다. 그가 있는 곳에서 움직임 소리가 들렸다. 아무도 말이 없었다.

딸깍딸깍 하는 작은 소리가 나더니 기차간 안이 환하게 밝아졌다. 루핀 교수가 불꽃을 들고 있는 게 보였다. 불빛에 비친 그의 얼굴은 잿빛이고 피곤해 보였지만, 두 눈만은 주위를 경계하는 듯 번득이고 있었다.

"모두 움직이지 말고 가만히 있거라." 그가 역시 쉰 목소리로 이렇게 말하고는 불을 앞으로 내밀고 천천히 일어섰다.

그러나 루핀 교수가 미처 다다르기도 전에 문이 천천히 스르르 열렸다.

온몸을 망토로 감싼, 천장에 닿을 듯이 커다란 형상 하나가, 루핀 교수가 들고 있는 흔들리는 불꽃의 불빛을 받으며 문간에 서 있었다. 그것의 얼굴은 두건 밑에 완전히 가려져 있었다. 해리의 눈이 아래쪽으로 향했다. 그는 심장이 오그라드는 것 같았다. 망토에서 손 하나가 쑥 비어져 나와 있었는데 희끄무레하게 반짝거리고 있었으며, 꼭 물 속에서 썩어 문드러진 것처럼 불쾌한 모양에 딱지투성이였다…….

그러나 그건 아주 잠시 동안만 보였을 뿐이다. 망토를 뒤집어쓰고 있는 형상이 해리의 시선을 의식했는지, 손을 갑자기 까만 망토 속으로 끌어당겼기 때문이다.

그리고는 두건을 뒤집어쓴 것이 마치 그 주위에서 공기 이외에 다른 무언가를 빨아들이기라도 하려는 듯, 가르랑거리며 길고 천천히 숨을 쉬었다.

그들 위로 강렬한 냉기가 휙 스쳐 지나갔다. 해리는 숨이 멎는 것 같은 기분이 들었다. 냉기가 살갗 속으로 스며들었다. 가슴 속으로, 심장 속으로…….

해리는 눈동자가 거꾸로 돌아갔다. 앞이 하나도 보이지 않았다. 그는 차가운 냉기 속으로 빠져 들어가고 있는 것 같았다. 점점 더 심연 속으로 떨어지는 것 같았다. 귓속에서는 폭포 소리가 들리는 것 같았다…….

그리곤 멀리서 비명소리가 들려왔다. 겁에 질린 끔찍한 비명소리였다. 누군지는 몰라도 돕고 싶었다. 그러나 팔을 움직이려고 해도 움직일 수가 없었다……. 그의 주위에, 그의 몸 속에, 자욱한 하얀 안개가 피어오르고 있었다…….

"해리! 해리! 괜찮니?"

누군가가 해리의 얼굴을 찰싹찰싹 때리고 있었다.

"뭐…… 뭐야?"

해리는 눈을 떴다. 호그와트 급행 열차가 다시 움직이고 있는지 바닥이 흔들거렸고 전등불은 다시 들어와 있었다. 그의 몸이 의자에서 바닥으로 스르르 미끄러져 내렸던 것 같았다. 론과 헤르미온느는 옆에서 무릎을 꿇고 앉아 있었고, 그들 뒤로 네빌과 루핀 교수가 지켜보고 있는 게 보였다. 해리는 속이 울렁거렸다. 안경을 다시 잘 쓰려고 손을 올렸을 때, 얼굴에서 식은땀이 만져졌다.

론과 헤르미온느가 그를 다시 자리로 끌어올렸다.

"괜찮니?" 론이 초조하게 물었다.

"응." 해리는 이렇게 말하고는 얼른 문 쪽을 바라보았다. 두건을 쓴 생물은 사라지고 없었다. "무슨 일이었니? 그건 어디로…… 그것 말야? 비명을 지른 건 누구였어?"

"아무도 비명을 지르지 않았어." 론이 더 초조하게 말했다.

해리는 밝은 객실을 휘 둘러보았다. 지니와 네빌 둘 다 창백한 얼굴로 그를 바라보고 있었다.

"하지만 난 비명소리를 들었어……."

별안간 크게 툭 하는 소리가 들려와 그들 모두는 깜짝 놀랐다. 루핀 교수가 커다란 초콜릿 판을 조각조각으로 깨뜨리고 있었다.

"옜다." 그가 특히 큰 조각 하나를 해리에게 건네며 말했다. "먹거

라. 그러면 좀 괜찮아질 게다."

해리는 초콜릿을 받기는 했지만 먹지는 않았다.

"그게 뭐였죠?" 그가 루핀 교수에게 물었다.

"디멘터란다." 루핀이 이제 다른 아이들에게도 초콜릿을 나눠 주며 말했다. "아즈카반에 있는 간수지."

모두가 그를 빤히 바라보았다. 루핀 교수는 초콜릿을 쌌던 종이를 구겨서 주머니 속에 넣었다.

"먹어라." 그가 다시 말했다. "그러면 좀 괜찮아질 게다. 난 기관사에게 가서 말을 좀 해야겠다……."

그러더니 그는 해리 옆으로 성큼성큼 걸어가 복도로 사라졌다.

"정말 괜찮니, 해리?" 헤르미온느가 해리를 걱정스럽게 쳐다보며 물었다.

"뭐가 뭔지 모르겠어……. 무슨 일이었지?" 해리가 얼굴에서 땀을 닦아 내며 말했다.

"글쎄…… 그것이…… 디멘터가…… 저기에 서서 주위를 둘러보았어. 내 말은, 그러니까…… 그런 것 같았다는 거야. 그것의 얼굴은 보지 못했어……. 그리고 넌…… 넌……."

"네가 발작이나 뭐 그런 걸 일으켰던 것 같아." 론이 여전히 겁먹은 얼굴로 말했다. "네가 뻣뻣하게 굳어지더니 그 자리에서 쓰러져 경련을 일으키기 시작했어……."

"그러자 루핀 교수가 그 디멘터 쪽으로 걸어가서는 요술지팡이를 꺼내더니," 헤르미온느가 말했다. "'우리는 망토 속에 시리우스 블랙을 숨기고 있지 않으니 가시오' 라고 말했어. 하지만 디멘터가 꼼짝도 하지 않으니까, 루핀이 뭐라고 중얼거렸어. 그리고 루핀 교수의 지팡이에서 은빛 나는 것이 나와 그것을 쏘니까 그제서야 홱 돌아서서 사라져 버렸어…….”

“정말 무시무시했어.” 네빌이 평상시보다 더 높은 목소리로 말했다. “그것이 들어왔을 때 몸이 오싹해지는 거 느꼈니?”

“난 섬뜩한 기분이 들었어.” 론이 불편하게 어깨를 움직이며 말했다. “다시는 기분이 좋아질 것 같지 않았어…….”

해리만큼이나 상태가 좋지 않은 얼굴로 한쪽 구석에 웅크리고 앉아 있던 지니가 훌쩍훌쩍 울자 헤르미온느가 다가가 따뜻하게 안아 주었다.

“그런데 너희들은 아무도…… 쓰러지지 않았니?” 해리가 어색하게 물었다.

“응.” 론이 걱정스럽게 해리를 다시 한 번 바라보며 말했다. “지니가 몹시 떨기는 했지만…….”

해리는 이해할 수 없었다. 그는 마치 지독한 독감에 걸렸다가 회복되고 있기라도 한 것처럼 힘이 하나도 없고 몸이 으슬으슬 추웠다. 그는 또 창피하기도 했다. 다른 사람들은 멀쩡한데 왜 자신만 그렇게 기절을 했던 걸까?

루핀 교수가 돌아왔다. 그는 객실로 들어서다가 멈춰 서서 주위를 둘러보고는 미소를 머금고 이렇게 말했다. “내가 초콜릿에 독약이라도 넣었을까 봐 겁나니…….”

해리가 한 입을 베어 먹자, 놀랍게도 갑자기 손끝 발끝까지 온기가 쫙 퍼졌다.

“이제 10분 후면 호그와트에 도착할 게다.” 루핀 교수가 말했다. “괜찮니, 해리?”

해리는 루핀 교수가 자기의 이름을 어떻게 아는지 묻지 않았다.

“괜찮아요.” 그가 당황해서 중얼거렸다.

그들은 호그와트에 도착할 때까지 그다지 많이 말하지 않았다. 마침내 호그스미드 역에서 기차가 멈춰 서자, 서로 먼저 나가려고 난장판이 되었다. 부엉이들은 부엉부엉 울어대고, 고양이들은 야옹거렸으며, 네빌의 애완용 두꺼비는 네빌의 모자 밑에서 시끄럽게 꽉꽉거렸다. 장대 같은 빗줄기가 주룩주룩 쏟아지고 있어서인지 자그마한 승강장은 몹시 추웠다.

"1학년생들은 이쪽으로!" 어디서 많이 듣던 목소리가 들렸다. 해리와 론과 헤르미온느가 뒤돌아보니 승강장 저쪽 끝에 커다란 해그리드의 윤곽이 보였다. 그는 잔뜩 겁먹고 있는 신입생들을 호수를 건너 호그와트 성까지 인솔해 가기 위해 손짓을 해서 불러 모으고 있었다.

"안녕, 너희 셋 다 잘 지냈니?" 해그리드가 모여 있는 사람들의 머리 위로 외쳤다. 그들은 해그리드에게 손을 흔들었지만, 주위에 몰려 있는 사람들 때문에 몸이 자꾸 밀려났으므로 말할 기회는 없었다. 해리와 론과 헤르미온느는 다른 학생들을 따라 승강장을 지나 질척질척한 작은 길로 나왔다. 그곳에는 100대는 되어 보이는 역마차들이 1학년을 제외한 나머지 학생들을 기다리고 있었다. 그저 해리의 상상일 뿐인지도 모르지만, 그들이 마차에 올라타고 문을 닫자마자 마차들이 저절로 열을 지어 출발한 것으로 보아, 보이지 않는 말이 끌고 있는 것 같았다.

마차에서는 곰팡이와 지푸라기 냄새가 약간 났다. 해리는 초콜릿을 먹은 이후 좀 나아지기는 했지만 여전히 기운이 없었다. 론과 헤르미온느는 그가 또다시 쓰러지기라도 할까 봐 겁나는지 계속해서 흘금흘금 쳐다보았다.

날개 달린 멧돼지가 조각된 돌기둥들이 세워져 있는 훌륭하게 꾸며진 성의 철문 쪽으로 마차가 지나갈 때, 해리는 더 커다란 두건을 쓴 디멘터 두 명이 문 양쪽에서 보초를 서고 있는 걸 보았다. 얼음장 같이 차가운 냉기가 다시 한 번 그를 빨아들이는 것 같았다. 그는 울퉁불퉁한 자리에 비스듬히 앉아 성문을 지나갈 때까지 눈을 감고 있었다. 마차는 성까지 올라가는 긴 오르막길에서 속도를 더 냈다. 헤르미온느는 작은 창문으로 얼굴을 내밀고 많은 탑들이 점점 더 가까이 다가오는 걸 지켜보았다. 마침내 마차가 앞뒤로 한 번 흔들하며 멈춰 서자 헤르미온느와 론이 잽싸게 내렸다.

마차에서 내려서자, 해리의 귓가에 질질 끄는 목소리가 들렸다.

"너 기절했었다며, 포터? 롱바텀이 한 말이 정말이니? 너 정말 기절했었니?"

말포이가 헤르미온느를 팔꿈치로 밀어젖히고 성으로 올라가는 돌 계단 쪽으로 가려는 해리를 막아섰다. 그는 기분이 좋아 보였으며 작은 눈은 심술궂게 반짝이고 있었다.

"저리 꺼져, 말포이." 론이 이를 악물고 말했다.

"너도 기절했었니, 위즐리?" 말포이가 큰 소리로 물었다. "그 무시무시한 늙은 디멘터가 너도 놀랬니, 위즐리?"

"무슨 일이니?" 온화한 목소리가 들렸다. 다음 마차에서 루핀 교수가 막 내린 것이었다.

말포이가 누덕누덕 기운 망토를 입고 찌그러진 가방을 들고 있는 루핀 교수를 경멸하는 눈초리로 빤히 바라보았다. 그는 약간 빈정거리는 말투로 "아, 아니에요. 저…… *교수님.*" 하고 나서 크레이브와 고일에게 능글맞게 웃어 보인 뒤 앞장서서 계단을 올라가 성으로 들어갔다.

헤르미온느가 론의 뒤에서 얼른 올라가라고 쿡쿡 찔렀으므로, 그들 셋은 떼지어 계단으로 올라가는 사람들 틈에 끼어 커다란 오크문을 지나 동굴 같은 현관 안의 홀로 들어갔다. 홀은 활활 타오르는 횃불로 밝혀져 있었고, 이층으로 이어지는 거대한 대리석 계단이 있었다.

오른쪽에는 연회장으로 들어가는 문이 열려 있었다. 해리는 사람들을 따라 그곳으로 향했다. 그들이 까만 하늘에 구름이 잔뜩 끼어 있는 마법에 걸린 천장을 흘끗 보았을 때 어떤 목소리가 들렸다. "포터! 그레인저! 정말 보고 싶었단다!"

해리와 헤르미온느는 깜짝 놀라서 홱 돌아섰다. 변신술을 가르치는 선생님이자 그리핀도르 기숙사의 담당 교수인 맥고나걸 교수가 사람들 머리 위로 큰 소리로 말하고 있었다. 그녀는 머리를 돌돌 말아 올린 엄격해 보이는 마녀였다. 그녀의 날카로운 눈에는 사각 안경이 끼어져 있었다. 맥고나걸 교수 앞에만 서면 해리는 언제나 뭔가 잘못한 것 같은 기분이 들었으므로, 이번에도 해리는 왠지 불길한 기분을 느끼며 그녀에게로 갔다.

"그렇게 걱정스러운 표정 지을 필요 없다. 그저 내 사무실에서 잠시 말을 나누고 싶은 것뿐이니까." 그녀가 그들에게 유쾌하게 말했다. "위즐리는 가도 좋다."

론은 맥고나걸 교수가 해리와 헤르미온느를 데리고 시끄럽게 떠들어대고 있는 사람들 사이로 멀어지는 걸 빤히 바라보았다.

그들은 그녀와 함께 현관 안의 홀을 가로질러 가 대리석 계단을 올라간 뒤 복도를 따라 걸었다.

따뜻한 난로가 피워져 있는 자그마한 사무실로 들어가자, 맥고나걸 교수가 해리와 헤르미온느에게 앉으라고 말했다. 그리고 그녀는 책상 뒤로 가서 앉더니 느닷없이 이렇게 말했다. "루핀 교수가 미리 부엉이를 보내 네가 기차에서 아팠다고 말해주었단다, 포터."

해리가 미처 대답하기도 전에, 문에서 노크 소리가 나더니 간호사인 폼프리 부인이 부산을 떨며 들어왔다.

해리는 얼굴이 후끈 달아오르는 걸 느꼈다. 기절한 것도 창피한데, 여러 사람을 신경 쓰게 한 게 미안했기 때문이다.

"전 괜찮아요." 그가 말했다. "전 아무것도 필요 없어요."

"아, 너로구나?" 폼프리 부인이 해리의 말은 들은 척도 하지 않고 허리를 굽혀 그를 빤히 바라보며 말했다. "너 또 위험한 일 저지른 거 아니니?"

"디멘터 때문이에요, 폼프리 부인." 맥고나걸 교수가 말했다.

그러더니 그들은 알 수 없는 표정을 주고받았다. 폼프리 부인이 못마땅한 듯 혀를 끌끌 찼다.

"디멘터를 학교 주변에 배치하다니." 그녀가 해리의 머리 뒤쪽을 누르고 이마를 짚어 보며 투덜거렸다. "앞으로 이런 일은 누구에게나 일어날 수 있단다. 그래, 디멘터는 온통 차갑고 끈적끈적하지. 끔찍한 것들이야. 그런데 몸이 허약한 사람들이 그것을 보게 되면……"

"전 허약하지 않아요!" 해리가 뿌루퉁하게 말했다.

"물론 넌 그렇지 않지." 폼프리 부인이 이제 그의 맥박을 짚으며 멍하니 말했다.

"어때요?" 맥고나걸 교수가 똑 부러지는 말투로 물었다. "장기 요양을 해야 하나요? 오늘 밤은 병동에서 보내야 하나요?"

"전 괜찮아요!" 해리가 펄쩍 뛰며 말했다. 그가 병동에 입원해야만 한다는 걸 드레이코 말포이가 듣는다면 뭐라고 할까 생각하자 몹시 괴로웠다.

"글쎄, 정 그러면 초콜릿이라도 좀 먹어야 할 거예요." 폼프리 부인이 말했다. 그녀는 이제 해리의 눈을 들여다보았다.

"이미 조금 먹었어요." 해리가 말했다. "루핀 교수님이 주셨거든요. 저희들 모두에게 주셨어요."

"그랬니?" 폼프리 부인이 만족스럽게 말했다. "그러니까 마침내 치료법을 제대로 알고 있는 어둠의 마법 방어술 교수님을 모시게 되었군요?"

"정말 괜찮니, 포터?" 맥고나걸 교수가 확인하듯 물었다.

"*네.*" 해리가 대답했다.

"좋다. 그럼 난 그레인저와 시간표에 대해 몇 마디 나눌 말이 있으니 잠깐 밖에서 기다리거라. 그리고 함께 연회장에 가도록 하자."

해리는 폼프리 부인과 다시 복도로 나갔다. 그녀는 혼잣말로 뭐라 중얼거리며 병동으로 갔다. 얼마 지나지 않아 헤르미온느가 매우 기쁜 표정으로 맥고나걸 교수와 함께 나타났고, 그들 셋은 다시 대리석 계단을 내려가 연회장으로 갔다.

연회장에는 끝이 뾰족한 까만 모자들로 가득 차 있었다. 기다란 기숙사 테이블마다, 위에 둥둥 떠 있는 수천 개의 촛불 불빛을 받으며 학생들이 줄지어 앉아 있었다. 엉클어진 하얀 머리의 키 작은 마법사인 플리트윅 교수가 아주 오래된 모자와 다리가 세 개 달린 의자를 들고 홀에서 나오고 있었다.

"어." 헤르미온느가 말했다. "기숙사 배정식이 벌써 끝났나 봐!"

호그와트의 신입생들은 마법의 모자를 쓰고 앉으면, 모자가 그리핀도르, 래번클로, 후플푸프, 혹은 슬리데린 중에서 그 애에게 가장 적합한 기숙사를 큰 소리로 알려 주게 되어 있었다. 맥고나걸 교수는 교수님들이 앉아 있는 상석의 빈자리로 성큼성큼 걸어갔고, 해리와 헤르미온느는 될 수 있는 대로 조용히 그리핀도르 테이블이 있는 쪽으로 걸어갔다. 그들이 연회장 뒤로 지나가자 아이들 대부분이 그들을 바라보았고, 몇 명은 손가락으로 해리를 가리키기도 했다. 그가 디멘터 앞에서 기절했다는 얘기가 그렇게 빨리 퍼진 걸까?

그와 헤르미온느는 그들의 자리를 맡아 둔 론의 양쪽에 앉았다.

"무슨 일이니?" 그가 해리에게 속삭였다.

해리가 작은 소리로 설명하기 시작하려는 순간 교장 선생님이 연설을 하기 위해 일어섰으므로, 해리는 하려던 말을 그만두었다.

덤블도어 교수는 매우 늙었지만 항상 힘이 넘치는 것 같은 인상을 주었다. 그는 수십 센티미터에 달하는 긴 은빛 머리와 수염에다 반달 모양의 안경을 끼고 있었으며 코는 아주 심하게 구부러져 있었다. 그가 현존하는 가장 훌륭한 마법사라는 생각은 해리가 그를 매우 존경하기 때문만은 아니었다. 누구라도 알버스 덤블도어를 신뢰하지 않을 수 없었다. 그가 학생들에게 환히 미소 짓는 모습을 보자, 해리는 기차 객실로 디멘터가 들어온 이후 처음으로 마음이 평온해지는 걸 느꼈다.

"환영합니다!" 덤블도어 교수가 말했다. 그의 수염이 촛불 불빛을 받아 반짝거렸다. "호그와트에서 또 한 해를 보내게 된 것을 환영합니다! 여러분 모두에게 몇 마디 할까 합니다. 그리고 그 중 한 가지는 매우 심각한 일이므로, 여러분들이 맛있는 음식에 정신을 팔기 전에 빨리 말해 두는 게 좋을 것 같군요……."

덤블도어 교수가 목을 가다듬더니 계속했다. "호그와트 급행 열차가 수색당한 뒤 여러분들 모두 눈치챘겠지만, 우리 학교에는 마법부의 일로 현재 아즈카반의 디멘터 몇 명이 와 있습니다."

그가 잠시 말을 멈추자, 해리는 덤블도어 교수가 디멘터들이 학교를 지키는 것에 대해 탐탁히 여기지 않는다는 위즐리 씨의 말이 떠올랐다.

"그들은 정원의 입구마다 배치되어 있습니다." 덤블도어 교수가 계속했다. "그리고 그들이 우리와 함께 있는 동안은 누구도 허락 없이 학교에서 나가선 안 된다는 것을 명백히 해두고자 합니다. 디멘터들은 속임수나 변장에 속지 않을 것입니다. 심지어 투명 망토에도 말입니다." 그가 차분하게 덧붙이자, 해리와 론은 서로 흘끗 바라보았다. "디멘터는 탄원이나 변명을 전혀 이해하지 못합니다. 그러므로 그들이 여러분을 해칠 동기를 제공하지 말 것을 모두에게 경고해두고 싶습니다. 반장들과 새 학생 회장은 어떤 학생도 디멘터들과 충돌하는 일이 없도록 해주길 바랍니다."

해리와 몇 자리 떨어져 앉아 있던 퍼시가 가슴을 쫙 펴고 인상적으로 주위를 휘 둘러보았다. 덤블도어 교수도 다시 한 번 말을 멈추더니 아주 진지하게 홀을 둘러보았다. 움직이거나 소리를 내는 사람은 하나도 없었다.

"좀더 즐거운 소식을 전해드려야겠군요." 그가 계속했다. "금년에 우리 학교에 새로운 교수님 두 분이 오시게 되었습니다. 우선 루핀 교수님은 어둠의 마법 방어술 과목을 맡아 주시는 데 흔쾌히 동의해 주셨습니다."

해리를 포함해 루핀 교수와 기차 객실에 함께 있었던 사람들만이 열성적으로 박수를 쳤을 뿐, 여기저기서 다소 마지못해 치는 박수 소리가 산발적으로 터져 나왔다. 루핀 교수는 말쑥한 망토를 입고 있는 다른 교수님들 옆에 있어서인지 더욱더 초라해 보였다.

"스네이프 교수 좀 봐!" 론이 해리의 귀에 대고 속삭였다.

마법의 약 교수님인 스네이프 교수는 루핀 교수를 빤히 바라보고 있었다. 스네이프 교수가 어둠의 마법 방어술 과목을 맡고 싶어 했다는 건 모두가 알고 있는 사실이긴 했지만, 스네이프 교수를 굉장히 싫어하는 해리조차도 그의 갸름하고 누르스름한 얼굴이 심하게 찡그려지는 걸 보자 깜짝 놀랐다. 그 표정이 분노를 넘어 혐오에 가까웠기 때문이었다. 해리는 그 표정만은 너무나 잘 알고 있었다. 스네이프 교수는 해리를 볼 때마다 늘 그런 표정을 지었던 것이다.

"새로 오신 또 한 분의 교수님을 소개해야겠군요." 루핀 교수에 대한 냉담한 반응이 사라져 갈 즈음 덤블도어 교수가 계속했다. "아, 그전에 한 가지 알려드려야 할 일이 있습니다. '신비한 동물 돌보기' 의 교수님이신 케틀번 교수께서 유감스럽게도 그나마 남아 있는 여생을 좀더 편히 지내시기 위해 작년 말에 퇴직하셨습니다. 그러나 기쁘게도 그의 자리를 루베우스 해그리드가 맡게 되었습니다. 그는 사냥터지기 일과 더불어 이 교사직을 맡는 데 동의해 주었습니다."

해리와 론과 헤르미온느는 어리벙벙한 얼굴로 서로를 빤히 바라보았다. 그리곤 그들도 곧 뜨거운 박수를 보냈다. 박수 갈채는 특히 그리핀도르 테이블에서 요란하게 들렸다. 해리는 해그리드를 바라보았다. 그는 얼굴이 새빨개져서는 뒤얽혀 있는 시커먼 수염 밑으로 아무도 몰래 씩 웃으며 자신의 커다란 손을 내려다보고 있었다.

"아, 우리가 왜 몰랐지!" 론이 테이블을 쾅 치며 고함을 쳤다. "우리에게 덥석덥석 깨무는 책을 사라고 할 사람이 누가 또 있겠어?"

이제 해리와 론과 헤르미온느만 박수를 치고 있었다. 그들이 마침내 박수치는 걸 멈추자, 덤블도어 교수가 다시 말문을 열었다. 해그리드는 식탁보만 한 손수건으로 눈을 닦고 있었다.

"자, 중요한 얘기는 다 한 것 같군요." 덤블도어 교수가 말했다.

"이제 연회를 시작합시다!"

그 말이 떨어지기가 무섭게 그들 앞에 있던 황금 접시와 잔에 음식과 음료가 그득히 채워졌다. 음식을 보자 해리는 갑자기 시장기가 동해, 손에 닿는 건 닥치는 대로 담아서 먹기 시작했다.

음식은 굉장히 맛있었다. 연회장 가득 이야기 소리와 웃음 소리 그리고 나이프와 포크가 부딪히는 소리가 울려 퍼졌다. 해리와 론과 헤르미온느는 그러나 연회가 얼른 끝나길 바랐다. 해그리드에게 축하한다고 말하고 싶었기 때문이다. 그들은 교수가 된다는 것이 해그리드에게 얼마나 큰 의미인지 잘 알고 있었다. 해그리드는 완전히 자격이 갖춰진 마법사가 아니었다. 그는 자신이 저지르지도 않은 죄 때문에 3학년 때 호그와트에서 쫓겨났었다. 작년에 해그리드의 결백을 입증해 주었던 사람들이 바로 해리와 론과 헤르미온느였다.

마침내, 황금 접시에 조금 남아 있던 호박 타트(과일 등을 얹거나 속에 넣은 작은 파이 : 역주)마저 다 없어졌을 때, 덤블도어 교수가 자러 갈 시간이 되었음을 알렸고, 그들은 그제서야 해그리드와 대화를 나눌 수 있는 기회를 갖게 되었다.

"축하해요, 해그리드!" 교수님들이 앉아 있는 상석에 도착하자 헤르미온느가 울먹이며 말했다.

"다 너희들 셋 덕분이야." 해그리드가 그들을 올려다보면서 손수건으로 눈물 범벅이 된 얼굴을 훔치며 말했다. "믿을 수가 없어……. 정말 고마우신 분이야. 덤블도어 교수는…… 케틀번 교수에게서 이제 떠날 때가 되었다는 말을 들은 뒤 곧장 오두막으로 날 찾아오셨어……. 그건 내가 항상 원했던 일이었거든……."

감정이 북받쳐 그가 얼굴을 손수건에 묻자, 맥고나걸 교수가 그들에게 그만 가라고 했다.

해리와 론과 헤르미온느는 줄줄이 대리석 계단으로 올라가는 그리핀도르 아이들 사이에 끼었다. 이제 매우 지쳐 있었지만, 그들은 더 많은 복도와 계속해서 나오는 계단을 지나 그리핀도르 탑으로 들어가는 비밀 입구에 도착했다. 핑크빛 드레스를 입은 뚱뚱한 여인의 커다란 초상화가 그들에게 물었다. "암호?"

"자, 빨리 가도록 합시다!" 퍼시가 모여 있는 사람들 뒤에서 소리쳤다. "새 암호는 *'포르투나 소령'* 이야!"

"끔찍해!" 네빌이 애처롭게 말했다. 그는 언제나 암호를 까먹기가 일쑤였다.

초상화 구멍을 지나 학생 휴게실을 가로질러 간 뒤, 여학생들과 남학생들은 갈라져서 각기 다른 계단으로 올라갔다. 해리는 다시 돌아온 게 너무 기쁘다는 것 말고는 아무 생각도 없었다. 그들은 다섯 개의 침대가 놓여 있는 동그란 기숙사 방에 도착했고, 해리는 주위를 휘 둘러보며 마침내 집에 왔다고 생각했다.

제 6 장

갈고리 발톱과 찻잎

다음 날 아침 해리와 론과 헤르미온느가 아침식사를 하기 위해 연회장으로 들어갔을 때, 가장 먼저 눈에 띈 것은 드레이코 말포이였다. 그는 아주 재미있는 이야기로 슬리데린 아이들을 즐겁게 해주고 있는 것 같았다. 그들이 지나가자 말포이가 우스꽝스럽게 졸도하는 흉내를 냈다. 큰 웃음소리가 터져 나왔다.

"무시해 버려." 해리 바로 뒤에 있던 헤르미온느가 말했다. "그냥 무시해. 신경 쓸 가치도 없어……."

"야, 포터!" 원숭이처럼 생긴 슬리데린의 한 여자아이가 날카롭게 외쳤다. 팬시 파킨슨이었다. "포터! 디멘터들이 오고 있어, 포터! *우우우우우!*"

해리는 그리핀도르 테이블로 가서 조지 위즐리 옆자리에 털썩 주저앉았다.

“3학년의 새 시간표야.” 조지가 시간표를 나눠 주며 말했다. “너 왜 그러니, 해리?”

“말포이 녀석 때문이지 뭐.” 론이 조지 맞은편에 앉으면서 슬리데린 테이블 쪽을 노려보며 말했다.

조지가 고개를 들어 바라보자, 마침 말포이는 또다시 겁에 질려 기절하는 척하는 흉내를 내고 있었다.

“저 쥐새끼 같은 녀석이.” 그가 차갑게 말했다. “저 녀석 어젯밤에 디멘터들이 기차에 올라 왔을 때는 무서워서 벌벌 떨더니만. 녀석이 겁에 질려 우리 객실 안으로 달려 들어왔었어. 그랬지, 프레드?”

“거의 오줌을 싸기 직전이었지.” 프레드가 말포이를 경멸하는 눈초리로 바라보며 말했다.

“하여간 기분은 매우 좋지 않아.” 조지가 말했다. “정말 끔찍한 것들이야, 디멘터들 말야…….”

“몸 속까지 얼어붙게 한다니까, 안 그래?” 프레드가 말했다.

“하지만 형은 기절하지는 않았잖아, 그렇지?” 해리가 침울하게 말했다.

“잊어버려, 해리.” 조지가 기운을 돋우어 주며 말했다. “아빠도 아즈카반에 한 번 가신 적 있잖아. 기억나, 프레드? 아빠는 그렇게 끔찍한 곳은 처음 가 봤다고 하셨어. 힘이 하나도 없이 부들부들 떨며 돌아오셨지……. 디멘터들은 누구에게서든 행복을 빨아들인다잖아. 대부분의 죄수들은 그곳에서 미쳐 버리고 만대.”

“어쨌든 말포이 녀석이 첫 퀴디치 시합이 끝난 뒤 얼마나 행복한 표정을 짓는지 두고 보자구.” 프레드가 말했다. “그리핀도르 대 슬리데린. 이번 시즌 첫 경기 말야, 잊지 않았지?”

해리와 말포이는 퀴디치 시합에서 서로 딱 한 번 정면으로 맞섰었는데, 말포이가 완패를 당했었다. 해리는 기분이 약간 좋아지는 걸 느끼며, 소시지와 튀긴 토마토를 한 입 먹었다.

헤르미온느는 새 시간표를 들여다보고 있었다.

"좋았어. 오늘 새로운 과목들의 첫 수업이 있네." 그녀가 유쾌하게 말했다.

"헤르미온느," 론이 그녀의 어깨 너머로 대충 훑어본 뒤 얼굴을 찡그리며 말했다. "시간표를 그렇게 엉망으로 짜 놓다니. 이것 봐, 하루에 열 과목이나 듣게 돼 있어. 시간이 부족해."

"이럭저럭 해 나갈 수 있어. 맥고나걸 교수와 다 이야기해 두었어."

"하지만 봐." 론이 어이없다는 듯이 웃으며 말했다. "오늘 오전만 해도 9시에 점술이 있는데 바로 밑에 또 9시에 머글 연구가 있잖아, 그리고." 론이 도저히 믿을 수 없다는 듯 더 가까이 다가가 그녀의 시간표를 들여다보았다. "봐……, 그 밑에 또 산술점 9시. 내 말은 헤르미온느 네가 아무리 똑똑하다고 해도 그건 불가능하단 뜻이야. 그걸 해낼 수 있는 사람은 아무도 없을걸. 어떻게 한 번에 세 과목을 들을 수 있니?"

"바보 같은 소리 마." 헤르미온느가 쌀쌀맞게 말했다. "난 물론 한 번에 세 과목을 듣지는 않을 거야."

"그러면……"

"마멀레이드 잼이나 줘." 헤르미온느가 말했다.

"하지만……"

"나 참, 론, 내 시간표가 조금 빡빡한들 네가 무슨 상관이니?" 헤르미온느가 날카롭게 쏘아붙였다. "말했잖아, 맥고나걸 교수와 다

상의한 거라구."

바로 그때, 연회장으로 해그리드가 들어왔다. 긴 두더지 가죽코트를 입은 그의 커다란 손에 죽은 긴털족제비가 맥없이 흔들거리고 있었다.

"안녕?" 그가 교수님들이 앉는 상석으로 가다가 멈춰 서서 반갑게 말했다. "내 첫 수업에 꼭 들어와! 점심 시간 직후야! 새벽 5시부터 일어나서 수업 준비를 다 해두었어……. 잘되었으면 좋겠는데 말야…… 내가 교수라니…… 솔직히……."

그는 그들에게 환하게 씩 웃어 보이고는 여전히 긴털족제비를 흔들며 상석으로 향했다.

"해그리드가 어떤 준비를 해두었을지 궁금한데?" 론이 걱정스런 목소리로 말했다.

아이들이 1교시 수업을 받으러 나가자 연회장이 점점 한산해지기 시작했다. 론은 자신의 시간표를 살폈다.

"이제 가는 게 좋겠어. 점술 수업은 북쪽 탑 꼭대기에서 있잖아. 거기까지 가려면 10분은 걸릴 거야……."

그들은 허겁지겁 아침식사를 마치고 프레드와 조지에게 인사한 뒤 연회장을 나왔다. 그들이 슬리데린 테이블을 지나갈 때, 말포이가 또 한 번 졸도하는 흉내를 냈다. 해리가 연회장 밖으로 나올 때까지 웃음 소리가 그치지 않았다.

성을 지나 북쪽 탑으로 가는 길은 꽤 멀었다. 호그와트에서 2년을 보냈어도 그들은 성을 구석구석 알지는 못했고, 더욱이 북쪽 탑에는 들어가 본 적이 없었다.

"틀림없이…… 지름길이…… 있을…… 텐데." 길게 나 있는 일곱 번째 계단을 겨우 올라가 생소한 층계참으로 나왔을 때 론이 숨을 헐떡이며 말했다. 그곳에는 꾸밈없이 그린 커다란 초원 그림이 돌벽에 걸려 있는 것 말고는 아무것도 없었다.

"이쪽인 것 같은데." 헤르미온느가 오른쪽으로 난 텅 빈 복도를 주의해서 보며 말했다.

"그럴 리가 없어." 론이 말했다. "거긴 남쪽이야. 저것 봐, 창 밖에 호수가 조금 보이잖아……."

해리는 그림을 살펴보고 있었다. 살이 통통하게 찐 얼룩덜룩한 회색빛 조랑말 한 마리가 막 초원 위로 느릿느릿 걸어 들어와서는 무심히 풀을 뜯어먹고 있었다. 해리는 호그와트 벽에 걸린 그림 속에 있는 인물이나 동물 등이 그림틀에서 빠져나가 이리저리 돌아다니는 것에 익숙해져 있기는 했지만, 그걸 지켜보는 건 항상 즐거웠다. 잠시 후, 갑옷을 입은 땅딸막한 기사 하나가 절거덕거리며 조랑말을 따라 그림 속으로 들어왔다. 갑옷 무릎에 풀물이 든 걸로 보아 말에서 금방 떨어진 게 분명했다.

"아니!" 그가 해리와 론과 헤르미온느를 보고 소리쳤다. "이 녀석들은 뭐야. 내 땅에 함부로 들어오다니! 혹시 내가 넘어진 걸 비웃으러 온 거 아냐? 칼을 뽑아, 이 녀석들아!"

그 자그마한 기사가 칼집에서 칼을 꺼내고는, 화가 나서 위아래로 뛰어다니며 난폭하게 휘둘러 댔다. 그러나 칼이 너무 길었던지 거칠게 한 번 휘두르자마자 그는 중심을 잃고 잔디 위로 엎어졌다.

"괜찮으세요?" 해리가 그림에 더 가까이 다가가며 물었다.

"물러서. 이 야비한 허풍선이야! 물러서란 말야. 이 악당 같으니라구!"

기사가 칼을 다시 잡더니 그것으로 몸을 지탱하고 일어서려고 했다. 하지만 칼날이 잔디 속으로 깊숙이 들어갔는지 아무리 뽑아 내려고 해도 칼은 쉽사리 나오지가 않았다. 결국 잔디밭 위로 벌렁 나가떨어진 기사는 투구를 밀어 올리고 땀으로 흠뻑 젖은 얼굴을 훔쳤다.

"저기요," 해리는 기사가 기진맥진한 틈을 타서 얼른 말했다. "저희들은 북쪽 탑을 찾고 있는데, 혹시 길 아세요?"

"오, 탐험가들이로군!" 기사의 분노가 순식간에 사그라지는 것 같았다. 그가 절거덕거리며 일어서더니 큰 소리로 말했다. "나를 따르시오, 친구들이여. 목적지에 도달하든지 아니면 도달하기 위해 애쓰다가 용감하게 죽어갈 것이오."

기사는 또 한 번 칼을 힘껏 당겼다. 하지만 헛수고였다. 이번엔 살찐 조랑말 위에 올라타려고 하다가 그것마저 실패하자 기사가 이렇게 외쳤다. "그럼 걸어서 갑시다. 모두 앞으로! 앞으로!"

그리고 그는 요란하게 절거덕거리며 그림틀 왼쪽으로 달려갔다.

그들은 그의 갑옷 소리를 쫓아 급히 복도로 따라갔다. 그들은 가끔씩 그가 앞에 있는 사진 속으로 달려 들어오는 걸 볼 수 있었다.

"용기를 내시오. 아직 희망은 있소!" 기사가 소리치며, 좁다란 나선형 계단의 벽에 걸린 그림 속의 겁먹은 여자들 앞에 다시 나타났다. 그 여자들은 크리놀린(옛날에 스커트를 부풀게 하기 위해 말총 등으로 만든 광주리 모양의 속치마 : 역주) 스커트를 입고 있었다.

해리와 론과 헤르미온느는 헉헉대며 꼬불꼬불하게 감겨 올라가는 계단 위로 올라갔다. 그리고 점점 더 심하게 현기증이 나기 시작했을 때쯤, 위에서 중얼거리는 목소리들이 들렸다. 마침내 그 교실에 도착한 것이다.

"잘 가게!" 기사가 이렇게 외치고는, 사악하게 생긴 수도사들의 그림 속으로 머리를 홱 디밀었다. "잘 가게, 친구들! 언제든 뛰어난 용사와 강철 같은 체력이 필요하면, 이 캐도간 경에게 찾아오게!"

"네, 꼭 연락할게요." 기사가 사라진 것을 확인한 후 론이 중얼거렸다. "머리가 돈 사람이 필요하면요."

그들이 마지막으로 몇 계단 더 올라가자 아주 작은 층계참이 나타났다. 그곳에는 벌써 학급 아이들 대부분이 모여 있었다. 그들은 주위를 휘 둘러보았다. 이곳은 빠져나갈 수 있는 문이 하나도 없는 것 같았다. 그때 론이 팔꿈치로 해리를 슬쩍 찔러 천장을 가리켰다. 그곳엔 놋쇠 명판이 붙은 동그란 문이 하나 있었다.

"사이빌 트릴로니, 점술 교사." 해리가 고개를 들어 또박또박 읽었다. "저기로 어떻게 올라 다니지?"

그때 그의 질문에 답변이라도 하듯, 뚜껑문이 덜컥 열리더니 해리의 발 바로 앞으로 은빛 사다리가 내려왔다. 모두 조용해졌다.

"너 먼저 가." 론이 씩 웃으며 말했다. 해리가 제일 먼저 사다리를 타고 올라갔다.

그가 뚜껑문을 열고 나온 곳은 지금까지 본 교실 중에서 가장 이상한 곳이었다. 사실 교실이라기보다는 다락방과 구식 찻집을 합쳐 놓은 것 같은 모양이었다. 안에는 스무 개 정도의 작은 원형 탁자들이 있었고, 주위엔 무명 천을 씌운 안락의자와 불룩한 작은 쿠션들이 놓여 있었다. 또 각 테이블마다 희미한 진홍색 등불로 밝혀져 있었다. 창문에는 모두 커튼이 쳐져 있었고, 전등마다 짙은 빨간색 덮개가 덮여 있었다. 공기는 숨막힐 듯이 후텁지근했으며, 뭔가가 잔뜩 올려진 선반 밑의 벽난로 불은 구리 주전자에 담긴 아주 메스꺼운 냄새를 풍기는 액체를 데우며 활활 타오르고 있었다. 원형 벽을 따라 죽 늘어서 있는 선반에는 먼지투성이의 깃털과 쓰다 남은 동강초들과 너덜너덜한 여러 벌의 카드와 수없이 많은 수정 구슬과 많은 찻잔들로 가득 채워져 있었다.

론이 해리 뒤를 따라 올라왔을 때 학급 아이들이 수군거리며 모여들었다.

"교수님은 어디에 있지?" 론이 말했다.

그때 어둠 속에서 갑자기 부드럽고 희미한 목소리가 들렸다.

"잘들 왔어요." 그 목소리가 말했다. "마침내 현세에서 만나게 되다니 정말로 기쁘군요."

언뜻 보기에 꼭 번득거리는 커다란 곤충처럼 보였지만 그것은 다름 아닌 트릴로니 교수였다. 트릴로니 교수가 난로 불빛 쪽으로 움직이자, 그들은 그녀가 매우 말랐다는 걸 알았다. 커다란 안경 때문에 눈은 원래 크기보다 몇 배나 더 커 보였다. 그녀는 반짝반짝 빛나는 금실 숄을 두르고 있었다. 또 가늘고 긴 목에는 수많은 목걸이와 구슬들이 주렁주렁 매달려 있었고, 팔과 손에는 팔찌와 반지들이 잔뜩 끼어져 있었다.

"앉거라, 앉아." 그녀가 말했다. 그들 모두 어색하게 안락의자로 올라가거나 두꺼운 쿠션에 주저앉았다. 해리와 론과 헤르미온느는 원형 탁자에 함께 둘러앉았다.

"점술 수업 시간에 온 걸 환영해요." 트릴로니 교수가 벽난로 앞에 있는 안락의자에 앉으며 말했다. "난 트릴로니 교수입니다. 여러분들은 날 본 적이 없을지도 모르겠군요. 활기가 넘치는 저 혼잡한 학교로 너무 자주 내려가면 내 영적인 판단력이 흐려지는 것 같아서 그곳엔 잘 가지 않죠."

이 이상한 말에 아무도 대꾸하지 않았다. 트릴로니 교수는 숄을 우아하게 다시 휙 두른 뒤 계속 말했다. "여러분들이 선택한 점술은 모든 마법 중에서 가장 어려운 분야입니다. 수업에 들어가기에 앞서, 여러분 스스로에게 통찰력이 없다면, 내가 가르칠 수 있는 게 거의 없다는 점을 미리 경고해 두어야겠군요. 지금까지는 책만으로도 그럭저럭 해 나갈 수 있었겠지만……."

이 말을 듣자, 해리와 론 모두 씩 웃으며 헤르미온느를 흘끗 바라보았다. 그녀는 이 과목에서는 책만 읽어서는 그다지 도움이 되지 않을 거라는 말에 깜짝 놀란 것 같았다.

"많은 마법사들이 쿵 소리를 낸다거나 냄새를 맡거나 갑자기 사라지는 것 같은 분야에서는 재능이 있을지 몰라도, 분명치 않은 미래의 비밀을 꿰뚫어보는 건 잘하지 못합니다." 트릴로니 교수가 반짝이는 커다란 눈으로 긴장하고 있는 얼굴들을 죽 둘러보며 계속했다. "그것은 극소수에게만 부여된 재능입니다. 너, 얘야." 그녀가 갑자기 네빌에게 말했다. 그는 하마터면 쿠션에서 떨어질 뻔했다. "네 할머니는 안녕하시니?"

"네. 그렇겠지요." 네빌이 잔뜩 겁먹은 목소리로 말했다.

"내가 너라면 그렇게 확신하지는 않을 게다, 얘야." 트릴로니 교수가 말했다. 길게 늘어진 그녀의 에메랄드 귀고리가 난로 불빛을 받아 반짝거렸다. 네빌은 침을 꿀꺽 삼켰다. 트릴로니 교수가 차분하게 말했다. "우린 금년에 점술의 기본 방법들만 공부할 것입니다. 첫 학기는 찻잎을 보고 해독하는 법만 집중적으로 할 계획이고, 두 번째 학기엔 손금 보기를 배울 것입니다. 그런데, 얘야," 그녀가 갑자기 패르바티 패틸에게 소리쳤다. "넌 빨간 머리 남자를 조심해야겠구나."

패르바티가 깜짝 놀란 표정으로 바로 뒤에 있는 론을 바라보더니, 의자를 당겨 그에게서 좀 떨어져 앉았다.

"그 다음엔," 트릴로니 교수가 계속했다. "수정 구슬로 들어갈 거예요—불을 보고 예언하는 걸 마친다면 말입니다. 불행히도, 2월에는 독감이 기승을 부려 나도 목이 잠길 테고 수업에 지장이 좀 있을 겁니다. 부활절 즈음에는 우리 가운데 한 사람이 우리 곁을 영원히 떠나게 되겠네요."

이 말에 모두들 긴장해서 조용해졌지만, 트릴로니 교수는 전혀 눈치채지 못한 것 같았다.

"얘야," 그녀가 가장 가까운 의자에 앉아 있던 라벤더 브라운을 부르자, 라벤더 브라운이 몸을 잔뜩 움츠리고 겁에 질린 표정으로 바라보았다. "거기 커다란 은 찻주전자 좀 건네줄 수 있겠니?"

라벤더는 안도한 듯 일어서서 선반에서 가장 큰 찻주전자를 꺼내 트릴로니 교수 앞에 있는 탁자에 내려놓았다.

"고맙다, 얘야. 말이 난 김에 말이지만, 네가 걱정하고 있는 그 일 말이다……. 그건 10월 16일 금요일에 일어날 게다."

그 말을 듣자 라벤더가 몸을 파르르 떨었다.

"자, 이제 두 명씩 짝을 지어 보세요. 선반에서 찻잔을 하나씩 가져오면 그 잔을 채워 주겠어요. 그러면 자리에 앉아서 아주 조금만 남을 때까지 마시세요. 그리고 왼손으로 찻잔을 잡고 세 번 돌린 뒤, 받침 접시에 뒤집어엎고, 남아 있는 차가 다 흘러나갈 때까지 기다리세요. 그리고 짝에게 찻잔을 주어 해독하도록 하는 거예요. 《미래 들여다보기》의 5쪽과 6쪽을 이용해 찻잎의 모양을 해석해 보세요. 내가 돌아다니며 도와주겠어요. 오, 얘야." 네빌이 일어서려 하자, 트릴로니 교수가 네빌의 팔을 잡아 주었다. "깰지도 모르니, 이왕이면 파란색으로 골라 오겠니? 난 핑크빛을 좋아하거든."

아니나 다를까, 네빌이 찻잔 선반에 다가가자마자 쨍그랑 하고 도자기 깨지는 소리가 났다. 트릴로니 교수가 쓰레받기와 빗자루를 들고 급히 그에게로 다가가서 말했다. "웬만하면, 얘야, 파란 거로 하거라……. 고맙구나……."

해리와 론은 찻잔에 차를 담은 뒤, 탁자로 돌아가 뜨거운 차를 얼른 마셨다. 그리고 트릴로니 교수가 가르쳐 준 대로 조금 남은 찻잔을 세 번 돌린 뒤, 차를 비워 내고 서로 맞바꾸었다.

"좋아." 책의 5쪽과 6쪽을 펼치면서 론이 말했다. "내 찻잔에서 뭐가 보이니?"

"흠뻑 젖은 갈색 물질이 보여." 해리가 말했다. 교실에서 풍기는 짙은 향내 때문인지 몸이 나른해지면서 졸음이 몰려오는 것 같았다.

"마음을 넓게 하고 통찰력을 가지려고 노력해 보세요!" 트릴로니 교수가 어둠 속에서 외쳤다.

해리는 침착해지려고 애썼다.

"좋아, 네 것에는 십자가같이 구부러진 게 있어……." 해리는 《미래 들여다보기》 책을 찾아보았다. "그건 네가 '시련과 고통'을 겪게 될 거라는 뜻이야. 미안해. 하지만 태양이 있네……. 잠깐만, 그건 '굉장한 행복'을 의미해……. 그러니까 넌 고통은 겪기는 하겠지만 곧 아주 행복해질 거야……."

"너의 영적인 판단력이 의심스러워." 론이 말했다. 그들이 숨넘어갈 듯 킥킥대며 웃자 트릴로니 교수가 빤히 바라보았다.

"이번엔 내 차례야……." 론이 이맛살을 찌푸리며 해리의 찻잔을 뚫어지게 살폈다. "중산 모자 같은 둥그스름한 게 있어." 그가 말했다. "네가 마법부에서 일하게 되려나 봐……."

그가 반대쪽을 보기 위해 찻잔을 돌렸다.

"그런데 이쪽에서 보니까 꼭 도토리처럼 보이네……. 이건 뭐지?" 그가 자기의 《미래 들여다보기》 책을 살폈다. "'뜻밖에 굴러 들어온 황금'이라. 좋았어, 나한테 좀 꿔 줘도 되겠군. 그리고 여기에 뭔가가 있어." 그가 찻잔을 다시 돌렸다. "동물처럼 보여……. 그래, 이게 만약 머리라면…… 꼭 하마처럼 생겼는데…… 아니, 양인가……."

해리가 코웃음을 치자 트릴로니 교수가 홱 돌아섰다.

"어디 좀 보자, 얘야." 그녀가 급히 다가와 론에게서 해리의 찻잔을 낚아채고는 꾸짖듯이 말했다. 모두들 조용히 하고 지켜보았다.

트릴로니 교수가 찻잔을 시계 반대 방향으로 돌리며 빤히 바라보았다.

"매로구나……. 얘야, 네겐 철천지원수가 있구나."

"하지만 그건 누구나 아는 사실이에요." 헤르미온느가 큰 소리로 말했다. 트릴로니 교수가 그녀를 바라보았다.

"정말이에요." 헤르미온느가 또박또박 말했다. "해리와 **그 사람**에 대해서 모르는 사람은 없어요."

해리와 론이 경탄과 경이에 찬 얼굴로 헤르미온느를 바라보았다. 그들은 헤르미온느가 교수님에게 그런 식으로 말하는 걸 한 번도 본 적이 없었다. 트릴로니 교수는 대꾸하지 않기로 작정한 듯 다시 해리의 찻잔을 바라보며 계속해서 돌렸다.

"곤봉…… 공격. 이럴 수가, 이럴 수가. 유쾌한 찻잔은 아니군……."

"전 중산 모자라고 생각했어요." 론이 얼뜬 표정으로 말했다.

"해골이야……. 네 인생에 위험이 있구나, 얘야……."

모두들 꼼짝 않고 트릴로니 교수를 뚫어지게 바라보고 있었다. 그런데 그녀가 찻잔을 마지막으로 한 번 더 돌리다가 깜짝 놀라며 비명을 질렀다.

또 한 번 쨍그랑 하고 도자기 깨지는 소리가 났다. 네빌이 두 번째 찻잔을 깨뜨린 것이었다. 트릴로니 교수가 번쩍거리는 손을 가슴에 대고 눈을 감은 채 옆에 있는 안락의자에 털썩 주저앉았다.

"얘야…… 가엾기도 하지……. 아니…… 말하지 않는 게 낫겠구나……. 아니…… 묻지 마라……."

"뭔데요, 교수님?" 딘 토마스가 즉시 물었다. 해리의 찻잔을 좀더 자세히 보려고 모두들 일어서서 천천히 트릴로니 교수가 앉아 있는 해리와 론의 탁자 주위로 몰려들었다.

"얘야," 트릴로니 교수가 갑자기 눈을 번쩍 떴다. "네게 죽음의 개가 있구나."

"뭐라구요?" 해리가 전혀 못 알아들은 듯 되물었다.

그러나 그는 자신만 그 말을 이해하지 못하는 게 아니라는 걸 알 수 있었다. 딘 토마스는 그에게 어깨를 으쓱해 보였고 라벤더 브라운은 어리둥절한 표정이었다. 하지만 다른 아이들 대부분은 모두 겁에 질려서 입에다 손을 갖다댔다.

"죽음의 개 말이다. 얘야, 죽음의 개!" 트릴로니 교수가 외쳤다. 그녀는 해리가 전혀 이해하지 못하는 데에 충격을 받은 것 같았다. "묘지에 나타나는 유령처럼 무시무시한 커다란 개 말이다! 얘야, 그건 예시란다, 최악의 예시 말이다. 말하자면 죽음을 뜻하는 것이지!"

해리는 가슴이 철렁 내려앉았다. 플러리쉬와 블러트 서점에서 본 《죽음의 징조들》이라는 책 표지에 있던 개, 매그놀리아 광장의 어둠 속에 있었던 개……. 라벤더 브라운도 손을 입에 갖다댔다. 트릴로니 교수의 의자 뒤에 서 있던 아이들이 일제히 해리를 바라보았다. 그러나 헤르미온느는 그렇지 않았다.

"전 그게 개처럼 보이지 않는데요." 그녀가 단호하게 말했다.

트릴로니 교수가 혐오스러운 눈으로 헤르미온느를 위아래로 훑어보았다.

"이렇게 말해서 미안하지만, 얘야, 네겐 이런 능력이 별로 없는 것 같구나. 미래를 내다보는 능력을 갖기는 상당히 힘들겠어."

시무스 피니간이 고개를 이쪽으로 기울였다 저쪽으로 기울였다 하고 있었다.

"이렇게 하면 개처럼 보이지만," 그가 실눈을 뜨고 말했다. "여기에서는 꼭 당나귀처럼 보여요." 그가 몸을 왼쪽으로 기울이며 말했다.

"모두들 내가 곧 죽을지 안 죽을지 알고 싶어 안달이군!" 해리는 이렇게 말해 놓고 자기 자신도 놀랐다. 이제 아무도 그를 쳐다보고 싶어하지 않는 것 같았다.

"오늘 수업은 여기서 이만 끝내야 할 것 같군요." 트릴로니 교수가 분명치 않은 발음으로 말했다. "그래요…… 물건들을 챙기세요……."

학급 아이들은 조용히 찻잔을 다시 트릴로니 교수에게 가져다 주고는, 책을 가방에 넣었다. 심지어 론까지도 해리의 눈길을 피하고 있었다.

"다시 만날 때까지," 트릴로니 교수가 들릴 듯 말 듯 말했다. "여러분들에게 행운이 있길 바랍니다. 오, 얘야." 그녀가 네빌을 가리켰다. "넌 다음 시간에 지각할 테니, 진도를 따라오려면 더 열심히 공부해 두도록 해라."

해리와 론과 헤르미온느는 사다리와 꼬불꼬불한 계단을 말없이 내려온 뒤, 맥고나걸 교수의 변신술 수업을 받으러 갔다. 변신술 교실을 찾는 데 어찌나 오래 걸렸던지, 점술 수업을 일찍 마치고 나왔음에도 수업 시간에 간신히 맞춰 도착할 수 있었다.

해리는 교실 맨 뒤 오른쪽 구석을 선택했는데도 눈에 가장 잘 띄는 곳에 앉아 있는 것 같은 기분이 들었다. 학급 아이들은 그가 언제 어느 때라도 픽 쓰러져 죽기라도 할 것처럼 그를 계속 힐끗힐끗 바라보고 있었다. 그는 맥고나걸 교수가 애니마구스(마음대로 동물로 변신할 수 있는 마법사)에 대해 말하는 소리도 거의 들리지 않았으며, 그녀가 학생들 앞에서 눈 주위에 안경 무늬가 있는 얼룩 고양이로 변하는 것도 눈에 들어오지 않았다.

"너희들 도대체 정신을 어디다 팔고 있는 거니?" 맥고나걸 교수가 펑 하며 다시 원래의 모습으로 돌아와 그들을 둘러보며 말했다. "내가 변신을 하고도 학급에서 박수 갈채를 받지 못한 건 이번이 처음이다."

모든 아이들의 고개가 다시 해리에게로 돌려졌지만, 아무도 말하지는 않았다. 그런데 헤르미온느가 손을 번쩍 들었다.

"교수님, 저흰 이 시간 전에 첫 점술 수업을 받았는데, 찻잎 읽는 걸 했어요. 그런데……"

"오, 물론." 맥고나걸 교수가 갑자기 눈살을 찌푸리며 말했다. "더 이상 말할 필요 없어요, 그레인저. 여러분들 중 누가 금년에 죽기라도 한답니까?"

모두가 그녀를 빤히 바라보았다.

"저요." 마침내 해리가 맥없이 말했다.

"알겠어요." 맥고나걸 교수가 말똥말똥 빛나는 눈으로 해리를 똑바로 쳐다보며 말했다. "그렇다면 이걸 알아야 해요, 포터. 사이빌 트릴로니 교수는 이 학교에 부임해 온 이후 해마다 학생이 한 명씩 죽을 거라고 예언했어. 하지만 아직까지 아무도 죽지 않았다. 그 교수는 새 학급을 맞을 때마다 늘 그런 식으로 죽음을 예언하지. 나는 웬만해서는 동료 교수들 흉을 보진 않지만……."

맥고나걸 교수가 갑자기 말을 멈추자, 그들은 그녀의 콧구멍이 새하얗게 변한 걸 보았다. 그녀는 더 태연하게 계속했다. "점술은 마법 중에서 가장 부정확한 분야 가운데 하나란다. 솔직히 말하면 난 그 분야를 별로 좋아하지 않아. 진정한 예언자는 아주 드물며, 트릴로니 교수는……"

그녀는 다시 한 번 말을 멈추었다가, 매우 사무적인 어조로 말했다. "내가 볼 때 넌 아주 건강해 보인다, 포터. 그러니까 숙제도 평상시대로 내 주어야겠지? 물론 만약 네가 죽는다면 숙제는 내지 않아도 좋다."

헤르미온느가 소리를 내어 웃었다. 해리는 기분이 조금 나아졌다. 트릴로니 교수의 교실에 배어 있는 정신을 몽롱하게 하는 향내와 침침한 빨간 등 아래에서 찻잎 몇 장을 보며 운명을 결정하는 것은 정말 바보 같은 일이었다. 그러나 모두가 맥고나걸 교수의 말에 수긍한 건 아니었다. 론은 여전히 걱정스런 표정이었으며, 라벤더는 "하지만 네빌의 찻잔은 어땠어?"라고 속삭였다.

변신술 수업이 끝나자, 그들은 왁자지껄하게 떠들며 연회장 쪽으로 몰려가는 군중들 속에 끼어 점심을 먹으러 갔다.

"론, 기운 내." 헤르미온느가 스튜 그릇을 론 쪽으로 밀며 말했다. "맥고나걸 교수가 하는 말 들었잖아."

론은 숟가락으로 스튜를 떠서 자기 접시에 덜고 포크를 집었지만 먹지는 않았다.

"해리." 그가 낮고 진지하게 불렀다. "너 어디에서도 커다란 검은

개 본 적 없지, 그렇지?"

"아니, 봤어." 해리가 말했다. "더즐리네 집에서 나온 날 밤에."

론이 포크를 떨어뜨리자 쨍그랑 하고 요란한 소리가 났다.

"길 잃은 개였겠지." 헤르미온느가 태연하게 말했다.

론이 정신 나간 소리 하지 말라는 듯한 얼굴로 그녀를 쳐다보았다.

"헤르미온느, 해리가 정말 그 개를 보았다면, 그건…… 그건 불길한 징조야." 그가 더듬거리며 말했다. "우리…… 우리 삼촌 빌리우스도 한 번 봤었는데…… 그런데 스무 시간 뒤에 돌아가셨어!"

"우연의 일치겠지." 헤르미온느가 호박 주스를 따르며 쾌활하게 말했다.

"넌 내 말을 전혀 못 알아듣는구나!" 론은 점점 화가 나서 말했다. "죽음의 개는 웬만한 마법사조차 까무러칠 정도로 무서운 존재라는 걸 모르니?"

"거 봐 그렇다니까." 헤르미온느가 거만한 말투로 말했다. "그들은 그 개를 보고 깜짝 놀라서 죽는 거야. 그 검은개는 죽음의 징조가 아냐, 죽음의 원인이지! 그리고 해리가 여전히 우리와 함께 있는 건 해리가 죽음의 개를 보고, 뭐랄까, '난 죽을 거야' 라고 생각할 만큼 어리석지 않았기 때문이야!"

론은 입을 헤벌리고 헤르미온느가 가방을 열고 새 산술점 책을 꺼내 펼쳐서 주스 단지에 기대어 놓는 걸 멍하니 바라보았다.

"내가 볼 때 점술은 아주 불분명한 것 같아." 그녀가 자기가 펼친 책장을 자세히 들여다보며 말했다. "내가 볼 때, 완전히 어림잡기야."

"하지만 그 찻잔에는 죽음의 개 모습이 정말 있었어!" 론이 성이

나서 말했다.

"해리에게 그게 양이라고 말했던 것은 생각나니?" 헤르미온느가 냉정하게 되받아쳤다.

"트릴로니 교수는 네가 점술 능력이 없다고 했어! 네가 잘하지 못하는 수업이라 그렇게 심술을 부리는 거지?"

이 말이 헤르미온느의 민감한 부분을 건드린 것 같았다. 별안간 헤르미온느가 산술점 책을 테이블 위에 쾅 내려놓았다. 고기와 당근 조각들이 사방으로 튀었다.

"만약 점술을 잘한다는 게 고작 찻잎에서 죽음의 징조를 보는 척해야만 하는 거라면, 난 그걸 더 이상 공부하지 않을 거야! 그건 내 산술점 수업에 비하면 완전히 쓰레기 같은 거였어!"

그녀는 가방을 집어 들고 으스대며 걸어갔다.

론이 그녀의 뒤에 대고 얼굴을 찡그렸다.

"저 애가 도대체 무슨 말을 하고 있는 거니?" 그가 해리에게 물었다. "아직 산술점 수업은 들어가지도 않았잖아!"

점심을 먹고 성 밖으로 나오자 해리는 기분이 좋아졌다. 어제 온종일 내렸던 비는 이제 다 그쳐 있었다. 하늘은 맑고 엷은 회색빛이 돌았으며 잔디는 축축했다. 그들은 '신비한 동물 돌보기'의 첫 수업을 들으러 출발했다.

그 일 이후로 론과 헤르미온느는 서로 말도 하지 않았다. 해리는 그들 사이에서 말없이 걸었다. 그들은 약간 경사진 내리막길을 지나 금지된 숲 언저리에 있는 해그리드의 오두막으로 갔다. 해리는 앞에서 너무나 익숙한 세 명의 모습을 발견했을 때에야 비로소 이것이 슬리데린 아이들과 함께 듣는 수업이라는 사실을 깨달았다.

말포이는 크레이브와 고일에게 신나게 이야기를 하고 있었고, 녀석들은 뭐가 그리 재미있는지 낄낄대며 웃고 있었다. 해리는 그들이 무슨 얘기를 하고 있는지 알 것 같았다.

해그리드는 오두막 문 앞에서 학급 아이들을 기다리고 있었다. 그는 두더지 가죽코트를 입고 수업 시작을 몹시 기다리는 표정으로 서 있었다. 바로 뒤에는 멧돼지 사냥용 개인 팽이 있었다.

"어서, 자, 서둘러라!" 학급 아이들이 도착하자 그가 외쳤다. "오늘 모두 깜짝 놀라게 될 거야. 굉장히 재미난 수업이 기다리고 있단다! 다 왔니? 좋아, 그럼 따라와라!"

잠시 동안이었지만, 해리는 해그리드가 그들을 숲속으로 데려갈 거라고 생각했다. 그곳은 해리가 평생토록 잊혀지지 않을 아주 불쾌한 경험을 한 곳이었다. 그러나 해그리드는 숲 언저리로 걸어갔고, 5분쯤 뒤 그들은 작은 목장 같은 곳에 와 있었다. 그곳엔 아무것도 없었다.

"모두들 여기 울타리 주위로 모여 봐요!" 그가 소리쳤다. "바로 그거야. 잘 보이니? 자, 가장 먼저 해야 할 일은 책을 펴는 거야."

"어떻게요?" 드레이코 말포이가 차갑고 느릿느릿한 목소리로 말했다.

"어?" 뜻밖의 질문에 잠시 해그리드가 당황한 듯했다.

"저희 책을 어떻게 펴느냐구요?" 말포이가 다시 물었다. 그는 기다란 밧줄로 꽁꽁 묶어서 닫아 놓은 《괴물들에 관한 괴물책》을 꺼냈다. 다른 아이들도 각자의 책을 꺼냈다. 어떤 아이들은 해리처럼 책을 가죽 허리띠로 붙들어 매서 닫아 놓았고, 또 어떤 아이들은 꼭 끼는 가방 속에 쑤셔 넣거나 바인더 클립으로 죄어 움직이지 못하게 해두었다.

"한 사람도 책을 펴 보지 못했니?" 해그리드가 맥빠진 표정으로 물었다.

학급 아이들이 하나같이 고개를 끄덕였다.

"그 책은 어루만져 주어야만 해." 해그리드가 마치 너무나 뻔한 일인 듯 말했다. "잘 봐……."

그는 헤르미온느의 책을 가져가 친친 감겨 있는 마법의 테이프를 잡아 찢었다. 책이 물어뜯으려고 하자 해그리드는 커다란 집게손가락을 급히 책의 등에 갖다댔다. 그러자 책이 벌벌 떨더니 펼쳐져서 그의 손에 얌전히 놓여 있었다.

"아, 이렇게 멍청할 데가!" 말포이가 코웃음을 쳤다. "책을 어루만져 줬어야 하는데! 왜 그 생각을 못했을까!"

"난…… 난 이 책들이 재미있다고 생각했는데." 해그리드가 확신이 없는 듯 헤르미온느에게 말했다.

"오, 엄청나게 재미있어요!" 말포이가 빈정대듯 말했다. "정말로 웃겨요. 손가락을 물어뜯는 책을 교과서로 하다뇨!"

"입 닥쳐, 말포이." 해리가 얼른 말을 받아쳤다. 해리는 해그리드의 첫 수업이 성공적으로 이루어지길 바랐지만 해그리드는 벌써 풀이 죽어 있는 것 같았다.

"그럼." 해그리드가 하려던 말을 잊어버린 모양이었다. "그러니까…… 그러니까 책은 다 있죠……. 그러면…… 그러면 이제 신비한 동물이 필요하겠군요. 그래요. 그러면 내가 가서 가져오죠. 잠깐만……."

그러더니 그는 그들을 놔 두고 숲속으로 성큼성큼 걸어 들어갔다.

"맙소사, 마법학교 교육이 완전히 엉망이 되고 있어." 말포이가 큰 소리로 말했다. "저 멍청이가 수업을 가르치다니. 아버지께서 아시면 기절하실 거야."

"입 닥쳐, 말포이." 해리가 또 한 번 주의를 주었다.

"조심해, 포터. 네 뒤에 디멘터가 있어."

"우으으!" 라벤더 브라운이 목장 맞은편을 가리키며 우는 소리를 냈다.

그때 해리가 지금까지 본 동물 중에서 가장 이상하게 생긴 동물 십여 마리가 그들 쪽으로 걸어오고 있었다. 그 동물은 몸통과 뒷다리와 꼬리는 말처럼 생겼지만, 앞다리와 날개와 머리는 꼭 강철 빛깔의 날카로운 부리와 커다랗고 번들번들한 오렌지 빛깔의 눈을 가진 커다란 독수리 같았다. 앞다리의 갈고리 발톱 길이는 15센티미터 정도나 되었으며 무시무시해 보였다. 그 짐승들의 목에는 하나같이 기다란 쇠사슬에 연결된 두꺼운 가죽 목걸이가 매어져 있었는데, 그 사슬들의 끄트머리는 뒤에서 터벅터벅 걸어오는 해그리드의 커다란 손에 붙들려 있었다.

"이랴, 이랴!" 그가 쇠사슬을 흔들어 그 동물들을 학급 아이들이 서 있는 울타리 쪽으로 몰며 고함쳤다. 해그리드가 다가와 그 동물들을 울타리에 매어 두자 모두가 조금씩 뒤로 물러섰다.

"히포그리프야!" 해그리드가 그것들에게 손짓을 하며 큰 소리로 유쾌히 말했다. "멋지지 않니?"

해리는 해그리드의 말뜻을 알아들을 수 있었다. 반은 말이고 반은 새인 그 짐승을 보면 처음에는 놀라겠지만, 짙은 회색과 청동빛과 연분홍빛과 회색과 밤색과 새까만 색이 깃털에서 머리털까지 매끄럽게 변하는, 각각이 다 다른 히포그리프의 멋진 털에 감탄하지 않을 수 없을 것이다.

“자,” 해그리드가 양손을 비비면서 환히 웃으며 말했다. “조금 더 가까이 와도 돼.”

아무도 그렇게 하고 싶지 않은 표정이었다. 그러나 해리와 론과 헤르미온느는 조심스럽게 울타리로 다가갔다.

“자, 히포그리프에 대해 알아야 할 첫번째 사실은, 이것들이 도도하다는 거야.” 해그리드가 말했다. “그래서 히포그리프는 쉽게 화를 내지. 그러니까 무례한 짓은 절대로 하지 마. 그렇게 하면 절대 안 돼.”

말포이와 크레이브와 고일은 듣고 있지 않았다. 그들은 작은 소리로 수군대고 있었는데, 해리는 그들이 어떻게 하면 그 수업을 엉망으로 만들까 궁리하고 있는 것 같다는 불쾌한 생각이 들었다.

“반드시 히포그리프가 먼저 행동할 때까지 기다려야 해.” 해그리드가 계속했다. “그게 공손한 거야, 알았지? 히포그리프 쪽으로 걸어가서 인사를 하고 기다려. 만일 히포그리프도 인사를 하면, 만져도 된다는 뜻이야. 하지만 인사를 하지 않으면, 빨리 달아나야 해. 왜냐하면 갈고리 발톱에 다칠 위험이 있거든. 좋아……. 그럼 해보고 싶은 사람?”

그러나 학급 아이들 대부분은 벌써 저만치 달아나 있었다. 심지어 해리와 론과 헤르미온느조차 불안해했다. 히포그리프들은 흉포한 머리를 쳐들고 날개를 세게 퍼덕거리고 있었다. 그것들은 이렇게 매어져 있는 걸 좋아하지 않는 것 같았다.

“한 명도 없니?” 해그리드가 서운해하는 표정으로 말했다.

“제가 할게요.” 해리가 말했다.

그의 뒤에서 숨을 들이쉬는 소리가 나더니, 라벤더와 패르바티가 속삭였다. “안 돼, 해리. 너의 찻잎을 기억해!”

그러나 해리는 그들을 무시하고 목장 울타리 쪽으로 성큼성큼 올라갔다.

"좋았어, 해리!" 해그리드가 큰 소리로 외쳤다. "자, 그러면…… 네가 벅빅과 얼마나 잘 지내는지 보자."

그가 쇠사슬 중 하나를 풀어 회색빛 히포그리프를 끌어당기고는 가죽 목걸이를 벗겨 주었다. 목장 맞은편에 있는 아이들은 모두 숨을 죽이고 바라보고 있었다. 말포이의 눈이 심술궂게 빛났다.

"마음을 편히 가지고. 자, 해리." 해그리드가 조용히 말했다. "눈을 맞추고 눈을 깜작이지 않도록 해봐……. 눈을 너무 많이 깜작이면 히포그리프들은 널 신뢰하지 않아……."

눈에서 금방 눈물이 흐르기 시작했지만, 해리는 눈을 감지 않았다. 벅빅이 커다랗고 뾰족한 고개를 돌려 성난 오렌지빛 눈으로 해리를 빤히 바라보고 있었다.

"바로 그거야." 해그리드가 말했다. "바로 그거야, 해리…… 자, 인사해……."

벅빅에게 뒤통수를 내보이고 싶지는 않았지만, 해리는 시키는 대로 했다. 그는 짧게 인사한 뒤 고개를 들었다.

히포그리프는 여전히 거만하게 그를 빤히 바라보고 있었다. 그것은 꼼짝도 하지 않았다.

"아," 해그리드가 걱정스럽게 말했다. "좋아……. 물러서. 자, 해리, 부드럽게……"

그러나 바로 그때 너무나 놀랍게도, 히포그리프가 갑자기 비늘이 있는 앞 무릎을 구부리고 몸을 낮추었다. 그건 틀림없는 인사였다.

"잘했어, 해리!" 해그리드가 기뻐서 어쩔 줄을 몰라 했다. "좋아, 이제 만져도 돼! 부리를 매만지고, 계속해!"

해리는 차라리 꽁무니 빼는 게 나을 뻔했다고 생각하며 천천히 히포그리프 쪽으로 다가가 손을 뻗었다. 그가 부리를 몇 번 매만지자 히포그리프가 마치 그걸 즐기기라도 하는 것처럼 눈을 지그시 감았다.

학급 아이들이 갑자기 박수 갈채를 보냈다. 하지만 말포이와 크레이브와 고일만은 아주 실망스러운 표정을 짓고 있었다.

"그러면, 해리." 해그리드가 말했다. "내가 볼 땐 올라타도 될 것 같아!"

해리는 이렇게까지 하리라고는 미처 생각지 못했다. 그는 빗자루를 타는 건 잘했지만 히포그리프를 타는 건 전혀 다른 일이었다.

"그 위로 올라가. 날개 관절 바로 뒤로." 해그리드가 찬찬히 가르쳐 주었다. "그리고 깃털을 뽑지 않도록 조심해. 별로 좋아하지 않을 거야……."

해리는 벅빅의 날개 위에 발을 놓고 몸을 히포그리프의 등 위로 끌어올렸다. 벅빅이 일어섰다. 해리는 어디를 잡아야 할지 알 수 없었다. 앞에 보이는 건 모두 깃털로 뒤덮여 있었다.

"계속해, 그럼!" 해그리드가 히포그리프의 뒷다리와 궁둥이를 찰싹 때리며 큰 소리로 말했다. 갑자기 4미터나 되는 커다란 날개가 해리 양쪽으로 쫙 펼쳐졌다. 그리고 미처 히포그리프의 목을 잡기도 전에 그것이 위로 높이 날아가고 있었다. 그건 빗자루를 타는 것과는 전혀 달랐다. 히포그리프가 날개를 퍼덕거리자 해리는 중심을 잃고 내팽개쳐질 것 같은 기분이 들었다. 또 번들번들한 깃털들이 손가락들 사이로 자꾸 미끄러졌지만, 해리는 무서운 나머지 더 꽉 잡고 있지도 못했다. 님부스 2000의 유연한 움직임과는 달리, 히포그리프의 뒷다리와 궁둥이가 날갯짓에 따라 올라갔다 내려갔다 할 때마다 해리는 몸이 앞뒤로 심하게 흔들리는 걸 느꼈다.

벅빅은 목장 주위를 한 번 난 뒤 다시 지상으로 향했다. 해리는 약간 무서웠다. 그가 몸을 뒤로 젖히자 히포그리프의 매끄러운 목이 낮춰졌다. 그는 꼭 부리 너머로 떨어질 것 같은 기분이 들었다. 그러나 그것도 잠시, 히포그리프의 다리가 둔하게 쿵 하고 땅에 닿는 게 느껴졌다. 그는 간신히 매달려 몸을 다시 바로 세웠다.

"잘했다, 해리!" 해그리드가 큰소리로 말했다. 말포이와 크레이브와 고일을 제외한 모두가 환호했다. "좋아. 또 하고 싶은 사람?"

해리의 성공에 용기를 얻었는지, 다른 아이들이 조심스럽게 목장으로 올라갔다. 해그리드가 히포그리프를 하나씩 풀었고, 곧 아이들이 목장 여기저기에서 초조하게 인사를 하고 있었다. 그러나 네빌의 히포그리프는 무릎을 굽히고 싶어 하지 않았으므로 그는 여러 차례 달아나야 했다. 론과 헤르미온느가 밤색 히포그리프로 연습하고 있는 동안 해리는 가만히 그들을 지켜보고 있었다.

벅빅을 인계받은 사람은 말포이와 크레이브와 고일이었다. 히포그리프가 인사를 하자, 말포이가 거드름을 피우며 벅빅의 부리를 매만지고 있었다.

"이거 누워서 떡 먹기군." 말포이가 해리가 들을 정도로 큰 소리로 점잔 빼며 말했다. "그럴 줄 알았어. 포터가 할 수 있다면…… 넌 절대 위험하지 않을 거야, 그렇지?" 그가 히포그리프에게 말했다. "그렇지, 이 못생긴 짐승아?"

눈 깜짝할 사이에 강철 빛의 갈고리 발톱이 번쩍 하더니 말포이가 비명을 꽥 질렀다. 말포이는 잔디밭으로 나가떨어져 망토에 피를 철철 흘리고 있었고, 해그리드는 그런 말포이에게 덤벼들려고 하는 벅빅의 목에 다시 목줄을 끼우려고 안간힘을 쓰고 있었다.

"죽을 거 같아!" 말포이가 끙끙대며 소리치자 학급 아이들이 잔뜩 겁을 집어먹었다. "난 죽을 거야, 날 봐! 이놈이 날 죽였어!"

"안 죽어!" 해그리드가 새하얗게 질려서 말했다. "누구 나 좀 도와줘. 저 애를 성으로 데려가야겠어."

헤르미온느가 달려가 문을 연 채로 잡고 있자 해그리드가 말포이를 번쩍 들어 올렸다. 그들이 지나갈 때, 해리는 말포이의 팔에 기다랗게 깊은 상처가 나 있는 걸 보았다. 피가 잔디밭으로 뚝뚝 떨어졌다. 해그리드는 말포이를 안고 비탈길을 올라가 성으로 달려갔다.

아이들은 웅성거리며 그를 뒤따라갔다. 슬리데린들은 하나같이 해그리드에게 고함을 질러대고 있었다.

"해그리드는 즉각 해고돼야 해!" 팬시 파킨슨이 울면서 말했다.

"그건 말포이의 잘못이야!" 딘 토마스가 날카롭게 맞받아쳤다. 크레이브와 고일이 근육을 위협적으로 움직였다.

그들은 모두 돌 계단을 올라가 사람이 아무도 없는 현관 안의 커다란 홀로 들어갔다.

"난 말포이가 괜찮은지 보러 가야겠어!" 팬시가 이렇게 말하고는 대리석 계단 위로 뛰어 올라갔다. 슬리데린 아이들은 여전히 해그리드에 대해 투덜거리면서 자신들의 지하 감옥 학생 휴게실 쪽으로 향했다. 해리와 론과 헤르미온느는 그리핀도르 탑으로 가기 위해 이층으로 올라갔다.

"말포이가 괜찮을까?" 헤르미온느가 초조하게 말했다.

"물론이야. 폼프리 부인은 베인 상처쯤은 눈 깜짝할 사이에 고칠 수 있어." 해리가 장담하듯 말했다. 실제로 그 간호사는 전에 해리가 훨씬 더 심하게 다쳤을 때도 씻은 듯이 낫게 해준 적이 있었다.

"해그리드의 첫 수업 시간에 이런 일이 일어나다니 정말 안됐어,

안 그래?" 론이 걱정스런 표정으로 말했다. "말포이 자식이 수업을 엉망으로 만들어 놓으리라는 건 뻔한 일이었잖아……."

저녁식사 시간이 되자, 그들은 행여나 해그리드를 만날 수 있을까 싶어 일찍 연회장으로 내려갔다. 하지만 그는 그곳에 없었다.

"설마 파면당하지는 않겠지, 그렇지?" 헤르미온느가 스테이크와 강낭콩 푸딩에 손도 대지 않고 걱정스럽게 말했다.

"그렇진 않을 거야." 론이 말했다. 그 역시 전혀 먹지 않고 있었다.

해리는 슬리데린의 테이블을 지켜보고 있었다. 크레이브와 고일을 포함해 아이들이 모여 앉아, 뭔가 열심히 쑥덕대고 있었다. 해리는 그들이 말포이가 얼마나 많이 다쳤는가에 대해 서로들 나름대로 추측하고 있는 게 틀림없다고 생각했다.

"아무튼 정말 여러 가지 일이 벌어진 하루였군." 론이 음울하게 말했다.

그들은 저녁을 먹은 뒤 맥고나걸 교수가 내준 숙제를 하기 위해 아이들이 몰려 있는 그리핀도르의 학생 휴게실로 올라갔다. 하지만 그들 셋 다 숙제를 하다 말고 창 밖만 흘끗흘끗 바라보았다.

"해그리드의 창문에 불이 켜져 있어." 해리가 갑자기 말했다. 론은 얼른 손목 시계를 들여다보았다.

"서두르면, 가서 해그리드를 만날 수 있을 거야. 아직 그렇게 늦지는 않았으니까……."

"모르겠어." 헤르미온느가 천천히 말하며 해리를 흘끗 쳐다보았다.

"정원에서 걸어다니는 건 괜찮겠지." 그가 노골적으로 말했다. "디멘터들이 지키고 있으니 시리우스 블랙이 들어오지는 못했을 거야, 안 그래?"

그들은 물건들을 치워 놓고 초상화 구멍으로 나갔다. 다행히 정문까지 가는 동안 아무도 만나지는 않았지만, 정말로 나가도 되는 건지는 확신할 수 없었다.

잔디밭은 여전히 축축히 젖어 있었지만 땅거미가 져서 캄캄할 뿐 아무것도 보이지 않았다. 해그리드의 오두막에 도착해 노크를 하자 성난 목소리가 말했다. "들어와."

해그리드는 와이셔츠 차림으로 나무 탁자에 앉아 있었다. 그가 기르는 멧돼지 사냥용 개 팽은 해그리드의 무릎에 머리를 대고 있었다. 그들은 첫눈에 해그리드가 술을 많이 마셨다는 걸 알 수 있었다. 그의 앞에는 거의 양동이만 한 크기의 커다란 손잡이가 달린 양은 잔이 놓여 있었고, 그는 그들이 누군지도 제대로 알아보지 못하는 것 같았다.

"아마 기록일 거야." 마침내 그가 그들을 알아보고 탁한 목소리로 말했다. "하루도 못 간 교수는 나밖에 없을 거야."

"아저씬 파면되지 않았어요, 해그리드!" 헤르미온느가 헐떡이며 말했다.

"아직은 아니지." 해그리드가, 무엇인지는 모르겠지만, 양은 잔에 담긴 걸 벌컥벌컥 들이켜며 비참하게 말했다. "하지만 시간 문제일 뿐이야. 말포이가……."

"그 녀석은 어때요?" 론이 해리와 헤르미온느와 함께 자리에 앉으며 물었다. "심각하진 않죠, 그렇죠?"

"폼프리 부인이 최선을 다해서 고치셨어." 해그리드가 느릿느릿 말했다. "하지만 그 애는 여전히 아프다고 난리야……. 붕대를 감고…… 끙끙대고 있어……."

"꾀병을 부리고 있는 거예요." 해리가 즉시 말했다. "폼프리 부인은 무엇이든 고칠 수 있어요. 작년에 제 뼈도 다시 자라게 했잖아요. 말포이 자식이 자기가 원하는 걸 얻어내려고 억지를 부리고 있는 게 틀림없어요."

"학교 이사들도 물론 보고를 받았어." 해그리드가 초라하게 말했다. "그들은 내가 너무 큰일을 벌였다고 생각해. 첫 수업부터 히포그리프를 데려오는 게 아니었어……. 플로버웜 같은 벌레나 뭐 그런 걸로 해야 했어……. 난 그저 좋은 첫 수업이 될 거라고 생각했을 뿐이야……. 모두 다 내 탓이야……."

"그건 모두 *말포이* 의 잘못이에요, 해그리드!" 헤르미온느가 말했다.

"우리가 증인이에요." 해리가 말했다. "아저씬 무례한 짓을 하면 히포그리프가 공격할 거라고 미리 말했어요. 어디까지나 이 일은 말을 듣지 않은 말포이 자식의 잘못이에요. 우리가 덤블도어 교수에게 사실대로 말하겠어요."

"그래요, 걱정 마세요, 해그리드. 우리가 도와드릴게요." 론이 해리의 말을 거들며 그를 위로했다.

딱정벌레처럼 까만 해그리드의 주름진 눈에서 눈물이 스며 나왔다. 그는 해리와 론을 잡고 힘껏 끌어당겨 뼈가 으스러지게 껴안았다.

"술은 이제 그만 하세요, 해그리드." 헤르미온느가 단호하게 말했다. 그녀는 탁자에서 커다란 잔을 가져가 비우기 위해 밖으로 나갔다.

"아, 어쩌면 헤르미온느 말이 옳을지도 몰라." 해그리드가 해리와 론을 놓으며 말했다. 그들은 둘 다 휘청거리며 갈비뼈를 문질렀다.

해그리드가 의자에서 몸을 일으키더니 헤르미온느를 따라 비틀비틀 밖으로 나갔다. 잠시 후 철벅 하고 시끄럽게 물 튀기는 소리가 들렸다.

"무슨 소리야?" 헤르미온느가 빈 잔을 들고 돌아오자 해리가 초조하게 물었다.

"물통에 머리를 넣었어." 헤르미온느가 잔을 치우며 말했다.

해그리드는 긴 머리와 수염이 푹 젖은 채로, 눈에서 물을 닦아내며 다시 들어왔다.

"좀 낫군." 그가 꼭 개처럼 머리를 흔들어 그들 모두를 흠뻑 적시며 말했다. "애들아, 날 보러 와 줘서 정말 고마워. 난 정말……"

해그리드가 갑자기 말을 멈추고, 마치 해리가 그곳에 있었다는 걸 이제야 깨닫기라도 한 듯 그를 뚫어지게 바라보았다.

"너 무슨 짓을 하고 있는 거야, 어?" 그가 느닷없이 고함을 쳤으므로 그들은 소스라치게 놀랐다. "넌 해가 진 뒤엔 돌아다니면 안 돼, 해리! 너희 둘도! 얘가 이렇게 하도록 내버려 두다니!"

해그리드가 성큼성큼 걸어가서는 해리의 팔을 붙잡고 문 쪽으로 끌고 갔다.

"빨리!" 해그리드가 화를 내며 말했다. "너희들 모두 학교로 다시 데려다 줘야겠다. 해가 진 뒤엔 두 번 다시 날 보러 오는 일이 없도록 해. 난 그럴 만한 가치가 없단 말이야!"

제 7 장

벽장 속의 보가트

말포이는 목요일 오전 늦게, 슬리데린과 그리핀도르가 함께 듣는 마법의 약 수업이 반쯤 지나서야 수업에 모습을 드러냈다. 그는 오른팔에 붕대를 감고 마치 무시무시한 전투에서 용감히 살아 돌아온 전사라도 되는 양, 붕대 감은 팔을 목에 걸고 거들먹거리며 지하 감옥으로 들어왔다.

"어떠니, 드레이코?" 팬시 파킨슨이 바보 같은 웃음을 지었다. "많이 아팠니?"

"그래." 말포이가 일부러 인상을 찌푸리며 말했다. 그러나 해리는 팬시가 얼굴을 돌리자 그가 크레이브와 고일에게 눈짓하는 걸 보았다.

"자리에 앉거라, 자리에 앉아." 스네이프 교수가 빈둥 빈둥 하며 말했다.

해리와 론은 못마땅한 얼굴로 서로를 바라보았다. 그들이 만약 수업에 늦게 들어왔다면 스네이프 교수는 “자리에 앉거라”라고 말하기는커녕, 그들에게 심한 벌을 주었을 게 뻔했기 때문이다. 그러나 말포이는 스네이프 교수의 수업 시간에는 어떤 짓을 해도 늘 아예 벌을 받지 않거나 가벼운 벌만 받고 넘어가기가 일쑤였다. 스네이프 교수는 슬리데린 기숙사의 담당 교수였는데, 자기 기숙사의 학생들과 다른 아이들을 눈에 띄게 차별했다.

오늘 그들은 ‘몸을 오그라들게 하는’ 새로운 마법의 약을 만들고 있었다. 말포이가 해리와 론 바로 옆에 냄비를 놓았으므로, 그들은 같은 책상에서 재료 준비를 하고 있었다.

“교수님,” 말포이가 외쳤다. “이 데이지 뿌리 자르는 데 도움이 필요해요. 제 팔이…….”

“위즐리, 말포이의 뿌리 좀 잘라 줘라.” 스네이프 교수가 고개도 들지 않고 말했다.

론의 얼굴이 새빨개졌다.

“네 팔이 뭐가 어떻다고 그러는 거야.” 그가 말포이에게 불만을 터뜨렸다.

말포이가 능글맞게 히죽히죽 웃었다.

“위즐리, 넌 스네이프 교수님이 하신 말씀도 못 들었니? 이 뿌리들 좀 잘라.”

론이 칼을 잡고 말포이의 뿌리를 끌어당기더니, 아무렇게나 뭉턱뭉턱 자르기 시작했다.

“교수님.” 말포이가 느릿느릿 말했다. “위즐리가 제 뿌리를 못 쓰게 만들고 있어요.”

스네이프 교수가 그들의 책상으로 다가와 그 뿌리를 빤히 내려다보더니 론에게 심술궂게 웃어 보였다.

"말포이와 뿌리를 바꾸어라, 위즐리."

"하지만 교수님……."

론은 남은 15분 동안 내내 자기 뿌리를 정확히 똑같은 크기로 조심스럽게 토막내면서 보내야 했다.

"*자.*" 스네이프 교수가 심상치 않은 목소리로 말했다.

론은 아주 반듯하게 썰린 뿌리들을 말포이에게 밀어낸 뒤, 칼을 다시 집어 들었다.

"그리고 교수님. 전 이 오그라든 무화과나무 껍질도 벗겨야 해요." 말포이가 심술이 뚝뚝 떨어지는 목소리로 말했다.

"포터, 말포이의 무화과나무 껍질 좀 벗겨 주어라." 스네이프 교수가 언제나처럼 해리에게 혐오스러운 표정을 지으며 말했다.

해리가 말포이의 무화과나무를 마지못해 가져갔을 때 론은 자신이 사용해야만 하는, 엉망이 된 뿌리들을 손질하기 시작했다. 해리는 될 수 있는 대로 빨리 무화과나무 껍질을 벗긴 뒤 아무 말없이 다시 말포이에게 내던졌다. 말포이는 그 어느 때보다도 더 노골적으로 히죽대고 있었다.

"너희들 최근에 해그리드 봤니?" 그가 그들에게 조용히 물었다.

"그건 네가 알아서 뭐해." 론이 얼굴도 들지 않고 퉁명스럽게 말했다.

"혹시 그가 더 이상 선생 노릇을 하지 못하게 되는 건 아닐까 해서 그런거지." 말포이가 짐짓 슬픈 듯한 어조로 말했다. "아버지는 내가 다친 걸 보시고 기분이 별로 좋지 않으셨거든……."

"한 마디만 더 해봐, 말포이. 그랬다간 진짜 다치게 해줄 테니까."

론이 으르렁거렸다.

"아버지는 학교 이사들에게 불만을 털어놓으셨어. 그리고 마법부 장관에게도. 우리 아버지는 너희들도 알다시피 굉장한 영향력을 갖고 계시잖아. 그리고 이렇게 오래가는 상처는," 그가 가짜로 한숨을 쉬는 척했다. "혹시 내 팔이 영원히 낫지 않을지도 모르잖아?"

"그러니까 그게 바로 네 녀석이 붕대를 매고 있는 이유로군." 해리가 말했다. 그는 너무나 화가 난 나머지 손이 떨려서, 그만 실수로 죽은 애벌레의 목을 베고 말았다. "해그리드를 파면시키려고."

"글쎄." 말포이가 목소리를 낮춰 속삭였다. "어느 정도는 그렇다고도 할 수 있지, 포터. 하지만 다른 이득도 있어. 위즐리, 내 애벌레 좀 썰어 줘."

몇 자리 건너에서는 네빌이 꾸지람을 받고 있었다. 네빌은 마법의 약 수업 시간마다 제대로 한 적이 별로 없었다. 이것이 그가 가장 못하는 과목인 데다 스네이프 교수에 대한 엄청난 두려움이 상황을 열 배는 더 악화시켰다. 밝은 초록색이 되어야 할 그의 약이……

"오렌지빛이잖아, 롱바텀." 스네이프 교수가 모두가 볼 수 있도록 국자로 조금 퍼 올렸다가 다시 냄비 속으로 철퍼덕 쏟아넣으며 말했다. "오렌지빛. 이 녀석아, 넌 말귀도 못 알아듣니? 내가 쥐의 지라를 딱 한 개만 넣으라고 그렇게 여러 번 말했는데 내가 말할 땐 도대체 어디 갔다 온 거야? 거머리 즙은 아주 조금만 넣어도 충분하다고 내가 분명히 말했잖아? 도대체 어떻게 해야 말귀를 알아듣겠니, 어, 롱바텀?"

네빌은 얼굴이 새빨개져서는 벌벌 떨고 있었다. 그는 금방이라도 울어 버릴 것 같았다.

"저……, 교수님." 헤르미온느가 조심스럽게 말했다. "제가 네빌이 제대로 넣도록 도와줄게요……."

"넌 나서지 말고 입 다물고 있어, 그레인저." 스네이프 교수가 차갑게 말하자 헤르미온느도 네빌처럼 얼굴이 새빨개졌다. "롱바텀, 수업이 끝날 즈음 이 마법의 약을 네 두꺼비에게 몇 방울 먹여서 무슨 일이 벌어지나 보도록 하자. 그렇게 하면 네가 정신을 차릴지도 모르니까."

스네이프 교수가 겁에 질려 숨도 쉬지 못하고 있는 네빌을 내버려 두고 앞쪽으로 가 버렸다.

"나 좀 도와줘!" 그가 헤르미온느에게 끙끙대며 말했다.

"야, 해리." 시무스 피니간이 해리의 놋쇠 저울을 빌리려고 허리를 굽히며 말했다. "너 들었니? 오늘 아침 《예언자 일보》에 났는데, 시리우스 블랙을 발견했대."

"어디서?" 해리와 론이 얼른 물었다. 책상 맞은편에서는 말포이가 고개를 들고 열심히 귀기울였다.

"여기서 그다지 멀지 않은 곳이야." 시무스가 흥분한 얼굴로 말했다. "어떤 머글이 보았다나 봐. 물론 블랙을 본 여자는 그가 얼마나 무서운 죄수인지 확실히 알지는 못했겠지. 머글들은 그가 그저 보통 죄수라고 생각하잖아, 안 그래? 어쨌든 그 여자가 긴급 직통 전화로 전화를 걸었대. 하지만 마법부가 그곳에 도착했을 즈음엔, 그는 사라지고 없었다나 봐."

"여기서 그다지 멀지 않은 곳이라……." 론이 의미심장한 얼굴로 해리를 바라보며 말했다. 그가 돌아다보자 말포이가 뚫어지게 그들을 바라보고 있었다. "뭐야, 말포이? 뭐 또 껍질 벗길 거라도 있니?"

하지만 말포이는 눈을 심술궂게 번득이며 해리를 노려보고 있었다. 그가 해리 쪽으로 상체를 구부렸다.

"블랙을 한 손으로 잡기라도 할 생각이니, 포터?"

"그래, 맞아." 해리가 무심코 말했다.

말포이의 가느다란 입술이 비열한 미소로 비틀려졌다.

"물론 나라면," 그가 조용히 말했다. "지금쯤은 벌써 뭔가를 했을 거야. 난 모범생처럼 학교에 머물러 있지는 않았을 거야. 그를 찾아 나섰지."

"너 무슨 말을 하고 있는 거니, 말포이?" 론이 거칠게 말했다.

"모르니, 포터?" 말포이가 흐리멍덩한 눈을 가늘게 뜨며 속삭이듯이 말했다.

"뭘?"

말포이가 낮게 코웃음을 쳤다.

"어쩌면 목숨을 걸지 않는 게 나을지도 모르지." 그가 말했다. "디멘터들에게 맡겨 두고 싶은 거지, 그렇지? 하지만 나라면, 복수를 하고 싶을 거야. 내가 직접 나서서 그를 잡을 거라구."

"너 도대체 무슨 말을 하고 있는 거니?" 해리가 더 이상 화를 참지 못하고 한 마디 하는 순간에 스네이프 교수가 외쳤다. "지금쯤은 재료들을 넣는 건 다 끝냈어야 한다. 이 마법의 약은 마시기 전에 약한 불로 끓여야 하니까, 다 끓을 때까지 기다리는 동안 책상 위를 정리하거라. 그리고 나서 롱바텀의 약을 시험해 보도록 하자."

네빌이 땀을 뻘뻘 흘리며 약물을 열심히 젓고 있는 걸 지켜보며 크레이브와 고일이 큰 소리로 낄낄거렸다. 헤르미온느는 스네이프 교수가 눈치 채지 못하도록 살짝살짝 그에게 작은 소리로 가르쳐 주고 있었다. 해리와 론은 사용하지 않은 재료들을 싸서 치워 놓고는, 손과 국자를 씻으러 한쪽 구석에 있는 돌 싱크대로 갔다.

"말포이가 한 말이 무슨 뜻일까?" 해리가 이무기 돌의 주둥이에서 흘러나오는 얼음장처럼 차가운 물에 손을 내밀며 론에게 중얼거렸다. "내가 왜 블랙에게 복수를 하고 싶어 해야 하지? 그는 내게 아무 짓도 하지 않았는데…… 아직까지는 말이야."

"그 녀석이 그냥 꾸며 낸 말일 거야." 론이 여전히 화난 얼굴로 말했다. "네가 어리석은 일을 하게 하려고 말야……."

수업 끝날 시간이 가까워지자, 스네이프 교수가 네빌에게 성큼성큼 걸어갔다. 네빌은 냄비 옆에서 몸을 잔뜩 움츠리고 서 있었다.

"모두들 이리로 모이세요." 스네이프 교수가 까만 눈을 번득이며 말했다. "그리고 롱바텀의 두꺼비에게 어떤 일이 일어나는지 지켜보세요. 만일 롱바텀이 '몸을 오그라들게 하는' 마법의 약을 그럭저럭 잘 만들었다면, 두꺼비는 올챙이로 오그라들 거예요. 만일, 물론 보나마나 그렇겠지만, 잘못 만들었다면, 이 두꺼비는 죽어 버리게 될 겁니다."

그리핀도르의 아이들이 걱정스럽게 바라본 반면, 슬리데린 아이들은 흥분한 것 같았다. 스네이프 교수가 왼손으로 두꺼비 트레버를 집어 들고는 작은 숟가락을 이제 초록색이 되어 있는 네빌의 약물 속으로 푹 담갔다. 그리고는 트레버의 목구멍 속으로 몇 방울을 똑똑 떨어뜨렸다.

트레버가 그 약을 꿀꺽 삼키는 순간, 모두가 쥐 죽은 듯 조용히 바라보았다. 작게 펑 하는 소리가 나더니 올챙이 트레버가 스네이프의 손바닥에서 꿈틀거리고 있었다.

그리핀도르 아이들이 박수 갈채를 보냈다. 스네이프 교수가 못마땅한 표정으로 망토 주머니에서 작은 병 하나를 꺼내, 올챙이 위에 몇 방울을 떨어뜨리자 트레버가 다시 원래의 모습으로 되돌아왔다.

"그리핀도르에서 5점 감점하겠어요." 스네이프 교수가 이렇게 말하자 모두의 얼굴에서 미소가 사라졌다. "네빌을 도와주지 말라고 했지, 그레인저. 수업은 이것으로 마치겠어요."

해리와 론과 헤르미온느는 현관 안의 홀로 가는 계단을 올라갔다. 해리가 좀전에 말포이가 한 말에 대해 골똘히 생각하고 있는 동안, 론은 스네이프 교수에 대해 불평 불만을 늘어놓고 있었다.

"마법의 약이 제대로 만들어졌다고 그리핀도르에서 5점 감점을 하다니! 넌 왜 거짓말하지 않았니, 헤르미온느? 네빌 혼자서 다 했다고 말했어야지!"

그러나 헤르미온느는 대답이 없었다. 론이 주위를 둘러보았다.

"얘가 어디로 갔지?"

해리도 역시 돌아섰다. 아이들이 점심을 먹으러 연회장으로 내려가고 있었다.

"우리 바로 뒤에 있었는데." 론이 얼굴을 찡그리며 말했다.

그때 말포이가 크레이브와 고일의 호위를 받으며 그들 옆으로 지나쳤다. 그는 해리에게 능글맞게 웃어 보이고는 저만치 가 버렸다.

"저기 있네." 해리가 말했다.

헤르미온느가 약간 헐떡이며 허둥지둥 계단을 올라오고 있었다. 한 손으로는 가방을 움켜잡고, 또 한 손으로는 망토 앞에 뭔가를 밀어 넣고 있는 것 같았다.

"너 어떻게 된 거니?" 론이 물었다.

"뭐가?" 헤르미온느가 되물었다.

"금방 우리 뒤에 있더니, 다시 계단 밑에 가 있으니 말야."

"뭐라구?" 헤르미온느는 약간 당황한 것 같았다. "어…… 뭘 두고 와서 다시 가야 했거든. 이런……."

헤르미온느의 가방 솔기가 터져 버렸다. 그러나 해리는 전혀 놀라지 않았다. 그는 그 가방 속에 커다란 무거운 책이 적어도 수십 권은 쑤셔 넣어져 있다는 걸 알고 있었던 것이다.

"이것들은 왜 다 들고 다니는 거니?" 론이 그녀에게 물었다.

"내가 얼마나 많은 과목을 듣고 있는지는 너도 알잖아." 헤르미온느가 헐떡이며 말했다. "이것들 좀 들어 줄래?"

"하지만……" 론은 그녀가 건네주는 책들을 뒤집어 그 표지를 보고 있었다. "오늘은 이 수업들이 없잖아. 오늘 오후엔 어둠의 마법 방어술뿐이잖아."

"그래." 헤르미온느가 모호하게 말했다. 하지만 그녀는 책을 모두 다시 터진 가방 속으로 밀어 넣었다. "오늘 점심은 맛있는 거였으면 좋겠어. 배고파 죽겠어." 그녀는 이렇게 덧붙이고는 연회장 쪽으로 걸어갔다.

"헤르미온느가 우리에게 뭔가 숨기고 있는 것 같지 않니?" 론이 해리에게 물었다.

그들이 어둠의 마법 방어술 첫 수업을 받으러 갔을 때 루핀 교수는 아직 와 있지 않았다. 그들이 모두 자리를 잡고 앉아 책과 깃펜과 양피지를 꺼내며 수다 떨고 있는데, 그가 마침내 교실로 들어왔다. 루핀 교수는 희미한 미소를 지으며 자신의 초라한 서류 가방을 교탁 위에 올려놓았다. 그는 초라해 보이기는 여느 때나 매한가지였지만 영양가 있는 식사를 해서인지, 기차에서 만났을 때보다 훨씬 건강해 보였다.

"안녕하세요." 그가 말했다. "책은 다 가방 속에 다시 넣으세요. 오늘은 실습을 할 겁니다. 요술지팡이만 꺼내 놓으세요."

학급 아이들이 책을 치우며 호기심 어린 시선을 교환했다. 그들은 작년에 어둠의 마법 방어술을 가르쳤던 교수가 수업 시간에 우리에 갇혀 있는 요정들을 가져와 풀어 놓았던 그 잊지 못할 수업 말고는, 이 시간에는 실습을 한 적이 한 번도 없었다.

"자 그럼," 모두들 준비가 되자 루핀 교수가 말했다. "날 따라오세요."

어리둥절했지만 잔뜩 흥미를 느낀 아이들은 재빨리 일어서서 루핀 교수를 따라 교실 밖으로 나갔다. 그들이 아무도 없는 복도를 지나 모퉁이를 돌자, 소리의 요정 피브스가 공중에서 거꾸로 둥둥 떠서 열쇠 구멍에 껌을 쑤셔 넣고 있었다.

피브스는 루핀 교수가 아주 가까이 다가갈 때까지도 고개를 들지 않았다. 그러다가 갑자기 발가락을 꼬부린 발을 흔들며 느닷없이 노래를 부르기 시작했다.

"얼간이, 미치광이 루핀, 얼간이, 미치광이 루핀, 얼간이, 미치광이 루핀……."

피브스는 언제나 무례하고 다루기가 힘들기는 했지만, 교수님들에게는 그나마 약간의 경의를 표했었다. 모두가 루핀 교수의 반응을 보려고 그를 흘끗 바라보았다. 그런데 놀랍게도, 그는 여전히 미소를 짓고 있었다.

"내가 너라면, 열쇠 구멍에서 그 껌을 빼낼 거야, 피브스." 그가 쾌활하게 말했다. "필치 씨가 빗자루를 가지러 들어갈 수가 없을 테니까 말야."

필치는 호그와트의 관리인으로, 학생들뿐만 아니라 물론 피브스와도 끊임없는 전쟁을 벌이고 있는 성미가 괴팍한, 마법을 부리지 못하는 마법사였다. 그러나 피브스는 루핀 교수의 말은 들은 척도 하지 않고 큰 소리로 혀를 날름거리기만 했다.

루핀 교수가 한숨을 한 번 짓더니 요술지팡이를 꺼냈다.

"이건 이런 때 쓰기에 유용한 주문이에요." 그가 어깨 너머로 학급 아이들에게 말했다. "잘 지켜보세요."

그가 요술지팡이를 어깨 높이로 올리고는 *"와디와시!"*라고 외치며 그것을 피브스에게 갖다 댔다.

그러자 열쇠 구멍에 박혀 있던 껌 덩어리가 총알이 퉁겨 나가는 것처럼 핑 하며 튀어나가 곧장 피브스의 왼쪽 콧구멍 속으로 들어갔다. 그러자 피브스가 핑핑 돌면서 욕설을 퍼부으며 사라졌다.

"멋져요, 교수님!" 딘 토마스가 놀라서 말했다.

"고맙다, 딘." 루핀 교수가 지팡이를 다시 치우며 말했다. "그럼 계속 갈까?"

그들은 다시 출발했다. 학급 아이들은 이제 초라한 루핀 교수를 약간은 더 존경스런 표정으로 바라보고 있었다. 그는 학생들을 다른 복도로 데려가더니 교무실 문 바로 앞에서 멈춰 섰다.

"안으로 들어가거라." 루핀 교수가 문을 열고 물러서며 말했다.

전혀 어울리지 않게 낡은 의자들로 가득 찬 기다란 교무실에는 교수님이 딱 한 명밖에 없었다. 아이들이 줄지어 들어오자 낮은 안락의자에 앉아 있던 스네이프 교수가 돌아보았다. 그의 눈은 반짝거렸고 입가엔 심술궂은 조소가 감돌았다. 루핀 교수가 안으로 들어와 문을 닫자 스네이프 교수가 말했다.

"그냥 열어 두게, 루핀. 난 여기에 없는 게 나을 것 같으니까."

그가 일어서서 까만 망토를 휘저으며 아이들을 지나 성큼성큼 걸어갔다. 그리고는 문간에서 홱 돌아서더니 이렇게 말했다. "아무도 아직 주의를 주지 않은 것 같은데, 루핀, 이 학급에는 네빌 롱바텀이라는 아이가 있네. 그 애에겐 어려운 걸 절대로 맡기지 말라고 충고

하고 싶군. 그레인저가 그 녀석의 귀에 대고 속닥속닥 가르쳐 주지 않는다면 말일세."

네빌의 얼굴이 금세 새빨개졌다. 해리는 스네이프 교수를 노려보았다. 그가 마법의 약 수업 시간에 네빌을 괴롭히는 것도 참을 수 없었지만, 다른 교수님들 앞에서 그런 식으로 모욕을 주는 건 도저히 있을 수 없는 일이었기 때문이다.

루핀 교수가 눈썹을 치켜올렸다.

"네빌은 날 도와서 애들 앞에서 시범을 보여 줄 거야." 그가 말했다. "네빌은 분명히 훌륭하게 잘해 낼 거라고 믿네."

네빌의 얼굴이 훨씬 더 빨개졌다. 스네이프 교수는 입술을 비틀어 올리더니 문을 쾅 닫고 가 버렸다.

"자, 그럼." 루핀 교수가 학급 아이들에게 교무실 끝 쪽을 가리키며 말했다. 그곳에는 교수님들이 여분의 망토를 넣어 두는 낡은 옷장 말고는 아무것도 없었다. 루핀 교수가 그 옆으로 가서 서자, 옷장이 갑자기 흔들흔들 하더니 쾅 하며 벽에서 떨어졌다.

"걱정할 것 하나도 없어요." 몇몇 아이들이 놀라서 뒤로 펄쩍 뛰자 루핀 교수가 나직이 진정시켰다. "저 안엔 보가트가 있어요."

대부분의 아이들은 이것이 바로 걱정할 것이라고 느끼는 것 같았다. 네빌은 루핀 교수를 아주 두려움에 찬 표정으로 바라보았고, 시무스 피니간은 이제 덜컥거리고 있는 문손잡이를 아주 염려스럽게 보았다.

"보가트는 어둡고 닫힌 공간을 좋아해요." 루핀 교수가 말했다. "옷장이나 침대 밑의 틈새나 세면기 밑과 같은 곳들 말이에요. 난 괘종시계 속에서 살고 있는 것도 본 적이 있어요. 이 보가트는 어제 오후에 옮겨 왔는데, 우리 3학년생들이 실습할 수 있도록 여기에 좀 두게 해달라고 교장 선생님께 부탁했어요. 그건 그렇구, 보가트가 무엇인가 하는 것부터 알아야 하겠죠?"

헤르미온느가 손을 높이 들어 올렸다.

"그건 어떤 모양으로도 자유 자재로 변할 수 있는 괴물이에요." 그녀가 대답했다. "우리가 가장 무서워하는 대상으로 변해서 겁을 주지요."

"정말 잘 설명했어요." 루핀 교수가 흡족해 하자 헤르미온느가 얼굴을 붉혔다. "따라서 어둠 속에 앉아 있는 보가트는 아직 어떤 형태도 갖고 있지 않을 겁니다. 문 바깥에 있는 사람이 가장 무서워하는 게 뭔지 아직 모르고 있기 때문이죠. 보가트가 혼자 있을 때는 어떤 모습을 하고 있는지 아무도 모르긴 하지만, 그가 나오는 순간, 무엇이든 우리 각자가 가장 무서워하는 모습으로 변할 겁니다. 이 말은," 루핀 교수가 네빌이 겁에 질려 말을 더듬는 것도 본체만체하고 계속 말을 이었다. "우리가 그 보가트보다 굉장한 이점을 갖고 있다는 뜻이에요. 그게 무슨 말인지 알겠니, 해리?"

옆에 앉은 헤르미온느가 손을 번쩍 들고 그 질문에 대답하려고 애쓰고 있다는 것이 매우 당혹스럽긴 했지만, 해리는 한번 시도해 보기로 했다.

"저…… 저희들이 너무 많아서, 보가트가 어느 형체로 변해야 할지 알지 못하기 때문이 아닐까요?"

"바로 그거예요." 루핀 교수가 이렇게 말하자, 헤르미온느가 약간 실망한 얼굴로 손을 내렸다. "따라서 보가트를 대할 때는 항상 친구들과 함께 있는 게 가장 좋아요. 보가트가 어찌할 바를 모를 테니까 말이죠. 목 없는 송장으로 변해야 할까 아니면 육식하는 민달팽이로 변해야 할까 고민하게 되니까요. 한번은 바로 그런 실수를 저지른 보가트를 본 적이 있어요. 두 사람을 동시에 놀라게 하려고 반쪽만 남은 민달팽이로 변한 거예요. 전혀 놀랍지 않았죠, 물론.

보가트를 쫓아 버리는 마법은 간단해요. 하지만 정신력을 필요로 하죠. 보가트를 정말로 해치우는 건 웃음 소리예요. 그저 보가트가 변신한 모습이 억지로라도 아주 우스운 척하기만 하면 돼요.

우선 요술지팡이 없이 주문을 연습해 보죠. 날 따라해 봐요……. *리디큘러스!*"

"*리디큘러스!*"

"좋아요." 루핀 교수가 말했다. "아주 잘했어요. 하지만 유감스럽게도 그건 아주 쉬운 일부분에 불과해요. 이 주문만으로는 충분하지 않아요. 네빌, 네가 시범을 보일 때가 됐구나."

옷장이 다시 한 번 흔들렸지만 네빌에 비하면 아무것도 아니었다. 그는 마치 교수대 앞으로 나가고 있는 것처럼 부들부들 떨며 걸어나갔다.

"좋아, 네빌." 루핀 교수가 말했다. "우선 첫째로 , 네가 세상에서 가장 무서운 게 뭔지 말할 수 있겠니?"

네빌의 입술이 움직거렸지만 아무 소리도 나오지 않았다.

"잘 못 들었는데, 네빌. 미안하다." 루핀 교수가 기분 좋게 말했다.

네빌은 마치 누군가에게 도움을 부탁하기라도 하는 듯 무턱대고 주위를 둘러본 뒤, 기어 들어가는 목소리로 이렇게 말했다. "스네이프 교수님이오."

거의 모든 아이들이 웃었다. 심지어 네빌조차 변명이라도 하듯 씩 웃었다. 그러나 루핀 교수는 생각에 잠겨 있는 것 같았다.

"스네이프 교수라…… 흠…… 네빌, 넌 할머니와 함께 살지 아마?"

"어…… 네." 네빌이 기어 들어가는 목소리로 말했다. "하지만…… 전 보가트가 할머니로 변하는 건 바라지 않아요."

"아니, 아니. 내 말을 오해했구나." 루핀 교수가 미소를 지으며 말했다. "혹시 할머니께서 평소에 어떤 옷을 입으시는지 우리에게 말해 줄 수 있니?"

네빌은 깜짝 놀란 것 같았다. "글쎄요…… 항상 똑같은 모자를 쓰세요. 위에 박제된 대머리수리가 달린 길쭉한 모자예요. 그리고 긴 드레스를 입으세요. 보통 초록색이죠…… 그리고 가끔은 여우털 목도리도 하세요."

"그리고 핸드백도?" 루핀 교수가 한 마디 거들었다.

"커다란 빨간색 가방이에요." 네빌이 말했다.

"자 그럼." 루핀 교수가 말했다. "그 옷들을 아주 명확히 묘사할 수 있니, 네빌? 네 마음의 눈으로 그것들을 볼 수 있니?"

"네." 네빌이 다음엔 무슨 말을 해야 할까 생각하는지, 다소 자신 없는 목소리로 말했다.

"이 옷장에서 보가트가 불쑥 나와서 네빌 널 보면, 그건 스네이프 교수의 모습을 하고 있을 거야." 루핀 교수가 찬찬히 설명했다. "그러면 넌 요술지팡이를 들어 올리고…… 이렇게 말야, '리디큘러스'라고 외치는 거야…… 그리고 네 할머니의 옷에 온 정신을 집중해. 만일 모든 게 잘되면, 스네이프 교수로 변한 보가트는 네 할머니가 즐겨 입으시는 복장을 하고 나타날 거야. 꼭대기에 대머리수리가 달린 모자에 초록색 드레스를 입고 커다란 빨간색 핸드백을 들고 있는 모습으로 말야."

아이들 사이에서 폭소가 터져 나왔다. 옷장이 더 격렬하게 흔들거렸다.

"네빌이 만약 성공하면, 그 보가트는 아마 우리들에게로 차례차례 주의를 돌리게 될 거예요." 루핀 교수가 아이들을 향해 말했다. "모두들 각자 잠깐 동안 가장 두려운 것을 생각하고 그것이 우스꽝스럽게 보이는 모습을 상상해 봐요……."

실내가 조용해졌다. 해리는 생각했다……. 세상에서 가장 두려운 게 무엇일까?

가장 먼저 생각나는 건 볼드모트였다……. 힘을 완전히 되찾은 볼드모트. 그러나 볼드모트로 가장한 보가트를 반격할 수 있는 방법을 생각하기도 전에, 마음속에 끔찍한 영상이 떠올랐다…….

까만 망토 밑으로 주르르 미끄러져 들어가던 썩은 내 나는 번쩍이는 손…… 보이지 않는 입에서 터져 나오는 길고 귀에 거슬리는 숨소리…… 그리고 익사하는 것 같은 기분이 들 정도로 몸 속으로 무섭게 파고드는 냉기…….

해리는 몸을 부르르 떤 뒤 아무도 눈치 채지 못했길 바라며 주위를 둘러보았다. 아이들 대부분이 눈을 꼭 감고 있었다. 론은 혼잣말로 "다리를 없애"라고 중얼거리고 있었다. 해리는 그것이 무엇인지 확실히 알 것 같았다. 론이 가장 무서워하는 건 거미였다.

"모두 준비됐나?" 루핀 교수가 물었다.

해리는 두려움으로 몸이 움찔하는 걸 느꼈다. 그는 아직 준비가 되지 않았다. 어떻게 해야 디멘터가 덜 무섭게 보일까? 그러나 그는 시간을 더 달라고 하고 싶지는 않았다. 다른 아이들이 모두 고개를 끄덕이며 소매를 걷어 올리고 있었다.

"네빌, 우린 뒤로 물러난다." 루핀 교수가 말했다. "네게 방해가 되지 않도록 말야, 알았지? 네빌이 끝난 뒤 다음 사람을 부르겠어요…… 모두들 뒤로, 자, 네빌이 잘할 수 있도록."

그들은 네빌을 옷장 옆에 혼자 남겨 둔 채, 모두 뒤로 물러났다. 네빌은 창백하고 겁먹은 얼굴로 망토 소매를 걷어 올리고 요술지팡이를 들고 서 있었다.

"셋을 세자마자 해라, 네빌." 루핀 교수가 지팡이를 옷장 손잡이에 갖다 대며 말했다. "하나—둘—셋—*나온다!*"

루핀 교수의 요술지팡이 끝에서 불꽃이 튀어나와 문손잡이를 쳤다. 옷장 문이 활짝 열렸다. 그러더니 매부리코에 심술궂은 얼굴을 한 스네이프 교수가 걸어나와 네빌을 흘끗 바라보았다.

네빌은 지팡이를 들어올린 채, 말없이 뒤로 물러났다. 스네이프 교수가 그에게 달려들었다.

"리…… 리…… 리디큘러스!" 네빌이 더듬더듬 하며 외쳤다.

휙 하는 소리가 나더니 스네이프 교수가 비틀거렸다. 그는 레이스가 달린 긴 드레스에 맨 위에 대머리수리가 달린 좀먹은 커다란 모자를 쓰고 커다란 빨간색 핸드백을 흔들고 있었다.

폭소가 터졌다. 보가트가 어쩔 줄 모르고 머뭇거리자, 루핀 교수가 소리쳤다. "패르바티! 앞으로!"

패르바티가 굳어진 얼굴로 앞으로 걸어나갔다. 스네이프 교수가 그녀를 돌아보았다. 또 한 번 휙 하더니, 그가 서 있던 자리에 피로 얼룩진 붕대를 감고 있는 미라가 나타났다. 미라가 얼굴을 패르바티에게로 돌리더니 뻣뻣한 양팔을 들어올리고 발을 질질 끌며 아주 천천히 그녀 쪽으로 걸어가기 시작했다…….

"리디큘러스!" 패르바티가 외쳤다.

그러자 미라의 발에 감겨 있던 붕대가 풀렸다. 그리고 붕대가 발에 뒤엉히면서 미라가 앞으로 고꾸라졌고, 머리통이 떨어져 나와 데굴데굴 굴러갔다.

"시무스!" 루핀 교수가 큰 소리로 외쳤다.

시무스가 패르바티를 지나 쏜살같이 달려나갔다.

휙! 미라가 있던 자리에 바닥까지 늘어지는 까만 머리에 초록 빛깔의 해골 같은 얼굴을 한 여자가 나타났다. 죽을 사람이 있음을 통곡으로 예고한다는 밴시 요정이었다. 그녀는 입을 크게 벌리고 머리카락을 곤두서게 하는, 울부짖는 듯한 소름끼치는 긴 비명 소리를 냈다…….

"리디큘러스!" 시무스가 외쳤다.

밴시가 귀에 거슬리는 소리를 내더니 목을 움켜잡았다. 목소리가 사라진 것이었다.

휙! 밴시가 다시 쥐로 변하더니 그 꼬리를 잡으려고 빙글빙글 돌았다—*휙!*—이번엔 방울뱀이 되어 몸을 뒤틀었다—*휙!*—그리고 핏발이 선 눈알이 되었다.

"보가트가 당황했다!" 루핀 교수가 소리쳤다. "이제 거의 다 됐어! 딘!"

딘이 허둥지둥 앞으로 걸어갔다.

휙! 눈알이 손이 되더니, 홱 뒤집혀서는 마치 게처럼 마룻바닥을 옆으로 기어가기 시작했다.

"리디큘러스!" 딘이 외쳤다.

짤깍 하더니, 그 손이 쥐덫에 걸렸다.

"훌륭해요! 론, 다음은 너다!"

론이 앞으로 껑충 뛰어나왔다.

휙!

갑자기 아이들이 비명을 질렀다. 2미터나 되는 털투성이의 거대한 거미가 집게발을 심술궂게 딸깍거리며 론에게로 다가가고 있었다. 잠시, 해리는 론이 겁에 질려 꼼짝 않고 서 있는 거라고 생각했다. 그 뒤……

"리디큘러스!" 론이 큰 소리로 이렇게 말하자, 거미의 다리들이 없어졌다. 거미가 데굴데굴 굴러가자 라벤더 브라운이 우는 소리를 내며 달아났다. 그런데 그게 해리의 발치에서 멈췄다. 해리가 요술 지팡이를 들어올렸다. 하지만……

"여기야!" 루핀 교수가 갑자기 급히 앞으로 걸어나오며 소리쳤다.

휙!

다리가 없는 거미가 사라져 버렸다. 잠시, 모두들 그것이 어디에 있는지 보려고 미친 듯이 주위를 둘러보았다. 그리곤 그들은 루핀 교수의 앞 허공에 은빛 나는 보름달이 동동 떠 있는 걸 보았다. 그가 느리게 *"리디큘러스!"*라고 외쳤다.

휙!

"앞으로 나오거라, 네빌. 녀석을 끝장내 버려라!" 보가트가 바퀴벌레가 되어 마룻바닥에 내려앉자 루핀 교수가 말했다.

휙! 스네이프 교수가 다시 나타났다. 네빌은 이번엔 단호한 표정으로 앞으로 달려나갔다.

"리디큘러스!" 그가 소리치자 스네이프 교수가 순식간에 레이스 달린 드레스를 입은 모습으로 변했고 네빌이 "하하하!" 하고 커다랗게 소리내어 웃자, 보가트가 갑자기 연기를 뿜어내며 폭발을 하더니 어디론가 사라져 버렸다.

"훌륭해요!" 루핀 교수가 외치자 학급 아이들이 박수 갈채를 보냈다. "훌륭했다, 네빌. 정말 잘했어요 , 모두들…… 어디 보자…….
보가트를 해치웠으므로 그리핀도르 여러분 모두에게 5점씩 주겠어요. 네빌은 두 번 했으니 10점을 주겠고…… 헤르미온느와 해리에게도 각각 5점씩을 주겠어요."

"하지만 전 아무것도 하지 않았는데요." 해리가 말했다.

"너와 헤르미온느는 수업 시작할 때 내 질문에 대답해 주었잖니, 해리." 루핀 교수가 살짝 말했다. "좋아요, 여러분. 훌륭한 수업이었어요. 숙제는, 보가트에 대한 꼭지를 읽고 요약해 오는 거예요……. 월요일에 제출하세요. 그게 다입니다."

학급 아이들은 저마다 흥분해서 떠들어대며 교무실을 나왔다. 해리는 그러나 기분이 썩 유쾌하지 않았다. 루핀 교수는 그가 보가트를 잡으려는 순간 일부러 막았었다. 왜 그랬을까? 그가 기차간에서 기절한 걸 봐서, 감당할 수 없을 거라고 생각했기 때문이었을까? 그가 또다시 기절할 거라고 생각했던 걸까?

하지만 다른 사람은 전혀 눈치 채지 못하는 것 같았다.

"내가 밴시 다루는 거 봤어?" 시무스가 큰 소리로 으스대며 말했다.

"손은 어떻구!" 딘이 자신의 손을 흔들며 말했다.

"모자를 쓴 스네이프하며!"

"내 미라도 있어!"

"그런데 루핀 교수는 왜 보름달을 두려워하는 걸까?" 라벤더가 생각에 잠겨 말했다.

"오늘 수업은 지금까지 받아 본 어둠의 마법 방어술 수업 중에서 가장 재미있었어, 안 그러니?" 그들이 가방을 가지러 다시 교실로 향할 때 론이 흥분해서 말했다.

"굉장히 좋은 교수님인 것 같아." 헤르미온느가 만족스러운 듯 말했다. "하지만 나도 보가트를 다루어 보았더라면 좋았을걸……."

"네 차례가 되었다면 그게 뭐가 되었을까?" 론이 낄낄거리며 말했다. "10점 만점에 겨우 9점밖에 받지 못한 숙제?"

제 8 장

달아난 뚱보 여인

어둠의 마법 방어술은 순식간에 대부분의 학생들이 가장 좋아하는 수업이 되었다. 루핀 교수에 대해 나쁜 말을 하는 아이는 슬리데린의 드레이코 말포이 패거리뿐이었다.

"저 망토 꼴 좀 봐." 루핀 교수가 지나가면 말포이는 큰 소리로 대놓고 이렇게 비웃곤 했다. "옷 입은 꼴이 꼭 우리 집에 있는 늙은 집요정 같단 말야."

하지만 다른 아이들은 아무도 여기저기 기우고 해진 루핀 교수의 망토에 대해 이러쿵저러쿵 하지 않았다. 그의 다음 수업들도 첫 수업만큼이나 재미있었다. 보가트에 이어 그들은, 성의 지하 감옥이든 황량한 싸움터의 후미진 곳이든 어두운 곳에 숨어서 길 잃은 사람들을 괴롭히는 레드 캡이라는 도깨비를 공부했다. 그리고 레드

캡 다음엔 카파였다. 그건 연못에서 살면서, 무심코 연못을 걸어서 건너는 사람들을 목 졸라 죽이는, 비늘과 물갈퀴가 있는 원숭이처럼 생긴 소름 끼치는 유령이었다.

그러나 다른 수업들은 그다지 재미있지 않았다. 해리가 가장 싫어하는 건 마법의 약 수업이었다. 스네이프 교수는 요즘 들어서 특히 더 심술을 부렸지만, 그 이유는 아무도 몰랐다. 보가트가 스네이프 교수의 모습으로 변했으며, 네빌이 그 보가트에게 자기 할머니의 옷을 입혔다는 우스꽝스런 이야기는 학교 안에 삽시간에 퍼져 나갔다. 스네이프 교수는 그것을 대단히 못마땅해하는 것 같았다. 그는 루핀 교수의 이름이 언급될 때마다 눈을 무섭게 번득였으며, 네빌을 그 어느 때보다도 더 심하게 괴롭혔다.

해리는 또 탑 꼭대기에 있는 숨막힐 듯한 방에서 이상하게 생긴 모양과 기호들을 해독하며 보내야 하는 점술 수업 시간도 점점 더 두려워지고 있었다. 트릴로니 교수는 언제나 눈물이 가득 고인 눈으로 그를 바라보았으므로, 그녀가 아무리 많은 학생들에게 존경이라고 할 수 있는 걸 받고 있다고 해도, 그는 트릴로니 교수를 결코 좋아할 수가 없었다. 패르바티 패틸과 라벤더 브라운은 점심 시간에도 노상 트릴로니 교수의 탑 방으로 드나들며, 마치 다른 아이들이 알지 못하는 것을 알기라도 한 듯 거만한 표정을 지으며 돌아다니곤 했다. 그 애들은 또 해리에게 말할 때마다, 그가 죽기라도 한 것처럼 엄숙한 목소리로 말하기까지 했다.

한편 '신비한 동물 돌보기' 수업은 진정으로 좋아하는 사람이 아무도 없었다. 그건 히포그리프에게 인사만 해야 했던 첫 수업 이후, 몹시 지루해졌기 때문이다. 해그리드는 자신감을 잃은 것 같았다. 그들은 이제 세상에서 가장 재미없는 동물일 것 같은 플로버웜이라는 벌레를 돌보는 방법만을 계속해서 배우고 있었다.

"사람들은 왜 귀찮게 이런 동물들을 돌보려는 거지?" 론이 한 시간 내내 쪽쪽 찢은 양상추를 플로버웜의 끈적끈적한 목구멍 속으로 밀어 넣는 일을 하고 나서 이렇게 투덜거렸다.

그러나 10월이 되자 해리에겐 만족스럽지 못한 수업을 충분히 보상하고도 남을 아주 재미있는 일과가 생겼다. 퀴디치 시즌이 다가오고 있었으므로, 어느 목요일 저녁에 그리핀도르 팀의 주장인 올리버 우드가 새 시즌의 전략을 논의하기 위해 모임을 소집한 것이다.

퀴디치 팀에는 총 일곱 명의 선수가 있었다. 세 명의 추격꾼이 하는 일은 경기장 양쪽에 있는 15미터 높이의 골대들 중 하나에 퀘이플(축구공만 한 빨간색 공)을 넣어 득점을 하는 것이었고, 두 명의 몰이꾼은 무거운 클럽을 들고 블러저(붕 소리를 내며 날아다니면서 선수들을 공격하는 두 개의 무거운 까만색 공)를 쳐내는 일을 했다. 그리고 파수꾼은 골대를 방어하는 선수이고, 수색꾼은 날개가 달린 호두만 한 크기의 스니치라는 황금빛 공을 잡아야 하는 아주 힘든 임무를 맡은 선수였다. 스니치를 잡은 수색꾼의 팀은 150점을 얻었으므로, 거의 대부분 그 경기의 승자가 되었다.

올리버 우드는 몸이 억센 7학년생으로, 이제 호그와트에서의 마지막 해를 보내고 있었다. 어두워지는 퀴디치 경기장 언저리에 있는 냉랭한 라커룸에서 여섯 명의 동료 선수들에게 연설하는 그의 목소리에서는 왠지 절망 같은 게 느껴졌다.

"이번이 퀴디치 우승컵을 탈 우리의 마지막 기회야. 아니 나의 마지막 기회지." 그가 그들 앞에서 큰 걸음으로 왔다갔다 하며 말했다. "금년 말이면 난 졸업해. 난 다시는 기회가 없어. 그리핀도르는 지난 7년 동안 우승하지 못했어. 그래, 운이 지겹게도 따라 주지 않았어. 부상도 당했고…… 작년엔 경기가 연기되는 상황까지 벌어졌었지…….” 그 기억을 떠올리면 여전히 목이 메는 듯 우드가 침을 꿀꺽 삼켰다. “하지만 우린 분명 *학교—에서—가장—막강한 —팀이야.*” 그가 자기 손에다 주먹질을 하면서 눈을 번득였다.

“우리에겐 가장 뛰어난 추격꾼이 셋 있어.”

우드는 앨리샤 스피넷과 안젤리나 존슨과 케이티 벨을 가리켰다.

“몰이꾼 두 명도 실력이 아주 뛰어나.”

“그만 해, 올리버. 무안하게 하긴.” 프레드와 조지 위즐리 형제가 부끄러워하는 척하며 말했다.

“그리고 단 한 시합도 내주지 않았던 수색꾼도 있어!” 우드가 득의양양한 얼굴로 눈을 부릅뜨고 해리를 바라보았다. “그리고 나.” 그가 추가로 덧붙였다.

“너도 아주 잘해, 올리버.” 조지가 얼른 끼어들었다.

“기막히게 좋은 파수꾼이지.” 프레드가 옆에서 거들었다.

“요점은,” 우드가 다시 왔다갔다 하기 시작하며 계속했다. “지난 2년 동안은 퀴디치 우승컵에 우리의 이름이 쓰일 수도 있었는데 아깝게 놓쳤다는 거야. 해리가 팀에 들어온 이후, 난 우리 팀이 우승컵을 따 낼 수 있다고 확신했었어. 하지만 우리는 해내지 못했어. 금년이 바로 그 우승컵에 새겨진 우리의 이름을 보게 될 마지막 기회야…….”

우드가 어찌나 맥없이 말했던지 심지어 프레드와 조지까지 동정어린 표정을 지었다.

“올리버, 금년은 우리의 해야.” 프레드가 격려해 주었다.

“우린 해낼 거야, 올리버!” 안젤리나가 말했다.

"물론이야." 해리가 말했다.

팀원들은 모두 마음을 굳게 다져 먹고, 일주일에 사흘 저녁을 할애해야 하는 맹훈련에 들어갔다. 날씨는 점점 더 춥고 축축해졌으며 해는 점점 더 짧아졌지만, 땅이 아무리 질퍽질퍽하고 바람이 아무리 세차게 불고 비가 아무리 퍼부어대도 이번에야말로 대형 은빛 퀴디치 우승컵을 거머쥐고야 말겠다는 해리의 다부진 결심을 퇴색시키지는 못했다.

어느 날 저녁 해리는 훈련을 마치고 그리핀도르의 학생 휴게실로 갔다. 으슬으슬 춥고 온몸이 뻐근했지만 연습이 잘되어서인지 기분은 그만이었다. 그런데 학생 휴게실 분위기가 이상하게 술렁이고 있었다.

"무슨 일이니?" 그가 난로가의 가장 좋은 자리에 앉아서 별자리표를 만드는 천문학 숙제를 하고 있는 론과 헤르미온느에게 물었다.

"호그스미드에 간대." 론이 낡을 대로 낡은 게시판에 붙어 있는 공고문을 가리키며 말했다. "10월 말일, 할로윈 데이에."

"좋았어." 해리에 이어 초상화 구멍으로 들어온 프레드가 말했다. "난 종코의 장난감 가게에 가야 해. 고약한 냄새가 나는 총알이 거의 다 떨어졌거든."

해리는 한없이 좋았던 기분이 단번에 스러지는 걸 느끼며 옆에 있는 의자에 푹 주저앉았다. 헤르미온느가 그의 마음을 읽은 것 같았다.

"해리, 다음 번에는 틀림없이 갈 수 있을 거야." 그녀가 해리를 위로해 주었다. "블랙은 곧 잡힐 거야. 이미 한 차례 발견되었잖아."

"블랙은 호그스미드에서 어리석은 짓을 할 사람이 아냐." 론이 옆에서 충동질을 했다. "이번에 갈 수 있는지 맥고나걸 교수에게 한 번 여쭤 봐, 해리. 다음 번이라는 게 언제일지도 모르잖아……."

"론!" 헤르미온느가 날카롭게 말했다. "해리는 학교 밖으로 나가면 안 돼."

"3학년 중에서 가지 않는 애는 아마 해리밖에 없을 거야." 론이 퉁명스럽게 내뱉었다. "맥고나걸 교수에게 부탁해 봐. 어서, 해리."

"그래, 그래야겠어." 해리가 결심을 한 듯 말했다.

그러나 헤르미온느가 그러면 안 된다고 말하려고 입을 떼는 순간, 크룩생크가 그녀의 무릎 위로 살짝 뛰어올랐다. 그 고양이의 입에는 커다란 죽은 거미 한 마리가 대롱대롱 매달려 있었다.

"이 녀석은 그걸 꼭 우리 앞에서 먹어야 하니?" 론이 얼굴을 찡그리며 말했다.

"크룩생크, 그걸 너 혼자 잡았니?" 헤르미온느가 대견한 듯 바라보았다.

크룩생크는 노란 눈으로 오만하게 론을 쳐다보며, 거미를 천천히 씹어먹었다.

"그 녀석 좀 저쪽으로 치워." 론이 다시 천문학 숙제를 하면서 화를 내며 말했다. "내 쥐 스캐버스가 가방 속에서 잠을 자고 있단 말야."

해리는 길게 하품을 했다. 그는 정말로 자고 싶은 생각밖에 없었지만, 천문학 숙제는 마저 해야 했다. 그는 가방을 끌어당기고 양피지와 잉크와 깃펜을 꺼내 숙제를 시작했다.

"원하면 내 거 보고 해도 돼." 론이 자신이 만든 화려한 별자리표에 마지막 별을 붙인 뒤 해리에게 밀며 말했다.

헤르미온느는 숙제 베끼는 건 질색했으므로, 입술을 오므리고 눈살을 찌푸렸지만 아무 말도 하지 않았다. 크룩생크는 숱 많은 꼬리를 가볍게 휙휙 휘두르며 여전히 눈 하나 깜작이지 않고 론을 똑바로 쳐다보고 있었다. 그런데 갑자기 그 고양이가 와락 덤벼들었다.

"어!" 크룩생크가 가방 속 깊숙이 네 발을 집어넣고 사납게 북북 찢기 시작하자 론이 가방을 움켜쥐며 고함을 질렀다. "저리 가, 이 멍청한 고양이야!"

론이 크룩생크에게서 가방을 빼앗으려고 했지만, 크룩생크는 착 달라붙어서 으르렁거리며 닥치는 대로 물어뜯었다.

"론, 고양이를 다치게 하지 마!" 헤르미온느가 울먹이며 소리 질렀다. 학생 휴게실에 있던 아이들은 일제히 그 장면을 지켜보고 있었다. 론이 크룩생크가 착 달라붙어 있는 가방을 핑핑 돌리자, 스캐버스가 가방 밖으로 퉁겨져 나갔다.

"저 고양이를 잡아!" 크룩생크가 가방에서 빠져나와 탁자 위로 튀어 오르며 겁에 질린 스캐버스를 쫓아가자 론이 소리쳤다.

조지 위즐리가 재빨리 크룩생크를 잡으려고 달려갔지만 놓치고 말았다. 스캐버스가 사람들의 다리 사이로 쏜살같이 달아나 낡은 서랍장 밑으로 들어가 버리자, 크룩생크가 그 앞에 안짱다리를 구부리고 쪼그리고 앉아 앞발로 사납게 치기 시작했다.

론과 헤르미온느가 허둥지둥 달려왔다. 론은 헤르미온느가 크룩생크의 몸통을 잡아 번쩍 들어 올린 뒤에야 겨우 바닥에 바짝 엎드려 스캐버스를 끌어낼 수 있었다.

"이 녀석 좀 봐!" 론이 헤르미온느에게 화를 내며 말했다. "가죽하고 뼈뿐이야! 제발 저 고양이가 이 녀석에게 가까이 오지 못하도록 해줘!"

"크룩생크는 그게 나쁘다는 걸 이해하지 못해!" 헤르미온느가 떨리는 목소리로 말했다. "고양이가 쥐를 쫓는 건 당연하잖아, 론!"

"저 고양이는 좀 이상한 데가 있어!" 론이 미친 듯이 몸을 떨고 있는 스캐버스를 달래어 주머니 속에 넣으며 말했다. "저 녀석은 분명히 내가 스캐버스가 가방 속에 있다고 한 말을 들은 거야!"

"허튼소리 좀 작작해." 헤르미온느가 성급하게 말했다. "크룩생크는 스캐버스의 냄새를 맡을 수 있는 거야, 론. 넌 어떻게 된 애가……"

"저놈은 스캐버스를 잡아먹고야 말 거야!" 론이 주위 사람들이 낄낄거리는 것에도 아랑곳하지 않고 으르렁거렸다. "스캐버스가 나에게 얼마나 중요한 줄 알기나 하니? 더군다나 녀석은 지금 아프기까지 하단 말야!"

그러더니 론은 뒤돌아보지도 않고 학생 휴게실에서 나가 남자 기숙사로 올라갔다.

론은 다음 날에도 여전히 헤르미온느에게 화가 나 있었다. 셋이 다 같은 조인 약초학 시간에도, 론은 강낭콩으로 실습하는 내내 헤르미온느에게 한 마디도 하지 않았다.

"스캐버스는 어떠니?" 헤르미온느가 콩나무에서 진이 많은 핑크빛 꼬투리를 까서 나무 들통에 반짝이는 콩들을 털어 넣다가 머뭇거리며 물었다.

"녀석은 벌벌 떨면서 내 침대 밑에 숨어 있어." 론이 홧김에 휙 던지자 콩들이 들통 속으로 들어가지 않고 온실 바닥 여기저기에 흩어졌다.

"조심해라, 위즐리, 조심해!" 콩이 흩어져 있는 걸 보고 스프라우트 교수가 소리쳤다.

이 시간이 끝나면 바로 변신술 수업이었다. 해리는 수업이 끝나면 맥고나걸 교수에게 호그스미드 답사하는 데 따라 가도 되는지 물어보기로 마음먹고 있었으므로, 교실 바깥에 늘어선 아이들 틈에 끼어 자기 주장을 어떻게 펼칠까 골똘히 생각하고 있었다. 그런데 앞줄에서 갑자기 소동이 일어나서 정신을 집중할 수가 없었다.

라벤더 브라운이 울고 있는 것 같았다. 패르바티가 그녀를 감싸 안고 시무스 피니간과 딘 토마스에게 뭐라고 설명하고 있었는데, 그 애들은 아주 심각한 표정을 짓고 있었다.

"무슨 일이니, 라벤더?" 헤르미온느가 해리와 론과 함께 그 쪽으로 걸어가 물었다.

"오늘 아침에 집에서 편지가 왔는데," 패르바티가 작은 소리로 말했다. "라벤더의 토끼 빙키가 여우에게 물려 죽었다나 봐."

"오," 헤르미온느가 말했다. "안됐구나, 라벤더."

"그런 일이 벌어질 줄 알았어야 했어!" 라벤더가 비참하게 말했다. "오늘이 며칠인지 아니?"

"그게……"

"10월 16일이야! '네가 두려워하고 있는 일, 그것은 10월 16일에 일어날 것이다!' 라는 말 생각나니? 교수님 말이 맞았어, 교수님 말이 맞았다구!"

이제 거의 모든 아이들이 라벤더 주위에 모여 있었다. 시무스는 심각하게 고개를 절레절레 흔들었다. 헤르미온느는 말할까 말까 망설이다 결국 이렇게 말했다. "네가…… 네가 빙키가 여우에게 물려 죽을까 봐 두려워하고 있었단 말이니?"

"글쎄, 꼭 여우라고는 할 수 없지만," 라벤더가 눈물을 주룩주룩 흘리며 헤르미온느를 올려다보았다. "하지만 난 확실히 빙키가 죽을까 봐 두려워하고 있었어."

"오," 헤르미온느는 잠시 뜸을 들이다가 다시 물었다.

"빙키가 늙은 토끼니?"

"아…… 아니?" 라벤더가 훌쩍였다. "빙…… 빙키는 아직 새끼야."

패르바티가 라벤더의 어깨를 꼭 감싸안았다.

"그러면, 넌 왜 빙키가 죽는 걸 두려워했는데?" 헤르미온느가 따지듯 물었다.

패르바티가 그녀를 노려보았다.

"글쎄, 상황을 좀 논리적으로 생각해 봐." 헤르미온느가 다른 아이들에게 돌아서며 말했다. "심지어 빙키는 오늘 죽은 것도 아니야, 그렇지? 오늘 그 소식을 들은 것뿐이잖아……." 라벤더가 소리내어 엉엉 울었다. "그리고 라벤더는 이런 일이 있을 것을 미리 알고 두려워하고 있었을 리가 없어. 전혀 예상치 못했던 일 아냐……."

"헤르미온느 말은 신경 쓰지 마, 라벤더." 론이 큰 소리로 말했다. "그 앤 다른 사람들의 애완 동물은 그다지 중요하게 여기지 않으니까."

바로 그 순간에 맥고나걸 교수가 교실로 들어온 건 천만다행이었다. 헤르미온느와 론이 서로 무섭게 노려보고 있었기 때문이다. 수업이 시작되자, 그들은 해리를 가운데 두고 양쪽에 앉아 수업 시간 내내 서로에게 한 마디도 건네지 않았다.

수업이 끝났음을 알리는 종이 울렸다. 그런데 해리가 아직 맥고나걸 교수에게 무슨 말부터 해야 할지 결정하지 않아 안절부절못하고 있을 때, 맥고나걸 교수가 먼저 호그스미드 이야기를 꺼냈다.

"잠깐만요!" 학급 아이들이 교실에서 나가려 하자 그녀가 외쳤다.

"여러분들은 모두 내가 담당하고 있는 기숙사에 있으니까, 호그스미드 허가서는 할로윈 데이 전까지 내게 제출하도록 하세요. 허가서가 없으면 그 마을을 방문할 수 없다는 걸 잊지 마세요!"

네빌이 손을 번쩍 들어 올렸다.

"교수님, 전…… 전 잃어버린 것 같아요……."

"네 허가서는 할머니께서 직접 보내 주셨단다, 롱바텀." 맥고나걸 교수가 말했다. "그게 더 안전하다고 생각하신 모양이더구나. 자, 이상이에요. 이제 가도 좋아요."

"지금 물어 봐." 론이 해리에게 말했다.

"어, 하지만……" 헤르미온느가 말을 꺼냈다.

"어서, 해리." 론이 완강히 말했다.

해리는 다른 아이들이 다 나갈 때까지 기다렸다가 초조하게 맥고나걸 교수의 책상으로 향했다.

"왜 그러니, 포터?"

해리는 심호흡을 한 번 했다.

"교수님, 제 이모와 이모부께서…… 저…… 제 허가서에 사인해 주는 걸 잊으셨어요." 그가 어렵게 말을 꺼냈다.

맥고나걸 교수는 사각 안경 너머로 그를 빤히 바라보기만 할 뿐 아무 말도 하지 않았다.

"그래서 그러는데…… 저…… 괜찮을까요…… 제 말은, 제가…… 제가 호그스미드에 가도…… 괜찮을까요?"

맥고나걸 교수가 고개를 숙이고 책상 위에 있는 종이들을 뒤적거리기 시작했다.

"미안하지만 안 될 것 같구나, 포터." 그녀가 냉정하게 말했다. "내 말 들었잖니. 허가서가 없으면 호그스미드를 방문할 수 없단다.

규칙이야."

"하지만…… 교수님, 제 이모와 이모부는…… 아시겠지만, 그들은 머글이라, 전혀 이해하지 못해요……. 호그와트의 서류나 뭐 그런 것들에 대해서 말예요." 해리가 말하는 동안, 론이 고개를 세차게 끄덕여 그를 격려해 주었다. "교수님께서 제가 가도 좋다고 말씀만 해주신다면……"

"하지만 난 그렇게 말할 수가 없단다." 맥고나걸 교수가 일어서서 서류들을 깔끔하게 모아서 서랍 속에 넣으며 말했다. "그 허가서에는 부모나 보호자의 허락만이 유효하다고 명확히 명시되어 있다." 그녀가 기묘한 표정으로 그를 바라보았다. 동정이었을까? "미안하구나, 포터. 하지만 그 말밖에 달리 할 말이 없단다. 서두르는 게 좋겠다. 다음 수업에 늦겠구나."

달라진 건 아무것도 없었다. 론은 맥고나걸 교수의 험담을 있는 대로 늘어놓아서 헤르미온느를 매우 약오르게 했다. 하지만 헤르미온느는 '모두가 다 하느님의 뜻이다' 라는 태평한 표정을 지어 론을 훨씬 더 화나게 만들었다. 해리는 학급 아이들이 호그스미드에 가서 무엇을 할 것인지 신나서 시끄럽게 떠들어대고 있는 동안 멍하니 그들을 바라보고만 있어야 했다.

"연회가 있잖아." 론이 해리의 기분을 돋우어 주려고 애쓰며 말했다. "할로윈 연회. 저녁에 말야."

"그래." 해리가 우울하게 말했다. "맛있지."

할로윈 데이 음식은 항상 맛있었다. 하지만 내일 다른 아이들과 호그스미드에 갔다 온다면 훨씬 더 맛있을 것이었다. 그곳에 가지 못하는 해리에겐 누구의 어떤 말도 위로가 되지 못했다.

글씨 흉내내는 재주가 있는 딘 토마스가 버논 이모부의 사인을 대신 해주겠다고 했지만, 해리가 이미 맥고나걸 교수에게 사인을 받지 못했다고 말한 뒤였으므로 아무 소용이 없었다. 론은 하다못해 투명 망토를 쓰고 가라고 넌지시 말했지만, 그 즉시 헤르미온느는 투명 망토를 입어도 디멘터들을 속일 수는 없다던 덤블도어 교수의 말을 상기시켜 주었다. 더욱이 퍼시가 위로랍시고 한 말은 오히려 기분을 더 우울하게 만들었다.

"모두들 호그스미드에 대해 야단스럽게 떠들어대지만, 해리, 사실 소문처럼 대단한 것은 아냐." 그가 진지하게 말했다. "그래, 과자가게는 꽤 괜찮은 편이지. 하지만 종코의 장난감 가게는 솔직히 좀 위험해. 그리고 비명을 지르는 오두막집도 꽤 가 볼 만한 곳이긴 하지만 정말이지, 해리, 그곳들 말고는 재미있는 게 별로 없어."

할로윈 데이 아침이 되자, 해리는 다른 아이들과 같이 아침을 먹으러 내려갔다. 하지만 평소대로 행동하려고 무진 애를 쓰고 있었음에도 기분은 착 가라앉아 있었다.

"허니듀크 과자가게에서 과자 많이 사다 줄게." 헤르미온느가 그에게 몹시 미안한 표정으로 말했다.

"그래, 엄청 많이." 론이 말했다. 론과 헤르미온느는 해리가 곤란에 처하게 되자 마침내 크룩생크 때문에 승강이를 벌였던 일을 잊고 넘어가게 되었다.

"내 걱정은 마." 해리가 아무렇지 않은 목소리로 들리길 바라며 말했다. "연회에서 보자. 즐겁게 보내."

해리가 그들과 함께 현관 안의 커다란 홀로 가자, 필치가 정문에 서서 수상쩍은 눈초리로 긴 명단에 있는 이름과 얼굴을 하나하나 대조하면서 혹시 나가서는 안 될 사람이 몰래 빠져나가지는 않는지 확인하고 있었다.

"넌 안 가니, 포터?" 말포이가 크레이브와 고일과 함께 나란히 서서 큰 소리로 외쳤다. "디멘터 앞을 지나가기가 겁나서?"

해리는 그를 무시하고 혼자 대리석 계단으로 올라가 사람이 아무도 없는 복도를 지나 다시 그리핀도르 탑으로 갔다.

"암호?" 뚱뚱한 여인이 꾸벅꾸벅 졸다가 인기척에 놀라 잠에서 깨어나며 물었다.

"포르투나 소령." 해리가 맥 풀린 목소리로 말했다.

초상화가 확 열리자 그는 그 구멍을 통해 학생 휴게실로 들어갔다. 그곳은 시끄럽게 떠들어 대고 있는 1, 2학년생들과, 호그스미드를 몇 번 가 봐서 별로 신기함을 느끼지 못하는 고학년생들만 몇몇 있을 뿐이었다.

"해리! 해리! 안녕, 해리!"

그건 콜린 크리비였다. 그는 2학년생이었는데 해리를 굉장히 좋아해서 그림자처럼 졸졸 따라다니며 귀찮게 구는 아이였다.

"호그스미드에 안 가, 해리? 왜?" 콜린이 함께 있는 친구들을 둘러보았다. "원한다면 이리 와서 우리와 함께 앉아도 돼, 해리!"

"저…… 괜찮아. 생각해 줘서 고마워, 콜린." 해리는 자신의 이마에 난 흉터를 뚫어지게 바라보는 아이들과 함께 있고 싶지가 않았다. "난…… 난 도서관에 가야 해. 할 일이 좀 있거든."

그러고 나서 그는 곧바로 돌아서서 초상화 구멍으로 다시 나갔다.

"무엇 때문에 날 자꾸 깨우는 거야?" 그가 걸어나가자 뚱보 여인이 심술이 나서 소리쳤다.

맥없이 도서실로 향하던 해리는 반쯤 가다가 마음을 바꿨다. 공부하고 싶은 기분이 아니었다. 그런데 확 돌아서자 필치가 바로 앞에서 있었다. 그는 호그스미드를 방문할 학생들을 막 보내고 온 게 틀림없었다.

"뭐하고 있는 거니?" 필치가 수상쩍다는 듯 딱딱거렸다.

"아무것도요." 해리가 사실대로 말했다.

"아무것도라니!" 필치가 아래턱을 심술궂게 파르르 떨며 내뱉듯이 말했다. "어림 반푼어치도 없는 소리! 혼자서 살금살금 돌아다니고 있었잖아. 호그스미드에 가서 성가신 네 친구 녀석들처럼 고약한 냄새가 나는 총알이나 불꽃을 내뿜는 폭약이나 윙 소리나는 벌레나 사고 있지 않고 왜 이렇게 어슬렁 대고 있는 거야?"

해리가 어깨를 으쓱했다.

"자, 어서 너희 학생 휴게실로 돌아가!" 필치는 이렇게 윽박지르고는 해리가 보이지 않을 때까지 노려보고 서 있었다.

하지만 해리는 학생 휴게실로 돌아가지 않았다. 그가 막연히 헤드위그를 보러 부엉이장에나 가 봐야겠다고 생각하며 계단을 올라가 또 다른 복도를 걸어가고 있을 때 어떤 방 안에서 누군가가 그를 불렀다.

"해리?"

누구인지 보려고 돌아서자 루핀 교수가 자신의 사무실 앞에 서 있었다.

"뭐하고 있니?" 루핀 교수가 필치와는 전혀 다른 상냥한 목소리로 물었다. "론과 헤르미온느는 어디에 있니?"

"호그스미드에 갔어요." 해리가 아무렇지 않은 것처럼 들리도록 애쓰며 말했다.

"아……." 루핀 교수가 말했다. 그가 해리를 잠시 빤히 바라보았다. "들어올래? 난 지금 막 다음 수업 시간에 쓸 그라인딜로우를 배달받았단다."

"뭐라고 말씀하셨죠?" 해리가 물었다.

루핀 교수는 대답 대신 해리를 사무실 안으로 안내했다. 한쪽 구석에 아주 커다란 수조가 놓여 있었다. 작은 뿔이 날카롭게 나 있는 창백한 동물 하나가 유리에 얼굴을 대고 침울한 얼굴로 가늘고 긴 손가락들을 움직이고 있었다.

"물귀신이란다." 루핀 교수가 그라인딜로우를 자상한 얼굴로 바라보며 말했다. "이것을 다루는 데 그다지 큰 어려움은 없을 거야. 이미 카파를 다루어 봤으니까 말야. 잡히지 않도록만 해라. 저 비정상적으로 긴 손가락들이 보이니? 무시무시해 보이지만, 부러지기가 아주 쉽단다."

그라인딜로우는 초록빛 이빨을 드러내고 한쪽 구석에 뒤엉켜 있는 해초들 속으로 숨었다.

"차 한잔 할래?" 루핀 교수가 주전자를 찾아 주위를 둘러보며 물었다. "막 차를 끓이려던 참이었거든."

"네." 해리가 어색하게 대답했다.

루핀 교수가 요술지팡이로 주전자를 가볍게 두드리자 주둥이에서 갑자기 증기가 뿜어져 나왔다.

"앉거라." 루핀 교수가 먼지 쌓인 양철통 뚜껑을 열며 말했다. "내겐 차밖에 없는데…… 넌 찻잎이라면 이제 지겹겠지?"

해리는 그를 바라보았다. 루핀 교수의 눈이 반짝거리고 있었다.

"그걸 어떻게 아셨어요?" 해리가 놀라 물었다.

"맥고나걸 교수가 말해 주셨단다." 루핀 교수가 이 빠진 머그잔을 건네며 말했다. "설마 신경 쓰이는 건 아니겠지?"

"그럼요 , 괜찮아요." 해리가 말했다.

그는 잠시 루핀 교수에게 매그놀리아 광장에서 보았던 개에 대해 말할까 생각했지만, 말하지 않기로 했다. 자신이 보가트를 감당해 낼 수 없다고 생각하는 것 같은 루핀 교수에게, 그런 말까지 한다면 겁쟁이로 낙인 찍힐 게 뻔했기 때문이다.

그런 해리의 생각이 얼굴에 나타났던지, 루핀 교수가 물었다. "무슨 걱정거리라도 있니, 해리?"

"아뇨." 해리는 거짓말을 했다. 그는 차를 한 모금 마신 뒤 그라인딜로우가 그에게 주먹을 휘두르는 걸 지켜보았다. "사실은요," 그가 루핀 교수의 책상에 찻잔을 내려놓으며 불쑥 말했다. "저희들이 보가트와 싸웠던 날 기억하세요?"

"물론이지." 루핀 교수가 천천히 대답했다.

"왜 제가 보가트에게 대항하도록 내버려 두지 않으셨어요?" 해리가 무뚝뚝하게 물었다.

루핀 교수가 눈썹을 치켜올렸다.

"나라면 당연하다고 생각했을 게다, 해리." 그가 오히려 그 질문에 놀란 것처럼 말했다.

해리는 루핀 교수가 자기가 언제 그랬느냐며 펄쩍 뛸 거라고 예상했으므로, 깜짝 놀랐다.

"왜죠?" 그가 다시 물었다.

"글쎄." 루핀 교수가 살짝 얼굴을 찡그렸다. "난 그 보가트가 너와 맞서면, 볼드모트의 모습으로 변할 거라고 생각했단다."

해리는 그를 빤히 바라보았다. 전혀 뜻밖의 대답이었을 뿐만 아니라, 루핀 교수가 볼드모트의 이름을 거침없이 말했기 때문이었다. 지금까지 그 이름을 입 밖에 낸 사람은(볼드모트 자신 말고는) 덤블도어 교수뿐이었다.

"물론, 내가 잘못 생각했다." 루핀 교수가 해리에게 여전히 얼굴을 찡그리며 말했다. "하지만 난 볼드모트를 교무실에 나타나게 하는 건 그다지 좋은 생각이 아니라고 여겼단다. 아이들이 몹시 당황할 테니까 말야."

"전 볼드모트를 생각하지 않았어요." 해리가 솔직히 말했다. "전…… 전 디멘터를 떠올렸어요."

"그랬구나." 루핀 교수가 생각에 잠겨 말했다. "글쎄, 뭐랄까…… 감동받았는걸." 그가 해리의 놀란 표정을 보고 살짝 미소지었다. "그 말은 네가 가장 두려워하는 게…… 두려움 그 자체라는 거니까 말야. 현명한 대답이구나, 해리."

해리는 그 말에 뭐라고 해야 할지 몰라 그냥 차만 한 모금 더 마셨다.

"그러니까 넌 여지껏 내가, 네가 보가트와 싸울 수 없을 거라고 생각한다고 여겼던 게로구나?" 루핀 교수가 정확하게 꼬집어 말했다.

"말하자면…… 그래요." 해리가 말했다. 그는 갑자기 기분이 한결 좋아지는 걸 느꼈다. "루핀 교수님, 디멘터는……"

해리의 말은 문을 두드리는 노크 소리 때문에 중단되었다.

"들어오세요." 루핀 교수가 외쳤다.

문이 열리더니, 스네이프 교수가 들어왔다. 그는 신기하게도 연기가 피어오르는 잔을 들고 있었는데, 해리를 보자 멈춰 서서 까만 눈을 가늘게 떴다.

"아, 세베루스." 루핀 교수가 미소를 지으며 맞이했다. "정말 고맙네. 여기 내 책상 위에 놔 주겠나?"

스네이프 교수가 연기가 피어오르는 잔을 내려놓으며 해리와 루핀 교수를 번갈아 쳐다보았다.

"해리에게 막 그라인딜로우를 보여주고 있던 참이었네." 루핀 교수가 수조를 가리키며 쾌활하게 말했다.

"멋지군." 스네이프 교수가 그것은 쳐다보지도 않고 말했다. "이건 곧바로 마셔야 하네, 루핀."

"암, 암, 그러지." 루핀 교수가 말했다.

"냄비 한가득 만들어 두었으니까," 스네이프 교수가 계속했다. "더 필요하면 말하게."

"내일쯤 조금 더 가져가겠네. 정말 고맙네, 세베루스."

"고맙긴 뭘." 스네이프 교수는 말은 이렇게 했지만 눈빛은 해리가 별로 좋아하지 않는 바로 그 눈빛이었다. 그는 미소도 짓지 않고 뒷걸음질 쳐서 방에서 나갔다.

해리가 그 잔을 신기한 듯이 바라보자 루핀 교수가 엉성한 미소를 지었다.

"스네이프 교수가 친절하게도 날 위해 마법의 약을 만들어 주셨단다." 그가 말했다. "난 마법의 약을 만드는 기술이 없는 데다 이건 특히나 더 복잡해서 말야." 그가 잔을 들어올려 킁킁 냄새를 맡았다. "설탕을 넣지 않았더라면 좋았을걸." 그가 한 모금 마시더니 진저리를 치며 덧붙였다.

"왜……?" 해리가 막 질문을 하려는 순간, 루핀 교수가 그를 바라보며 미처 말을 맺지도 못한 질문에 대답을 했다.

"내가 요즘 몸이 좀 좋지 않아서 말야." 그가 말했다. "그런데 꼭 이 약을 먹어야만 듣거든. 스네이프 교수 옆에서 일하고 있었던 게 천만다행이지. 이 약을 만들 수 있는 마법사는 그리 많지가 않단다."

루핀 교수가 또 한 모금 마시자 해리는 그의 손에서 잔을 쳐 내고 싶은 강한 충동을 느꼈다.

"스네이프 교수는 어둠의 마법에 대단히 관심이 많아요." 그가 엉겁결에 말했다.

"그러니?" 루핀 교수가 다소 흥미로운 표정으로 마법의 약을 한 번 더 쭉 들이켜고 나서 말했다.

"어떤 사람들은……" 해리는 잠시 망설이다가 앞뒤 가리지 않고 말을 내뱉었다. "어떤 사람들은 그가 어둠의 마법 방어술을 가르치는 자리를 차지하기 위해서라면 무슨 짓이든 할 거라고 생각해요."

루핀 교수가 마법의 약을 다 마시고 얼굴에 심각한 표정을 지었다.

"메스껍구나." 그가 말했다. "그런데, 해리, 난 이제 일을 좀 해야겠구나. 할 일이 많아서 말야. 나중에 연회에서 보자."

"그렇게 하세요." 해리가 빈 찻잔을 내려놓으며 말했다.

루핀 교수가 다 마신 빈 잔에서는 여전히 연기가 피어오르고 있었다.

"이것 봐," 론이 말했다. "우리가 가져올 수 있는 만큼 다 가져왔어."

각종 빛깔의 과자들이 해리의 무릎으로 우르르 쏟아져 내렸다. 해질 무렵, 론과 헤르미온느가 찬바람 때문에 얼굴이 새빨개져서 어느 때보다도 신나게 지낸 듯한 표정으로 학생 휴게실에 나타난 것이었다.

"고마워." 해리가 아주 작고 까만 고추 꼬마도깨비 다발을 집어 들며 말했다. "호그스미드는 어땠니? 어디 어디 갔었니?"

해리가 듣기에 그들은 모든 곳을 다 돌아다닌 것 같았다. 마법사들의 각종 도구 상점인 더비시와 뱅스와 종코의 장난감 가게와 거품이 이는 뜨거운 버터 맥주를 파는 스리 브룸스틱스와 그 밖의 많은 곳들을 다 말이다.

"우체국은 정말 멋진 곳이야, 해리! 2백 마리 정도의 부엉이들이 편지를 보통으로 보내는지 속달로 보내는지에 따라 각종 색깔로 표시된 선반에 조르르 앉아 있었어!"

"허니듀크에는 생전 처음 보는 케이크가 있더라구! 무료 시식 코너를 마련해 두고 있었는데, 조금밖에 못 먹었어……."

"우린 사람 잡아먹는 도깨비를 본 것도 같아. 정말이지, 스리 브룸스틱스에는 온갖 게 다 있었어……."

"몸을 따뜻하게 데워 줄 버터 맥주를 사다 줄 수 있었더라면 좋았을……."

"넌 뭐했니?" 헤르미온느가 걱정스런 얼굴로 물었다. "공부했니?"

"아니." 해리가 말했다. "루핀 교수 사무실에서 차 한 잔 마셨어. 그런데 스네이프 교수가 들어와서는……."

그는 그들에게 스네이프 교수가 들고 온 이상한 약에 대해서 모두 말해 주었다. 론의 입이 쩍 벌어졌다.

"루핀 교수가 그걸 마셨단 말야?" 그는 놀란 것 같았다. "정신 나간 거 아냐?"

헤르미온느가 시계를 들여다보았다.

"우리 이제 그만 내려가는 게 좋겠어. 5시에 연회가 시작되잖아……." 그들은 계속해서 스네이프 교수에 대해 말하며 서둘러 초상화 구멍으로 나가 연회장으로 밀려가는 사람들 속에 끼었다.

“하지만 그가 만약…… 있잖아,” 헤르미온느가 초조하게 주위를 흘금흘금 둘러보며 목소리를 낮췄다. “그가 만약 루핀 교수를…… 독살하려고 했다면…… 해리 앞에서 하려고 하지는 않았을 거야.”

“그래, 그럴지도 모르지.” 현관 안의 커다란 홀에 도착해 연회장으로 들어가며 해리가 말했다. 연회장은 촛불이 가득 들어 있는 수천 수백 개의 호박과, 구름 떼처럼 몰려 날개를 퍼덕이는 살아 있는 박쥐와, 폭풍우가 올 듯한 천장에 매달려 화려한 물뱀처럼 흐느적거리고 있는 불타는 듯한 오렌지 빛깔의 장식 리본들로 화려하게 꾸며져 있었다.

음식은 맛있었다. 허니듀크 과자가게에서 배가 터지도록 먹고 온 헤르미온느와 론조차도 차려진 음식을 두 그릇씩 먹어 치웠다. 해리는 계속해서 교수님들이 앉아 있는 상석을 흘끗흘끗 쳐다보았다. 루핀 교수는 그 어느 때보다도 기분이 좋아 보였다. 그는 마법 교수님인 키가 아주 작은 플리트윅 교수에게 활기 넘치게 말을 하고 있었다. 해리는 상석 테이블을 살피다가 스네이프 교수가 앉아 있는 곳을 보았다. 그의 상상이었을까, 스네이프 교수가 평상시보다 더 반짝이는 눈으로 루핀 교수 쪽을 바라보고 있었다.

연회는 호그와트의 유령들이 준비한 오락 프로그램으로 마무리되었다. 그들은 벽과 테이블에서 튀어나와 활공 편대 비행 같은 걸 보여주었다. 그리핀도르의 유령인 목이 달랑달랑한 닉은 그 자신의 목이 서투르게 잘려지는 모습을 재연해 보여서 큰 박수를 받았다.

어찌나 유쾌했던지 해리는 연회장을 떠날 때 사람들 속에서 “디멘터들이 안부를 묻더라, 포터!”라고 큰 소리로 비아냥거리는 말포이의 심술궂은 행동도 그냥 웃어넘길 수 있었다.

해리와 론과 헤르미온느는 그리핀도르의 다른 아이들과 함께 그리핀도르 탑으로 갔다. 그런데 뚱보 여인의 초상화가 있는 복도에 도착하자 학생들이 잔뜩 몰려 웅성대고 있었다.

"왜 아무도 들어가지 않는 거지?" 론이 의아한 듯 말했다.

해리는 앞에 있는 아이들 머리 위로 상황을 살펴보았다. 초상화가 닫혀 있는 것 같았다.

"좀 지나갑시다." 퍼시의 목소리가 들리더니, 그가 거드름을 부리며 사람들 사이로 바쁘게 걸어 들어갔다. "왜 들어가지 않고 여기에 모여 있는 거니? 설마 모두 암호를 까먹었을 리는 없을 테고…… 미안하지만, 난 회장이야……."

그런데 그때 갑자기 앞줄에서부터 조용해지더니 으스스한 분위기가 감돌았다. 퍼시가 날카로운 목소리로 말하는 소리가 들렸다. "누가 가서 덤블도어 교수님 좀 모셔와. 빨리."

아이들의 고개가 돌려졌다. 뒤에 있는 아이들은 까치발을 하고 서 있었다.

"무슨 일이야?" 막 도착한 지니가 물었다.

잠시 후 덤블도어 교수가 도착해 초상화 쪽으로 급히 걸어갔다. 그리핀도르 아이들은 덤블도어가 지나갈 수 있도록 바짝 붙어 섰고, 해리와 론과 헤르미온느는 무슨 일인지 보려고 더 가까이 다가갔다.

"이럴 수가……." 헤르미온느가 해리의 팔을 잡았다.

뚱보 여인이 초상화에서 사라지고 없었다. 초상화가 마구 난도질되어 캔버스 조각들이 바닥에 흩어져 있었고, 그림의 상당 부분이 완전히 찢겨져 나가고 없었다.

덤블도어 교수가 엉망이 되어 버린 그림을 한 번 슬쩍 쳐다보고는 침울한 얼굴로 돌아섰을 때, 맥고나걸 교수와 루핀 교수와 스네이프 교수가 허둥지둥 다가갔다.

"뚱보 여인을 찾아야 합니다." 덤블도어 교수가 침착하게 말했다. "맥고나걸 교수, 즉시 필치 씨에게 가서 성 안에 있는 그림들을 샅샅이 뒤져 뚱보 여인을 찾으라고 일러 주세요."

"쉽지 않을걸요!" 누군가가 빈정대는 투로 말했다.

그건 소리의 요정 피브스였다. 그는 파괴적이거나 걱정스런 광경을 보았을 때는 언제나 그렇듯이, 사람들 위에서 까불거리며 기뻐 날뛰고 있었다.

"무슨 말인가, 피브스?" 덤블도어 교수가 조용히 묻자, 피브스의 미소가 조금 사라졌다. 그는 감히 덤블도어 교수를 비아냥거리지는 못했다. 대신 그의 목소리가 낄낄거리는 것이나 다름없는 목소리로 바뀌었다.

"유감스럽지만, 교장 선생님, 뚱보 여인은 모습을 보이고 싶어 하지 않아요. 엉망진창이 되어 버렸거든요. 그녀가 4층에 있는 풍경화로 달려가 나무들 사이에 숨어 있는 걸 보았어요. 뭔가 무시무시한 말을 외쳐 대면서 말예요." 그가 유쾌히 말했다. "가엾게도 말이죠." 그는 전혀 가엾게 느끼지 않는 것 같은 말투로 덧붙였다.

"뚱보 여인이 누가 이런 짓을 했는지 말했나?" 덤블도어가 조용히 물었다.

"그렇구 말구요, 교장 선생님." 피브스가 폭탄 선언이라도 할 것 같은 분위기로 말했다. "뚱보 여인이 안으로 들여보내려 하지 않자, 그자가 굉장히 화를 냈어요." 피브스가 몸을 홱 뒤집어 양다리 사이로 덤블도어를 보며 씩 웃었다. "그는 성격이 좀 거칠잖아요. 시리우스 블랙 말이에요."

제 9 장

쓰라린 패배

덤블도어 교수는 그리핀도르 아이들을 모두 다시 연회장으로 보냈다. 그리고 10분 뒤엔 후플푸프, 래번클로, 슬리데린 아이들도 왔다. 모두들 어리둥절한 표정이었다.

"여러 교수님들과 난 성을 철저히 수색해야 합니다." 맥고나걸 교수와 플리트윅 교수가 연회장 출입문을 모두 닫자 덤블도어 교수가 말했다. "여러분들은 안전을 위해 오늘 밤 모두 이곳에서 자야 할 것 같군요. 반장들은 연회장 입구에서 보초를 서 주길 바랍니다. 모든 건 전교 회장에게 맡겨 두겠습니다. 조금이라도 이상한 게 발견되면 내게 즉시 보고해야 합니다." 그가 득의양양한 얼굴로 으스대고 있는 퍼시에게 덧붙였다. "아무 때라도 유령들에게 전해 주면 내게 곧장 연락이 될 겁니다."

덤블도어 교수가 말을 마치고, 연회장을 떠나려다가 갑자기 생각난 듯 다시 말했다. "아, 그렇지, 이게 필요하겠군요……."

그가 요술지팡이를 한 번 쓱 휘두르자 긴 테이블들이 연회장 가장자리로 날아가 벽에 기대어 섰다. 그리고 또 한 번 휘두르자 마룻바닥에 수백 개의 푹신한 보랏빛 침낭들이 가득 찼다.

"잘들 자요." 덤블도어 교수가 문을 닫고 나가며 말했다.

연회장이 금방 흥분으로 웅성대기 시작했다. 그리핀도르 아이들은 막 일어났던 일을 다른 기숙사 아이들에게 말해 주고 있었다.

"모두들 침낭 속으로!" 퍼시가 소리쳤다. "자. 이제, 더 이상 잡담 말고! 10분 뒤 불을 끈다!"

"저리 가자." 론이 해리와 헤르미온느에게 말했다. 그들은 침낭 세 개를 한쪽 구석으로 끌고 갔다.

"블랙이 아직도 성 안에 있을까?" 헤르미온느가 걱정스럽게 속삭였다.

"덤블도어 교수님은 분명히 그럴 거라고 생각하는 것 같아." 론이 말했다.

"그가 오늘 밤을 택한 게 천만다행이었어." 그들이 옷을 입은 채로 침낭 속으로 기어 들어가 턱을 괴고 눕자, 헤르미온느가 말했다. "우리가 탑에 없었던 밤이었잖아……."

"도망 다니느라 날짜가 어떻게 돌아가는지도 몰랐나 봐." 론이 말했다. "오늘이 할로윈 데이라는 것도 모르고 말야. 만약 오늘이 할로윈이라는 걸 알았다면 여기 연회장에 나타났을 거 아냐."

헤르미온느가 어깨를 으쓱했다.

그들 주위에 있는 아이들도 모두 서로 똑같은 걸 묻고 있었다. *"그자가 어떻게 들어왔을까?"*

"순간이동을 할 줄 아는지도 모르지." 조금 떨어져 있는 래번클로 아이가 말했다. "그냥 뿅 하고 나타나는 거 말야."

"변장했을지도 몰라." 후플푸프의 5학년생이 말했다.

"날아 들어왔을 수도 있어." 딘 토마스가 넌지시 말했다.

"아이 답답해. 정말이지 《호그와트 역사》라는 책을 읽은 사람이 나밖에 없는 거니?" 헤르미온느가 듣다 못해 약간 짜증스러워하며 해리와 론에게 말했다.

"그럴지도 모르지." 론이 말했다. "왜?"

"이 성벽은 그저 단순한 벽이 아냐." 헤르미온느가 말했다. "성벽에는 사람들이 몰래 들어오는 걸 막기 위해 온갖 종류의 마법을 걸어 놨어. 이곳에서는 순간이동을 쓸 수 없어. 그리고 디멘터를 속일 수 있는 변장술도 없구. 더욱이 그들은 정원으로 들어오는 입구마다 보초를 서고 있으니까 행여 블랙이 날아 들어왔대도 알 수 있었을 거야. 또 필치는 모든 비밀 통로들을 다 알고 있어. 그곳에도 물론 디멘터가 있구 말야……."

"이제 불을 끈다!" 퍼시가 소리쳤다. "모두 침낭 속으로 들어가고 더 이상 말하지 마!"

촛불이 한꺼번에 다 꺼졌다. 이제 불빛이라곤 반장들에게 심각하게 말하며 떠다니고 있는 은빛 유령들과 바깥의 하늘처럼 별들이 빛나고 있는 마법의 천장에서 나오는 별빛이 전부였다. 그러나 연회장에서는 여전히 여기저기서 소곤대는 속삭임 소리가 들렸다. 해리는 꼭 바람이 솔솔 부는 야외에서 잠자고 있는 것 같은 기분이 들었다.

교수님들은 한 시간에 한 번씩 연회장을 살피고 돌아갔다. 많은 학생들이 마침내 곯아떨어진 새벽 3시쯤에 덤블도어 교수가 안으로 들어왔다. 해리는 그가 퍼시를 찾아 주위를 휘 둘러보는 걸 지켜보았다. 퍼시는 침낭들 사이사이를 걸어다니며, 속닥대고 있는 아이들을 나무라고 있었다.

퍼시가 해리와 론과 헤르미온느 근처에서 서성이고 있을 때 덤블도어 교수의 발소리가 점점 크게 들려왔다. 그들은 얼른 잠자는 척했다.

"어떤 흔적이라도 있나요, 교수님?" 퍼시가 작은 소리로 물었다.

"없단다. 여기는 모두 괜찮니?"

"모든 게 잘되고 있습니다."

"다행이구나. 지금 애들을 굳이 옮길 필요는 없구, 그리핀도르 초상화 구멍을 지키는 임시 경비원을 구해 두었으니 내일은 돌아갈 수 있을 게다."

"그런데 뚱보 여인은요?"

"2층에 있는 지도에 숨어 있단다. 암호를 말하지 않는 블랙을 들여보내지 않으려 하자 그가 공격을 한 것 같더구나. 여전히 공포에 떨고 있지만 좀 진정되면 필치 씨를 시켜 초상화를 원래대로 복구시킬 계획이란다."

그때 연회장 문이 삐걱 하고 다시 열리는 소리와 더 많은 발소리가 들려왔다.

"교장 선생님?" 그건 스네이프 교수의 목소리였다. 해리는 숨을 죽이고 열심히 귀기울였다. "3층을 다 수색했는데 없었어요. 그리고 필치는 지하 감옥을 모조리 살펴보았는데 역시 아무것도 없었답니다."

"천문 탑은요? 트릴로니 교수의 방은요? 부엉이장은요?"

"모두 다 샅샅이 뒤져 보았지만……."

"수고했어요, 세베루스. 블랙이 아직까지 어정거리고 있을 리가 없겠죠."

"그런데 도대체 어떻게 들어왔을까요, 교수님?" 스네이프 교수가 물었다.

해리는 얼굴에 올려져 있는 팔 위로 고개를 살짝 들어 올렸다.

"여러 가지 생각해 보았지만 모두 다 가능성이 희박해요."

해리는 샛눈을 뜨고 그들이 서 있는 곳을 흘끗 올려다보았다. 덤블도어 교수는 해리에게 등을 대고 서 있었지만 열심히 듣고 있는 퍼시의 얼굴과 화난 것처럼 보이는 스네이프의 옆모습은 볼 수 있었다.

"일전에 제가 드린 말씀 기억하세요, 교장 선생님? 학기 초에 말입니다." 스네이프 교수가 마치 퍼시 때문에 말하길 꺼리기라도 하는 듯 입술을 거의 떼지 않고 말했다.

"그렇소, 세베루스." 덤블도어 교수가 말했다. 그의 목소리가 왠지 심상치 않게 들렸다.

"그러니까…… 거의 불가능한 것 같아요……. 블랙이 내부의 도움 없이 학교로 들어왔다는 게 말입니다. 제가 분명히 염려스럽다고 말씀드리지 않았습니까……."

"난 이 성 안에 있는 어떤 사람도 블랙이 들어오는 걸 도왔을 거라고는 생각지 않아요." 덤블도어 교수가 단호하게 말했다. 그의 말투 속에 '그 얘기는 이미 끝났다'는 뜻이 역력했기 때문인지 스네이프 교수는 더 이상 반박하지 않았다.

"난 이만 디멘터들에게 내려가 봐야겠소." 덤블도어 교수가 말했다. "수색이 끝나면 알려 주겠다고 해서 말이오."

"디멘터들이 이번 수색을 돕고 싶어 하지는 않았나요?" 퍼시가 물었다.

"물론 그랬지." 덤블도어 교수가 차갑게 말했다. "하지만 난 적어도 내가 교장으로 있는 동안은 이 성 안으로 디멘터들이 들어오는 걸 용납할 수 없단다."

퍼시가 무안해하는 것 같았다. 덤블도어 교수는 빨리 그리고 조용히 연회장을 나갔다. 스네이프 교수는 화가 잔뜩 난 얼굴로 잠시 서서 교장의 뒷모습을 지켜보았다. 그리곤 그도 역시 나갔다.

해리는 론과 헤르미온느를 슬쩍 바라보았다. 둘 다 눈을 뜨고 있었다.

"저게 다 무슨 소리니?" 론이 입을 열었다.

그 다음 며칠 동안 아이들은 온통 시리우스 블랙에 대한 얘기만 했다. 그가 성에 어떻게 들어왔는가에 대한 추측들은 갈수록 태산이었다. 후플푸프의 한나 아보트는 다음 약초학 수업 시간 내내 옆에 있는 아이들에게 블랙이 꽃 피는 키 작은 나무로 변했을지도 모른다는 얼토당토않은 말을 늘어놓았다.

뚱보 여인의 찢겨진 캔버스는 벽에서 떼어지고 캐도간 경과 그의 살찐 회색 조랑말 그림이 대신 걸렸다. 그러나 아이들은 이것을 별로 탐탁히 여기지 않았다. 캐도간 경은 시도 때도 없이 아이들에게 결투 신청을 해 귀찮게 구는가 하면, 아주 이상하고 복잡한 암호를 궁리해 내서 하루에도 두 번씩 바꾸어 아이들을 어리둥절하게 만들기 일쑤였다.

"그는 완전히 정신 이상자야." 시무스 피니간이 성내며 퍼시에게 말했다. "다른 사람 그림으로 걸어 두면 안 될까?"

"다른 그림에 있는 사람들은 아무도 그곳에 있고 싶어 하지 않아." 퍼시가 말했다. "뚱보 여인에게 일어난 일을 보고 모두들 겁에 질렸거든. 그래도 캐도간 경이니까 용감하게 그 일을 하겠다고 자원한 거야."

그러나 해리에게 생긴 다른 걱정거리에 비하면 캐도간 경 문제는 아무것도 아니었다. 해리의 행동은 이제 일거수일투족을 다 감시받고 있었다. 복도를 걸어갈 땐 교수님들이 어떤 구실을 대서라도 그와 동행했고, 퍼시 위즐리(해리가 생각할 때는 그의 어머니의 명령에 따른 행동인 것 같았다)는 그가 어디를 가든 거드름을 피우며 꼭 경호해 주는 개처럼 졸졸 따라다녔다. 그리고 마침내는 맥고나걸 교수까지 꼭 누군가가 죽은 것 같은 침울한 얼굴로 해리를 자기 사무실로 데려갔다.

"너에게 더 이상 숨길 이유가 없겠구나, 포터." 그녀가 아주 심각하게 말했다. "이 말을 들으면 놀라겠지만, 시리우스 블랙은……."

"그가 절 찾고 있다는 거 알아요." 해리가 지쳐서 말했다. "론의 부모님이 하시는 말씀을 들었어요. 위즐리 아저씨가 마법부에서 일하시잖아요."

맥고나걸 교수는 깜짝 놀란 것 같았다. 그녀는 해리를 잠시 빤히 바라보다가 입을 열었다. "그랬구나! 그렇다면 포터, 저녁에 퀴디치 연습하는 게 왜 좋지 않은지 이해하겠구나. 너의 팀 선수들하고만 경기장에 나가 있는 건 너무 위험하잖니……."

"저흰 토요일에 첫 시합이 있어요!" 해리가 흥분해서 말했다. "훈련을 그만둘 수는 없어요, 교수님!"

맥고나걸 교수가 그를 골똘히 바라보았다. 해리는 그녀가 그리핀도르 팀이 우승하길 굉장히 바라고 있다는 걸 알고 있었다. 애당초 그에게 수색꾼을 하도록 권유했던 사람도 그녀였지 않은가. 해리는 숨을 죽이고 기다렸다.

"흠……." 맥고나걸 교수가 일어서서 창가로 걸어가더니 빗줄기 사이로 보이는 퀴디치 경기장을 뚫어지게 바라보았다. "맹세코, 나도 우리 팀이 우승컵을 타는 걸 보고 싶단다……. 그렇지만 포터…… 교수님이 곁에 계신다면 더 안심이 될 것 같구나. 내가 후치 부인에게 너희들이 훈련하는 동안 감독해 달라고 부탁드려 보마."

첫 퀴디치 시합날이 가까워지면서 날씨는 점점 더 험악해졌다. 그러나 그리핀도르 팀은 후치 부인의 감독을 받으며 그 어느 때보다도 열심히 훈련에 임했다. 그런데 토요일 시합을 앞둔 마지막 훈련 때, 올리버 우드가 팀 선수들에게 뜻하지 않은 소식을 알려 왔다.

"내일 시합은 슬리데린과 하지 않아!" 그가 대단히 화난 얼굴로 말했다. "플린트가 막 날 찾아왔었어. 후플푸프와 하게 될 거야."

"왜?" 선수들이 이구동성으로 물었다.

"플린트의 말에 따르면 자기네 팀의 수색꾼 팔이 아직 낫지 않았대." 우드가 이빨을 뿌드득 갈며 말했다. "하지만 슬리데린이 왜 이러는지 그 속셈은 안 봐도 뻔해. 이런 날씨에 경기하고 싶지 않은 거야. 승산이 없다는 거겠지 뭐……."

온종일 강한 바람과 폭우가 쏟아졌고, 우드가 말할 때는 희미하게 우르르 쾅쾅 하며 천둥소리까지 들렸다.

"말포이의 팔은 *멀쩡해!*" 해리가 사납게 말했다. "그 자식은 꾀병을 부리고 있는 거라구!"

"나도 알아. 하지만 그걸 입증할 수가 없잖아." 우드가 따끔하게 말했다. "그나저나 우린 슬리데린과의 경기를 대비해서 전술을 짜고 연습해 왔는데, 상대 팀이 후플푸프로 바뀌었으니 큰 문제야. 그 팀 스타일은 완전히 다르니까 말야. 그 팀엔 주장 선수이자 수색꾼으로 새로운 선수, 케드릭 디고리가 들어왔어……."

안젤리나와 앨리샤와 케이티가 갑자기 낄낄거리며 웃었다.

"뭐야?" 우드가 이 태평한 행동에 눈살을 찌푸렸다.

"키 크고 잘생긴 애 말이지?" 안젤리나가 말했다.

"건장하고 말이 없고." 케이티가 이렇게 덧붙이자, 그 애들은 다시 낄낄거리기 시작했다.

"그 애가 말이 없는 건 그저 앞뒤 단어를 서로 연결시키지 못할 정도로 우둔하기 때문일 뿐이야." 프레드가 성급하게 말했다. "난 네가 왜 걱정하는지 도대체 모르겠어, 올리버. 후플푸프 정도는 가볍게 이길 수 있어. 지난번에 그 애들과 경기했을 때는, 해리가 채 5분도 되지 않아서 스니치를 잡았잖아, 기억 안 나?"

"지금은 그때와는 완전히 달라!" 우드가 눈을 부릅뜨며 소리쳤다. "디고리가 들어왔다는 걸 생각해야지! 그 앤 훌륭한 수색꾼이야! 너희들이 그걸 이런 식으로 받아들인다는 게 유감이야! 우린 마음을 놓아서는 안 돼! 절대 해이해지면 안 된다구! 슬리데린은 일부러 우리가 잘못되게 하려고 이러는 거란 말야! 우린 꼭 이겨야만 해!"

"올리버, 진정해!" 프레드가 놀란 표정으로 말했다. "우린 후플푸프 팀을 매우 진지하게 생각하고 있어. 진지하게."

시합 전날이 되자 바람이 무시무시한 소리를 내며 거세게 몰아쳤으며 비는 억수같이 쏟아졌다. 복도와 교실이 어찌나 어두웠던지 횃불과 초롱들을 더 밝혀 두어야 했다. 이런 날씨를 보면서 슬리데린 팀은 노골적으로 기분이 좋은 내색을 보였다. 말포이는 특히 더 했다.

"아, 내 팔만 조금 더 나아졌더라면 좋았을걸!" 사나운 바람이 창문을 때리자 그가 한숨을 쉬는 척했다.

해리의 머릿속은 온통 내일 시합 걱정뿐이었다. 올리버 우드는 수업 시간 사이사이 허둥지둥 그를 찾아와 조언을 해주었는데, 세 번째 왔을 때 해리는 그의 말을 듣고 있다가 그만 어둠의 마법 방어술 수업에 10분이나 늦고 말았다. 헐레벌떡 교실로 뛰어가는 그의 뒤에 대고 우드가 소리쳤다. "디고리는 몸을 아주 빨리 휙휙 돌릴 수 있대, 해리. 그러니까 녀석을 정신없이 빙빙 돌게 해서 꽈배기로 만들어 버리는 것도 아마 괜찮은 방법일 거야……."

해리는 어둠의 마법 방어술 교실로 달려가 다급히 문을 열고 안으로 들어갔다.

"늦어서 죄송합니다, 루핀 교수님. 전……"

하지만 교탁에서 그를 쳐다본 사람은 루핀 교수가 아니었다. 그건 스네이프 교수였다.

"이 수업은 10분 전에 시작했다, 포터. 그러니 그리핀도르에 10점 감점해야 할 것 같구나. 앉아라."

하지만 그는 꼼짝도 하지 않았다.

"루핀 교수님은 어디 계시죠?" 그가 물었다.

"오늘 몸이 좀 좋지 않으셔서 수업을 하지 못하겠다고 하셨다." 스네이프 교수가 일그러진 미소를 지으며 말했다. "앉으라고 말한 것 같은데?"

하지만 해리는 제자리에 그대로 서 있었다.

"어떻게 안 좋으신데요?"

스네이프 교수의 까만 눈이 반짝거렸다.

"생명이 위험한 정도는 아니다." 그는 마치 그러길 바라기라도 하는 것 같은 표정으로 말했다. "그리핀도르에 5점 더 감점하겠다. 그리고 앉으라는 말을 한 번만 더 하게 했다간 50점 감점할 줄 알아라."

해리는 천천히 자신의 자리로 걸어가 앉았다. 스네이프 교수가 학급 아이들을 죽 둘러보았다.

"포터가 들어오기 전에 말했던 것처럼, 루핀 교수는 지금까지 여러분이 배운 내용을 전혀 기록해 놓지 않았어요……."

"교수님, 저희들은 보가트와 레드 캡과 카파와 그라인딜로우들을 배웠는데요." 헤르미온느가 얼른 말했다. "그리고 저희들은 막……"

"조용히 해요." 스네이프 교수가 차갑게 말했다. "난 그런 걸 말해 달라고 하지 않았어요. 난 그저 루핀 교수의 수업 구성 능력 결여에 대해 언급하고 있었던 것뿐이에요."

"그분은 지금까지 저희를 가르쳤던 어둠의 마법 방어술 교수님들 가운데 가장 훌륭한 분이세요." 딘 토마스가 용감하게 말하자, 나머지 아이들도 모두 동의했다. 스네이프 교수가 그 어느 때보다도 더 위협적인 표정을 지었다.

"여러분은 아주 만족하고 있군요. 하긴 루핀 교수는 여러분을 결코 힘들게 하지 않으니까 그럴 만도 하죠. 내가 볼 때 레드 캡이나 그라인딜로우는 1학년생들도 다룰 수 있는 주제들이에요. 오늘 우리는……."

그는 교과서를 손가락 끝으로 휙휙 넘기더니, 학생들이 아직 배우지 않았다는 걸 분명히 알 텐데도 불구하고, 마지막 장을 펼쳤다.

"……늑대인간."

"하지만, 교수님." 더 이상 참을 수 없었던 헤르미온느가 중간에 끼어들었다. "저희는 늑대인간을 배우려면 아직 멀었는데요. 오늘 저희들은 힝키펑크를 배우기로 되어 있었어요……."

"그레인저." 스네이프 교수가 아주 조용한 목소리로 말했다. "이 수업을 가르치고 있는 사람은 나지, 네가 아니라고 생각되는데. 다시 한 번 말하는데 모두들 394쪽을 펴요." 그가 또다시 주위를 둘러보았다. "모두! *당장!*"

아이들은 불만스런 표정으로 슬쩍슬쩍 옆 사람을 보는가 하면 뿌루퉁하게 투덜거리며 책을 펼쳤다.

"늑대인간과 진짜 늑대를 어떻게 구별하는지 누가 말해 볼 수 있을까?" 스네이프 교수가 물었다.

모두들 말없이 가만히 앉아 있었다. 하지만 헤르미온느는 예외였다. 늘 그렇듯이 그녀의 손이 번쩍 들어 올려졌다.

"아무도 없나?" 스네이프 교수가 헤르미온느는 거들떠보지도 않고 물었다. 그가 다시 심술궂게 미소 지었다. "루핀 교수가 그 기본적 차이도 아직 가르쳐 주지 않았다니……."

"말씀드렸잖아요." 패르바티가 느닷없이 말했다. "저희는 아직 늑대인간까지 진도를 나가지 않았어요. 저희는 그저……."

"조용히 해!" 스네이프 교수가 소리를 버럭 질렀다. "난 늑대인간도 알아보지 못하는 이런 멍청한 3학년 학급을 만나게 되리라고는 꿈에도 생각지 못했어. 덤블도어 교수에게 너희들의 진도가 얼마나 늦어 있는지 말씀드려야겠다……."

"교수님," 헤르미온느가 여전히 손을 들어 올린 채 말했다. "늑대인간은 몇 가지 사소한 면에서 진짜 늑대와 다릅니다. 늑대인간의 주둥이는……."

"네가 때와 장소를 가리지 않고 말한 게 이번이 벌써 두 번째다,

그레인저." 스네이프 교수가 냉담하게 말했다. "비위에 거슬리게 아는 체한 벌로 그리핀도르에 5점을 더 감점하겠다."

헤르미온느는 얼굴이 새빨개져서 손을 내리고 눈물이 가득 고인 눈으로 마룻바닥만 내려다보았다. 학급 아이들은 모두 스네이프 교수를 노려보았다. 그건 그들이 그를 얼마나 싫어하느냐를 말해 주는 확실한 증거였다. 왜냐하면 그들은 모두 적어도 한 번쯤은 헤르미온느를 잘난 체하는 아이라고 놀려 댄 적이 있었기 때문이었다. 심지어 일주일에도 몇 번씩 잘난 체한다고 헤르미온느를 놀려 댔던 론까지 더 이상 참지 못하고 큰 소리로 대들었다. "질문을 하셨으면 대답을 들으셔야죠! 대답이 듣고 싶지도 않으면서 도대체 왜 물으신 거죠?"

학급 아이들은 순간적으로 그가 너무 지나쳤다는 걸 알았다. 스네이프 교수가 론에게로 천천히 다가가자 아이들은 모두 숨을 죽였다.

"징계다, 위즐리." 스네이프 교수가 얼굴을 론에게 바짝 갖다대고 능글맞게 말했다. "그리고 다시 한 번만 더 내 수업 방식을 비난했다간, 평생 후회하도록 만들어 줄 테다."

그 뒤 수업이 끝날 때까지 누구 하나 찍 소리도 못했다. 그들이 앉아서 교과서에 있는 늑대인간에 대한 내용을 노트에 쓰는 동안, 스네이프 교수는 책상들 사이를 어슬렁어슬렁 걸어다니며 그들이 루핀 교수와 함께 공부했던 내용들을 들추어보았다.

"제대로 설명되어 있지가 않군……. 이건 틀렸어, 카파는 몽골리아에서 더 흔히 발견되지……. 루핀 교수가 이걸 10점 만점에 8점을 주었단 말이니? 나라면 3점밖에 주지 않았을 게다……."

마침내 종이 울리자, 스네이프 교수가 학생들이 쓴 것을 거둬들였다.

"늑대인간을 구별해서 죽이는 방법에 대해 글을 써서 제출하도록 해요. 양피지 두루마리 두 개 분량으로 작성해서 월요일 아침까지 내세요. 이 학급은 기합이 빠져서 좀 단련이 필요할 것 같군요. 위즐리, 넌 남아 있거라. 언제 어떤 벌을 줄지 결정해야 하니까."

다른 아이들과 함께 교실을 나와 멀찌감치 떨어진 곳에서 론을 기다리고 있던 해리와 헤르미온느는 스네이프 교수를 격렬히 비난하기 시작했다.

"스네이프 교수가 다른 어둠의 마법 방어술 교수님들에게는 이렇게까지 하지는 않았잖아. 그가 아무리 그 자리를 탐낸다 해도 말야." 해리가 헤르미온느에게 말했다. "그런데 루핀 교수에게는 도대체 왜 그러는 거지? 이게 다 그 보가트 때문 아닐까?"

"몰라." 헤르미온느가 생각에 잠겨 말했다. "하지만 루핀 교수가 정말로 빨리 회복되셨으면 좋겠어……."

론이 5분쯤 뒤 골이 잔뜩 난 얼굴로 걸어왔다.

"저게 글쎄……"(그가 스네이프 교수를 그런 식으로 부르자 헤르미온느가 주의를 주었다) "나한테 뭘 시켰는지 알아? 나더러 글쎄 병동에 있는 변기들을 닦으라지 뭐야. *마법도 쓰지 않구 말야!"* 그가 두 주먹을 불끈 쥐며 한숨을 푹 쉬었다. "블랙은 왜 스네이프의 사무실에 숨어 있지 않은 거지? 블랙이라면 우리를 위해 스네이프를 끝장내 줄 수도 있을 텐데 말야!"

해리는 다음 날 새벽 아주 일찍 잠에서 깼다. 바깥은 여전히 어두웠다. 잠시 그는 세차게 불어 대는 바람 소리 때문에 잠에서 깨었다고 생각했다. 그러나 그때 목덜미에 차가운 바람이 스치는 걸 느끼고 그는 벌떡 일어나 앉았다……. 소리의 요정 피브스가 바로 옆에서 둥둥 떠다니며 그의 귀에다 입김을 세게 불어 대고 있었다.

"왜 이러는 거야?" 해리가 버럭 짜증을 냈다.

그러나 피브스는 양볼을 부풀리더니 세게 훅 불고는 깔깔거리며 사라졌다.

해리는 더듬더듬 자명종 시계를 찾아 시간을 보았다. 새벽 4시 반이었다. 그는 피브스에게 한바탕 욕지거리를 하며 잠을 다시 자 보려고 이리저리 뒤척여 보았지만 일단 잠이 깨고 나니, 머리 위에서 우르르거리는 천둥 소리와 성벽을 사정없이 때리는 바람 소리와 금지된 숲의 나무들이 바람에 흔들리는 소리 때문에 잠을 이룰 수가 없었다. 몇 시간 후면 그는 퀴디치 경기장에 나가 저 사나운 바람을 헤치고 날아다니며 경기하고 있을 것이다. 마침내 그는 잠을 더 자는 걸 포기하고, 일어나 옷을 주섬주섬 입고는 님브스 2000을 집어 들고 기숙사 방에서 조용히 걸어나갔다.

그런데 그가 문을 열자마자 무언가가 그의 다리를 휙 스치고 지나갔다. 그는 크룩생크의 숱 많은 꼬리를 간신히 잡고 바깥으로 끄집어냈다.

"녀석아, 론이 근처에 있단 말야." 해리가 크룩생크에게 수상쩍다는 듯 말했다. "하고 많은 쥐들 중에 왜 하필 그 쥐를 쫓아다니는 거야? 다른 쥐들이나 잡으러 가. 어서." 그가 크룩생크를 발로 조금씩 밀어 나선형 계단 밑으로 보내며 덧붙였다. "스캐버스는 가만 내버려 둬."

학생 휴게실에 가자 바람 소리가 훨씬 더 크게 들렸다. 그러나 시합은 취소되지 않을 것이다. 퀴디치 시합은 천둥이 치는 것과 같은 하찮은 이유로 연기되지는 않았다. 그럼에도 불구하고 그는 매우 걱정스러워지기 시작했다. 언젠가 우드가 복도에서 그에게, 케드릭 디고리가 누구인지 손가락으로 가리켜 준 적이 있었다. 디고리는 5학년생으로 몸집이 해리보다 훨씬 더 컸다. 수색꾼들은 보통 가볍고 날쌨지만, 이런 날씨에서는 바람에 잘 날리지 않는 디고리의 육중한 몸이 오히려 유리할 것이다.

해리는 크룩생크가 다시 남자 기숙사 계단으로 몰래 올라가지 않는지 가끔씩 일어서서 살펴보며 동이 틀 때까지 몇 시간을 난로 앞에서 빈둥빈둥 보냈다. 한참 뒤 해리는 이제 아침 먹을 시간이 되었을 거라고 생각하고 혼자 초상화 구멍 쪽으로 향했다.

"용감하게 싸워, 이 바보 같은 겁쟁이야!" 캐도간 경이 그에게 냅다 소리쳤다.

"조용히 하세요." 해리가 하품을 하며 말했다.

그가 포리지를 한 그릇 먹고 조금 기운을 차린 뒤 다시 토스트를 먹으려고 할 때 그의 팀 선수들이 나타났다.

"힘든 경기가 되겠어." 우드가 음식에 손도 대지 않고 말했다.

"걱정 좀 그만 해, 올리버." 앨리샤가 위로하며 말했다. "이까짓 비에 힘들어할 우리가 아냐."

하지만 이까짓 비가 아니었다. 평상시처럼 전교 학생이 모두 시합을 보러 나올 정도로 퀴디치의 인기는 대단했지만, 사납게 몰아치는 바람 때문에 우산마저 날아가 버리자, 그들은 고개를 푹 숙이고 퀴디치 경기장을 향해 잔디밭을 달려가야 했다. 라커룸에 들어가기 직전 해리는 말포이와 크레이브와 고일이 커다란 우산을 쓰고 경기장으로 가다가 그를 비웃으며 손가락질을 하는 걸 보았다.

팀 선수들은 진홍색 망토로 갈아입고 우드가 시합 전에 늘 하던 격려사를 기다렸지만, 이번엔 그 순서가 생략되었다. 우드는 몇 번이고 말하려고 하다가 눈물을 삼키는 것 같은 이상한 소리만 내고는 가망 없다는 듯이 고개를 절레절레 흔들며 그들에게 따라오라고 손짓했다.

바람이 어찌나 강했던지 경기장으로 걸어나가는 그들의 몸이 이리저리 흔들렸다. 또한 천둥 소리는 군중들의 환호 소리가 들리지 않을 정도로 요란했다. 빗물이 해리의 안경에 튀었다. 이런 날씨 속에서 도대체 어떻게 스니치를 볼 수 있을까?

후플푸프 선수들이 카나리아빛 노란색 망토를 입고, 경기장 맞은편에서 다가오고 있었다. 각 팀의 주장이 앞으로 걸어나가 서로 악수를 했다. 디고리는 우드에게 미소를 지었지만 우드는 이제 입이 잘 움직이지도 않는 듯 그저 고개만 끄덕였다. 해리는 입 모양으로 보아 후치 부인이 "빗자루에 올라타세요"라고 말하고 있다는 걸 알았다. 그는 진창 속에서 철벅 하며 오른발을 끌어당겨 님부스 2000 위로 휙 올렸다. 후치 부인이 입술에 호루라기를 갖다대고 날카롭고 희미한 호루라기 소리를 내자 그들 모두 공중으로 날아올랐다.

해리는 빨리 올라가긴 했지만, 바람 때문에 빗자루가 자꾸만 흔들렸다. 그는 빗자루를 가능한 한 움직이지 않게 잡고 고개를 돌려 빗속을 흘끗 바라보았다.

그러나 채 5분도 되지 않아 해리는 살 속까지 푹 젖고 온몸이 얼어붙었으며 작은 스니치는 말할 것도 없고 팀 동료들의 얼굴도 거의 볼 수가 없었다. 그는 경기가 어떻게 돌아가고 있는지도 전혀 모른 채 진홍색과 노란색의 흐릿한 형체들 사이로 이리저리 날아다녔다. 바람 소리 때문에 경기 해설도 거의 들리지 않았다. 관중석에 앉아 있는 사람들은 모두 망토와 낡은 우산으로 몸을 가리고 있었다. 해리는 블러저의 공격으로 빗자루에서 두 번이나 떨어질 뻔했다.

안경으로 흘러내리는 빗물 때문에 블러저가 날아오는 것을 볼 수 없었던 것이다.

시간이 얼마나 흘렀는지 알 수 없었다. 빗자루를 똑바로 잡고 있기가 점점 더 힘들어지고 있었다. 하늘도 어두워지고 있었다. 해리는 자기 팀인지 상대 팀인지도 모르는 어떤 선수와 거의 두 번이나 부딪힐 뻔했다. 이제는 모두가 흠뻑 젖어 있었고 빗줄기는 굵어져서 누가 누군지 도무지 분간할 수가 없었다…….

번개가 처음으로 번쩍 했을 때 후치 부인의 호루라기 소리가 들렸다. 해리는 억수같이 쏟아지는 빗줄기 사이로 자신에게 지상으로 내려가라고 신호하는 우드의 윤곽을 어렴풋이 볼 수 있었다. 선수들이 모두 철벅거리며 질퍽질퍽한 경기장으로 내려갔다.

"내가 타임아웃을 요청했어!" 우드가 그의 팀에게 소리쳤다. "자, 이 밑으로 와."

그들은 경기장 가장자리의 커다란 우산 밑으로 모여들었다. 해리는 안경을 벗고 망토로 급히 닦았다.

"점수는 어떻게 됐지?"

"우리가 50점 많아." 우드가 말했다. "하지만 스니치를 빨리 잡지 않는다면 밤새도록 경기해야 할 거야."

"난 이것 때문에 도무지 스니치를 찾을 수가 없어." 해리가 안경을 흔들면서 투덜거렸다.

바로 그 순간에 헤르미온느가 망토를 뒤집어쓰고서 달려왔다. 웬일인지 그녀는 밝게 웃고 있었다.

"좋은 생각이 있어, 해리! 네 안경 좀 줘 봐, 얼른!"

해리가 그녀에게 안경을 건네주자, 팀 선수들이 모두 말똥말똥 쳐다보았다. 헤르미온느가 요술지팡이로 그것을 가볍게 치며 소리쳤다. *"임페르비우스!"*

"자!" 그녀가 안경을 다시 해리에게 건네며 말했다. "이제 방수 안경이 됐어!"

우드는 꼭 그녀에게 입이라도 맞출 듯한 표정을 짓고 있었다.

"똑똑해!" 헤르미온느가 군중 속으로 사라지자 우드가 그녀의 뒤에 대고 쉰 목소리로 외쳤다. "좋아, 우리 잘해 보자!"

헤르미온느의 주문은 역시 효과가 있었다. 추위로 몸이 꽁꽁 얼고 비에 푹 젖기는 매한가지였지만 이제 똑똑히 볼 수가 있었다. 그는 새로운 각오를 단단히 하고서 빗자루를 몰고 거칠게 휘몰아치는 바람을 뚫고 날아다니며 스니치를 찾아 사방을 두리번거렸다…….

갈라진 번개가 번쩍하더니, 뒤이어 천둥이 또 한 번 쳤다. 이제 경기하기가 점점 더 위험해지고 있었다. 스니치를 빨리 잡아야 했다…….

해리는 경기장 한가운데로 다시 가려고 몸을 돌렸다. 그런데 바로 그 순간 번개가 또 한 번 번쩍하며 관중석을 비췄다. 해리는 가슴이 철렁 내려앉았다. 관중석 맨 위의 빈 좌석에 털이 많은 커다란 검은개의 윤곽이 하늘을 배경으로 꼼짝도 않고 서 있는 모습이 눈에 들어왔다.

얼어서 굳어 버린 해리의 손이 빗자루 손잡이에서 스르르 미끄러졌다. 그는 눈을 가리고 있는 앞머리카락을 흔들며 관중석 쪽을 흘끗 돌아보았다. 개는 사라지고 없었다.

"해리!" 그리핀도르 골대에서 우드의 애타는 고함 소리가 들렸다. "해리, 뒤를 봐!"

해리는 홱 돌아보았다. 케드릭 디고리가 경기장 위로 돌진하고 있었다. 비가 주룩주룩 쏟아지는 허공에 작은 황금빛 점이 반짝이고 있었다…….

해리는 깜짝 놀라 몸을 빗자루에 바짝 붙이고 스니치를 향해 붕 날아갔다.

"빨리!" 그는 빗방울이 얼굴을 찰싹찰싹 때리는 걸 느끼며 빗자루를 재촉했다. *"더 빨리!"*

하지만 무언가 이상한 일이 벌어지고 있었다. 경기장에 등골이 오싹한 정적이 흐르고 있었다. 바람은 어느 때보다도 세찼지만 소리가 나지 않았다. 마치 누군가가 소리를 꺼 버렸는지, 아니면 갑자기 귀머거리라도 된 것 같았다……. 무슨 일일까?

그 뒤 무언가 친숙한 무시무시한 냉기가 엄습해 왔고, 그제야 그는 경기장 밑에서 무언가가 움직이고 있다는 걸 알아챘다…….

그는 생각할 겨를도 없이 스니치에서 눈을 떼고 아래를 내려다보았다.

백여 명이나 되는 디멘터들이 얼굴을 두건으로 가린 채 해리 쪽을 올려다보고 있었다. 마치 얼음장같이 차가운 물이 그의 가슴속으로 밀려 들어와, 내장을 도려내고 있는 것 같았다. 그때 해리는 그 소리를 다시 한 번 들었다……. 누군가가 비명을 지르고 있었다……. 어떤 여자가…….

"해리는 안 돼요. 해리는 안 돼요. 제발, 해리는 안 돼요!"

"비켜 서, 이 어리석은 여자야…… 비켜 서, 당장……."

"해리는 안 돼요. 제발 안 돼. 날 데려가요. 대신 날 죽여요……."

정신을 멍하게 하고 어찔어찔하게 하는 하얀 안개가 머릿속을 가득 채우고 있었다……. 내가 뭐하고 있는 거지? 왜 가만히 있어? 그녀를 도와야 해……. 안 그러면 그녀가 죽을 거야……. 살해될 거라구…….

그는 차가운 안개를 뚫고 계속해서 떨어지고 있었다.

"해리는 안 돼요! 제발…… 제발…… 제발……."

높고 날카로운 목소리가 웃고 있었고, 여인은 비명을 지르고 있었다. 해리가 알고 있는 건 그것뿐이었다.

"땅이 부드러웠길 천만다행이야."

"난 애가 틀림없이 죽었을 거라고 생각했어."

"하지만 안경도 깨지지 않았어."

속닥거리는 소리가 들려왔지만, 해리는 그들이 도대체 무슨 말을 하고 있는 건지 알 수가 없었다. 그는 자신이 어디에 있는지, 자신이 어떻게 여기 있게 되었는지, 여기 오기 전에 무엇을 하고 있었는지도 전혀 기억하지 못했다. 그저 되게 두들겨 맞기라도 한 듯 온몸이 욱신거렸다.

"난 그렇게 무서운 건 난생 처음 봤어."

무서운…… 가장 무서운 것…… 두건을 쓴 까만 형상…… 차갑고…… 비명을 지르는…….

해리는 눈을 번쩍 떴다. 그는 병동에 누워 있었다. 그리핀도르의 퀴디치 선수들이 머리에서부터 발끝까지 온통 흙탕물을 뒤집어쓰고 그의 침대 주위에 모여 있었다. 론과 헤르미온느도 마치 수영장에서 막 나온 것 같은 모습으로 서 있었다.

"해리!" 프레드가 진흙투성이가 된 창백한 얼굴로 말했다. "기분이 어떠니?"

기억이 빨리 되살아나고 있는 것 같았다. 번개…… 검은개…… 스니치…… 그리고 디멘터…….

"무슨 일이 있었던 거지?" 해리가 일어나 앉으며 이렇게 묻자 모두들 깜짝 놀랐다.

"네가 기절했었어." 프레드가 말했다. "아마…… 한…… 15미터쯤은 떨어졌을걸?"

"우린 네가 죽는 줄 알았어." 앨리샤가 부들부들 떨며 말했다.

헤르미온느가 훌쩍거렸다. 그녀의 눈은 새빨갛게 충혈되어 있었다.

"그럼 시합은?" 해리가 걱정스런 얼굴로 말했다. "어떻게 됐어? 우리 다시 경기하는 거야?"

아무도 말이 없었다. 해리는 가슴이 철렁 내려앉는 걸 느꼈다.

"설마…… 졌어?"

"디고리가 스니치를 잡았어." 조지가 말했다. "네가 떨어진 직후에. 그 애는 무슨 일이 일어난 건지 몰랐대. 뒤돌아보니까 네가 땅바닥에 떨어져 있었대. 그 앤 경기를 연기하려고 했어. 재시합을 원했지. 하지만 그 애들은 공평하게 이긴 거야…….심지어 우드도 그걸 인정했어."

"우드는 어디에 있어?" 해리가 문득 우드가 여기 없다는 걸 깨달으며 물었다.

"여전히 빗속에 있어." 프레드가 다소 풀 죽은 모습으로 말했다. "죽기라도 하려나 봐."

해리가 얼굴을 무릎에 파묻고 머리를 쥐어뜯었다. 프레드가 그의 어깨를 잡고 거칠게 흔들었다.

"제발, 해리. 전에는 스니치를 놓친 적이 없었잖아."

"딱 한 번 놓친 건데 뭐." 조지가 말했다.

"아직 다 끝난 건 아냐." 프레드가 말했다. "우리가 100점 차이로 졌어, 그렇지? 그러니까 만약 후플푸프가 래번클로에게 지고 우리가 래번클로와 슬리데린을 이긴다면…….”

“후플푸프가 적어도 200점 차이로 져야만 할걸.” 조지가 말했다.

“하지만 만약 그 애들이 래번클로를 이긴다면……”

“그럴 리가 없어, 래번클로는 아주 잘하니까. 하지만 만약 슬리데린이 후플푸프와의 경기에서 진다면……. ”

“모두 다 점수에 달려 있어— 어느 쪽이든 100점 정도의 점수 차이가 있어야 해…….”

해리는 한 마디도 없이 가만히 누워 있었다. 졌다……. 처음으로. 그가 퀴디치 시합에서 진 것이다.

10분쯤 뒤 폼프리 부인이 와서, 이제 해리는 쉬어야 하니 나가달라고 말했다.

“다시 올게.” 프레드가 그에게 말했다. “너무 마음 쓰지 마, 해리. 넌 여전히 우리의 최고 수색꾼이니까.”

팀 선수들이 진흙 발자국을 남기며 떼지어 나갔다. 폼프리 부인이 못마땅한 듯 문을 쾅 닫았다. 론과 헤르미온느가 해리의 침대로 가까이 다가왔다.

“덤블도어 교수님이 굉장히 화내셨어.” 헤르미온느가 떨리는 목소리로 말했다. “그분이 그렇게 화내시는 건 처음 봤어. 네가 떨어질 때 그분이 경기장으로 달려와 요술지팡이를 휘두르자 네가 땅에 천천히 내려왔어. 그리고 나서 그분이 요술지팡이를 디멘터들에게 휘두르니까 그들에게 은빛 물질이 튀어나갔고, 그들은 곧바로 경기장을 떠났어……. 그분은 그들이 정원으로 들어온 걸 알고 펄펄 뛰셨어. 그분이 글쎄……”

“그 뒤 교장 선생님이 마법으로 널 들것 위에 올려놓으셨어.” 론이 이어서 말했다. “그리고 그 위에 누워 둥둥 떠 있는 널 데리고 학교로 걸어가셨어. 모두들 네가……."

그러나 해리는 더 이상 아무런 소리도 들을 수 없었다. 그는 디멘터들이 자신에게 무슨 짓을 했을까 오로지 그 생각만 하고 있었다……. 그리고 비명을 지르던 목소리에 대해서도.

올려다보자 론과 헤르미온느가 아주 걱정스러운 표정으로 그를 바라보고 있었다. 그는 얼른 화제를 돌렸다.

"내 빗자루는 누가 갖고 있니?"

론과 헤르미온느가 서로 쳐다보았다.

"그건……"

"뭐야?" 해리가 그들을 번갈아 쳐다보았다.

"그러니까…… 네가 기절했을 때, 그게 바람에 날아가 버렸어." 헤르미온느가 잠시 해리의 눈치를 살피다가 말했다.

"그런데?"

"그런데 그것이…… 그것이…… 있잖아, 해리…… 그게 커다란 버드나무에 부딪혔어."

해리는 가슴이 철렁했다. 커다란 버드나무는 정원 한가운데에 우뚝 서 있는 매우 난폭한 나무였다.

"그래서?" 해리는 그 대답을 듣는 게 두려웠다.

"어…… 너도 커다란 버드나무는 알잖아." 론이 말했다. "그건…… 그건 얻어맞는 걸 좋아하지 않잖아."

"플리트윅 교수가 네가 깨어나기 직전에 빗자루를 주워 갖고 돌아오셨어." 헤르미온느가 기어 들어가는 목소리로 말했다.

그녀가 천천히 발치에 있는 가방을 들더니 침대 위에 수십 개의 부서진 나무 조각과 작은 가지들을 꺼내 놓았다. 해리의 충실한 빗자루가 산산조각이 나고 만 것이다.

제 10 장

호그와트 비밀 지도

폼프리 부인은 계속해서 해리에게 주말 동안은 병동에서 쉬어야 한다고 우겼다. 해리는 그것에 대해서는 고집을 피우지도 불평을 하지도 않았지만, 그녀가 산산조각이 난 님부스 2000의 조각들을 내버리는 것만은 못하게 말렸다. 해리는 자신이 어리석게 굴고 있다는 것도, 님부스를 절대 고칠 수 없다는 것도 알고 있었지만 어쩔 수가 없었다. 그는 마치 단짝 친구 하나를 잃은 것 같은 기분이 들었다.

해리를 찾아오는 방문객은 줄을 이었고, 모두들 그를 격려하려고 애썼다. 해그리드는 꼭 노란 배추처럼 생긴 꽃을 한 다발 보냈고, 지니 위즐리는 새빨개진 얼굴로 직접 만든 회복 카드를 들고 나타났는데, 카드는 열기만 하면 날카로운 소리로 끊임없이 노래를 불러 댔으므로 해리는 그걸 과일 그릇 밑에다 눌러 놓아서 열리지 않도록 해야 했다. 그리핀도르 팀 동료들은 일요일 아침에 다시 왔는데 이번엔 우드도 함께 왔다. 그는 들릴 듯 말 듯한 목소리로 해리를 조금도 탓하지 않는다고 말했지만, 해리는 그게 겉치레일 뿐이라는 걸 알 수 있었다. 론과 헤르미온느는 온종일 해리의 침대 옆에 붙어 있다가 밤이 되어서야 기숙사로 돌아갔다. 하지만 누구의 어떤 말도 어떤 행동도 해리에게 위로가 되지 못했던 것은 정작 그를 괴롭히는 게 무엇인지 그들이 잘 알지 못하고 있기 때문이었다.

그는 관중석에 나타났던 검은개 형상에 대해서는 누구에게도 말하지 않았다. 그는 심지어 론과 헤르미온느에게조차 말하지 않았다. 그 말을 들으면 론은 당황할 것이고 헤르미온느는 비웃을 게 뻔했기 때문이다. 그러나 그 개가 벌써 두 번이나 나타났다는 건 분명한 사실이었고, 두 번 다 그게 나타나자마자 치명적인 사고가 뒤따랐었다. 처음엔 구조 버스에 거의 치일 뻔했고, 두 번째엔 빗자루에서 15미터나 아래로 떨어졌다. 그 개는 그가 죽을 때까지 따라다닐까? 그는 이제 평생을 그 짐승을 경계하며 살아가야 하는 걸까?

그 뒤 디멘터가 나타났다. 해리는 디멘터를 생각할 때마다 속이 느글거렸으며 굴욕감까지 느껴졌다. 모두들 디멘터가 끔찍하다고 말했지만, 디멘터가 가까이 있을 때마다 기절하는 사람은 그 자신밖에 없었다. 머릿속에서 죽어가는 부모님의 비명 소리를 듣는 사람도 그 자신밖에 없었다.

해리는 이제 비명을 질러 대던 그 사람이 누구인지 분명히 알 수 있었다. 캄캄한 밤에 깨어 있는 채로 병동 침상에 홀로 누워 천장에 비친 긴 달빛을 빤히 바라보고 있노라면, 해리는 절규하는 듯한 여자의 외침이 귀에 쟁쟁하게 들려오는 걸 느낄 수 있었다. 그 여자는 다름 아닌 그의 어머니였다. 디멘터가 다가올 때마다, 해리는 어머니가 자신을 볼드모트로부터 보호하기 위해 애쓰다가 돌아가시던 순간의 비명 소리와, 어머니를 살해하기 직전의 볼드모트의 웃음소리를 들은 것이었다……. 해리는 깜박깜박 졸 때마다 계속해서 차고 끈적끈적한 썩어 문드러진 손과 겁에 질려 저항하는 소리가 뒤섞인 꿈 속으로 빠져들었다가 어머니의 목소리에 놀라 깨어나곤 했다.

월요일이 되자 해리는 비록 드레이코 말포이의 조롱을 꾹꾹 참아내야 하긴 했지만, 억지로나마 다른 것들을 생각하게 하는 시끌벅적하고 혼잡한 학교로 돌아오게 된 게 마음이 놓였다. 말포이는 그리핀도르의 패배에 기분이 좋아서 어쩔 줄을 몰라했다. 그는 마침내 붕대를 풀었고, 빗자루에서 떨어지는 해리 흉내를 힘차게 내는 것으로 양팔을 다시 쓰게 된 것을 축하했다. 그런데 말포이가 마법의 약 시간 내내 디멘터가 지하 감옥을 지나가는 흉내를 내자, 론이 더 이상 참지 못하고 미끈미끈한 커다란 악어 심장을 말포이에게 세차게 내던졌다. 결국 론이 악어 심장을 말포이의 얼굴에 정통으로 맞힌 벌로, 스네이프 교수는 그리핀도르에 50점을 감점하고 말았다.

"스네이프가 만약 어둠의 마법 방어술을 또다시 가르치면, 난 수업을 빼먹을 거야." 점심을 먹은 뒤 루핀 교수의 교실 쪽으로 향하며 론이 말했다. "안에 누가 있나 살펴 봐, 헤르미온느."

헤르미온느가 교실 문을 살짝 열고 안을 들여다보았다.

"괜찮아!"

다행히도 루핀 교수가 다시 돌아온 것이었다. 그는 확실히 아파 보였다. 그의 낡은 망토는 더 헐렁해 보였고 그의 눈 밑은 시꺼멨다. 그럼에도 불구하고 그는 학급 아이들이 모두 자리에 앉자 미소를 지어 보였다. 그들은 즉시 루핀 교수가 없는 동안 스네이프 교수가 수업에 대신 들어와 보였던 행동에 대해 강한 불만들을 털어놓기 시작했다.

"그건 온당치 않아요. 그저 잠깐 대리로 들어왔던 것뿐인데, 왜 저희에게 숙제를 내는 거죠?"

"저희들은 늑대인간에 대해서는 아무것도 몰라요……."

"……양피지 두루마리 두 개라뇨!"

"스네이프 교수에게 아직 거기까지 진도를 나가지 않았다는 말을 했나요?" 루핀 교수가 얼굴을 약간 찡그리며 물었다.

그러자 저마다 한 마디씩 하느라 다시 한 번 왁자지껄해졌다.

"네, 하지만 스네이프 교수님은 저희 진도가 아주 늦었다고 했어요……."

"저희들 말을 도무지 귀담아 들으려 하지 않았어요……."

"*……양피지 두루마리 두 개라뇨!*"

루핀 교수가 분개한 아이들의 표정을 보고 미소를 지었다.

"걱정들 말아요. 내가 스네이프 교수에게 말할 테니까. 여러분은 그 작문 숙제는 하지 않아도 돼요."

"이럴 수가." 헤르미온느가 매우 실망한 표정으로 말했다. "난 이미 다 했는데!"

그들은 오랜만에 매우 재미있는 수업을 받았다. 루핀 교수는 힝키펑크라는 생물이 들어 있는 유리 상자를 갖고 왔는데, 그건 꼭 연기로 만들어진 것처럼 허약하고 순진하게 생겼으며 다리가 하나 달린 작은 생물이었다.

"여행자들을 늪으로 불러들여요." 루핀 교수가 설명하자 그들이 필기하기 시작했다. "저 생물의 손에 손전등이 매달려 있는 거 보이나요? 저게 앞으로 깡충깡충 뛰면 사람들이 그 불빛을 따라가죠. 그러면……"

힝키펑크가 유리를 긁어 소름 끼치는 소리를 냈다.

종이 울리자 모두들 책가방을 챙겨 문으로 향했다. 그런데 해리가 나가려는 순간,

"잠깐만, 해리. 할말이 있단다."

루핀 교수가 힝키펑크 상자를 천으로 덮으며 말했다.

"시합에 대해 들었다." 루핀 교수가 교탁으로 다시 돌아서서 서류가방에 책을 넣으며 말했다. "그리고 네 빗자루는 정말 안됐구나. 고칠 수는 있니?"

"아뇨." 해리가 말했다. "나무가 박살내 놓았어요."

루핀 교수가 한숨을 쉬었다.

"그 커다란 버드나무는 내가 호그와트에 입학하던 해에 심어졌단다. 아이들은 가까이 다가가서 나무 몸통을 만지는 게임을 하곤 했었지. 하지만 그 장난으로 데이비 거전이라는 남자아이가 거의 한쪽 눈을 잃을 뻔하자, 그 이후로 학교측에서 그 나무에 가까이 가지 못하게 했단다. 아무리 고급 빗자루라도 당해 낼 재간이 없지."

"디멘터에 대해서도 들으셨어요?" 해리가 간신히 물었다.

루핀 교수가 얼른 그를 쳐다보았다.

"그래, 들었단다. 덤블도어 교수가 그렇게 화를 내는 건 아마 아무도 본 적이 없었을 게다. 사실 덤블도어 교수가 디멘터를 학교 안으로 들여보내지 않아서 그들도 나름대로 불만에 차 있었단다…….
그런데 네가 떨어진 것이 그들 때문이었니?"

"네." 대답하고 나서 해리는 잠시 망설이다가 꼭 하고 싶었던 질문을 불쑥 내뱉었다. "*왜죠?* 왜 그것들이 저한테 그런 영향을 미치는 거죠? 제가……?"

"그건 허약함과는 아무 관련이 없단다." 루핀 교수가 마치 해리의 마음을 읽기라도 한 듯 또렷하게 말했다. "그리고 디멘터가 네게 특별히 강한 영향을 미치는 것은 네가 다른 사람과는 비교도 안 될 정도의 무서운 일을 당한 경험이 있기 때문이지."

햇빛이 교실로 스며들어 와 루핀 교수의 희끗희끗한 머리와 주름살을 비추었다.

"디멘터는 이 지구상에서 걸어다니는 가장 불결한 생물들 가운데 하나란다. 그것들은 가장 어둡고 더러운 곳으로 몰려들고, 부패와 절망을 자랑으로 여기며, 주위에 있는 평화와 희망과 행복을 고갈시켜 버리지. 머글들조차 그것의 존재를 느끼기는 하지만, 그들은 디멘터를 보지는 못한단다. 디멘터에게 가까이 가면 좋은 기분과 행복한 기억은 모두 네게서 빠져나갈 게야. 그리고 디멘터와 오랫동안 함께 있게 되면 너도 바로 디멘터처럼…… 영혼이 없는 무정한 악마가 되고 만단다. 네게는 인생의 가장 끔찍한 기억들만 남게 될 테니까 말이다. 그리고 너의 끔찍한 기억들은 정말 누구라도 빗자루에서 떨어지게 할 정도로 엄청난 것이지 않니, 해리. 그러니 부끄러워할 게 전혀 없단다."

"그것들이 가까이 오면……" 해리는 루핀 교수의 책상을 빤히 바라보았다. 가슴이 답답했다. "전 볼드모트가 제 어머니를 살해하는 소리를 들을 수 있어요."

루핀 교수는 마치 해리의 어깨를 잡기라도 할 것처럼 팔을 약간 들어올리다가 마음을 바꾸었는지 다시 가만히 내려놓았다. 잠시 침묵이 흘렀다. 그리고……

"그런데 그들이 경기장에 온 이유가 뭐죠?" 해리가 갑자기 분노를 느끼며 물었다.

"점점 배가 고파지고 있었던 게지." 루핀 교수가 딱 하고 서류 가방을 닫으며 침착하게 말했다. "덤블도어 교수가 그들을 학교 안으로 들여놓지 않으려 했으니, 인간에게서 섭취해야 하는 감정 따위의 먹이 공급이 고갈되었던 게야……. 그러니 퀴디치 경기장 주위에 몰려 있는 많은 사람들을 모른 척할 수가 없었겠지. 그 모든 흥분…… 점점 더 무르익어 가는 감정들…… 그건 그들에겐 그야말로 연회를 생각나게 했겠지."

"아즈카반은 틀림없이 무시무시하겠군요." 해리가 중얼거렸다. 루핀 교수가 으스스하게 고개를 끄덕였다.

"그 요새는 바다 멀리 아주 작은 섬에 있지만, 죄수들을 가두어 두기 위해 굳이 벽도 해자(垓字)도 필요 없단다. 모두 머릿속이 텅 비어 있어서, 아무런 생각도 할 수가 없으니까 말야. 대부분의 사람들은 몇 주 안에 미쳐 버리고 말지."

"하지만 시리우스 블랙은 탈출했잖아요." 해리가 천천히 말했다. "그는 도망쳤어요……."

루핀의 서류 가방이 탁자에서 스르르 미끄러지자 루핀 교수가 잡으려고 얼른 상체를 굽혔다.

"그래." 그가 똑바로 일어서며 말했다. "블랙은 그들과 싸우는 방법을 찾아낸 게 틀림없단다. 도저히 믿을 수 없는 일이지만 말이다……. 디멘터와 오랫동안 함께 지내면 마법사는 힘을 다 빼앗겨 버리거든……."

"교수님은 기차에서 디멘터를 물리치셨잖아요." 해리가 불쑥 말했다.

"몇 가지…… 특정한 방어술이 있긴 하지." 루핀 교수가 말했다. "하지만 기차에서는 디멘터가 단 한 명뿐이었잖니. 많으면 많을수록, 저항하기가 더 어려워진단다."

"어떤 방어술이죠?" 해리가 즉시 물었다. "가르쳐 주실 수 있으세요?"

"난 디멘터와 싸우는 전문가가 아니란다, 해리…… 오히려 그와는 정반대지……."

"하지만 디멘터가 만약 또다시 퀴디치 경기장에 들어오면, 전 그들과 싸울 수 있어야 하잖아요……."

루핀 교수가 해리의 결연한 표정을 바라보고는, 잠시 주저하는 기색을 보이다 결국 이렇게 말했다. "그러면…… 좋아. 도와주도록 하지. 하지만 다음 학기까지 기다려야 할 것 같구나. 방학 전까지 할 일이 산더미같이 쌓여 있거든. 내가 하필 형편이 아주 좋지 못한 시기에 병이 나서 말야."

루핀 교수로부터 디멘터를 막는 방법을 가르쳐 주겠다는 약속도 받았겠다, 다시는 어머니의 비명 소리를 들을 필요가 없을지도 모른다는 생각과, 래번클로가 11월 말에 퀴디치 시합에서 후플푸프를 이겼다는 사실 때문에, 해리의 기분은 확실히 좋아졌다. 다음 시합에서 지지만 않는다면, 그리핀도르가 승산이 없는 건 아니기 때문이었다. 우드는 생기를 되찾았고, 12월 들어서까지 으스스하게 계속 내리는 빗속에서도 그 어느 때보다도 더 열심히 훈련을 시켰다. 더 이상 정원 안에서는 디멘터의 그림자도 보이지 않았다. 덤블도어 교수의 강한 반대 때문에 그것들은 입구에 있는 주둔지에만 머물러 있는 것 같았다.

학기가 끝나기 2주일 전, 온세상이 갑자기 밝아지며 눈부시게 하얗게 변했고 질퍽질퍽한 정원은 어느 날 아침 반짝이는 서리로 뒤덮였다. 성 안은 크리스마스 분위기로 북적댔다. 마법 교수님인 플리트윅 교수는 일찌감치 자신의 교실을 희미하게 반짝이는 등불로 꾸며 두었는데, 알고 보니 그것들은 날아다니는 진짜 요정들이었다. 학생들은 모두 방학 동안 뭘 하고 놀지 얘기하며 신나게 떠들어 대고 있었다. 론과 헤르미온느는 호그와트에 남아 있기로 했다. 론은 퍼시와 함께 2주일을 보낸다는 게 참을 수 없기 때문이라고 말했고, 헤르미온느는 도서실을 이용해야 할 필요가 있어서라고 우겼지만, 해리는 그들이 자신과 함께 있어 주기 위해서 일부러 그렇게 결정한 것이라는 걸 잘 알고 있었다. 고마운 일이었다.

학기 마지막 주말에 호그스미드 답사를 또 한 번 하게 된다는 공고문이 걸리자 모두들 기뻐했다. 하지만 해리는 그렇지 않았다.

"크리스마스 쇼핑을 거기서 다 해도 되겠어!" 헤르미온느가 말했다. "허니듀크에서 이빨 사이에 낀 것을 제거해 주는 실껌을 사다 드리면 엄마와 아빠가 아주 좋아하실 거야!"

해리는 이번에도 남아 있게 될 3학년생은 자기밖에 없을 거라는 사실에 체념하고 그날 읽기 위해 우드에게서 빗자루의 다양한 제작법에 대해 알 수 있는 《빗자루의 모든 것》이라는 책을 빌리기로 마음먹었다. 그는 팀훈련 때에는 학교의 빗자루들 중 하나인 낡은 슈팅 스타를 타고 했는데, 그건 아주 느린 데다 말을 잘 듣지 않았다. 그는 확실히 새로운 빗자루가 절실하게 필요했다.

호그스미드 답사를 떠나는 토요일 아침에 해리는 망토에 목도리까지 두른 론과 헤르미온느에게 작별 인사를 한 뒤, 혼자 대리석 계단을 올라가 다시 그리핀도르 탑으로 향했다. 창 밖에선 눈이 내리기 시작했고, 성은 아주 조용했다.

"잠깐, 해리!"

돌아보자 프레드와 조지가 3층 복도 중간쯤에 있는 외눈박이 곱사등이 마녀 조각상 뒤에서 그를 부르고 있었다.

"여기서들 뭐하는 거야?" 해리가 호기심에서 물었다. "어째서 호그스미드에 가지 않은 거야?"

"가기 전에 널 잠깐 즐겁게 해주려고 온 거야." 프레드가 뭔가 은밀한 얘기라도 하려는 듯 눈을 찡긋하며 말했다. "이리 와……."

그가 고개로 외눈박이 마녀의 조각상 왼쪽에 있는 빈 교실을 가리켰다. 해리는 프레드와 조지를 따라 안으로 들어갔다. 조지가 문을 조용히 닫은 뒤 돌아서서 해리를 보고 밝게 미소지었다.

"크리스마스 선물 미리 주는 거야, 해리." 그가 말했다.

프레드가 망토 속에서 뭔가를 휙 끄집어내 책상 위에 놓았다. 그것은 아무것도 쓰여 있지 않은 커다란 정사각형 모양의, 매우 낡은 양피지 조각이었다. 해리는 프레드와 조지가 장난을 치는 게 아닌가 생각하며 그걸 뚫어지게 바라보았다.

"이게 뭐야?"

"이게, 해리, 우리의 성공 비결이야." 조지가 그 양피지를 다정하게 두드리며 말했다.

"이걸 네게 주는 게 가슴 아프기는 하지만," 프레드가 말했다. "우린 어젯밤에 결정했어. 네가 우리보다 더 필요할 것 같다구 말야."

"어쨌든, 우린 다 외우고 있으니까," 조지가 말했다. "네게 물려주는 거야. 우린 이게 더 이상 필요하지 않거든."

"그런데 이 낡은 양피지 조각을 뭐에다 쓰라는 거야?" 해리가 물었다.

"낡은 양피지 조각이라니!" 프레드가 마치 해리가 그를 대단히 화나게 하기라도 한 듯 상을 찌푸리며 말했다. "설명해, 조지."

"그러니까…… 우리가 1학년이었을 때 말야, 해리. 어리고, 근심 걱정 없고, 천진난만했을 때……."

해리는 코웃음을 쳤다. 그는 프레드와 조지가 한 번이라도 천진난만했던 적이 있기나 했을까 의심스러웠다.

"그러니까, 우리가 지금보다 더 천진난만했을 때 말야 ……. 우린 우연히 필치가 귀찮아하는 장소에 들어갔었어."

"복도에서 똥 폭탄을 터뜨렸는데 그게 글쎄 어떤 이유에선지 그를 몹시 화나게 한 거지……."

"그래서 그는 우릴 자기 사무실로 끌고 가서는 위협하기 시작했지. 늘 하는 것처럼 말야."

"가둬 버리겠다느니 ……"

"배를 갈라 버리겠다느니 ……"

"그런데 우린 그가 서류들을 보관해 두는 캐비닛에서 '대단히 위험한 압수 물품' 이라는 표시가 붙은 서랍을 보게 되었어."

"그 다음은 말 안 해도 훤히 알겠네." 해리가 씩 웃으며 말했다.

"글쎄, 너라면 어떻게 했을까?" 프레드가 말했다. "조지가 똥 폭탄을 하나 더 떨어뜨려서 주의를 딴 데로 돌린 사이, 난 그 서랍으로 급히 달려가 낚아채 왔지. 이걸 말야."

"그렇게 나쁜 짓 한 거라고는 생각하지 마." 조지가 말했다. "분명 필치는 이걸 어떻게 사용하는 건지 모르고 있었을 거야. 이게 뭔지 수상쩍게 여기긴 했겠지만 말야. 그렇지 않았다면 이걸 압수해서 그냥 처박아 두진 않았을 테니까."

"그러면 형들은 사용법을 알고 있다 이거지?"

"물론이지." 프레드가 히죽히죽 웃었다. "이 작은 양피지 조각은 이 학교의 모든 교수님들보다 훨씬 더 많은 걸 우리에게 가르쳐 주었어."

"날 놀리는 거지?" 해리가 초라한 양피지 조각을 바라보며 여전히 못 미더운 듯 말했다.

"오, 우리가?" 조지가 말했다.

그가 요술지팡이를 꺼내 양피지를 살짝 건드리며 주문을 외웠다. *"나는 천하의 멍텅구리임을 엄숙하게 선언합니다."*

그러자 즉시 가느다란 잉크 선이 조지의 지팡이가 건드린 점에서부터 거미줄처럼 퍼지기 시작했다. 그리고 서로 연결되고 교차하며 양피지의 구석구석으로 부채꼴로 퍼지면서 굉장히 꼬불꼬불한 초록색 글자를 만들어 냈다.

금지된 마법의 장난을 좋아하는 모든 이를 위하여
무니와 웜테일과 패드풋과 프롱스가
자부심을 갖고 제작한
호그와트 비밀 지도

그것은 호그와트 성과 정원을 상세히 그린 지도였다. 그러나 정말로 놀라운 것은, 지도에서 돌아다니는 아주 작은 잉크 점들이었다. 각 점마다 작은 글씨로 쓰인 이름이 붙어 있었다. 해리는 깜짝 놀라 자세히 들여다보았다. 왼쪽 위에 있는 점은 덤블도어 교수가 서재로 걸어가고 있다는 걸 보여주었다. 학교 관리인의 고양이 노리스 부인은 이층에서 어슬렁거리고 있었고, 소리의 요정 피브스는 지금 트로

피 보관실 주위를 돌아다니고 있었다. 해리가 눈에 익은 복도들을 이쪽저쪽 보고 있을 때, 그의 눈에 다른 무언가가 들어왔다.

이 지도는 그가 한 번도 가 본 적 없는 통로들도 상세히 보여주었다. 그리고 그 통로들 가운데 대부분이……

"호그스미드로 곧바로 통해 있어." 프레드가 손가락으로 그 중 하나를 따라가며 말했다. "모두 일곱 개야. 그런데 필치는 이들 중 네 개를 알고 있어." 프레드는 손으로 하나하나 짚어 가며 설명하기 시작했다. "하지만 나머지 세 통로를 모두 알고 있는 사람은 우리밖에 없어. 4층 거울 뒤에 있는 통로는 신경 쓰지 마. 우리가 작년 겨울에 가 봤는데, 함몰되었더라구. 완전히 막혀 버렸어. 그리고 이 통로는 입구에 커다란 버드나무가 심어져 있어서 아무도 이용하지 않아. 하지만 여기 이거 말야, 이건 허니듀크의 지하실로 곧장 통해 있어. 우린 그 통로를 엄청 많이 이용했었지. 그리고 알아챘을지도 모르지만, 그 입구는 이 방 바로 앞에 있어. 저 외눈박이 곱사등이 할멈 조각상을 지나서 말야."

"무니와 웜테일과 패드풋과 프롱스," 조지가 꼬불꼬불한 글자를 톡톡 치며 한숨을 지었다. "우린 이들에게 굉장히 많은 신세를 지고 있어."

"훌륭한 사람들이야. 신세대 범법자들을 도와 꾸준하게 일해 주었지." 프레드가 진지하게 말했다.

"맞아." 조지가 힘차게 말했다. "이걸 이용한 뒤엔 지워 버리는 거 잊지 마……."

"혹시라도 누가 이걸 읽을지도 모르니까 말야." 프레드가 주의를 주었다.

"그저 다시 한 번 톡 치고, '마법의 장난 끝!' 이라고 주문을 외워.

그러면 다시 모두 지워져 버릴 거야."

"그러니까, 해리." 프레드가 퍼시의 거만한 말투를 흉내내어 말했다. "행동 조심해."

"허니듀크에서 보자." 조지가 윙크를 하며 말했다.

그들은 만족스럽게 히죽거리며 그 방을 나갔다.

해리는 제자리에 서서, 그 놀라운 지도를 멍하니 바라보았다. 노리스 부인이라는 이름이 붙은 작은 잉크 점이 왼쪽으로 돈 뒤 멈춰 서서 마룻바닥에서 무언가의 냄새를 킁킁 맡고 있었다. 만약 필치가 정말로 모른다면…… 그는 디멘터 앞을 지나가지 않아도 될 것이다…….

그때 흥분을 감추지 못하고 서 있는 해리의 머릿속에 문득 언젠가 위즐리 씨가 했던 말이 떠올랐다.

아무것이나 덥석덥석 믿지 마라.

이 지도는 위즐리 씨가 주의를 주었던 위험한 마법의 물건 가운데 하나였다……. *금지된 마법의 장난을 좋아하는*……. 그러나 그때 해리는 생각했다. 난 이걸 단지 호그스미드에 가는 데 이용하고 싶은 것뿐이며, 무얼 훔치거나 누굴 공격하려고 하는 건 아니다……. 그리고 프레드와 조지는 이걸 오랫동안 이용해 왔는데도 어떤 끔찍한 일이 일어난 적은 없지 않은가.

해리는 손가락으로 허니듀크로 가는 비밀 통로를 따라갔다.

그리곤 갑자기 마치 누구의 명령을 따르기라도 하는 듯, 그 지도를 돌돌 말아서 옷 속에다 쑤셔 넣고는 급히 교실 문 앞으로 걸어갔다. 그는 문을 5센티미터 정도 열고 밖을 내다보았다. 아무도 없었다. 그는 아주 조심스럽게 문 밖으로 나가 외눈박이 마녀 조각상 뒤로 갔다.

어떻게 해야 하는 거지? 그는 지도를 다시 꺼내 보았다. 그런데 놀랍게도 , 그 위에는 *해리 포터*라는 이름이 붙은 새로운 잉크 점이 나타나 있었다. 이 점은 진짜 해리가 서 있는 곳과 정확히 일치하는, 3층 복도 중간쯤에 찍혀 있었다. 해리는 조심스럽게 지켜보았다. 자신의 모습인 작은 잉크 점이 작은 요술지팡이로 마녀를 톡톡 두드리고 있는 것 같았다. 해리는 얼른 진짜 요술지팡이를 꺼내 그 조각상을 톡톡 두드렸다. 아무 일도 일어나지 않았다. 그는 지도를 다시 보았다. 그의 형상 옆에 '*디센디움*'이라는 단어가 들어 있는 아주 작은 기포 하나가 나타나 있었다.

"*디센디움!*" 해리가 돌 마녀를 다시 두드리며 속삭였다.

그 말이 떨어지기가 무섭게, 그 마녀 석상의 곱사등이 웬만큼 마른 사람 하나가 들어갈 수 있을 정도로 넓게 열렸다. 해리는 복도 이쪽저쪽을 흘끗 본 뒤, 지도를 다시 쑤셔 넣고 황급히 그 구멍으로 들어갔다.

그는 돌 미끄럼을 타는 것 같은 기분으로 한참을 미끄러져 내려갔다. 그리고 차갑고 축축한 땅에 내렸다. 그는 일어서서 주위를 둘러보았다. 주위는 칠흑같이 새까맸다.

그가 요술지팡이를 들어 올리고 "*루모스!*"라고 중얼거리자, 지팡이 끝에서 불빛이 나왔다. 아주 좁다랗고 낮은 통로가 보였다. 그는 지도를 들어 올리고 지팡이 끝으로 톡톡 두드리며 "마법의 장난 끝!"이라고 말했다. 그러자 지도가 다시 아무것도 쓰여 있지 않은 보통의 양피지로 변했다. 그는 그걸 조심스럽게 접어 옷 속에다 쑤셔 넣고 출발했다. 흥분과 걱정으로 가슴이 뛰었다.

그 통로는 거대한 토끼 굴처럼 꼬불꼬불하게 뒤틀려 있었다. 바닥이 울퉁불퉁해서 가끔씩 발부리가 걸려 넘어지기도 했지만, 해리는 지팡이를 내밀고 계속해서 그 통로를 따라갔다.

발도 시리고 가도가도 끝없이 이어지는 지루한 시간이었지만 허니듀크만 생각하면 기운이 절로 났다. 한 시간쯤 걷자 서서히 오르막길이 나오기 시작했다. 해리는 헐떡거리며 걸음을 빨리 했다.

10분쯤 뒤, 끝이 보이지 않을 정도로 높은 돌계단이 나타났다. 해리는 소리를 내지 않으려고 조심하면서 계단을 올라갔다. 100, 200, 발만 내려다보고 올라가다가 그는 계단 수를 잊어버리고 말았다……. 그 뒤 갑자기 무언가에 머리를 세게 부딪혔다.

문인 것 같았다. 해리는 머리를 문지르며 귀를 기울였다. 위에서는 아무 소리도 들리지 않았다. 그는 아주 천천히 그 문을 밀어 올렸다. 그리고 살짝 밖을 내다보았다.

그곳은 나무 상자들로 가득 찬 지하실이었다. 해리는 지하실 문 밖으로 기어 나와 문을 닫았다. 그 지하실 문은 먼지투성이의 바닥과 어찌나 흡사했던지 문이 그 자리에 있다는 걸 전혀 알 수 없을 정도로 감쪽같았다. 해리는 이층으로 올라가는 나무 계단 쪽으로 살금살금 걸어갔다. 이제 짤랑거리는 종소리와 문이 열리고 닫히는 소리는 말할 것도 없고 두런두런대는 목소리까지 명확히 들렸다.

어떻게 해야 하나 하고 생각하고 있을 때, 갑자기 아주 가까이에서 문이 열리는 소리가 들렸다. 누군가가 아래층으로 내려오려는 것 같았다.

"그러면 민달팽이 젤리 한 박스 더 가져와요, 여보. 다 팔려서 하나도 없어요." 어떤 여자가 말했다.

계단을 내려오는 발소리가 났다. 해리는 얼른 잔뜩 쌓여 있는 상자들 뒤로 달려가 발소리가 지나갈 때까지 기다렸다. 그러더니 곧바로 상자들을 맞은편 벽 쪽으로 옮기는 소리가 들렸다. 어쩌면 이런 기회는 다시 오지 않을지도 몰랐다…….

해리는 재빨리 그리고 조용히, 숨어 있는 곳에서 빠져나와 계단을 올라갔다. 뒤돌아보자 거대한 엉덩이와 상자 안에 들이밀고 있는 빛나는 대머리가 보였다. 계단 맨 위에 있는 문에 도달해 밖으로 살짝 빠져나가자 허니듀크의 계산대가 나왔다……. 해리는 몸을 홱 숙이고 옆으로 살금살금 기어 나간 뒤 똑바로 일어섰다.

허니듀크는 호그와트 학생들로 북적거리고 있었지만 해리를 신경 써서 보는 사람은 아무도 없었다. 그는 두리번거리며 그들 사이로 서서히 나아갔다. 지금 해리가 어디에 있는지 안다면 돼지 같은 두들리가 어떤 표정을 지을까 생각하니 웃음을 참을 수가 없었다.

그는 눈이 휘둥그레졌다. 선반마다 상상을 초월할 정도로 흥미로운 모양의 과자들로 가득했다. 크림색의 누가 사탕과, 희미하게 반짝이는 사각형 모양의 핑크빛 코코넛 아이스와, 통통하게 생긴 꿀색깔의 태피(설탕, 버터, 땅콩을 섞어서 만든 캔디 : 역주)를 비롯해, 죽 늘어서 있는 수백 가지 종류의 초콜릿과, 온갖 맛이 나는 강낭콩 모양의 젤리와, 언젠가 론이 말했던 먹으면 몸이 둥둥 뜨는 피징 위즈비라는 셔벗도 있었다. 한쪽 벽에는 또 '특별한 효과'를 내는 과자들만 따로 진열되어 있었다. 며칠 동안 터지지 않고 조용히 있다가 히아신스 색깔의 거품들로 방을 가득 채우는 드루블즈 풍선껌도 있었고, 쭉쭉 찢어지면서 이빨 사이에 낀 것을 제거해 주는, 민트향이 나는 이상한 실껌과, 입 안에서 톡톡 터지는 시큼한 산성 캔디와, 정신이 번쩍 들 정도로 매운 아주 작은 까만색 고추 꼬마 도깨비와, 씹으면 찍찍거리며 소름 끼치는 소리가 나는 쥐 모양의 얼음 과자와, 먹으면 실제로 위장 속에서 팔딱팔딱 뛰는, 두꺼비처럼 생긴 페퍼민트 크림과, 부러지기 쉬운 깃펜 사탕과, 폭발하는 봉봉 사탕도 있었다.

6학년생들 사이로 헤치고 나아가자 가게 저쪽 끝에 별난 맛이라는 표지판이 매달려 있는 게 보였다. 론과 헤르미온느는 그 밑에 서서 피맛이 나는 사탕을 살펴보고 있었다. 해리는 살금살금 그들 뒤로 다가갔다.

"윽, 이럴 수가. 흡혈귀라면 모를까, 해리는 이런 건 좋아하지 않을 거야." 헤르미온느가 말하고 있었다.

"이건 어때?" 론이 헤르미온느 코밑으로 바퀴벌레 모양의 과자가 들어 있는 병을 들이대며 말했다.

"절대로 안 되지." 해리가 말했다.

론은 하마터면 병을 떨어뜨릴 뻔했다.

"해리!" 헤르미온느는 숨이 멎을 듯 잠시 멍하니 그를 쳐다보았다. "여기서 뭐하는 거야? 어떻게…… 네가 어떻게……"

"와!" 론이 매우 감명받은 표정으로 말했다. "너 순간이동 배웠구나!"

"물론 아니지." 해리가 말했다. 그는 6학년생들이 듣지 못하도록 목소리를 낮추고 그들에게 '호그와트 비밀 지도'에 대해 모두 말해 주었다.

"프레드와 조지 형은 어떻게 그걸 너한테 줄 수 있을까!" 론이 격분해서 말했다. "동생이 여기 있는데 말야!"

"하지만 해리가 그걸 계속 갖고 있지는 않을 텐데, 뭐!" 헤르미온느가 마치 그런 생각이 어이없다는 듯 말했다. "해리는 그걸 맥고나걸 교수에게 갖다 드릴 거야. 안 그러니?"

"아니, 안 그럴 건데!" 해리가 어림도 없다는 듯 말했다.

"너 정신 나갔니?" 론이 헤르미온느에게 눈을 부릅뜨며 말했다.

"그렇게 좋은 걸 왜 갖다 바치니?"

"갖다 드리면, 어디서 났는지 말해야 할 거야! 필치는 당연히 프레드와 조지가 그걸 슬쩍 했다는 걸 알 거구 말야!"

"하지만 시리우스 블랙은 어떻게 하구?" 헤르미온느가 불만을 터뜨렸다. "그는 그 지도에 있는 비밀 통로를 이용해서 성 안으로 들어왔을 수도 있어! 교수님들은 틀림없이 알고 계실 거야!"

"블랙이 비밀 통로로 들어왔을 리가 없어." 해리가 얼른 말했다. "지도에는 일곱 개의 터널이 있어, 그렇지? 프레드와 조지는 그 중 네 개는 이미 필치가 알고 있다고 했어. 그리고 나머지 세 개 중 하나는 함몰되어서 아무도 지나갈 수 없어. 또 한 통로 입구에는 커다란 버드나무가 심어져 있어서 나올 수가 없구 말야. 그리고 내가 막 들어온 통로는…… 글쎄……, 저 아래 지하실에서는 학교로 가는 입구를 보기가 아주 힘들어. 비밀 통로가 있다는 걸 이미 알고 있지 않다면 말야……."

해리는 머뭇거렸다. 블랙이 비밀 통로가 있다는 걸 안다면 어떻게 될까? 그러나 론이 의미심장하게 목을 가다듬더니 과자 가게의 문 안쪽에 붙여져 있는 공고문을 가리켰다.

공 고

마법부의 명령에 의해, 또 다른 공고가 있을 때까지, 일몰 후 매일 밤 디멘터들이 거리를 순찰하게 된다는 점을 고객 여러분께 알려드립니다. 이러한 조치는 호그스미드 거주자들의 안전을 위해 취해진 것이며, 시리우스 블랙이 체포되자마자 풀리게 될 것입니다. 그러므로 해가 지기 전에 쇼핑을 마쳐 주시기 바랍니다.

메리 크리스마스!

"알겠어?" 론이 조용히 말했다. "저렇게 디멘터들이 떼지어 마을 여기저기를 돌아다니고 있는데 어떻게 블랙이 감히 허니듀크를 침입하겠어? 어쨌든, 헤르미온느, 그가 침입했다면 허니듀크 주인이 분명히 소리를 들었을 거야, 그렇지 않니? 그들은 주로 가게에서 지내니까 말야!"

"그래, 하지만…… 하지만……" 헤르미온느는 또 다른 문제를 찾으려고 고심하고 있는 것 같았다. "그래도 해리는 호그스미드에 와서는 안 돼. 허가서에 사인을 받지 못했잖아! 만약 누가 해리를 알아보기라도 하면, 해리는 큰 곤란에 빠지게 될 거야! 그리고 아직 해가 지지 않았어. 시리우스 블랙이 나타나기라도 하면 어떡해? 당장 말야?"

"이곳에서 해리를 발견하기는 힘들 거야." 론이 창살이 쳐진 창문 사이로 굵게 흩날리고 있는 눈을 보고 고개를 끄덕이며 말했다. "자, 헤르미온느, 크리스마스야. 해리도 잠깐 머리를 식히는 게 당연하잖아."

헤르미온느가 몹시 걱정스러운 표정으로 입술을 깨물었다.

"일러바칠 거니?" 해리가 씩 웃으며 그녀에게 물었다.

"아……, 물론 아니지. 하지만 솔직히, 해리……."

"피징 위즈비 봤니, 해리?" 론이 그를 잡고 그 셔벗이 있는 쪽으로 데려가며 말했다. "민달팽이 젤리는? 시큼한 산성 캔디는? 일곱 살 때 프레드 형이 내게 하나를 주었는데 혀가 타서 구멍이 났었어. 엄마가 빗자루로 형을 호되게 때렸던 기억이 나." 론이 시큼한 산성 캔디를 생각에 잠겨 바라보았다. "내가 땅콩이라고 하면서 주면 프레드 형이 바퀴벌레 과자를 먹을까?"

과자값을 치르고 나서, 그들 셋은 심한 눈보라가 치는 밖으로 나

왔다.

호그스미드는 꼭 크리스마스 카드에 나오는 그림처럼 보였다. 이엉으로 이은 작은 집들과 가게들은 온통 하얀 눈으로 뒤덮여 있었고, 문마다 크리스마스 장식이 되어 있었으며 나무에는 마법에 걸린 촛불들이 매달려 있었다.

해리는 추위로 몸을 떨었다. 다른 두 사람과 달리, 그는 망토를 입고 있지 않았던 것이다. 그들이 휘몰아치는 바람을 피해 머리를 숙이고 걸어가고 있을 때, 론과 헤르미온느가 목도리에 얼굴을 파묻고 소리쳤다.

"저게 우체국이야……."

"종코의 장난감 가게는 저 위에 있어……."

"우린 비명을 지르는 오두막집에도 갈 수 있을 거야……."

"저," 론이 추워서 이빨을 딱딱 맞부딪치며 말했다. "우리 스리 브룸스틱스에 가서 버터 맥주 마실까?"

그 말에 해리는 귀가 번쩍했다. 바람이 거세고 손은 꽁꽁 얼었으므로, 그들은 걸음을 재촉해 길을 건너 자그마한 주점으로 들어갔다. 그곳은 몹시 붐볐으며 시끄러웠다. 또한 후텁지근하고 연기가 자욱했다. 바에서는 예쁘장한 얼굴의 여자가 시끄럽게 떠들어대는 마법사들을 시중들고 있었다.

"저 여자는 로즈메르타 부인이야." 론이 말했다. "내가 가서 맥주 가져올까?" 그가 얼굴을 약간 붉히며 덧붙였다.

해리와 헤르미온느는 주점 안쪽으로 향했다. 벽난로 옆에 서 있는 멋진 크리스마스 트리와 창문 사이에 작은 빈 테이블이 하나 있었다. 론은 5분쯤 뒤, 거품이 이는 뜨거운 버터 맥주 잔을 들고 다시 왔다.

"메리 크리스마스!" 그가 잔을 들어 올리며 유쾌하게 외쳤다.

해리는 잔을 들어 쭉 들이켰다. 세상에 그렇게 맛있는 건 처음이었다. 그걸 마시자 온몸에 따뜻한 온기가 퍼지는 것 같았다.

갑자기 바람이 한차례 휙 일더니 해리의 머리카락을 헝클어뜨렸다. 주점 문이 다시 열렸던 것이다. 맥주 잔 너머로 넘겨다 본 해리는 하마터면 숨이 멎을 뻔했다.

맥고나걸 교수와 플리트윅 교수가 그 술집으로 들어온 것이었다. 그리고 뒤이어 해그리드가 들어왔는데, 그는 라임빛 초록색 중산 모자에 가는 세로줄 무늬가 있는 망토를 입은 한 뚱뚱한 남자와 진지하게 대화를 나누고 있었다. 마법부 장관, 코넬리우스 퍼지였다.

론과 헤르미온느는 순간적으로 동시에 해리의 머리를 테이블 밑으로 밀어 넣었다. 해리는 보이지 않게 웅크리고 앉아서 빈 맥주 잔을 움켜잡고, 교수님들과 퍼지 장관의 발이 바 쪽으로 움직이다가 멈춘 뒤, 돌아서서 곧바로 그가 있는 쪽으로 걸어오는 걸 지켜보았다.

그의 위에서 헤르미온느가 속삭였다. *"모빌리코르푸스!"*

그러자 그들의 테이블 옆에 있던 크리스마스 트리가 땅에서 몇 센티미터 정도 떨어져서 둥둥 떠가더니 그들이 앉아 있는 테이블 바로 앞에 살짝 내려서 그들을 가려 주었다. 촘촘한 아래쪽의 나뭇가지들 사이로, 해리는 모두 네 개의 의자가 그들 바로 옆에 있는 테이블에서 뒤로 물러나는 걸 보았고, 이어서 교수님들과 장관이 앉으면서 툴툴대며 한숨짓는 소리를 들었다.

뒤이어 반짝이는 하늘색 하이힐을 신은 한 쌍의 발이 보이더니, 곧바로 그 여자의 목소리가 들렸다.

"작은 질리워터……"

"제 거예요." 맥고나걸 교수가 말했다.

"2000시시짜리 꿀술……."

"고맙소, 로즈메르타." 해그리드가 말했다.

"우산 장식에 얼음 넣은 체리 시럽과 소다……."

"음!" 플리트윅 교수가 입맛을 다시며 말했다.

"그러면 장관님께서는 빨간 건포도 럼 술이겠군요."

"고마워요, 로즈메르타." 퍼지 장관이 말했다. "다시 만나서 정말 반가워요. 당신도 한 잔 하지 그래요? 이리 와서 우리와 함께 앉아요……."

"대단히 고맙습니다, 장관님."

해리는 그 반짝이는 힐이 저만치 걸어갔다가 다시 오는 걸 보았다. 가슴이 쿵쾅쿵쾅 뛰고 있었다. 오늘이 교수님들에게도 학기 마지막 주말이라는 걸 왜 미처 생각지 못했을까? 그런데 그들은 얼마나 오래 앉아 있을까? 만약 오늘 밤 학교로 되돌아가야 한다면 허니듀크로 다시 몰래 들어갈 시간이 필요했다……. 헤르미온느의 다리가 그의 옆에서 초조하게 씰룩거렸다.

"그런데, 어쩐 일로 이런 누추한 곳을 찾아오셨나요, 장관님?" 로즈메르타 부인의 목소리가 들렸다.

해리는, 퍼지 장관이 마치 엿듣는 사람이 있나 살피고 있는 듯 뚱뚱한 몸 아랫부분을 비트는 걸 보았다. 그 뒤 그가 나직한 목소리로 말했다. "시리우스 블랙 말고 무슨 문제겠소? 할로윈 데이에 학교에서 어떤 일이 있었는지는 아마 들었겠죠?"

"저도 소문을 들었어요." 로즈메르타 부인이 말했다.

"술집마다 다니며 다 말했어요, 해그리드?" 맥고나걸 교수가 쏘아붙였다.

"블랙이 여전히 이 지역에 있다고 생각하세요, 장관님?" 로즈메르타 부인이 작은 소리로 물었다.

"물론이오." 퍼지 장관이 무뚝뚝하게 말했다.

"디멘터들이 마을 전체를 두 번이나 수색했었다는 건 아시죠?" 로즈메르타 부인이 목소리에 날을 세워 말했다. "전 그 덕분에 고객을 다 놓쳤어요……. 그건 영업에는 아주 좋지 않아요, 장관님."

"로즈메르타, 당신보다 그것들을 더 싫어하는 건 바로 나요." 퍼지 장관이 기분이 언짢은 듯 말했다. "부득이한 예방 조치예요……. 유감스럽지만, 어쩔 수가 없어요……. 나도 막 몇 명을 만났어요. 그들은 덤블도어 교수에게 굉장히 화가 나 있어요……. 그들을 성의 정원 안에 들여놓지 않으려 했다고 말이오."

"하지만 그건 어쩔 수가 없어요." 맥고나걸 교수가 날카롭게 말했다. "저 소름 끼칠 것 같은 생물들이 돌아다니고 있는데 저희가 어떻게 가르칠 수 있겠어요?"

"맞아요! 동감이에요!" 아주 작은 플리트윅 교수가 끽끽거리며 말했다. 그의 발은 땅에서 30센티미터 정도 떨어져 흔들거리고 있었다.

"그렇지만," 퍼지 장관이 이의를 제기했다. "그들은 훨씬 더 나쁜 것으로부터 당신들을 보호하기 위해 이곳에 있는 것이오……. 우리 모두 블랙이 어떤 짓을 할 수 있는지 잘 알고 있지 않소……."

"하지만, 전 아직도 그게 믿기지가 않아요." 로즈메르타 부인이 생각에 잠겨 말했다. "많은 사람들이 어둠의 세계로 건너갔지만, 전 시리우스 블랙이 그러리라고는 꿈에도 생각지 못했어요……. 제 말은, 호그와트 학생 시절의 그를 생각하면 그렇다는 거예요. 만약 그 당시에 당신이 그가 이런 사람이 될 거라고 말했다면, 전 당신이 과

음한 탓에 터무니없는 소리를 한다고 했을 거예요."

"당신은 잘 몰라요, 로즈메르타." 퍼지 장관이 퉁명스럽게 말했다. "그가 저지른 정말로 나쁜 짓은 세상에 그다지 알려져 있지 않아요."

"정말로 나쁜 짓이라뇨?" 로즈메르타 부인의 목소리가 호기심으로 생기가 돌았다. "무고한 사람들을 죽인 것보다 더 나쁜 짓이라는 뜻인가요?"

"물론이오." 퍼지 장관이 말했다.

"전 믿을 수 없어요. 그보다 더 나쁜 짓이란 게 도대체 어떤 거죠?"

"호그와트 학생 시절의 그를 기억한다고 말했죠, 로즈메르타?" 맥고나걸 교수가 낮은 목소리로 말했다. "그의 단짝 친구가 누구였는지 기억해요?"

"당연하죠." 로즈메르타 부인이 살짝 웃으며 말했다. "둘이 그림자처럼 붙어 다녔죠, 안 그래요? 그들은 여기 올 때마다…… 오, 날 웃기곤 했어요. 둘이 콤비를 이루어서 말이죠, 시리우스 블랙과 제임스 포터!"

해리가 쨍그랑 소리를 내며 맥주잔을 떨어뜨리자 론이 그를 발로 찼다.

"맞아요." 맥고나걸 교수가 말했다. "블랙과 포터. 그들은 일종의 골목 대장이었죠. 물론 둘 모두 굉장히 똑똑했어요……. 사실 비범했죠……. 하지만 그 애들 같은 악동도 없었던 것 같아요……."

"사실," 해그리드가 킬킬 웃었다. "프레드와 조지 위즐리는 그들에 비하면 아무것도 아닐 거예요."

"블랙과 포터는 꼭 형제 같았어요!" 플리트윅 교수가 동의한다는 듯 끼어들었다. "한시도 떨어지고는 못 사는 친구 사이 였죠!"

"물론 그랬죠." 퍼지 장관이 말했다. "포터는 다른 어떤 친구보다도 블랙을 믿었어요. 학교 졸업 후에도 그 우정은 전혀 변함이 없었어요. 블랙은 제임스가 릴리와 결혼할 때 들러리를 서 주었고, 그 뒤엔 해리의 대부가 되었죠. 해리는 전혀 모르지만 말이오, 물론. 그걸 알면 그 애가 얼마나 괴로워할지 눈에 선해요."

"그런 블랙이 **그 사람**과 결탁한 것으로 드러나서 말인가요?" 로즈메르타 부인이 속삭였다.

"그것보다 더 나쁜 게 있어요……." 퍼지 장관이 목소리를 낮추고 나직이 울리는 소리로 계속했다. "그 당시 포터 부부는 **그 사람**이 자신들을 쫓고 있다는 걸 알고 있었답니다. 하지만 그 사실을 아는 사람은 별로 없었어요. 덤블도어 교수는 물론 끊임없이 **그 사람**에 대항해서 싸웠고, 곳곳에 **그 사람**을 감시할 수 있는 정보원을 심어 두었었죠. 그런데 그들 가운데 한 명이 귀띔해 주자, 덤블도어는 제임스와 릴리에게 즉시 주의를 주었어요. 급히 몸을 피하라고요. 글쎄요, 물론, **그 사람**을 피해 숨는다는 게 쉽지는 않지만 말이오. 덤블도어 교수는 그들에게 '피델리우스 마법'을 쓰는 수밖에 없다고 했어요."

"어떤 마법인데요?" 로즈메르타 부인이 굉장히 흥미로운 듯 물었다. 플리트윅 교수가 목을 가다듬었다.

"굉장히 복잡한 주문이죠." 그가 끽끽대며 말했다. "마법으로 단 한 명의 살아 있는 사람 속에 비밀을 숨기는 것이죠. 그 정보는 선택받은 사람 즉 비밀 파수꾼 속에 숨겨져 있고 따라서 알아내는 게 불가능하죠……. 물론 그 비밀 파수꾼이 그걸 폭로하지 않는다면 말예요. 비밀 파수꾼이 말하지 않는 한, **그 사람**은 릴리와 제임스가 머물고 있던 마을을 아무리 뒤져도 그들을 찾아낼 수 없었죠. 심지어 그가 그들이 앉아 있는 창문에 코를 대고 있다 해도 말이오!"

"그러니까 블랙이 포터 부부의 비밀 파수꾼이었다는 건가요?" 로즈메르타 부인이 속삭였다.

"물론이죠." 맥고나걸 교수가 말했다. "제임스 포터는 덤블도어 교수에게, 블랙이라면 그들이 있는 곳을 말하느니 차라리 죽음을 택할 것이며, 블랙 자신도 행방을 감출 작정이라고 말했어요……. 그럼에도 불구하고, 덤블도어 교수는 걱정스러워했어요. 전 덤블도어 교수께서 직접 포터 부부의 비밀 파수꾼이 되겠노라고 나섰던 기억이 나요."

"그가 블랙을 의심했나요?" 로즈메르타 부인은 놀라서 숨이 막혔다.

"덤블도어는 포터 부부와 가까운 누군가가 계속해서 **그 사람**에게 그들의 거동을 알려 주고 있다고 확신했어요." 맥고나걸 교수가 은밀히 말했다. "실은, 덤블도어는 꽤 오랫동안 우리 쪽의 누군가가 반역자가 되어 **그 사람**에게 많은 정보를 넘겨주고 있는 게 아닌가 의심했어요."

"하지만 제임스 포터는 블랙을 비밀 파수꾼으로 하길 고집했겠군요?"

"그랬어요." 퍼지 장관이 무겁게 말했다. "그런데 '피델리우스 마법'을 건 뒤 채 일주일도 못 가서……"

"블랙이 그들을 배신했다는 건가요?" 로즈메르타 부인이 흥분해서 말했다.

"그랬어요. 블랙은 이중 첩자 노릇에 지쳐서, 언제든 자신이 **그 사람**을 지지한다는 걸 만방에 선언할 각오가 되어 있었는데, 그 나름대로는 포터 부부가 사망하는 순간에 그렇게 할 계획이었던 것 같아요. 하지만, 우리 모두 알다시피, 어린 해리 포터와 부딪히자마자 그 사람이 몰락하게 되었던 거예요. 그는 힘을 잃고 지독하게 허약해져서 달아났죠. 일이 이렇게 되자 블랙은 매우 난처한 처지에 놓이게 되었어요. 자신이 반역자라는 진정한 색깔을 보여준 바로 그 순간에 자기네 우두머리가 몰락해 버렸으니까 말이오. 그는 달아나지 않을 수 없었죠."

"더럽고 비열한 배반자 같으니라구!" 해그리드가 어찌나 큰 소리로 말했던지 바가 조용해졌다.

"쉬!" 맥고나걸 교수가 말했다.

"전 그놈을 만났어요!" 해그리드가 투덜거렸다. "그가 그 많은 사람들을 죽이기 전에 그를 마지막으로 본 사람은 틀림없이 저였을 거예요! 릴리와 제임스가 살해된 뒤 그들의 집에서 해리를 데리고 나온 게 바로 저니까요! 그 애를 폐허 속에서 구해 냈죠. 가엾은 녀석, 이마에 커다란 상처가 나 있었어요. 그 아이의 부모는 죽고……. 그런데 뜻밖에도 시리우스 블랙이 자신이 늘 타고 다니던 날아다니는 오토바이를 타고 나타났어요. 전 그가 거기에서 뭘 하고 있었는지 전혀 생각하지 못했어요. 전 그가 릴리와 제임스의 비밀 파수꾼이었다는 걸 몰랐어요. 그저 그 사람이 습격했다는 소식을 듣고 도와주려고 온 줄로만 알았죠. 그는 얼굴이 백지장처럼 새하얘져서 부들부들 떨고 있었어요. 그때 제가 어떻게 했는지 아세요? 살인자이자 반역자인 그놈을 위로했어요!" 해그리드가 고함을 질렀다.

"해그리드, 제발!" 맥고나걸 교수가 소스라치게 놀라며 말했다. "목소리 좀 낮춰요!"

"그가 릴리와 제임스의 죽음을 보고도 전혀 당황하지 않았다는 걸 제가 알기나 했겠어요? 그가 관심 있는 건 그 사람밖에 없다는 걸 말예요! 그 뒤 그가 말했어요. '해리를 제게 주세요, 해그리드. 전 그 애의 대부예요, 제가 그 애를 돌보겠어요…….' 하! 하지만 전 덤블도어 교수의 명령을 들어야 했으므로, 블랙에게 안 된다고 말했죠. 덤블도어 교수가 해리는 이모와 이모부 집으로 가야 한다고 말씀하셨다고요. 블랙은 고집을 피웠지만, 결국 양보했어요. 그리고 제게 자신의 오토바이로 해리를 데려가라고 했어요. '전 그게 더 이상 필요하지 않으니까요.' 라면서 말예요.

전 그때 뭔가 좀 수상하다는 걸 알아챘어야 해요. 그는 저 오토바이를 굉장히 좋아했거든요. 그런데 그가 그걸 무엇 때문에 제게 주겠어요? 그에게 왜 더 이상 오토바이가 필요하지 않았을까요? 뻔한 거죠, 뭐. 덤블도어 교수는 그가 포터의 비밀 파수꾼이었다는 걸 알고 계셨어요. 블랙은 그날 밤 달아나야만 한다는 걸 알았죠. 마법부가 잡으러 오는 건 시간 문제라는 걸 알고 있었어요.

하지만 제가 해리를 그에게 주었더라면 어떻게 되었겠어요? 그는 틀림없이 오토바이를 타고 바다 한가운데로 날아가 그 애를 내던져 버렸을 거예요. 단짝 친구의 아들을 말예요! 어둠의 세계로 넘어간 마법사들에겐 어떤 것도 어떤 사람도 더 이상 중요하지 않으니까요……."

해그리드가 말을 마치자 긴 침묵이 흘렀다. 그 뒤 로즈메르타 부인이 말했다. "하지만 그는 사라지지 못했잖아요, 그렇죠? 마법부가 그 다음 날 그를 잡았잖아요!"

"아아, 그랬기만 했다면 얼마나 좋았겠소." 퍼지 장관이 가차없이 말했다. "그를 찾아낸 건 우리가 아니었어요. 그건 피터 페티그루였다오……. 포터 부부의 또 다른 친구죠. 그는 물론 슬픔으로 제정신이 아니었어요. 그리고 블랙이 포터 부부의 비밀 파수꾼이었다는 사실을 알고, 직접 블랙을 잡으러 갔었어요."

"페티그루라…… 호그와트에서 항상 블랙과 포터의 꽁무니를 졸졸 따라다니던 뚱보 소년 말인가요?" 로즈메르타 부인이 물었다.

"블랙과 포터를 영웅 숭배하다시피 했죠." 맥고나걸 교수가 말했다. "그들처럼 똑똑하지는 않았지만, 재능 있는 아이였어요. 전 종종 그 애에게 다소 거칠게 굴었어요. 지금 생각하면 얼마나…… 얼마나 후회스러운지……." 그녀가 갑자기 코감기에 걸린 것 같은 목소리로 말했다.

"자, 미네르바," 퍼지 장관이 위로하듯 다정하게 말했다. "페티그루는 용감하게 죽었어요. 목격자들은—물론 머글들이죠. 우린 나중에 그들의 기억을 다 없애야 했어요—우리에게 페티그루가 블랙을 어떻게 궁지로 몰아넣었는지 말해 주었어요. 그가 흐느껴 울며 '릴리와 제임스를, 시리우스! 네가 어떻게?' 라고 말했다고 하더군요. 그리곤 그가 요술지팡이를 집어 들었대요. 하지만 물론, 블랙이 더 빨랐죠. 페티그루를 산산이 날려 버렸대요……."

맥고나걸 교수가 코를 팽 풀고는 탁한 목소리로 말했다. "어리석은 사람…… 바보 같은 사람…… 그는 늘 결투에서는 가망이 없었어요…… 그 일은 마법부에게 맡겨 두었어야 했어요……."

"정말로, 내가 만약 어린 페티그루보다 먼저 블랙에게 갔더라면, 난 바보같이 요술지팡이를 휘두르지는 않았을 거예요. 사지를 갈기갈기 찢어 놓았을 거예요." 해그리드가 성내어 말했다.

"그런 말 말게, 해그리드." 퍼지 장관이 날카롭게 말했다. "일단 궁지에 몰리면 특별히 훈련받은 마법부의 수사요원들 말고는 블랙을 당해 낼 재간이 없다네. 마법부가 파국을 맞았던 그 당시는 내가 장관이 된 지 얼마 되지 않았을 때였네. 난 블랙이 많은 사람들을 살해한 그 현장을 가장 먼저 본 사람 가운데 하나였다네. 난…… 난 절대 잊지 못할 걸세. 난 아직도 가끔 그 꿈을 꾼다네. 거리 한가운데에 생긴 구멍이 어찌나 깊었던지 그 밑에 있는 하수 본관이 부서졌을 정도였네. 여기저기에 시체들이 널려 있고. 머글들은 비명을 지르고 있고. 그리고 블랙은 페티그루의 남겨진 잔해를 들고 제자리에서 웃고 서 있었네……. 피투성이가 된 옷가지와 산산이 부서진 조각들을 들고 말이네……."

퍼지 장관의 목소리가 갑자기 멈췄다. 다섯 사람이 코를 푸는 소리가 들렸다.

"얘기가 그렇게 된 거요, 로즈메르타." 퍼지 장관이 탁한 목소리로 말했다. "블랙은 마법부 수사요원 스무 명에게 잡혀갔고 페티그루는 1급 멀린 훈장을 받게 되었소. 그것이 그의 가엾은 어머님께는 조금이나마 위로가 되었길 바랄 뿐이오. 블랙은 그 이후 죽 아즈카반에 있었어요."

로즈메르타가 긴 한숨을 내쉬었다.

"그런데 그가 미쳤다는 게 사실인가요, 장관님?"

"정말로 그렇다면 오죽이나 좋겠소." 퍼지가 천천히 말했다. "그의 우두머리의 패배가 그에게 한동안 정신적 혼란을 가져온 건 확실한 것 같아요. 페티그루와 그 모든 머글들을 살해한 건 궁지에 몰릴 대로 몰린 절망한 사람의 행동이라고밖에 볼 수 없으니까 말이오. 잔인하고…… 헛된 짓이었죠. 하지만 최근에 아즈카반을 시찰했을 때 난 블랙을 만났어요. 알다시피, 그곳에 있는 죄수들 대부분은 어둠 속에서 혼자 중얼거리고 앉아 있지 않소. 그들에게는 아무 감각이 없어요……. 하지만 블랙은 어찌나 정상적으로 보였던지 난 깜짝 놀랐어요. 그는 내게 아주 이성적으로 말했어요. 기겁을 할 일이었죠. 그저 지루했기 때문이라고 생각했을 수도 있을 거예요. 그는 내게 아주 침착하게 신문을 다 읽었냐고 묻고는, 글자 맞추기를 몹시 하고 싶다고 말했으니까 말이오. 그래요, 난 디멘터가 어떻게 그에게는 전혀 영향을 미치지 못했는지 깜짝 놀랐어요……. 그곳에서는 디멘터들이 그의 감방 문 앞에서 밤낮으로 지키면서, 가장 엄하게 감시를 하고 있었는데도 말이오."

"그렇다면 그가 무엇 때문에 탈출했다고 생각하세요?" 로즈메르타 부인이 물었다. "어머나, 장관님, 그가 설마 **그 사람**과 재결합하려는 건 아니겠죠, 그렇죠?"

"경우에 따라서는, 에…… 그것이 최후의 계획일 수도 있겠죠." 퍼지 장관이 얼버무렸다. "하지만 우린 그 전에 블랙을 잡기를 바랄 뿐이오. 사실, **그 사람**이 혼자이고 친구도 하나 없을 때와…… 오른팔 격인 부하가 같이 있을 때는 사정이 다르지요. 그의 세력이 얼마나 빨리 재건될까 생각하면 몸서리가 쳐진다오……."

유리잔이 나무에 부딪혀 쨍그랑 하는 소리가 났다. 누군가가 잔을 내려놓은 것이었다.

"코넬리우스 장관님, 교장 선생님과 저녁을 드시려면, 이제 그만 성으로 돌아가는 게 좋겠어요." 맥고나걸 교수가 말했다.

해리는 한 사람씩 자리에서 일어나는 것을 볼 수 있었다. 망토 자락들이 움직이고 로즈메르타 부인의 반짝이는 하이힐이 바 뒤로 사라졌다. 그리고 스리 브룸스틱스의 문이 다시 열리면서 눈보라가 또 한 번 안으로 몰아치는 것으로 보아, 교수님들이 모두 나간 것 같았다.

"해리?"

론과 헤르미온느의 얼굴이 테이블 밑에 나타났다. 그들 모두 할 말을 잃고 그를 빤히 바라보았다.

제 11 장

파이어볼트

해리는 자신이 어떻게 허니듀크 지하실로 들어가 터널을 지나 성으로 되돌아왔는지 전혀 알지 못했다. 그는 그저 순식간에 돌아온 것 같다는 것과, 자신이 무얼 하고 있는지도 전혀 몰랐다는 것 외엔 도무지 기억할 수가 없었다. 머릿속이 온통 그가 막 들은 대화로 가득 차 있었기 때문이다.

왜 아무도 그에게 말해 주지 않았던 걸까? 덤블도어 교수도, 해그리드도, 위즐리 씨도, 코넬리우스 퍼지 장관도…… 왜 누구도 해리의 부모가 단짝 친구의 배신으로 돌아가셨다는 사실을 말해 주지 않았던 걸까?

론과 헤르미온느는 퍼지 장관이 가까이 앉아 있었으므로 그들이 엿들은 것에 대해 감히 말하지도 못하고 그저 저녁을 먹는 동안 내내 해리의 눈치를 살폈다. 그들이 이층으로 올라가 사람들로 꽉 찬 학생 휴게실로 가자, 프레드와 조지가 학기말이라고 기분이 좋아서 똥 폭탄 대여섯 개를 터뜨리고 있었다. 해리는 프레드와 조지가 호그스미드에 갔었는지 물어볼까 봐, 조용히 빈 기숙사 방으로 올라가 곧장 침대 옆 벽장으로 향했다. 그는 벽장에 쌓여 있는 책들을 옆으로 밀치고 금세 그 안에서 무언가를 하나 찾아냈다. 그것은 바로 2년 전 해그리드가 준, 표지가 가죽으로 된 앨범이었다. 그 앨범은 해리 엄마와 아빠의 사진들로 가득 차 있었다. 그는 침대에 앉아 침대 주위에 있는 커튼을 치고 앨범을 넘기기 시작했다…….

그는 부모의 결혼 사진에서 멈췄다. 해리의 아버지가 그와 똑같이 헝클어져 사방으로 뻗친 까만 머리를 하고 그에게 손을 흔들며 밝게 미소 짓고 있었다. 그의 어머니는 행복에 찬 얼굴로 그의 아버지와 팔짱을 끼고 있었다. 그리고 거기에…… 그 사람인 게 틀림없었다. 그들의 들러리…… 해리는 그에 대해 조금도 생각해 본 적이 없었다.

만약 동일한 사람이라는 걸 몰랐다면, 해리는 이 낡은 사진 속에 있는 사람이 그 무시무시한 블랙이라는 건 짐작도 못했을 것이다. 신문에 실린 것과는 달리, 그의 얼굴은 홀쭉하지도 창백하지도 않았다. 그는 잘생긴 얼굴에 활짝 웃고 있기까지 했다. 이 사진을 찍었을 때 그는 이미 볼드모트를 위해 일하고 있었을까? 그는 이미 자신 옆에 있는 두 사람의 죽음을 계획하고 있었을까? 그리고 앞으로 12년 간이나 아즈카반에 있으면서 이처럼 얼굴이 몰라보게 변하리라는 사실을 알았을까?

하지만 디멘터는 이 자에게 영향을 미치지 못해. 해리는 웃고 있는 그 잘생긴 얼굴을 뚫어지게 바라보며 생각했다. *디멘터가 바짝*

다가와도 이 자는 우리 엄마가 지르는 비명 소리를 듣지 못할 거야…….

해리는 앨범을 탁 덮고 다시 벽장 속에 밀어 넣고는 망토와 안경을 벗고 밖에서 보이지 않도록 커튼을 확실하게 친 뒤 침대 속으로 들어갔다.

그때 기숙사 방문이 열렸다.

"해리!" 론의 목소리였다.

하지만 해리는 잠든 척하며 조용히 누워 있었다. 그는 론이 다시 나가는 소리를 듣고, 눈을 동그랗게 뜬 채 반듯이 누웠다.

전에는 전혀 몰랐던 증오가 마치 독약처럼 해리의 몸 속으로 퍼지고 있었다. 그는 마치 누군가가 앨범에 있는 사진을 눈에 붙이기라도 한 듯, 어둠 속에서 그를 보고 웃고 있는 블랙의 모습을 또렷이 볼 수 있었다. 그는 뚫어지게 바라보았다. 눈앞에서 시리우스 블랙이 피터 페티그루(네빌 롱바텀과 닮은)를 산산조각으로 폭파시켜 버리는 녹화 필름이 돌아가고 있는 것 같았다. 블랙의 목소리가 어떤지 전혀 모르긴 했지만, 흥분해서 나지막이 중얼거리는 소리가 들렸다.

"마침내 바라던 대로 되었습니다, 두목……. 포터 부부가 저를 그들의 비밀 파수꾼으로 정했습니다……."

그리고 높은 목소리로 날카롭게 웃어 대는 또 다른 목소리가 들렸다. 디멘터가 가까이 다가올 때마다 해리의 머릿속에서 들렸던 것과 똑같은 웃음 소리였다…….

"해리, 너…… 너 얼굴이 왜 그러니?"

해리는 새벽 늦게까지 잠을 자지 못했다. 깨어 보니 기숙사 방엔 아무도 없었다. 그는 나선형 계단을 내려가 학생 휴게실로 갔다. 그런데 그곳엔 두꺼비 모양의 페퍼민트 크림을 먹으며 배를 문지르고 있는 론과 책상 세 개에 걸쳐 숙제를 늘어놓고 있는 헤르미온느뿐이었다.

"다들 어디 있니?" 해리가 물었다.

"갔어! 오늘이 방학 첫날이잖아, 잊었니?" 론이 해리의 얼굴을 살피며 말했다. "거의 점심 시간이라 조금 있다 널 깨우려던 참이었어."

해리는 벽난로 옆에 있는 의자에 무너지듯이 앉았다. 창 밖에는 여전히 눈발이 흩날리고 있었다. 크룩생크가 마치 커다란 황갈색 모피처럼 벽난로 앞에 사지를 쭉 뻗고 누워 있었다.

"너 정말로 안색이 안 좋다." 헤르미온느가 걱정스럽게 그의 얼굴을 들여다보며 말했다.

"난 괜찮아." 해리가 말했다.

"해리," 헤르미온느가 론과 눈길을 교환하며 말했다. "어제 들은 말 때문에 정말로 당황했을 거야. 하지만 중요한 건 어리석은 짓은 절대 하면 안 된다는 거야."

"예를 들면?"

"블랙을 찾아 나선다든지 하는 것 말야." 론이 날카롭게 말했다.

해리는 자신이 잠들어 있는 동안 그들이 스리 브룸스틱스에서 들은 말을 가지고 이러쿵저러쿵했었다는 걸 알 수 있었다. 그는 아무 말도 하지 않았다.

"안 할 거지, 그렇지, 해리?" 헤르미온느가 말했다.

"블랙 때문에 죽는다는 건 말도 안 돼." 론이 말했다.

해리는 그들을 쳐다보았다. 그들은 전혀 이해하지 못하는 것 같았다.

"디멘터가 내게 가까이 올 때마다 내가 무엇을 보고 무슨 소리를 듣는지 너희들 알기나 해?" 론과 헤르미온느가 염려스러운 표정으로 고개를 가로저었다. "난 우리 엄마가 비명을 지르며 볼드모트에게 간절히 비는 소리를 들을 수 있어. 아마 너희들도 너희 엄마가 그렇게 소리 지르는 걸 듣는다면, 쉽사리 잊지는 못할 거야. 너희들이 만약, 네 엄마가 친구라고 생각했던 사람에게 배신당하고 그 때문에 볼드모트에게 잡혔다는 걸 알았다면……."

"하지만 네가 할 수 있는 건 아무것도 없잖아." 헤르미온느가 말하기 괴로운 듯한 표정으로 말했다. "디멘터가 블랙을 잡으면 그는 다시 아즈카반으로 돌아갈 거고…… 그리고 그는 마땅한 형벌을 받게 될 거야!"

"너희들도 퍼지 장관이 하는 말 들었잖아. 블랙은 보통 사람들처럼 아즈카반의 영향을 받지 않아. 따라서 다른 사람에겐 그게 형벌일지 몰라도, 그에겐 아냐."

"그러니까 네가 말하려는 건 뭐야?" 론이 매우 긴장한 얼굴로 물었다. "블랙을 죽이거나 뭐…… 그런 걸 하기라도 하겠다는 거야?"

"바보 같은 소리 마." 헤르미온느가 겁에 질린 목소리로 말했다. "해리는 아무도 죽이고 싶어 하지 않아, 그렇지, 해리?"

이번에도, 해리는 대답하지 않았다. 그 자신도 무엇을 하고 싶은 건지 알지 못했다. 그는 그저 블랙이 마음대로 활보하고 다니는데, 아무것도 못하고 손놓고 있어야 한다는 게 견딜 수 없을 뿐이었다.

"말포이는 알고 있었어." 그가 불쑥 말했다. "그 애가 마법의 약 시간에 내게 했던 말 기억해? '나라면, 직접 그를 추적해서 잡을 거야…… 난 복수를 하고 싶을 거야' 라고 했던 말 말야."

"그래서 우리의 충고 대신 말포이의 충고를 따르겠다는 거야?" 론이 미친 듯이 화를 내며 말했다. "잘 들어……. 블랙이 페티그루를 죽인 뒤 페티그루의 어머니께 돌아온 게 뭔지 알아? 아빠가 말씀해 주셨어……. 1급 멀린 훈장, 그리고 상자에 든 페티그루의 손가락이었어. 그게 그나마 사람들이 찾을 수 있는 가장 커다란 조각이었대. 블랙은 미친 사람이야, 해리. 그리고 그는 위험해……."

"말포이의 아버지는 말포이에게 틀림없이 말했을 거야." 해리가 론의 말은 들은 척도 않고 말했다. "그가 볼드모트의 측근이었다고 말야……."

"그 사람이라고 해, 해리!" 론이 불끈 화내며 끼어들었다.

"말포이는 블랙이 볼드모트를 위해 일하고 있었다는 걸 알았던 게 분명해……."

"그리고 말포이는 네가 산산조각 나는 것도 보고 싶었을 거야, 페티그루처럼 말야! 상황을 똑바로 봐. 말포이는 퀴디치에서 너와 맞붙기 전에 네가 죽어 주길 바라고 있는 것뿐이야."

"해리, 제발." 헤르미온느가 눈물을 흘리며 말했다. "제발 이성적으로 생각해. 블랙은 끔찍한, 아주 끔찍한 짓을 했어. 하지만 위험에 스스로 뛰어들려고 하지 마. 그게 바로 블랙이 바라는 거야……. 오, 해리, 그를 찾아 나선다면 넌 블랙의 술수에 넘어가는 거야. 네 엄마와 아빠는 네가 다치길 바라지 않으실 거야. 그들은 절대로 네가 블랙을 찾아 나서는 걸 바라지 않으실 거야!"

"난 그분들이 뭘 원하는지 영영 알지 못할 거야. 왜냐하면 블랙 덕분에, 그분들에게 말도 하지 못하니까 말야." 해리가 쌀쌀하게 말했다.

정적이 흘렀다. 그 사이 크룩생크가 발톱을 움직이며 아주 기분 좋게 기지개를 켰다. 론의 주머니가 떨리듯 흔들렸다.

"야." 론이 화제를 바꿀 궁리를 하며 말했다. "이제 방학이야! 며칠 있으면 크리스마스야! 우리…… 우리 해그리드 보러 가자. 한참 동안 찾아가지 못했잖아!"

"안 돼!" 헤르미온느가 얼른 말했다. "해리는 성을 떠나면 안 되잖아, 론……."

"그래, 가자." 해리가 똑바로 앉으며 말했다. "어떻게 우리 부모님에 관한 얘기는 다 해줬으면서도 블랙에 대해선 한 마디도 하지 않았는지 물어 봐야겠어!"

론이 그 말을 꺼냈던 건 명백히 시리우스 블랙 얘기를 그만 하고 싶어서였지만, 상황은 그렇게 돌아가고 있지 않았다.

"아니면 체스 게임 하는 것도 괜찮겠다." 론이 급히 말했다. "아니면 퍼시 형이 놔두고 간 곱스톤 게임을 하든지……."

"싫어, 해그리드한테 가자." 해리가 단호하게 말했다.

그래서 그들은 망토를 입고 초상화 구멍을 지나("용감하게 싸워, 이 겁쟁이야!"), 텅 빈 성을 내려가 현관의 오크문 밖으로 나갔다.

그들은 가루 같은 반짝이는 눈에 발자국을 남기며 천천히 잔디밭으로 향했다. 양말과 망토 자락이 푹푹 빠져서 발이 시렸다. 금지된 숲은 꼭 마법에 걸린 것처럼 보였다. 나무마다 은빛으로 빛났고, 해그리드의 오두막은 설탕을 입힌 케이크 같았다.

론이 노크를 했지만, 아무 대답이 없었다.

"밖에 나가지는 않았을 텐데, 그렇지?" 헤르미온느가 부들부들 떨며 말했다.

론이 문에다 귀를 갖다댔다.

"이상한 소리가 나." 그가 말했다. "들어 봐…… 팽인가?"

해리와 헤르미온느도 문에다 귀를 갖다댔다. 오두막 안에서 나지막한 신음 소리가 계속해서 들렸다.

"가서 누구든 데려와야 할까 봐." 론이 초조하게 말했다.

"해그리드!" 해리가 문을 쾅쾅 두드리며 불렀다. "해그리드, 안에 계세요?"

무거운 발소리가 나더니 삐걱거리며 문이 열렸다. 해그리드가 눈이 빨갛게 충혈되고 퉁퉁 부은 채로 서 있었다. 그의 가죽 조끼 앞에는 눈물 자국이 군데군데 배어 있었다.

"들었니?" 몸집이 보통 사람의 두 배나 되는 그가 큰 소리로 울며 해리에게 매달렸다.

해리가 해그리드의 무게에 짓눌려 넘어지려고 하는 찰나, 론과 헤르미온느가 해그리드의 겨드랑이를 한쪽씩 잡고 다시 오두막 안으로 끌어당겼으므로 해리는 간신히 위기를 모면할 수 있었다. 해그리드는 탁자 앞의 의자로 걸어가 무너지듯이 주저앉더니 걷잡을 수 없이 흐느껴 울었다. 그의 얼굴이 뚝뚝 떨어지는 눈물로 번들거렸다.

"해그리드, 왜 그러세요?" 헤르미온느가 깜짝 놀라 물었다.

해리는 탁자 위에 펼쳐진 채 놓여 있는, 공문처럼 보이는 편지를 발견했다.

"이게 뭐예요, 해그리드?"

해그리드가 더 큰 소리로 엉엉 울며 그 편지를 해리 쪽으로 밀었다. 해리는 그것을 집어 들고 소리내어 읽었다.

해그리드 씨에게.

히포그리프가 귀하의 학급 학생 하나를 공격한 사건에 대한 추가

조사 결과, 우린 귀하가 그 유감스러운 사건에 아무 책임이 없다는 덤블도어 교수의 보증을 받아들이기로 했습니다.

"그럼, 이제 괜찮은 거잖아요, 해그리드!" 론이 해그리드의 어깨를 가볍게 두드리며 말했다. 하지만 해그리드는 계속 흐느껴 울면서 거대한 손을 흔들며 해리에게 계속 읽으라고 했다.

그러나 우린 문제의 히포그리프에 대하여 모종의 조치를 취해야만 합니다. 우리는 루시우스 말포이 씨의 공식적 문제 제기를 받아들였으며, 이 문제는 위험한 동물 처리 위원회로 넘어갈 것입니다. 청문회가 4월 20일에 열릴 예정이오니, 귀하는 귀하의 히포그리프를 데리고 런던의 위원회 사무실로 출두하시기 바랍니다. 그때까지 문제의 히포그리프는 반드시 잡아매어 격리시키길 바랍니다.

안녕히 계십시오.

뒤이어 학교 이사들의 목록이 나왔다.

"오," 론이 말했다. "하지만 벅빅은 나쁜 히포그리프가 아니라고 하셨잖아요, 해그리드. 분명히 큰 문제 없이 잘 해결될 거예요……."

"위험한 동물 처리 위원회 놈들을 너희가 몰라서 그래!" 해그리드가 소매로 눈물을 훔치며 목이 메어 말했다. "그놈들은 온갖 흥미로운 동물들을 다 잡아 죽이려고 하고 있어!"

해그리드의 오두막 한쪽 구석에서 갑자기 소리가 나자 해리와 론과 헤르미온느가 홱 돌아보았다. 히포그리프 벅빅이 구석에 누워, 마룻바닥으로 피가 줄줄 흐르는 것을 어적어적 씹어먹고 있었다.

"난 녀석을 저 밖 눈 속에 매어 둘 수 없었어!" 해그리드는 목이 메었다. "완전히 혼자서 말야! 그것도 크리스마스에."

해리와 론과 헤르미온느는 서로 바라보았다. 그들은 해그리드에게는 '흥미로운 동물'이 다른 사람에게는 '무시무시한 괴물'일 수도 있다는 것에 대해 해그리드에게 직접적으로 말한 적이 없었다. 하지만 벅빅은 사실 특별히 위험한 동물은 아니었다. 특히 해그리드의 기준으로 본다면 확실히 귀여운 축에 속했다.

"그러려면 상당히 강력한 답변서를 제출해야 할 거예요, 해그리드." 헤르미온느가 해그리드의 커다란 팔뚝에 손을 얹으며 말했다. "하지만 벅빅이 안전하다는 걸 분명히 입증할 수 있을 거예요."

"그래 봤자 아무 소용 없을 거야!" 해그리드가 흐느껴 울었다. "그 처리 위원회의 극악한 놈들은 모두 루시우스 말포이의 손아귀에 있단 말야! 그를 두려워한다구! 그리고 내가 만약 그 소송에서 지면, 벅빅은……."

해그리드는 한 번 크게 통곡하는 소리를 내고는 몸을 앞으로 숙여 얼굴을 감싸 안았다.

"덤블도어 교수는 어때요, 해그리드?" 해리가 말했다.

"그분에게 더 이상 폐를 끼칠 수는 없어." 해그리드가 괴로워하며 말했다. "디멘터들을 성 안으로 들어오지 못하게 하는 문제며, 시리우스 블랙 문제며, 그분에겐 그것 말고도 할일이 산더미 같아……."

론과 헤르미온느는, 마치 해리가 블랙에 대해 진실을 말해 주지 않았다며 해그리드를 책망하기 시작할 거라고 생각하기라도 한 듯, 그를 얼른 쳐다보았다. 그러나 해리는 해그리드가 그렇게 가엾게 겁을 집어먹고 있는 상황에서 그 말을 꺼낼 수가 없었다.

"해그리드." 해리가 말했다. "포기하지 마세요. 헤르미온느 말이 옳아요. 아저씬 그저 답변만 잘하면 돼요. 저희들을 증인으로 부르셔도 돼요……."

"전 어디선가 분명히 히포그리프를 골려준 사례에 대해 읽은 적이 있어요." 헤르미온느가 생각에 잠겨 말했다. "그 경우에는 히포그리프가 처벌받지 않았어요. 제가 찾아봐서 정확히 어떤 일이 있었는지 알려드릴게요, 해그리드."

해그리드의 울음 소리는 한층 더 커졌다. 해리와 헤르미온느는 좀 거들라며 론을 쳐다보았다.

"저…… 차 좀 끓여 올까요?" 론이 물었다.

해리가 그를 빤히 바라보았다.

"우리 엄마는 누군가가 흥분할 때마다 그렇게 하셔." 론이 어깨를 으쓱하며 중얼거렸다.

마침내 김이 모락모락 나는 뜨거운 머그잔을 갖다 놓고 도와주겠다는 무수한 확언을 한 뒤에야 해그리드는 식탁보만 한 손수건으로 코를 팽 풀고는 이렇게 말했다. "너희들 말이 옳아. 이대로 굴복할 수는 없어. 냉정을 되찾아야 해……."

멧돼지 사냥용 큰 개인 팽이 탁자 밑에서 머뭇머뭇 나와 머리를 해그리드의 무릎 위에 놓았다.

"요즘엔 통 마음을 추스를 수가 없었어." 해그리드가 한 손으로는 팽을 어루만지며 다른 손으로는 얼굴을 닦으면서 말했다. "벅빅도 걱정되구, 아무도 내 수업을 좋아하지 않구……."

"저희들은 정말 좋아해요!" 헤르미온느가 즉시 거짓말을 했다.

"그래요, 정말 재미있어요!" 론이 탁자 밑으로 가운뎃손가락을 집게손가락에 포개어 행운의 크로스(거짓말이나 나쁜 짓을 했을 때 받을 벌을 막아 준다는 제스처: 역주)를 만들며 말했다. "저…… 플로버웜들은 어때요?"

"죽었어." 해그리드가 침울하게 말했다. "양상추를 너무 많이 먹였어."

"그럴 리가!" 론이 입술을 씰룩거리며 말했다.

"그리고 디멘터 때문에 기분이 정말 좋지 않아." 해그리드가 갑자기 진저리를 치며 말했다. "스리 브룸스틱스에 술 한 잔 하러 갈 때마다 그들을 지나쳐야만 하거든. 꼭 아즈카반에 다시 들어간 것……"

그가 갑자기 말을 멈추더니 차를 쭉 들이켰다. 해리와 론과 헤르미온느는 숨을 죽이고 그를 지켜보았다. 그들은 해그리드가 과거에 잠시나마 아즈카반에 있었던 것에 대해 말하는 걸 한 번도 들은 적이 없었다. 조금 뒤, 헤르미온느가 머뭇거리며 물었다. "그 안은 끔찍해요, 해그리드?"

"너희들은 아마 상상도 못할 거야." 해그리드가 조용히 말했다. "그런 곳은 처음이야. 난 미치는 줄 알았어. 머릿속에 계속해서 끔찍한 일들만 떠올라. 내가 호그와트에서 쫓겨나던 날…… 우리 아버지가 돌아가신 날…… 노버트를 보내던 날……."

그의 눈에 눈물이 가득 고였다. 노버트는 해그리드가 언젠가 카드 게임에서 이겨서 얻은 아기 용이었다.

"조금만 있어도 자신이 누군지도 기억할 수 없게 돼. 또 삶의 의미도 잃게 되지. 난 차라리 죽는 게 낫다고 생각했어. 다시 나왔을 때 난 꼭 다시 태어난 것 같았어. 모든 게 새로웠지. 가슴이 벅찼어. 얼마나 행복했는지 몰라. 물론 디멘터들은 날 놓아 주고 싶어 하지 않았어."

"하지만 아저씬 죄가 없었잖아요!" 헤르미온느가 말했다.

해그리드가 콧방귀를 뀌었다.

"그게 그들에게 중요할 것 같니? 그들은 상관하지 않아. 수백 명의 인간을 그곳에 갇혀 있게 할 수만 있다면, 그래서 그들의 모든 행복을 빨아먹을 수 있기만 한다면, 누가 죄가 있든 없든 조금도 개의치 않아."

해그리드는 잠시 말없이 찻잔만 바라보고 있었다. 그 뒤 그가 조용히 말했다. "벅빅을 놔주어야겠다고 생각했었어…… 날아가게 하려고 했었어……. 하지만 그 히포그리프에게 녀석이 숨어야만 한다는 걸 어떻게 설명하겠어? 그리고…… 그리고 난 법을 어기는 게 겁이 났어……." 그가 그들을 바라보았다. 그의 얼굴에 눈물이 다시 흘러내리고 있었다. "난 아즈카반으로 다시는 돌아가고 싶지 않아."

해그리드의 오두막에 갔던 일은 전혀 즐겁지는 않았지만, 그럼에도 불구하고 론과 헤르미온느가 바랐던 효과는 있었다. 해리는 물론 블랙에 대해 잊은 것은 결코 아니었다. 하지만 위험한 동물 처리 위원회와의 소송에서 해그리드가 이기도록 도우려면, 노상 복수만 생각하고 있을 수는 없었다. 그 다음날로 그는 론과 헤르미온느와 함께 도서실로 갔다가 벅빅 변호에 도움이 될 만한 책들을 잔뜩 들고 텅 빈 학생 휴게실로 돌아왔다. 그들 셋은 활활 타오르는 벽난로 앞에 앉아, 짐승의 습격 사건을 처리한 유명한 재판들을 기록해 놓은 먼지투성이 책을 천천히 읽으며 시간을 보냈다.

"여기 좀 봐……. 1722년에 판례가 하나 있어……. 하지만 히포그리프가 유죄 선고를 받았어…… 으, 히포그리프에게 한 짓 좀 봐. 정말 구역질 나……."

"어쩌면 이게 도움이 될지도 모르겠어, 봐……. 1926년에 맨티코어가 누군가를 맹렬하게 공격했는데, 법정은 그 맨티코어를 놓아주었어……. 어……. 이럴 수가, 하지만 그건 그저 모두가 너무 겁을 먹어서 맨티코어에 가까이 다가가지 못했기 때문이야……."

한편 성의 다른 곳에서는 볼 학생들이 거의 없는데도 불구하고, 예전처럼 크리스마스 장식이 훌륭하게 꾸며져 있었다. 복도에는 서양호랑가시나무와 겨우살이의 두꺼운 장식 리본들이 늘어져 있었고, 갑옷마다 안에서 신비한 불빛이 비춰지고 있었으며, 연회장은 황금빛 별들이 반짝이는 열두 개의 크리스마스 트리로 멋지게 장식되어 있었다. 복도에는 온통 강렬하고 맛있는 요리 냄새가 배어들었는데, 크리스마스 이브 즈음에는 그 냄새가 얼마나 진동을 했던지, 스캐버스조차 피난처인 론의 주머니에서 코를 내밀고 킁킁거렸다.

크리스마스날 아침에, 해리는 론이 던진 베개 때문에 잠에서 깨었다.

"어! 선물이네!"

해리는 안경을 쓰고, 아직 조금 어두운 침대 끝을 흘끗 바라보았다. 소포 꾸러미가 몇 개 쌓여 있었다. 론은 이미 자신의 선물 꾸러미들을 뜯고 있었다.

"엄마가 또 스웨터를 보내 주셨어……. 또 밤색이야……. 너도 있는지 봐."

해리에게도 있었다. 위즐리 부인은 앞에 그리핀도르 사자 무늬가 있는 진홍색 스웨터와 집에서 구운 수십 개의 고기 파이와 크리스마스 케이크 조금과 땅콩 한 상자를 해리에게 보내 주었다. 해리가 위즐리 부인의 선물 꾸러미를 다 옆으로 치우자 밑에 기다랗고 가느다란 소포 하나가 놓여 있었다.

"저게 뭐지?" 론이 금방 뜯은 밤색 양말을 들고 넘겨다보며 물었다.

"몰라……."

그런데 그 소포를 찢어 열었을 때 침대 위로 번쩍이는 멋진 빗자루가 굴러 나왔다. 그것을 보고 해리는 깜짝 놀랐다. 론은 양말을 떨어뜨리고 더 자세히 보려고 침대에서 펄쩍 뛰어내렸다.

"도저히 믿을 수가 없어." 그가 쉰 목소리로 말했다.

그건 해리가 다이애건 앨리에서 매일 보러 갔었던 그 꿈의 빗자루와 똑같은 파이어볼트였다. 빗자루를 집어 들자 손잡이가 반짝반짝 빛났다. 그는 빗자루가 흔들리는 걸 느끼고 얼른 놓아 버렸다. 그런데 그건 들고 있지 않은데도, 그가 놓은 자리에 그대로 둥둥 떠 있었다. 해리의 눈이 손잡이 끝에 있는 황금빛 등록 번호에서 꼬리 부분인 매끄럽고 날씬한 자작나무 가지들로 옮겨갔다.

"누가 보냈을까?" 론이 소리를 죽이며 말했다.

"혹시 카드가 있나 봐." 해리가 말했다.

론이 파이어볼트를 싸고 있던 비닐 포장지를 북 뜯었다.

"아무것도 없어! 와, 네게 이렇게 비싼 걸 사 준 사람이 누구지?"

"글쎄," 해리가 어리벙벙해서 말했다. "더즐리 가족은 분명 아닐 텐데."

"틀림없이 덤블도어 교수가 보냈을 거야." 론이 이제 파이어볼트 주위를 걸어다니면서, 요모조모 뜯어보며 말했다. "예전에도 이름을 밝히지 않고 네게 투명 망토를 보냈었잖아……."

"하지만 그건 우리 아빠 거였어." 해리가 말했다. "덤블도어 교수는 그저 그걸 내게 전해주었던 것뿐이야. 그분이 내게 수백 갈레온이나 하는 선물을 보낼 이유가 없어. 학생들에게 이렇게 비싼 걸 주실 이유가 없잖아……."

"그러니까 이름을 밝히지 않는 거지!" 론이 말했다. "말포이 같은 멍텅구리가 편애한다고 난리를 칠까 봐 말야. 야, 해리" 론이 큰 소리로 와 하고 웃었다. "*말포이* 녀석이 네가 이걸 가진 걸 보면 어떻게 될까! 녀석의 기가 팍 죽을 거야! 이건 국제 표준 빗자루잖아!"

"도저히 믿을 수가 없어!" 해리가 파이어볼트를 만지며 중얼거렸다. 론은 해리의 침대에 푹 주저앉아 말포이 생각을 하며 정신없이 웃고 있었다. "도대체 *누가*……?"

"알았다." 론이 웃음을 참으며 말했다. "누가 보냈는지 알겠어. 루핀 교수야!"

"뭐라구?" 해리는 론의 말이 하도 어이가 없어 그냥 웃고 말았다. "*루핀 교수?* 야, 그분이 이걸 살 정도의 돈을 갖고 있다면, 망토를 벌써 몇 벌은 사 입었을 거야."

"그래, 하지만 그 교수님은 널 좋아하잖아." 론이 말했다. "그리고 네 님부스가 산산조각이 났을 때 그분이 없어졌잖아. 교수님은 말을 듣고 다이애건 앨리로 가서 이걸 샀을지도 몰라……."

"무슨 말이야, 그가 없어졌다니?" 해리가 물었다. "내가 그 시합을 하고 있을 때 그분은 편찮으셨어."

"하지만, 그는 병동에 있지는 않았어." 론이 말했다. "내가 거기에 갔었잖아. 스네이프 교수에게서 받은 벌로 변기를 청소하려고 말야, 기억나?"

해리가 론에게 얼굴을 찡그렸다.

"루핀 교수는 이런 걸 살 수 있는 돈이 없으셔."

"너희 둘 왜 그렇게 웃고 있는 거니?"

헤르미온느가 어느새 들어와 있었다. 그녀는 잠옷 위에 가운을 걸치고 목에는 금실을 두른 채로 크룩생크를 안고 있었는데 아주 심술 난 표정을 짓고 있었다.

"그 녀석 데리고 들어오지 마!" 론이 부리나케 침대 밑에서 스캐버스를 잡아 잠옷 주머니 속으로 집어넣으며 말했다. 하지만 헤르미온느는 들은 척도 하지 않았다. 그녀는 크룩생크를 시무스의 침대 위에 내려놓고 입을 다물지 못하고 파이어볼트를 뚫어지게 바라보았다.

"오, *해리!* 누가 이걸 보낸 거니?"

"몰라." 해리가 말했다. "카드도 아무것도 없어."

그런데 놀랍게도 헤르미온느는 그 말에 흥분하지도, 흥미를 갖지도 않는 것 같았다. 그렇기는커녕 어두운 표정으로 입술을 깨물었다.

"왜 그러니?" 론이 물었다.

"아니, 그냥……." 헤르미온느가 말했다. "하지만 좀 이상하다, 그지? 내 말은, 이건 굉장히 좋은 빗자루잖아, 안 그래?"

"최고의 빗자루지 물론, 헤르미온느." 론이 두말 할 필요도 없다는 듯, 한숨까지 쉬면서 말했다.

"그러면 틀림없이 굉장히 비쌀 거 아냐……."

"아마 슬리데린 팀의 빗자루를 다 합한 것보다도 더 비쌀 거야." 론이 유쾌하게 말했다.

"그런데…… 누가 해리에게 이렇게 비싼 걸 보냈을까, 심지어 이름도 밝히지 않고 말야?" 헤르미온느가 말했다.

"알게 뭐야?" 론이 성급하게 말했다. "야, 해리. 나 한번 타 봐도 되니? 응?"

"내가 볼 땐 아무도 저 빗자루를 타선 안 될 것 같아!" 헤르미온느가 날카롭게 말했다.

해리와 론이 그녀를 바라보았다.

"그럼 이걸로 뭘 하라는 거니? 마룻바닥이나 쓸란 말야?" 론이 말했다.

하지만 헤르미온느가 미처 대답하기도 전에, 크룩생크가 시무스의 침대에서 펄쩍 뛰어올라 론의 가슴팍으로 달려들었다.

"이 녀석— 좀 — 여기서— 내보내!" 크룩생크의 발톱이 잠옷을 잡아 찢어 스캐버스가 어깨 너머로 미친 듯이 달아나려고 하자 론이 고함을 질렀다. 그리고 스캐버스의 꼬리를 잡고는 발로 크룩생크를 차 버린다는 게 그만 잘못해서 해리의 침대 끝에 있는 가방을 쳐서 넘어뜨리고 말았다. 론은 아파서 깡충깡충 뛰며 악을 썼다.

크룩생크의 털이 갑자기 곤두섰다. 날카로운 휘파람 소리가 방안에 가득 찼다. 포켓 스니코스코프가 버논 이모부의 낡은 양말 속에서 나와 마룻바닥에서 핑핑 돌며 번쩍이고 있었다.

"저걸 잊고 있었군!" 해리가 허리를 굽혀 스니코스코프를 집어 들며 말했다. "웬만하면 그 양말을 신지 않으니까 말야……."

스니코스코프가 해리의 손바닥에서 핑핑 돌고 또 돌았다. 크룩생크가 그것을 보고 쉿 소리를 내며 으르렁거리고 있었다.

"저 고양이 여기서 내보내는 게 좋을 거야, 헤르미온느." 론이 해리의 침대에 앉아서 발가락을 만지작거리며 화를 냈다.

"넌 그것 좀 조용히 시킬 수 없니?"

헤르미온느가 여전히 악의에 찬 노란 눈으로 론을 노려보고 있는 크룩생크를 안고 방에서 성큼성큼 걸어나가자, 론이 해리에게 말했다.

해리는 스니코스코프를 다시 양말 속에 쑤셔 넣고 가방 속으로 던져 버렸다. 이제 들리는 거라곤 통증과 분노를 꾹 참고 있는 론의 신음 소리뿐이었다. 스캐버스는 론의 손에 웅크리고 있었다. 그 녀석이 론의 주머니 바깥에 나와 있는 걸 보는 건 꽤 오랜만이었다. 해리는 깜짝 놀랐다. 한때는 그렇게 통통하게 살이 쪘던 스캐버스가 지금은 몰라볼 정도로 비쩍 말라 있었다. 털도 듬성듬성 빠져 있는 것 같았다.

"그 녀석 안색이 굉장히 좋지 않아 보인다, 그지?" 해리가 걱정스런 얼굴로 말했다.

"스트레스를 받아서 그래!" 론이 퉁명스럽게 말했다. "저 멍청하고 커다란 고양이가 가만 내버려 두기만 하면 녀석은 괜찮을 거야!"

하지만 해리는 신비한 동물을 파는 가게의 여주인이 쥐는 3년 정도밖에 살지 못한다고 했던 말이 떠올라, 스캐버스가 아직 드러낸 적이 없는 어떤 힘을 갖고 있지 않다면 그 쥐는 생명이 다하고 있는 게 분명하다고 생각했다. 그리고 스캐버스가 따분하고 쓸모없다며 자주 불평하기는 했지만, 스캐버스가 죽는다면 론은 틀림없이 몹시 슬퍼할 거라고 생각했다.

그날 아침 그리핀도르의 학생 휴게실에는 확실히 크리스마스 분위기가 무색할 정도로 냉기가 감돌았다. 헤르미온느는 크룩생크를 자신의 기숙사 방 속에 가두어 두었지만 론이 고양이를 발로 차려고 했던 것 때문에 몹시 화가 나 있었고, 론도 크룩생크가 또다시 스캐버스를 공격하려고 했던 것 때문에 여전히 성이 나 있었다. 해리는 그들을 화해시키는 걸 포기하고 학생 휴게실로 가져온 파이어볼트만 이리저리 살피고 있었다. 어떤 이유인지 이것도 헤르미온느를 화나게 하는 것 같았다. 그녀는 아무 말도 하지 않았지만, 마치 그 빗자루가 자신의 고양이를 비난하기라도 했던 것처럼 계속 험악한 얼굴로 바라보았다.

점심 시간에 연회장으로 내려가자 기숙사 테이블들은 다시 벽 쪽으로 치워져 있었고, 연회장 한가운데에는 열두 명이 식사할 수 있도록 준비된 단 한 개의 테이블만 놓여 있었다. 그곳에는 덤블도어 교수와 맥고나걸 교수와 스네이프 교수와 스프라우트 교수 그리고 플리트윅 교수가 앉아 있었으며, 학교 관리인 필치도 평상시의 갈색 코트를 벗고 매우 낡고 케케묵은 것처럼 보이는 연미복을 입고 함께 앉아 있었다. 또 굉장히 긴장한 것 같은 1학년생 둘과 부루퉁한 얼굴의 슬리데린의 5학년생 하나도 있었다.

"메리 크리스마스!" 해리와 론과 헤르미온느가 테이블로 다가가자 덤블도어 교수가 말했다. "사람들이 너무 적어서, 기숙사 테이블을 다 쓰는 게 좀 미련해 보여서 말이다……. 앉거라, 앉아!"

해리와 론과 헤르미온느는 테이블 끝에 나란히 앉았다.

"폭죽!" 덤블도어 교수가 스네이프 교수에게 커다란 은빛 폭죽을 주며 열광적으로 말했다. 스네이프 교수는 그것을 마지못해 받아들고는 잡아당겼다. 총소리처럼 빵 하며 폭죽이 쩍 갈라지더니, 맨 위에 박제된 대머리수리가 달린 커다랗고 뾰족한 마녀 모자가 나타났다.

해리는 보가트를 떠올리며 론을 쳐다보았다. 눈길이 마주치자 그들은 둘 다 씩 웃었다. 스네이프 교수가 입을 삐죽거리며 그 모자를 덤블도어 교수 쪽으로 밀자 그는 그걸 즉시 자신의 마법사 모자와 바꾸어 썼다.

"듭시다!" 그가 밝게 웃으며 테이블에 앉아 있는 사람들에게 권했다.

해리가 구운 감자를 담고 있을 때 연회장 문이 다시 열렸다. 트릴로니 교수였다. 그녀는 미끄러지듯 스르르 그들에게로 왔다. 이 행사를 위해 특별히 마련한 것 같은 번쩍이는 초록색 드레스를 입은 그녀의 모습은 꼭 번쩍이는 엄청 큰 잠자리 같았다.

"사이빌, 오셨군요!" 덤블도어 교수가 일어서며 말했다.

"제가 수정 구슬을 보고 있었는데 말이죠, 교장 선생님." 트릴로니 교수가 꿈꾸는 듯한 목소리로 말했다. "놀랍게도 제가 혼자서 점심 먹는 걸 포기하고 이곳으로 오고 있는 게 보이지 뭐겠어요. 그러니 운명이 시키는 대로 해야지 거부할 수 있나요? 그래서 즉시 서둘러 탑에서 내려왔어요. 늦은 걸 용서해 주세요……."

"물론이죠 , 물론이고말고요." 덤블도어 교수가 눈을 반짝거리며 말했다. "내가 저 위에 있는 의자를 끌어내 드리리다."

그러더니 덤블도어는 정말로 요술지팡이로 허공에 있는 의자를 끌어내렸다. 의자는 잠시 빙그르르 돈 뒤 쿵 하며 스네이프 교수와 맥고나걸 교수 사이로 떨어졌다. 트릴로니 교수는 그러나 앉지 않았다. 그녀가 커다란 눈으로 테이블을 죽 둘러보더니 갑자기 낮게 비명을 질렀다.

"앉지 않는 게 좋겠어요, 교장 선생님! 제가 합석하면, 열세 사람이 돼요! 그것보다 더 불길한 일은 없을 거예요! 열세 사람이 함께 식사를 하면, 가장 먼저 일어선 사람이 가장 먼저 죽는다는 걸 잊지 마세요!"

"정말 그렇게 되나 안 되나 보도록 하죠, 사이빌." 맥고나걸 교수가 한마디 했다. "앉으세요, 칠면조 요리가 식고 있잖아요."

트릴로니 교수가 망설이더니, 마치 테이블에 금방 벼락이 치기라도 할 듯 눈을 감고 입을 꼭 다문 채로 의자에 앉았다. 맥고나걸 교수가 커다란 숟가락을 가장 가까이 놓인 움푹한 그릇에 푹 집어넣었다.

"내장 드실래요, 사이빌?"

트릴로니 교수는 그녀의 말을 들은 척도 하지 않았다. 그녀는 눈을 다시 뜨고 주위를 한 번 더 둘러보고는 이렇게 말했다. "그런데 루핀 교수는 어디에 계시죠?"

"다시 병이 나신 모양이에요." 덤블도어 교수가 몸짓으로 이제 모두들 먹어도 좋다고 하며 말했다. "하필 크리스마스날에 아프다니 정말 유감스러운 일이에요."

"하지만 당신은 이미 알고 계셨겠죠, 사이빌?" 맥고나걸 교수가 눈썹을 치켜올리며 말했다.

트릴로니 교수가 맥고나걸 교수를 차갑게 바라보았다.

"저는 물론 알고 있었죠, 미네르바." 그녀가 조용히 바라보았다. "하지만 모든 걸 알고 있다는 사실을 자랑하고 싶지 않았던 것뿐이에요. 전 종종 영적인 눈을 갖고 있지 않은 것처럼 행동하죠. 다른 사람들이 겁내지 않도록 말이에요."

"그러시군요." 맥고나걸 교수가 톡 쏘며 말했다.

트릴로니 교수의 목소리가 갑자기 아주 또렷해졌다.

"난 사실, 미네르바, 루핀 교수가 아주 오랫동안 우리와 함께 있지 못하실 거라는 걸 예견했어요. 그 자신도 명이 얼마 남지 않았다는 걸 알고 있는 것 같아요. 내가 수정 구슬을 한 번 들여다보자고 제안하자 도망가다시피 했거든요……."

"눈에 선하군요." 맥고나걸 교수가 냉담하게 말했다.

"제가 볼 땐," 덤블도어 교수가 유쾌하지만 다소 격앙된 목소리로 말하자, 맥고나걸 교수와 트릴로니 교수의 대화가 중단되었다. "루핀 교수는 지금 전혀 위독하지 않으세요. 세베루스, 그분을 위해 마법의 약을 또 만들어 주셨죠?"

"네, 교장 선생님." 스네이프 교수가 말했다.

"잘하셨어요." 덤블도어 교수가 말했다. "그러면 그분은 곧 쾌차하실 겁니다……. 데릭, 이 작은 소시지 먹어 본 적 있니? 정말 맛있단다."

덤블도어 교수가 직접 이름을 부르며 말하자, 그 1학년짜리 소년이 얼굴이 새빨개져서 떨리는 손으로 소시지 접시를 가져갔다.

트릴로니 교수는 두 시간에 걸친 크리스마스 만찬이 끝날 때까지는 거의 정상적으로 행동했다. 그런데 크리스마스 음식을 잔뜩 먹은 해리와 론이 여전히 파티 모자를 쓴 채로 테이블에서 가장 먼저 일어서자 그녀가 큰 소리로 비명을 꽥 질렀다.

"얘들아! 누가 먼저 자리에서 일어났니? 누가?"

"모르겠는데요." 론이 불안한 얼굴로 해리를 바라보며 말했다.

"뭐 별로 큰 차이가 있을 것 같지 않군요." 맥고나걸 교수가 차갑게 말했다. "도끼를 든 미치광이가 가장 먼저 현관 안의 커다란 홀로 나오는 사람을 죽이기 위해 문 밖에서 기다리고 있지 않다면 말예요."

론조차 피식 웃었다. 트릴로니 교수는 모욕을 당한 게 분한 것 같았다.

"갈래?" 해리가 헤르미온느에게 물었다.

"아니." 헤르미온느가 중얼거렸다. "난 맥고나걸 교수님과 잠깐 나눌 말이 있어."

"들을 만한 수업이 더 있는지 알아보려는 거겠지, 뭐." 론이 하품을 하며 말했다. 현관 안의 커다란 홀로 나갔지만 확실히 도끼를 든 미치광이는 없었다.

초상화 구멍에 도달하자, 캐도간 경이 수도사 두어 명과 호그와트의 과거 교장들 대여섯 명과 그리고 그의 살찐 조랑말과 함께 크리스마스 파티를 즐기고 있었다. 그가 투구의 면갑을 밀어 올리고 꿀술을 들며 축배를 외쳤다.

"메리…… 딸꾹! …… 크리스마스! 암호?"

"야비한 겁쟁이." 론이 말했다.

"그리고 너희들도 메리 크리스마스!" 그림이 홱 열리자 그들을 들여보내며 캐도간 경이 외쳤다.

해리는 곧장 기숙사 방으로 올라가, 파이어볼트와 헤르미온느가 그의 생일 때 사 주었던 빗자루 수리 장비 세트를 들고 다시 아래층으로 내려와 파이어볼트에 어디 손볼 데가 없을까 찾아보았다. 하지만 작은 가지 하나 구부러져 있는 게 없어서 굳이 다듬을 필요가 없었고, 손잡이는 어찌나 반짝반짝 윤이 났던지 광을 낸다는 게 무의미한 것 같았다. 그가 그저 론과 함께 앉아서 감탄만 하고 있을 때, 초상화 구멍이 열리더니 헤르미온느가 맥고나걸 교수와 함께 들어왔다.

맥고나걸 교수는 그리핀도르 기숙사의 담당 교수였지만, 그녀가 학생 휴게실에 들어온 건 과거에 딱 한 번, 매우 중대한 발표를 하기 위해서뿐이었다. 해리와 론은 파이어볼트를 들고 그녀를 빤히 바라보았다. 헤르미온느가 걸어가 앉더니, 가장 가까운 책을 집어 들고 얼굴을 가렸다.

"그러니까 바로 이거로구나, 그렇지?" 맥고나걸 교수가 난로가로 걸어가 파이어볼트를 바라보며 또렷하게 말했다. "그레인저가 네가 빗자루를 받았다고 말해 주었단다, 포터."

해리와 론이 헤르미온느를 홱 돌아보았다. 그들은 뒤집힌 책 위로 올라온 그녀의 이마가 새빨개지는 걸 볼 수 있었다.

"좀 봐도 되겠니?" 맥고나걸 교수는 이렇게 물었지만, 대답을 기다리지도 않고 그들의 손에서 파이어볼트를 집어 들었다. 그녀는 그것을 손잡이에서부터 작은 가지들이 있는 곳까지 조심스럽게 살폈다. "흠. 그런데 아무 편지도 없었단 말이지, 포터? 카드도 없고? 어떤 말도?"

"네." 해리가 딱 잘라서 말했다.

"알겠다……." 맥고나걸 교수가 말했다. "그럼, 이건 내가 가져가야 할 것 같구나, 포터."

"네? 뭐라구요?" 해리가 허둥지둥 일어서며 말했다. "왜요?"

"혹시 불운을 가져오는 마법이 걸려 있는 건 아닌지 징크스 테스트를 해 봐야 하기 때문이란다." 맥고나걸 교수가 말했다. "물론 난 전문가는 아니지만, 후치 부인과 플리트윅 교수가 아마 분해해서 알아보실 게다."

"분해한다구요?" 론이 마치 맥고나걸 교수가 정신이 나갔다는 듯 놀라서 말했다.

"몇 주면 될 게다." 맥고나걸 교수가 말했다. "불운을 가져오는 마법이 걸려 있지 않다는 게 밝혀지면 되돌려 주마."

"그건 전혀 잘못된 게 없어요!" 해리가 약간 떨리는 목소리로 말했다. "솔직히, 교수님……"

"그건 모르는 거란다, 포터." 맥고나걸 교수가 아주 상냥하게 말했다. "타고 날아 보기 전에는 말이다. 그리고 손댄 흔적이 전혀 없다는 걸 확신할 때까지는 이걸 타고 나는 건 절대 불가능할 것 같구나. 결과는 꼭 알려 주도록 하마."

맥고나걸 교수가 홱 돌아서서 파이어볼트를 들고 초상화 구멍으로 나가자 구멍이 닫혔다. 해리는 광택 약 뚜껑을 움켜쥔 채 그녀가 나가는 걸 뚫어지게 바라보며 서 있었다. 론이 헤르미온느에게로 홱 돌아섰다.

"넌 도대체 왜 맥고나걸 교수에게 일러바친 거니?"

헤르미온느가 책을 옆으로 팽개쳤다. 그녀의 얼굴은 여전히 새빨갰다. 하지만 그녀는 일어서서 도전이라도 하듯 론과 마주섰다.

"왜냐하면 난 그 빗자루를 보낸 사람이 시리우스 블랙일지도 모른다고 생각했기 때문이야! 그리고 맥고나걸 교수도 내 말에 동의하셨어."

제 12 장

패트로누스

해리는 헤르미온느의 말뜻을 충분히 이해할 수는 있었지만 그래도 화가 나는 건 어쩔 수 없었다. 방금 전까지만 해도 세상에서 가장 좋은 빗자루를 갖고 있었는데 그녀가 쓸데없이 참견하는 바람에 몇 시간도 되지 않아 그걸 다시는 볼 수 없을지도 모를 상황에 처해 버린 것이다. 그는 물론 파이어볼트에 전혀 잘못된 게 없다고 확신했지만 온갖 종류의 징크스 테스트를 거치고 나면 그 빗자루가 어떤 상태가 되어 있을지는 안 봐도 뻔한 일이었다.

론도 헤르미온느에게 굉장히 화가 나 있었다. 그의 생각에 새 파이어볼트를 분해하는 것처럼 한심스러운 일은 없어 보였다. 헤르미온느는 또 나름대로 잘하려는 심산에서 한 행동이었다고 확신하고는 있었지만 해리와 론을 의식해서인지 학생 휴게실에 가는 걸 피하기 시작했다. 하지만 해리와 론은 그녀가 도서관에 틀어박혀 있을 게 분명하다고 생각했으므로 그다지 신경 쓰지 않았다.

크리스마스 휴일이 끝나고 학생들이 다시 돌아오면서 그리핀도르 탑은 또다시 북적대고 떠들썩해졌다.

새 학기가 시작되기 전날 밤에 우드가 해리를 찾아왔다.

"크리스마스 잘 보냈니?" 그는 이렇게 묻고는 대답도 기다리지 않고 목소리를 낮춰 계속 말했다. "내가 크리스마스 동안 곰곰이 생각해 보았는데 해리, 지난번 시합 때처럼 말야, 디멘터들이 만약 가까이 오면…… 내 말은…… 우린 네가…… 뭐랄까…… 잘할 수 없을 것 같아서……."

우드가 갑자기 말을 멈추고 어색한 표정을 지었다.

"난 계속할 거야." 해리가 얼른 말했다. "루핀 교수가 디멘터를 물리치는 방법을 가르쳐 준다고 하셨어. 이번 주에 시작할 거야. 그분이 크리스마스 이후에 시간을 내시겠다고 하셨거든."

"아." 갑자기 우드의 표정이 싹 바뀌었다. "글쎄, 그런 경우라면 또 문제가 다르지. 뭐…… 하긴 나도 너 같은 훌륭한 수색꾼을 잃고 싶지는 않아, 해리. 그런데 새 빗자루는 주문했니?"

"아니." 해리가 말했다.

"뭐야! 서두르는 게 좋을 거야……. 래번클로와의 시합에서 낡은 슈팅 스타를 타고 경기할 수는 없잖아!"

"앤 크리스마스 선물로 파이어볼트를 받았어." 론이 말했다.

"*파이어볼트?* 이럴 수가! 정말이니? 진…… 진짜 *파이어볼트* 말야?"

"흥분하지 마, 올리버." 해리가 침울하게 말했다. "이제는 갖고 있지 않으니까. 압수당했어." 그러고 나서 그는 파이어볼트가 지금 징크스 테스트를 받고 있는 중이라고 설명해 주었다.

"징크스라니? 어떻게 그럴 수가 있다는 거니?"

"시리우스 블랙." 해리가 이젠 질렸다는 듯 말했다. "그가 날 쫓고 있다잖아. 맥고나걸 교수는 그걸 보낸 사람이 블랙일지도 모른다고 생각하고 있어."

그러나 우드는 악명 높은 살인자가 자기 팀의 수색꾼을 쫓고 있다는 말에는 아랑곳없이 이렇게 말했다. "하지만 블랙은 파이어볼트를 살 수 없었을 텐데……. 그는 지금 도망 중이잖아! 나라 전체가 그를 찾고 있는데 그가 어떻게 버젓이 고급 퀴디치 용품점에 걸어 들어가 빗자루를 살 수 있다는 거야?"

"내 말이 그 말이야." 해리가 동감의 표시를 했다. "하지만 맥고나걸 교수는 그걸 꼭 분해해 봐야만 한대……."

우드의 얼굴이 백지장처럼 새하얘졌다.

"내가 맥고나걸 교수를 만나 볼게, 해리." 그가 약속했다. "이해하도록 말씀 드려 봐야지. 파이어볼트…… 파이어볼트가 우리 팀에 있기만 하다면…… 맥고나걸 교수도 우리만큼이나 그리핀도르가 이기길 바라고 계셔. 이해하도록 말씀 드려 볼게. *파이어볼트*……."

다음 날부터 다시 모든 수업이 시작되었다. 추운 1월의 아침에 정원에서 두 시간을 보낸다는 건 누구도 달가워하지 않는 일이었지만, 해그리드는 학급 아이들을 위해 불도마뱀이 가득 들어 있는 화톳불을 준비했다. 힘없이 부서져 내리는 뜨겁게 달구어진 통나무 위로 불도마뱀들이 팔짝팔짝 뛰어 돌아다니는 동안, 아이들은 불이 계속해서 활활 타오를 수 있도록 마른 나무나 낙엽 같은 땔감을 주우며 즐겁게 보냈다.

새 학기의 첫번째 점술 수업은 영 재미가 없었다. 트릴로니 교수는 이제 손금 보기를 가르치고 있었는데, 그녀는 이때다 싶었는지 해리의 생명선처럼 짧은 것은 처음 보았다며 호들갑을 떨었다.

해리가 가장 열중한 수업은 어둠의 마법 방어술 수업이었다. 우드와의 대화 이후 그는 가능하면 빨리 디멘터를 물리치는 방법을 알고 싶었다.

"아 참, 그랬었지." 수업이 끝나고 해리가 그 약속을 상기시키자 루핀 교수가 말했다. "어디 보자……. 목요일 저녁 8시는 어떠니? 마법의 역사 교실에서 하면 좋을 것 같은데……. 난 이 개인 수업을 어떻게 진행시켜야 할지 좀 생각해 봐야겠다. 연습하겠다고 진짜 디멘터를 성 안으로 데려올 수는 없으니까 말이다."

"여전히 안색이 좋지 않다, 그지?" 복도를 내려와 저녁을 먹으러 가며 론이 걱정스레 말했다. "어디가 편찮으신 걸까?"

그때 그들 뒤에서 '체' 하는 커다란 소리가 들렸다. 헤르미온느였다. 그녀는 갑옷 발치에 앉아 책이 잔뜩 들어 있어서 잠기지 않는 가방을 다시 싸고 있었다.

"무엇 때문에 우리에게 체체거리고 있는 거니?" 론이 화를 내며 물었다.

"내가 언제?" 헤르미온느가 가방을 어깨에 둘러메며 거만하게 말했다.

"그랬잖아." 론이 으르렁댔다. "내가 루핀 교수의 안색이 좋지 않다고 하니까, 네가……"

"그거야 뻔한 거 아니니?" 헤르미온느가 다 알고 있다는 듯이 거만한 표정을 지으며 쏘아붙였다.

"말해 주고 싶지 않으면 관둬." 론이 날카롭게 말했다.

"그래, 나야 아쉬울 거 하나 없으니까." 헤르미온느가 오만하게 말하며 걸어갔다.

"알긴 뭘 알아." 론이 헤르미온느 뒤에 대고 퉁명스레 내뱉었다. "다 자기에게 다시 말을 걸도록 하려는 수작이지."

목요일 저녁 8시가 되자 해리는 그리핀도르 탑을 나와 마법의 역사 교실로 향했다. 교실은 어둡고 텅 비어 있었다. 그가 요술지팡이로 불을 밝히고 5분쯤 기다리자, 루핀 교수가 커다란 나무 상자를 들고 나타났다.

"그게 뭐죠?" 해리가 물었다.

"보가트란다." 루핀 교수가 망토를 벗으며 말했다. "화요일부터 계속해서 성을 샅샅이 뒤졌는데 운 좋게도 필치 씨의 서류 캐비닛 속에 숨어 있는 이 녀석을 찾아냈지 뭐니. 이것만 있으면 진짜 디멘터를 구한 것이나 다름없지. 보가트가 널 보면 디멘터로 변할 테고 그러면 우린 그걸로 연습을 할 수 있을 테니 말이다. 사용하지 않을 때는 내 사무실에 넣어두면 될 테니 걱정할 건 전혀 없단다. 내 책상 밑에 보가트가 좋아할 만한 서류함이 하나 있거든."

"잘됐군요." 해리는 가능한 한 자신이 전혀 염려하지 않으며 루핀 교수가 진짜 디멘터를 대신할 그런 좋은 대용물을 찾아온 게 그저 기쁘기만 한 것처럼 들리도록 애쓰며 말했다.

"그러면……." 루핀 교수가 요술지팡이를 꺼내면서 해리도 똑같이 하라고 눈짓했다. "지금 네게 가르쳐 주려는 주문은 대단히 어려운 고등 마법이란다, 해리. 평범한 마법사 수준을 훨씬 뛰어넘지. 바로 '패트로누스 마법' 이라는 거란다."

"그 마법은 어떤 효과가 있는데요?" 해리가 초조하게 물었다.

“글쎄다, 잘만 되면 패트로누스를 불러내지.” 루핀 교수가 말했다. “패트로누스란 말하자면 너와 디멘터 사이에서 디멘터를 물리치는 방패 역할을 하는 수호자란다.”

해리는 갑자기 커다란 곤봉을 든 해그리드만 한 형상 뒤에 웅크리고 있는 자신의 영상이 떠올랐다. 루핀 교수가 계속 설명했다. “패트로누스란 일종의 선한 힘이라고 할 수 있지. 디멘터가 흡수해버리는 희망과 행복과 살고자 하는 욕구 같은 것들이 합쳐진 거야……. 하지만 이것은 진짜 인간처럼 절망을 느끼지 못한단다. 그래서 디멘터들이 해를 입히지 못하지. 하지만 그 마법이 너 같은 아이들에게는 대단히 어려운 고등 마법이라는 걸 미리 말해두고 싶구나. 검정을 거친 많은 마법사들도 이 마법을 성공적으로 해내기가 쉽지 않거든.”

“패트로누스는 어떻게 생겼나요?” 해리가 몹시 궁금한 듯 물었다.

“어떤 마법사가 불러내느냐에 따라 각각 다르지.”

“그러면 어떻게 불러내죠?”

“주문으로 불러내지, 물론. 하지만 네가 아주 행복했던 딱 한 가지 기억에 몰두할 때에만 효과가 있단다.”

해리는 행복했던 기억을 떠올려 보려고 했다. 확실히 더즐리 가족과 함께 살았던 11년 동안은 행복한 기억으로 남아 있는 게 하나도 없었다. 마침내 그는 빗자루를 처음 탔던 순간으로 정했다.

“알겠어요.” 해리는 하늘로 날아오르던 짜릿한 기분을 가능한 한 정확히 떠올리려고 애쓰며 말했다.

“그 주문은 이거란다.” 루핀 교수가 목을 가다듬었다. “*익스펙토 패트로눔!*”

"익스펙토 패트로눔." 해리는 속으로 따라했다. *"익스펙토 패트로눔."*

"행복한 기억에 정신을 집중했니?"

"……네." 해리는 빗자루를 처음 탔던 순간의 기억을 떠올리며 말했다. "*익스펙토 패트로노*…… 아니, *패트로눔*…… 죄송해요……. *익스펙토 패트로눔, 익스펙토 패트로눔*."

그의 요술지팡이 끝에서 갑자기 무언가가 휙 하고 튀어 나왔다. 은빛 연기 줄기처럼 보였다.

"보셨어요?" 해리가 흥분해서 말했다. "무언가가 나왔어요!"

"잘했다." 루핀 교수가 미소를 지으며 말했다. "좋았어. 그러면…… 그걸 디멘터에게 시도해 볼까?"

"네." 해리는 요술지팡이를 단단히 쥐고 빈 교실 한가운데로 나가며 말했다. 하지만 그가 하늘로 날아오르는 생각에 몰두하려고 하면 할수록 자꾸 엉뚱한 생각이 끼어들었다. 이제 금방이라도 엄마의 비명 소리가 또다시 들릴 것만 같았다. 하지만 그런 생각을 하면 안 된다. 그러면 엄마의 소리를 다시 듣게 될 테니까. 하지만 그러고 싶지 않았다…….

루핀 교수가 나무 상자의 뚜껑을 잡아당겼다.

디멘터가 얼굴에 두건을 뒤집어쓰고 딱지투성이의 번쩍이는 손으로 망토를 잡고 상자에서 천천히 올라왔다. 그 순간 교실 주위의 등불이 깜박이더니 나가버렸다. 디멘터가 상자에서 걸어나와 말없이 해리 쪽으로 지나가며 숨을 깊이 들이마셨다. 해리에게 소름 끼치는 냉기가 엄습했다…….

"익스펙토 패트로눔!" 해리가 외쳤다. *"익스펙토 패트로눔! 익스펙토……"*

그러나 교실과 디멘터의 모습이 점점 희미해지고 있었다. 해리는 다시 짙은 안개 속으로 떨어지고 있었고, 머릿속에서는 어머니의 목소리가 다른 어느 때보다도 크게 울리고 있었다……. *"해리는 안 돼요! 해리는 안 돼요! 제발…… 뭐든 하겠어요……."*

"비켜 서. 비켜 서란 말야!"

"해리!"

해리는 그제서야 정신이 들었다. 그는 마룻바닥에 드러누워 있었다. 교실의 불은 다시 환하게 켜져 있었다. 무슨 일이 일어났던 걸까.

"죄송해요." 그가 일어나 앉으며 중얼거렸다. 얼굴에 식은땀이 주르르 흘렀다.

"괜찮니?" 루핀 교수가 걱정스런 얼굴로 물었다.

"네……." 해리가 몸을 일으켜 책상에 기대어 서며 말했다.

"옜다……." 루핀 교수가 개구리 초콜릿을 하나 주었다. "다시 하기 전에 이걸 먹거라. 난 네가 한 번에 해내리라고 생각지 않았단다. 사실 네가 한 번에 해냈다면 오히려 깜짝 놀랐을 게다."

"점점 더 심해지고 있어요." 해리가 개구리 초콜릿의 머리 부분을 깨물어 먹으며 중얼거렸다. "엄마의 목소리가 더 크게 들렸어요……. 그리고 그…… 볼드모트……."

루핀 교수는 평상시보다 더 창백해 보였다.

"해리, 네가 만약 계속하고 싶지 않다면, 언제든지 그만둬도 된다. 난 충분히 이해할 수 있단다……."

"아니에요!" 해리가 나머지 개구리 초콜릿을 입 속으로 마구 쑤셔 넣으며 단호하게 말했다. "전 계속해야 해요! 래번클로와 시합할 때 디멘터들이 나타나면 어떡해요? 다신 기절하지 않겠어요. 이 경기에서 지면 저흰 퀴디치 우승컵을 탈 수 없어요!"

"알았다 그럼……." 루핀 교수가 말했다. "다른 기억을 떠올려보는 게 어떻겠니? 내 말은 다른 행복한 기억 말이다. 아까 그것은 그다지 강력하지가 않았던 것 같구나."

해리는 골똘히 생각하다가 작년에 그리핀도르가 기숙사 패권을 따냈을 때로 결정했다. 그건 확실히 매우 행복한 기억이었다. 그는 다시 한 번 지팡이를 꼭 쥐고 교실 한가운데로 걸어갔다.

"준비됐니?" 루핀 교수가 상자 뚜껑을 잡으며 물었다.

"준비됐어요." 해리는 그리핀도르가 우승했을 때의 행복한 기억을 떠올리려고 안간힘을 쓰며 대답했다.

"자!" 루핀 교수가 뚜껑을 잡아당겼다. 교실이 또다시 어두워졌다. 그리고 얼음처럼 차가운 냉기가 느껴졌다. 디멘터가 미끄러지듯 앞으로 걸어나와 숨을 들이마셨다. 썩어 문드러진 한쪽 손이 해리 쪽으로 뻗쳐지고 있었다…….

"익스펙토 패트로눔!" 해리가 외쳤다. *"익스펙토 패트로눔! 익스팩토 패트……"*

하얀 안개 때문에 앞이 잘 보이지 않았다……. 주위에서 희끄무레한 커다란 형체가 천천히 움직이고 있었다……. 그 뒤 새로운 목소리가 들렸다. 당황해서 소리치고 있는 남자의 목소리였다…….

"릴리, 해리를 데리고 가! 바로 그 사람이야! 가! 달아나란 말야! 그는 내가 맡을 테니……"

누군가가 방에서 비틀거리며 나오는 소리…… 문이 확 열리는 소리…… 깔깔거리는 높은 웃음소리……

"해리! 해리…… 정신 차려라……."

루핀 교수가 해리의 얼굴을 찰싹찰싹 때리고 있었다. 해리는 이번엔 자신이 왜 먼지투성이의 교실 바닥에 누워 있는 건지 어렴풋이 알 것 같았다.

"아빠 목소릴 들었어요." 해리가 중얼거렸다. "아빠 목소릴 들은 건 처음이었어요……. 아빠가 볼드모트와 직접 대결하려고 했어요. 엄마가 피할 수 있도록 하기 위해서요……."

해리의 얼굴은 땀과 눈물로 뒤범벅이 되어 있었다. 그는 루핀 교수가 보지 못하도록 얼굴을 푹 숙이고 신발끈을 다시 매는 척하며 망토에다 눈물을 쓱 문질러 닦았다.

"제임스의 소리를 들었단 말이니?" 루핀 교수가 이상한 목소리로 말했다.

"네……." 해리가 눈물을 닦은 뒤 고개를 들었다. "왜요? 우리 아빠를 아세요?"

"알지. 실은 잘 안단다." 루핀 교수가 말했다. "우린 호그와트 시절 친구였단다, 해리. 미안하지만 오늘로 이 마법을 그만둬야 할 것 같구나. 네가 소화해 내기엔 너무 어려운 고등 마법이라서 말이다. 네게 이걸 가르쳐 주는 게 아니었는데……."

"안 돼요!" 해리는 다급히 말하며 다시 벌떡 일어섰다. "한 번만 더 해볼게요! 정말 행복했던 일들을 생각하지 않아서 그래요. 잠깐만요……."

그는 머리를 짜냈다. 강력한 패트로누스가 될 수 있는…… 정말로, 정말로 행복한 기억을…….

해리는 자신이 마법사이며 더즐리 가족을 떠나 호그와트로 갈 거라는 사실을 처음으로 알게 된 순간! 바로 그때가 가장 행복했던 순간이었다. 해리는 프리벳가를 떠나게 된다는 걸 알았을 때의 그 기분을 떠올려 보려고 안간힘을 쓰며 나무 상자를 한 번 더 마주하고 섰다.

"준비됐니?" 루핀 교수가 마치 마지못해 하는 것 같은 표정으로 물었다. "정신을 집중했니? 좋아…… 자!"

그가 상자 뚜껑을 잡아당기자 디멘터가 또 한 번 올라왔다. 교실이 또다시 춥고 어두워졌다…….

"익스펙토 패트로눔!" 해리가 큰소리로 외쳤다. *"익스펙토 패트로눔! 익스펙토 패트로눔!"*

해리의 머릿속에서 다시 비명 소리가 들렸다……. 그러나 이번에는 꼭 주파수가 잘 맞춰지지 않은 라디오에서 흘러나오는 소리 같았다……. 소리가 커졌다 작아졌다 하다가 조금 커지는가 싶더니 이내 잠잠해졌다……. 하지만 여전히 디멘터는 볼 수 있었다……. 디멘터가 가만히 서 있었다……. 그때 해리의 요술지팡이 끝에서 커다란 은빛 그림자가 튀어나와 그와 디멘터 사이에서 떠돌았다. 다리에 힘이 하나도 없었지만 해리는 이를 악물고 버티고 서 있었다……. 얼마나 더 오랫동안 그렇게 있어야 하는 건지 알 수 없었다…….

"리디큘러스!" 루핀 교수가 앞으로 펄쩍 뛰어나오며 외쳤다.

그러자 크게 지끈 하는 소리가 나더니 디멘터와 함께 해리의 흐릿한 패트로누스가 온데간데없이 사라졌다. 해리는 의자에 푹 주저앉았다. 막 장거리 달리기를 마치기라도 한 듯 온몸에 기운이 쫙 빠지고 다리가 후들거렸다. 루핀 교수가 요술지팡이를 써서 보가트를 다시 나무 상자 속으로 밀어 넣고 있는 모습이 흘끗 보였다. 보가트는 다시 보름달로 변해 있었다.

"잘했다!" 루핀 교수가 해리가 앉아 있는 곳으로 성큼성큼 걸어오며 말했다. "정말 잘했다, 해리! 시작이 좋구나!"

"한 번만 더 해볼 수 있어요? 딱 한 번만 더요?"

"지금은 안 된다." 루핀 교수가 단호히 말했다. "오늘 밤은 이만하면 됐다. 옜다……."

그가 해리에게 허니듀크에서 사온 가장 맛있는 커다란 초콜릿 바를 건넸다.

"다 먹어라. 그렇지 않으면 폼프리 부인이 날 가만 두지 않을 테니까 말이다. 다음 주에도 같은 시간에 하겠니?"

"네." 해리는 이렇게 말하며 초콜릿을 한입 베어 먹었다. 루핀 교수는 교실 불을 끄고 있었다. 그때 문득 해리의 머릿속에 한 가지 궁금한 점이 떠올랐다.

"루핀 교수님?" 해리는 불쑥 루핀 교수를 불렀다. "저희 아빠를 아신다면 틀림없이 시리우스 블랙도 아시겠네요."

루핀 교수가 홱 돌아섰다.

"왜 그렇게 생각하지?" 그가 필요 이상으로 날카롭게 물었다.

"그냥요……. 그러니까 제 말은 우리 아빠하고 블랙도 호그와트에서 친구 사이였다고 들었거든요……."

삽시간에 루핀 교수의 얼굴이 부드러워졌다.

"그래 알지." 그가 무뚝뚝하게 말했다. "아니 안다고 생각했었지. 이제 그만 가는 게 좋겠다, 해리. 너무 늦었구나."

해리는 교실에서 나와 복도를 따라 걸어가 모퉁이를 돈 뒤 갑옷 뒤에 있는 주춧돌 위에 앉았다. 해리는 블랙에 대한 말을 괜히 꺼냈다는 생각이 들었다. 루핀 교수가 그 화제를 좋아하지 않았던 게 분명했기 때문이다. 다시 해리는 엄마와 아빠에 대한 생각에 잠겼다…….

초콜릿을 잔뜩 먹었는데도 속이 이상하게 텅 비고 모든 게 다 빠져나간 것 같은 공허한 기분이 들었다. 머릿속에서 재연되는 부모님의 마지막 순간의 목소리를 듣는 게 무섭기는 했지만, 아주 어렸을 적 이후 그들의 목소리를 들은 건 이번이 처음이었다. 하지만 부모님의 목소리를 다시 듣고 싶어 한다면 결코 강력한 패트로누스를 만들어 내지 못할 것이다…….

"엄마와 아빠는 돌아가셨어." 해리는 자신에게 엄하게 말했다. "목소리를 듣는다고 그분들이 살아 돌아오시지는 않아. 퀴디치 우승컵을 타고 싶다면, 마음을 다잡아야 해."

해리는 나머지 초콜릿 조각을 입 속에 밀어 넣고 일어서서 다시 그리핀도르 탑으로 향했다.

개학하고 일주일 뒤 래번클로와 슬리데린 사이에 경기가 벌어졌는데, 슬리데린이 래번클로를 간발의 차이로 이겼다. 우드는 그리핀도르가 래번클로를 이기기만 하면 2위로 올라서기 때문에 이건 그들에게는 희소식이라며 좋아했다. 그래서인지 그는 팀훈련 횟수를 주 5회로 늘렸다. 그러나 해리는 훈련과 더불어 퀴디치 연습을 대여섯 번 한 것 이상으로 에너지 소모가 큰 루핀 교수의 디멘터 퇴치 수업까지 받아야 했다. 따라서 일주일 중 딱 하루 비는 날 저녁에 모든 숙제를 다 해야만 했다. 하지만 헤르미온느에 비하면 그건 아무것도 아니었다. 그녀는 마침내 엄청난 숙제량이 힘에 부치기 시작한 것 같았다. 헤르미온느는 매일 밤 하루도 빠짐없이 학생 휴게실 한쪽 구석에서 책과 산술점 차트와 고대 문자 사전과 머글의 이상한 그림들과 빽빽이 글자가 쓰여진 노트들을 책상 몇 개에 걸쳐 죽 펼쳐놓고 앉아 있었다. 그녀는 누구와도 말하지 않았으며 누군가가 방해라도 했다간 딱딱거리며 짜증내기가 일쑤였다.

"저 앤 도대체 그걸 다 어떻게 하고 있는 걸까?" 어느 날 저녁 해리가 스네이프 교수가 내준 '발견되지 않은 마법의 약들' 에 대한 논술을 힘겹게 쓰고 있을 때, 론이 조용히 말했다. 해리는 고개를 들어 그녀를 바라보았다. 헤르미온느의 모습은 잔뜩 쌓여 있는 책들에 가려 거의 보이지 않았다.

"뭘?"

"그 많은 수업에 어떻게 다 들어가냔 말야!" 론이 말했다. "오늘 아침에 헤르미온느가 산술점을 가르치는 벡터 교수에게 말하는 소릴 우연히 들었어. 그런데 글쎄, 어제 오후의 수업에 대해 말하고 있더라구. 저 앤 그 시간에 우리와 함께 '신비한 동물 돌보기' 수업을 듣고 있었잖아! 그리고 어니 맥밀란이 그러는데 저 앤 '머글 연구' 수업을 한 번도 빠지지 않았다는 거야. 하지만 그 수업은 점술 수업과 같은 시간이잖아. 그런데 그 수업도 한 번도 빠지지 않았다니 원!"

그러나 해리는 한가하게 도저히 불가능한 헤르미온느의 시간표의 수수께끼를 파헤치고 있을 시간이 없었다. 스네이프 교수의 논술 숙제를 마무리해야 했기 때문이었다. 그러나 잠시 뒤 다시 방해를 받았다. 이번엔 우드였다.

"나쁜 소식이야, 해리. 막 파이어볼트 때문에 맥고나걸 교수를 만나고 오는 길인데, 교수님은…… 저…… 내 말에 약간 기분이 상한 것 같아. 무엇이 더 중요한지도 모르고 있다며 날 꾸짖으셨어. 내가 네 안전보다 우승컵 타는 것에 더 관심 있다고 생각하시는 것 같아. 네가 스니치를 먼저 잡기만 한다면 그 빗자루가 널 내팽개쳐 버려도 상관없다고 말한 게 실수였어." 우드는 자신의 실수를 믿고 싶지 않은 듯 고개를 절레절레 흔들었다. "솔직히 교수님이 내게 소리소리 지르는 걸 보았다면…… 넌 내가 무슨 지독한 잘못이라도 저지른 줄 알았을 거야……. 난 교수님의 화가 좀 가라앉길 기다렸다가 그걸 얼마나 더 오랫동안 갖고 계실 거냐고 물었지…….” 그가 얼굴을 찌푸리며 맥고나걸 교수의 엄한 목소리를 흉내내어 말했다. “‘언제가 될지 모르겠구나, 우드…….’ 내 생각엔 새로운 빗자루를 주문해야 할 것 같아, 해리. 주문 용지는 《빗자루의 모든 것》이라는 책 뒤에 있어……. 말포이의 빗자루 같은 님부스 2001을 사는 게 좋을 거야.”

“난 말포이가 좋다고 생각하는 건 절대 사지 않을 거야.” 해리가 거침없이 말했다.

1월은 눈 깜짝할 사이에 지나고 벌써 2월로 접어들었지만 살을 에듯이 추운 날씨는 여전했다. 래번클로와의 시합은 점점 더 다가오고 있었지만 해리는 새 빗자루를 주문할 생각도 하지 않았다. 그는 이제 변신술 수업을 마칠 때마다 맥고나걸 교수에게 파이어볼트에 대해 물었다. 론은 희망적인 대답을 기대하며 초조한 얼굴로 옆에서 있었다. 하지만 헤르미온느는 자기와는 아무 상관도 없는 일이란 듯 외면하고 가버렸다.

“안됐구나, 포터. 아직은 돌려줄 수가 없단다.” 맥고나걸 교수는 해리가 입을 열기도 전에 이런 말을 열 번쯤 했다. “평범한 저주의 마법들은 대부분 조사가 끝났지만 플리트윅 교수는 그 빗자루에 더 무시무시한 마법이 걸려 있을지도 모른다고 생각하고 계시단다. 검사를 마치는 대로 알려주마. 그러니 제발 조르지 말고 기다리거라.”

엎친 데 덮친 격으로 해리의 디멘터 퇴치법 수업도 바라던 만큼 잘 되어가지 않았다. 수업을 몇 차례 받자 이제 디멘터가 다가올 때마다 희미한 은빛 그림자를 만들어 낼 수는 있었지만, 그의 패트로누스는 여전히 디멘터를 쫓아 버리기엔 너무 약했다. 그것은 그저 반투명 구름처럼 공중을 떠돌며 해리의 에너지만 소모시킬 뿐이었다. 해리는 부모의 목소리를 다시 듣고 싶어 하는 잠재적인 욕망을 떨쳐 버리지 못하는 자신에게 화가 났다.

"네 자신에게 너무 많은 걸 기대하고 있는 게 문제란다." 네 번째 주 연습 때 루핀 교수가 엄하게 말했다. "약하긴 하지만 열세 살짜리 마법사가 패트로누스를 불러냈다는 건 아주 대단한 일이란다. 이제는 더 이상 기절하지도 않잖니?"

"전 패트로누스가…… 디멘터에게 돌진해 때려눕히거나 뭐 그러는 줄 알았어요." 해리가 낙심해서 말했다. "아니면 그것들을 아예 사라져 버리게 하거나요……."

"진짜 패트로누스는 정말로 그렇게 하기도 한단다." 루핀 교수가 말했다. "하지만 넌 짧은 시간에 상당히 많은 걸 해냈단다. 만약 다음 퀴디치 시합 때 디멘터들이 나타난다면 네가 안전하게 착륙할 때까지는 그것들의 접근을 막을 수 있을 게야."

"디멘터들이 많으면 그게 더 어렵다고 하셨잖아요." 해리가 말했다.

"넌 아마 잘해 낼 게다." 루핀 교수가 미소를 지으며 말했다. "옜다…… 칭찬하는 의미에서 이걸 주마……. 스리 브룸스틱스에서 사온 거란다. 아마 먹어 보지 못했을 게다……."

그가 서류 가방에서 음료수 두 병을 꺼냈다.

"버터 맥주로군요!" 해리가 무심코 말했다. "제가 이걸 얼마나 좋아하는데요!"

루핀 교수가 눈썹을 치켜올렸다.

"아…… 론과 헤르미온느가 호그스미드에서 몇 번 사다주었어요." 해리가 얼른 둘러댔다.

"그랬구나." 말은 그렇게 했지만 루핀 교수는 여전히 수상쩍어하는 표정이었다. "그럼…… 래번클로와의 시합에서 그리핀도르의 승리를 기원하며 건배하자! 선생으로서 특정한 기숙사를 응원하면 안 되지만 말이다……." 그가 급히 덧붙였다.

그들은 말없이 버터 맥주를 마셨다. 조금 뒤 해리는 이참에 그동안 궁금해 왔던 걸 물어보기로 마음먹었다.

"그런데 디멘터의 두건 밑에는 뭐가 있죠?"

루핀 교수가 생각에 잠기며 맥주병을 내렸다.

"흠…… 그걸 진짜 알고 있는 사람은 우리에게 말할 수 없는 상황에 놓여 있다고 할 수 있지. 디멘터는 최후이자 최악의 무기를 쓸 때만 두건을 내리거든."

"그게 뭔데요?"

"사람들은 그걸 '디멘터의 입맞춤'이라고 부르지." 루핀 교수가 약간 일그러진 미소를 지으며 말했다. "그건 디멘터가 완전히 죽여 버리고 싶은 사람에게만 하는 행동이란다. 두건 밑에는 끔찍한 입이 있는 게 틀림없단다. 왜냐하면 디멘터들은 희생자와 입을 맞추고 그 영혼을 빨아들이니까 말이다."

해리는 너무 놀라 그만 버터 맥주를 입 밖으로 조금 내뿜고 말았다.

"뭐라구요…… 그것들이 사람을 죽인단 말예요?"

"아니," 루핀 교수가 말했다. "그것보다 더 나쁘지. 사람은 물론 영혼이 없다 해도 뇌와 심장만 움직이고 있다면 존재할 수는 있단다. 하지만 자아도 느끼지 못하고 아무 기억도…… 아무 생각도 갖지 못하겠지. 회복될 가망도 전혀 없구. 그저…… 존재하는 것뿐이란다. 빈 껍데기처럼. 그러나 영혼은 영원히 죽는 거지……."

루핀 교수는 버터 맥주 병을 들어 한 모금 마시고 나서 다시 말을 이었다. "이제 시리우스 블랙을 기다리는 건 죽음뿐이란다. 오늘 아침에 《예언자 일보》에서 읽었는데, 마법부가 디멘터들에게 블랙을 찾으면 그렇게 해도 된다고 허락해 주었다는구나."

해리는 누군가가 입으로 영혼을 빨아 낸다는 생각이 너무나 끔찍해서 잠시 멍하니 앉아 있었다. 하지만 그 뒤 블랙에 대해 생각했다.

"그 사람은 당연히 그렇게 되어야 해요." 그가 불쑥 말했다.

"그렇게 생각하니?" 루핀 교수가 조용히 물었다. "정말로 누군가가 그런 일을 당하는 게 당연하다고 생각하니?"

"네." 해리가 반항적으로 말했다. "어떤 경우에는요……."

해리는 루핀 교수에게 자신이 스리 브룸스틱스에서 엿들은 대로 블랙이 그의 엄마와 아빠를 배신했기 때문이라고 말하고 싶었다. 하지만 그렇게 되면 그는 허가도 없이 호그스미드에 간 걸 밝히는 꼴이 되고, 루핀 교수는 그 사실을 좋게 생각하지 않을 게 뻔했다. 따라서 해리는 더 이상 아무 말도 하지 않고 조용히 버터 맥주만 마신 뒤, 루핀 교수에게 고맙다고 인사하고 마법의 역사 교실에서 나왔다.

해리는 디멘터의 두건 밑에 무엇이 있는지 묻지 말 걸 그랬다고 후회했다. 너무나 끔찍한 뜻밖의 대답을 들었기 때문이었다. 해리는 몸에서 영혼이 빨려나간다는 게 어떤 기분일까 골똘히 생각하며 걷다가 계단 중간쯤에서 그만 맥고나걸 교수에게로 곤두박질쳐 넘어지고 말았다.

"잘 좀 보고 다녀라, 포터!"

"죄송해요, 교수님……."

"막 널 찾아 그리핀도르의 학생 휴게실에 갔다 오는 길이다. 자,

이걸 주마. 모든 테스트를 해보았지만 전혀 잘못된 게 없는 것 같더구나. 어딘가에 굉장히 좋은 친구가 있는가 보다, 포터……."

해리는 입이 딱 벌어졌다. 맥고나걸 교수는 파이어볼트를 그에게 내밀었다. 빗자루는 여전히 멋져 보였다.

"이제 이걸 가져가도 된단 말인가요?" 해리가 의심쩍은 듯이 물었다. "정말이세요?"

"정말이란다." 맥고나걸 교수가 말했다. 그녀의 입가에 미소가 번졌다. "토요일 시합 전에 그 빗자루의 감각을 익혀 두는 게 좋을 게다, 안 그러니? 그리고 포터…… 꼭 이기길 바란다. 우리 팀이 8년 연속 우승컵을 타지 못하는 불운한 일이 생기지 않았으면 좋겠구나……."

해리는 너무 기쁜 나머지 할말을 잃은 채 파이어볼트를 들고 그리핀도르 탑으로 정신없이 달렸다. 그런데 모퉁이를 막 돌았을 때 론이 입이 찢어지게 씩 웃으며 달려오는 게 보였다.

"맥고나걸 교수가 그걸 주었지? 정말 잘됐다! 야, 나 그거 한 번 타 봐도 되니? 내일?"

"그래…… 얼마든지……." 해리가 날아갈 것 같은 기분으로 말했다. "그런데…… 우리 이제 그만 헤르미온느와 화해해야 하지 않을까…… 그 앤 그저 도우려고 했던 것뿐이잖아……."

"그래, 좋아." 론이 말했다. "그 앤 지금 학생 휴게실에 있어…… 심심풀이로 공부를 하면서 말야……."

그런데 그들이 그리핀도르 탑으로 가는 복도로 들어섰을 때 네빌 롱바텀이 캐도간 경에게 애원하고 있는 게 보였다. 캐도간 경이 그를 들여보내려 하지 않는 것 같았다.

"분명히 적어 두었단 말이에요!" 네빌이 눈물을 글썽이며 말하고 있었다. "어딘가에 떨어뜨린 게 분명해요!"

"그럴듯한 이야기로군!" 캐도간 경이 고함쳤다. 그때 그가 해리와 론을 발견했다. "안녕, 똑똑이들! 와서 이 얼간이에게 수갑 좀 채워. 이 녀석이 글쎄 암호도 안 대고 들어가려고 하잖아!"

"조용히 좀 하세요." 론이 해리와 함께 네빌에게로 다가가며 쏘아붙였다.

"암호 적은 걸 잃어버렸어!" 네빌이 애처롭게 말했다. "캐도간 경에게 어떤 암호를 사용할 건지 미리 말해 달라고 해서 적어 두었거든. 그가 계속해서 암호를 바꾸니까 말야. 그런데 암호를 적어 둔 쪽지가 어디로 갔는지 도무지 모르겠어!"

"오드스보디킨스." 해리가 힘차게 암호를 말하자 캐도간 경이 대단히 실망한 표정으로 마지못해 문을 열어 그들을 학생 휴게실 안으로 들여보내 주었다. 그런데 그들이 들어가자마자 안에 있던 아이들이 갑자기 흥분해서 웅성거리기 시작하더니 탄성을 질러대며 파이어볼트를 들고 있는 해리에게로 모여들었다.

"그거 어디서 났니, 해리?"

"나 한번 타 봐도 되니?"

"그거 타 봤니, 해리?"

"래번클로는 이제 가망 없겠군. 그 애들은 모두 클린스윕 7이잖아!"

"한번 잡아 봐도 되니, 해리?"

아이들은 파이어볼트를 차례로 돌려보면서 너무나 완벽한 그 빗자루에 감탄을 늘어놓았다. 해리와 론은 10분쯤 뒤 아이들이 각자 자리로 돌아갔을 때에야 비로소 헤르미온느를 확실히 볼 수 있었다. 그녀는 아이들이 그 법석을 떠는 와중에도 거들떠보지도 않고 공부에만 열중하고 있었다. 해리와 론이 책상 앞으로 다가가자 그녀가 마침내 고개를 들었다.

"나 이거 돌려 받았어." 해리가 그녀에게 씩 웃으며 파이어볼트를 들어 올렸다.

"이제 알겠어, 헤르미온느? 그 빗자루엔 전혀 잘못된 게 없대!" 론이 그것 보란 듯이 말했다.

"글쎄…… 그랬는지도 모르지!" 헤르미온느가 말했다. "내 말은 적어도 이제는 네가 그게 안전하다는 걸 알게 되었다는 뜻이야!"

"그래, 그런 것 같아." 해리가 말했다. "이건 이층에 갖다 놓는 게 좋겠어……."

"내가 갖다 둘게!" 론이 간절히 바라는 듯 말했다. "스캐버스에게 강장제를 먹여야 하거든."

그리고는 그는 파이어볼트를 조심스럽게 들고 남자 기숙사로 가는 계단으로 올라갔다.

"나 앉아도 되니, 그럼?" 해리가 헤르미온느에게 물었다.

"응." 헤르미온느가 옆에 있는 의자에서 양피지 더미를 치우며 말했다.

해리는 책상 위에 어지럽게 흩어져 있는, 잉크가 여전히 반짝이고 있는 긴 산술점 논술과, 훨씬 더 긴 머글 연구 논술('머글들은 왜 전기가 필요한지 설명하라')과, 헤르미온느가 지금 의미를 알아내려고 골똘히 생각하고 있었던 것 같은 고대 문자들을 살펴보았다.

"넌 무슨 재주로 이 모든 걸 다 해나가고 있는 거니?" 해리가 의아한 눈빛으로 바라보며 그녀에게 물었다.

"아, 그건…… 알겠지만…… 그냥 열심히 하는 거지 뭐." 헤르미온느가 대꾸했다. 가까이서 보자 그녀의 얼굴은 루핀 교수만큼이나 지쳐 보였다.

"두어 과목 정도는 나중에 수강하는 게 어떠니?" 그녀가 고대 문자 사전을 찾느라 책들을 이리저리 들어 올리는 걸 바라보며 해리가 물었다.

"그럴 수 없어!" 헤르미온느가 모욕당한 것 같은 얼굴로 말했다.

"산술점 수업은 끔찍해 보인다." 해리가 매우 복잡해 보이는 숫자판을 집어 들며 말했다.

"아냐, 굉장히 재미있어!" 헤르미온느가 진지하게 말했다. "그건 내가 가장 좋아하는 과목이야! 그건……"

하지만 산술점이 정확히 뭐가 재미있는 건지 해리는 도무지 알 수가 없었다. 바로 그 순간에 남자 기숙사로 올라가는 계단 아래에서 숨 넘어갈 것 같은 비명 소리가 울려 퍼졌다. 학생 휴게실이 갑자기 조용해지더니 아이들이 꼼짝 않고 입구 쪽으로 고개를 돌렸다. 그 뒤 허둥지둥 계단을 내려오는 발소리가 들렸다……. 그리곤 론이 갑자기 침대 시트를 끌고 나타났다.

"이것 봐!" 그가 헤르미온느의 책상으로 성큼성큼 걸어가며 다짜고짜 큰 소리로 말했다. **"이것 보라구!"** 그가 시트를 그녀의 얼굴에다 대고 흔들며 소리쳤다.

"론, 무슨……?"

"스캐버스야! 이것 봐! 스캐버스!"

헤르미온느가 몹시 당황하며 론에게서 조금 떨어졌다. 해리는 론이 들고 있는 시트를 내려다보았다. 그것에 뭔가 빨간 게 묻어 있었다. 끔찍하게 보이는 것이……

"피야!" 론이 영문을 몰라 어리벙벙해하고 있는 헤르미온느에게 소리쳤다. **"녀석이 죽었어! 그리고 마룻바닥에 뭐가 있었는지 알**

아?"

"아 — 아니." 헤르미온느가 떨리는 목소리로 말했다.

론이 헤르미온느의 고대 문자 해석 숙제 위로 무언가를 내던졌다. 헤르미온느와 해리가 허리를 굽혔다. 갈기갈기 찢어진 침대 시트 쪼가리에 긴 황갈색 고양이 털 몇 개가 묻어 있었다.

제 13 장

그리핀도르 대 래번클로

그것으로 론과 헤르미온느의 우정은 끝나는 것 같았다. 둘 다 상대방에게 너무 화가 나 있었기 때문에 해리는 그들이 화해할 수나 있을지 의심스러웠다.

론은 크룩생크가 스캐버스를 잡아먹으려고 했었다는 사실을 헤르미온느가 결코 심각하게 받아들이지 않았다는 점과, 그 고양이를 잘 감시하지 않았다는 점, 그리고 론에게 스캐버스를 더 찾아보아야 한다고 말하면서 여전히 크룩생크와 전혀 무관한 일인 것처럼 얼버무리려 하고 있다는 점에 격분하고 있었다. 헤르미온느는 또 그녀대로 크룩생크가 스캐버스를 잡아먹었다는 아무 증거도 없을 뿐더러, 그 황갈색 머리카락들이 크리스마스 이후 죽 그곳에 붙어 있었을지도 모르는 데도 불구하고, 신비한 동물 가게에서 크룩생크가 그의 머리에 앉은 이후 론이 죽 자신의 고양이에게 편견을 갖고 있다고 주장했다.

해리는 개인적으로 모든 정황으로 미루어보아 크룩생크가 스캐버스를 잡아먹은 게 틀림없다고 생각했다. 그래서 헤르미온느에게 그 점을 지적하려고 슬쩍 운을 떼었다가 그만 그녀의 화만 더 돋우는 결과를 낳고 말았다.

"좋아, 론의 말이 맞다 이거지. 난 네가 그럴 줄 알았어!" 헤르미온느가 날카롭게 쏘아붙였다. "지난번엔 파이어볼트, 이번엔 스캐버스. 모두 다 내 잘못이지, 뭐! 날 좀 가만 내버려 둬, 해리. 그렇지 않아도 할 일이 태산 같으니까!"

스캐버스를 잃은 론의 상실감이란 정말로 대단했다.

"자, 론. 넌 늘 스캐버스가 따분하고 재미없다고 했었잖아." 프레드가 기운을 돋우어 주려고 애쓰며 말했다. "게다가 그 녀석은 한참 동안 안색이 좋지 않았었어. 쇠약해지고 있었던 게 분명해. 빨리 죽어 버린 게 어쩌면 더 나았을지도 몰라……. 한 입에 꿀꺽…… 아마 고통도 전혀 느끼지 못했을 거야."

"프레드 오빠!" 옆에서 듣고 있던 지니가 화를 내며 외쳤다.

"그 녀석은 그저 먹고 자기만 했어, 론. 넌 늘 불평했잖아." 조지가 말했다.

"늘 먹고 자기만 했던 건 아냐. 언젠가는 우리를 위해 고일에게 달려들어 문 적도 있었잖아!" 론이 비참하게 말했다. "생각나니, 해리?"

"그래, 그랬어." 해리가 맞장구쳐 주었다.

"그땐 절정기였나보지." 프레드가 웃음을 참지 못하며 말했다. "고일의 손가락 상처로 스캐버스를 오랫동안 기억하면 되지, 뭐.

야, 론, 호그스미드에 가서 그까짓 쥐 한 마리 새로 사면 될 걸 무엇 때문에 그렇게 끙끙거리고 있는 거니?"

해리는 론의 기분을 풀어 줄 생각으로 잠시 뒤에 있을 연습—래번클로와의 시합 전 그리핀도르 팀의 마지막 연습—에 함께 가면, 연습을 마친 뒤 파이어볼트를 타게 해주겠다고 꼬셨다. 이 말을 듣자 론은 잠시나마 스캐버스 생각을 떨쳐 버리는 것 같았다 ("멋지겠다! 나도 그걸 타고 몇 점을 넣어 볼 수 있을까?"). 그들은 함께 퀴디치 경기장으로 갔다.

후치 부인은 해리의 안전을 생각해서 여전히 그리핀도르의 연습을 감독하고 있었다. 파이어볼트를 보자 그녀도 다른 사람들과 마찬가지로 감탄해 마지않았다. 후치 부인은 이륙하기에 앞서 두 손으로 파이어볼트를 들고 그 빗자루에 대한 자신의 전문적 견해를 말해 주었다.

"균형이 얼마나 잘 잡혀 있는지 보렴! 님부스 시리즈에 흠이 하나 있다면 꼬리 끝에 있는 가느다란 얼룩무늬지……. 몇 년 지나면 그게 거치적거리거든. 하지만 이건 전혀 그런 게 없잖니. 손잡이도 새로워졌구나. 클린스윕보다 약간 더 가늘어. 오래 전 내가 쓰던 실버 애로우가 생각나는구나……. 지금은 품절되어서 더 이상 볼 수가 없다는 게 아쉽지만 말이다. 난 그 빗자루로 배웠단다. 아주 좋은 빗자루였지……."

그녀는 흥분하여 계속 말을 늘어놓았다. 한참 뒤 우드가 말을 꺼냈다. "저…… 후치 부인? 이제 그만 해리에게 파이어볼트를 돌려주시겠어요? 연습을 해야……."

"오…… 그래…… 여기 있다, 포터." 후치 부인이 말했다. "난 위즐리와 함께 저 위에 앉아 있으마……."

그녀가 론과 함께 경기장에서 나가 관중석에 앉자, 그리핀도르 팀의 선수들이 내일 시합을 위한 마지막 지시 사항을 들으려고 우드 주위에 모였다.

"해리, 막 래번클로의 수색꾼이 누군지 알아냈어. 초 챙이라는 4학년 여학생인데 상당히 잘해……. 그 애의 컨디션이 좋지 않길 정말로 바랐었는데……. 부상을 좀 당했었거든……." 우드는 초 챙이 완전히 회복된 게 못마땅한 듯 얼굴을 찡그렸다. "하지만 그 앤 코멧 260을 탈 거야. 파이어볼트에 비하면 아주 형편없는 빗자루지." 그는 동경에 찬 얼굴로 해리의 빗자루를 바라보았다. "자, 그럼 모두들 시작해 보자……."

해리는 마침내 파이어볼트에 올라타고 땅을 힘껏 걷어찼다.

그 빗자루는 예상보다 훨씬 더 좋았다. 파이어볼트는 살짝만 건드려도 방향을 원하는 대로 바꿀 수 있었다. 그 빗자루는 탄 사람이 잡는 방법에 따라 움직이는 게 아니라 그 사람의 생각을 읽고 그것에 따라 움직이는 것 같았다. 파이어볼트가 경기장을 빠른 속력으로 질주했다가 급격히 방향을 바꾸자 앨리샤 스피넷이 깜짝 놀라 비명을 질렀다. 해리는 잔디로 덮인 경기장 바닥까지 급강하했다가 다시 지상 15미터쯤까지 날아올랐다…….

"해리, 스니치를 내보낼게!" 우드가 소리쳤다.

해리는 방향을 돌려 골대로 향하는 블러저와 경주를 벌였다. 그는 순식간에 따라잡았다. 그때 스니치가 우드 뒤로 쏜살같이 날아가는 게 보였다. 그리고 10초도 되지 않아 해리의 손에는 스니치가 잡혀 있었다.

팀 선수들이 탄성을 질렀다. 해리는 스니치를 다시 놓고 1분 정도 먼저 날아가게 한 뒤 다른 선수들 사이로 누비고 다니며 그것을 찾았다. 해리는 스니치가 케이티 벨의 무릎 부근에 숨어 있는 걸 발견하고 재빨리 그녀 뒤로 돌아가 잡았다.

연습은 매우 만족스러웠다. 팀 선수들은 파이어볼트가 있다는 사실에 고무되었는지 모두 나무랄 데 없이 완벽하게 해냈다. 우드는 단 하나의 흠도 잡지 않았는데, 그런 일은 그야말로 처음 있는 일이었다.

"아무도 우릴 당해내지 못할 거야!" 우드가 의기양양한 얼굴로 말했다. "해리가 기절하지만 않는다면 말야……. 해리, 디멘터 문제는 해결했지. 그렇지?"

"응." 해리가 약한 패트로누스를 떠올리며 힘없이 말했다.

"디멘터들이 또다시 나타나는 일은 없을 거야, 올리버. 그랬다간 덤블도어 교수님이 가만 계시지 않을 테니까 말야." 프레드가 자신 있게 말했다.

"글쎄, 그러지 않길 바라야지." 우드가 말했다. "어쨌든…… 잘했어, 모두. 이만 탑으로 돌아가자……. 잠자리에 일찍 들어야지……."

"난 조금만 더 있을게. 론이 파이어볼트를 타 보고 싶어 하거든." 해리는 우드에게 이렇게 말한 뒤 나머지 선수들이 라커룸으로 향하는 동안 경기장 울타리를 뛰어넘어 론에게로 걸어갔다. 후치 부인은 좌석에 앉은 채로 잠에 곯아떨어져 있었다.

"자, 타봐." 해리가 론에게 파이어볼트를 건네주며 말했다.

론이 좋아 어쩔 줄 몰라 하며 빗자루에 올라타더니 붕 하고 어둠 속으로 날아갔다. 해리는 경기장 가장자리로 걸어다니며 그를 지켜보았다. 날이 어두워지자 후치 부인이 깜짝 놀라 잠에서 깨어나서는 해리와 론에게 깨우지 않았다고 나무라며 빨리 성으로 돌아가라고 다그쳤다.

해리는 어쩔 수 없이 파이어볼트를 어깨에 메고 론과 함께 어두운 경기장에서 터벅터벅 걸어나왔다. 해리는 론에게 파이어볼트의 유연한 움직임과 놀라운 가속도와 정확한 회전에 대해 말하며 성 쪽으로 걸어가다가 문득 왼쪽을 바라보았다. 그는 가슴이 철렁 내려앉았다……. 어둠 속에서 한 쌍의 눈이 번득이고 있었다.

해리는 갑자기 우뚝 멈춰 섰다. 가슴이 두 방망이질을 했다.

"왜 그래?" 론이 놀라 물었다.

해리가 손가락으로 그곳을 가리키자 론이 요술지팡이를 빼들고 중얼거렸다. *"루모스!"*

지팡이에서 나온 불빛이 잔디와 나무 밑동과 나뭇가지들을 비췄다. 막 움트기 시작한 나뭇잎들 사이에 크룩생크가 웅크리고 있었다.

"저리 가지 못해!" 론은 고함을 치면서 잔디밭에 놓인 돌멩이를 하나 집어 들었다. 하지만 그가 미처 던지기도 전에 크룩생크가 긴 황갈색 꼬리를 한 번 휙 흔들고는 어디론가 사라져 버렸다.

"봤지?" 론이 돌멩이를 다시 내던지며 미친 듯이 화를 내며 말했다. "그 앤 여전히 고양이가 제멋대로 돌아다니게 내버려두고 있어……. 스캐버스를 잡아먹었으니 이번엔 새를 두어 마리 꿀꺽 했을지도 몰라……."

해리는 아무 말도 하지 않았다. 서서히 안도감이 느껴지자, 심호흡을 한 번 크게 했다. 그는 죽음의 개의 눈이라고 생각했었던 것이다. 그들은 다시 성으로 향했다. 해리는 잠시나마 당황했던 게 창피해서 론에게 아무 말도 하지 않았다. 그리고 불이 환하게 밝혀진 현관 안의 홀에 도착할 때까지 앞만 보고 걸었다.

다음 날 아침 해리는 파이어볼트를 들고 기숙사 룸메이트들과 함께 아침을 먹으러 내려갔다. 연회장에 들어서자 아이들의 고개가 하나같이 파이어볼트 쪽으로 쏠렸다. 연회장 안이 흥분으로 술렁거렸다. 슬리데린 팀도 깜짝 놀라 멍하니 바라보고 있었다.

"그 녀석 얼굴 봤어?" 론이 말포이를 한 번 쳐다보고 나서 싱글벙글댔다. "하긴 도저히 믿을 수 없겠지! 네가 이렇게 멋진 빗자루를 갖고 있다는 게 말야!"

우드도 파이어볼트에 푹 빠져 있었다.

"그거 여기에 놔, 해리." 우드가 그 빗자루를 보란 듯이 테이블 한 가운데에 놓고 파이어볼트라는 글자가 위로 가도록 조심스럽게 돌려 놓았다. 곧 래번클로와 후플푸프 아이들이 구경을 하러 왔다. 케드릭 디고리는 해리가 그렇게 훌륭한 빗자루를 갖게 된 걸 진심으로 축하해 주었고 , 래번클로에 있는 퍼시의 여자 친구 페네로프 클리어워터는 파이어볼트를 잡아 봐도 되는지 넌지시 물었다.

"자, 자, 페네로프. 망가뜨리면 안 돼!" 그녀가 파이어볼트를 이리저리 뜯어보자 퍼시가 자기 것이라도 되는 양 으스대며 말했다. "페네로프와 난 내기를 했어." 그가 팀 선수들에게 살며시 말했다. "시합 결과에 따라 10갈레온을 주기로 말야!"

페네로프가 파이어볼트를 다시 내려놓고 해리에게 고맙다고 한 뒤 자신의 테이블로 돌아갔다.

"해리, 꼭 이겨야 해." 퍼시가 절박하게 속삭였다. "*내겐 10갈레온이 없거든.* 알았어. 곧 갈게, 페네로프!" 그리고는 토스트를 먹고 있는 그녀에게로 바삐 걸어갔다.

"그런데 너 그 빗자루 다룰 수 있기나 하니, 포터?" 차갑고 느릿느릿한 목소리가 들렸다.

어느새 드레이코 말포이가 와 있었다. 크레이브와 고일도 뒤에 있었다.

"물론이지." 해리가 아무 생각 없이 말했다.

"기능이 아주 다양해, 그렇지?" 말포이가 심술궂게 눈을 반짝이며 말했다. "그런데 낙하산이 없어서 어떡하니? 디멘터가 가까이 오면 큰일이잖아."

크레이브와 고일이 낄낄거렸다.

"넌 팔이 하나쯤 더 있었더라면 좋았을걸. 정말 안됐다, 말포이." 해리가 바로 맞받아쳤다. "스니치 잡으려면 팔 두 개 가지고 어림이나 있겠니?"

그리핀도르 아이들이 폭소를 터뜨렸다. 말포이는 흐리멍덩한 눈을 가늘게 뜨더니, 곧장 슬리데린의 다른 선수들이 모여 있는 곳으로 성큼성큼 걸어갔다. 그 애들은 보나마나 말포이에게 해리의 빗자루가 정말로 파이어볼트냐고 묻고 있을 게 뻔했다.

10시 45분이 되자 그리핀도르 팀은 모두 라커룸으로 갔다. 날씨는 후플푸프와 시합했던 날과는 전혀 달랐다. 약한 산들바람이 부는 맑고 서늘한 날이었다. 따라서 지난번처럼 빗줄기 때문에 앞이 보이지 않는 상황은 벌어지지 않을 터였다. 해리는 긴장하기는 했지만, 퀴디치 시합이 아니면 느낄 수 없는 흥분에 젖어들기 시작했다. 전교생이 경기장으로 이동하는 소리가 들렸다. 해리는 까만 학교 망토를 벗고 주머니에서 요술지팡이를 빼내어 티셔츠 속에 쑤셔 넣은 뒤 그 위에 퀴디치 망토를 입었다. 그는 요술지팡이를 써야 할 일이 일어나지 않길 바라고 또 바랐다. 그리고는 문득 루핀 교수가 군중 속에서 지켜보고 있는지 궁금했다.

"어떻게 해야 하는지는 모두들 알고 있을 거야." 라커룸에서 나갈 때 우드가 말했다. "이 시합에서 지면 우린 승산이 없어. 그저…… 그저 어제 연습할 때처럼만 해. 그러면 모든 게 잘될 거야!"

그들은 우레 같은 박수 갈채를 받으며 경기장으로 걸어나갔다. 파란색 망토를 입은 래번클로 팀은 벌써 나와 경기장 한가운데에 서 있었다. 그 팀의 여자 선수는 수색꾼을 맡은 초 챙뿐이었다. 그 애는 해리보다 머리 하나 정도 더 작았는데, 해리는 긴장하고 있는 가운데서도 그 애가 굉장히 예쁘다고 생각했다. 양 팀이 주장 선수들 뒤에서 서로 마주보고 서 있을 때 초 챙이 미소를 짓자 해리는 기분이 약간 이상해지는 걸 느꼈다.

"우드, 데이비스, 악수하세요." 후치 부인이 기분 좋게 말했다. 우드는 래번클로의 주장 선수와 악수를 했다.

"빗자루에 올라타세요……. 그리고 내가 호루라기를 불자마자…… 셋…… 둘…… 하나……."

해리가 발로 땅을 힘껏 걷어차자 파이어볼트가 붕 하고 날아올랐다. 파이어볼트는 어떤 빗자루보다도 더 빨랐다. 그는 경기장을 날아다니면서 리 조던이 맡고 있는 경기 해설에 귀를 기울이며 눈을 부릅뜨고 스니치를 찾기 시작했다.

"선수들이 날아올랐습니다. 이번 시합에서 무엇보다도 사람들의 관심이 집중되고 있는 것은 바로 그리핀도르의 해리 포터가 타고 있는 파이어볼트입니다. 《빗자루의 모든 것》이라는 책에 따르면 금년에 퀴디치 세계 선수권 대회에 참가한 국가 대표 팀들이 바로 이 파이어볼트를 선택했다고 합니다……."

"조던, 미안하지만 시합이 어떻게 진행되고 있는지 말해 주지 않겠어요?" 맥고나걸 교수가 말을 가로막았다.

"잠깐만 기다리세요, 교수님……. 그저 약간의 예비 지식을 알려

드리고 있는 것뿐이니까요……. 말이 난 김에 하는 말인데, 파이어 볼트에는 자동 브레이크가 달려 있어서……"

"조던!"

"알겠습니다, 알겠습니다. 그리핀도르가 퀘이플을 갖고 있군요. 그리핀도르의 케이티 벨이 골대로 향하고 있습니다……."

해리는 케이티와 반대 방향으로 질주하며 황금빛 스니치를 찾아 주위를 둘러보았다. 하지만 초 챙이 바짝 뒤따라오며 계속해서 그를 가로막았으므로 도저히 방향을 바꿀 수가 없었다.

"초 챙에게 파이어볼트가 어떤 빗자루인지 한번 보여줘, 해리!" 프레드가 앨리샤를 향해 날아가고 있는 블러저를 추격하려고 옆으로 휙 지나가며 외쳤다.

래번클로 골대를 돌 때쯤 해리가 파이어볼트를 빠른 속도로 몰고 나가자 초 챙은 금방 뒤로 처졌다. 그런데 케이티가 그 시합의 첫 득점을 따내는 데 성공하면서 그리핀도르 응원석이 열광하고 있는 사이 그의 눈에 무언가가 들어왔다……. 스니치가 경기장 울타리 근처에서 훨훨 날아다니고 있었다.

해리는 급강하했다. 초 챙도 그의 뒤를 따라 질주했다. 속도가 가속되자 흥분이 밀려왔다. 급강하는 그의 장기였다. 이제 3미터 정도밖에 떨어져 있지 않았다…….

그때 어디선가 래번클로의 몰이꾼이 친 블러저가 세차게 날아왔다. 해리는 간발의 차이로 방향을 돌려 얼른 피했다. 하지만 그 사이 스니치는 사라져 버리고 말았다.

래번클로 응원석에서는 그들의 몰이꾼에게 아낌없는 박수를 보냈지만 그리핀도르를 응원하는 사람들은 실망을 감추지 못했다. 조지 위즐리가 분노를 참지 못하고 그 몰이꾼에게로 곧장 블러저를 쳐

내자, 그가 피하려고 공중에서 데굴데굴 굴렀다.

"그리핀도르가 80 대 0으로 리드하고 있습니다. 저 파이어볼트가 날아가는 것 좀 보십시오! 포터가 정말 잘 다루고 있군요. 저 돌아가는 것 좀 보세요……. 초 챙의 빗자루 코멧은 상대가 되지 않습니다. 파이어볼트의 정확한 균형이 정말 돋보이는군요……."

"조던! 너 파이어볼트 홍보하려고 여기에 있는 거니? 경기 해설이나 해!"

래번클로도 선전하고 있었다. 그 사이 그들이 세 골을 넣었으므로 그리핀도르와의 점수 차는 이제 50점으로 좁혀져 있었다……. 초 챙이 만약 먼저 스니치를 잡는다면 래번클로가 이길 것이다. 해리는 래번클로의 추격꾼을 간신히 피해 더 아래로 내려가 미친 듯이 경기장을 훑었다……. 황금빛, 퍼덕이는 작은 날개……, 스니치가 그리핀도르 골대를 돌고 있었다.

해리는 황금빛 점을 똑바로 쳐다보며 질주했다. 그런데 바로 그때 어디선가 초 챙이 나타나 그를 가로막았다.

"해리, 신사 흉내를 내고 있을 때가 아냐!" 해리가 충돌을 피하려고 옆으로 비켜 서자 우드가 고함쳤다. "정 안 되겠으면 그녀를 빗자루에서 떨어뜨리기라도 해!"

해리가 고개를 돌리자 초 챙이 씩 웃고 있었다. 스니치가 또다시 사라지고 없었다. 해리는 파이어볼트를 위쪽으로 몰았다. 흘끗 보니 초 챙이 뒤쫓아오고 있었다……. 그녀는 스니치를 찾는 게 아니라 그를 마크하기로 작정한 것 같았다……. 좋아, 그렇다면…… 그녀가 그렇게 그를 계속 쫓아다닌다면, 그 결과는 감수해야 할 것이다…….

해리가 다시 급강하하자 초 챙은 그가 스니치를 발견했다고 생각했는지 얼른 뒤따라왔다. 하지만 해리가 빠르게 급강하를 멈추자 미처 대비하지 못한 그녀는 휙 소리내며 아래로 지나쳐 내려갔다. 그 사이 그는 방향을 돌려 쏜살같이 위로 올라갔다. 그때 또다시 그게 보였다……. 스니치가 래번클로 응원석 위에서 반짝이고 있었다.

그는 속도를 더 빨리 냈다. 저 아래에 있는 초 챙이 다시 질주해 왔다. 이제 스니치만 잡으면 이기는 것이다. 그때……

"앗!" 초 챙이 손가락질을 하며 비명을 질렀다.

그 순간 해리도 아래를 내려다보았다.

키가 굉장히 큰 두건을 쓴 디멘터 세 명이 그를 올려다보고 있었다.

해리는 이것저것 생각할 겨를도 없이 망토 속으로 손을 집어넣어 요술지팡이를 꺼내며 소리쳤다. *"익스펙토 패트로눔!"*

무언가 은빛 나는 거대한 것이 그의 요술지팡이 끝에서 튀어나와 디멘터 쪽으로 날아갔다. 그러나 해리는 멈춰 서서 지켜볼 시간이 없었다.

정신은 여전히 놀라울 정도로 맑았다. 앞을 바라보았다. 거의 다 와 있었다. 해리가 요술지팡이를 잡고 있는 손을 쭉 뻗자, 손가락이 발버둥치는 스니치에 간신히 닿았다.

후치 부인의 호루라기 소리가 들렸다. 해리가 공중에서 몸을 홱 돌리자, 흐릿한 진홍색 형상 여섯 개가 쏜살같이 그에게로 날아오고 있는 게 보였다. 그리고 다음 순간, 그 팀 선수들 전체가 그를 부둥켜안았다. 그 통에 그는 하마터면 빗자루에서 떨어질 뻔했다. 저 아래 그리핀도르의 관중석에서는 우레 같은 함성 소리가 터져 나왔다.

"잘했어!" 우드가 계속해서 큰 소리로 외쳤다. 앨리샤와 안젤리나와 케이티 모두 해리에게 입을 맞추었다. 프레드가 머리를 어찌나 세게 잡아당겼던지 해리는 머리카락이 다 빠지는 줄 알았다. 선수들이 다시 지상으로 내려왔다. 해리가 빗자루에서 내려 고개를 들자, 론이 그리핀도르 아이들과 함께 시끌벅적하게 떠들며 달려오는 게 보였다. 그는 순식간에 환호하는 군중들 속에 파묻혔다.

"그러면 그렇지!" 론이 해리의 팔을 공중으로 홱 들어 올리며 외쳤다. "역시 대단해!"

"잘했어, 해리!" 퍼시가 아주 기뻐하며 말했다. "네 덕택에 10갈레온 벌었어! 페네로프를 찾아야겠어, 잠깐 실례……."

"잘했어, 해리!" 시무스 피니간이 큰소리로 말했다.

"대단히 훌륭했어!" 손에 손을 잡고 빙빙 도는 그리핀도르 아이들 너머에서 해그리드가 우렁찬 소리로 말했다.

"참 대단한 패트로누스였다." 해리의 귓가에 낯익은 목소리가 들렸다.

홱 돌아서자 루핀 교수가 바로 뒤에 서 있었다. 그는 충격과 기쁨이 뒤섞인 표정을 짓고 있었다.

"디멘터들이 제게 전혀 영향을 주지 않았어요!" 해리가 흥분해서 말했다. "전 조금도 느끼지 못했어요!"

"그건 그것들이…… 뭐랄까…… 디멘터가 아니었기 때문일 게다." 루핀 교수가 말했다. "이리 와 보렴……."

그가 해리를 경기장 가장자리로 데려갔다.

"네가 불러 낸 패트로누스가 놀라게 한 건 디멘터가 아니라 말포이였단다." 루핀 교수가 말했다.

해리는 빤히 바라보았다. 땅바닥에 말포이와 크레이브와 고일과 슬리데린 팀의 주장 선수인 마커스 플린트가 서로 뒤죽박죽으로 누워 두건이 달린 긴 까만 망토를 벗으려고 발버둥을 치고 있었다. 말포이가 고일의 어깨 위에 서 있었던 것 같았다. 그들 곁에는 맥고나걸 교수가 굉장히 화난 얼굴로 서 있었다.

"나쁜 녀석들 같으니라구. 그런 속임수를 쓰다니!" 그녀가 고함치고 있었다. "그리핀도르의 수색꾼을 방해하려고 그렇게 야비하고 비겁한 짓을 해! 너희들 모두 징계야. 슬리데린에 50점 감점인 줄 알아! 이번 일만은 어떤 일이 있어도 덤블도어 교수님께 말씀드릴 테니 그리 알아라! 아, 마침 저기 오시는군!"

이건 정말 그리핀도르의 승리만큼이나 기분 좋은 일이었다. 사람들을 헤치고 해리 쪽으로 나온 론은, 말포이가 망토에서 빠져 나오려고 안간힘을 쓰고 있는 걸 보자 배를 잡고 웃었다. 고일의 머리는 여전히 망토 속에서 빠져 나오지 못하고 있었다.

"가자, 해리!" 조지가 길을 헤치고 나아가며 말했다. "파티가 있어! 그리핀도르 학생 휴게실에서, 지금!"

"알았어." 해리는 참으로 오랜만에 더없이 행복해하며 다른 선수들과 함께 성으로 올라갔다.

그리핀도르 학생 휴게실은 벌써 꼭 퀴디치 우승컵을 타기라도 한 것 같은 분위기였다. 파티는 온종일 계속되었고 밤까지 이어졌다. 프레드와 조지 위즐리는 두 시간 동안 어디론가 사라졌다가 버터 맥주와 호박 주스와 허니듀크 과자들을 한아름 사들고 돌아왔다.

"그걸 어떻게 가져온 거니?" 조지가 페퍼민트 두꺼비 껌을 아이들에게 던지기 시작하자 안젤리나 존슨이 물었다.

"무니와 웜테일과 패드풋과 프롱스한테 약간의 도움을 받았지." 프레드가 해리의 귀에다 대고 중얼거렸다.

그런데 축제 분위기에 동참하지 않는 사람이 딱 한 명 있었다. 헤르미온느는 그 와중에도 한쪽 구석에 앉아 《영국 머글들의 가정 생활과 사회적 습관》이라는 표제가 붙은 커다란 책을 읽고 있었다. 도저히 믿을 수 없었다. 해리는 프레드와 조지가 버터 맥주병 세 개로 곡예를 부리고 있는 탁자에서 슬쩍 빠져 나와 그녀에게로 갔다.

"너 시합에는 왔었니?" 해리가 넌지시 물었다.

"물론 갔었지." 헤르미온느가 고개도 들지 않고 카랑카랑한 목소리로 말했다. "우리가 이겨서 정말 기쁘고, 네가 아주 잘했다고 생각해. 하지만 난 월요일까지 이걸 읽어야 해."

"그러지 말고 헤르미온느. 자, 가서 좀 먹어." 해리가 론의 눈치를 살피면서 말했다. 그는 론이 헤르미온느와 화해할 정도로 기분이 좋은지 어떤지 궁금했다.

"안 돼, 해리. 읽어야 할 분량이 424쪽이나 돼!" 헤르미온느가 다소 신경질적으로 말했다. "어쨌든……," 그녀도 론을 흘끗 쳐다보았다. "저 앤 내가 끼는 걸 원하지 않을 거야!"

하지만 해리는 그렇지 않을 거라고 말할 수가 없었다. 하필이면 바로 그 순간에 론이 큰 소리로, "만약 스캐버스가 살아 있었더라면 저 파리 모양의 퍼지(설탕, 버터, 우유, 초콜릿으로 만든 물렁한 캔디 : 역주)를 먹을 수 있었을 텐데. 녀석은 그걸 굉장히 좋아했었거든……." 이라고 말했던 것이다.

헤르미온느가 갑자기 울음을 터뜨렸다. 그리고 해리가 미처 어떻게 하기도 전에 그 커다란 책을 한쪽 겨드랑이에 끼고 여자 기숙사 계단 쪽으로 달려갔다.

"그 애에게 기회 좀 줄 수 없니?" 해리가 론에게 조용히 물었다.

"안 돼." 론이 딱 잘라 말했다. "헤르미온느가 진심으로 후회한다는 걸 행동으로 보여준다면 모를까……. 하지만 그 앤 자신의 잘못을 절대 인정하려 들지 않을 거야. 그 앤 여전히 스캐버스가 잠시 휴가를 떠났거나 뭐 그런 것처럼 행동하고 있잖아."

그리핀도르의 파티는 맥고나걸 교수가 새벽 1시에 잠옷에 가운을 걸치고 나타나 이제 그만 잠자리에 들어야 한다고 엄격히 말했을 때에야 비로소 끝이 났다. 해리와 론은 시합 얘기를 하면서 기숙사 방으로 올라갔다. 해리는 지칠 대로 지쳐 있었으므로 얼른 침대 속으로 기어 들어갔다. 그리고 커튼을 잡아당겨 달빛을 가리고는 드러누워 곧바로 깊은 잠에 빠져들었다…….

해리는 아주 이상한 꿈을 꾸었다. 꿈속에서 그는 파이어볼트를 어깨에 메고 은빛 나는 하얀 형상을 따라 숲속으로 걸어 들어가고 있었다. 그것은 앞에 있는 나무들 사이로 거침없이 나아가고 있었고, 해리는 이파리들 사이로 그 형상을 어렴풋이 볼 수 있을 뿐이었다. 해리는 붙잡고 싶은 마음에 속도를 냈지만, 빨리 가면 갈수록 그것도 빨리 움직였다. 해리는 이제 녹초가 되어 어떤 방목장으로 들어갔다. 그때 앞쪽에서 급히 달려가는 발굽 소리가 들렸다. 그래서 그는 모퉁이를 돌아 공터로 나왔다…….

"아—악! 안—돼—엣!"

해리는 마치 얼굴을 한 대 호되게 얻어맞은 것처럼 갑자기 잠에서 깼다. 칠흑 같은 어둠 속에서 그는 침대 커튼을 더듬어 찾았다……. 뭔가 부스럭대는 소리가 나더니 방 맞은편에서 시무스 피니간의 목소리가 들렸다. "무슨 일이니?"

해리는 기숙사 방문이 쾅 닫히는 소리를 들은 것 같았다. 그가 마침내 커튼의 트인 부분을 찾아 확 열어젖히자, 그와 동시에 딘 토마스가 등을 켰다.

그러자 론이 잔뜩 겁에 질린 얼굴로 앉아 있는 게 눈에 들어왔다.

그의 침대 커튼 한쪽이 찢겨져 있었다.

"블랙이야! 시리우스 블랙! 칼을 들고 있었어!"

"뭐?"

"여기에! 지금 막! 커튼을 찢었어! 날 깨웠어!"

"너 꿈꾼 거 아냐, 론?" 딘이 설마하는 표정으로 말했다.

"커튼을 봐! 정말이야. 그가 여기에 왔었어!"

그들 모두 침대에서 기어 나왔다. 그리고 해리를 선두로 방에서 나와 계단 아래로 달려 내려갔다. 그들 뒤에서 잇따라 기숙사 방문이 열리며 잠에 취한 목소리들이 들렸다.

"누가 소리쳤니?"

"너희들 뭐하는 거니?"

파티로 난장판이 된 학생 휴게실은 다 꺼져가는 벽난로 불빛으로 희미하게 밝혀져 있었다. 그곳엔 아무도 없었다.

"너 꿈꾸지 않은 거 확실해, 론?"

"정말이야, 그를 봤다니까!"

"왜들 이렇게 소란스럽니?"

"맥고나걸 교수님이 모두들 자러 가라고 했잖아!"

어느새 여자아이들 몇 명이 잠옷을 입은 채로 내려와 연신 하품을 해댔다. 남자아이들도 하나 둘씩 다시 나타났다.

"좋았어. 이렇게 된 김에 우리 파티나 계속할까?" 프레드 위즐리가 밝게 말했다.

"모두들 이층으로 다시 올라가!" 퍼시가 허둥지둥 학생 휴게실 안으로 들어와 잠옷에 전교 회장 배지를 꽂으며 말했다.

"퍼시 형…… 시리우스 블랙이!" 론이 다 기어 들어가는 목소리로 말했다. "우리 기숙사 방에! 칼을 들고! 날 깨웠어!"

학생 휴게실이 잠잠해졌다.

"말도 안 돼!" 퍼시가 깜짝 놀라며 말했다. "너무 많이 먹은 탓이야, 론…… 악몽을 꾼 거야……."

"정말이야……."

"자, 이제들 그만하면 됐어요!"

맥고나걸 교수가 다시 나타났다. 그녀는 초상화 구멍을 쾅 닫고 학생 휴게실로 들어와 그들을 사납게 노려보았다.

"그리핀도르가 시합에 이긴 건 기쁘지만 이런 터무니없는 짓을 하다니! 퍼시, 넌 좀 나을 줄 알았다!"

"제가 이렇게 하라고 한 게 아니에요, 교수님!" 퍼시가 화가 나서 씩씩거리며 말했다. "전 저 애들에게 침대로 돌아가라고 말하고 있었다구요! 제 동생 론이 악몽을 꾸었대요……."

"악몽이 아니라니까!" 론이 소리쳤다. "교수님, 제가 깨어 보니까 시리우스 블랙이 칼을 들고 제 옆에 서 있었어요!"

맥고나걸 교수가 그를 빤히 바라보았다.

"터무니없는 소리 마라, 위즐리. 그가 어떻게 초상화 구멍으로 들어올 수 있었겠니?"

"물어보세요!" 론이 떨리는 손가락으로 캐도간 경을 가리켰다. "그에게 블랙을 보았는지 물어보시라구요……."

맥고나걸 교수가 론을 의심스러운 눈으로 바라보고 나서 다시 초상화를 열고 밖으로 나갔다. 학생 휴게실에 있던 아이들이 모두 숨을 죽이고 귀를 기울였다.

"캐도간 경, 조금 전에 그리핀도르 탑으로 어떤 남자를 들여보냈나요?"

"물론이죠! 캐도간 경이 큰 소리로 외쳤다.

학생 휴게실 안과 밖 양쪽에서 모두 깜짝 놀라 말을 잃고 멍하니 그를 바라보았다.

"정말…… 정말 그랬어요?" 맥고나걸 교수가 애써 침착한 표정으로 말을 꺼냈다. "하지만…… 하지만 암호는요!"

"알고 있던데요, 뭐!" 캐도간 경이 당당하게 말했다. "일주일치를 다 말예요! 작은 종이쪽지를 보고 읽어 주었어요!"

맥고나걸 교수가 다시 초상화 구멍으로 들어가 어리벙벙해하고 있는 아이들을 마주하고 섰다. 그녀의 얼굴은 백지장처럼 새하얘졌다.

"누가," 맥고나걸 교수는 떨리는 목소리로 말했다. "어느 멍청한 녀석이 일주일치 암호를 적어서 아무 데나 질질 흘리고 다니는 거야?"

모두들 겁에 질려 입을 꾹 다물고 있었다. 그때 네빌 롱바텀이 머리에서 발끝까지 후들후들 떨며 천천히 손을 들어 올렸다.

제 14 장

스네이프 교수의 원한

그날 밤 그리핀도르 아이들은 한숨도 자지 못했다. 성을 또다시 수색하고 있었으며, 기숙사 아이들은 모두 학생 휴게실에 모여 블랙이 잡혔다는 소식을 듣기만 기다리고 있었다. 맥고나걸 교수가 새벽에 다시 와서는 이번에도 블랙이 이미 성을 빠져나가고 없다고 말해 주었다.

그날 내내 가는 곳마다 경비는 더 삼엄해져 있었다. 플리트윅 교수는 시리우스 블랙의 커다란 사진을 정문으로 가져가 그의 인상 착의를 인식시키고 있었고, 필치는 갑자기 부산스럽게 복도를 오르락내리락하며 벽에 생긴 아주 작은 틈새에서부터 쥐구멍에 이르기까지 틈이 보이는 곳이면 모조리 판자를 치고 있었다. 또 캐도간 경은 해고되었다. 그의 초상화는 다시 7층의 인적이 드문 층계참으로 돌려보내졌고, 뚱보 여인이 그 자리로 돌아왔다. 그녀는 거의 완벽하게 복구되긴 했지만 여전히 겁을 먹고 있었으므로 특별 보호를 해준다는 조건으로 그 일을 다시 하는 데 동의했다. 그녀를 보호하기 위해 험악한 괴물 트롤 경비원들이 고용되었다. 그들은 툴툴거리며 이야기하거나 서로 곤봉 크기를 비교하며 떼를 지어 위협적인 모습으로 걸어다녔다.

그러나 해리는 3층에 있는 외눈박이 마녀 석상에는 경비원이 서 있지 않다는 걸 알아챘다. 프레드와 조지가 그 안에 비밀 통로가 있다는 걸 아는 사람은 자신들뿐—물론 이제는 해리와 론과 헤르미온느도 알고 있었지만—이라고 했던 말이 정말로 맞는 것 같았다.

"누군가에게 말해야 하는 거 아닐까?" 해리가 론에게 물었다.

"블랙이 허니듀크를 통해 들어온 건 절대 아닐 거야." 론이 어림도 없다는 듯 말했다. "그 가게에 누가 침입했다는 말도 없었잖아."

해리는 론이 이렇게 생각하는 게 기뻤다. 만일 외눈박이 마녀 석상 앞에도 판자가 쳐진다면, 다시는 호그스미드에 갈 수 없을지도 모르기 때문이었다.

론은 간밤의 일로 잠시나마 유명 인사가 되었다. 론은 생전 처음으로 사람들이 해리보다 자신에게 더 많은 관심을 보이자 우쭐해졌다. 그날 밤의 사건 때문에 여전히 공포에 떨기는 했지만, 론은 누구든지 어떤 일이 있었느냐고 묻기만 하면 살까지 붙여가며 신이 나서 말해 주었다.

"……자고 있었는데, 글쎄 북 하고 뭐가 찢어지는 소리가 나잖아. 난 꿈을 꾸는 거라고 생각했었지. 그런데 그때 바람이 휙 들어오는 거야……. 깨어 보니 내 침대 커튼 한쪽이 끌어내려져 있었어……. 몸을 돌렸는데…… 블랙이 내 옆에 서 있지 뭐야……. 꼭 지저분한

털로 뒤덮인 해골 같았어……. 굉장히 긴 칼을 들고 있었어. 아마 30 센티미터는 되었을 거야……. 그가 날 똑바로 쳐다보았어. 나도 그를 바라보았지. 그런데 내가 비명을 지르자 그가 재빨리 달아났던 거야."

론의 으스스한 말을 듣고 있던 2학년 여자아이들이 가버리자 그가 해리에게 덧붙였다. "그런데 왜일까? 블랙이 왜 달아났을까?"

해리도 바로 그 점을 궁금해하고 있던 차였다. 엉뚱한 침대로 들어간 것이었다면, 블랙은 왜 론을 조용히 시키고 해리에게로 가지 않았던 걸까? 블랙은 12년 전에 이미 무고한 사람들을 무자비하게 죽였던 사람이었다. 이번엔 아무 무기도 갖고 있지 않은 다섯 명의 소년밖에 없지 않았던가. 더욱이 그 중 네 명은 잠을 자고 있었다.

"네가 소리를 질러서 사람들을 깨우게 되면 성에서 빨리 빠져나가지 못할 거라고 판단했기 때문일 거야." 해리가 생각에 잠겨 말했다. "들켰다간 초상화 구멍으로 다시 나가기 위해서 기숙사 사람들을 모두 죽여야 했을 테니까 말야……. 그러면 교수님들도 만났을 테고……."

네빌은 모든 사람들의 따가운 눈총을 받고 있었다. 맥고나걸 교수는 머리끝까지 화가 나서 그에게 다시는 호그스미드에 갈 생각도 말라며 금지령을 내렸다. 그리고 이제부터 누구라도 네빌에게 탑으로 들어가는 암호를 가르쳐 주었다가는 함께 징계를 받을 줄 알라고 못박았다. 가엾은 네빌은 매일 밤 학생 휴게실 밖에서 다른 아이들이 지나갈 때까지 기다려야 했고, 그때마다 트롤 경비원들은 그를 심술궂은 눈으로 흘겨보았다. 그러나 이런 벌들은 네빌의 할머니가 보낸 것에 비하면 아무것도 아니었다. 블랙의 침입 사건이 있은 지 이틀 뒤 아침식사 시간에 네빌의 할머니는 그에게 호울러를 보냈다. 그건 호그와트의 학생이라면 누구나 가장 두려워하는 것이었다.

학교 부엉이들은 평상시처럼 우편물을 들고 연회장으로 날아들었다. 그런데 커다란 외양간 부엉이가 부리로 물고 있던 진홍색 봉투 하나를 네빌 앞에 내려놓았다. 그것을 보자 그는 숨이 막히는 듯 꼼짝도 하지 않았다. 맞은편에 앉아 있던 해리와 론은 그 편지가 호울러라는 걸 단번에 알아보았다. 론도 일 년 전에 그의 엄마로부터 그걸 받은 적이 있었다.

"도망쳐, 네빌." 론이 충고했다.

그러자 네빌은 주저하지 않고 론이 시키는 대로 했다. 그가 호울러를 잡고 마치 폭탄을 들고 있기라도 한 듯 연회장에서 뛰쳐나가자, 슬리데린 테이블에서 폭소가 터져 나왔다. 잠시 후 호울러가 현관 안의 커다란 홀에서 터지는 소리가 들려왔다……. 마법으로 백배나 커진 네빌의 할머니 목소리가 홀 안에 쩌렁쩌렁 울려 퍼졌다. 그녀는 네빌 때문에 온 가족이 망신을 당했다며 고래고래 소리 지르고 있었다.

해리는 잠시 네빌이 안됐다는 생각을 하느라 자신 앞으로도 편지 한 통이 와 있다는 사실을 까맣게 모르고 있었다. 헤드위그가 그의 팔목을 날카롭게 물어 편지가 왔음을 알려주었다.

"아야! 아…… 고마워, 헤드위그."

해리가 봉투를 쭉 찢어 여는 동안 헤드위그는 네빌의 콘플레이크스를 쪼아 먹었다. 그 안에 있는 편지 내용은 이랬다.

해리와 론에게,

오후 6시쯤 나와 차 한잔 하는 게 어떠니?

내가 성으로 너희들을 데리러 갈게.

현관 안의 홀에서 기다려.

너희들끼리만 나오면 안 되니까 말야.

그럼 조금 있다가 보자.

해그리드

"아마 블랙에 대해 듣고 싶어서 그럴 거야!" 론이 으스대며 말했다.

오후 6시가 되자 해리와 론은 그리핀도르 탑에서 나와 트롤 경비원들을 지나서 현관 안의 홀로 향했다.

해그리드는 벌써 와서 기다리고 있었다.

"안녕하세요, 해그리드!" 론이 반갑게 인사했다. "토요일 밤에 대해서 듣고 싶으신 거죠, 그렇죠?"

"그 얘긴 이미 들었어." 해그리드가 정문을 열어 그들을 먼저 밖으로 내보내며 말했다.

"아." 론이 약간 실망한 표정을 지었다.

해그리드의 오두막으로 들어가자, 벅빅이 가장 먼저 눈에 들어왔다. 그 히포그리프는 커다란 날개를 몸에 착 붙이고 해그리드의 누비이불 위에 누워 죽은 흰족제비를 씹어먹고 있었다. 별로 유쾌하지 못한 광경에서 눈을 돌리자, 해그리드의 옷장 문에 굉장히 커다란 갈색 양복 한 벌과 오렌지색 넥타이가 걸려 있는 게 보였다.

"저것들은 다 뭐죠, 해그리드?" 해리가 물었다.

"벅빅 문제로 위험한 동물 처리 위원회와 벌이게 될 소송 때 입으려구." 해그리드가 말했다. "이번 주 금요일이야. 벅빅과 함께 런던에 갈 거야. 구조 버스에 침대 두 개를 예약해 두었어……."

해리는 죄책감으로 마음이 몹시 무거워졌다. 그는 벅빅의 소송 날짜가 벌써 그렇게 가까워졌다는 걸 까맣게 잊고 있었다. 론의 얼굴에 나타난 불편한 표정으로 볼 때 그 역시 같은 생각을 하고 있는 것 같았다. 해리와 론은 또한 벅빅의 변호 준비를 돕겠다고 한 약속도 잊은 채, 그동안 파이어볼트에만 온통 정신이 팔려 있었던 것이다.

해그리드는 그들에게 차를 따라 주며 둥그렇게 생긴 과자를 먹으라고 권했다. 하지만 선뜻 손이 가지 않았다. 해그리드가 만든 과자를 먹고 몇 번 골탕을 먹었던 기억이 났기 때문이다.

"너희 둘과 의논할 게 있어." 해그리드가 그들 사이에 앉아서 심각하게 말했다.

"뭔데요?" 해리가 물었다.

"헤르미온느 얘기야." 해그리드가 말했다.

"그 애가 어때서요?" 론이 시큰둥하게 물었다.

"헤르미온느는 요즘 몹시 우울해하고 있어. 크리스마스 이후 날 여러 번 찾아왔었는데, 외로워하는 것 같더라. 처음에는 너희들이 파이어볼트 때문에 말을 걸지 않더니 이젠 그 애의 고양이 때문에……"

"……스캐버스를 잡아먹었어요!" 론이 그 생각만 하면 화가 치민다는 듯 얼굴을 찌푸리며 말했다.

"헤르미온느의 고양이는 다른 고양이들처럼 행동하는 것뿐이야." 해그리드가 끈덕지게 말했다. "그 앤 몇 번이나 울었어. 감당하기 어려웠던 게지. 힘에 겨운 일을 계획했던 것 같아. 한꺼번에 모든 걸 다하려 했으니 말야. 그런데도 짬을 내서 벅빅의 소송을 도와주었어……. 그 애가 정말로 좋은 자료들을 찾아주었지……. 벅빅은 이제 충분히 승산이 있어……."

"해그리드, 저희도 도와드렸어야 하는 건데…… 죄송해요." 해리가 어색하게 말을 꺼냈다.

"너희를 탓하려는 게 아냐!" 해그리드가 해리의 사죄를 마다하며 말했다. "너도 할 일이 많았잖아. 네가 밤낮으로 한 시간씩 퀴디치 연습하는 거 다 봤어……. 하지만 난 너희 둘 다 빗자루나 쥐보다는 친구를 더 소중히 여길 줄 알았어. 내가 말하고 싶은 건 그것뿐이야."

해리와 론은 서로 난처한 표정으로 바라보았다.

"블랙이 널 찔러 죽일 뻔했을 때 헤르미온느는 정말로 제정신이 아니었어, 론. 그 앤 본성이 착하고 인정미가 있는 애야. 암, 그렇고 말고. 그런데 그런 애에게 너희들이 말도 걸려 하지 않다니……"

"그 고양이만 없앤다면 전 당장이라도 다시 말할 수 있어요!" 론이 화를 내며 말했다. "하지만 그 애가 그놈의 고양이를 없애기는커녕 여전히 감싸고만 있잖아요! 그 미친 고양이에게 불리한 말은 한 마디도 들으려 하지 않는다구요!"

"그래, 사람들은 때로 자신의 애완 동물에 대해선 조금 무감각해질 수 있어." 해그리드가 현명하게 말했다. 그의 뒤에서 벅빅이 해그리드의 베개 위로 흰족제비 뼈를 툭툭 뱉어냈다.

그 뒤 그들은 그리핀도르가 퀴디치 우승컵을 탈 가능성이 높아진 것에 대해 한참 동안 얘기했다. 9시가 되어서야 해그리드는 해리와 론을 다시 성까지 바래다주었다.

학생 휴게실로 들어가자 아이들이 게시판 주위에 잔뜩 모여 있었다.

"호그스미드에 또 가는군. 다음 주에!" 론이 목을 쑥 내밀어 새롭게 게시된 공고문을 훑으며 말했다. "어떻게 생각하니?" 자리에 앉으면서 그가 해리에게 조용히 덧붙였다.

"글쎄, 필치가 허니듀크로 들어가는 통로에 아무것도 해놓지 않은 걸로 봐서는 그가 모르고 있는 게 분명하긴 한데……." 해리가 훨씬 더 작은 목소리로 말했다.

"해리!" 오른쪽에서 헤르미온느의 목소리가 들리자, 해리는 그녀를 찾아 주위를 둘러보았다. 그때 헤르미온느가 그들 바로 뒤에 있는 테이블에 앉아 자신을 가리고 있던 책을 치우며 말했다.

"해리, 또다시 호그스미드에 가면…… 맥고나걸 교수님에게 그 지도에 대해 당장 말할 테야!" 헤르미온느가 쌀쌀맞게 말했다.

"누군가가 말하는 소리 들리니, 해리?" 론이 헤르미온느는 쳐다보지도 않고 딱딱거렸다.

"론, 넌 어떻게 된 애가 해리를 또다시 부추길 생각을 할 수 있니? 시리우스 블랙이 하마터면 널 죽일 뻔했는데도 말야! 나 농담하는 거 아냐, 정말로 말할 테니까 알아서 해……."

"그러니까 이제 해리를 쫓겨나게 하겠다, 이거로군!" 론이 볼멘소리로 말했다. "너 금년엔 정말 너무하는 거 아니니?"

그러나 헤르미온느가 뭐라고 맞받아치려는 순간 휙 하며 크룩생크가 그녀의 무릎 위로 뛰어올랐다. 헤르미온느가 겁먹은 얼굴로 론의 표정을 살피더니 크룩생크를 끌어안고 허둥지둥 여자 기숙사 쪽으로 걸어갔다.

"어때?" 론이 마치 중간에 아무 일도 없었던 것처럼 해리에게 물었다. "지난번에 갔을 땐 하나도 보지 못했잖아. 넌 심지어 종코의 장난감 가게에도 들어가 보지 못했잖아!"

해리는 헤르미온느가 듣고 있지 않은지 확인하기 위해 주위를 둘러보았다.

"좋아." 그가 말했다. "하지만 이번엔 투명 망토를 가져갈 거야."

토요일 아침에 해리는 가방 속에 투명 망토를 집어 넣고, 호그와트의 비밀 지도를 주머니 속에 밀어 넣은 뒤, 다른 아이들과 함께 아침을 먹으러 내려갔다. 헤르미온느는 계속해서 수상쩍은 눈으로 쳐다보았지만, 해리는 애써 아무렇지도 않은 듯 그녀의 눈길을 피했다. 그리고 다른 아이들이 다 정문으로 나아가는 사이 현관 안의 커다란 홀에 있는 대리석 계단으로 다시 올라가는 척했다.

"안녕!" 해리가 론에게 소리쳤다. "잘 갔다 와!"

론이 씩 웃으며 눈짓을 해 보였다.

해리는 허둥지둥 3층으로 올라가며 주머니에서 지도를 살짝 꺼냈다. 그리고 외눈박이 마녀 석상 뒤에 쪼그리고 앉아 꼬깃꼬깃하게 접혀진 지도를 폈다. 그런데 아주 작은 점 하나가 그가 있는 쪽으로 움직이고 있었다. 해리는 지도를 자세히 들여다보았다. 그 옆에 '네빌 롱바텀' 이라는 작은 글자가 쓰여 있었다.

해리는 얼른 요술지팡이를 꺼내 '*디센디움!*' 이라고 중얼거리곤 가방을 석상 안으로 밀어 넣었다. 하지만 그가 미처 기어 들어가기도 전에 모퉁이에서 네빌이 나타났다.

"해리! 너도 호그스미드에 가지 않았는지는 몰랐어!"

"안녕, 네빌." 해리가 석상에서 부리나케 나와 지도를 주머니 속에 쑤셔 넣으며 말했다. "너 뭐하는 거니?"

"아무것도." 네빌이 어깨를 으쓱했다. "카드 게임 할래?"

"어…… 나중에……. 난 도서관에 가서 루핀 교수가 내준 흡혈귀에 대한 논술 숙제를 해야 하거든……."

"나도 같이 가!" 네빌이 반색을 하며 말했다. "나도 아직 하지 않았거든!"

"어…… 잠깐만…… 맞아, 그건 어제 끝냈지. 내 정신 좀 봐!"

"잘됐네. 그럼 나 좀 도와줘!" 네빌이 걱정스러운 듯이 말했다. "난 마늘에 관한 건 전혀 뭐가 뭔지 모르겠거든……. 흡혈귀들이 그걸 먹어야 하는 거니, 아니면……"

그가 해리의 어깨 너머를 보다가 갑자기 말을 멈췄다.

스네이프 교수가 서 있었다. 네빌이 재빨리 해리 뒤로 가서 섰다.

"너희 둘은 여기서 뭐하고 있는 거니?" 스네이프 교수가 다가와서 해리와 네빌을 의심스런 눈으로 번갈아 쳐다보았다. "참 이상한 곳에서 만나고 있구나……."

스네이프 교수의 까만 눈이 걱정스럽게도 그들 맞은편에 있는 문간으로 홱 움직였다가 외눈박이 마녀 석상 쪽으로 쏠렸다.

"저흰…… 여기서 만나기로 한 게 아니에요." 해리가 얼른 대꾸했다. "그냥 여기서 우연히 만난 것뿐이에요."

"그래?" 스네이프 교수가 말했다. "넌 전혀 뜻밖의 장소에 불쑥불쑥 나타나는 이상한 버릇이 있구나, 포터. 하지만 아무 이유 없이 그곳에 있지는 않았을 텐데…… 둘 다 당장 그리핀도르 탑으로 돌아가거라."

해리와 네빌은 두말 없이 그곳에서 나왔다. 모퉁이를 돌았을 때 해리는 뒤를 돌아보았다. 스네이프 교수가 한 손으로 외눈박이 마녀 석상의 머리를 이리저리 만지면서 조심스럽게 살피고 있었다.

해리는 뚱보 여인 초상화 앞에서 암호를 가르쳐 주고 난 뒤, 깜빡 잊고 흡혈귀에 대해 숙제하던 걸 도서실에 두고 왔다고 거짓말을 해서 네빌을 따돌리고는 다시 돌아 나왔다. 일단 트롤 경비원이 보이지 않자 그는 지도를 다시 꺼냈다.

3층 복도엔 아무도 없는 것 같았다. 지도를 유심히 살피던 해리는 *세베루스 스네이프* 라는 꼬리표가 붙은 작은 점이 이제 그의 사무실로 돌아가 있는 걸 보자 마음이 한결 놓였다.

해리는 외눈박이 마녀 석상에게로 다시 달려가 곱사등을 열고 안으로 들어갔다. 그리고 양피지에서 지도가 사라지게 한 뒤 출발했다.

해리는 투명 망토를 푹 뒤집어쓴 채로 허니듀크 밖으로 나와 론의 등을 쿡 찔렀다.

"나야." 그가 은밀히 말했다.

"왜 이렇게 늦은 거니?" 론이 불만스럽게 말했다.

"스네이프 교수에게 걸렸었어……."

그들은 거리로 걸어나갔다.

"너 어디에 있니?" 론이 계속해서 비밀스레 말했다. "여전히 거기 있니? 기분이 정말 이상해……."

그들은 우체국으로 갔다. 론은 해리가 잘 둘러볼 수 있도록 이집트에 있는 빌 형에게 부엉이를 보내는 값을 알아보는 척했다. 커다란 회색 부엉이에서부터 해리의 손바닥에 앉을 수 있을 정도로 아주 작은 부엉이('시내 배달만 담당')까지 삼백 마리는 족히 될 것 같은 부엉이들이 죽 앉아서 부드럽게 부엉부엉 울어대고 있었다.

그 뒤 그들은 종코의 장난감 가게에 들렀다. 그곳엔 학생들이 어찌나 꽉 들어차 있던지 해리는 실수로 사람들의 발을 밟아 공연스레 낭패를 당하는 일이 없도록 굉장히 조심해야 했다. 그곳에는 프레드와 조지의 얼토당토않은 공상들조차 현실로 만들어 줄 수 있을 것 같은 재미난 장난감들로 가득했다. 해리는 론에게 망토 밑으로 금화를 조금 건네주며 그것들을 사달라고 작은 소리로 부탁했다. 종코의 장난감 가게를 나왔을 때 지갑은 들어갈 때보다 훨씬 더 가벼워져 있었지만, 주머니는 똥 폭탄과 딸꾹질 사탕과 개구리 알 비누와 코를 무는 찻잔으로 불룩해져 있었다.

그날은 날씨가 화창하고 상쾌해서 실내에만 머물고 싶지는 않았으므로 해리와 론은 스리 브룸스틱스를 지나 영국에서 유령이 가장 많이 살고 있다는 '비명을 지르는 오두막집' 으로 올라갔다. 그 흉가는 다른 지역들보다 약간 높은 지대에 서 있는 데다 창문마다 널빤지가 둘러쳐져 있고 정원에 잡초가 우거져 있어서인지 대낮인데도 으스스해 보였다.

"호그와트의 유령들조차도 그 집엔 가길 꺼린대." 론이 울타리에 기대어 서서 오두막을 올려다보며 말했다. "목이 달랑달랑한 닉이 그러는데…… 이곳엔 굉장히 거친 유령들이 있다고 들었대. 아무도 들어갈 수가 없다는 거야. 프레드와 조지 형도 물론 들어가 보려고 했었지. 하지만 모든 입구가 다 막혀 있었대……."

비탈길을 올라오느라 너무 더웠으므로 해리가 잠시나마 투명 망토를 벗을까 생각하고 있을 때 근처에서 말소리가 들렸다. 누군가가 오두막 쪽으로 올라오고 있었다. 조금 뒤 말포이가 크레이브와 고일과 함께 나타났다. 말포이가 말하고 있었다.

"……조만간 아빠가 부엉이를 보내실 거야. 아빠가 청문회에 가셔서 내 팔에 대해 말씀하셨거든. 내가 석 달 동안 팔을 쓰지 못했다고 말야."

크레이브와 고일이 낄낄거렸다.

"그 털보 멍청이가 땀을 뻘뻘 흘리며 변호하는 모습을 꼭 봤어야 하는 건데 말야……. '히포그리프는 전혀 위험하지 않아요. 정말이에요.' 그 히포그리프는 이제 죽은 거나 다름없어."

그때 말포이가 론을 발견했다. 그의 핏기 없는 얼굴이 심술궂게 일그러졌다.

"여긴 웬일이니, 위즐리?"

그러더니 말포이는 론 뒤편에 서 있는 다 쓰러져 가는 집을 올려다보았다.

"여기에서 살고 싶어서 그러니, 위즐리? 네 방이 갖고 싶어서? 네 가족은 모두 한방에서 잔다며?"

해리가 말포이에게 덤벼들려는 론의 망토 자락을 잡았다.

"내게 맡겨 둬." 그가 론의 귀에 대고 속삭였다.

말포이를 골려주기엔 더없이 좋은 기회였다. 해리는 살금살금 말포이와 크레이브와 고일 뒤로 다가가 허리를 굽히고 길에서 진흙을 한 줌 퍼올렸다.

"우린 방금 네 친구 해그리드에 대해 말하고 있던 중이었어." 말포이가 론에게 말했다. "그가 위험한 동물 처리 위원회 사람들에게 뭐라고 말하고 있을까 생각하고 있었지. 그들이 그 히포그리프의 목을 베면 해그리드가 울까……"

철벅.

진흙이 말포이의 뒤통수를 치자 그의 고개가 앞으로 숙여졌다. 그의 은빛 머리에서 진흙이 뚝뚝 떨어지고 있었다.

"이게 뭐……?"

말포이와 크레이브와 고일이 얼빠진 얼굴로 뺑글뺑글 돌며 주위를 둘러보자 론은 우스워 참을 수가 없었다.

"이게 뭐야? 누가 그런 거지?"

"여긴 유령들이 많이 나오는 곳이잖아, 안 그래?" 론이 시치미를 뚝 떼고 너무도 당연하다는 듯 말했다.

크레이브와 고일은 겁을 집어먹은 것 같았다. 튼튼한 근육도 유령들 앞에서는 아무 쓸모가 없었다. 말포이는 아무도 없는 주위를 미친 듯이 둘러보고 있었다.

해리는 고약한 냄새가 나는 오물이 고여 있는 특히 질척한 진창길로 살금살금 걸어갔다.

철벅.

이번에는 크레이브와 고일이 진흙을 뒤집어썼다. 고일이 미친 듯이 날뛰며 작고 흐리멍덩한 눈에 튄 진흙을 쓱 문질러 닦아냈다.

"저쪽에서 튀었어!" 말포이가 얼굴을 닦으며 해리의 왼쪽에서 2미터가량 떨어진 지점을 빤히 바라보았다.

크레이브는 꼭 좀비(죽은 자를 되살아나게 하는 영력으로 되살아난 무의지의 인간 : 역주)처럼 긴 팔을 쭉 내밀고 머뭇머뭇 앞으로 걸어갔다. 해리는 그의 옆으로 살짝 비켜서서 막대기를 하나 집어 들고 크레이브의 등에다 던졌다. 크레이브가 누가 던졌는지 보려고 빙그르르 돌자 해리는 소리 죽여 배를 잡고 웃었다. 크레이브는 주위를 아무리 둘러봐도 론밖에 없다는 걸 알고 그에게로 다가가기 시작했다. 하지만 그때 해리가 발을 걸어 크레이브를 넘어뜨렸다. 그런데 그의 커다랗고 납작한 발이 그만 해리의 망토 자락에 걸리고 말았다. 그 순간 힘껏 잡아당겨지는 게 느껴지더니 해리의 얼굴에서 망토가 스르르 미끄러졌다.

잠시 말포이가 그를 빤히 바라보았다.

"아으으으!" 그가 해리의 머리를 가리키며 비명을 질렀다. 그 뒤 말포이는 크레이브와 고일과 함께 걸음아 날 살려라 하고 언덕 아래로 줄행랑을 놓았다. 해리가 망토를 다시 위로 끌어당겼지만 일은 이미 벌어진 뒤였다.

"해리!" 론이 해리가 사라진 지점을 절망적인 눈초리로 바라보며 말했다. "달아나는 게 좋겠어! 말포이가 누구에게든 말하기라도 하면…… 성으로 돌아가는 게 좋을 거야, 빨리……"

"그럼 나중에 보자." 해리는 이렇게 말하고는 두말 없이 언덕을 내려갔다.

말포이는 자신이 본 것을 믿을까? 누구든 말포이의 말을 믿을까? 투명 망토에 대해 아는 사람은 아무도 없었다……. 알고 있는 사람은 덤블도어 교수뿐이었다. 해리는 가슴이 철렁 내려앉았다. 말포이가 어떤 말이든 한다면 덤블도어 교수는 무슨 일이 있었던 건지 금방 알아챌 것이다.

해리는 허니듀크로 돌아와 지하실 계단을 내려갔다. 그리고 돌계단을 지나 지하실 문으로 나간 뒤 망토를 벗어 겨드랑이에 낀 채 전속력으로 달렸다……. 말포이가 먼저 도착했을지도 모른다……. 그가 교수님을 찾는 데 시간이 얼마나 걸릴까? 옆구리가 결렸지만 해리는 돌 미끄럼대에 도달할 때까지 속도를 늦추지 않았다. 망토를 여기에 두고 가야만 했다. 말포이가 교수님께 일러바치기라도 했다면 너무 위험스러운 일이었기 때문이다. 해리는 어두운 구석에 망토를 숨긴 뒤 될 수 있는 대로 빨리 기어 올라가려 했지만 손에서 땀이 나 자꾸 미끄러졌다. 그는 마녀의 곱사등 안쪽에 이르자 지팡이로 살짝 두드리고 머리를 쑥 내민 뒤 몸을 위로 끌어당겼다. 그런데 곱사등이 닫히고 해리가 석상 뒤로 펄쩍 뛰어내리자마자 급히 걸어오는 발소리가 들렸다.

스네이프 교수였다. 그는 까만 망토를 휘저으며 눈 깜짝할 사이에 다가와 해리 앞에 멈춰 섰다.

"역시 그랬군." 그가 말했다.

애써 감추려 했지만 스네이프 교수의 얼굴엔 득의양양한 표정이 역력했다. 해리는 땀에 젖은 얼굴이며 진흙투성이의 손이 걱정되었지만, 결백한 표정을 지으려 애쓰며 손을 얼른 주머니 속에 집어넣었다.

"같이 좀 가자, 포터." 스네이프 교수가 차갑게 말했다.

해리는 스네이프 교수를 따라 아래층으로 내려가며 그가 눈치채지 못하게 망토 안쪽에 손을 문질러 닦아 냈다. 그들은 지하 감옥으로 들어가는 계단을 내려간 뒤 스네이프 교수의 사무실로 들어갔다.

해리는 전에 딱 한 번 이곳에 와 본 적이 있었고 , 그때도 굉장히 곤란한 처지에 놓여 있었다. 책상 뒤편 선반에는 지난번에 없었던 끔찍하게 생긴 것들이 몇 개 더 병에 담겨 죽 세워져 있었는데 그것들은 난로 불빛을 받아 반짝이며 더욱더 무시무시한 분위기를 자아냈다.

"앉아라." 스네이프 교수가 말했다.

해리는 시키는 대로 했다. 그러나 스네이프 교수는 앉지 않고 계속 서 있었다.

"말포이가 방금 내게 와서 이상한 이야기를 했다, 포터." 스네이프 교수가 말했다.

해리는 아무 말도 하지 않았다.

"그 애가 비명을 지르는 오두막에서 우연히 위즐리를 만났다고 하더구나……. 분명히 위즐리뿐이었다고 말이다."

해리는 여전히 아무 말도 하지 않았다.

"말포이 말로는 위즐리와 마주서서 말하고 있었는데 진흙이 뒤통수를 쳤다고 하더구나. 그런 일이 어떻게 일어날 수 있었다고 생각하니?"

해리는 다소 놀란 표정을 지으려고 애썼다.

"모르겠는데요, 교수님."

스네이프 교수가 해리의 눈을 뚫어지게 바라보았다. 꼭 히포그리프를 노려보아 꼼짝 못하게 하려고 하는 눈빛 같았다. 해리는 눈을 깜작이지 않으려고 안간힘을 썼다.

"말포이 군은 그 뒤 이상한 유령을 보았다고 하더구나. 그게 무엇이었을 것 같니, 포터?"

"모르겠는데요." 해리가 애써 정말로 궁금해하는 것 같은 표정을 지으며 말했다.

"너의 머리였단다, 포터. 공중에 둥둥 떠 있었다는구나."

긴 침묵이 흘렀다.

"말포이는 폼프리 부인께 가보는 게 좋을 것 같은데요." 해리가 먼저 말문을 열었다. "그런 걸 보았다면 말이에요……."

"너의 머리가 호그스미드에서 무얼 하고 있었겠니, 포터?" 스네이프 교수가 부드럽게 말했다. "너의 머리는 호그스미드에 가면 안 되는데 말이지. 네 몸의 어떤 부분도 호그스미드엔 가지 못하도록 되어 있잖니."

"그러게나 말이에요." 해리가 얼굴에서 죄책감이나 두려움을 없애려고 계속 애쓰며 말했다. "말포이가 헛것을 본 것 같네요……."

"말포이는 헛것을 본 게 아냐." 스네이프 교수가 무서운 어조로 말하며 허리를 굽혀 양손으로 해리가 앉아 있는 의자 팔걸이를 잡고 얼굴을 바짝 들이댔다. "네 머리가 호그스미드에 있었다면 네 몸도 그곳에 있었겠지."

"전 그리핀도르 탑에 있었어요." 해리가 말했다. "교수님이 말씀하신 대로……"

"그 말이 사실이라는 걸 입증해 줄 사람이라도 있니?"

해리는 아무 말도 하지 않았다. 스네이프 교수의 가느다란 입술이 비틀려 올라갔다.

"마법부 사람들은 모두," 그가 몸을 다시 똑바로 세우며 말했다. "유명한 해리 포터님을 시리우스 블랙에게서 보호하려고 그렇게 애쓰고 있는데, 막상 당사자인 유명한 해리 포터께서는 제멋대로 행동하고 다니다니. 보통 사람들에게 그의 안전이나 걱정케 하면서 말야! 유명한 해리 포터께서는 결과는 어떻게 되든 말든 가고 싶은 곳은 어디든 돌아다닌다 이 말이지."

해리는 계속 침묵을 지켰다. 스네이프 교수는 진실을 말하게 하려고 애쓰고 있었지만, 그는 그 수작에 말려들지 않을 작정이었다. 스네이프 교수에겐 아무 증거가 없었다…… 아직은.

"어쩌면 네 아버지와 그렇게도 똑같니, 포터." 스네이프 교수가 눈을 반짝이며 불쑥 그의 아버지를 들먹였다. "네 아버지도 굉장히 오만했지. 퀴디치를 조금 잘한다고 다른 사람들을 아주 깔보았단다. 친구들이나 숭배자들과 함께 거들먹거리기나 하면서 말이다……. 둘이 어쩌면 그렇게 똑같니."

"우리 아버지는 거들먹거리지 않았어요." 해리가 자제하지 못하고 대들었다. "저도 물론 그렇구요."

"네 아버지도 역시 규칙을 그다지 중요시하지 않았지." 스네이프 교수가 이때다 싶었는지 악의에 찬 얼굴로 계속했다. "퀴디치 우승컵 수상자인 네 아버지에겐 규칙은 하찮은 사람들이나 지키는 것에 불과했단다. 얼마나 뻐기고 다녔던지……"

"그만 하세요!"

해리는 벌떡 일어섰다. 프리벳가에서의 마지막 날 밤 이후 그렇게 분노를 느꼈던 적은 한 번도 없었다. 그는 스네이프 교수의 얼굴이 굳어지는 것도 아랑곳하지 않았다. 그의 까만 눈이 위험하게 번득거렸다.

"지금 뭐라고 했니, 포터?"

"우리 아버지에 대해 그만 말하라고 했어요!" 해리가 소리를 질렀다. "전 다 알아요. 아버지가 교수님의 생명을 구해주셨죠! 덤블도어 교수님이 말씀해 주셨어요! 우리 아버지가 아니었다면 교수님은 이곳에 계시지 못했을 거예요!"

스네이프 교수의 누런 피부가 새하얗게 변했다.

"그러면 교장 선생님이 네 아버지가 어떻게 해서 내 생명을 구하게 되었는지도 말해 주셨니?" 그가 작은 소리로 말했다. "보아하니 귀중한 포터가 듣기 거북한 것들은 골라내고 말씀하신 모양이로구나."

해리는 입술을 깨물었다. 그는 정확히 어떤 일이 있었는지는 알지 못했다. 그러나 그것을 시인하고 싶지는 않았다……. 하지만 스네이프 교수는 해리가 무슨 말을 하는 건지 짐작하고 있는 것 같았다.

"혹시라도 아버지에 대한 잘못된 환상에 젖어 있는 건 아닌지 모르겠구나, 포터." 그가 심술궂게 씩 웃으며 말했다. "넌 훌륭한 영웅적 행동을 상상하고 있었겠지, 물론? 그렇다면 내가 바로잡아 주지……. 너의 거룩하신 아버지와 그의 친구들은 내게 대단히 위험한 장난을 쳤단다. 네 아버지가 마지막 순간에 겁을 먹지 않았다면 날 죽음으로 몰아넣었을지도 모르는 그런 장난이었지. 네 아버진 내 생명뿐만 아니라 그 자신의 생명도 구했던 거야. 만약 그 장난이 성공했다면 호그와트에서 쫓겨났을 테니까 말이다."

스네이프 교수의 고르지 못한 누런 이빨이 드러났다.

"주머니에 있는 것들을 꺼내라, 포터!" 그가 갑자기 명령하듯 말했다.

해리는 꼼짝도 하지 않았다. 귓가에 고함소리가 들렸다.

"얼른 꺼내지 못해. 그렇지 않으면 당장 교장실로 데려갈 테다! 꺼내, 포터!"

해리는 잔뜩 겁에 질려서 천천히 종코의 장난감 가게 봉투와 호그와트의 비밀 지도를 꺼냈다.

스네이프 교수가 종코의 장난감 가게 봉투를 집어 들었다.

"론이 준 것들이에요." 해리는 스네이프 교수가 론을 만나기 전에 귀띔해 줄 기회가 있길 바라며 둘러댔다. "론이…… 지난번에 호그스미드에서 사다 준 거예요……."

"그래? 그러면 그 이후로 죽 갖고 다녔단 말이니? 정말로 감동적이구나……. 그러면 이건 뭐지?"

스네이프 교수가 지도를 집어 들었다. 해리는 태연한 척하려고 안간힘을 썼다.

"그냥 혹시 쓸 데가 있을까 봐 여분으로 갖고 다니는 양피지 조각이에요." 그가 어깨를 으쓱하며 말했다.

스네이프 교수가 해리를 똑바로 쳐다보며 지도를 뒤집었다.

"설마 이렇게 낡은 양피지 조각이 필요하진 않겠지?" 그가 말했다. "이건 그냥…… 버리는 게 어떨까?"

그의 손이 불 쪽으로 움직였다.

"안 돼요!" 해리가 얼른 말했다.

"그러면 그렇지!" 스네이프 교수가 콧구멍을 벌렁거리며 말했다. "이것도 위즐리가 사다 준 소중한 선물이니? 아니면 투명 잉크로 쓰여진 편지? 아니면…… 디멘터들을 지나치지 않고 호그스미드로 들어가는 방법?"

해리가 눈을 깜작였다. 스네이프 교수의 눈이 반짝였다.

"어디 보자, 어디 봐……." 그가 요술지팡이를 꺼내고 지도를 책상 위에 쫙 펴놓으며 중얼거렸다. "비밀을 털어놔." 그가 요술지팡이를 양피지에 갖다대며 말했다.

아무 일도 일어나지 않았다. 해리는 손이 떨리지 않도록 꽉 움켜쥐었다.

"정체를 드러내!" 그러면서 스네이프 교수는 그 지도를 툭 건드렸다.

여전히 헛수고였다. 해리는 침착하게 심호흡을 했다.

"호그와트의 세베루스 스네이프 교수가 명령하노니, 감추고 있는 비밀을 당장 털어놔!" 스네이프 교수가 지팡이로 지도를 치며 말했다.

그러자 마치 보이지 않는 손이 쓰기라도 하는 듯 지도의 매끄러운 면에 글자들이 나타났다.

"무니 씨가 스네이프 교수에게 안부를 전해달라는군요. 그리고 다른 사람 일에는 쓸데없이 참견하지 말아달라고 합니다."

스네이프 교수의 표정이 굳어졌다. 해리는 놀라서 말도 못하고 그 메시지를 뚫어지게 바라보았다. 하지만 그 지도는 거기서 멈추지 않았다. 바로 밑에 더 많은 글들이 나타나고 있었다.

"프롱스 씨도 무니 씨와 동감이랍니다. 그리고 스네이프 교수는 심술궂은 멍텅구리라는 말을 덧붙이고 싶다는군요."

만약 상황이 그렇게 심각하지 않았다면 그건 아주 재미있었을 것이다. 그런데 그게 전부가 아니었다…….

"패드풋 씨는 그런 얼간이가 교수가 되었다는 사실에 경악을 금치 못한다는 말을 하고 싶다고 합니다."

해리는 무서워서 눈을 감았다. 눈을 떴을 때는 지도가 이미 마지막 말을 한 뒤였다.

"웜테일 씨는 스네이프 교수에게 이만 작별을 고하겠다고 합니다. 그리고 참, 그에게 머리 좀 감으라는군요."

해리는 주먹이 날아오길 기다렸다.

"그렇다면……." 스네이프 교수가 부드럽게 말했다. "이렇게 한번 해 보지……."

그가 난롯가로 성큼성큼 걸어가더니 난로 위에 있는 어떤 병에서 반짝이는 가루 한 줌을 집어 불꽃 속으로 던졌다.

"루핀!" 스네이프 교수가 불에다 대고 도움을 청했다. "얘기 좀 해야겠네!"

해리는 어리둥절한 얼굴로 불을 빤히 바라보았다. 그러자 불이 빙글빙글 돌더니 안에서 커다란 형체 하나가 나타났다. 잠시 뒤 벽난로에서 루핀 교수가 기어 올라와 초라한 망토에서 재를 떨어냈다.

"불렀나, 세베루스!" 루핀 교수가 온화하게 말했다.

"그렇네." 스네이프 교수가 화난 얼굴로 다시 책상으로 걸어가며 말했다. "포터에게 막 주머니 속에 있는 것들을 꺼내라고 했더니 얘가 이것을 갖고 있었네."

스네이프 교수가 무니와 웜테일과 패드풋과 프롱스의 말들이 여전히 반짝이고 있는 양피지를 가리켰다. 루핀 교수의 얼굴에 뭔가 알 수 없는 야릇한 표정이 스쳤다.

"그런데……" 스네이프 교수가 말을 이었다.

루핀 교수가 계속해서 지도를 뚫어지게 바라보고 있자, 해리는 그가 무언가를 재빨리 생각하고 있다는 인상을 받았다.

"그런데," 스네이프 교수가 다시 말했다. "이 양피지는 어둠의 마법으로 가득 차 있는 게 틀림없네. 이건 자네의 전문 분야가 아닌가, 루핀. 포터가 이런 걸 어디서 구한 것 같나?"

루핀 교수가 고개를 들고 해리 쪽을 흘끗 쳐다보며 그에게 끼어들지 말라는 눈짓을 했다.

"어둠의 마법으로 가득 차 있다니?" 그가 온화하게 말했다. "정말로 그렇게 생각하나, 세베루스? 내겐 그저 그걸 읽은 사람을 모욕하는 양피지 조각으로만 보이는데. 유치하긴 해도 결코 위험하지는 않을걸세. 해리는 그저 장난감 가게에서 구했을 거야……."

"그렇게 생각하나?" 스네이프 교수의 얼굴이 분노로 굳어졌다. "얘가 장난감 가게에서 이걸 구했다구? 얘가 이걸 만든 사람에게서 직접 받은 거라고는 생각되지 않나?"

해리는 스네이프 교수가 무슨 말을 하려는 건지 알지 못했다. 루핀 교수의 말도 알아듣지 못하긴 마찬가지였다.

"자네 말은, 웜테일 씨나 이 사람들 가운데 누군가가 그걸 이 애에게 주었단 말인가?" 그가 고개를 돌려 해리에게 물었다. "해리, 이 사람들 아니?"

"아뇨." 해리가 얼른 말했다.

"그것 보게, 세베루스." 루핀 교수가 스네이프 교수에게로 다시 돌아서며 말했다. "내가 볼 때는 종코의 장난감 가게에서 파는 물건인 것 같군……."

바로 그때 론이 사무실 안으로 불쑥 들이닥쳤다. 그는 숨을 헐떡이며 스네이프 교수의 책상 앞으로 걸어와 결리는 옆구리를 움켜쥐고 말했다.

"그건…… 제가…… 해리에게…… 준 거예요." 그는 숨이 차서 말도 제대로 하지 못했다. "좀코의…… 장난감 가게에서…… 사다 주었어요……. 오래 전에요……."

"그것 보게!" 루핀 교수가 손뼉을 치며 기분 좋게 주위를 둘러보았다. "이제 의심이 풀린 것 같군! 세베루스, 이건 내가 가져가겠네." 그가 지도를 접어 망토 속에다 쑤셔 넣었다. "해리, 론, 너희들도 함께 가자. 내가 내준 흡혈귀에 대한 논술 숙제에 대해 할 말이 있단다……. 그럼 이만 실례하겠네, 세베루스……."

해리는 스네이프 교수를 쳐다보지도 않고 그 방을 나왔다. 해리와 론과 루핀 교수는 현관 안의 홀로 다시 나올 때까지 한 마디도 하지 않았다. 그 뒤 해리가 루핀 교수에게 돌아섰다.

"교수님, 전……"

"설명은 듣고 싶지 않구나." 루핀 교수가 무뚝뚝하게 말했다. 그는 텅 빈 홀을 흘끗 바라본 뒤 목소리를 낮췄다. "이 지도는 몇 년 전 필치 씨가 압수한 것이지. 그래, 이게 지도라는 걸 알고 있단다." 해리와 론의 놀란 표정을 바라보며 그가 계속 말했다. "이게 어떻게 네 손에 들어가게 되었는지는 알고 싶지 않단다. 하지만 네가 이걸 학교에 알리지 않았다는 게 좀 실망스럽구나. 아무튼 네게 되돌려줄 수가 없겠구나, 해리."

그건 예상했던 일이었다. 그리고 해리는 궁금한 것들을 물어보고 싶은 마음에 항의할 수도 없었다.

"스네이프 교수는 왜 제가 그걸 그 지도 제작자에게서 받았을 거라고 생각한 거죠?"

"왜냐하면……," 루핀 교수는 망설였다. "왜냐하면 이 지도 제작자들이 널 학교 밖으로 불러내고 싶어 했을 거라고 생각했기 때문이지. 그들은 그걸 굉장히 즐겁게 여길 테니까 말이다."

"그들을 아세요?" 해리가 물었다.

"우린 만난 적이 있지." 그가 무뚝뚝하게 말하며, 해리를 어느 때보다도 진지하게 바라보고 있었다.

"널 또다시 두둔해 주리라고 기대하지는 마라, 해리. 네게 아무리 시리우스 블랙을 조심하라고 말해봤자 소용이 없구나. 하지만 난 디멘터가 가까이 다가올 때마다 너에게 들리는 부모의 비명 소리가 널 깨닫게 해주었을 거라고 믿었는데……. 네 부모는 널 살리기 위해 돌아가셨잖니, 해리. 그런데 네가 그들의 희생을 이렇게 무의미하게 만들어서야 되겠니."

해리는 스네이프 교수의 사무실에서보다도 훨씬 더 참담함을 느꼈다. 루핀 교수가 가버리자 그는 론과 함께 천천히 대리석 계단을 올라갔다. 외눈박이 마녀 석상을 지나치면서 해리는 문득 투명 망토 생각이 떠올랐다……. 그건 여전히 저 밑에 있었지만 감히 가지러 갈 수가 없었다.

"내 잘못이야." 론이 불쑥 말했다. "내가 가자고 했잖아. 루핀 교수 말이 옳아. 그건 어리석은 짓이었어. 우린 그렇게 하지 말았어야 했어……"

론이 갑자기 말을 멈췄다. 트롤 경비원이 걸어다니고 있는 복도에 다다르자 헤르미온느가 그들 쪽으로 걸어오고 있었다. 그녀의 얼굴 표정으로 보아 무슨 일이 있었는지 벌써 들은 게 분명했다. 해리는 가슴이 철렁 내려앉았다……. 그녀가 맥고나걸 교수에게 말했을까?

"고소하다고 말하려고 온 거니?" 헤르미온느가 그들 앞에 멈춰 서자 론이 사납게 물었다. "아니면 벌써 교수님께 일러바치고 오는 길이니?"

"아냐." 헤르미온느가 떨리는 목소리로 말했다. 그녀의 손에는 편지가 들려 있었다. "그저 너희들도 알아야 할 것 같아서…… 해그리드가 소송에서 졌어. 벅빅이 죽게 될 거야."

제 15 장

퀴디치 결승전

"해그리드가…… 내게 이걸 보냈어." 헤르미온느가 편지를 내밀며 말했다.

해리는 편지를 받아 들었다. 양피지는 축축했고 커다란 눈물방울 때문에 곳곳의 잉크가 번져서 읽기가 아주 어려웠다.

헤르미온느에게
우린 소송에서 졌어. 녀석을 호그와트로 데려갈 거야.
사형 날짜는 정해졌어.
녀석은 런던에서 즐거운 시간을 보냈어.
우릴 도와준 거 잊지 않을게.

해그리드

"이럴 수는 없어." 해리가 말했다. "이럴 수는…… 벅빅은 위험하지 않아."

"말포이의 아버지가 위원회를 위협해서 그렇게 하도록 한 거야." 헤르미온느가 눈물을 훔치며 말했다. "그가 어떤 사람인지 너도 알잖아. 위원회 사람들은 그저 허약하고 멍청한 늙은이들에 불과해. 겁먹은 거지 뭐. 하지만 항소가 있을 거야. 절차가 항상 그렇거든. 다만 희망이 보이지 않으니까 그게 걱정이지……. 아무것도 변하지 않을 테니까."

"그래, 그럴지도 모르지." 론이 맹렬하게 말했다. "하지만 이번엔 모든 일을 너 혼자 하게 내버려 두지는 않을 거야, 헤르미온느. 내가 도와줄게."

"오, 론!"

헤르미온느가 론의 목을 끌어안더니 정신없이 울었다. 론은 완전히 겁먹은 표정으로 어색하게 그녀의 머리를 가볍게 토닥거렸다. 마침내 헤르미온느가 몸을 뒤로 뺐다.

"론, 스캐버스에 대해서는 정말, 정말 미안해……." 그녀가 훌쩍거리며 말했다.

"어…… 녀석은 늙었었어." 헤르미온느가 그를 놓아주자 론이 안도한 표정으로 말했다. "그리고 좀 쓸모없기도 했어. 어쩌면 이참에 엄마와 아빠가 내게 부엉이를 사주실지도 몰라."

블랙의 두 번째 침입 이후 더 철저해진 안전 조치들 때문에 해리와 론과 헤르미온느는 저녁에 해그리드를 만나러 갈 수가 없었다. 따라서 그에게 말할 수 있는 시간은 '신비한 동물 돌보기' 수업 시간뿐이었다.

그는 히포그리프의 평결에 대한 충격으로 망연자실해 있는 것 같았다.

"모두 내 잘못이야. 당황해서 말문이 막혔었어. 그들이 까만 망토를 입고 앉아서 모두 나만 바라보고 있잖아. 난 계속해서 노트를 떨어뜨렸고 헤르미온느가 찾아준 날짜들은 하나도 떠오르지 않았어. 그런데, 그런데…… 루시우스 말포이가 일어서서 녀석의 흉기를 말했고, 사람들은 그저 말포이 말대로 했어……."

"아직 항소가 있어요!" 론이 맹렬하게 말했다. "아직 포기하지 마세요. 저희들이 계속 조사하고 있어요!"

그들은 학급의 다른 아이들과 함께 다시 성으로 향했다. 앞에서는 말포이가 크레이브와 고일과 함께 걸어가면서 계속 뒤를 흘끔흘끔 돌아보며 조롱하듯 웃고 있었다.

"아무 소용없어, 론." 성 계단에 도달했을 때 해그리드가 슬프게 말했다. "그 위원회는 말포이의 수중에 있어. 난 그저 벅빅이 남은 시간 동안 행복하게 보내길 바랄 뿐이야. 아니 꼭 그렇게 되어야 해……." 그러더니 해그리드는 홱 돌아서서 손수건에 얼굴을 묻고는 급히 오두막 쪽으로 걸어갔다.

"엉엉 울고 있는 저 꼬락서니 좀 봐!"

말포이는 크레이브와 고일과 함께 성 안쪽에 서서 귀를 기울이고 있었다.

"너희들 저렇게 애처로운 모습 본 적 있니?" 말포이가 비웃듯이 말했다. "저런 사람이 우리의 교수라니!"

해리와 론 모두 화가 머리끝까지 치밀어서 말포이 쪽으로 다가갔다. 그런데 어느새 헤르미온느가 먼저 그에게로 갔다.

찰싹!

그녀가 있는 힘껏 말포이의 따귀를 때렸다. 말포이가 비틀거렸다. 해리와 론과 크레이브와 고일이 깜짝 놀라 그저 멍하니 서 있을 때 헤르미온느가 또다시 손을 들어올렸다.

"해그리드가 애처롭다고? 이 비열한 자식아……."

"헤르미온느!" 론이 가냘프게 그녀를 부르며 손을 잡으려고 하자 그녀가 마지못해 손을 내렸다. 그러나……

"저리 가, 론!"

헤르미온느가 다시 요술지팡이를 꺼내자 말포이가 엉거주춤 뒤로 물러섰다. 크레이브와 고일이 어쩔 줄 모르고 말포이의 지시를 기다리며 바라보았다.

"가자." 말포이가 조용히 말했다. 그리고 잠시 뒤 그들 셋 모두 지하 감옥으로 들어가는 통로로 사라졌다.

"헤르미온느!" 론이 어리벙벙하기도 하고 감동받기도 한 목소리로 다시 한 번 말했다.

"해리, 퀴디치 결승전에서 녀석의 코를 납작하게 만들어 버려!" 헤르미온느가 날카로운 목소리로 말했다. "반드시 그렇게 해야 해. 슬리데린이 이기는 꼴은 절대 못 보겠어!"

"마법 수업 시간이야." 론이 여전히 눈을 동그랗게 뜨고 헤르미온느를 바라보며 말했다. "가는 게 좋겠어."

그들은 대리석 계단을 올라가 허둥지둥 플리트윅 교수의 교실 쪽으로 갔다.

"늦었구나!" 해리가 교실 문을 열자 플리트윅 교수가 꾸짖듯이 말했다. "자, 빨리빨리, 요술지팡이를 꺼내거라. 오늘은 '기분을 좋아지게 하는 마법' 을 실습할 거란다. 우린 벌써 두 명씩 짝을 지었단다……."

해리와 론은 서둘러 교실 뒤편의 책상으로 걸어가 가방을 열었다. 론이 뒤를 돌아보았다.

"헤르미온느는 어디로 갔지?" 해리도 주위를 둘러보았다. 헤르미온느는 교실로 들어오지 않은 게 분명했다. 하지만 해리가 문을 열 때만 해도 그녀는 바로 옆에 있었다.

"이상하네." 해리가 론을 빤히 바라보며 말했다. "혹시 화장실에 가지 않았을까?"

하지만 헤르미온느는 수업 시간 내내 나타나지 않았다.

"그 애도 수업에 들어왔더라면 좋았을 텐데." 수업이 끝나고 점심을 먹으러 가면서 론이 씩 웃으며 말했다. '기분을 좋아지게 하는 마법' 은 확실히 그들의 기분을 굉장히 좋아지게 만들었다.

헤르미온느는 점심을 먹으러 오지도 않았다. 애플파이를 다 먹었을 때쯤 '기분을 좋아지게 하는 마법' 의 효력이 떨어지고 있어서인지 해리와 론은 다소 걱정되기 시작했다.

"설마 말포이가 헤르미온느에게 무슨 짓을 한 건 아니겠지?" 급히 이층으로 올라가 그리핀도르 탑으로 향하며 론이 걱정스럽게 말했다.

그들은 트롤 경비원을 지나 뚱보 여인에게 암호('수다쟁이')를 말한 뒤 초상화 구멍을 통해 학생 휴게실 안으로 기어 들어갔다.

헤르미온느는 테이블에 앉아서 펼쳐진 산술점 책에 얼굴을 대고 깊이 잠들어 있었다. 해리와 론은 그녀를 가운데 두고 양쪽으로 앉았다. 해리가 그녀를 건드려 깨웠다.

"뭐, 뭐야?" 헤르미온느가 깜짝 놀라 눈을 뜨고 멍하니 둘러보았다. "갈 시간이니? 이, 이제 어느 수업이지?"

"점술 수업. 하지만 아직 20분 정도 여유가 있어." 해리가 말했다. "헤르미온느, 너 왜 마법 수업에 들어오지 않았니?"

"뭐라구? 이런!" 헤르미온느가 우는 소리로 말했다. "마법 수업에 가는 걸 까먹었어."

"하지만 어떻게 잊을 수 있어?" 해리가 어리둥절한 표정을 지으며 물었다. "그 교실 문 앞까지 우리와 함께 있었잖아!"

"나도 모르겠어!" 헤르미온느가 울면서 말했다. "플리트윅 교수가 화내셨니? 오, 말포이 때문이었어. 그 애 생각하다가 그만 다른 일을 까맣게 잊어버리고 만 거야!"

"헤르미온느," 론이 헤르미온느가 베개로 사용한 커다란 산술점 책을 내려다보며 말했다. "너 몸이 쇠약해지고 있는 것 같아. 너무 많은 걸 하려 드니까 그렇지."

"아냐, 안 그래!" 헤르미온느가 머리를 쓸어 올리며 가방을 바라보았다. "그저 실수한 것뿐이야. 그게 다야! 난 가서 플리트윅 교수님께 죄송하다고 말씀드려야겠어……. 그럼 점술 수업 시간에 보자!"

20분 뒤 헤르미온느는 매우 초조한 얼굴로 트릴로니 교수의 교실로 올라가는 사다리 앞으로 왔다.

"내가 '기분을 좋아지게 하는 마법'을 놓치다니 믿을 수가 없어! 그건 분명히 시험에 나올 거야. 플리트윅 교수가 넌지시 그렇게 말했거든!"

그들은 함께 사다리를 타고 올라가 어둡고 숨막힐 듯한 방으로 들어갔다. 작은 테이블마다 진줏빛 안개가 가득 찬 수정 구슬이 빛을 내고 있었다. 해리와 론과 헤르미온느는 흔들흔들하는 테이블에 함께 앉았다.

"난 다음 학기나 되어야 수정 구슬을 시작할 줄 알았어." 론이 혹시 트릴로니 교수가 근처에 숨어 있을까 봐 조심스럽게 주위를 둘러보며 조용히 말했다.

"불평하지 마. 이젠 더 이상 그 지긋지긋한 손금 보기를 하지 않아도 된다는 뜻일 테니까." 해리 역시 소곤소곤 작은 소리로 말했다. "난 그 교수가 내 손을 볼 때마다 움찔움찔 하는 데 질렸거든."

"안녕들 하세요!" 귀에 익은 희미한 목소리가 들리더니 트릴로니 교수가 평상시처럼 어둠 속에서 극적으로 나타났다. 패르바티와 라벤더는 우윳빛 나는 수정 구슬에 얼굴을 비추며 흥분했다.

"여러분에게 예정보다 조금 일찍 수정 구슬을 소개해 드리기로 했습니다." 트릴로니 교수가 난로에 등을 대고 앉아 주위를 둘러보며 말했다. "내가 점을 쳐 본 결과 6월에 있을 여러분의 시험이 수정 구슬과 관련되어 있었기 때문입니다. 그래서 여러분에게 충분히 연습할 기회를 주려고 이렇게 결정했어요."

헤르미온느가 콧방귀를 뀌었다.

"웃겨……. '내가 점을 쳐 본 결과' 라고? 시험은 누가 내는데? 바로 교수님 자신이잖아! 굉장히 놀라운 예측이로군!" 그녀가 굳이 목소리를 낮추려고도 하지 않고 말했다. 해리와 론은 웃음을 참느라 정신이 없었다.

트릴로니 교수의 얼굴이 그늘에 가려져 있었기 때문에 그녀가 그 말을 들었는지 아닌지 확실히 알 수는 없었다. 어쨌든 그녀는 전혀 듣지 못한 것처럼 계속했다.

"수정 구슬을 보는 건 특히 정교한 마법입니다." 트릴로니 교수가 꿈결 같은 목소리로 말했다. "난 여러분이 무한히 깊은 구슬을 들여다보고 단번에 모든 걸 읽어 낼 수 있으리라고는 기대하지 않습니다. 우선 여러분의 의식과 눈의 긴장을 푸는 연습부터 시작할 것입니다." ……론은 웃음이 걷잡을 수 없이 터져 나와 소리가 나는 걸 막기 위해 입 속에 주먹을 집어넣어야만 했다……. "내면의 눈과 초의식이 깨끗하게 되도록 말입니다. 운이 좋다면 여러분 가운데 몇 명은 수업이 끝나기 전에 읽어 낼 수도 있을 것입니다."

그들은 각자 앞에 놓인 수정 구슬을 들여다보기 시작했다. 해리는 그것이 어리석은 짓이라는 걸 알면서도 계속해서 멍하니 수정 구슬을 바라봐야 하는 자신이 한없이 미련스럽게 느껴졌다. 론은 숨을 죽이고 계속해서 낄낄거렸으며, 헤르미온느는 계속 툴툴거렸다.

"뭐 좀 보이니?" 해리가 15분쯤 유리 구슬을 들여다보다가 그들에게 물었다.

"응. 이 테이블에 탄 자리가 보여." 론이 손가락으로 가리키며 말했다. "누군가가 촛불을 뒤엎어 버렸었나 봐."

"이건 완전히 시간 낭비야." 헤르미온느가 불만을 터뜨렸다. "뭔가 유용한 걸 해야지. '기분을 좋아지게 하는 마법' 이나 연습해야겠어……."

트릴로니 교수가 옆으로 지나가자 짱그랑대며 팔찌와 목걸이들이 부딪히는 요란한 소리가 났다.

"혹시 수정 구슬에 나타난 희미한 전조를 해석해 주길 바라는 사람 있어요?" 그녀가 낮은 목소리로 물었다.

"전 도와주지 않으셔도 돼요." 론이 작게 말했다. "이 의미는 뻔하거든요. 오늘 밤 안개가 잔뜩 낄 거라는 뜻이죠."

해리와 헤르미온느 둘 다 웃음을 터뜨렸다.

"자, 과연 그렇군요!" 트릴로니 교수가 이렇게 말하자, 모두의 고개가 그들 쪽으로 쏠렸다. 패르바티와 라벤더는 화난 표정을 짓고 있었다. "너 때문에 투시 전파가 흐트러지잖아!"

트릴로니 교수가 다가와 그들의 수정 구슬을 들여다보았다. 해리는 가슴이 철렁 내려앉는 걸 느꼈다. 그는 어떤 일이 벌어질 것인지 확실히 알 수 있었다.

"여기에 뭔가 있어요!" 트릴로니 교수가 구슬을 바라보며 속삭였다. "무언가 움직이고 있어요……. 그런데 이게 뭐죠?"

해리는 그게 무엇이든 좋은 건 아니라고 확신했다. 그리고 정말로……

"이럴 수가……." 트릴로니 교수가 한숨을 쉬며 해리를 올려다보았다. "여기에 있구나. 그 어느 때보다도 분명하게…… 이럴 수가. 네게로 걸어오고 있어. 점점 더 가까이…… 그것이……"

"오, 제발!" 헤르미온느가 짜증나는 듯 큰 소리로 말했다. "그 터무니없는 죽음의 개 타령 좀 그만 하세요!"

트릴로니 교수가 커다란 눈을 치켜 뜨고 헤르미온느를 노려보았다. 패르바티와 라벤더는 서로 뭐라고 속닥이더니 함께 헤르미온느를 바라보았다. 트릴로니 교수가 일어서서 성난 얼굴로 헤르미온느를 위아래로 훑어보았다.

"이렇게 말해서 미안하지만, 얘야. 난 네가 내 수업에 들어온 순간부터 네게는 점술이라는 고상한 기술이 필요로 하는 잠재 능력이 전혀 없다는 걸 알았단다. 사실 난 너처럼 세속적인 학생은 만난 적이 없단다."

잠시 침묵이 흘렀다. 그 뒤……

"좋아요!" 헤르미온느가 발딱 일어서서 《미래 들여다보기》 책을 다시 가방 속으로 쑤셔 넣으며 느닷없이 말했다. "좋다구요!" 그러더니 그녀는 가방을 어깨에 휙 둘러멨다. 론은 하마터면 그 가방에 맞아 의자에서 떨어질 뻔했다. "포기하죠! 그만두겠어요!"

그리고 놀랍게도 헤르미온느는 뒤도 안 돌아보고 성큼성큼 걸어가 문을 발로 툭 차서 연 뒤 사다리를 타고 내려갔다.

학급은 몇 분이 지나서야 겨우 흥분이 가라앉았다. 트릴로니 교수는 죽음의 개에 대해서는 까맣게 잊어버린 것 같았다. 그녀는 해리와 론의 테이블에서 홱 돌아서더니 다소 힘에 겨운 듯 숨을 쉬며 걸치고 있던 얇게 비치는 숄을 바짝 끌어당겼다.

"어어어!" 라벤더가 갑자기 괴상한 소리를 내자 모두들 깜짝 놀랐다. "어어어. 트릴로니 교수님, 이제 막 기억이 났어요! 그 애가 떠나는 거 보셨죠, 그렇죠? 그렇죠, 교수님? '*부활절 즈음에 우리 중 하나가 영원히 우리 곁을 떠날 것이다!*' 교수님이 첫 수업 시간에 그렇게 말씀하셨잖아요."

트릴로니 교수가 라벤더에게 살짝 미소를 지어 보였다.

"그래, 얘야. 난 그레인저가 우리를 떠나리라는 걸 진작부터 알고 있었단다. 하지만 사람의 마음이란 이상해서 그런 안 좋은 징조들을 보면 자신이 잘못 본 것이기를 바란단다……. 그래서 영적인 눈을 갖고 있다는 건 때로 큰 부담이 될 수도 있지."

라벤더와 패르바티는 깊이 감명을 받은 표정으로 트릴로니 교수가 자신들의 테이블로 올 수 있도록 자리를 좁혀 앉았다.

"헤르미온느가 오늘은 톡톡히 당하는데?" 론이 위압당한 것 같은 얼굴로 해리에게 속삭였다.

"그래……." 해리는 수정 구슬을 들여다보았지만 소용돌이치는 하얀 안개 말고는 아무것도 보이지 않았다. 트릴로니 교수가 정말로 죽음의 개를 또다시 본 걸까? 퀴디치 결승전이 코앞에 닥친 상황에서 치명적인 사고를 또 겪는다는 건 말도 되지 않는 소리였다.

부활절 휴일 동안 편히 쉴 수가 없었다. 3학년생들은 해야 할 숙제가 산더미 같았다. 네빌 롱바텀은 거의 신경 쇠약에 걸릴 지경이었지만 네빌만 그런 게 아니었다.

"이런 게 무슨 휴일이야!" 시무스 피니간이 어느 날 오후에 학생 휴게실에서 볼멘소리로 말했다. "시험은 아직 한참이나 남았는데, 교수님들은 도대체 왜 그러는 거야?"

하지만 헤르미온느보다 할 일이 더 많은 사람은 없어 보였다. 점술 수업을 그만두었는데도 그녀는 여전히 어느 누구보다도 많은 과목을 듣고 있었다. 학생 휴게실에 가장 밤 늦게까지 남아 있는 사람도 보통 그녀였으며, 다음 날 아침에 가장 먼저 도서실에 나오는 사람도 그녀였다. 헤르미온느는 루핀 교수처럼 피곤해 보였으며, 늘 금방이라도 울어 버릴 것처럼 울상을 짓고 다녔다.

이제 벅빅의 항소 준비 책임은 론이 떠맡고 있었다. 숙제를 다하고 나면 그는 《히포그리프의 심리학》이나 《가금(家禽)인가 아닌가?》 《히포그리프의 야만성 연구》 같은 제목의 두꺼운 책들을 열심히 읽고 있었다. 그는 어찌나 몰두해 있었던지, 크룩생크를 괴롭히는 것도 잊어버렸다.

한편 해리는 우드와 끊임없이 전술 논의를 해야 했으며, 매일 있는 퀴디치 연습 사이사이에 숙제도 해야만 했다. 그리핀도르와 슬리데린의 경기는 부활절 휴일이 지나고 첫번째 토요일에 열릴 예정이었다. 슬리데린은 선수권 쟁탈전에서 정확히 200점을 앞서가고 있었다. 이건, 우드가 팀 선수들에게 늘 상기시켰듯이, 그들이 우승컵을 획득하기 위해서는 그 점수보다 더 많이 득점해서 이겨야 한다는 뜻이었다. 그러나 스니치를 잡아봤자 150점밖에 얻을 수 없으므로 그것은 해리에게 커다란 부담감을 안겨 주었다.

"그러니까 넌 우리가 60점 이상 앞설 때까지 기다렸다가 스니치를 잡아야 해." 우드가 해리에게 끊임없이 주의를 주었다. "우리가 60점 이상 앞서 있을 때만이야, 해리. 그렇지 않으면 우린 그 경기를 이길지는 몰라도 우승컵은 따낼 수 없어. 알아들었지, 해리? 스니치는 꼭 우리가 60점 이상……"

"알았어, 올리버!" 해리가 소리쳤다.

그리핀도르 기숙사 전체가 온통 다가오는 시합에 정신이 팔려 있었다. 그리핀도르는 대단히 뛰어난 선수였던 찰리 위즐리(론의 둘째 형)가 수색꾼이었던 시절 이후 퀴디치 우승컵을 한 번도 타 본 적이 없었다. 그러나 그 경기에서 누구보다도 이기고 싶어 하는 사람은 바로 해리였다. 해리와 말포이 사이의 악감정은 극에 달해 있었다. 말포이는 해리가 호그스미드에서 진흙을 던진 사건에 대해 여전히 분개하고 있었는데, 그가 아무런 벌도 받지 않자 이제는 아예 이를 부득부득 갈았다. 해리는 래번클로와의 시합 때 말포이가 그를 고의로 방해하려고 했던 걸 결코 잊은 적이 없었다. 하지만 전교생 앞에서 말포이를 꼭 이기고야 말겠다고 굳게 다짐하게 된 계기는 바로 벅빅 때문이었다.

날짜가 다가올수록 두 팀과 두 기숙사 간의 긴장은 고조되어 갔으며, 휴일이 끝날 즈음 긴장은 극에 달했다. 복도에서는 작은 난투가 수없이 벌어졌고 결국엔 거친 싸움으로 번져, 그리핀도르의 4학년생과 슬리데린의 6학년생 각각 한 명이 귀에 부추가 싹튼 채로 병동에 입원하는 사태에까지 이르게 되었다.

해리는 특히 곤욕을 치르고 있었는데, 그가 수업을 받으러 갈 때마다 슬리데린 아이들이 다리를 걸어 넘어뜨리려 했기 때문이다. 우드는 그 뒤 슬리데린 아이들이 고의로 해리를 다치게 해서 경기에 나가지 못하도록 할 경우를 대비해 해리에게 꼭 아이들과 함께 다니라고 지시했다. 크레이브와 고일은 그것도 모르고 나타났다가 해리가 아이들에게 에워싸여 있는 걸 보고 실망한 표정으로 돌아가곤 했다. 그리핀도르 기숙사의 모든 아이들이 해리의 보호에 어찌나 열성적이었던지, 해리는 많은 사람들에게 둘러싸여 있어서 도저히 수업 시간에 맞춰 제때에 들어갈 수가 없을 지경이었다. 그러나 해리는 그 자신보다도 파이어볼트의 안전에 더 신경을 썼다. 그는 그 빗자루를 쓰지 않을 때는 큰 가방 속에 넣어 안전하게 잠가 두었으며, 쉬는 시간마다 그리핀도르 탑으로 올라가 잘 있는지 확인하곤 했다.

시합 전날 밤 그리핀도르의 학생 휴게실은 그 어느 때보다도 술렁거렸다. 아이들은 평상시에 하던 모든 일들을 접어두고 삼삼오오 모여 떠들어 대거나 장난을 치고 있었다. 심지어 헤르미온느조차 책을 내려놓았다.

"공부할 수가 없어. 집중이 되지 않아." 그녀가 초조하게 말했다.

학생 휴게실은 상당히 소란스러웠다. 프레드와 조지 위즐리 형제는 압박감에서 벗어나기 위해 그 어느 때보다도 더 시끄럽고 요란하게 장난을 치고 있었고, 안젤리나와 앨리샤와 케이티는 그들을 보고 깔깔거리며 웃어 대고 있었다. 올리버 우드는 한쪽 구석에 있는 퀴디치 경기장 모형 앞에 쪼그리고 앉아 그 위에 있는 작은 숫자들을 요술지팡이로 쿡쿡 찌르며 혼자 중얼거리고 있었다. 해리는 론과 헤르미온느와 나란히 앉아 그 다음 날에 대해서는 생각하지 않으려고 애쓰고 있었다. 왜냐하면 그 다음 날에 대해 생각할 때마다 속이 울렁거리고 기분이 좋지 않았기 때문이었다.

"괜찮을 거야." 말은 이렇게 했지만 헤르미온느 역시 긴장한 표정이었다.

"넌 파이어볼트가 있잖아!" 론이 말했다.

"그래……." 해리는 속이 뒤틀렸다.

울렁거리는 속이 좀 가라앉았을 즈음에 우드가 갑자기 벌떡 일어서더니 큰 소리로 외쳤다. "모두들! 취침!"

그날 밤 해리는 잠을 제대로 이룰 수 없었다. 그러다 뒤늦게서야 깜박 잠이 들었는데, 우드가 "너 어디에 있었니? 우린 네가 없어서 네빌을 내보냈어!"라고 소리소리 지르는 꿈을 꾸었다. 그 다음엔 또 말포이와 슬리데린 팀의 선수들이 용을 타고 경기장에 나타나는 꿈을 꾸었다. 그런데 말포이가 타고 있는 용의 입에서 뿜어져 나오는 불길을 피하려고 위험천만한 속도로 날고 있을 때 그는 파이어볼트를 까먹고 가져오지 않았다는 걸 깨달았다. 그 순간 그는 공중에서 떨어지다가 깜짝 놀라 잠에서 깨었다.

해리는 잠시 뒤에야 경기가 아직 시작되지 않았고, 자신이 침대에 안전하게 누워 있으며, 또 슬리데린 팀은 확실히 용을 타고 경기하지는 않을 거라는 걸 깨달았다. 몹시 목이 말랐다. 그는 될 수 있는 대로 조용히 침대에서 빠져나와 창 밑에 있는 은주전자에서 물을 조금 따랐다.

정원은 조용했다. 바람 한 점도 없었다. 커다란 버드나무는 꼼짝 않고 가만히 서 있었다. 경기하기엔 더없이 좋은 날씨인 것 같았다.

그런데 물잔을 내려놓고 침대로 돌아가려는 순간 해리의 눈에 무언가가 들어왔다. 작은 동물 하나가 은빛 잔디 위에서 어슬렁거리고 있었다.

해리는 침대 옆 탁자에 있는 안경을 집어 들고는 다시 창가로 갔다. 죽음의 개라면 큰일이었다……. 지금 상황에서 그럴 수는 없었다……. 시합을 눈앞에 두고 그럴 수는 없었다…….

정원을 다시 내다보며 미친 듯이 두리번거리던 해리는 잠시 뒤 그 개를 발견했다. 그것은 이제 금지된 숲 언저리를 지나고 있었다……. 그러나 자세히 살펴보자 그건 죽음의 개가 아니었다……. 그건 고양이였다. 해리는 안도의 숨을 내쉬며 창살을 움켜쥐고 다시 그 고양이를 바라보았다. 그런데 그 꼬리가 낯익어 보였다. 저런 꼬리를 가진 건 크룩생크뿐이었다…….

아니 정말로 크룩생크뿐일까? 해리는 창문에 코를 바짝 갖다대고 눈을 가늘게 떴다. 크룩생크가 멈춰 서 있는 것 같았다. 해리는 나무 그늘에서 또 다른 무언가가 움직이는 걸 볼 수 있었다.

그리고 다음 순간 그게 나타났다……. 털이 많은 거대한 까만 개가 잔디밭으로 몰래 나아가자 크룩생크가 총총걸음으로 그 옆을 따라갔다. 해리는 뚫어지게 바라보았다. 이게 무슨 뜻일까? 만약 크룩생크도 그 개를 볼 수 있다면, 그게 해리의 죽음을 예고하는 전조란 말인가?

"론!" 해리가 작은 소리로 불렀다. "론! 일어나!"

"뭐야?"

"너도 보이는지 내게 말해 줘야 해!"

"밖은 캄캄해, 해리." 론이 탁한 목소리로 중얼거렸다. "왜 그러는데?"

"저기 아래……"

해리는 얼른 다시 창 밖을 내다보았다.

어느새 크룩생크와 개는 사라지고 없었다. 해리는 창틀 위로 기어올라가 성의 그림자가 드리워진 곳을 살펴보았지만 그곳에도 역시 없었다. 어디로 간 걸까?

코고는 소리가 요란했다. 론이 다시 잠들어 버린 것 같았다.

그 다음 날 해리와 그리핀도르 팀의 선수들은 우레 같은 박수를 받으며 연회장으로 들어갔다. 해리는 래번클로와 후플푸프 테이블에서까지 그들에게 박수 갈채를 보내자 더욱 기운이 났다. 그러나 슬리데린 테이블에서는 그들이 지나가자 큰 소리로 야유를 해댔다. 말포이의 얼굴은 평소보다 핏기가 더 없어 보였다.

우드는 아침식사 시간 내내 자신은 음식에 손도 대지 않고 팀 선수들에게 얼른 먹으라고 재촉했다. 그 뒤 우드는 다른 사람들이 식사를 마치기도 전에 그들을 서둘러 경기장으로 내보냈다. 경기장 상태를 먼저 익히게 하기 위해서였다. 그들이 연회장을 떠날 때도 모두들 박수 갈채를 보내주었다.

"행운을 빌어, 해리!" 초 챙이 외쳤다. 해리는 얼굴이 달아오르는 걸 느꼈다.

"그래…… 바람은 없지만…… 햇빛이 약간 밝아서 눈이 부실 수도 있으니까 조심해……. 땅은 상당히 굳었어. 좋아. 그럼 빨리 날아오를 수 있을 거야……."

우드는 뒤따르는 팀 선수들과 함께 경기장으로 걸어나가며 주위를 둘러보았다. 마침내 멀리서 성의 정문이 열리며 전교 학생들이 잔디밭으로 우르르 쏟아져 나오는 게 보였다.

"라커룸으로 가자." 우드가 짧고 힘차게 말했다.

진홍색 망토로 갈아입는 동안 말하는 사람이 아무도 없었다. 해리는 그들도 자신과 같은 기분일까 궁금했다. 아침에 먹은 음식이 탈이 나기라도 한 듯 속이 뒤틀렸다. 잠시 뒤 우드가 말했다. "자,

시간이 다 됐어. 가자…….”

그들은 시끌벅적한 경기장으로 걸어나갔다. 군중의 4분의 3이 진홍색 장미꽃 장식을 달고 그리핀도르의 사자가 그려진 진홍색 깃발을 흔들고 있었다. 또 '잘해라 그리핀도르!' 나 '우승컵은 사자에게로!' 와 같은 응원 문구가 쓰여진 현수막들을 휘두르고 있는 아이들도 있었다. 슬리데린의 골대 뒤에는 초록색 옷을 입은 2백여 명의 학생들이 은빛 뱀이 반짝거리는 깃발을 들고 있었다. 맨 앞줄에는 스네이프 교수가 다른 사람들과 마찬가지로 초록색 옷을 입고 앉아 불쾌한 미소를 짓고 있었다.

“자, 그리핀도르 선수들입니다!” 평소처럼 경기 해설을 맡고 있는 리 조던이 큰 소리로 말했다. “포터, 벨, 존슨, 스피넷, 프레드 위즐리, 조지 위즐리, 그리고 우드입니다. 다 알고 계시다시피 호그와트가 오랜만에 보게 되는 최고의 팀이죠…….”

리의 해설은 슬리데린 측에서 터져 나온 야유 소리 때문에 들리지 않았다.

“이제 주장 선수 플린트가 이끄는 슬리데린 팀이 나오고 있습니다. 팀에 약간 변화가 생긴 것 같은데 기술보다는 크기에 비중을 둔 것 같군요…….”

슬리데린 응원석에서 더 많은 야유가 터져 나왔다. 그러나 해리는 리의 말 속에 뼈가 있다고 생각했다. 말포이는 물론 슬리데린 팀에서 가장 작았지만 나머지 선수들은 하나같이 몸집이 컸던 것이다.

“주장들, 악수하세요!” 후치 부인이 말했다.

플린트와 우드가 서로 다가가 마치 상대방의 손가락을 부러뜨리기라도 할 것처럼 손을 꽉 쥐었다.

“빗자루에 올라타세요!” 후치 부인이 말했다.

"셋…… 둘…… 하나……."

그녀의 호루라기 소리는 군중의 함성 때문에 들리지 않았지만, 열네 개의 빗자루가 동시에 공중으로 날아올랐다. 해리는 이마를 덮었던 머리카락이 휘날리는 걸 느꼈다. 비행의 스릴 때문인지 긴장감이 싹 달아났다. 주위를 흘끗 둘러보자 말포이가 바짝 쫓아오고 있었다. 해리는 스니치를 찾으며 속력을 냈다.

"그리핀도르가 갖고 있습니다. 그리핀도르의 앨리샤 스피넷이 퀘이플을 가지고 슬리데린의 골대로 곧장 향하고 있습니다. 좋습니다, 앨리샤! 아으, 이럴 수가…… 워링턴이 퀘이플을 가로챘군요. 슬리데린의 워링턴이 경기장 위로 내닫고 있습니다……. 쾅!…… 조지 위즐리가 쳐낸 멋진 블러저가 그곳으로 날아가는군요. 워링턴이 퀘이플을 떨어뜨립니다. 존슨이…… 잡았습니다. 그리핀도르가 다시 가졌습니다. 제발, 안젤리나…… 몬태규 주위로 멋지게 빗나가는군요……. *머리를 숙여요, 안젤리나. 블러저예요!* ……안젤리나 선수가 득점했습니다! 10 대 0으로 그리핀도르가 앞서갑니다!"

안젤리나가 허공에다 주먹을 날리며 경기장 끝으로 날아갔다. 진홍색을 입은 군중들이 좋아서 소리치고 있었다…….

"아야!"

안젤리나가 마커스 플린트와 부딪히는 바람에 하마터면 빗자루에서 떨어질 뻔했다.

"미안!" 아래의 군중이 우우거리며 야유를 보내자 플린트가 마지못해 사과했다. "미안, 보지 못했어."

잠시 후 프레드 위즐리가 몰이꾼의 클럽을 플린트의 뒤통수를 향해 던지자, 플린트의 코가 그의 빗자루 손잡이에 부딪혀 코피가 나기 시작했다.

“이제 그만!” 후치 부인이 붕 소리내며 그들 사이로 날아와 경고를 주었다. “추격꾼에게 까닭 없이 공격받았으므로 그리핀도르에게 자유투를 주겠어요! 그리고 추격꾼에게 고의로 상해를 입혔으므로 슬리데린에게도 자유투를 주겠어요!”

“잘해!” 프레드가 악을 쓰며 말했다. 후치 부인이 호루라기를 불자 앨리샤가 자유투를 던지기 위해 앞으로 날아갔다.

“제발, 앨리샤!” 조용한 군중들 속에서 리가 소리쳤다. “그러면 그렇지! 앨리샤 선수가 잘해 냈습니다! 현재 20 대 0으로 그리핀도르가 리드하고 있습니다!”

해리는 플린트를 보려고 파이어볼트를 홱 돌렸다. 플린트가 여전히 코피를 줄줄 흘리며 슬리데린의 자유투를 던지러 골대 앞으로 날아갔다. 우드가 입을 꾹 다물고 그리핀도르의 골대 앞에서 왔다갔다 하고 있었다.

“우드는 물론 뛰어난 파수꾼이죠!” 플린트가 후치 부인의 호루라기 소리를 기다리고 있자, 리 조던이 말했다. “훌륭했습니다! 어림도 없습니다…… 어림도 없어요……. 그러면 그렇죠! 믿을 수가 없습니다! 잘 막아 냈습니다!”

해리는 안도를 하고 붕 날아가 스니치를 찾아 두리번거리며, 리의 경기 해설 한마디 한마디에 온 신경을 곤두세우고 있었다. 그리핀도르가 50점 앞설 때까지는 말포이가 스니치를 잡지 못하게 하는 게 중요했다…….

“그리핀도르가 잡았습니다. 아니, 슬리데린이 잡았군요……. 아니! ……그리핀도르가 다시 잡았습니다. 케이티 벨이군요. 그리핀도르의 케이티 벨이 퀘이플을 갖고 있습니다. 그녀가 경기장을 질주하고 있습니다…… 저건 고의였습니다!”

슬리데린의 추격꾼인 몬태규가 케이티 앞으로 나가서는 퀘이플을 잡지 않고 그녀의 머리채를 잡은 것이다. 순간 케이티는 공중에서 빙그르르 돌다가 가까스로 균형을 잡고 빗자루 위에 앉았다. 하지만 그 바람에 그녀는 퀘이플을 떨어뜨리고 말았다.

호루라기가 다시 울렸다. 후치 부인이 몬태규에게로 날아와 소리소리 지르기 시작했다. 잠시 뒤 케이티는 또 하나의 자유투를 성공시켰다.

"30 대 0이야! 인정해. 이 비열한 자식아. 반칙을 범했잖아……."

"조던, 양 팀에 공정한 해설을 하지 않는다면……!"

"전 그저 사실대로 말하고 있는 것뿐입니다, 교수님!"

해리는 흥분이 밀려오는 걸 느꼈다. 스니치를 본 것이다! 그건 그리핀도르의 골대 밑에서 반짝이고 있었다……. 하지만 아직은 잡아서는 안 된다……. 그렇지만 만약 말포이가 그걸 본다면……

해리는 갑자기 무언가를 발견한 것 같은 표정을 지으며 파이어볼트를 몰고 슬리데린 쪽으로 질주했다……. 그건 효과가 있었다. 말포이가 그를 따라 질주해 오고 있었다. 해리가 그곳에서 스니치를 발견했다고 생각한 게 분명했다…….

휙.

몸집이 큰 슬리데린의 몰이꾼 데릭이 쳐낸 블러저 하나가 해리의 오른쪽 귀를 살짝 스치고 지나갔다. 그리곤 다시 한번……

휙.

두 번째 블러저가 해리의 팔꿈치를 가볍게 스치고 지나갔다. 또 다른 몰이꾼, 볼이 다가오고 있었다.

해리는 볼과 데릭이 클럽을 들어 올리고 양쪽에서 그를 향해 붕하고 날아오는 걸 보았다…….

해리가 아슬아슬한 순간에 파이어볼트를 위로 몰자, 볼과 데릭이 정면으로 충돌했다.

"하하하!" 슬리데린의 몰이꾼들이 머리를 잡고 비틀거리자 리 조던이 외쳤다. "안됐군요! 파이어볼트를 상대하려면 동작이 더 빨랐어야죠! 자, 다시 그리핀도르가 잡았습니다. 존슨이 퀘이플을 가졌습니다……. 옆에 플린트가 있습니다…… 그의 눈을 찔러요 , 안젤리나! ……농담이었습니다, 교수님. 농담이었다구요……. 저런, 플린트가 잡았습니다. 플린트가 그리핀도르의 골대 쪽으로 날아가고 있습니다. 제발, 우드. 막아요……!"

하지만 플린트는 득점을 했다. 슬리데린 측에서 함성이 터져 나왔다. 리 조던이 어찌나 심하게 욕설을 퍼부었던지 맥고나걸 교수가 그에게서 마법의 확성기를 빼앗으려고 했다.

"죄송합니다, 교수님. 죄송합니다! 다시는 그런 일 없을 겁니다! 자, 그리핀도르가 30 대 10으로 앞서고 있습니다. 그리핀도르가 잡았군요……."

반칙이 점점 더 심해지고 있었다. 그리핀도르가 계속해서 앞서가자 분개한 슬리데린이 퀘이플을 잡으려고 수단과 방법을 가리지 않았다. 볼은 클럽으로 앨리샤를 쳐놓고 그녀가 블러저인 줄 알았다고 둘러댔다. 그러자 조지 위즐리가 그 보복으로 볼의 얼굴을 팔꿈치로 쿡 쳤다. 후치 부인은 양 팀 모두에게 자유투를 주었고, 우드가 또 한 번 멋지게 막아냄으로써 그리핀도르가 40 대 10으로 앞서게 되었다.

스니치는 또다시 사라졌다. 말포이는 스니치를 찾아 날고 있는 해리 뒤를 바짝 좇아다니고 있었다……. 그리핀도르가 50점만 앞서면……

케이티가 득점을 했다. 50 대 10. 슬리데린이 보복할 경우를 생각해 프레드와 조지 위즐리 형제가 클럽을 들어올리고 케이티 주위로 날아가고 있었다. 볼과 데릭이 프레드와 조지가 없는 틈을 타서 블러저 두 개를 동시에 우드에게로 쳤다. 블러저 두 개가 차례로 복부를 치자 우드가 빗자루를 움켜잡고 공중에서 데굴데굴 굴렀다.

후치 부인은 제정신이 아니었다.

"퀘이플이 득점 구간 내에 있지 않는 한, 파수꾼을 공격해선 안 돼요!" 그녀가 볼과 데릭에게 날카롭게 소리쳤다. "그리핀도르 자유투!"

안젤리나가 자유투를 성공시켰다. 60 대 10. 잠시 뒤 프레드 위즐리가 블러저를 워링턴에게로 세차게 쳐내 퀘이플을 그의 손에서 떨어뜨렸다. 그리고 앨리샤가 그걸 잡아 슬리데린의 골대 속으로 집어넣었다……. 70 대 10.

관중석에서는 그리핀도르 아이들이 목이 터져라 소리를 지르고 있었다……. 그리핀도르가 60점을 앞서 있었으므로 해리가 만약 지금 스니치를 잡는다면, 우승컵은 그들의 것이었다. 해리는 수백 개의 눈이 자신에게 집중되는 걸 느끼며 경기장 위로 높이 날아올랐다. 말포이도 그의 뒤를 따라 속도를 냈다.

그때 해리의 눈에 그것이 들어왔다. 스니치가 6미터쯤 위에서 반짝이고 있었던 것이다.

해리는 재빨리 속력을 냈다. 귓가에 스치는 바람 소리가 요란했다. 그는 손을 쭉 뻗었다. 그런데 갑자기 파이어볼트의 속도가 느려지고 있었다…….

해리는 깜짝 놀라 주위를 둘러보았다. 말포이가 몸을 앞으로 내밀어 파이어볼트의 꼬리를 잡고 끌어당기고 있었다.

"너……"

해리는 화가 나서 말포이를 치려고 했지만 손이 닿지 않았다……. 말포이는 심술궂은 얼굴로 파이어볼트를 잡고 헐떡거리고 있었다. 그 사이 스니치는 또다시 사라져 버렸다.

"자유투! 그리핀도르에 자유투! 저런 반칙을 쓰다니!" 후치 부인이 날카롭게 외치자, 말포이가 다시 님부스 2001 위로 주르르 미끄러져 내려왔다.

"저 비열한 자식이 그냥!" 리 조던이 맥고나걸 교수가 잡지 못하도록 몸을 이리저리 빼며 확성기에 대고 악을 쓰고 있었다. "이 더러운 자식……"

그러나 맥고나걸 교수는 그를 책망하지 않았다. 아니 그녀 역시 말포이에게 고래고래 소리를 질러대고 있었다.

앨리샤가 자유투를 시도했지만, 너무 화가 난 상태라서 그런지 조금 빗나가고 말았다. 그리핀도르 팀은 흔들리고 있었고 슬리데린 팀은 말포이가 해리에게 반칙을 한 것을 보자 기뻐서 더 힘을 내고 있었다.

"슬리데린이 잡았습니다. 슬리데린이 골대로 향하고 있군요……. 몬태규가 득점하는군요……." 리가 투덜댔다. "70 대 20으로 그리핀도르가 앞서고 있습니다……."

해리는 이제 말포이와 무릎이 맞닿을 정도로 가까이서 그를 마크했다. 말포이가 스니치 근처에 가지 못하게 하려는 작전이었다…….

"저리 가, 포터!" 말포이가 방향을 돌리다가 해리가 그 앞을 막아서자 화를 내며 소리쳤다.

"그리핀도르의 안젤리나 존슨이 퀘이플을 갖고 있습니다. 제발,

안젤리나. 제발!"

해리는 주위를 둘러보았다. 말포이만 빼고 파수꾼까지 슬리데린의 모든 선수가 안젤리나 쪽으로 질주하고 있었다……. 그들 모두 그녀를 막으려는 것이었다…….

해리는 파이어볼트를 홱 돌려 손잡이에다 몸을 바짝 붙이고 앞으로 몰았다. 그는 총알처럼 슬리데린 선수들 쪽으로 날아갔다.

"아아아으으!"

파이어볼트가 붕 날아오자 그들이 사방으로 흩어졌다. 안젤리나 앞엔 이제 방해물이 하나도 없었다.

"안젤리나가 득점했습니다! 득점했어요! 그리핀도르가 80 대 20으로 앞섭니다!"

해리는 관중석으로 곤두박질치려는 순간 간신히 방향을 돌려 다시 경기장 한가운데로 날아갔다.

그런데 그때 심장을 멈추게 하는 광경이 눈에 들어왔다. 말포이가 득의양양한 표정으로 급강하하고 있었다. 저 아래 잔디밭 위에서 아주 작은 황금빛이 희미하게 가물거리고 있었다…….

해리는 급히 파이어볼트를 아래쪽으로 몰았지만 말포이가 몇백 미터 더 앞서 있었다…….

"빨리! 빨리! 빨리!" 해리는 빗자루를 재촉했다. 그는 말포이를 따라잡고 있었다……. 볼이 해리 쪽으로 블러저를 쳤다. 해리는 빗자루 손잡이에 바짝 엎드렸다……. 말포이가 바로 코앞에 있었다……. 말포이를 따라잡았다…….

해리는 양손을 빗자루에서 떼고 쭉 뻗었다. 그리고 말포이의 팔을 쳐냈다…….

"그렇지!"

그가 급강하를 멈추고 손을 번쩍 치켜들자 관중석에서 함성이 터져 나왔다. 해리는 군중 위로 높이 날아올랐다. 이상하게 귀가 울렸다. 작은 황금빛 공이 주먹 속에 꽉 쥐어진 채로 날개를 퍼덕이고 있었다.

우드가 눈물 범벅이 된 얼굴로 질주해 와 해리의 목을 끌어안고 흐느껴 울었다. 프레드와 조지도 내려와 그들을 얼싸안았다. 이어서 안젤리나와 앨리샤와 케이티의 목소리가 들렸다. *"우리가 우승컵을 따냈어! 우리가 우승컵을 따냈다구!"* 그리핀도르 팀은 서로서로 얼싸안고 쉰 목소리로 소리를 지르며 다시 땅으로 내려갔다.

그리핀도르 응원석에선 아이들이 울타리를 넘어 물밀듯이 경기장으로 몰려 나와 그들의 등을 두드려 주었다. 해리는 그를 짓눌러오는 사람들과 소음 때문에 정신을 차릴 수가 없었다. 환호하는 군중들이 해리와 그리핀도르 팀 선수들을 무동을 태웠다. 해그리드는 얼굴이 빨갛게 상기되어 이렇게 외쳤다. "이겼구나, 해리. 이겼어! 벅빅에게도 이 기쁜 소식을 알려주어야겠어!" 퍼시 역시 점잔빼던 모습은 온데간데없이 펄쩍펄쩍 뛰어다니고 있었다. 맥고나걸 교수는 우드보다도 훨씬 더 큰 소리로 흐느껴 울며 커다란 그리핀도르 깃발로 눈물을 닦고 있었다. 론과 헤르미온느가 군중을 헤치고 해리에게로 다가왔다. 굳이 말이 필요하지 않았다.

해리는 어깨를 쫙 펴고 덤블도어 교수가 커다란 퀴디치 우승컵을 들고 서 있는 관중석 쪽으로 힘차게 걸어갔다. 론과 헤르미온느는 그런 해리의 모습을 바라보며 밝은 미소를 던져 주었다.

훌쩍이던 우드가 우승컵을 해리에게 건네주었다. 해리는 우승컵을 하늘 높이 들어올렸다. 만약 주위에 디멘터가 있었다면 세계 최고의 패트로누스를 만들어 낼 수 있을 것 같은 기분이었다.

제 16 장

트릴로니 교수의 예언

마침내 퀴디치 우승컵을 거머쥐자 해리는 며칠 동안 날아갈 것 같은 행복감에 푹 젖어 있었다. 날씨조차 그들의 우승을 축하해 주고 있는 것 같았다. 6월이 다가오면서 하늘은 구름 한 점 없이 맑고 날씨는 찌는 듯이 더웠으므로 사람들은 누구나 정원을 한가로이 걸어다니거나, 차가운 호박 주스를 들고 잔디밭에 앉아 있거나, 곱스톤 게임(구슬치기와 비슷한 마법사 게임)을 하거나, 호수 표면을 꿈결같이 밀고 나가는 대왕 오징어를 지켜보고 싶어 했다.

하지만 그럴 수가 없었다. 얼마 안 있으면 시험이었으므로 학생들은 바깥에 나가 빈들거리는 대신 열린 창문을 통해 둥둥 떠오는 여름의 유혹에도 불구하고 책상 앞에 붙어 앉아 책과 씨름해야만 했다. 심지어 프레드와 조지 위즐리 형제가 공부하는 모습까지 눈에 띄었다. 그들은 O. W. L.(표준 마법사 수준)을 통과하는 게 목표였다. 퍼시는 호그와트에서 받을 수 있는 최고의 자격증 시험인 N. E. W. T.(고난도 마법사 시험)를 치를 준비를 하고 있었다. 퍼시는 마법부에 들어가길 희망했으므로 최고 점수를 받아야 했다. 그는 점점 더 초조해하고 있었고 누구든 학생 휴게실의 조용한 분위기를 깨기라도 하면 호통을 쳐대기가 일쑤였다. 하지만 퍼시보다 더 불안해하는 사람은 헤르미온느였다.

해리와 론은 헤르미온느가 어떻게 대여섯 가지의 수업을 한 번에 들을 수 있는지 그녀의 대답을 듣는 건 진작에 포기한 상태였지만, 그녀가 짠 시험 시간표를 보자 도저히 참을 수가 없었다. 첫번째 공란에는 이렇게 쓰여 있었다.

월요일
9시, 산술점
9시, 변신술
점심
1시, 마법
1시, 고대 문자

"헤르미온느?" 요즈음 그녀는 자칫하면 화를 버럭버럭 내었으므로 론이 조심스럽게 물었다. "저…… 너 이 시험 시간표 제대로 적은 거니?"

"뭐가 어때서?" 헤르미온느가 신경을 날카롭게 곤두세우며 시험 시간표를 집어 들고 살폈다. "그럼, 물론이지."

"네가 어떻게 두 시험을 동시에 치를 건지 물어 봐도 아무 소용

없겠지?" 해리가 물었다.

"물론이지." 헤르미온느가 무뚝뚝하게 말했다. "너희들 혹시 내 산술점 책 못 봤니?"

"어, 그거. 내가 잠잘 때 읽으려고 빌려 갔었는데." 론이 기어들어가는 목소리로 말했다. 론의 말을 못 들었는지 헤르미온느는 탁자 위에 있는 양피지 더미들을 이리저리 옮기며 그 책을 찾기 시작했다. 바로 그때 창가에서 부스럭대는 소리가 나더니 헤드위그가 부리에 편지를 물고 날개를 퍼덕이며 날아들었다.

"해그리드가 보낸 거야." 해리가 편지를 뜯으며 말했다. "벅빅의 항소야……. 6일로 되어 있어."

"우리 시험이 끝나는 날이군." 헤르미온느가 여전히 산술점 책을 찾으며 말했다.

"그들이 이곳으로 온대." 해리가 계속 편지를 읽으며 말했다. "마법부에서 온 사람과…… 사형 집행인이야."

헤르미온느가 깜짝 놀라 고개를 들었다.

"항소에 사형 집행인을 데려오다니! 그렇다면 이미 결정을 내렸다는 말이잖아!"

"그래, 맞아." 해리가 천천히 말했다.

"그럴 수는 없어!" 론이 악쓰며 말했다. "내가 그 녀석에 대해 연구하느라 얼마나 많은 시간을 투자했는데. 그들이 그걸 그렇게 간단히 무시할 수는 없어!"

하지만 해리는 위험한 동물 처리 위원회가 말포이의 아버지 때문에 그런 결정을 내린 것이라는 꺼림칙한 기분이 들었다. 그리핀도르가 퀴디치 결승전에서 승리한 이후 눈에 띄게 조용해졌던 말포이는 이제 예전의 오만한 태도를 어느 정도 되찾은 것 같았다. 해리가 우연히 엿들은 냉소적인 말로 미루어 말포이는 벅빅이 사형당할 거라고 확신하는 듯했고, 그 자신이 그렇게 해낸 것에 대해 대단히 기뻐하는 것 같았다. 해리는 하루에도 몇 번씩 헤르미온느처럼 말포이의 얼굴을 한 방 갈겨주고 싶은 마음을 꾹꾹 눌러 참느라 무진 애를 써야 했다. 그러나 무엇보다도 곤란한 점은 엄격한 새로운 안전 조치가 풀리지 않아서 외눈박이 마녀 조각상에서 투명 망토를 되찾아 올 엄두를 내지 못했으므로 해그리드를 찾아갈 시간도 기회도 없다는 것이었다.

시험 주간이 시작되자 성 전체가 잠잠해졌다. 월요일 점심 시간에는 변신술 시험을 마친 3학년생들이 맥 빠지고 창백한 얼굴로 나타나 서로 결과들을 비교하면서 찻주전자를 거북이로 바꾸는 것을 포함해 시험이 너무 어려웠다며 탄식을 늘어놓았다. 헤르미온느는 다른 아이들이 그녀의 거북이를 보고 꼭 바다거북처럼 생겼다며 야단법석을 떨자 화를 냈지만 그건 다른 아이들의 걱정에 비하면 아무것도 아니었다.

"내 거에는 꼬리 대신 여전히 주전자 주둥이가 달려 있었어. 정말 큰일이야……."

"거북이가 증기를 뿜어 내는 거 봤니?"

"내 거북이는 찻주전자에 있던 버들 무늬 등딱지를 그대로 갖고 있었어. 감점되지 않을까?"

그 뒤 그들은 허겁지겁 점심을 먹고 곧장 마법 시험을 보러 이층으로 올라갔다. 헤르미온느의 말대로 플리트윅 교수는 '기분을 좋아지게 하는 마법'을 테스트했다. 그런데 해리가 그 마법을 어찌나 세게 걸었던지 파트너 론이 이성을 잃을 정도로 폭소를 터뜨리며 웃음을 멈추지 못했다 그래서 론은 한 시간 동안이나 조용한 방에 혼자 머물러 있은 다음에야 비로소 안정을 되찾고 시험을 볼 수 있었다. 저녁식사 후 학생들은 부리나케 다시 학생 휴게실로 갔다. 하지만 쉬기 위해서가 아니라 신비한 동물 돌보기와 마법의 약과 천문학을 공부하기 위해서였다.

다음 날 아침 해그리드는 '신비한 동물 돌보기' 시험 감독으로 들어오긴 했지만, 마음은 온통 딴 데 가 있는 것 같았다. 그는 금방 잡은 플로버웜 한 통을 주고는 한 시간이 끝날 때까지 각자의 플로버웜이 살아 있으면 시험에 통과하는 거라고 말했다. 하지만 플로버웜은 그냥 내버려 두기만 하면 잘 살아 있는 동물이었으므로 다른 시험에 비하면 누워서 떡 먹기였다. 덕분에 해리와 론과 헤르미온느는 해그리드에게 말할 기회를 가질 수 있었다.

"벅빅은 약간 의기소침해 있어." 해그리드가 허리를 굽혀 해리의 플로버웜이 살아 있는지 살피는 척하며 그들에게 말했다. "비좁은 곳에 너무 오래 갇혀 있었거든……. 하지만 내일 모레면 결정나겠지…… 어느 쪽이든 간에……."

그날 오후에 있었던 마법의 약 시험은 '마음을 혼란스럽게 만드는' 마법의 약을 만드는 것이었는데 해리의 것은 아무리 해도 걸쭉해지지가 않았다. 스네이프 교수는 심술궂은 얼굴로 지켜보고 섰다가 노트에 꼭 ○처럼 보이는 걸 휘갈겨 쓰고는 바람을 일으키며 지나갔다.

그 뒤 자정에는 가장 높은 탑에서 천문학 시험이 있었다. 수요일 아침에는 마법의 역사 시험이 있었는데 해리는 플로린 포트슈의 아이스크림 가게 주인이 말해 준 중세의 마녀 사냥에 대한 것을 시험지에 모두 갈겨쓰면서 가간이 그 답답한 교실에서 벗어나 초코 땅콩 선데 아이스크림이나 먹었으면 좋겠다고 생각했다. 또 수요일 오후에는 뜨거운 햇볕이 내리쬐는 온실에서 약초학 시험을 본 뒤 목덜미가 새카맣게 탄 채로 학생 휴게실로 돌아왔다. 이제 내일 이 시간쯤이면 모든 시험이 끝날 것이다.

목요일 아침에는 루핀 교수의 어둠의 마법 방어술 시험이 있었는데 그 시험은 정말 별났다. 루핀 교수는 양지에 장애물 코스 같은 걸 마련해 두고 그라인딜로우가 들어 있는 깊은 물 놀이터를 건너간 다음, 레드 캡들이 가득 찬 죽 이어진 구멍들을 지나, 갈피를 못 잡게 혼동시키는 힝키펑크의 속임수에 넘어가지 않도록 조심하면서 습지를 가로질러 간 뒤, 낡은 가방 속으로 들어가 새로운 보가트와 대결을 해야 한다고 말했다.

"잘했다, 해리." 해리가 씩 웃으며 가방에서 기어나오자 루핀 교수가 은밀히 말했다. "만점이다."

해리는 의기양양한 얼굴로 론과 헤르미온느를 지켜보았다. 론은 힝키펑크에 도달할 때까지는 아주 잘했지만 힝키펑크의 속임수에 넘어가 그만 허리 높이까지 되는 수렁 속에 빠지고 말았다. 헤르미온느는 보가트가 들어가 있는 가방에 도달할 때까지는 모든 걸 완벽하게 해냈다. 하지만 1분쯤 뒤 가방 속에서 비명을 지르며 뛰쳐나왔다.

"헤르미온느!" 루핀 교수가 깜짝 놀라 말했다. "무슨 일이지?"

"매 — 매 — 맥고나걸 교수예요!" 헤르미온느가 가방 속을 가리키며 헐떡거렸다. "교 — 교수님이 제가 모든 과목을 F를 받았다고 했어요!"

헤르미온느는 한참 뒤에야 겨우 진정되었다. 함께 성으로 돌아갈 때 론은 헤르미온느의 보가트 때문에 여전히 키득거리다가 계단 위에서 이상한 광경을 보자 웃음을 멈췄다.

가는 세로줄 무늬 망토를 입은 코넬리우스 퍼지 장관이 땀을 뻘뻘 흘리며 정원을 내려다보고 있었다. 그는 해리를 보자 깜짝 놀랐다.

"잘 있었니, 해리!" 퍼지 장관이 말했다. "시험 봤니? 이제 거의 끝났겠구나?"

"네." 해리가 말했다. 헤르미온느와 론은 마법부 장관과는 말을 건넬 정도의 사이가 아니었으므로 뒷마당에서 어색하게 쭈뼛거리며 돌아다니고 있었다.

"날씨가 좋구나." 퍼지 장관이 호수를 바라보며 말했다. "정말 딱하군…… 딱해……."

그는 깊은 한숨을 쉬고는 해리를 내려다보았다.

"난 사실 오늘 그다지 마음에 내키지 않는 일 때문에 여기에 온 거란다, 해리. 위험한 동물 처리 위원회가 미친 히포그리프의 사형 집행에 입회인 자격으로 와달라고 요청했거든. 어차피 블랙의 일을 조사하기 위해 호그와트에 와야 하니, 온 김에 참가해 달라더구나."

"그 말은 항소가 이미 있었다는 뜻인가요?" 론이 앞으로 걸어나오며 끼어들었다.

"아니, 아니다. 그건 오늘 오후로 예정되어 있단다." 퍼지 장관이 호기심 어린 눈으로 론을 바라보며 말했다.

"그러면 장관님께서 사형 집행에 입회하실 필요가 없잖아요!" 론이 단호하게 말했다.

퍼지 장관이 미처 대답하기도 전에 그의 뒤에 있는 성문으로 두 명의 마법사가 들어왔다. 한 명은 어찌나 늙었던지 금방이라도 쓰러질 것처럼 보였고, 또 다른 한 명은 키가 크고 건장한 체격에 가느다랗고 까만 콧수염을 기르고 있었다. 해리는 그들이 위험한 동물 처리 위원회의 대표일 거라고 생각했다. 왜냐하면 그 늙은 마법사가 해그리드의 오두막 쪽을 흘끗 바라보고는 희미한 목소리로 "이것 참, 난 이런 일을 하기엔 너무 늙었어……. 2시지. 안 그런가, 퍼지?"라고 말했기 때문이었다.

까만 콧수염을 기른 남자는 굵은 엄지손가락으로 허리띠의 무언가를 만지작거리고 있었는데 해리는 그게 번득이는 도끼날이라는 걸 알았다. 론이 무언가를 말하려는 순간 헤르미온느가 팔꿈치로 옆구리를 슬쩍 찌르며 현관 안의 홀 쪽으로 고개를 돌렸다.

"도대체 왜 말을 못 하게 한 거니?" 점심을 먹으러 연회장으로 들어가며 론이 볼멘소리로 물었다. "너 그 사람들 봤어? 그들은 도끼까지 준비하고 왔단 말야! 이건 공평하지 않아!"

"론, 너희 아버지께서 마법부에 근무하시는데 아버지 상사께 그런 말을 하면 어떻게 해!" 헤르미온느도 말은 그렇게 했지만 굉장히 당황한 표정이었다. "이번에 해그리드가 침착하게 제대로 말하기만 하면 그들도 벅빅을 무작정 사형시키진 못할 거야……."

하지만 해리는 헤르미온느 역시 자신 없어 한다는 걸 알 수 있었다. 주위에서는 아이들이 점심을 먹으며 그날 오후에 있을 마지막 시험에 대해 예상해 보며 흥겹게 떠들어 대고 있었지만, 해리와 론과 헤르미온느는 그런 분위기에 휩싸이지 못하고 해그리드와 벅빅에 대한 걱정만 하고 있었다.

해리와 론의 마지막 시험은 점술이었고, 헤르미온느의 마지막 시험은 머글 연구였다. 그들은 함께 대리석 계단을 올라갔다. 해리와 론은 1층에서 헤르미온느와 헤어진 뒤 7층까지 계속 올라갔다. 많은 아이들이 트릴로니 교수의 교실로 가는 나선형 계단에 앉아 마지막 순간까지 조금이라도 더 보려고 안간힘을 쓰고 있었다.

"교수님은 우리를 모두 개별적으로 만날 거래." 그들이 네빌 옆으로 가서 앉자 그가 알려 주었다. 그는《미래 들여다보기》책에서 수정 구슬 부분을 찾아 무릎 위에 펼쳐 놓고 있었다. "너희들 수정 구슬에서 뭐라도 봤니?" 네빌이 비참한 얼굴로 물었다.

"아니." 론은 아무렇게나 말하며, 계속 시계를 들여다보았다. 해리는 론이 벅빅의 항소가 시작되는 시간을 초조하게 기다리고 있다는 걸 알았다.

교실 바깥에 있는 사람들의 줄이 서서히 짧아졌다. 아이들이 은빛 사다리를 타고 기어 내려올 때마다 나머지 아이들이 한마디씩 물었다. "뭘 물었니? 괜찮았니?"

하지만 아무도 말하려고 하지 않았다.

"너희들에게 말하면 내가 끔찍한 사고를 당하게 될 거라고 수정 구슬에 나와 있대!" 네빌이 사다리를 타고 내려와 해리와 론 쪽으로 오며 말했다.

"그것 참 편리하군." 론이 콧방귀를 뀌었다. "트릴로니 교수에 대한 헤르미온느의 판단이 옳았던 것 같아." 그는 엄지손가락으로 머리 위에 있는 뚜껑문 쪽을 가리켰다. "엉터리 점쟁이에 지나지 않아."

"그래." 해리가 손목 시계를 들여다보며 말했다. 이제 2시였다. "빨리 좀 하지……."

패르바티가 득의양양한 얼굴로 사다리를 타고 내려왔다.

"교수님이 그러는데 내가 글쎄 진정한 예언자의 모든 자질을 다 갖추고 있대." 그녀가 해리와 론에게 말해주었다. "난 많은 걸 봤거든……. 행운을 빌게!"

패르바티는 라벤더가 서 있는 나선 계단 쪽으로 급히 걸어갔다.

"론 위즐리." 머리 위에서 귀에 익은 희미한 목소리가 들렸다. 론은 해리에게 얼굴을 찌푸려 보이고는 은빛 사다리를 타고 기어 올라갔다. 이제 남아 있는 사람은 해리뿐이었다. 그는 벽에 등을 기대고 마룻바닥에 앉았다. 마음은 온통 해그리드가 있는 정원에 가 있었다.

마침내 20분쯤 뒤 사다리에 론의 커다란 발이 나타났다.

"어떻게 됐어?" 해리가 일어서며 물었다.

"시시해." 론이 시큰둥하게 말했다. "하나도 보이지 않아서 그냥 아무렇게나 지어 냈어. 교수님이 수긍하는 것 같지는 않았지만……."

"학생 휴게실에서 보자." 트릴로니 교수가 '해리 포터!' 라고 외치는 소리가 들리자 그가 얼른 말했다.

탑 방은 그 어느 때보다도 더웠다. 커튼은 쳐져 있었고 난롯불은 활활 타고 있었다. 해리는 메스꺼운 냄새 때문에 기침을 하다가 그만 어지럽게 흩어져 있는 의자와 책상들에 걸려 넘어질 뻔했다. 트릴로니 교수는 커다란 수정 구슬을 앞에 놓고 앉아 그를 기다리고 있었다.

"잘 있었니, 얘야." 그녀가 부드럽게 말했다. "구슬을 응시해 보거라…… 천천히…… 그리고 보이는 걸 말해다오……."

해리는 수정 구슬 쪽으로 상체를 굽히고 뚫어지게 바라보았다. 하지만 소용돌이치는 하얀 안개 말고는 아무것도 보이지 않았다.

"자?" 트릴로니 교수가 우아하게 말했다. "뭐가 보이니?"

공기는 더워 숨이 막힐 것 같았고, 그들 옆에 있는 난로에서 피어오르는 이상한 향내가 콧구멍을 얼얼하게 했다. 해리는 론이 방금 전에 말했던 걸 생각하고는, 보이는 척하기로 마음먹었다.

"저……" 해리가 말했다. "어두운 형체가…… 음……."

"어떻게 생겼니?" 트릴로니 교수가 속삭였다. "생각해 봐라, 자……."

해리는 이리저리 궁리하다가 벅빅으로 하기로 작정했다.

"히포그리프예요." 그가 확신에 찬 표정으로 말했다.

"아니 저런!" 트릴로니 교수가 무릎 위에 올려진 양피지에 열심히 휘갈겨 쓰며 속삭였다. "얘야, 네가 어쩌면 마법부와 가엾은 해그리드와의 소송 결과를 보게 될지도 모르겠구나! 더 가까이 들여다보거라……. 히포그리프가 나타나니? 머리가 보이니?"

"네." 해리가 확고하게 말했다.

"확실하니?" 트릴로니 교수가 그를 죄어쳤다. "정말 확실하니, 얘야? 그게 땅바닥에서 몸부림치며 괴로워하고 있고, 그 뒤에서는 어슴푸레한 형체가 도끼를 들어올리고 있지 않니?"

"아뇨!" 해리가 다소 속이 울렁거리는 걸 느끼며 말했다.

"피도 없니? 해그리드가 눈물을 흘리고 있지도 않니?"

"아뇨!" 해리가 큰 소리로 말했다. 그는 그 어느 때보다도 더 그 방에서 벗어나고 싶었다. "히포그리프는 멀쩡해 보여요, 그게…… 날아가고 있어요……."

트릴로니 교수가 한숨을 쉬었다.

"글쎄, 얘야. 이쯤에서 그만두어야 할 것 같구나……. 조금 시시해서 말야……. 하지만 수고했다."

그러나 해리가 안도하며 일어서서 가방을 들고 돌아선 순간, 뒤에서 귀에 거슬리는 큰 목소리가 들렸다.

"그건 오늘 밤에 일어날 것이다."

해리는 홱 돌아섰다. 트릴로니 교수가 안락의자에 얼어붙은 듯 앉아 있었다. 트릴로니의 눈은 흐리멍덩했으며 입은 헤벌어져 있었다.

"뭐, 뭐라고 하셨어요?" 해리가 놀라 더듬대며 물었다.

하지만 트릴로니 교수는 그의 말을 못 들은 것 같았다. 그녀의 눈알이 빙빙 돌기 시작했다. 해리는 겁에 질려 제자리에 앉았다. 그녀는 발작을 일으키려는 것처럼 보였다. 해리는 주저주저하며 병동으로 달려가 볼까 생각했다. 그런데 그때 트릴로니 교수가 전혀 그녀의 목소리 같지 않은 귀에 거슬리는 목소리로 또다시 말했다.

"어둠의 마왕은 추종자들에게 버려진 채 친구도 없이 혼자 있다. 그의 부하는 12년간 속박되어 있었다. 오늘 밤 자정 전에…… 그 부하가 자유를 되찾고 그 주인과 재회할 것이다. 어둠의 마왕은 부하의 도움으로 다시 일어설 것이며 그 어느 때보다도 더 강력하고 끔찍해질 것이다. 오늘 밤…… 자정 전에…… 그 부하가…… 그 주인과…… 재회할 것이다……."

트릴로니 교수의 고개가 앞으로 축 늘어지며, 툴툴거리는 것 같은 소리를 냈다. 해리는 앉은 채로 그녀를 빤히 바라보았다. 그때 느닷없이 트릴로니 교수의 고개가 휙 들어 올려졌다.

"미안하다, 얘야," 그녀가 꿈결같이 말했다. "너무 더워서 그만…… 내가 잠시 깜빡 졸았었나 보구나……."

해리는 그녀를 빤히 바라보았다.

"뭐가 잘못되었니, 얘야?"

"교수님이…… 교수님이 방금 제게…… 어둠의 마왕이 다시 일어설 거라고…… 그의 부하가 그에게 돌아갈 거라고 하셨어요……."

트릴로니 교수는 깜짝 놀라는 것 같았다.

“어둠의 마왕이? 그 사람 말이니? 얘야, 그런 농담은 하는 게 아니란다……. 다시 일어서다니……”

“하지만 교수님이 방금 그렇게 말씀하셨어요! 어둠의 마왕이……”

“너도 깜빡 졸았던 게로구나, 얘야!” 트릴로니 교수가 말했다. “그런 당치도 않은 걸 내가 예언할 리가 있겠니?”

해리는 다시 사다리를 타고 내려와 나선 계단으로 갔다. 그는 방금 트릴로니 교수가 진짜로 예언하는 걸 들은 걸까? 아니면 그 시험을 인상 깊게 하려는 그녀의 얕은 수작이었을까?

5분쯤 뒤 해리는 트롤 경비원을 쏜살같이 지나가 그리핀도르 탑으로 가는 입구로 들어서고 있었다. 하지만 머릿속에서는 여전히 트릴로니 교수의 말이 맴돌고 있었다. 사람들이 맞은편에서 성큼성큼 걸어와 웃고 떠들며 오랫동안 기다려 온 자유를 만끽하기 위해 정원으로 향하고 있었다. 해리가 초상화 구멍에 도착해 학생 휴게실로 들어갔을 때쯤엔 아이들이 거의 다 나가고 없었다. 그러나 한쪽 구석에 론과 헤르미온느가 앉아 있었다.

해리가 헐떡이며 말했다.

“트릴로니 교수가 방금 나한테……”

하지만 그는 그들의 표정을 보고 갑자기 말을 멈췄다.

“벅빅이 졌어.” 론이 힘없이 말했다. “해그리드가 막 이걸 보냈어.”

해그리드의 편지는 이번엔 눈물로 젖어 있지는 않았다. 하지만 얼마나 떨리는 손으로 썼던지 글씨를 거의 알아볼 수가 없었다.

항소에서 졌어. 해질녘에 사형 집행을 할 거야.

너희들이 할 수 있는 일은 아무것도 없어.
내려오지 마. 너희들은 안 봤으면 좋겠어.

해그리드

"우린 가야 해." 편지를 읽자마자 해리가 즉시 말했다. "해그리드 혼자서 사형 집행인을 기다리게 할 수는 없어."

"하지만 해질녘이잖아." 론이 흐리멍덩한 눈으로 창 밖을 내다보며 말했다. "우린 나가지 못해. 특히 넌 안 돼, 해리……."

해리는 두 손으로 머리를 감싸고 생각에 잠겼다.

"투명 망토만 있다면……."

"어디에 있는데?" 헤르미온느가 물었다.

해리는 그걸 외눈박이 마녀 석상 밑에 있는 통로에 두고 왔다고 말해 주었다.

"……만약 내가 또다시 그 근처에 있는 걸 스네이프 교수가 본다면, 난 그땐 정말 끝장이야." 그가 말했다.

"맞아." 헤르미온느가 일어서며 말했다. "그가 만약 널 본다면…… 그 마녀의 곱사등은 어떻게 여니?"

"그걸 톡톡 치면서 '*디센디움*'이라고 말하면 돼." 해리가 말했다. "하지만……"

헤르미온느는 그의 나머지 말을 기다리지도 않고 성큼성큼 문 쪽으로 걸어가 뚱보 여인의 초상화를 열고 나가 버렸다.

"헤르미온느가 설마 그걸 가지러 간 건 아니겠지?" 론이 그녀의 뒷모습을 빤히 바라보며 말했다.

하지만 그녀는 15분쯤 뒤 옷 속에 은빛 망토를 조심스럽게 접어 넣은 채 돌아왔다.

론이 깜짝 놀라서 말했다.

"헤르미온느, 난 요즘 네가 무슨 생각을 하고 있는지 통 모르겠어! 네가 말포이를 때린 것도 그렇구, 트릴로니 교수의 교실에서 나가 버린 것도 그렇구……."

헤르미온느는 다소 우쭐해하는 것 같았다.

그들은 다른 사람들과 함께 저녁을 먹으러 내려갔지만 그 뒤 그리핀도르 탑으로 다시 돌아가지는 않았다. 해리는 옷 속에 투명 망토를 숨겼으므로 앞이 불룩한 것을 가리기 위해 계속해서 팔짱을 끼고 있어야 했다. 그들은 현관 안의 홀에서 슬그머니 빈 방으로 숨어 들어가 사람들이 다 없어질 때까지 귀를 기울이고 있었다. 마지막 두 명이 급히 걸어간 뒤 문이 쾅 닫히는 소리가 들렸다. 헤르미온느가 문으로 고개를 살짝 내밀었다.

"됐어." 그녀가 속삭였다. "아무도 없어…… 망토 입어……"

그들은 아무도 보지 못하도록 몸을 바짝 붙인 채로 망토를 뒤집어쓰고 발소리를 죽이고 홀을 가로질러 간 뒤, 정원으로 가는 돌계단을 내려갔다. 해는 벌써 금지된 숲 너머로 넘어가며 나무 꼭대기를 황금빛으로 물들이고 있었다.

그들이 해그리드의 오두막에 도착해 문을 두드리자, 그가 문을 열며 누가 찾아왔는지 보려고 주위를 휘 둘러보았다. 해그리드는 창백한 얼굴로 부들부들 떨고 있었다.

"저희들이에요." 해리가 조용히 말했다. "투명 망토를 입고 있어요. 안으로 들어가야 망토를 벗을 수 있어요."

"오지 말라니까, 참!" 해그리드가 작은 소리로 말은 그렇게 했지만 뒤로 물러섰으므로 그들은 안으로 들어갔다. 해그리드가 문을 얼른 닫자 해리가 망토를 벗었다.

해그리드는 울고 있지도 않았으며 그들의 목에 매달리지도 않았다. 그는 자신이 어디에 있는지 무엇을 해야 할지 전혀 모르는 사람처럼 보였다. 이렇게 자신을 어쩌지 못하고 망연자실해 있는 모습은 눈물 흘리는 것보다 지켜보기가 더 딱했다.

"차 마실래?" 해그리드가 물었다. 주전자를 잡는 그의 손이 떨리고 있었다.

"벅빅은 어디에 있어요, 해그리드?" 헤르미온느가 머뭇거리며 물었다.

"바 — 밖에다 두었어." 해그리드가 단지에 우유를 채우다가 탁자에 엎지르며 말했다. "호박밭에 매어 두었어. 녀석이 나무들도 보고…… 신선한 공기도 마시고 해야 할 것 같아서 말야…… 죽기 전에……."

해그리드가 손을 어찌나 심하게 떨었던지 우유 단지가 그만 마룻바닥으로 떨어져 산산조각이 나고 말았다.

"제가 할게요, 해그리드." 헤르미온느가 부리나케 달려가 치우기 시작했다.

"찬장에 또 하나 있어." 해그리드는 이렇게 말한 뒤 앉아서 옷소매로 이마를 훔쳤다. 해리가 론을 흘끗 바라보자 론은 절망적인 표정을 지어 보였다.

"뭔가 할 수 있는 일이 아무것도 없어요, 해그리드?" 해리가 그의 옆에 앉으며 물었다. "덤블도어 교수님은……"

"애쓰셨지." 해그리드가 말했다. "하지만 그분은 위원회의 결정을 뒤엎을 만한 힘이 없으셔. 그분은 아무 문제 없을 거라고 하셨지만 위원회 사람들은 겁먹고 있거든……. 루시우스 말포이가 어떤 사람인지는 너희도 알잖아……. 그들을 위협했겠지……. 그리고 사형 집행인인 맥네어는 말포이의 오랜 친구야……. 하지만 그건 빠르고 깨끗하게 끝날 거고…… 녀석 옆에는 내가 있을 거야…….”

해그리드가 침을 꿀꺽 삼켰다. 그는 마치 한 줄기 희망이나 위안을 찾고 있기라도 한 듯 오두막 이곳저곳을 재빨리 둘러보았다.

“그 — 그 일이 있을 때 덤블도어 교수님이 내려오실 거야. 오늘 아침에 편지를 보내셨어. 나와…… 함께 있고 싶다고 하셨어. 훌륭하신 분이야, 덤블도어 교수님은…….”

울음을 꾹 참고 또 다른 우유 단지를 찾으려고 찬장을 뒤적거리던 헤르미온느가 새 단지를 들고 몸을 일으켰다.

“저희들도 함께 있을게요, 해그리드.” 그녀가 말했다. 하지만 해그리드는 텁수룩한 머리를 절레절레 흔들었다.

“너희들은 성으로 돌아가야 해. 내가 말했잖아, 너희들이 지켜보는 건 원치 않는다구. 어쨌든 너희들은 여기에 내려오면 안 돼……. 만약 퍼지 장관이나 덤블도어 교수가 네가 허락도 없이 나온 걸 알기라도 하면, 해리, 넌 되게 혼날 거야.”

헤르미온느의 얼굴에 눈물이 흘러내리고 있었지만, 해그리드가 보지 못하도록 부산스럽게 차를 끓이는 시늉을 했다. 그 뒤 그녀가 우유를 단지에 붓다 말고 놀라 비명을 질렀다.

“론! 미 — 믿을 수가 없어……. 스캐버스야!”

론이 입을 벌리고 그녀를 멍하니 바라보았다.

“무슨 말이야?”

헤르미온느가 우유 단지를 탁자로 가져가 뒤집어엎었다. 그러자 스캐버스가 찍찍거리며 다시 안으로 기어 들어가려고 안간힘을 쓰다가 탁자 위로 스르르 미끄러져 나왔다.

"스캐버스!" 론이 멍하니 말했다. "스캐버스, 여기서 뭐하는 거야?"

그는 발버둥치는 쥐를 잡아 불빛으로 가져갔다. 스캐버스의 몰골이 말이 아니었다. 몸은 전보다 훨씬 더 말랐으며, 털은 거의 다 빠져 듬성듬성 나 있었다. 그 쥐는 몹시 벗어나고 싶은 듯 론의 손에서 몸부림을 쳤다.

"괜찮아, 스캐버스!" 론이 말했다. "고양인 없어! 여기선 널 해칠 게 아무것도 없어!"

해그리드가 갑자기 일어서서 창문을 똑바로 쳐다보았다. 평상시 혈색 좋게 불그스레하던 그의 얼굴이 백지장처럼 새하얘졌다.

"그들이 와……."

해리와 론과 헤르미온느가 급히 창가로 달려갔다. 남자 몇 명이 성 계단을 걸어 내려오고 있었다. 앞에서는 알버스 덤블도어 교수가 저물어 가는 해에 은빛 수염을 반짝거리며 걷고 있었고, 옆에서는 코넬리우스 퍼지 장관이 총총걸음으로 급히 걸어오고 있었다. 그들 뒤에는 허약하게 생긴 위원회 노인과 사형 집행인 맥네어가 있었다.

"너희들은 가야 해." 해그리드가 다급히 말했다. 그는 온몸을 사시나무 떨 듯 떨고 있었다. "여기 있는 걸 들키면 안 돼, 어서 가……."

론이 스캐버스를 주머니 속에 쑤셔 넣자 헤르미온느가 투명 망토를 집어 들었다.

"내가 뒷마당까지 데려다줄게." 해그리드가 서두르며 말했다.

그들은 그를 따라 뒷마당으로 나갔다. 해리는 기분이 이상했다. 그런데 해그리드의 호박밭 울타리에 매어져 있는 벅빅을 보자 훨씬 더 그랬다. 벅빅은 무슨 일이 일어날 것인지 알고 있기라도 한 듯 뾰족한 얼굴을 이쪽 저쪽으로 돌리며 신경질적으로 땅을 긁고 있었다.

"괜찮아, 벅빅." 해그리드가 부드럽게 말했다. "괜찮아……." 그가 해리와 론과 헤르미온느에게로 돌아섰다. "어서 가." 그가 말했다. "빨리."

하지만 그들은 움직이지 않았다.

"해그리드, 저흰……"

"정말로 어떤 일이 있었는지 저희가 말할게요……."

"그들이 벅빅을 죽이도록 내버려 둬선 안 돼요……."

"가!" 해그리드가 사납게 말했다. "너희들까지 얽히면 문제가 정말로 심각해져."

그들은 어쩔 수가 없었다. 헤르미온느가 투명 망토를 해리와 론의 머리에 뒤집어씌웠을 때, 오두막 앞에서 목소리가 들렸다. 해그리드는 그들이 막 사라진 곳을 바라보았다.

"얼른 가." 그가 쉰 목소리로 말했다. "듣지 말구……."

그리고 그가 다시 오두막 안으로 성큼성큼 걸어 들어가자마자 누군가가 문을 두드렸다.

해리와 론과 헤르미온느는 천천히 해그리드의 오두막을 돌아 나갔다. 그들이 반대편에 거의 다다랐을 때 앞문이 쾅 하며 닫혔다.

"제발, 서두르자." 헤르미온느가 속삭였다. "참을 수가 없어, 더 이상 견딜 수가 없단 말야……."

그들은 성으로 향하는 비탈진 잔디밭을 올라가기 시작했다. 해는 이제 빨리 떨어지고 있었다. 하늘은 보랏빛이 도는 잿빛으로 변해 있었고 서쪽은 루비빛으로 빨갛게 물들어 있었다.

론이 갑자기 발을 멈췄다.

"오, 제발, 론." 헤르미온느가 말했다.

"스캐버스 때문에 그래……. 녀석이…… 가만히 있으려 하지 않아……."

론이 스캐버스를 계속 주머니 속에 넣으려 했지만 그 쥐는 점점 더 광포해지고 있었다. 스캐버스는 미친 듯이 찍찍대거나 몸을 비틀거나 머리를 흔들어 대며 론의 손을 물려고 했다.

"스캐버스, 나야. 이 멍청아, 론이라구." 론이 짜증을 내며 말했다.

그때 뒤에서 문이 열리며 남자들의 목소리가 들렸다.

"오, 론. 제발 좀 가자. 그들이 그걸 하려고 해!" 헤르미온느가 속삭이듯이 말했다.

"좋아…… 스캐버스, 가만 있어……."

그들은 계속 앞으로 걸어갔다. 해리도 헤르미온느와 마찬가지로 뒤에서 나직이 들리는 목소리들에 귀 기울이지 않으려고 애쓰고 있었다. 론이 또다시 멈췄다.

"녀석을 잡고 있을 수가 없어……. 스캐버스, 조용히 해. 들킨단 말야……."

그 쥐가 미친 듯이 찍찍대고 있긴 했지만 해그리드의 정원에서 나는 소리가 들리지 않을 정도로 크지는 않았다. 희미하게 남자들이 떠드는 소리가 들리더니 정적이 흘렀다. 그리곤 느닷없이 휙, 쿵 하는 소리가 났다. 도끼 휘두르는 소리가 분명했다.

헤르미온느가 몸을 떨었다.

"그들이 했어!" 그녀가 해리에게 속삭였다. "미 — 믿지 못하겠어…… 정말 하고야 말았어!"

제 17장

고양이와 쥐와 개

해리와 론과 헤르미온느는 충격으로 투명 망토를 뒤집어쓴 채로 꼼짝 못 하고 멍하니 서 있었다. 그림자가 길게 드리워진 정원을 석양의 마지막 빛줄기가 비추고 있었다. 그 뒤 그들 뒤에서 거칠게 울부짖는 소리가 들렸다.

"해그리드." 해리가 중얼거리며 아무 생각도 없이 무턱대고 돌아서 가려는 순간, 론과 헤르미온느가 그의 팔을 잡았다.

"우리는 가면 안 돼." 론이 말했다. 그의 얼굴은 백지장처럼 새하얘져 있었다. "우리가 해그리드를 만나러 여기에 왔었다는 걸 그들이 알게 되면 아저씨는 더 큰 곤란에 빠지게 될 거야……."

헤르미온느의 숨소리가 가쁘게 들렸다.

"어떻게…… 그들이…… 이럴 수 있지?" 그녀는 감정이 북받쳐 말도 제대로 하지 못했다. "어떻게 이럴 수 있지?"

"가자." 론이 말했다. 그는 이빨을 뿌드득 갈고 있는 것 같았다.

그들은 망토로 몸을 가리고 다시 천천히 성으로 향했다. 날은 이제 빨리 어두워지고 있었다. 그들이 확 트인 정원에 도달했을 때쯤 주위는 완전히 어둠에 휩싸이고 있었다.

"스캐버스, 가만히 좀 있어." 론이 스캐버스를 가슴팍으로 쑤셔 넣으며 불만스럽게 말했다. 그 쥐는 미친 듯이 몸부림치고 있었다. 론이 갑자기 멈춰 서더니 스캐버스를 주머니 속으로 더 깊이 쑤셔 넣으려고 애썼다. "왜 그래, 이 멍청이 같은 쥐야? 가만히 있어……. 아야! 녀석이 날 물었어!"

"론, 조용히 해!" 헤르미온느가 다급하게 속삭였다. "조금 있으면 퍼지 장관이 올 거란 말야……."

"녀석이 — 가만히 — 있으려 하지 — 않잖아 — ."

스캐버스는 겁을 먹고 있는 게 분명했다. 그 쥐는 론의 손아귀에서 벗어나려고 안간힘을 쓰고 있었다.

"녀석이 왜 이러지?"

하지만 해리는 확실히 보았다……. 어둠 속에서 동그란 노란 눈을 무시무시하게 번득이며 땅에 몸을 착 붙이고 그들 쪽으로 살금살금 걸어오고 있는 게 있었다……. 크룩생크였다. 해리는 그 고양이가 그들을 볼 수 있는 건지, 아니면 찍찍대는 스캐버스의 소리를 듣고 따라오고 있는 건지 알 수 없었다.

"크룩생크!" 헤르미온느가 투덜거리며 말했다. "안 돼, 저리 가. 크룩생크! 저리 가!"

하지만 고양이는 점점 더 가까이 다가오고 있었다…….

"스캐버스…… 안 돼!"

그러나 너무 늦고 말았다……. 쥐가 꽉 움켜쥔 론의 손가락 사이로 빠져나가 땅바닥으로 내려가서는 재빨리 달아나 버렸다. 그러자 크룩생크가 그 쥐를 잡으려고 펄쩍 뛰어올랐고 해리와 헤르미온느가 미처 붙잡기도 전에, 론이 투명 망토를 벗어던지고 어둠 속으로 달려갔다.

"론!" 헤르미온느가 신음소리를 냈다.

그녀는 해리와 서로 마주 바라보고는 뒤따라 달려갔다. 하지만 투명 망토를 입은 채로 달리기는 힘들었다. 그들은 망토를 벗어 젖혔다. 앞에서 론이 달려가는 발소리와 그가 크룩생크에게 고함을 질러대는 소리가 들렸다.

"저리 가지 못해! 저리 가! 스캐버스, 이리 와."

요란스럽게 쿵 하는 소리가 났다.

"*잡았다!* 저리 가, 이 지독한 고양이 같으니라구."

해리와 헤르미온느는 하마터면 론의 몸 위로 엎어질 뻔했다. 그들은 론 바로 뒤에서 간신히 멈춰 섰다. 론은 땅바닥에 팔다리를 쭉 뻗고 엎어져 있었지만, 스캐버스는 다시 그의 주머니 속에 있었다. 그는 부들부들 떨리고 있는 불쑥 튀어나온 주머니를 양손으로 꼭 잡고 있었다.

"론…… 어서 망토 속으로 들어와……." 헤르미온느가 헐떡이며 말했다. "덤블도어 교수와 마법부 장관이 곧 올 거야."

하지만 그들이 다시 망토로 몸을 가리고 미처 숨을 죽이기도 전에 어슬렁어슬렁 걸어오는 커다란 발소리가 들렸다……. 무언가가 그림자처럼 조용히 그들 쪽으로 걸어오고 있었다……. 희미한 눈을 가진 새까만 색의 커다란 개였다.

해리는 요술지팡이로 손을 뻗었지만 때는 이미 너무 늦었다…….

개가 펄쩍 뛰어오르더니 앞발로 그의 가슴팍을 쳤다. 그는 뒤로 벌렁 나자빠졌다. 뜨거운 입김이 느껴졌다. 긴 이빨이 보였다…….

하지만 돌진하는 힘이 너무 지나쳤던지 그 개는 중심을 잃고 해리를 지나쳐 데굴데굴 굴러갔다. 정신이 멍했다. 갈비뼈가 부러진 것처럼 욱신거렸다. 그런데 해리가 일어서려는 순간, 개가 또다시 공격하려고 으르렁대는 소리가 들렸다.

개가 다시 튀어 오르자, 일어나 있던 론이 해리를 옆으로 밀쳤다. 개의 주둥이가 론의 팔을 덥석 물었다. 해리가 달려가 개의 털을 한 움큼 잡았지만 아무 소용이 없었다. 론은 마치 종이 인형처럼 질질 끌려가고 있었다.

그 뒤 갑자기 무언가가 얼굴을 세게 치는 바람에 해리는 그만 또다시 나가떨어지고 말았다. 헤르미온느 역시 고통스런 비명을 지르며 넘어지는 소리가 들렸다.

해리는 눈을 깜작여 흘러내리는 피를 떨어 내며 요술지팡이를 더듬어 찾았다.

"루모스!" 그가 작은 소리로 주문을 외웠다.

요술지팡이 끝에서 빛이 나오자 굵은 나무 줄기가 보였다. 알고 보니 그들이 스캐버스를 쫓아다니고 있었던 곳은 바로 커다란 버드나무 그늘이었다. 나뭇가지들은 마치 강풍 속에 흔들거리기라도 하는 듯 끽끽 소리를 내며 그들이 다가오지 못하도록 앞뒤로 세차게 움직이고 있었다.

그리고 나무 밑에서는 그 개가 론을 뿌리 근처의 커다란 틈새로 질질 끌고 들어가고 있었다……. 론은 거세게 몸부림치고 있었지만 그의 머리와 몸통이 스르르 미끄러져 들어가더니 눈앞에서 사라져 버렸다…….

"론!" 해리가 소리치며 따라가려고 했지만 육중한 나뭇가지 하나가 또다시 세차게 때렸으므로 뒤로 물러나지 않을 수 없었다.

이제 보이는 거라곤 개가 지하로 더 깊숙이 끌어당기지 못하게 하려고 론이 간신히 뿌리에 걸고 있는 한쪽 다리뿐이었다. 하지만 우지직 하는 끔찍한 소리와 함께 론의 다리가 부러졌다. 그리고 조금 뒤 그의 발마저 사라졌다.

"해리…… 도움을 요청하러 가야 해……." 헤르미온느가 숨 넘어갈 듯 말했다. 그녀도 피를 흘리고 있었다. 버드나무가 어깨에 상처를 냈던 것이다.

"안 돼! 그러다간 저놈이 곧 론을 잡아먹을 거야. 시간이 없어……."

"해리…… 도움이 없이는 아무것도 하지 못할 거야……."

또 다른 나뭇가지가 할퀴기라도 할 듯 끝을 꼬부리고 그들을 향해 날아왔다.

"저 개가 들어갈 만한 크기라면 우리도 충분히 들어갈 수 있을 거야." 해리가 그 고약하게 휘둘러 대는 나뭇가지 사이로 들어갈 길을 찾으려고 이쪽 저쪽을 재빨리 살피며 말했다. 하지만 나뭇가지들이 어찌나 심하게 휘둘러 대던지 도저히 뿌리까지 다가갈 재간이 없었다.

"오 , 도와주세요. 도와주세요." 헤르미온느가 어쩔 줄 몰라하며 미친 듯이 속삭였다. "제발……."

그때 크룩생크가 쏜살같이 앞으로 돌진했다. 그 고양이는 휘둘러 대는 나뭇가지 사이로 마치 뱀처럼 요리조리 피해 들어가 앞발을 나무 몸통에 있는 옹이 위에 올려놓았다.

그러자 갑자기 나무가 돌로 변하기라도 한 것처럼 움직임을 멈췄다. 작은 나뭇가지 하나 씰룩거리거나 흔들리지 않았다.

"크룩생크!" 헤르미온느가 멍하니 속삭이며 해리의 팔을 세게 붙잡았다. "녀석이 어떻게 알았을까……?"

"저 개의 친군가 보지." 해리가 험악하게 말했다. "녀석들이 함께 있는 걸 본 적 있거든. 가자. 지팡이는 계속 꺼내 들고 있어야 해……."

그들은 단숨에 나무 몸통이 있는 곳까지 다가갔다. 하지만 뿌리에 난 틈새에 도달하기 전에 크룩생크가 먼저 꼬리를 휙 치며 구멍 속으로 들어가 버렸다. 해리는 고양이를 따라 경사진 땅을 내려갔다. 죽 들어가자 매우 낮은 터널이 나왔다. 조금 떨어져 있는 크룩생크의 눈이 해리의 지팡이 불빛을 받아 번득거렸다. 잠시 뒤 헤르미온느가 주르르 미끄러져 내려왔다.

"론은 어디에 있어?" 그녀가 겁에 질린 목소리로 속삭였다.

"이쪽이야." 그러면서 해리는 허리를 굽히고 크룩생크를 따라 출발했다.

"이 터널을 지나가면 어디가 나오는 거지?" 헤르미온느가 뒤에서 헐떡이며 물었다.

"몰라. 호그와트 비밀 지도에 표시되어 있기는 했지만 프레드와 조지는 이곳으로는 아무도 들어간 적이 없다고 했어. 이 터널은 지도 가장자리에서 끝나 버려. 하지만 호그스미드로 통하는 것 같아……."

그들은 허리를 굽히고 될 수 있는 대로 빨리 움직였다. 앞서 가는 크룩생크의 꼬리가 보일락 말락 했다. 통로는 계속 이어졌다. 그건 허니듀크로 가는 통로만큼이나 길게 느껴졌다. 해리의 머릿속은 온통 그 거대한 개가 지금쯤 론에게 무슨 짓을 하고 있을까 하는 생각뿐이었다. 그는 가쁜 숨을 몰아쉬며 계속해서 달렸다…….

잠시 후 오르막길이 나오기 시작했다. 그리고 터널이 휘어지더니 크룩생크가 시야에서 사라졌다. 대신 작은 구멍에서 흘러 나오는 희미한 불빛이 보였다.

해리와 헤르미온느는 잠시 멈춰 서서 숨을 돌린 뒤 서서히 앞으로 나아갔다. 둘 모두 저편에 무엇이 있는지 보려고 지팡이를 들어 올렸다.

그건 매우 난잡하게 어질러진 먼지투성이의 방이었다. 벽지는 벽에서 다 떨어져 늘어져 있었고 마룻바닥은 온통 얼룩투성이였으며, 가구들은 누군가가 때려부수기라도 한 듯 박살이 나 있었다. 또 창문마다 다 널빤지가 쳐져 있었다.

해리가 흘끗 바라보자, 헤르미온느가 매우 겁먹은 얼굴로 고개를 끄덕였다.

해리는 구멍 밖으로 빠져 나와 주위를 둘러보았다. 방에는 아무도 없었다. 하지만 어두운 복도로 통하는 오른쪽 문이 열려져 있었다. 헤르미온느가 갑자기 해리의 팔을 잡았다. 그녀는 눈을 동그랗게 뜨고 널빤지가 쳐진 창문을 살피고 있었다.

"해리." 그녀가 속삭였다. "우리가 '비명을 지르는 오두막'에 와 있는 것 같아."

해리는 다시 한 번 주위를 둘러보았다. 근처에 있는 나무 의자 하나가 눈에 들어왔다. 한쪽이 무지막지하게 부서져 있는가 하면 다리 하나는 뚝 부러져 나가고 없었다.

"저건 귀신들이 한 짓이 아냐." 해리가 천천히 말했다.

바로 그 순간 머리 위에서 삐걱거리는 소리가 났다. 이층에서 무언가가 움직였다. 둘 다 천장을 올려다보았다. 헤르미온느가 팔을 어찌나 세게 잡았던지 해리는 손가락에 감각이 느껴지지 않을 정도였다. 그가 그녀를 보고 눈썹을 치켜올리자 그녀가 다시 한 번 고개를 끄덕이고는 손을 놓았다.

그들은 가능한 한 조용히 기어 나와 금방이라도 무너져 내릴 것 같은 계단 위로 올라갔다. 켜켜이 먼지가 쌓인 마룻바닥에 무언가가 이층으로 끌려가면서 만들어 놓은 듯한 넓은 줄무늬가 나 있었다.

그들은 어두운 층계참에 도달했다.

"녹스." 그들이 동시에 속삭이자 지팡이 끝에 있던 불이 꺼졌다. 문이 딱 하나만 열려 있었다. 살금살금 걸어가는데 안에서 나지막한 신음 소리가 났다. 그리고 이어서 굵고 낮게 그르렁거리는 소리가 들렸다. 그들은 마지막으로 한 번 더 눈길을 교환한 뒤 고개를 끄덕였다.

해리는 요술지팡이를 단단히 들어올린 채로 문을 발길로 확 걷어찼다.

먼지투성이의 커튼이 쳐진 커다란 침대 위에 누워 있던 크룩생크가 그들을 보자 큰 소리로 가르랑거렸다. 고양이 옆에 있는 마룻바닥에는 론이 이상한 각도로 비어져 나와 있는 다리를 움켜쥐고 앉아 있었다.

해리와 헤르미온느는 론에게로 급히 달려갔다.

"론…… 괜찮아?"

"개는 어디에 있어?"

"개가 아니야." 론이 끙끙거리며 고통스러운 듯 이를 악물었다. "해리, 그건 덫이었어……."

"무슨……"

"개가 아니라…… *그는* 애니마구스야. 동물로 변신한 사람 말

야……."

론이 해리의 어깨 너머를 빤히 바라보고 있었다. 해리가 홱 돌아섰다. 어둠 속에 있던 남자가 문을 쾅 닫았다.

지저분하고 텁수룩한 머리카락이 팔꿈치까지 늘어져 있었다. 만약 깊고 어두운 안구에서 눈이 반짝거리고 있지 않았다면 시체라고 착각했을 것이다. 피골이 상접한 얼굴이 어찌나 창백했던지 꼭 해골처럼 보였다. 그가 씩 웃자 누런 이빨이 다 드러났다. 그는 바로 시리우스 블랙이었다.

"엑스펠리아르무스!" 그가 론의 요술지팡이를 그들에게 갖다 대며 쉰 목소리로 외쳤다.

해리와 헤르미온느의 손에 들려 있던 지팡이가 공중으로 휙 날아가자 블랙이 얼른 잡았다. 그 뒤 그가 한 발짝 더 가까이 다가왔다. 그는 해리를 똑바로 쳐다보았다.

"친구를 도와 주러 왔구나." 그가 쉰 목소리로 말했다. 그의 목소리는 꼭 오랫동안 말을 해 본 적이 없는 것처럼 들렸다. "네 아버지도 나를 위해서라면 똑같이 했을 게다. 교수님을 부르러 가지 않다니 용감하구나. 고맙다……. 덕택에 모든 일이 훨씬 더 수월하게 풀릴 것 같구나……."

아버지를 빈정거리는 것 같은 블랙의 말이 해리의 귀에는 마치 고래고래 고함을 질러대는 것처럼 들렸다. 가슴 속에서는 증오만 끓어오를 뿐 두려움은 전혀 없었다. 해리는 난생 처음, 방어하기 위해서가 아니라 공격하기 위해…… 아니 죽이기 위해 지팡이를 되찾고 싶었다. 그는 자신도 모르게 앞으로 걸어나가기 시작했다. 하지만 론과 헤르미온느가 양쪽에서 그를 끌어당겼다……. "안 돼, 해리!" 헤르미온느가 기어 들어가는 목소리로 간신히 말했다. 그러나 론은 달랐다.

"해리를 죽이려면 우리도 함께 죽여야 해요!" 그가 블랙을 노려보며 사납게 소리쳤다. 하지만 똑바로 서 있기가 힘들었던지 몸이 약간 흔들렸다.

블랙의 그늘진 눈이 반짝거렸다.

"눕거라." 그가 론에게 조용히 말했다. "잘못하다간 다리를 못 쓰게 될지도 모르겠다."

"내 말 들었어요?" 론이 똑바로 서 있기가 힘겨운 듯 고통스러운 얼굴로 해리에게 매달리며 소리쳤다. "당신은 우리 셋을 몽땅 죽여야 할 거예요!"

"오늘 밤 여기에서는 딱 한 명만 죽이면 된단다." 블랙이 씩 웃으며 말했다.

"왜죠?" 해리가 론과 헤르미온느에게서 몸을 비틀어 빼려고 하며 내뱉듯이 말했다. "지난번에는 상관하지 않았잖아요? 페티그루를 죽이기 위해 그 많은 무고한 생명들을 죽이는 것도 마다하지 않았잖아요……. 그런데 웬일이죠? 아즈카반에서 지내면서 마음이 관대해지기라도 했나요?"

"해리!" 헤르미온느가 울먹이며 말했다. "조용히 해!"

"저 사람은 우리 엄마와 아빠를 죽였어!" 해리가 고함을 치더니 헤르미온느와 론의 팔을 홱 뿌리치고 앞으로 돌진했다.

해리는 마법으로는 블랙을 상대할 수 없다는 사실을 까맣게 잊고 있었다. 그는 작고 비쩍 마른 열세 살짜리 꼬마 아이에 불과했다. 하지만 블랙은 세상을 떠들썩하게 한 악명 높은 살인자가 아닌가. 그러나 해리의 머릿속엔 블랙을 있는 힘껏 갈겨 주고 싶다는 생각뿐이었다. 자신은 어떻게 되든 상관없었다…….

블랙은 그러나 해리가 그렇게 무모한 짓을 하리라고는 전혀 예상치 못했는지 요술지팡이를 제때에 들어올리지 못했다. 해리는 한 손으로 블랙의 손목을 잡아 지팡이를 떨어뜨리게 하고 다른 쪽 손으로는 블랙의 머리를 쳤다.

헤르미온느가 놀라 비명을 질렀다. 론은 있는 대로 고함을 질렀다. 블랙의 손에 들린 지팡이에서 튀어나온 불빛이 눈부시게 번쩍하며 공중으로 튀어나가더니 해리의 얼굴 옆으로 살짝 스치고 지나갔다. 해리는 자신의 손에 잡혀 있던 블랙의 팔이 세게 비틀어지는 걸 느꼈다. 하지만 그는 다른 쪽 주먹으로 블랙을 마구 치며 꽉 붙잡고 놓지 않았다.

그때 블랙이 해리의 목을 잡았다…….

"안 돼." 그가 말했다. "난 너무 오래 기다렸어……."

손가락이 조여 오자 해리는 숨이 막혔다. 안경이 비뚤어졌다.

그때 난데없이 헤르미온느의 발이 날아왔다. 블랙이 고통스럽게 신음하며 해리를 놓자, 이번에는 론이 지팡이가 들려진 블랙의 손으로 몸을 날렸다. 그때 해리의 귀에 희미하게 달가닥거리는 소리가 들렸다…….

뒤엉킴 속에서 간신히 빠져나온 해리는 자신의 지팡이가 마룻바닥으로 굴러가는 걸 보았다. 그는 지팡이 쪽으로 몸을 던졌다. 그러나……

"윽!"

그 난투극에는 크룩생크까지 합세해 있었다. 고양이가 두 앞발로 해리의 팔을 잡았다. 해리가 힘껏 뿌리쳐 버리자 크룩생크가 이번엔 해리의 지팡이 쪽으로 돌진했다.

"안 돼!" 해리가 고함을 치고는 발로 걷어차려고 하자, 고양이가 으르렁대며 옆으로 펄쩍 뛰었다. 해리가 요술지팡이를 움켜쥐고 돌아섰다…….

"비켜 서!" 그가 론과 헤르미온느에게 소리쳤다.

그러자 헤르미온느가 헐떡이며 자신과 론의 지팡이를 잡고 옆으로 기어갔다. 그녀의 입에서는 피가 흐르고 있었다. 론은 창백한 얼굴로 헐떡이며 침대로 기어가 부러진 다리를 움켜쥐고 쓰러졌다.

블랙은 벽 밑에 사지를 벌리고 드러누워 있었다. 그는 숨을 가쁘게 몰아쉬며 해리가 지팡이를 자신의 심장에 겨누고 천천히 다가오는 걸 지켜보았다.

"날 죽일 작정이니, 해리?" 그가 체념한 듯 말했다. 해리는 지팡이로 블랙의 가슴을 겨눈 채 그를 내려다보았다.

블랙의 왼쪽 눈 주위에는 검푸른 멍이 부풀어오르고 있었고 코에서는 코피가 흐르고 있었다.

"당신은 우리 부모님을 죽였어요." 해리가 말했다. 목소리는 조금 떨렸지만 지팡이를 든 손은 조금도 흔들림이 없었다.

블랙이 움푹 들어간 눈으로 그를 올려다보았다.

"그걸 부인하지는 않으마." 그가 아주 조용한 목소리로 말했다. "하지만 모든 이야기를 알게 된다면."

"모든 이야기라뇨?" 해리가 치밀어오르는 분노를 억누르며 물었다. "당신이 우리 부모님을 볼드모트에게 팔아 넘겼잖아요. 내가 알아야 할 건 그것뿐이에요."

"넌 내 말을 귀담아 들어야 해." 블랙이 말했다. 이제 그의 목소리에서 다급함이 느껴졌다. "그러지 않는다면 평생 후회할 게다. 넌 잘못 알고 있어."

"난 당신이 생각하는 것보다 훨씬 더 많이 알고 있어요." 해리의 목소리가 심하게 떨렸다. "당신은 우리 엄마의 비명 소리를 못 들었겠죠? 우리 엄마가…… 볼드모트가 날 죽이지 못하게 하려고 애원하는 소리 말예요……. 그런데 당신이…… 당신이……."

바로 그때 뭔가 붉은 게 해리 옆으로 휙 내달았다. 크룩생크가 블랙의 가슴팍으로 펄쩍 뛰어올랐다. 블랙이 눈을 몇 번 깜작이고는 고양이를 내려다보았다.

"저리 가." 그가 크룩생크를 밀어내며 중얼거렸다.

하지만 크룩생크는 발을 블랙의 망토 속으로 밀어 넣고 꼼짝하지 않으려 했다. 그리고 추하게 찌부러진 얼굴을 해리 쪽으로 돌리더니 노란 눈을 크게 뜨고 올려다보았다. 옆에서는 헤르미온느가 훌쩍거리고 있었다.

해리는 지팡이를 꽉 움켜쥐고 블랙과 크룩생크를 빤히 내려다보았다. 그가 고양이도 죽여야 한다면 어떻게 될까? 고양이는 블랙을 도우려고 하고 있다……. 고양이가 블랙을 보호하려다가 죽는다고 해도 그건 그가 상관할 바가 아니었다……. 블랙이 만약 고양이를 구하고자 한다면 그건 블랙이 그의 부모보다 고양이의 생명을 더 소중히 여긴다는 걸 입증할 뿐이다…….

해리는 지팡이를 들어올렸다. 지금이 바로 그의 어머니와 아버지의 원수를 갚을 절호의 기회였다. 그는 블랙을 죽일 것이다. 블랙을 죽여야 했다. 지금이 그 기회였다…….

몇 초가 지났다. 그럼에도 해리는 지팡이를 들어올린 채 꼼짝 않고 서 있었다. 블랙이 그를 뚫어지게 올려다보았다. 침대 근처에서 론의 지친 숨소리가 들려왔다. 헤르미온느는 아무 말 없이 조용히 서 있었다.

그때 새로운 소리가 들렸다…….

소리를 잔뜩 죽인 발소리가 마룻바닥에 울려 퍼지고 있었다. 누군가가 아래층으로 내려가고 있었다.

"저흰 여기 위에 있어요!" 헤르미온느가 갑자기 소리쳤다. "저흰 여기 위에 있어요…… 시리우스 블랙이에요…… 빨리요!"

블랙이 깜짝 놀라 움직이는 바람에 하마터면 크룩생크가 떨어질 뻔했다. 해리는 사력을 다해 지팡이를 쥐었다……. *지금 해!* 머릿속에서 어떤 목소리가 외쳤다. 하지만 요란한 발소리를 내며 누군가 계단을 올라오는 소리를 듣고, 해리는 여전히 그대로 서 있었다.

별안간 방문이 열리며 붉은 불빛이 쏟아져 들어왔다. 해리는 그쪽으로 홱 돌아섰다. 루핀 교수가 지팡이를 들어올린 채 핏기가 하나도 없는 얼굴로 들이닥쳤다. 그의 눈이 마룻바닥에 누워 있는 론과, 문 옆에서 겁에 질려 움츠리고 있는 헤르미온느와, 블랙에게 지팡이를 들이대고 서 있는 해리와, 그리고 해리의 발밑에서 피를 흘리고 있는 쭈글쭈글한 블랙에게로 차례로 움직였다.

"엑스펠리아르무스!" 루핀 교수가 소리쳤다.

그러자 해리의 손에 들려 있던 지팡이가 휙 날아갔다. 그리고 헤르미온느가 들고 있던 지팡이 두 개도 마찬가지였다. 루핀 교수가 솜씨 좋게 그 지팡이들을 모두 잡은 뒤, 블랙을 뚫어지게 바라보며 방 안으로 걸어 들어왔다. 크룩생크는 블랙을 보호라도 하듯 여전히 그의 가슴팍에 웅크리고 앉아 있었다.

해리는 갑자기 가슴 속이 텅 비는 것 같은 허탈감을 느끼며 멍하니 서 있었다. 그는 결국 하지 못했다. 정작 중요한 때에 용기가 나지 않았다. 블랙은 다시 디멘터에게로 돌려보내질 것이다.

그때 루핀 교수가 아주 긴장한 목소리로 말했다.

"그는 어디에 있나, 시리우스?"

해리는 얼른 루핀 교수를 바라보았다. 그는 루핀 교수가 도대체 무슨 말을 하는지 알 수가 없었다. 루핀 교수가 누구에 대해 말하고 있는 걸까? 다시 고개를 돌려 블랙을 쳐다보았다.

블랙의 얼굴엔 아무 표정이 없었다. 잠시 동안 그는 몸이 얼어붙기라도 한 듯 전혀 움직이지 않았다. 그 뒤 아주 천천히 손을 들어올려 론을 가리켰다. 해리는 어리둥절하여 론을 흘끗 바라보았다. 그는 당황해하는 것 같았다.

"아니 그럼……." 루핀 교수가 블랙의 마음을 읽기라도 하려는 듯 그를 빤히 바라보며 중얼거렸다. "……그가 왜 더 일찍 모습을 드러내지 않았던 거지? 만약……." 마치 블랙 너머에 다른 사람은 아무도 볼 수 없는 무언가가 보이기라도 하는 듯 루핀 교수의 눈이 갑자기 둥그레졌다……. "만약 그 쥐가 바로 그자가 아니라면……, 만약 자네가 계획을 바꾸지 않았다면…… 내게 말도 없이?"

블랙이 루핀 교수의 얼굴에서 눈을 떼지 않고 아주 천천히 고개를 끄덕였다.

"교수님." 해리가 큰 소리로 끼어들었다. "무슨 일……?"

하지만 그는 말을 잇지 못했다. 갑자기 눈에 들어온 광경 때문에 너무도 놀라서 목소리가 나오지 않았던 것이다. 루핀 교수가 블랙을 뚫어질 듯 바라보며 지팡이를 내리고 있었다. 그리고 블랙 쪽으로 걸어가 손을 잡고 일으켜 세우더니 형제라도 되는 양 그를 껴안았다. 크룩생크가 마룻바닥으로 떨어졌다.

해리는 하늘이 무너져 내리는 것 같았다.

"도저히 믿을 수가 없어!" 헤르미온느가 소리쳤다.

루핀 교수가 블랙을 놓더니 그녀에게로 돌아섰다. 그녀는 마룻바닥에서 몸을 일으키고는 분노로 이글거리는 눈으로 손가락으로 루핀 교수를 가리켰다. "교수님이…… 교수님이……"

"헤르미온느……"

"……교수님과 저 사람이!"

"헤르미온느, 진정하렴."

"전 아무에게도 말하지 않았어요!" 헤르미온느가 날카롭게 외쳤다. "오히려 교수님을 두둔해 왔어요."

"헤르미온느, 내 말 좀 들어보거라. 제발!" 루핀 교수가 소리쳤다. "내가 다 설명해 주마."

해리는 몸이 부들부들 떨리고 있는 걸 느꼈다. 하지만 두려워서가 아니라 또다시 밀려오는 분노 때문이었다.

"전 교수님을 믿었어요." 해리가 루핀 교수에게 큰 소리로 말했다. 그의 목소리가 떨리고 있었다. "그런데 교수님이 저 사람 친구였다니!"

"그게 아니란다." 루핀 교수가 말했다. "나도 한동안 시리우스의 친구가 아니었단다. 하지만 지금은…… 설명해 주마."

"필요 없어요!" 헤르미온느가 외쳤다. "해리, 그 사람 말 믿지 마. 블랙이 성 안으로 들어올 수 있도록 도와준 사람이 바로 루핀 교수야. 그도 네가 죽기를 바라고 있어……. *그는 늑대인간이야!*"

갑자기 주위가 조용해졌다. 이제 모두 루핀 교수를 바라보고 있었다. 그러나 그의 얼굴은 다소 창백하긴 해도 매우 침착해 보였다.

"그렇지 않단다, 헤르미온느." 그가 말했다. "그래, 세 가지 중 하나는 맞은 것 같구나. 그렇지만 난 시리우스가 성으로 들어오는 걸 돕지도 않았고, 해리가 죽는 건 더더군다나 바라지 않는단다……." 그의 얼굴 근육이 이상하게 떨렸다. "하지만 내가 늑대인간이라는 건 부인하지 않으마."

용감하게 일어서려던 론이 신음소리를 내며 주춤했다. 루핀 교수가 걱정스러운 얼굴로 그에게 다가갔지만 론이 헐떡거리며 소리쳤다. *"내게서 떨어져, 늑대인간아!"*

루핀 교수가 딱 멈춰 섰다. 그리고는 간신히 헤르미온느에게로 고개를 돌리며 말했다. "언제부터 알았니?"

"한참 됐어요." 헤르미온느가 작은 소리로 말했다. "스네이프 교수가 내준 숙제를 한 이후 죽 알고 있었어요……."

"그가 아주 기뻐하겠구나." 루핀 교수가 냉정하게 말했다. "그가 그런 숙제를 내준 건 내 증상이 무얼 의미하는지 누군가가 알게 되길 바랐기 때문이란다……. 그런데 보름달이 뜰 때만 되면 내가 항상 아프다는 걸로 알아챈 거니? 아니면 보가트가 날 보았을 때 보름달로 변한 걸로 알아챈 거니?"

"둘 다예요." 헤르미온느가 조용히 말했다.

루핀 교수가 억지로 웃어 보였다.

"정말 똑똑하구나, 헤르미온느."

"아니에요." 헤르미온느가 냉담하게 말했다. "조금 더 똑똑하게 굴었어야 했어요. 교수님의 정체를 진작에 모두에게 말했어야 했다구요!"

"하지만 그들은 이미 알고 있단다." 루핀 교수가 말했다. "적어도 교수들은 말이다."

"그럼 덤블도어 교수님은 당신이 늑대인간이라는 걸 알면서도 고용했단 말인가요?" 론은 숨이 막혔다. "정신 나간 거 아녜요?"

"그렇게 생각하는 교수들도 있었지." 루핀 교수가 말했다. "그분은 내가 믿을 수 있는 사람이라는 걸 교수들에게 납득시키기 위해 굉장히 애쓰셨단다."

"그렇다면 이번엔 덤블도어 교수님이 실수하셨네요!" 해리가 소리쳤다. "당신이 저 사람을 죽 돕고 있었으니까 말예요!" 그가 손가락으로 블랙을 가리켰다. 블랙이 갑자기 침대로 가서 맥없이 주저앉더니 떨리는 손으로 얼굴을 감싸쥐자, 크룩생크가 그르렁거리며 그의 무릎 위로 펄쩍 뛰어올랐다. 론이 겁에 질린 얼굴로 다리를 질질 끌며 옆으로 움직였다.

"난 시리우스를 돕지 않았단다." 루핀 교수가 말했다. "기회만 준다면 다 설명해 주마. 자……."

그가 해리와 론과 헤르미온느의 지팡이를 다시 각 주인에게로 던졌다. 해리는 도무지 무슨 영문인지 알 수가 없었다.

"자," 루핀 교수가 자신의 지팡이를 허리띠 속으로 다시 찔러 넣으며 말했다. "너희들에겐 지팡이가 있고 우린 없다. 그럼, 이제 내 말을 들어주겠니?"

해리는 어떻게 받아들여야 할지 몰랐다. 속임수일까?

"교수님이 만약 저 사람을 돕고 있지 않았다면," 해리가 블랙을 날카롭게 노려보며 말했다. "그가 여기에 있는지 어떻게 아셨죠?"

"지도를 봤지." 루핀 교수가 말했다. "호그와트 비밀 지도 말이다. 난 내 사무실에서 죽 그걸 살펴보고 있었단다……."

"그걸 어떻게 사용하는지 아세요?" 해리가 수상쩍은 듯 물었다.

"알고말고." 루핀 교수가 성급하게 손을 흔들며 말했다. "그 지도를 만드는 걸 도왔었는데 모를 리가 있겠니. 내가 바로 무니란다……. 그건 학창 시절 내 친구들이 붙여 준 별명이었지."

"교수님이 그 지도를 만들었다구요……?"

"중요한 건 내가 오늘 저녁에 그걸 주의 깊게 지켜보고 있었다는 거란다. 왜냐하면 난 너희들이 히포그리프가 처형되기 전에 분명히 성에서 몰래 빠져나가 해그리드를 찾아갈 거라고 생각했기 때문이었지. 그리고 내 짐작은 옳았단다, 안 그러니?"

그는 천천히 왔다갔다하며 그들을 바라보았다. 그의 발밑에서 먼지가 뿌옇게 피어 올랐다.

"넌 네 아버지의 투명 망토를 입고 있었을지도 모르겠구나, 해리……."

"그 망토에 대해 어떻게 아세요?"

"난 제임스가 그걸 쓰고 사라지는 걸 여러 번 봤지……." 루핀 교수가 또 한 번 성급하게 손을 흔들며 말했다. "요점을 말하자면, 너희들이 투명 망토를 입고 다닌다 해도 비밀 지도에는 너희 모습이 나타난단다. 난 너희들이 정원을 지나 해그리드의 오두막으로 들어가는 걸 죽 지켜보았단다. 20분쯤 뒤 너희들은 해그리드의 집에서 나와 다시 성을 향해 출발했지. 하지만 그땐 또 다른 사람과 함께 있었지."

"뭐라구요?" 해리가 놀란 눈으로 그를 바라보았다. "아니, 그렇지 않았어요!"

"나도 내 눈을 믿을 수가 없었단다." 루핀 교수가 해리의 말은 들은 체도 하지 않고 계속 왔다갔다하며 말했다. "난 지도가 뭔가 잘못된 게 틀림없다고 생각했단다. 그 자가 어떻게 너희들과 함께 있을 수 있겠니?"

"아무도 저희들과 함께 있지 않았다니까요!" 해리가 강조하듯 다시 말했다.

"그 뒤 난 시리우스 블랙이라는 꼬리표가 붙은 또 다른 점이 너희들 쪽으로 급히 움직이고 있는 걸 보았단다……. 난 그가 너희 일행 중 둘과 부딪히는 걸 보았지. 그리고 너희들 가운데 두 명을 커다란 버드나무 속으로 끌어당기는 걸 지켜보았단다……."

"우리 중 하나였어요!" 론이 화를 내며 말했다.

"아니다, 론." 루핀 교수가 침착하게 말했다. "둘이야."

그는 걸음을 멈추고 론을 바라보았다.

"그 쥐를 한 번 봐도 되겠니?"

"뭐라구요?" 론이 의심쩍은 눈으로 루핀 교수를 바라보았다. "스캐버스가 그 일과 어떤 관계가 있다는 거죠?"

"아주 깊은 관계가 있지." 루핀 교수가 말했다. "녀석을 좀 보여주겠니?"

론은 망설이다가 손을 망토 속으로 집어 넣었다. 스캐버스가 필사적으로 몸부림치며 나왔다. 론은 녀석이 달아나지 못하도록 긴 꼬리를 잡고 있어야 했다. 크룩생크가 블랙의 다리 위에 서서 나지막하게 쉿 소리를 냈다.

루핀 교수가 론에게로 더 가까이 다가가 스캐버스를 뚫어지게 바라보자, 녀석이 겁을 먹은 듯 꼼짝 않고 가만히 있었다.

"뭐죠?" 론 역시 겁먹은 표정으로 스캐버스를 꼭 끌어안으며 다시 한 번 물었다. "제 쥐가 어떤 관계가 있다는 거죠?"

"그건 쥐가 아니란다." 시리우스 블랙이 쉰 목소리로 말했다.

"무슨 말이세요…… 당연히 쥐죠……."

"아니, 그건 쥐가 아니란다." 루핀 교수가 조용히 말했다. "그는 마법사란다."

"동물로 변신한 거지." 블랙이 말했다. "그는 피터 페티그루라는 사람이야."

제 *18* 장

무니와 웜테일과 패드풋과 프롱스

그들은 이 터무니없는 말을 어떻게 받아들여야 할지 몰라 한동안 말을 잃었다. 잠시 후 론이 역시나 해리가 생각하고 있던 말을 불쑥 내뱉었다.

"둘 다 미쳤군요."

"말도 안 돼요!" 헤르미온느가 머무적거리며 말했다.

"피터 페티그루는 죽었어요!" 해리가 말했다. "저 사람이 12년 전에 그를 죽였단 말예요!" 그가 손가락으로 블랙을 가리키자, 그의 얼굴이 파르르 떨렸다.

"그렇게 하려고 했었지." 블랙이 누런 이빨을 드러내며 말했다. "하지만 피터는 용케 달아났단다……. 하지만 이번엔 그렇게 안 될 거야!"

그러고는 블랙이 스캐버스에게로 돌진하자 크룩생크가 마룻바닥으로 나가떨어졌다. 블랙의 무게가 론의 부러진 다리를 짓누르자 론이 고통스럽게 비명을 질렀다.

"시리우스, 안 돼!" 루핀 교수가 달려가 론에게서 블랙을 잡아끌며 소리쳤다. "기다려! 이런 식으로 해선 안 돼. 저 애들도 알 건 알아야 해……. 설명을 해주어야 한다구……."

"설명은 나중에도 할 수 있어!" 블랙이 루핀 교수를 뿌리치며 무서운 어조로 말했다. 그리고 새끼 돼지처럼 꽥꽥거리고 있는 스캐버스를 잡으려고 손을 휘젓자 녀석이 달아나려고 발버둥치며 론의 얼굴과 목을 마구 할퀴었다.

"저 애들은 — 모든 걸 — 알아야 할 — 권리가 있어!" 루핀 교수가 블랙을 말리려고 안간힘을 쓰면서 헐떡거렸다. "론은 그를 애완동물로 여기고 있어! 심지어 나도 이해가 가지 않는 부분이 있단 말야! 그리고 해리 말일세……, 자네는 해리에게 진실을 알려 줘야 할 의무가 있어, 시리우스!"

그 말에 블랙이 스캐버스에게 달려드는 걸 멈추었다. 하지만 움푹 들어간 그의 눈은 여전히 쥐를 무섭게 노려보고 있었다. 론은 스캐버스에게 물리고 할퀴는 바람에 피가 줄줄 흐르는 손으로 스캐버스를 꽉 쥐고 있었다.

"좋네, 그럼." 블랙이 쥐에게서 눈을 떼지 않고 말했다. "자네가 원하는 대로 얘네들에게 말하게, 리무스. 하지만 난 감옥에 다시 들어가는 한이 있어도 저 자식은 내 손으로 죽이고야 말겠네……."

"두 사람 다 미쳤군요." 론이 좀 거들라는 듯 해리와 헤르미온느를 돌아보면서 비틀거리며 말했다. "전 더 이상 못 참겠어요. 전 가겠어요."

그가 성한 다리로 딛고 몸을 일으키려 하자 루핀 교수가 요술지팡이를 다시 들어 올려 스캐버스에게 갖다댔다.

"내 말을 끝까지 들어야 한다, 론." 그가 조용히 말했다. "그리고 듣는 동안 피터를 꼭 잡고 있어라."

"그는 피터가 아니에요. 스캐버스라구요!" 론이 쥐를 다시 앞 주머니 속으로 쑤셔 넣으려 하며 소리쳤다. 하지만 스캐버스가 들어가지 않으려고 발버둥을 치는 바람에 론이 균형을 잃고 흔들거렸으므로 해리가 그를 부축해 다시 침대에 앉혔다. 그러고 나서 해리는 블랙을 거들떠보지도 않고 루핀 교수에게로 돌아섰다.

"페티그루가 죽은 걸 본 증인들이 있었어요." 해리가 말했다. "거리에 있던 사람들이 다 보았다구요……."

"그들은 본 게 아니라 보았다고 생각했을 뿐이야!" 블랙이 론의 손아귀에서 발버둥치고 있는 스캐버스를 주시하면서 사납게 말했다.

"모두들 시리우스가 피터를 죽였다고 생각했지." 루핀 교수가 고개를 끄덕이며 말했다. "나도 그렇게 믿었단다……. 오늘 밤 그 지도를 볼 때까지는 말이다. 왜냐하면 그 지도는 절대 거짓말을 하지 않거든……. 피터는 살아 있단다. 론이 잡고 있는 게 바로 그 사람이란다, 해리."

해리는 론을 내려다보았다. 서로 눈이 마주쳤다. 말은 없었지만 그들은 똑같은 생각을 하고 있었다. 블랙과 루핀 교수는 둘 다 정신이 나간 것이었다. 그들의 이야기는 도무지 말이 되지 않았다. 스캐버스가 어떻게 피터 페티그루일 수 있단 말인가? 블랙은 아즈카반에 들어가 있는 동안 미친 게 틀림없었다……. 하지만 루핀 교수는 왜 그를 돕고 있는 걸까?

그때 헤르미온느가, 루핀 교수가 정신 차리기를 바라기라도 하는 듯 침착하게 말했다. 하지만 그녀의 목소리는 떨리고 있었다.

"루핀 교수님, 스캐버스는 페티그루일 리가 없어요……. 그럴 리가 없어요. 말도 안 된다는 거 아시잖아요……."

"왜 말이 안 된다는 거지?" 루핀 교수는 마치 수업 중에 헤르미온느가 그라인딜로우 실험에서의 문제점을 지적하기라도 한 듯 태연하게 말했다.

"왜냐하면…… 왜냐하면 피터 페티그루가 동물로 변신했다면 사람들이 벌써 알아챘을 것이기 때문이에요. 저흰 맥고나걸 교수의 수업 시간에 동물 변신에 대해 배웠어요. 그리고 숙제를 하면서 알게 된 건데, 마법부는 동물이 될 수 있는 마녀와 마법사들을 감시하고 있대요. 그들이 어떤 동물로 변신했으며 그 특징은 무엇인지 자세히 보여주는 명부가 있어요. 맥고나걸 교수님도 그 명부에 올라 있었어요. 금세기에 동물로 변신할 수 있는 사람은 딱 일곱 명뿐이었어요. 하지만 분명히 그 명부에 페티그루의 이름은 없었어요……."

해리가, 이런 상황에서 헤르미온느가 왜 갑자기 숙제 이야기를 꺼내는지 의아해하고 있을 때, 루핀 교수가 웃기 시작했다.

"맞다, 헤르미온느!" 그가 말했다. "하지만 마법부는 등록되지 않은 애니마구스 세 명이 호그와트를 돌아다니곤 했다는 사실을 전혀 몰랐단다."

"애들에게 그 이야기를 해주려거든 얼른 하게, 리무스." 블랙이 여전히 스캐버스의 필사적인 동작 하나하나를 똑바로 지켜보며 딱딱거렸다. "난 12년을 기다렸어. 더 이상 기다릴 수는 없어."

"좋네……. 하지만 날 좀 도와줘야겠네, 시리우스." 루핀 교수가 말했다. "난 그 일이 시작된 경위만 알 뿐 그 뒤에 어떻게 되었는지는 잘 모르니까 말일세…….”

루핀 교수가 말을 멈췄다. 뒤에서 크게 삐걱대는 소리가 났기 때문이었다. 침실 문이 저절로 열린 것이었다. 그들 다섯 명은 문을 빤히 바라보았다. 그 뒤 루핀 교수가 성큼성큼 걸어가 층계참을 내다보았다.

“아무도 없는데…….”

“이곳은 귀신이 붙었어요!” 론이 말했다.

“아니란다.” 루핀 교수가 여전히 당황한 얼굴로 문을 바라보며 말했다. “비명을 지르는 오두막은 그런 곳이 아니란다……. 마을 사람들이 듣곤 하던 비명소리와 울부짖는 소리는 내가 낸 것이었단다.”

그는 희끗희끗한 머리를 쓸어 올리며 잠시 생각에 잠겼다가 다시 입을 열었다. “이 모든 게 바로 그것에서 비롯된 거란다……. 내가 늑대인간이 되면서 말이다. 내가 물리지만 않았더라면…… 그리고 내가 그렇게 무모하지만 않았더라면…… 이런 일은 절대 일어나지 않았을 게다.”

루핀 교수는 진지해 보였지만 동시에 지쳐 보였다. 론이 끼어들려고 하자 헤르미온느가 가로막았다. “쉬!” 그녀는 루핀 교수를 열심히 바라보고 있었다.

“난 아주 어렸을 때 물렸단다. 우리 부모님은 안 해본 게 없었지만 그 당시에는 전혀 낫지 않았지. 스네이프 교수가 날 위해 만들어 주고 있는 마법의 약은 아주 최근에야 발견된 거란다. 그걸 먹으면 멀쩡하지. 보름달이 되기 일주일 전에 먹기만 한다면 늑대로 변해도 이성은 잃지 않게 된단다……. 그저 온순한 늑대가 되어 달이 이지러지길 기다릴 수 있게 되는 것이지.

하지만 투구꽃 마법의 약이 발견되기 전까지는 나는 한 달에 한 번씩 온몸이 털투성이인 괴물로 변했단다. 호그와트에 입학할 수 없을 것처럼 보였지. 다른 부모들은 자기 아이들이 위험해지는 걸 바라지 않으니까 말이다.

하지만 그때 덤블도어 교수가 교장이 되었는데 내 상황을 굉장히 딱하게 여기셨단다. 그분은 어떤 예방 조치만 취한다면, 내가 학교에 입학하지 못할 이유가 없다고 여겼지……." 루핀 교수가 한숨을 내쉬며 해리를 똑바로 바라보았다. "내가 몇 달 전에 네게 커다란 버드나무가 내가 호그와트에 입학하던 해에 심어졌다고 말한 적 있었지. 이 집은," 루핀 교수가 비참한 얼굴로 방을 둘러보았다. "호그와트로 통하는 터널이란다. 내가 이용할 수 있도록 덤블도어 교수가 특별히 만들어 준 것이지. 난 한 달에 한 번씩 성에서 몰래 빠져나와 이곳으로 들어와 늑대로 변했단다. 터널 입구에 그 나무가 심어진 건 내가 위험한 괴물이 되어 있는 동안 아무도 내게로 가까이 오지 못하게 하기 위함이었단다."

이 이야기가 어디까지 갈지는 알 수 없었지만, 해리는 완전히 넋을 빼앗긴 채 듣고 있었다. 아무도 말이 없었다. 루핀 교수의 목소리 이외에는 겁에 질려 찍찍대는 스캐버스의 소리뿐이었다.

"그 당시에 내 변신은…… 끔찍했단다. 늑대로 변하는 건 대단히 고통스럽지. 난 사람을 물지 못하도록 격리되었으므로 대신 내 자신을 물어뜯고 할퀴었단다. 마을 사람들은 그 소리와 비명 소리를 듣고는 아주 난폭한 유령의 소리를 듣고 있는 걸로 착각했단다. 덤블도어 교수가 그 소문을 부추겼지……. 이 집이 한동안 조용했는데도 마을 사람들이 여전히 이곳에 가까이 다가오길 꺼렸던 건 바로 그 때문이란다…….

하지만 비록 늑대로 변하긴 했지만 난 그 어느 때보다도 행복했단다. 난생 처음으로 친구들을 갖게 되었기 때문이었지. 그것도 세 명의 훌륭한 친구들을 말이다. 시리우스 블랙…… 피터 페티그루…… 그리고 물론 네 아버지 제임스 포터 이렇게 세 명을 말이다, 해리.

그런데 세 명의 친구들은 내가 한 달에 한 번씩 사라진다는 걸 알아채고 말았단다. 난 온갖 종류의 이야기를 꾸며 냈지. 난 어머니가 편찮으셔서 집에 가야만 한다고 거짓말을 했단다……. 난 친구들이 내 정체를 알아낸 순간 날 버릴까 봐 겁이 났단다. 하지만 그들은 결국 헤르미온느 너처럼 진실을 알아내고야 말았지…….

하지만 그들은 날 버리지 않았단다. 대신 그들은 내가 늑대로 변해 있는 동안이 오히려 가장 행복한 시간이 되도록 해주었단다. 그들 스스로가 애니마구스가 된 것이었지."

"우리 아빠도요?" 해리가 깜짝 놀라서 물었다.

"물론이지." 루핀 교수가 말했다. "그들은 꼬박 3년 만에 그렇게 하는 방법을 알아냈단다. 네 아버지와 여기에 있는 시리우스는 학교에서 가장 똑똑한 학생이었거든. 하지만 운도 좋았단다. 왜냐하면 애니마구스 변신은 자칫하면 지독하게 잘못될 수도 있기 때문이지. 그리고 마법부가 그걸 시도하는 사람을 철저히 감시하고 있기 때문이란다. 피터는 제임스와 시리우스의 도움을 받아야 하긴 했지만 마침내 5학년이 되자 그들 모두는 그럭저럭 해낼 수 있었단다. 각자가 자신이 원하는 동물로 변할 수 있었어."

"하지만 그게 어떻게 교수님을 도왔다는 거죠?" 헤르미온느가 물었다. 그녀는 당황해하는 것 같았다.

"그들은 인간으로서는 나와 친구가 될 수 없으니까 동물로 변했던 거란다." 루핀 교수가 말했다. "늑대인간은 사람들에게만 위험한 존재거든. 그들은 매달 제임스의 투명 망토를 뒤집어쓰고 몰래 성 밖으로 나갔지. 그리고 변신했단다……. 피터는 몸집이 가장 작았으므로 공격하는 버드나무의 나뭇가지 밑으로 살짝 들어가 그 나무의 움직임을 멈추게 하는 옹이를 건드릴 수 있었지. 그렇게 해서 그들은 터널 밑으로 내려와 나에게로 왔던 거란다. 그들의 영향을 받아서인지 난 점점 덜 위험해지게 되었단다. 비록 몸은 여전히 늑대 모습이었지만 그들과 함께 있는 동안 난 더없이 온순해지는 걸 느꼈단다."

"서두르게, 리무스." 블랙이 여전히 살기등등한 표정으로 스캐버스를 노려보며 딱딱거렸다.

"거의 다 끝나가네, 시리우스. 다 끝나가……. 그런데 우리 모두가 동물로 변할 수 있게 되자 우린 재미난 장난을 치고 싶어졌단다. 우리는 곧 밤만 되면 비명을 지르는 오두막에서 나와 학교와 정원과 마을을 돌아다녔지. 시리우스와 제임스는 커다란 동물로 변신했으므로 언제 어떻게 돌변할지 모르는 늑대인간인 나의 난폭한 행동을 저지할 수 있었단다. 난 호그와트의 학생들이 호그와트의 정원과 호그스미드에 대해 우리보다 더 많이 알아낼 수 있을까 궁금했지……. 우리가 비밀 지도를 만들고 우리의 별명을 써 놓은 건 바로 그 때문이었단다. 시리우스는 패드풋이란다. 피터는 웜테일이고, 제임스는 프롱스였지."

"어떤 동물……?" 해리가 물어보려고 하자, 헤르미온느가 가로막았다.

"그렇다 해도 그건 정말로 위험해요! 어둠 속에서 늑대인간과 돌아다니다니! 교수님이 다른 사람들을 따돌리고 누군가를 물면 어떡해요?"

"물론 그 생각이 늘 머릿속에서 떠나지 않았단다." 루핀 교수가 느릿느릿 말했다. "아슬아슬한 순간이 많았지. 하지만 우린 나중에 그런 일들을 생각하며 재미있어 했단다. 우린 젊었고 생각과 행동은 거침이 없었단다……. 제 꾀에 제가 넘어간 거지. 난 물론 때로 덤블도어 교수의 신뢰를 저버렸다는 죄책감 때문에 괴로웠단다……. 내가 호그와트에 입학할 수 있었던 건 다 그분 덕택이었으니까 말이다. 다른 교장이었다면 어림도 없었겠지. 하지만 그분은 나와 다른 사람들의 안전을 위해 정해 놓은 규칙들을 바로 내가 어기고 있다는 걸 전혀 눈치채지 못하셨단다. 그분은 내가 세 명의 친구들까지 불법으로 애니마구스가 되게 했다는 걸 전혀 몰랐어. 하지만 우리가 둘러앉아서 다음 달의 모험 계획을 짤 때는 난 어리석게도 언제나 그분에 대한 죄책감을 까맣게 잊고 말았지. 그리고 난 전혀 변하지 않았단다……."

루핀 교수의 표정이 굳어졌으며 그의 목소리에서는 자기 혐오가 배어 있었다. "난 금년 내내 내 자신과 싸웠단다. 덤블도어 교수에게 시리우스가 애니마구스라는 걸 말해야 하나 생각하면서 말야. 하지만 난 그렇게 하지 못했단다. 왜냐구? 너무 비겁했기 때문이지. 그건 내가 학창 시절에 이미 그분의 신뢰를 저버렸으며 다른 사람들까지 끌어들였다는 걸 시인하는 꼴이 될 테니까……. 내게는 덤블도어 교수의 신뢰가 전부나 다름없었거든. 그분은 내가 어렸을 때는 호그와트에 입학시켜 주었고, 성인이 되어서는 내 정체 때문에 마땅한 유급 일자리 하나 찾지 못해 고생하고 있던 내게 선뜻 일자리를 주신 은인이었으니까 말이다. 그리고 난 시리우스가 볼드모트에게서 배운 어둠의 마법을 이용해 학교 안으로 들어왔다고만 생각했지 애니마구스인 것과는 전혀 관계가 없다고 확신했단다…….
그러니까 어떤 면에서는 나에 대한 스네이프 교수의 생각이 옳았던 거지."

"스네이프라니?" 블랙이 처음으로 잠시 스캐버스에게서 눈을 떼고 루핀 교수를 올려다보며 거칠게 말했다. "스네이프가 그것과 무슨 관계가 있지?"

"그는 여기에 있네, 시리우스." 루핀 교수가 느릿느릿 말했다. "그도 이곳에서 가르치고 있다네." 그가 해리와 론과 헤르미온느를 올려다보았다.

"스네이프 교수는 우리와 함께 학교에 있었단다. 그는 내가 어둠의 마법 방어술 교수로 임명되는 걸 굉장히 반대했었지. 그는 덤블도어 교수에게 일년 내내 내가 믿을 만한 사람이 못 된다고 말했었단다. 하지만 그에겐 그럴 만한 이유가 있단다……. 여기에 있는 시리우스가 그에게 장난을 쳐서 하마터면 그를 죽일 뻔했었거든. 나도 같이 한 장난이었지 물론……."

블랙이 코웃음을 쳤다.

"그는 그래도 쌌어." 블랙이 비웃듯이 말했다. "살금살금 들어와 우리가 무슨 짓을 하고 있는지 알아내려고 했잖은가. 우리가 학교에서 쫓겨나길 바라면서 말야……."

"세베루스는 내가 매달 어디로 가는지 매우 궁금해 했단다." 루핀 교수가 해리와 론과 헤르미온느에게 말했다. "우린 같은 학년이었지. 그런데 우린…… 그러니까…… 서로 아주 싫어했단다. 그는 특히 제임스를 싫어했단다. 내 생각엔 퀴디치에 재능이 있는 제임스를 시기했기 때문이었던 것 같지만 말이다……. 어쨌든 스네이프 교수는 어느 날 저녁 내가 폼프리 부인과 정원을 걸어가는 걸 보게 되었단다. 그녀는 날 커다란 버드나무 쪽으로 데려다주던 길이었단다. 늑대로 변할 수 있도록 말이다. 그런데 시리우스는 뭐랄까…… 장난을 치려고 스네이프 교수에게 긴 막대로 나무 몸통에 있는 옹이를 찌르기만 하면 날 따라 들어갈 수 있을 거라고 말해 주었단다. 물론 스네이프 교수는 그렇게 하려고 했지……. 이 집으로 들어오기만 했다면 그는 아마 늑대인간을 만났을 게다……. 하지만 시리우스가 무슨 짓을 했는지 제임스가 듣고는 스네이프 교수를 쫓아가 목숨을 걸고 그를 잡아끌었지……. 스네이프 교수는 터널 끝에서 내 모습을 흘끗 보았단다. 덤블도어 교수가 그에게 아무에게도 말해선 안 된다고 엄명을 내리긴 했지만, 어쨌든 그때부터 그는 내 정체를 알게 된 거란다……."

"그래서 스네이프 교수가 교수님을 좋아하지 않는 거로군요." 해리가 천천히 말했다. "교수님도 함께 그 장난을 쳤다고 생각했기 때문에요?"

"바로 그거야." 루핀 교수 뒤편에서 차가운 목소리가 비웃듯이 말했다.

스네이프 교수가 투명 망토를 벗으며 요술지팡이를 루핀 교수에게로 들이댔다.

제 19 장

볼드모트의 부하

헤르미온느가 비명을 질렀다. 블랙이 벌떡 일어섰다. 꼭 강한 전기 충격이라도 받은 것 같았다.

"커다란 버드나무 밑에서 이걸 발견했지." 스네이프 교수가 요술 지팡이를 루핀 교수의 가슴팍에다 똑바로 갖다 댄 채 투명 망토를 옆으로 던지며 말했다. "매우 유용하더구나, 포터. 고맙다……."

스네이프 교수는 숨을 가쁘게 쉬고 있긴 했지만 표정은 득의양양해 보였다. "자네가 여기에 있다는 걸 어떻게 알았는지 궁금하겠지?" 그가 눈을 번득이며 말했다. "방금 전 자네의 사무실에 들렀었네, 루핀. 자네가 오늘 마법의 약을 먹는 걸 잊어서 내가 한 잔 들고 갔었지. 그런데 운 좋게도…… 정말로 운이 좋았지. 자네 책상에 어떤 지도가 놓여 있지 뭔가. 흘끗 보니 그 안에 내가 알아야 할 게 있더군. 난 자네가 이 통로로 달려가 사라지는 걸 보았네."

"세베루스……" 루핀 교수가 말하려 했지만, 스네이프 교수는 그를 무시했다.

"교장 선생님께 자네가 옛 친구 블랙이 성 안으로 들어오는 걸 도왔을 거라고 누누이 말했었는데 내 직감이 맞군 그래. 여기 그 증거가 있지 않은가. 난 자네가 이런 낡은 곳을 은신처로 이용할 정도로 용감한 줄은 꿈에도 몰랐네……."

"세베루스, 그건 오해야." 루핀 교수가 다급하게 말했다. "자넨 아무 말도 듣지 못했지 않은가. 내가 설명해 주겠네. 시리우스는 해리를 죽이기 위해 여기에 온 게 아니야……."

"오늘 밤 아즈카반으로 갈 사람이 두 명 더 있겠군." 스네이프 교수가 이제 눈을 미친 듯이 번득이며 말했다. "덤블도어 교수가 이걸 어떻게 받아들일지 흥미롭군……. 그는 자네가 전혀 해를 끼치지 않는다고 아주 확신했었거든, 루핀……. 유순한 늑대인간이라고 말일세……."

"이 어리석은 사람아," 루핀 교수가 부드럽게 말했다. "유치한 시샘으로 죄 없는 사람을 아즈카반으로 보내다니 말이 되나?"

펑! 스네이프 교수의 지팡이 끝에서 별안간 뱀같이 생긴 가느다란 줄이 튀어나와 루핀 교수의 입과 손목과 발목을 친친 감았다. 루핀 교수가 균형을 잃고 마룻바닥으로 넘어졌다. 그러자 블랙이 분노를 이기지 못하고 무섭게 고함을 지르며 스네이프 교수에게로 달려갔다. 하지만 스네이프 교수가 먼저 요술지팡이를 블랙의 미간에다 갖다 댔다.

"보낼 만하면 당연히 그래야지." 그가 작은 소리로 말했다.

블랙이 갑자기 딱 멈춰 섰다. 둘 다 증오에 찬 눈으로 서로를 노려보았다.

해리는 어떻게 해야 할지 누구를 믿어야 할지 모른 채, 꼼짝 않고 서 있었다. 그는 론과 헤르미온느를 흘끗 바라보았다. 론도 발버둥치는 스캐버스를 꽉 쥔 채 그처럼 어리둥절한 표정을 짓고 있었다. 그러나 헤르미온느는 스네이프 교수 쪽으로 한 발짝 내딛더니 기어들어갈 것 같은 목소리로 말했다. "스네이프 교수님…… 저분들의…… 저분들의 말을 한 번 들어보는 게 어떠세요? 들어본다고 나쁘지는 않을 거예요, 안…… 안 그런가요?"

"그레인저, 넌 정학당할 줄 알아." 스네이프 교수가 내뱉듯이 말했다. "살인범과 늑대인간과 함께 있었으면서 뭘 잘했다고 입을 놀리는 거냐? 입 닥치고 잠자코 있어."

"하지만 만약…… 만약 오해가 있었다면……"

"조용히 하라니까!" 스네이프 교수가 버럭 소리를 질렀다. **"모르면 가만히 있으란 말야!"** 블랙의 얼굴로 향해져 있던 그의 지팡이 끝에서 불꽃이 튀어나왔다. 헤르미온느는 더 이상 입을 열지 않았다.

"이렇게 복수를 하게 되다니 기분이 아주 좋군." 스네이프 교수가 블랙에게 격렬한 어조로 말했다. "내가 얼마나 자네를 잡고 싶어 했는지 모를 걸세……."

"자네가 또 잘못한 거야, 세베루스." 블랙이 으르렁거렸다. "이 아이가 쥐를 성으로 데려가기만 한다면," 그가 고개를 론에게 홱 돌렸다. "난 조용히 따라가겠네……."

"성으로 말인가?" 스네이프 교수가 부드럽게 말했다. "내 생각엔 우리가 굳이 그렇게 멀리 갈 필요가 없을 것 같군. 난 그저 버드나무에서 나가는 즉시 디멘터를 부르기만 하면 되네. 자네를 보면 그들이 굉장히 기뻐할 걸세, 블랙…… 자네에게 입이라도 맞추려 할걸, 아마…….”

블랙의 얼굴에서 핏기가 사라졌다.

“자네는…… 자네는 내 말을 끝까지 들어야 해.” 그가 쉰 목소리로 말했다. “저 쥐…… 저 쥐를 보게…….”

하지만 스네이프 교수의 눈이 무섭게 번득였다. 그는 제정신이 아닌 것 같았다.

“자, 모두들,” 스네이프 교수가 손가락으로 딸깍 소리나게 하자, 루핀 교수를 친친 감았던 줄 끝이 그의 손으로 날아갔다. “늑대인간은 내가 끌고 가지. 디멘터가 그에게도 입을 맞추려 할지 모르니까 말야.”

해리는 자신도 모르게 성큼성큼 걸어가 문을 가로막았다.

“비켜 서라, 포터. 넌 네 자신이 얼마나 곤란한 지경에 처해 있는지 아직도 모르는 것 같구나.” 스네이프 교수가 무섭게 말했다. “내가 만약 네 생명을 구하러 오지 않았더라면…….”

“루핀 교수님은 마음만 먹었다면 절 얼마든지 죽일 수 있었을 거예요.” 해리가 단호하게 말했다. “전 그분과 단둘이 많은 시간을 보냈어요. 디멘터 방어술 수업을 받으면서 말예요. 저분이 만약 블랙을 돕고 있었다면, 왜 그때 절 해치지 않았겠어요?”

“내가 늑대인간의 속마음을 어떻게 알겠니.” 스네이프 교수가 불만스럽게 말했다. “비켜 서, 포터.”

“교수님은 형편없는 분이군요!” 해리가 나무라듯 큰 소리로 말했다. “그저 학창 시절에 교수님에게 조금 장난을 쳤다고 해서 그들의 말도 들으려 하지 않다니요.”

“입 닥쳐! 그런 식으로 말하지 마라!” 스네이프 교수가 더 사나운 얼굴로 날카롭게 말했다. "그 아버지에 그 아들이로구나, 포터! 난 방금 너의 목숨을 구해주었다. 넌 내게 무릎을 꿇고 고맙다고 해야 해! 죽게 내버려 둘 수도 있었어. 너도 보나마나 네 아버지처럼 죽었을 게다. 너무 오만해서 블랙을 잘못 봤다는 걸 결코 인정하려 들지 않으면서 말이다……. 자, 저리 비켜라. 그러지 않으면 강제로 밀쳐 버릴 테니까. 비켜 서, 포터!"

해리는 결심했다. 그리고 스네이프 교수가 그에게 미처 한 발짝 떼기도 전에 요술지팡이를 들어올렸다.

"엑스펠리아르무스!" 해리가 주문을 외쳤다……. 하지만 주문을 외친 사람은 해리만이 아니었다. 갑자기 돌풍이 몰아치면서 문이 경첩에 매달린 채로 덜컥거렸다. 스네이프 교수의 몸이 붕 들어올려져 벽으로 내동댕이쳐진 뒤 마룻바닥으로 스르르 미끄러져 내렸다. 기절한 그의 머리카락 밑으로 피가 스며 나왔다.

해리는 주위를 둘러보았다. 론과 헤르미온느가 정확히 동시에 스네이프 교수에게 똑같은 주문을 외쳤던 것이었다. 스네이프 교수의 지팡이가 높이 호를 그리며 날아가 크룩생크 옆에 있는 침대에 떨어졌다.

"왜 그랬니." 블랙이 해리를 바라보며 말했다. "내게 맡겨 두지 않고……."

해리는 블랙의 눈을 피했다. 그는 아직도 자신이 올바른 일을 하고 있는 건지 확신이 없었다.

"우리가 교수님을 공격했어……. 우리가 교수님을 공격했어……." 헤르미온느가 기절한 스네이프 교수를 겁에 질린 눈으로 바라보며 훌쩍거렸다. "어쩌면 좋아. 우린 이제 큰일 났어."

루핀 교수가 몸을 친친 감고 있는 밧줄을 풀려고 버둥거리고 있었다. 블랙이 얼른 허리를 굽혀 그를 풀어 주었다. 루핀 교수가 똑바로 일어서서 밧줄로 조여 있던 팔을 문질렀다.

"고맙다, 해리." 그가 말했다.

"아직 교수님을 믿는다는 말은 아니에요." 해리는 애써 냉정하게 말했다.

"그렇다면 네게 증거를 보여주어야겠구나." 루핀 교수가 말했다. "얘야…… 피터를 이리 주렴, 어서."

론이 스캐버스를 더 꼭 움켜잡았다.

"허튼소리 마세요." 론이 안간힘을 쓰며 말했다. "저 사람이 고작 스캐버스를 손에 넣으려고 아즈카반에서 탈옥했다고 말하려는 건가요? 그러니까……." 그가 거들어 주기를 바라기라도 하듯 해리와 헤르미온느를 올려다보았다. "좋아요, 페티그루가 쥐로 변할 수 있다고 쳐요. 세상엔 수백만 마리의 쥐가 있어요……. 그런데 아즈카반에 갇혀 있었던 블랙이 자신이 찾는 게 어느 쥐인지 어떻게 알 수 있다는 거죠?"

"그거 정말 그럴듯한 질문이로군." 루핀 교수가 블랙에게로 고개를 돌리고 얼굴을 약간 찡그리며 말했다. "시리우스, 피터가 어디에 있는지 어떻게 알아냈나?"

블랙이 마르고 긴 한쪽 손을 망토 속으로 넣어 꼬깃꼬깃한 종이쪽지 하나를 꺼내더니 잘 펴서 그들에게 내밀었다.

그건 지난 여름 《예언자 일보》에 실렸던 론과 그의 가족 사진이었다. 그 사진 속에는 스캐버스가 론의 어깨 위에 올라앉아 있었다.

"이걸 어디서 구했나?" 루핀 교수가 깜짝 놀라 블랙에게 물었다.

"퍼지 장관." 블랙이 말했다. "그가 작년에 아즈카반 시찰을 나왔을 때, 내게 신문을 주었지. 그런데 그 1면에 피터가 있었네. 이 소년의 어깨 위에 말일세……. 난 그를 단번에 알아보았지……. 그가 변신하는 걸 내가 얼마나 많이 보았나? 그런데 신문을 읽으니 그 아이가 호그와트로 돌아갈 거라는 거야……. 해리가 있는 곳으로 말일세……."

"이럴 수가!" 루핀 교수가 스캐버스와 신문의 사진을 차례로 바라보며 조용히 말했다. "이 쥐의 앞발……."

"그게 어떻다는 거죠?" 론이 시비조로 말했다.

"피터는 손가락 한 개가 없잖은가." 블랙이 말했다.

"물론이지." 루핀 교수가 속삭이듯이 말했다. "너무나 간단하군……. 너무나 기막혀……. 자기가 손가락을 직접 잘라 낸 건가?"

"변신하기 직전에 그랬지." 블랙이 말했다. "내가 궁지에 몰아넣자, 피터는 거리에 있는 모든 사람에게 들리도록, 내가 릴리와 제임스를 배신했다고 큰 소리로 외쳐 댔지. 그 뒤 내가 미처 저주의 마법을 걸기도 전에, 그는 등 뒤에 있던 지팡이로 거리를 폭파시켜 5미터 안에 있는 사람들을 모두 죽였네……. 그리고 다른 쥐들과 함께 하수구 속으로 달아나 버렸어."

"혹시 들은 적 있니, 론?" 루핀 교수가 말했다. "그들이 산산조각이 된 거리에서 피터의 몸의 일부를 찾아냈는데 가장 큰 게 그의 손가락이었다는 말 말이다."

"이것 보세요, 스캐버스는 다른 쥐와 싸우다가 그렇게 되었을지도 몰라요! 녀석은 저희 가족과 오랫동안 있었다구요. 그러니까……"

"12년 동안이지, 사실." 루핀 교수가 말했다. "혹시 그 쥐가 왜 그렇게 오래 사는지 궁금하게 생각해 본 적 없니?"

"저희가…… 저희가 잘 돌봐 주었으니까 그렇죠!" 론이 말했다.

"하지만 지금은 그다지 건강해 보이지 않는구나, 그렇지?" 루핀 교수가 말했다. "그 쥐는 시리우스가 감옥에서 다시 나왔다는 소리를 들은 이후 죽 몸무게가 줄었을 게다……."

"녀석은 저 미친 고양이 때문에 겁에 질려 있어서 살이 빠졌던 거예요!" 론이 침대 위에서 그르렁거리고 있는 크룩생크를 노려보며 말했다.

하지만 그 말은 옳지 않다고 해리는 생각했다. 스캐버스는 크룩생크를 만나기 전부터 건강이 좋지 않았었다. 론이 이집트에서 돌아온 뒤부터 죽 그랬다. 블랙이 탈옥한 이후 죽…….

"이 고양이는 미친 게 아니란다." 블랙이 쉰 목소리로 말했다. 그가 뼈만 앙상한 손을 뻗어 크룩생크의 복슬복슬한 머리를 어루만졌다. "난 이 녀석처럼 영리한 고양이는 처음 보았단다. 그는 피터를 단번에 알아보았으니까. 그리고 날 만났을 때도 내가 개가 아니라는 걸 알더구나. 한참 뒤 녀석은 날 신뢰하게 되었지……. 마침내 난 내가 무엇을 찾고 있는지 녀석에게 이럭저럭 말할 수 있게 되었고, 그렇게 해서 녀석이 날 돕게 되었던 거란다……."

"그게 무슨 뜻이죠?" 헤르미온느가 작은 소리로 물었다.

"이 고양이는 피터를 내게 데려오려고 했지만, 그렇게 할 수 없었단다……. 그래서 날 위해 그리핀도르 탑으로 들어가는 암호를 훔쳐 주었던 거지……. 내가 알기로는 녀석이 어떤 남학생의 침대 옆 탁자에서 가져온 것 같던데……."

해리는 자신이 듣고 있는 말을 도저히 믿을 수가 없었다. 그건 말도 되지 않았다……. 하지만…….

"그러나 피터가 낌새를 알아채고 달아났지……." 블랙이 쉰 목소리로 말했다. "이 고양이…… 크룩생크라고 했던가? 어쨌든 이 녀석이 피터가 침대 시트에 핏자국을 남겼다고 내게 말해 주었단다……. 피터는 자기 자신을 깨물어 피를 낸 게 틀림없다……. 죽음을 가장한 건 일단 효과가 있었지……."

이 말을 듣자 해리는 정신이 번쩍 들었다.

"그 쥐가 왜 죽은 체했을까요?" 해리가 미친 듯이 화를 내며 말했다. "당신이 우리 부모님을 죽인 것처럼 그를 죽이려고 한다는 걸 알았기 때문이었겠죠!"

"아니란다." 루핀 교수가 괴로운 듯 말했다. "해리……"

"그래서 이제 그를 죽이러 온 거로군요!"

"그래, 그렇단다." 블랙이 흉악한 얼굴로 스캐버스를 노려보며 말했다.

"그러면 스네이프 교수가 당신을 데려가도록 놔 둘 걸 잘못했어요!" 해리가 소리쳤다.

"해리." 루핀 교수가 허둥지둥 말했다. "모르겠니? 그동안 줄곧 우리는 시리우스가 네 부모를 배신했고, 피터는 그를 뒤쫓아갔다고 생각했단다. 하지만 사실은 정반대였단다. 모르겠니? 네 어머니와 아버지를 배신한 사람은 피터였단다……. 시리우스는 그를 뒤쫓아 갔던 거고 말이다……."

"그건 사실이 아니에요!" 해리가 소리쳤다. "저 사람은 제 부모님의 비밀 파수꾼이었어요! 교수님이 오시기 전에 저 사람이 분명히 말했어요. 그가 제 부모님을 죽였다고 했다구요!"

해리는 블랙을 가리키고 있었다. 블랙은 천천히 고개를 가로젓고 있었다. 움푹 들어간 눈에 갑자기 생기가 돌았다.

"해리…… 내가 네 부모를 죽인 거나 다름없단다." 그가 쉰 목소리로 말했다. "난 마지막 순간에 릴리와 제임스에게 피터로 바꾸라고 설득했단다. 나 대신 그를 비밀 파수꾼으로 하라고 말이다……. 난 비난받아도 할 말이 없다. 나도 안다. 그들이 죽던 날 밤, 난 피터를 살펴보러 갔었단다. 그가 안전하게 잘 있는지 확인하려고 말이다. 그런데 그가 숨어 있는 장소에 도착해 보니 이미 사라지고 없었단다. 하지만 싸움을 벌인 흔적이 전혀 없었지. 느낌이 이상했단다. 난 겁이 났지. 난 곧장 네 부모의 집으로 출발했단다. 그런데 집은 파괴되어 있고 시체가…… 난 그제야 피터가 무슨 짓을 한 건지 깨달았다……. 내가 무슨 일을 저지른 건지……."

블랙이 말을 멈추고 얼굴을 돌렸다.

"그만하면 됐네." 루핀 교수의 목소리가 전 같지 않게 매우 엄격하게 들렸다. "정말로 어떤 일이 있었는지 입증할 길이 있지. 론, 그 *쥐를 이리 내라.*"

"녀석을 드리면 어떻게 하실 건데요?" 론이 루핀 교수에게 절박하게 물었다.

"그에게 억지로라도 모습을 드러내도록 해야지." 루핀 교수가 말했다. "그가 만약 정말로 쥐라면, 전혀 해가 없을 게다."

론이 머뭇거리다가 마침내 결심한 듯 스캐버스를 내밀자, 루핀 교수가 그 쥐를 받아 들었다. 스캐버스가 미친 듯이 찍찍거리며 몸을 비틀기 시작했다. 그의 작은 까만 눈이 커지고 있었다.

"준비됐나, 시리우스?" 루핀 교수가 물었다.

블랙은 이미 침대에서 스네이프 교수의 요술지팡이를 가져와 루핀 교수와 발버둥치는 쥐에게 다가갔다. 그의 젖은 눈이 갑자기 이글이글 타오르는 것 같았다.

"함께 하겠나?" 그가 조용히 물었다.

"그래야겠지." 루핀 교수가 한 손으로는 스캐버스를 꽉 잡고 다른 손으로는 지팡이를 든 채 말했다. “셋을 세자마자 하지. 하나 — 둘 — 셋!”

번쩍 하며 두 지팡이에서 모두 하얀 불빛이 튀어나왔다. 스캐버스가 공중에서 잠시 얼어붙은 듯 있더니, 그 작은 회색빛 몸이 비틀리기 시작했다. 론이 비명을 질렀다. 쥐가 마룻바닥으로 툭 떨어졌다. 눈부신 불빛이 또 한 번 번쩍 했다.

마치 자라나는 나무의 고속 필름을 보고 있는 것 같았다. 마룻바닥에서 머리가 생겨나는가 하면 팔 다리가 급속히 자라나고 있었다. 잠시 뒤 스캐버스가 있던 자리에 어떤 남자가 잔뜩 겁먹은 얼굴로 손을 비틀며 서 있었다. 크룩생크가 침대 위에서 털을 곤두세우고 으르렁거렸다.

그는 해리나 헤르미온느 정도의 키밖에 되지 않는 땅딸막한 남자였다. 그의 성긴 머리카락은 아무렇게나 헝클어져 있었고 정수리에는 머리카락이 하나도 없었다. 포동포동했다가 단기간에 체중이 많이 줄어서인지 얼굴이 쭈글쭈글했다. 그의 살갗은 꼭 스캐버스의 털처럼 더럽고 구접스러워 보였으며, 뾰족한 코와 작고 옮은 눈에는 여전히 쥐 같은 느낌이 남아 있었다. 그는 가쁘게 숨쉬며 그들을 둘러보았다. 해리는 그의 눈이 문으로 쏠렸다가 다시 돌아오는 걸 보았다.

“잘 있었나, 피터.” 루핀 교수는 마치 쥐가 옛 학교 친구로 종종 변하기라도 했던 것처럼 유쾌하게 말했다. “오랜만이군.”

“시, 시리우스…… 리, 리무스…….” 페티그루는 목소리조차 찍찍대는 쥐 같았다. 다시 한 번 그의 눈이 문 쪽으로 쏠렸다. “친구들…… 옛 친구들…….”

블랙이 지팡이를 든 손을 들어올렸지만 루핀 교수가 그의 팔목을 잡고 경고의 눈길을 준 뒤, 다시 페티그루 쪽으로 고개를 돌렸다. 그의 목소리는 밝고 태평했다.

"우린 그저 이런저런 얘기를 하고 있던 참이네, 피터. 릴리와 제임스가 죽던 날 밤에 일어났던 일에 대해서 말일세. 자넨 저 침대 위에서 찍찍대느라 세세하게 듣지 못했을지도 모르겠지만 말일세."

"리무스." 페티그루는 겁에 질려 말이 나오지 않는 듯했다. 해리는 그의 창백한 얼굴에 구슬 같은 땀이 맺히는 걸 볼 수 있었다. "설마 블랙의 말을 믿는 건 아니겠지, 그렇지? 그는 날 죽이려고 했네, 리무스……."

"그러니까 우리 말을 들은 게로군." 루핀 교수가 더욱 냉정하게 말했다. "난 자네와 한두 가지 문제를 명백하게 하고 싶네, 피터. 자네가 만약 그렇게……."

"그가 또다시 날 죽이러 왔어!" 페티그루가 손가락으로 블랙을 가리키며 말했다. 해리는 그가 가운뎃손가락을 사용한 것을 보았다. 검지손가락이 없기 때문이었다. "그가 릴리와 제임스를 죽이고 이젠 그것도 모자라 나까지 죽이려고 하는 거야……. 날 도와줘야 해, 리무스……."

블랙이 페티그루를 뚫어지게 바라보았다. 그의 얼굴이 훨씬 더 해골처럼 보였다.

"우리가 몇 가지 진상을 가려낼 때까지는 아무도 자넬 죽이지 않을 걸세." 루핀 교수가 말했다.

"몇 가지 진상을 가려 낸다구?" 페티그루가 끽끽대며 말했다. 그의 눈이 널빤지가 쳐진 창문과 문 사이를 미친 듯이 왔다갔다했다. "난 블랙이 날 찾을 거라는 걸 진작부터 알고 있었어! 날 추적할 거라는 걸 알고 있었단 말일세! 난 이 순간을 12년간 기다리고 있었어!"

"그럼 시리우스가 아즈카반에서 탈옥할 거라는 걸 알고 있었단 말인가?" 루핀 교수가 눈살을 찌푸리며 물었다. "그곳을 탈옥한 사람이 과거에 하나도 없었는데도 말인가?"

"블랙에겐 우리들이 꿈도 못 꾸는 어둠의 힘이 있잖은가!" 페티그루가 날카로운 목소리로 말했다. "그 방법이 아니었다면 블랙이 어떻게 그곳에서 나올 수 있었겠나? 난 그 사람이 블랙에게 몇 가지 마법을 가르쳐 주었다고 생각하네!"

블랙이 웃기 시작했다. 방 전체를 가득 채우는 끔찍하고 음울한 웃음소리였다.

"볼드모트가 내게 마법을 가르쳐 주었다구?" 그가 어이없다는 듯 페티그루를 바라보았다.

페티그루는 블랙이 마치 그에게 채찍을 휘두르기라도 한 듯 움찔했다.

"뭐야, 자네 옛 주인의 이름을 들으니 겁나나?" 블랙이 말했다. "난 자네를 탓하지는 않네, 피터. 그의 패거리는 자네를 아주 못마땅하게 여겼지, 안 그런가?"

"무슨 말을 하는지 모르겠군, 시리우스." 페티그루는 투덜거렸지만 숨소리는 점점 더 가빠지고, 그의 얼굴은 이제 온통 땀으로 번들거리고 있었다.

"자네는 12년 동안 날 피해서 숨어 있었던 게 아니었어." 블랙이 말했다. "볼드모트의 옛 추종자들을 피해 숨어 있었던 게지. 난 아즈카반에서 다 들었네, 피터……. 그들은 모두 자네가 죽었다고 생각하고 있지. 그렇지 않았다면 자네는 그들의 물음에 대답해야 했을 거야……. 난 그들이 큰 소리로 잠꼬대하는 소리를 다 들었네…….

그들은 자네에게 배신당했다고 생각하고 있네. 볼드모트는 자네의 보고를 받고 포터 부부의 집으로 갔지……. 그런데 볼드모트는 그곳에서 몰락을 맞았네. 그렇지만 볼드모트의 추종자들이 모두 아즈카반에 갇힌 것은 아니었지, 안 그런가? 이 바깥에도 여전히 많이 있지. 인생에서 잠깐 실수를 저지른 척하며 때를 기다리면서 말일세……. 그들이 만약 자네가 여전히 살아 있다는 걸 눈치채기라도 한다면, 피터……."

"난 자네가 무슨 말을 하고 있는 건지…… 모르겠군……." 페티그루가 한층 더 날카로운 목소리로 그의 말을 부인했다. 그는 소매로 얼굴을 훔치고 루핀 교수를 올려다보았다. "자넨 이 말을 믿지 않지? 이 미치광이의 말을 말일세, 리무스……."

"죄 없는 사람이 왜 12년간을 쥐로서 보내고 싶어 했는지 나로선 이해하기가 좀 어렵군, 피터." 루핀 교수가 차분하게 말했다.

"죄는 없었지만 겁을 먹었던 거야!" 페티그루가 우는 소리로 말했다. "볼드모트의 추종자들이 날 찾고 있다면, 그건 내가 그들이 찾는 유력자들 가운데 하나를 아즈카반에 집어넣었기 때문이었을 거네……. 첩자, 시리우스 블랙 말일세!"

블랙의 얼굴이 일그러졌다.

"자네가 어떻게 감히." 그가 쩌렁쩌렁 울리는 소리로 으르렁댔다. "내가 볼드모트를 위해 첩자 짓을 했다구? 내가 언제 나보다 더 강하고 힘있는 사람들에게 굽실거린 적이라도 있었나? 하지만 자넨 그랬지, 피터…… 자네가 첩자라는 사실을 왜 진작에 알지 못했는지 나 자신도 정말 이해가 가지 않네. 자네는 항상 자네를 돌봐 줄 강한 친구들을 따라다녔지, 안 그런가? 우리들에게도 마찬가지였어……. 나와 리무스…… 그리고 제임스……."

페티그루가 얼굴을 다시 한 번 훔쳤다. 그는 이제 거의 헐떡거리고 있었다.

"내가 첩자라니…… 자네 정신 나간 게 틀림없군……. 자네가 그런 말을 할 줄은 정말 몰랐네……."

"릴리와 제임스가 자네를 비밀 파수꾼으로 삼았던 것은 내가 그렇게 하라고 제안했기 때문이었어." 블랙이 씩씩거리며 말하자 페티그루가 한 발 뒤로 물러섰다. "난 그게 완벽한 대책이라고 생각했지. 속임수 말일세. 볼드모트는 아무것도 모르고 날 쫓아올 게 분명하니까 말야. 포터 부부가 자네같이 허약하고 무능한 자를 비밀 파수꾼으로 삼았으리라고 어디 꿈에라도 생각했겠나. 볼드모트에게 포터 부부를 넘겨줄 수 있을 거라고 말할 때가 틀림없이 자네의 비참한 인생에서 가장 행복한 순간이었을 거네."

페티그루가 미친 듯이 중얼거리고 있었다. 해리는 '당치않아' 라든가 '어리석은 짓' 같은 몇몇 단어를 알아듣기는 했지만, 창백해진 페티그루의 얼굴과 눈이 자꾸 창문과 문 쪽으로 돌아가는 것에 더 신경이 쓰였다.

"루핀 교수님?" 헤르미온느가 머뭇거리며 말했다. "제가…… 말 좀 해도 될까요?"

"물론이다, 헤르미온느." 루핀 교수가 친절하게 말했다.

"그런데…… 스캐버스는…… 그러니까 이…… 이 사람은 해리의 기숙사 방에서 3년 동안이나 지냈잖아요. 그가 만약 그 사람을 위해 일하고 있었다면, 어떻게 지금까지 해리를 가만두었던 거죠?"

"말 한번 잘했다, 애야!" 페티그루가 손가락이 잘린 손을 흔들며 날카롭게 말했다. "고맙다! 알겠나, 리무스? 난 해리의 머리털 하나 건드리지 않았네! 내가 왜 그러겠나?"

"그 이유는 내가 말해 주지." 블랙이 말했다. "왜냐하면 자네는 자네에게 돌아올 이익이 전혀 없다면 누구를 위해서든 어떤 일도 하지 않는 사람이기 때문이지. 볼드모트는 12년 동안 숨어 지내고 있고, 사람들은 그가 죽은 거나 다름없다고들 하지. 자네는 절대 모든 힘을 잃어버린 몰락한 마법사를 위해 알버스 덤블도어의 코앞에서 살인을 저지를 사람이 아니네, 안 그런가? 자네는 그 사람에게 돌아가기 전에 그가 지상에서 가장 강한 자라는 걸 확인하고 싶었겠지, 안 그런가? 그런 이유가 아니었다면 자네가 왜 굳이 자네를 거두어 줄 마법사 가족을 찾았겠나? 여론의 동향에 귀를 기울이기 위함이었지. 안 그런가, 피터? 자네의 옛 보호자가 권력을 되찾는 경우를 위해서 말일세. 그때에 그와 재결합해야 안전하니까 말야……."

페티그루는 입을 몇 차례 벌렸다 다물었다 했다. 꼭 말을 할 수 없게 된 것 같았다.

"저…… 블랙 씨…… 시리우스?" 헤르미온느가 어색한 듯 어렵게 그의 이름을 불렀다.

블랙은 이런 호칭을 듣자 소스라치게 놀라서는 마치 그렇게 불러 주는 사람을 처음 만난 것처럼 헤르미온느를 빤히 바라보았다.

"아즈카반에서 어떻게…… 어떻게 나오신 건지 좀 여쭤 봐도 괜찮을까요? 어둠의 마법을 사용하지 않았다면요?"

"고맙다!" 페티그루가 미친 듯이 그녀에게 고개를 끄덕이며 말했다. "바로 그거란다! 그게 바로 정확히 내가……"

하지만 그는 루핀 교수의 무서운 눈길에 그만 입을 다물었다. 블랙은 헤르미온느에게 약간 눈살을 찌푸리기는 했지만 그녀에게 화난 것 같지는 않았고, 대답을 곰곰이 생각하고 있는 것 같았다.

"나도 내가 어떻게 그렇게 했는지 모르겠다." 블랙이 천천히 말했다. "다만 내가 결코 미치지 않았던 딱 한 가지 이유는 내가 결백하다는 걸 알고 있었기 때문인 것 같구나. 그건 유쾌한 생각이 아니었으므로 디멘터가 내게서 그걸 빨아 낼 수 없었지……. 하지만 내가 결백하다는 생각은 날 계속 제정신으로 있게 했을 뿐만 아니라 내가 누군지 알 수 있었기 때문에 난…… 내 힘을 유지할 수 있었던 거란다……. 고통이 너무 심할 때에는…… 난 감방 안에서…… 개로 변신해 있었단다. 알겠지만, 디멘터는 보지 못한단다……." 그가 침을 꿀꺽 삼켰다. "그들은 그저 사람의 감정을 감지할 수 있을 뿐이지……. 내가 개로 변해 있을 때에는 그들은 내 감정이 점점 짐승처럼 단순해지고 있는 걸로만 여겼단다……. 그들은 물론 내가 그곳에 있는 다른 모든 사람들처럼 미쳐 가고 있는 거라고 생각했던 거지. 그래서 아무 걱정하지 않았단다. 하지만 내 힘은 약했어. 아주 약했지. 요술지팡이 없이는 그들을 이겨 낼 희망이 없었단다…….

그런데 바로 그 즈음 저 사진에서 피터를 보았단다……. 그리고 그가 호그와트에서 해리와 함께 있다는 사실을 알았지……. 그곳이야말로 행동하기엔 더할 나위 없이 좋은 곳이었지. 만약 어둠의 세계가 다시 힘을 회복하고 있다는 기미를 조금이라도 보인다면……."

페티그루는 고개를 가로저으며 입을 씰룩거리기는 했지만, 마치 최면에 걸리기라도 한 듯 블랙에게서 눈을 떼지 않고 있었다.

"……피터는 그 사람과의 재결합을 확신할 수 있는 순간에 공격해서…… 포터 가문의 마지막 생존자를 그들에게 넘겨 줄 준비를 하겠지. 그가 만약 그들에게 해리를 내준다면, 누가 감히 그더러 볼드모트를 배신했다고 하겠니? 그는 대단한 환영을 받으며 다시 돌아갈 수 있겠지…….

그래서 난 무언가를 해야만 했단다. 피터가 여전히 살아 있다는 걸 아는 사람은 나뿐이었으니까 말이다……."

해리는 위즐리 씨가 위즐리 부인에게 했던 말을 떠올렸다. "간수들이 그러는데 그가 잠자면서 잠꼬대를 했었다는 거야……. 항상 똑같은 말이었다는군……. *'그는 호그와트에 있어'* 라고 말야."

"정신이 번쩍 드는 것 같았단다. 그리고 디멘터는 그 감정을 파괴시킬 수 없었지. 그건 유쾌한 기분이 아니었거든……. 그건 일종의 강박 관념이었지……. 하지만 그것 때문에 난 강해질 수 있었고 정신마저 맑아졌지. 따라서 어느 날 밤 그들이 음식을 갖다 주려고 내 감방 문을 열었을 때 난 개의 모습으로 변신해 그들 옆으로 살짝 빠져 나갔단다. 그들은 동물들의 감정은 감지하기가 훨씬 더 어려웠으므로 어리둥절해했지. 난 굉장히 말라 있었단다. 감방 창살 사이로 충분히 빠져 나올 정도였으니까 알 만하겠지. 개로 변한 난 헤엄을 쳐서 다시 본토로 돌아왔단다. 그리고 북쪽으로 와서 개의 모습으로 호그와트 정원에 살짝 들어왔단다. 난 그 이후 죽 숲속에서 지냈단다. 물론 퀴디치를 보러갈 때는 빼고 말이다. 넌 네 아버지만큼이나 잘 날더구나, 해리……."

그가 해리를 바라보았다. 해리는 얼굴을 돌리지 않았다.

"날 믿거라." 블랙이 쉰 목소리로 말했다. "날 믿거라, 해리. 난 결코 제임스와 릴리를 배신하지 않았단다. 내가 죽는 한이 있어도 그들을 배신하는 일은 절대 없었을 게야."

그리고 마침내 해리는 그를 믿었다. 목이 메어 말을 할 수가 없었다. 그는 고개만 끄덕였다.

"안 돼!"

페티그루는 마치 해리의 끄덕임이 자신의 사형 선고라도 되는 양 무릎을 꿇었다. 그는 무릎을 꿇은 채로 기도하듯 양손을 꼭 쥐고 엉금엉금 앞으로 기어갔다.

"시리우스, 날세, 피터야…… 자네 친구…… 설마……."

블랙이 발로 걷어차자 페티그루가 주춤했다.

"그 더러운 손을 어디다 갖다 대려는 건가." 블랙이 날카롭게 쏘아붙였다.

"리무스!" 페티그루가 대신 루핀 교수에게로 돌아서더니 그의 앞에서 애원하듯 몸부림쳤다. "자넨 이걸 믿지 않을 거야……. 계획이 바뀌었다는 말을 시리우스가 자네에게 하지 않았겠지?"

"어쩜 내가 첩자일 수도 있다고 생각해서 말을 안 했는지도 모르지, 피터." 루핀 교수가 말했다. "자네가 내게 말하지 않은 건 바로 그랬기 때문이겠지, 시리우스?"

"날 용서하게, 리무스." 블랙이 말했다.

"천만에 패드풋." 루핀 교수는 이제 소매를 걷어 올리고 있었다. "그러면 자네도 자네를 첩자라고 생각한 날 용서해 주겠나?"

"물론이지." 블랙의 여윈 얼굴에 미소가 어렸다. 그 역시 소매를 걷어 올리기 시작했다. "우리 이놈을 함께 죽이는 게 어떤가?"

"그래, 그러지." 루핀 교수가 으스스하게 말했다.

"자네들 설마…… 설마……." 페티그루는 숨이 막히는지 잠시 꼼짝도 하지 않았다. 그러더니 갑자기 론에게로 기어갔다.

"론…… 나 좋은 친구였지 않았니…… 좋은 애완 동물이지 않았니? 저들이 날 죽이도록 내버려 두지는 않겠지, 론. 내 편 들어 줄 거지, 안 그래?"

하지만 론은 페티그루를 극도로 혐오스런 표정으로 빤히 바라보고 있었다.

"내가 당신 같은 자를 내 침대에 재우다니!" 론은 얼이 빠진 듯 중얼거렸다.

"넌 친절한 아이였잖아……. 친절한 주인이었잖아……." 페티그루가 계속해서 론에게로 기어갔다. "저들이 그렇게 하도록 내버려두지는 않겠지……. 난 너의 쥐였어……. 난 좋은 애완 동물이었어……."

"자네가 만약 인간으로서보다 쥐로서 더 훌륭했다면, 그건 별로 자랑할 만한 것이 못 되네, 피터." 블랙이 쉰 목소리로 말했다. 론은 고통스러운 듯 훨씬 더 창백해져서 페티그루가 잡지 못하도록 부러진 다리를 비틀어 돌렸다. 페티그루는 무릎을 꿇은 채로 비틀거리며 앞으로 기어가서 이번엔 헤르미온느의 망토 자락을 잡았다.

"착하지…… 영리한 아이야……. 넌, 넌 설마 저들이 날 죽이는 걸 가만히 보고 있지 않겠지……. 날 도와줘……."

헤르미온느는 페티그루가 잡고 있던 망토를 빼앗듯 끌어당기고는 겁에 질린 표정으로 벽 쪽으로 뒷걸음질쳐 갔다.

페티그루는 무릎을 꿇은 채로 사시나무 떨 듯 부들부들 떨며 고개를 천천히 해리에게로 돌렸다.

"해리, 해리…… 넌 네 아버지 모습과 똑같구나. 똑같아……."

"자네가 어떻게 감히 해리에게 말을 걸 수 있나?" 블랙이 고함을 질렀다. "자네가 어떻게 감히 그 애의 얼굴을 똑바로 본단 말인가? 어떻게 감히 그 애 앞에서 제임스를 입에 담을 수 있는가?"

"해리." 페티그루가 두 손을 앞으로 뻗고 급히 그에게로 가며 속삭였다. "해리, 제임스라면 날 죽이지 않았을 거다……. 제임스는 이해했을 거야, 해리……. 그는 내게 자비를 베풀었을 거야……."

블랙과 루핀 모두 성큼성큼 앞으로 걸어나와 페티그루의 어깨를 잡더니 그를 마룻바닥으로 내던져 버렸다. 그는 겁에 질려서 벌벌 떨며 그들을 빤히 올려다보았다.

"자넨 릴리와 제임스를 볼드모트에게 팔아 넘겼어." 블랙이 분노를 억누르며 말했다. 그도 역시 떨고 있었다. "그러지 않았다고는 못하겠지?"

페티그루가 갑자기 울음을 터뜨렸다. 마치 머리가 다 벗겨진 커다란 아이처럼 마룻바닥에 움츠리고 앉아 있는 꼴이란 불쌍하기 짝이 없었다.

"시리우스, 시리우스. 내가 어떻게 할 수 있었겠나? 어둠의 마왕은…… 자네는 전혀 몰라……. 그는 자네가 상상할 수도 없는 무기를 갖고 있다네……. 난 두려웠어, 시리우스. 난 자네와 리무스와 제임스처럼 용감하지 않았잖은가. 결코 내가 의도했던 게 아니었네……. 그 사람이 억지로 내게……"

"거짓말 마!" 블랙이 고함을 질렀다. "자넨 릴리와 제임스가 죽기 일 년 전부터 그에게 정보를 흘리고 있었어! 자넨 그의 첩자였어!"

"그는…… 그는 모든 곳을 점거해 가고 있었네!" 페티그루는 헐떡였다. "그를…… 그를 거역해서 얻는 게 뭐가 있겠나?"

"세상에서 가장 사악한 마법사와 싸워서 얻어지는 게 뭐냐구?" 블랙이 격분해서 말했다. "무고한 생명들이네, 피터!"

"자넨 이해하지 못해!" 페티그루가 흐느껴 울며 말했다. "그는 날 죽였을 거야, 시리우스!"

"그러면 자네가 죽었어야지!" 블랙이 고함쳤다. "친구를 배신하느니 차라리 죽음을 택했어야지. 우리라면 그렇게 했을 거야!"

블랙과 루핀이 어깨를 맞대고 서서 지팡이를 들어올렸다.

"자넨 깨달았어야 해." 루핀 교수가 조용히 말했다. "볼드모트가 자네를 죽이지 않는다면, 우리가 그럴 거라는 사실을 말야. 잘 가게, 피터."

헤르미온느는 양손으로 얼굴을 가리고 벽 쪽으로 돌아섰다.

"안 돼요!" 해리가 소리치며 페티그루 앞으로 달려나가 지팡이를 가로막고 섰다. "이자를 죽여선 안 돼요." 해리는 헐떡이며 말했다. "그래선 안 돼요."

블랙과 루핀 둘 다 깜짝 놀란 것 같았다.

"해리, 이런 인간 쓰레기 같은 놈 때문에 네가 부모를 잃은 거야." 블랙이 무서운 어조로 말했다. "이렇게 굽실거리며 비굴하게 굴지만 네가 죽는 건 눈 하나 까딱하지 않고 보았을 게다. 너도 그가 하는 말 들었잖니. 그에겐 너의 가족보다 그 자신의 알량한 생명이 더 소중했던 거야."

"알아요." 해리가 헐떡이며 말했다. "이 사람을 성으로 데려가요. 디멘터에게 넘겨 주는 거예요……. 이자는 아즈카반으로 가면 돼요……. 죽이진 마세요."

"해리!" 페티그루는 놀라서 숨이 막혔다. 그는 양팔을 급히 해리의 무릎 쪽으로 뻗었다. "고…… 고맙다…… 그럼, 난 그래도 싸지…… 고맙다……."

"이거 놓으세요." 해리가 사나운 얼굴로 페티그루의 손을 뿌리치며 내뱉듯이 말했다. "당신을 위해 이렇게 하는 게 아녜요. 내가 그런 결정을 내린 건…… 저분들이 살인자가 되는 걸 우리 아버지가 바라지 않으실 거라고 생각했기 때문이에요. 당신 같은 사람 때문에 말예요."

누구 하나 움직이지도 소리를 내지도 않았다. 그저 가슴을 움켜쥐고 씨근거리는 페티그루의 숨소리만 들릴 뿐이었다. 블랙과 루핀 교수는 서로 얼굴만 바라보고 있었다. 그 뒤 그들이 지팡이를 내렸다.

"결정은 물론 네가 해야겠지, 해리." 블랙이 말했다. "하지만 생각해 보렴……. 놈이 무슨 짓을 했는지 다시 한 번 생각해 보렴……."

"이 사람은 아즈카반으로 가면 돼요." 해리가 단호하게 말했다. "그런 곳엔 바로 이런 사람이 가야 해요……."

페티그루는 여전히 그의 뒤에서 씨근거리고 있었다.

"잘 알겠다." 루핀 교수가 말했다. "비켜 서라, 해리."

해리가 머뭇거렸다.

"그를 묶으려고 그러는 거란다." 루핀 교수가 말했다. "그것뿐이다, 맹세하마."

해리가 비켜 서자 루핀 교수의 지팡이에서 가느다란 줄이 나오더니 순식간에 페티그루를 꽁꽁 묶었다. 그는 입에 재갈이 물린 채 마룻바닥에서 몸부림치고 있었다.

"하지만 변신했다간, 피터." 블랙이 요술지팡이를 페티그루에게 갖다 대며 호통을 쳤다. "그 자리에서 죽을 줄 알게. 동의하니, 해리?"

해리는 마룻바닥에 누워 있는 페티그루가 볼 수 있도록 고개를 끄덕였다.

"좋아." 루핀 교수가 갑자기 사무적으로 말했다. "론, 난 폼프리 부인만큼 뼈를 잘 고치지는 못하지만, 병동에 갈 때까지는 다리를 좀 잡아매 두는 게 좋을 것 같구나."

그가 론에게로 급히 걸어가더니 론의 다리를 지팡이로 두드리며 중얼거렸다. "*페룰라.*" 그러자 붕대가 론의 다리를 둘둘 감으며 부목에 단단히 잡아매 주었다. 루핀 교수가 론이 일어서는 걸 도와주자, 론이 그 다리에 조심스럽게 체중을 실으며 일어섰다.

"좀 낫네요." 그가 말했다. "고맙습니다."

"스네이프 교수는 어떡하죠?" 헤르미온느가 엎드려 있는 스네이프 교수를 내려다보며 작은 소리로 물었다.

"그는 별탈 없단다." 루핀 교수가 스네이프 교수의 맥박을 재며 말했다. "너희들이 그저 조금…… 지나쳤던 것 같구나. 밖은 여전히 추운 것 같으니 저…… 어쩌면 우리가 성에 안전하게 돌아갈 때까지 스네이프 교수를 그냥 놔 두는 게 좋을지도 모르겠구나. 이대로 데려가도록 하자……."

그가 중얼거렸다. *"모빌리코르푸스."* 그러자 마치 보이지 않는 실이 스네이프 교수의 팔목과 목과 무릎을 묶기라도 한 듯, 스네이프 교수는 심술궂게 일그러진 얼굴을 여전히 축 늘어뜨린 채 꼭 괴상한 로봇처럼 기립 자세가 되었다. 그리고 맥빠진 발을 건들거리며 마룻바닥에서 몇 센티미터 정도 위로 올라갔다. 루핀 교수는 투명 망토를 집어 주머니 속에 잘 밀어 넣었다.

"그리고 우리 둘은 피터에게 수갑을 채우도록 하지." 블랙이 발끝으로 페티그루를 쿡 찌르며 말했다. "만일을 위해서 말야."

"내가 하겠네." 루핀 교수가 말했다.

"저두요." 론이 절뚝거리며 앞으로 걸어오면서 말했다.

블랙이 마법으로 허공에서 묵직한 수갑을 만들어 냈다. 곧 페티그루의 왼팔은 루핀 교수의 오른팔에 채워지고, 오른팔은 론의 왼팔에 채워졌다. 론의 얼굴이 굳어졌다. 스캐버스의 진짜 정체가 밝혀지자 그는 인격적으로 모욕을 당했다고 생각하는 것 같았다. 크룩생크가 침대에서 가볍게 뛰어내리더니 의기양양하게 꼬리를 높이 쳐들고 앞장 서서 방을 나갔다.

제 20 장

디멘터의 입맞춤

그건 정말로 이상한 광경이었다. 앞장 서서 계단을 내려가는 크룩생크 뒤로 루핀 교수와 페티그루와 론이 따라갔는데, 꼭 다리가 여섯 개 달린 동물이 움직이는 것 같았다. 다음은 스네이프 교수였다. 그는 시리우스가 걸어 놓은 마법으로 들어올려져서 한 칸 한 칸 내려갈 때마다 발끝으로 계단을 맥없이 툭툭 치며 소름끼치게 둥둥 떠갔다. 해리와 헤르미온느는 맨 뒤에서 따라갔다.

터널을 다시 빠져나가는 건 어려웠다. 크룩생크는 여전히 앞장 서서 걸었고, 루핀 교수와 페티그루와 론은 몸을 옆으로 돌려서 어설프게 일렬 종대로 걸어가야 했다. 하지만 그 와중에도 루핀 교수는 페티그루에게 지팡이를 계속 대고 있었다. 해리는 스네이프 교수를 둥둥 떠 가게 하고 있는 블랙 바로 뒤에 따라 갔는데, 스네이프 교수의 축 늘어진 머리가 낮은 천장에 계속해서 부딪혔음에도 불구하고, 블랙은 전혀 신경 쓰지 않았다.

"페티그루를 신고한다는 게," 천천히 터널을 따라 나아가고 있을 때 블랙이 느닷없이 해리에게 물었다. "무슨 의미인지 아니?"

"아저씨가 자유의 몸이 된다는 거죠." 해리가 또박또박 말했다.

"그래……." 블랙이 말했다. "그런데 난, 누군가가 네게 말했는지는 모르겠지, 너의 대부란다."

"그래요, 알고 있었어요." 해리가 말했다.

"뭐랄까…… 네 부모가 날 너의 보호자로 정한 거였단다." 블랙이 어색하게 말했다. "그들에게 혹시 무슨 일이라도 생기면……."

해리는 기다렸다. 블랙이 말하려는 게 자기가 짐작했던 바로 그것일까?

"물론 네가 만약 네 이모와 이모부와 함께 지내고 싶다면 어쩔 수 없겠지." 블랙이 조심스럽게 말했다. "하지만…… 글쎄…… 한번 생각해 보렴. 일단 내 누명이 벗겨지면…… 만약 네가 다른 가정에서…… 살고 싶다면……."

해리는 가슴이 벅찼다.

"네? 아저씨랑 같이 산다구요?" 해리는 천장에서 툭 튀어나온 돌조각에 머리를 쾅 부딪히고 말았다. "더즐리 가족을 떠나서 말인가요?"

"물론 난 네가 원하지 않을 줄 알았단다." 블랙이 얼른 고쳐 말했다. "이해한다. 난 그저 내가……"

"무슨 말씀이세요?" 해리가 블랙처럼 쉰 목소리로 말했다. "저야 당연히 더즐리 가족을 떠나고 싶죠! 집 있으세요? 제가 언제 들어갈 수 있죠?"

블랙이 홱 돌아서 그를 바라보았다. 스네이프 교수의 고개가 천장에 부딪혔지만 블랙은 아랑곳하지 않았다.

"나랑 살고 싶다구?" 그가 믿기지 않는 듯 되물었다. "정말이니?"

"그럼요, 정말이구말구요!" 해리가 말했다.

해리는 처음으로 블랙의 야윈 얼굴에 진정한 미소가 번지는 걸 보았다. 그 차이는 엄청났다. 환하게 웃고 있는 블랙은 10년은 더 젊어 보였다. 블랙은 잠시 해리 부모의 결혼식 때 웃고 있던 바로 그 사람의 모습으로 돌아왔다.

그들은 터널 끝에 도달할 때까지 아무 말도 하지 않았다. 마침내 크룩생크가 제일 먼저 밖으로 쏜살같이 달려나갔다. 그리고 이어서 루핀 교수와 페티그루와 론이 기어 올라갔다. 하지만 난폭하게 휘둘러 대는 나뭇가지 소리는 전혀 들리지 않았다. 고양이가 발로 나무 몸통에 있는 옹이를 누른 게 분명했다.

블랙은 스네이프 교수가 구멍으로 올라가는 걸 본 뒤, 해리와 헤르미온느가 지나갈 수 있도록 뒤로 물러섰다. 마침내 그들 모두가 밖으로 나왔다.

정원은 이제 아주 어두웠다. 멀리 있는 성의 창문에서 흘러나오는 불빛이 전부였다. 그들은 아무 말 없이 출발했다. 페티그루는 여전히 씨근거리며 가끔씩 흐느껴 울고 있었다. 하지만 해리의 기분은 날아갈 것 같았다. 이제 더즐리 가족을 떠날 것이다. 그는 부모와 절친한 친구 사이였던 시리우스 블랙과 함께 살게 될 것이다……. 그는 너무나 행복했다……. 더즐리 가족에게, 텔레비전에서 보았던 그 죄수와 함께 살 거라고 하면 어떤 일이 벌어질까……!

"조금이라도 허튼짓 했다간 알지, 피터." 루핀 교수가 앞에서 험악하게 말했다. 그의 지팡이는 여전히 페티그루의 옆구리로 향해 있었다.

그들이 말없이 정원을 걸어가는 동안, 성의 불빛이 점점 더 크게 다가왔다. 스네이프 교수는 여전히 목을 건들거리며 블랙 앞에서 섬뜩하게 둥둥 떠가고 있었다. 그런데 바로 그때……

구름에 가려 있던 달이 쏘옥 얼굴을 내밀었다. 정원에 갑자기 희미한 그림자들이 드리워지면서 달빛이 쏟아졌다.

루핀 교수와 페티그루와 론이 갑자기 멈춰 서는 바람에 둥둥 떠가던 스네이프 교수가 그들과 부딪혔다. 블랙은 몸이 얼어붙기라도 한 듯 꼼짝도 하지 않았다. 그러더니 얼른 팔을 뻗어 해리와 헤르미온느를 멈춰 세웠다.

해리는 뻣뻣하게 굳어 있는 루핀 교수의 실루엣을 볼 수 있었다. 그런데 그의 사지가 갑자기 떨리기 시작했다.

"오, 이런……" 헤르미온느는 숨이 막혔다. "교수님은 오늘 밤 약을 드시지 않았어! 교수님은 위험해!"

"뛰어가라." 블랙이 속삭였다. "뛰어가, 지금!"

하지만 해리는 그럴 수가 없었다. 론이 페티그루와 루핀 교수와 수갑을 함께 차고 있었던 것이다. 해리가 론에게로 달려가려는 순간, 블랙이 해리의 가슴을 움켜쥐고 끌어당겼다.

"그건 내게 맡겨 두거라, 뛰엇!"

무시무시하게 으르렁대는 소리가 들렸다. 루핀 교수의 머리와 몸이 점점 길어지고 있었다. 어깨는 둥글게 구부러지고 있었으며 얼굴과 손에 털이 나기 시작했다. 손에서는 손톱이 길게 자라났다. 크룩생크가 털을 곤두세우고 뒷걸음질치고 있었다…….

늑대인간이 긴 입을 쩍 벌리고 뒷다리로 일어섰을 때, 시리우스는 이미 해리의 옆에서 사라지고 없었다. 어느새 변신한 것이다. 곰같이 커다란 개가 앞으로 뛰어갔다. 늑대인간이 수갑을 벗겨 내려고 몸을 비틀자, 개가 그것의 목을 물고 론과 페티그루에게 가까이 가지 못하게 잡아끌었다. 그들은 서로 입과 발톱으로 상대방에게 달려들며 맞붙어 있었다.

해리는 놀라서 꼼짝도 못하고 그 싸움만 지켜보고 서 있었으므로 옆에서 무슨 일이 일어나고 있는지 전혀 알아채지 못했다. 그때 헤르미온느의 비명 소리가 들렸다…….

페티그루가 땅바닥에 떨어진 루핀 교수의 지팡이를 잡으려고 돌진한 것이다. 붕대를 감은 다리로 서 있던 론이 비틀거리다가 넘어졌다. 쾅 하더니 불빛이 번쩍 했다……. 론이 땅바닥에 미동도 없이 누워 있었다. 그리고 또 한 번 쾅 하는 소리가 나더니 크룩생크가 공중으로 날아올랐다가 다시 땅바닥으로 떨어졌다.

"엑스펠리아르무스!" 해리가 지팡이를 페티그루에게 갖다대며 소리치자 루핀 교수의 지팡이가 휙 날아갔다. "꼼짝 마세요!" 해리가 앞으로 달려가며 큰 소리로 말했다.

하지만 때는 너무 늦고 말았다. 페티그루가 다시 쥐로 변신해 버린 것이다. 그의 매끈한 꼬리가 쭉 뻗은 론의 팔에 채워진 수갑으로 급히 움직이는가 싶더니, 어느새 잔디밭으로 달려가고 있었다.

소리를 길게 뽑으며 울부짖는 소리와 으르렁대는 소리가 들렸다. 해리는 고개를 돌렸다. 늑대인간이 숲속으로 달아나고 있었다…….

"시리우스, 그가 달아났어요. 페티그루가 변신했어요!" 해리가 소리쳤다.

블랙은 피를 흘리고 있었다. 그의 콧등과 등에 깊은 상처가 나 있었다. 하지만 해리의 말을 듣자 블랙은 다시 급히 일어섰다. 그리고 눈 깜짝할 사이에 정원으로 달려갔다.

해리와 헤르미온느는 얼른 론에게로 갔다.

"론한테 무슨 짓을 한 거지?" 헤르미온느가 작은 소리로 말했다. 론의 눈은 반쯤 감겨져 있었고 입은 헤벌어져 있었다. 숨소리가 들리는 것으로 보아 살아 있는 것은 분명했지만 그들을 알아보지는 못하는 것 같았다.

"몰라……."

해리는 절망적으로 주위를 둘러보았다. 블랙과 루핀 교수 모두가 버렸다……. 이제 그들과 함께 있는 사람은 여전히 무의식 상태로 공중에 떠 있는 스네이프 교수뿐이었다.

"일단은 스네이프 교수와 론을 성으로 데려가서 누군가에게 도움을 요청하는 게 좋겠어." 해리가 머리카락을 쓸어 올리며 말했다. "가자."

하지만 그때 어디선가 깽깽거리는 소리가 들렸다. 개가 고통스러워하는 소리였다…….

"시리우스." 해리가 어둠 속을 바라보며 중얼거렸다.

그는 순간적으로 망설였다. 당장에 그들이 론을 위해 할 수 있는 건 아무것도 없었다. 더군다나 들려오는 소리로 보아 블랙이 위험에 처해 있는 게 분명했다.

해리는 마음을 결정하고 출발했다. 헤르미온느도 그의 뒤에 바짝 붙어서 걸었다. 낑낑대는 소리는 호수 언저리에서 들려오는 것 같았다. 그들은 호숫가로 온 힘을 다해 달렸다.

갑자기 낑낑대는 소리가 멈췄다. 호숫가에 도착했을 때에야 그 이유를 알았다……. 시리우스가 다시 사람으로 돌아와서, 양손으로 머리를 감싼 채 몸을 잔뜩 웅크리고 엎드려 있었다.

"안 돼." 그가 신음했다. *"안 돼…… 제발……."*

해리는 보았다. 적어도 수백 명은 될 듯한 디멘터가 호수 주위에서 그들을 향해 새까맣게 몰려오고 있었다. 해리는 홱 돌아섰다. 얼음장같이 차가운 친숙한 냉기가 몸 속으로 스며들면서 뿌연 안개가 시야를 흐리기 시작했다. 어둠 속 여기저기서 점점 더 많은 디멘터들이 모습을 드러내고 있었다…….

"헤르미온느, 가장 기분 좋았던 일을 생각해!" 해리가 지팡이를 들어올리며 소리쳤다. 그는 미친 듯이 눈을 깜작이며 내부에서 시작된 희미한 비명 소리를 떨쳐 버리려고 고개를 가로 저었다…….

난 대부와 함께 살 거야. 난 더즐리 가족을 떠날 거야.

그는 블랙 생각만 하려고 애쓰며 단조로운 어조로 되풀이해 말하기 시작했다. *"익스펙토 패트로눔! 익스펙토 패트로눔!"*

블랙이 진저리를 한 번 치더니 데굴데굴 굴러가 창백한 얼굴로 땅바닥에 죽은 듯이 누워 있었다.

블랙은 괜찮을 거야, 난 블랙과 함께 살 거야.

"*익스펙토 패트로눔!* 헤르미온느, 도와줘! *익스펙토 패트로눔!*"

"*익스펙토*……" 헤르미온느가 작은 소리로 속삭였다. "*익스펙토*…… *익스펙토*……"

하지만 헤르미온느는 잘 할 수가 없었다. 디멘터들은 가까이 다가오고 있었고 이제 그들과의 거리는 3미터도 채 되지 않았다. 그들은 해리와 헤르미온느 주위로 점점 더 가까이 다가오고 있었다…….

"익스펙토 패트로눔!" 해리는 귀에서 들리는 비명 소리를 떨쳐 버리려고 애쓰며 큰 소리로 외쳤다. *"익스펙토 패트로눔!"*

그의 지팡이에서 가느다란 은빛 줄기가 빠져나가 그의 앞에서 안개처럼 떠돌았다. 바로 그 순간 해리는 헤르미온느가 옆으로 쓰러지는 걸 느꼈다. 그는 혼자였다…… 완전히 혼자였다…….

"익스펙토…… 익스펙토 패트로눔……"

해리는 무릎이 차가운 잔디에 닿는 걸 느꼈다. 안개 때문에 앞이 잘 보이지 않았다. 그는 기억하려고 안간힘을 썼다. 시리우스는 죄가 없어…… 결백해…… *우린 괜찮을 거야…… 난 시리우스와 함께 살 거야……*.

"익스펙토 패트로눔!" 해리는 숨이 막혔다.

아주 가까이 서 있던 디멘터 하나가 그가 만들어 낸 패트로누스의 희미한 불빛을 보고 멈춰 서는 게 보였다. 그 디멘터는 해리가 마법으로 불러 낸 은빛 안개구름을 뚫고 올 수가 없었던 것이다. 디멘터의 망토 속에서 감각이 없는 듯한 끈적끈적한 손 하나가 스르르 미끄러져 나왔다. 그리고 그것이 패트로누스를 뿌리치려는 듯 손을 내저었다.

"안 돼…… 안 돼……" 해리는 숨이 막혔다. "그는 죄가 없어…… *익스펙토…… 익스펙토 패트로눔……"*

해리는 디멘터들이 지켜보고 있다는 걸 알 수 있었다. 사나운 바람처럼 식식대는 그들의 숨소리가 들렸다. 가장 가까운 디멘터가 그를 뚫어지게 바라보고 있는 것 같았다. 그 뒤 그것이 썩어 문드러진 두 손을 들어올려 두건을 내렸다.

눈이 있어야 할 자리에 눈은 없고 딱지투성이의 가느다란 회색빛 살갗이 빈 안구 위로 축 늘어져 있었다. 하지만 입은 있었다……. 멍하니 벌어진 채 가르랑거리는 소리를 내며 공기를 빨아들이는 보기 흉한 구멍이었다.

온몸이 얼어붙는 것 같은 공포가 밀려왔다. 해리는 움직일 수도 말할 수도 없었다. 그의 페트로누스가 깜박이더니 사라져 버렸다.

하얀 안개 때문에 앞이 하나도 보이지 않았다. 그러나 싸워야 했다……. *익스펙토 패트로눔*……. 아무것도 보이지 않았다……. 그런데 멀리서 친숙한 비명 소리가 들렸다……. *익스펙토 패트로눔*……. 그는 안개 속에서 손을 더듬어 시리우스의 팔을 잡았다……. 시리우스를 데려가선 안 돼…….

하지만 갑자기 한 쌍의 차고 끈적끈적한 손이 해리의 목을 꽉 잡았다. 그리고 그 디멘터의 손이 해리의 얼굴을 끌어당겼다……. 그것의 숨소리가 들렸다……. 디멘터는 그를 먼저 없애려 한다…….디멘터의 입에서 불쾌한 냄새가 났다. 귀에서는 어머니의 비명 소리가 들렸다……. 이것이 살아서는 마지막으로 듣는 어머니의 목소리겠지…….

그때 밀려오는 안개 속에서 언뜻 은빛 불빛이 점점 더 밝아지고 있는 게 보였다……. 해리는 몸이 잔디 위로 고꾸라지는 걸 느꼈다……. 하지만 힘이 없어 움직일 수가 없었다. 해리는 엎드린 채 벌벌 떨며 눈을 떴다. 디멘터가 그를 놓아 준 게 틀림없었다. 눈부신 불빛이 그가 누워 있는 잔디를 비추고 있었다……. 비명 소리는 멈췄고 냉기도 사라지고 있었다…….

무언가가 디멘터들을 물리치고 있었다. 그것이 그와 블랙과 헤르미온느 주위를 돌고 있었다. 디멘터가 물러가면서 공기가 다시 따뜻해지고 있었다…….

해리는 간신히 고개를 몇 센티미터 정도 들어올렸다. 어떤 동물이 불빛 한복판에서 호수로 달려가는 게 보였다. 눈으로 흘러내린 땀 때문에 흐릿하게 보이긴 했지만, 해리는 그것이 무엇인지 알아 내려고 애썼다. 그것은 유니콘처럼 밝은 빛깔이었다. 해리는 정신을 차리려고 애를 썼다. 그것은 반대편 호숫가에 도달하자 속도를 늦추고 멈춰 섰다. 잠시였지만 해리는 밝게 빛나는 그 동물의 광채 때문에,

누군가가 그 동물을 맞이하면서…… 가볍게 두드려 주는 걸 볼 수 있었다……. 이상하게도 어디서 본 듯한 사람이었다……. 하지만 그럴 리는 없었다…….

이해가 되지 않았지만 더 이상 생각할 수가 없었다. 마지막 남은 힘마저 다 빠져나가는 것 같았다. 머리가 땅바닥에 닿는 걸 느꼈고, 해리는 정신을 잃었다.

제 21 장

헤르미온느의 비밀

"놀랍군…… 놀라워……. 아무도 죽지 않았다니 이건 기적이야. 이런 일은 들어 본 적이 없어. 자네가 그곳에 있었다니 천만다행이었네, 스네이프."

"고맙습니다, 장관님."

"멀린 훈장감이네. 2급은 충분히 되지. 내가 조금 노력한다면 1급 훈장도 받을 수 있을 걸세."

"정말 고맙습니다, 장관님."

"자네 거기 심하게 베었군. 보나마나 블랙이 그랬겠지?"

"사실은 포터와 위즐리와 그레인저가 그랬습니다, 장관님."

"설마, 그럴 리가!"

"블랙이 애들에게 마법을 걸었더군요. 전 금방 알아챘어요. 그들의 행동으로 보아 '컨푼더스 마법'에 걸렸던 모양입니다. 그 애들은 그에게 죄가 없다고 믿게 되었어요. 그런 마법에 걸렸으니 그 애들이 그렇게 행동하는 것도 무리가 아니죠. 하지만 애들이 끼어드는 바람에 블랙을 놓칠 뻔했어요……. 그 애들은 블랙을 혼자 힘으로 잡을 수 있다고 생각한 게 분명해요. 지금까지는 벌받지 않고 그럭저럭 피할 수 있었을지 모르지만 이번 일은 그렇게 호락호락 넘어가지 못할 겁니다. 진작에 혼쭐을 냈어야 하는 건데, 가만 내버려 두었기 때문에 자신들이 대단한 줄로 착각하고 있는 거예요……. 더구나 포터는 항상 교장 선생님의 비호 속에 엄청난 자유를 누리며 멋대로 행동하고 다녔죠……."

"아 글쎄, 스네이프…… 해리 포터 말일세, 그 애는 좀 특별한 애가 아닌가."

"하지만 그 애가 그렇게 많은 특별 대우를 받는 게 좋다고 생각하세요? 전 개인적으로 그 애를 여느 학생처럼 대하려고 노력하고 있어요. 다른 학생이었다면 벌써 정학당했을 겁니다. 친구들을 그런 위험에 처하게 했으니 말입니다. 생각해 보세요, 장관님. 학교 규칙을 모두 어겼잖습니까. 그 애를 보호하기 위해 그 모든 예방 조치들이 취해졌는데도 말입니다. 밤에 늑대인간과 살인자까지 만나다니 말이나 되는 소리입니까, 어디? 그리고 그 앤 규칙을 어기고 호그스미드에까지 간 것 같더군요. 제겐 확실한 심증이 있어요."

"자, 자…… 이제 곧 모든 게 밝혀질 게 아닌가, 스네이프. 모든 게 말이네. 그 아인 정말 어리석은 행동을 했어."

해리는 눈을 꼭 감은 채로 누워서 듣고 있었다. 그는 정신이 멍했다. 그가 듣고 있는 말들이 귀에서 뇌로 아주 천천히 이동하고 있는 것 같았으므로 잘 이해가 가지 않았다……. 팔다리가 납처럼 무겁게 느껴졌다. 눈꺼풀이 어찌나 무거웠던지 눈이 떠지지가 않았다……. 그저 여기 이 편안한 침대에 가만히 누워 있고 싶었다, 영원히…….

"내가 가장 놀랐던 건 디멘터의 행동이네. 자네 정말 디멘터를 물리친 게 뭔지 전혀 모르나, 스네이프?"

"네, 장관님. 제가 정신이 들었을 때는 그들은 이미 학교 입구로 돌아가고 있었어요."

"이상하군. 그럼에도 블랙과 해리와 그 소녀는……"

"제가 그들에게로 갔을 때는 모두들 기절한 상태였어요. 전 블랙의 몸을 묶고 재갈을 물렸죠. 그리고 마법으로 들것을 불러 내어 그들을 모두 곧장 성으로 데려왔어요."

잠시 침묵이 흘렀다. 해리는 이제 좀 정신이 드는 것 같았다. 그리고 동시에 명치끝에 에는 듯한 통증이 느껴졌다…….

그는 눈을 떴다.

누군가가 그의 안경을 벗겨 두었는지, 모든 게 약간 흐릿하게 보였다. 그는 어두운 병동에 누워 있었다. 폼프리 부인이 병실 끝에 있는 침대에서 누군가를 간호하고 있었다. 폼프리 부인의 팔 밑으로 론의 빨간 머리카락이 보였다.

해리는 몸을 조금 움직였다. 오른쪽 침대에는 헤르미온느가 누워 있었다. 그녀의 침대로 달빛이 쏟아지고 있었다. 그녀도 눈을 뜨고 있었는데, 잔뜩 겁에 질려 있는 것 같았다. 그리고 해리가 깨어난 걸 보자 입술에 손가락을 갖다대고 병실 문을 가리켰다. 조금 열린 문으로 바깥 복도에서 말하고 있는 코넬리우스 퍼지 장관과 스네이프 교수의 목소리가 들렸다.

폼프리 부인이 이제 해리의 침대로 힘차게 걸어오고 있었다. 해리는 고개를 돌려 그녀를 바라보았다. 그녀는 커다란 초콜릿 덩어리를 들고 있었다.

"어머, 깨어났구나!" 그녀가 기분 좋게 말했다. 그리고 초콜릿을 해리의 침대 옆 탁자에 놓고 마치로 쪼개기 시작했다.

"론은 어때요?" 해리와 헤르미온느가 동시에 물었다.

"생명에는 지장이 없단다." 폼프리 부인이 무섭게 말했다. "너희 둘은…… 너희는 내가 있으라고 할 때까지 여기에…… 포터, 도대체 뭐하는 거니?"

해리가 일어서서 다시 안경을 쓰고는 요술지팡이를 집어 들었다.

"교장 선생님을 뵈어야 해요." 그가 다급히 말했다.

"포터," 폼프리 부인이 달래며 말했다. "이제 괜찮단다. 블랙이 잡혔거든. 그는 위층에 갇혀 있단다. 디멘터들이 입맞출 준비를 하고 있지."

"뭐라구요?"

해리는 침대에서 펄쩍 뛰어내렸다. 헤르미온느도 똑같이 뛰어내렸다. 하지만 그가 소리 지르는 게 바깥까지 들렸던지, 코넬리우스 퍼지 장관과 스네이프 교수가 병실로 들어왔다.

"해리, 해리, 왜 그러니?" 퍼지 장관이 해리를 진정시키려고 하며 말했다. "넌 누워 있어야 한단다. 이 애가 초콜릿을 먹었소?" 그가 걱정스럽게 폼프리 부인에게 물었다.

"장관님, 제 말 좀 들어보세요!" 해리가 말했다. "시리우스 블랙은 죄가 없어요! 피터 페티그루가 죽은 척했던 거예요! 저힌 좀전에 페티그루를 직접 봤어요! 디멘터가 시리우스에게 그 짓을 하게 내버려 두면 안 돼요. 시리우스는……"

하지만 퍼지 장관은 엷은 미소를 지으며 고개를 가로젓고 있었다. "해리, 해리, 아직 제정신이 아닌가 보구나. 하긴 그렇게 끔찍한 일을 겪었으니. 자 눕거라. 모든 게 잘되었단다……."

"아니에요!" 해리가 소리쳤다. "엉뚱한 사람을 잡으신 거예요!"

"장관님, 저희들 말 좀 들어주세요. 제발." 헤르미온느가 간절하게 말했다. 그녀는 급히 해리 쪽으로 걸어가 애원하는 듯한 얼굴로 퍼지 장관을 바라보았다. "저도 페티그루를 봤어요. 그는 론의 쥐였어요. 동물로 변신했던 거예요. 페티그루가 말이에요……."

"보셨죠, 장관님?" 스네이프 교수가 냉소적으로 말했다. "둘 다 제정신이 아니에요……. 블랙이 이 애들에게 마법을 걸어 둔 게 분명하다니까요."

"저흰 멀쩡해요!" 해리가 큰 소리로 말했다.

"장관님! 교수님!" 폼프리 부인이 화를 내며 말했다. "이제 좀 나가 주셔야겠어요. 포터는 환자예요. 스트레스를 받으면 안 돼요!"

"그게 아니에요. 전 그저 어떤 일이 일어났는지 사실대로 말하려는 것뿐이에요!" 해리가 화를 내며 말했다. "말을 들어주시기만 한다면……"

하지만 폼프리 부인이 갑자기 커다란 초콜릿 덩어리를 해리의 입에 쑤셔 넣었다. 그리고 해리가 말을 못하게 된 사이에, 억지로 다시 침대에 눕혔다.

"자 제발, 장관님. 이 아이들은 쉬어야 해요. 제발 나가 주세요."

문이 다시 열렸다. 덤블도어 교수였다. 해리는 입에 가득 든 초콜릿을 힘겹게 꿀꺽 삼키고 다시 일어났다.

"덤블도어 교수님, 시리우스 블랙은……"

"제발!" 폼프리 부인이 신경질적으로 말했다. "여긴 병동이에요. 교장 선생님, 전……"

"미안하오, 폼프리. 하지만 이 애들과 함께 잠깐 나눌 말이 있어서 말이오." 덤블도어 교수가 침착하게 말했다. "막 시리우스 블랙을 만나고 오는 길이오."

"그자가 포터의 마음속에 심어 놓은 것과 똑같은 거짓말을 했겠군요?" 스네이프 교수가 내뱉듯이 말했다. "쥐가 어떻다는 둥 페티그루가 살아 있다는 둥……."

"그렇네, 블랙도 그렇게 말했네." 덤블도어 교수가 반달 모양의 안경 너머로 스네이프 교수를 바라보며 말했다.

"그럼 제 증언은 아무 의미가 없다는 건가요?" 스네이프 교수가 으르렁거렸다. "피터 페티그루는 비명을 지르는 오두막에 없었어요. 정원에서도 흔적을 찾지 못했구요."

"그건 교수님이 기절하셨기 때문이에요." 헤르미온느가 진지하게 말했다. "교수님은 늦게 도착하셔서 잘 못 들으……"

"그레인저, 잠자코 있어라!"

"자, 스네이프." 퍼지 장관이 깜짝 놀라서 말했다. "그 아인 제정신이 아니지 않소. 우리가 양해를 해야지……."

"난 해리와 헤르미온느에게 하고 싶은 말이 있어요." 덤블도어 교수가 불쑥 말했다. "코넬리우스 장관님, 세베루스, 그리고 폼프리 부인, 좀 나가 주시오."

"교장 선생님!" 폼프리 부인이 흥분해서 말했다. "이 애들은 쉬어야 해요!"

"이 말은 꼭 해야만 해요." 덤블도어 교수가 단호하게 말했다. "반드시 말이오."

폼프리 부인이 입술을 오므리더니 병실 끝에 있는 자신의 사무실로 성큼성큼 걸어 들어가서는 문을 쾅 닫았다. 퍼지 장관은 양복 조끼에 매달려 있는 커다란 황금 주머니 열쇠를 들여다보았다.

“지금쯤 디멘터가 도착했을 것 같군.” 그가 말했다. “난 가서 그들을 만나 봐야겠소. 덤블도어, 그럼 위층에서 봅시다.”

퍼지 장관은 먼저 문으로 나간 뒤 스네이프 교수가 나오길 기다리며 문을 잡고 있었다. 하지만 스네이프 교수는 움직이지 않았다.

“설마 블랙의 이야기를 믿는 건 아니시겠죠?” 스네이프 교수가 덤블도어 교수의 눈을 똑바로 쳐다보며 말했다.

“좀 나가 주게나. 해리와 헤르미온느에게만 긴히 할 말이 있으니.” 덤블도어 교수가 다시 한 번 말했다.

스네이프 교수가 덤블도어 교수 쪽으로 한 발짝 내디뎠다.

“시리우스 블랙은 열여섯 살 때 벌써 살인을 하려 했던 사람이에요.” 그가 격렬한 어조로 말했다. “그걸 잊지는 않으셨겠죠, 교장 선생님? 그가 절 죽이려 한 적이 있다는 사실을 설마 잊지는 않으셨겠죠?”

“똑똑히 기억하고 있네, 세베루스.” 덤블도어 교수가 조용히 말했다.

스네이프 교수가 홱 돌아서서 퍼지 장관이 여전히 잡고 있는 문으로 걸어나갔다. 문이 닫히고 덤블도어 교수가 해리와 헤르미온느에게로 돌아서자마자, 마치 봇물 터지듯 그들의 입에서는 한꺼번에 말이 튀어나왔다.

“교수님, 블랙 말이 사실이에요. 저흰 페티그루를 봤어요.”

“그는 루핀 교수가 늑대인간으로 변했을 때 달아났어요.”

“그는 쥐예요.”

“페티그루의 앞발, 그러니까, 손가락 말예요. 그가 자기 손가락을 잘랐던 거예요.”

"페티그루가 론을 공격했어요. 시리우스가 그런 게 아녜요."

하지만 덤블도어 교수가 손을 들어올려 그들의 두서없는 설명을 저지했다.

"이번엔 너희들이 내 말을 들어줘야겠구나. 제발 부탁이니 내 말을 막지 말고 끝까지 들어주었으면 좋겠구나. 시간이 얼마 없기 때문이란다." 그가 조용히 말했다. "블랙의 이야기를 뒷받침할 만한 증거는 조금도 없단다. 너희들 말을 제외하고는 말이다……. 그리고 너희들의 말이 아무리 옳다 한들 열세 살짜리 꼬마 마법사들의 말에 누가 귀를 기울이겠니. 거리를 가득 메우고 있던 목격자들이 시리우스가 페티그루를 살해하는 걸 봤다고 단언했잖니. 나 자신도 이미 마법부 장관에게 시리우스가 포터 부부의 비밀 파수꾼이었다고 증언했고 말이다."

"루핀 교수님은 증언해 주실 수 있을 거예요." 해리가 참지 못하고 말했다.

"루핀 교수는 현재 숲속 깊이 숨어 있어서 누구에게든 어떤 말을 할 수 있는 처지가 아니란다. 그가 다시 인간이 되었을 즈음엔 이미 때가 늦었을 테고, 시리우스는 차라리 죽느니만 못하게 되어 있을 게야. 그리고 우리 인간들 대부분은 늑대인간을 믿지 못하므로 그가 도와준다 해도 그다지 달라질 게 없단다……. 더욱이 그가 시리우스와 오랜 친구 사이라는 사실을 감안하면 말이다……."

"하지만……"

"*내 말을 듣거라, 해리.* 너무 늦었단다. 내 말 알아듣겠니? 스네이프 교수의 사건 설명이 너희들이 말한 것보다 훨씬 더 납득할 만하다는 사실을 이해해야만 한단다."

"스네이프 교수님은 시리우스를 싫어해요." 헤르미온느가 필사적으로 말했다. "단지 시리우스가 장난을 좀 쳤다는 이유만으로 말예요."

"하지만 시리우스의 행동은 결코 결백한 사람의 행동이었다고 볼 수가 없단다. 뚱보 여인을 공격하고 칼을 들고 그리핀도르 탑을 침입하고…… 페티그루가 살았든 죽었든 우린 시리우스의 처형을 뒤집을 수가 없어."

"하지만 교수님은 저희들을 믿으시잖아요."

"그야, 난 물론 그렇지." 덤블도어 교수가 조용히 말했다. "하지만 내겐 다른 사람들에게 진실을 보게 할 힘이, 아니 마법부 장관에게 그 모든 걸 뒤집게 할 힘이 없단다……."

해리는 근심스러운 얼굴로 올려다보았다. 땅끝으로 떨어지는 것 같았다. 그는 지금까지 덤블도어 교수는 무엇이든 해결할 수 있을 거라고 생각해 왔었다. 덤블도어 교수라면 전혀 뜻밖의 놀라운 해결책을 끌어내리라 기대했었다. 하지만 아니었다……. 마지막 희망은 이제 사라져 버렸다.

"우리에게 필요한 건," 덤블도어 교수가 천천히 말했다. 그가 하늘빛 눈으로 헤르미온느를 바라보았다. "*시간* 뿐이란다."

"하지만……" 헤르미온느가 말을 꺼냈다. 그리고는 덤블도어 교수의 말뜻을 알아차린 듯 눈이 동그래졌다. "*아!*"

"자, 잘 듣거라." 덤블도어 교수가 소리를 낮추고 똑똑히 말했다. "시리우스는 7층에 있는 플리트윅 교수의 사무실에 갇혀 있단다. 서쪽 탑의 오른쪽에서부터 열세 번째 창문이지. 일이 잘된다면, 너희들은 오늘 밤 무고한 생명을 하나 이상 구할 수 있을 게다. 하지만 기억해라. 절대 모습을 드러내서는 안 된다. 그레인저, 넌 방법을 알고 있지? 무엇이 문제가 되는지 잘 알고 있을 게다……. *절대…… 모*

습을 드러내선…… 안 된다."

해리는 무슨 영문인지 도무지 알 수가 없었다. 덤블도어 교수가 문 앞으로 걸어가다가 홱 돌아보았다.

"이제 난 이 문을 잠글 게다. 지금 시각이……" 그가 손목 시계를 들여다보았다. "자정까지 5분밖에 안 남았구나. 그레인저, 세 번 돌려야 할 게다. 행운을 빈다."

"행운을 빈다구?" 덤블도어 교수가 나가고 문이 쾅 닫히자 해리가 어처구니가 없다는 듯 말했다. "세 번 돌리다니? 교수님이 무슨 말을 하고 있는 거니? 우리더러 뭘 하라는 거지?"

하지만 헤르미온느는 망토 속으로 손을 넣어 목에 걸려 있는 긴 금목걸이를 만지작거리고 있었다.

"해리, 이리 와." 그녀가 다급하게 말했다. "*빨리!*"

해리가 어리둥절한 얼굴로 그녀에게로 다가갔다. 헤르미온느가 꺼내 들고 있는 목걸이에 아주 작은 모래 시계가 매달려 반짝거리고 있었다.

"자……."

헤르미온느가 그 목걸이를 해리의 목에 감았다.

"준비됐니?"

"우리 뭐하고 있는 건데?" 해리가 얼떨떨해져서 말했다.

헤르미온느가 모래 시계를 세 번 돌렸다.

어두운 병실이 점점 희미해졌다. 해리는 아주 빨리 거꾸로 날아가고 있는 것 같은 기분이 들었다. 옆으로 흐릿한 색깔과 모양들이 휙휙 지나갔다. 귀가 멍멍했다. 그는 소리를 질렀지만 자신의 목소리가 들리지 않았다…….

그 뒤 발밑의 땅이 딱딱해지는 게 느껴지더니 모든 게 다시 뚜렷히 보였다…….

해리와 헤르미온느는 사람이 아무도 없는 현관 안의 커다란 홀에 서 있었다. 한 줄기 햇빛이 열린 현관문을 통해 마룻바닥으로 쏟아져 들어오고 있었다. 그는 놀란 눈으로 헤르미온느를 바라보았다. 모래 시계의 줄이 목을 조여 왔다.

"헤르미온느, 도대체……?"

"이리로 와!" 헤르미온느가 해리의 팔을 잡고 빗자루를 넣어 두는 벽장으로 끌고 갔다. 그녀는 벽장문을 열고 물통과 걸레들 사이로 해리를 밀어 넣고는 자신도 들어간 뒤 문을 쾅 닫았다.

"뭐야? 어떻게 된 거야? 헤르미온느, 무슨 일이야?"

"우린 과거로 온 거야." 헤르미온느가 어둠 속에서 목걸이를 해리의 목에서 벗겨 내며 속삭였다. "세 시간 전으로……."

해리는 다리를 세게 꼬집었다. 굉장히 아팠다. 분명 이상한 꿈을 꾸고 있는 건 아닌 것 같았다.

"하지만……"

"쉿! 들어봐! 누군가 오고 있어! 내 생각에…… 내 생각에 우린 것 같아!"

헤르미온느가 귀를 벽장문에 바짝 갖다댔다.

"누군가가 정문 쪽으로 움직이고 있어……. 그래, 내 생각에 우리가 해그리드의 오두막으로 내려가고 있는 것 같아!"

"너 지금," 해리가 작은 소리로 말했다. "우리가 이 벽장 안에도 있고 저 밖에도 있다고 말하는 거니?"

"그래." 헤르미온느가 여전히 귀를 벽장문에 바짝 갖다대고 말했다. "저건 틀림없이 우리야. 세 사람 이상은 아닌 것 같아……. 그리고 우린 투명 망토를 쓰고 있어서 천천히 걸어가고 있어……."

그녀가 잠시 말을 멈추고 열심히 귀 기울였다.

"우리가 현관 계단으로 내려갔어……."

헤르미온느는 아주 걱정스러운 얼굴로 엎어 놓은 물통 위에 앉아 있었지만, 해리는 물어보고 싶은 게 많았다.

"그 모래 시계는 어디서 났니?"

"이건 시간을 거꾸로 돌리는 시계야." 헤르미온느가 속삭였다. "학기 첫날 맥고나걸 교수가 주셨어. 내가 지난 일 년 간 그 많은 수업을 들을 수 있었던 건 다 이것 덕분이야. 맥고나걸 교수는 아무에게도 말하지 말라고 하셨어. 교수님은 내게 이걸 주려고 마법부에 온갖 편지를 쓰셔야 했지. 내가 모범생이며, 공부 이외에는 절대 이걸 사용하지 않을 거라는 걸 납득시키느라 너무나 많이 애쓰셨어. 난 시간을 거꾸로 돌려서 몇 시간을 되풀이할 수 있었던 거야. 바로 그렇게 해서 몇 가지 수업을 동시에 들을 수 있었던 거지, 알겠니? 하지만…… 해리, *난 덤블도어 교수가 우리에게 뭘 하라고 한 건지는 잘 모르겠어.* 교수님이 왜 우리에게 세 시간 전으로 돌아가라고 했을까? 그게 시리우스를 돕는 것과 어떤 관련이 있을까?"

해리가 어둠 속에서 헤르미온느의 얼굴을 빤히 바라보았다.

"이 시간쯤 우리가 바꿔야 할 어떤 일이 일어난 게 틀림없어." 그가 골똘히 생각하며 말했다. "무슨 일이 있었지? 세 시간 전 우리는 해그리드의 오두막으로 내려가고 있었어……."

"지금이 세 시간 전이야. 그리고 우린 해그리드의 오두막으로 내려가고 있어." 헤르미온느가 말했다. "막 우리가 떠나는 소리를 들었잖아……."

해리는 얼굴을 찡그렸다. 그는 생각에 집중하려고 머리를 쥐어짰다.

"덤블도어 교수님은…… 우리가 무고한 생명을 하나 이상 구할 수 있을 거라고 하셨어……." 그때 그에게 문득 어떤 생각이 떠올랐다. "헤르미온느, 우린 벅빅을 구하게 될 거야!"

"하지만…… 그게 시리우스를 어떻게 구한다는 거지?"

"덤블도어 교수님이 그 창문의 위치를 알려 주셨잖아, 플리트윅 교수의 사무실 창문! 시리우스가 갇혀 있는 곳이야! 우린 벅빅을 그 창문으로 날아가게 해서 시리우스를 구해야 해! 시리우스는 벅빅을 타고 탈출하는 거야……. 시리우스와 벅빅은 함께 탈출할 수 있어!"

헤르미온느의 얼굴을 본 해리는 그녀가 겁에 질려 있다는 걸 알았다.

"들키지 않고 그걸 해낸다는 건 거의 불가능해!"

"하지만 시도는 해 봐야 하지 않겠니, 안 그래?" 해리가 말했다. 그는 일어서서 귀를 문에 바짝 갖다댔다.

"밖에 아무도 없는 것 같아……. 자, 가자……."

해리는 벽장문을 열었다. 현관 안의 홀에는 아무도 없었다. 그는 될 수 있는 대로 조용히, 그리고 빨리 벽장에서 빠져나와 돌계단을 내려갔다. 그림자는 이미 길어지고 있었고 금지된 숲의 나무들 위쪽이 황금빛으로 물들고 있었다.

"누구라도 창문에서 내다본다면……." 걱정이 되는 듯 헤르미온느가 성을 올려다보며 말했다.

"얼른 도망쳐야지." 해리가 단호히 말했다. "숲속으로 곧장, 알았지? 그리고 나무 뒤로 숨는 거야……."

"좋아. 그럼 온실로 돌아가자!" 헤르미온느가 숨을 죽이고 말했다. "해그리드의 오두막 현관에서 안 보이는 곳에 있어야 해. 그렇지 않으면 우리가 우릴 보게 되고 말 거야! 우린 지금쯤 해그리드의 오두막에 거의 다 왔을 거야!"

해리는 여전히 그녀의 말을 이해하려고 애쓰면서 전속력으로 달려갔다. 헤르미온느도 바로 뒤에서 달렸다. 그들은 쏜살같이 채소밭을 지나 온실로 갔다. 그리고 잠시 멈추었다가 다시 커다란 버드나무 언저리를 지나 오두막 쪽으로 달렸다…….

나무 그림자에 숨어서 해리가 돌아보았다. 조금 뒤 헤르미온느가 헐떡이며 도착했다.

"좋아." 그녀가 헐떡이며 말했다. "우린 해그리드의 오두막으로 몰래 숨어 들어가야 해……. 보이지 않게, 해리……."

그들은 숲 가장자리로 조용히 나아갔다. 그 뒤 해그리드의 오두막 현관문을 흘끗 보았을 때 문 두드리는 소리가 들렸다. 그들은 얼른 커다란 오크 나무 뒤로 몸을 숨기고는 양쪽에서 살짝 내다보았다. 문간에 나온 해그리드는 창백한 얼굴로 부들부들 떨면서 누가 노크한 건지 보려고 주위를 둘러보았다. 그리고 해리는 자신의 목소리를 들었다.

"저희들이에요. 투명 망토를 입고 있어요. 안으로 들어가야 망토를 벗을 수 있어요."

"오지 말라니까, 참!" 해그리드가 속삭였다. 그가 뒤로 물러선 뒤 얼른 문을 닫았다.

"이런 이상한 일까지 해보다니." 해리가 눈앞의 상황이 믿기지 않는 듯 어리둥절한 얼굴로 말했다.

"조금 더 가자." 헤르미온느가 작은 소리로 말했다. "벅빅에게 더 가까이 가야 해!"

그들은 해그리드의 호박밭 울타리에 매어져 있는 히포그리프가 보일 때까지 살금살금 걸어갔다. 벅빅이 다소 겁내는 것 같았다.

“지금 할까?” 해리가 속삭였다.

“안 돼!” 헤르미온느가 말했다. “우리가 만약 녀석을 지금 훔치면, 위원회 사람들은 해그리드가 녀석을 놓아 주었다고 생각할 거야! 그러니까 그들이 바깥에 매여 있는 녀석을 볼 때까지 기다려야 해!”

“그러면 60초 정도의 시간밖에 없어.” 해리가 초조하게 말했다. 이건 점점 더 불가능해 보였다.

바로 그때 해그리드의 오두막 안에서 사기 그릇 깨지는 소리가 들렸다.

“해그리드가 우유 단지를 깨뜨리는 소리야.” 헤르미온느가 말했다. “조금 있다가 내가 스캐버스를 발견하게 될 거야.”

아니나 다를까 몇 분 뒤, 헤르미온느가 놀라 비명을 지르는 소리가 들렸다.

“헤르미온느,” 해리가 불쑥 말했다. “우리가 만약…… 우리가 만약 저 안으로 달려들어가 페티그루를 붙잡으면 어떻게 될까……?”

“안 돼!” 헤르미온느가 겁에 질린 목소리로 말했다. “모르겠니? 우린 지금 가장 중요한 마법사 법률 가운데 하나를 어기고 있어! 아무도 시간을 바꾸지 못하게 되어 있어. 아무도! 너도 덤블도어 교수님의 말씀 들었잖아. 들켰다간……”

“우릴 볼 수 있는 사람은 우리 자신과 해그리드밖에 없잖아!”

“해리, 만약 네가 해그리드의 오두막 안으로 들어오는 걸 보면 저 안에 있는 넌 어떻게 할 것 같니?” 헤르미온느가 물었다.

“내가…… 내가 미친 거라고 생각하겠지.” 해리가 말했다. “아니면 어떤 어둠의 마법이 이루어지고 있다고 생각하거나……”

“바로 그거야! 넌 이해하지 못할 거야. 넌 심지어 네 자신을 공격하려 들지도 몰라! 모르겠어? 맥고나걸 교수는 마법사가 시간을 마음대로 주무른 결과, 얼마나 끔찍한 일들이 벌어졌는지 말씀해 주셨어……. 많은 사람들이 실수로 과거나 미래의 자신을 죽였대!"

"알았어!" 해리가 말했다. "그저 그렇게 생각한 것뿐이야. 그저……"

그때 헤르미온느가 해리를 쿡 찌르며 성 쪽을 가리켰다. 해리는 멀리 있는 정문을 더 잘 보려고 고개를 조금 더 쑥 내밀었다. 덤블도어 교수와 퍼지 장관과 위원회에서 온 늙은이와 사형 집행인 맥네어가 계단을 내려오고 있었다.

"우리가 막 나오려고 해!" 헤르미온느가 속삭였다.

그리고 정말로 잠시 뒤, 해그리드의 오두막 뒷문이 열렸다. 해리는 자기 자신과 론과 헤르미온느가 해그리드와 함께 걸어나오는 걸 보았다. 나무 뒤에 서서 자기가 호박밭으로 걸어가는 걸 지켜보는 기분은 정말로 이상했다.

"괜찮아, 벅빅. 괜찮아……." 해그리드가 벅빅에게 말했다. 그 뒤 그는 해리와 론과 헤르미온느에게로 돌아섰다. "어서 가, 빨리."

"해그리드, 저흰……"

"정말로 어떤 일이 있었는지 저희가 말할게요……."

"벅빅을 죽이도록 내버려 두어선 안 돼요……."

"가!" 해그리드가 사납게 말했다. "너희들까지 얽히면 문제가 정말로 심각해져."

해리는 헤르미온느가 호박밭에서 투명 망토를 그와 론의 머리로 뒤집어씌우는 걸 지켜보았다.

"얼른 가. 듣지 말구……."

해그리드의 오두막 현관에 노크 소리가 났다. 사형 집행인이 도착한 것이다. 해그리드가 홱 돌아서서 뒷문을 조금 열어 둔 채 다시 오두막으로 들어갔다. 해리는 세 명의 발소리가 멀어지는 소리를 들었다. 그와 론과 헤르미온느는 가 버렸다……. 하지만 숲속에 숨어 있는 해리와 헤르미온느는 이제 뒷문을 통해 오두막 안에서 어떤 일이 일어나는지 들을 수 있었다.

"그 짐승은 어딨소?" 맥네어의 차가운 목소리가 들렸다.

"밖에…… 밖에 있소." 해그리드가 쉰 목소리로 말했다.

맥네어의 얼굴이 벅빅을 내다보려고 해그리드의 오두막 창문에 나타나자 해리는 얼른 몸을 숨겼다. 그 뒤 퍼지 장관의 목소리가 들렸다.

"우린…… 저…… 자네에게 공식 사형 집행 통지서를 읽어 줘야 하네, 해그리드. 내가 얼른 읽겠네. 그리고 내가 다 읽고 나면 자네와 맥네어가 각각 사인을 해야 하네. 맥네어, 자네도 잘 듣게. 그것도 다 절차니까……."

창문에서 맥네어의 얼굴이 사라졌다. 이제야말로 다시없는 기회였다.

"여기서 기다려." 해리가 헤르미온느에게 속삭였다. "내가 할게."

퍼지 장관의 목소리가 다시 들렸다. 해리는 나무 뒤에서 쏜살같이 달려 나와 호박밭 울타리로 달려가서 벅빅에게로 다가갔다.

"위험한 동물 처리 위원회의 결정에 따라, 유죄 선고를 받은 히포그리프 벅빅은 6월 6일 일몰 때 사형될 것이다."

해리는 눈을 깜작이지 않으려고 조심하며 벅빅의 사나운 오렌지 빛 눈을 한 번 더 올려다본 뒤 인사를 했다. 벅빅이 비늘이 있는 무릎을 꿇었다가 다시 일어섰다. 해리는 벅빅을 울타리에 붙들어 매고 있는 밧줄 매듭을 풀기 시작했다.

"……사형은 위원회가 임명한 사형 집행인 월든 맥네어에 의해

집행될 것이다……."

"자, 벅빅." 해리가 중얼거렸다. "자, 우린 널 도와주려는 거야. 조용히…… 조용히……."

"……*아래의 사람들이 증인으로서 서명한다.* 해그리드, 여기에 서명하게……."

해리는 온몸으로 힘껏 밧줄을 당겼다. 하지만 벅빅은 앞발로 버티고 서서 꼼짝도 하지 않았다.

"자, 이제 일을 해치웁시다." 해그리드의 오두막 안에서 위원회에서 나온 노인의 날카로운 목소리가 들렸다. "해그리드, 자넨 안에 있는 게 좋을 것 같네."

"아닙니다. 전…… 전 녀석과 함께 있고 싶습니다……. 녀석을 혼자 있게 하고 싶지 않아요……."

오두막 안에서 움직이는 소리가 들렸다.

"벅빅, 움직여!" 해리가 조급하게 말했다.

해리는 벅빅의 목에 감겨 있는 밧줄을 더 세게 당겼다. 그제서야 히포그리프가 몸을 움직여 걷기 시작했다. 하지만 서둘러야 했다. 그들은 여전히 해그리드의 뒷문에서 확실히 보이는 거리에 있었다.

"잠깐, 맥네어." 덤블도어 교수의 목소리가 들렸다. "자네도 서명해야 하네." 발소리가 그쳤다. 해리는 밧줄을 계속 끌어당겼다. 벅빅이 부리로 짤깍 하는 소리를 내더니 조금 더 빨리 걸었다.

나무 뒤에서 헤르미온느의 하얀 얼굴이 삐죽이 나왔다.

"해리, 서둘러!" 그녀가 소리를 죽여 속삭였다.

오두막 안에서는 여전히 덤블도어 교수의 목소리가 들렸다. 해리는 밧줄을 또 한 번 비틀었다. 그러자 벅빅이 마지못해 하며 갑자기 빨리 걷기 시작했다. 숲에 거의 다다랐다…….

"빨리! 빨리!" 헤르미온느가 쏜살같이 나무 뒤에서 나와 밧줄을 잡고 벅빅이 더 빨리 움직이도록 잡아당겼다. 해리는 어깨 너머로 흘끗 바라보았다. 그들은 이제 나무에 가려서 보이지 않았다. 해그리드의 정원도 전혀 보이지 않았다.

"멈춰!" 그가 헤르미온느에게 속삭였다. "우리 소리가 들릴지도 몰라……."

해그리드의 오두막 뒷문이 쾅 하고 열렸다. 해리와 헤르미온느와 벅빅은 조용히 서 있었다. 히포그리프조차 열심히 귀 기울이고 있는 것 같았다.

정적…… 그 뒤……

"그게 어딨나?" 위원회 노인의 날카로운 목소리가 들렸다. "그 짐승이 어디에 있나?"

"여기에 매여 있었어요!" 사형 집행인이 펄펄 뛰며 말했다. "제가 분명히 보았어요! 바로 여기에 있었다구요!"

"굉장히 이상하군요." 덤블도어 교수가 말했다. 그의 목소리에는 재미있어 하는 투가 역력했다.

"벅빅!" 해그리드가 쉰 목소리로 불렀다.

휙 하더니 쾅 치는 소리가 들렸다. 사형 집행인이 화가 나서 도끼로 울타리를 내려친 게 분명했다. 그리고 그 뒤 울부짖는 소리가 나더니 이번엔 해그리드가 훌쩍이면서 하는 말이 들렸다.

"가 버렸어요! 가 버렸어요! 어떻게 해요. 녀석이 가 버렸어요! 영리한 녀석이 직접 밧줄을 풀고 달아난 거예요!"

벅빅이 해그리드에게로 돌아가려고 밧줄을 잡아당기기 시작했다. 해리와 헤르미온느는 벅빅이 가지 못하게 하기 위해 단단히 잡고 있었다.

"누군가가 풀어 준 게 틀림없어요!" 사형 집행인이 무서운 어조로 말했다. "정원을 수색해야 해요. 숲을……"

"맥네어, 누군가가 만약 벅빅을 정말로 훔쳐갔다면, 그 도둑이 히포그리프를 걸어가게 했겠나?" 덤블도어 교수가 말했다. 그는 여전히 재미있어 하는 것 같았다. "차라리 하늘을 수색하지 그러나. 해그리드, 난 차 한 잔 해야겠네. 아니면 브랜디를 좀 마시던가."

"무…… 물론이죠, 교수님." 해그리드가 말했다. 그의 목소리는 희미하나마 몹시 기쁜 듯 밝게 들렸다. "들어오세요, 들어오세요……."

해리와 헤르미온느는 열심히 귀를 기울였다. 그들은 발소리와 씩씩대며 욕설을 퍼붓는 사형 집행인의 목소리와 쾅 닫히는 문소리를 들었다. 그 뒤 한 번 더 정적이 흘렀다.

"이제 어떻게 하지?" 해리가 주위를 둘러보며 속삭였다.

"우린 여기에 숨어 있어야 할 거야." 헤르미온느가 자신 없는 얼굴로 말했다. "사람들이 성으로 돌아간 다음, 벅빅이 시리우스가 갇힌 방 창문으로 안전하게 날아갈 수 있을 때까지 기다리는 거야. 시리우스는 두 시간쯤 뒤에나 그곳에 올 거야……. 어, 이거 점점 더 어려워지네……."

헤르미온느는 어깨 너머로 숲속을 바라보았다. 이제 해가 지고 있었다.

"아무래도 지금 가야 할 것 같아." 해리가 열심히 생각하며 말했다. "커다란 버드나무가 보이는 곳으로 말야. 그렇지 않으면 일이 어떻게 되어 가는지 전혀 알지 못하니까."

"좋아." 헤르미온느가 벅빅의 밧줄을 더 단단히 잡으며 말했다. "하지만 눈에 띄지 않도록 조심해야 해, 해리. 기억해……."

그들은 어둠이 내리고 있는 숲 가장자리로 걸어가 커다란 버드나무를 알아볼 수 있는 나무 덤불 뒤에 숨었다.

"저기에 론이 있어!" 해리가 갑자기 말했다.

어두운 형체가 잔디밭을 가로질러 달려가자 어두운 공기를 뚫고 고함 소리가 울려 퍼졌다.

"저리 가지 못해…… 저리 가…… 스캐버스, 이리 와……."

그 뒤 난데없이 어디선가 두 형체가 더 나타났다. 해리는 자신과 헤르미온느가 론을 쫓아가는 걸 지켜보았다. 론이 돌진했다.

"*잡았다!* 저리 가, 이 지독한 고양이 같으니라구……."

"저기에 시리우스가 있어!" 해리가 말했다. 버드나무 뿌리에서 커다란 개의 형체가 튀어 올랐다. 그가 해리를 넘어뜨린 뒤, 론을 잡았다…….

"여기서 보니까 훨씬 더 끔찍하군, 안 그러니?" 해리가 론을 끌고 나무 뿌리 속으로 들어가는 개를 지켜보며 말했다. "아야…… 봐, 내가 막 저 나무에게 맞았어. 너두야. 이거 정말 기분이 묘한데……."

커다란 버드나무가 끽끽거리며 낮은 나뭇가지들을 후려치면서 덤비고 있었다. 그들은 자신들이 이리 갔다 저리 갔다 하며 나무 밑으로 들어가려고 애쓰는 모습을 볼 수 있었다. 그 뒤 나무가 얼어붙은 듯 멈춰 섰다.

"크룩생크가 나무의 옹이를 누르고 있는 거야." 헤르미온느가 말했다.

"저 봐, 우리가 가고 있어……." 해리가 중얼거렸다. "우리가 들어갔어."

그들이 사라지자 나무가 다시 움직이기 시작했고 잠시 뒤, 아주 가까이에서 발소리가 들렸다. 덤블도어 교수와 맥네어와 퍼지 장관과 위원회의 노인이 성으로 향하고 있었다.

"우리가 그 통로 안으로 들어간 직후였어!" 헤르미온느가 말했다. "덤블도어 교수가 우리와 함께 있기만 했더라면……."

"맥네어와 퍼지 장관도 왔을 거야." 해리가 따끔하게 말했다. "그리고 퍼지 장관은 틀림없이 맥네어에게 시리우스를 당장에 죽이라고 했을 거야……."

그들은 네 사람이 성 계단을 올라가 시야에서 사라지는 걸 지켜보았다. 잠시 그곳엔 아무도 없었다. 그 뒤……

"루핀 교수가 와!" 또 다른 형체가 쏜살같이 돌계단으로 내려와 버드나무 쪽으로 질주하는 게 보였다. 해리는 하늘을 올려다보았다. 달은 구름에 완전히 가려져 있었다.

그들은 루핀 교수가 땅에서 부러진 나뭇가지 하나를 집어 들고 나무의 옹이를 찌르는 걸 보았다. 마구 후려치던 나뭇가지가 잠잠해지자, 루핀 교수 역시 뿌리의 틈새로 사라졌다.

"루핀 교수가 투명 망토만 집었어도." 해리가 말했다. "그냥 저기에 놓여 있는데……."

그가 헤르미온느에게 고개를 돌렸다.

"내가 만약 지금 달려나가 저걸 가져온다면, 스네이프 교수가 절대 발견하지 못할 텐데……."

"해리, *그러다가 들키면 어쩌려구 그래!*"

"넌 어떻게 이걸 참을 수 있니?" 그가 헤르미온느에게 사납게 물었다. "눈앞에 뻔히 보이는데 그저 여기에 서서 지켜보고만 있으란 말이니?" 그는 망설였다. "난 망토를 집으러 가야겠어!"

"해리, *안 돼!*"

헤르미온느가 해리의 망토 자락을 간신히 잡았을 때, 갑자기 어디선가 노랫소리가 들렸다. 해그리드가 목청껏 노래를 부르며 비틀비틀 성으로 올라가고 있었다. 그의 손에는 커다란 술병이 들려 있었다.

"*알겠어?*" 헤르미온느가 나무라듯 작은 소리로 말했다. "*어떤 일이 일어났을지 알겠냐구?* 우린 들키지 않도록 조심해야 해! *안 돼, 벅빅!*"

히포그리프가 또다시 해그리드에게 가려고 미친 듯이 날뛰었다. 해리도 벅빅이 움직이지 못하도록 밧줄을 꼭 잡았다. 해그리드가 취해서 갈지자로 걸으며 성으로 올라가 버리자, 벅빅이 발버둥치는 걸 멈추고 애처롭게 고개를 축 늘어뜨렸다.

그 뒤 2분도 채 되지 않아 성문이 다시 한 번 홱 열리더니, 스네이프 교수가 달려나와 버드나무 쪽으로 질주했다.

스네이프 교수가 나무 옆에 멈춰 서서 주위를 둘러보았다. 해리가 주먹을 불끈 쥐었다. 그가 투명 망토를 집어 들었다.

"더러운 손 거기서 떼지 못해." 해리가 낮은 목소리로 으르렁거렸다.

"쉿!"

스네이프 교수는 루핀 교수가 나무를 멈추게 하는 데 사용했던 나뭇가지를 집어 들고 옹이를 찌르더니 투명 망토를 입고 사라졌다.

"저게 다야." 헤르미온느가 조용히 말했다. "우리 모두 저 밑에 있어……. 이제 우리가 다시 나올 때까지 기다리기만 하면 돼……."

그녀는 벅빅의 밧줄 끝을 가장 가까운 나무에 안전하게 잡아맨 뒤 마른 땅 위에 앉았다.

"해리, 그런데 이해되지 않는 게 있어……. 디멘터들이 왜 시리우스를 잡지 않았지? 그들이 오고 있었던 건 기억나는데, 그 뒤 내가 정신을 잃었던 것 같아……. 디멘터가 굉장히 많았어……."

해리도 앉았다. 그리고는 자기가 본 것을 설명해 주었다. 가장 가까운 디멘터가 입을 해리의 입으로 갖다대려고 했을 때, 은빛 나는 커다란 무언가가 호수를 가로질러 달려와 디멘터를 물리쳤다고.

해리가 말을 마쳤을 즈음, 헤르미온느는 입이 약간 벌어져 있었다.

"그게 뭐였는데?"

"디멘터를 물리칠 수 있는 건 딱 한 가지밖에 없을 거야." 해리가 말했다. "진짜 패트로누스. 강력한 거 말야."

"그런데 그걸 누가 불러 냈지?"

해리는 아무 말도 하지 않았다. 그는 호수 맞은편 둑에서 보았던 사람을 다시 생각하고 있었다. 그는 누구인지 알 것 같았다……. 하지만 어떻게 그럴 수 있을까?

"어떻게 생겼는지 보지 못했니?" 헤르미온느가 몹시 궁금한 듯 물었다. "교수님들 중 하나였니?"

"아니." 해리가 말했다. "교수님은 아니었어."

"하지만 디멘터를 모조리 물리쳤다면 정말로 강력한 마법사임에는 틀림없었을 거야……. 만약 패트로누스가 그렇게 밝게 빛나고 있었다면, 그 빛 때문에 그 사람 모습이 좀 보이지 않았을까? 보지 못했니……?"

"아니, 봤어." 해리가 천천히 말했다. "하지만…… 어쩌면 그저 내가 상상한 건지도 몰라……. 머리가 어지러웠어……. 그 후 바로 기절해 버렸으니까……."

"누구 같았는데?"

"내 생각에……" 해리는 침을 꿀꺽 삼켰다. 이 말이 굉장히 이상하게 들릴 거라는 걸 알기 때문이었다. "내 생각에 우리 아버지였던 것 같아."

해리는 헤르미온느를 흘끗 바라보았다. 그녀의 입이 쩍 벌어져 있었다. 그녀는 놀람과 연민이 뒤섞인 얼굴로 그를 빤히 바라보고 있었다.

"해리, 네 아버지는…… 그러니까…… 돌아가셨잖아." 그녀가 조용히 말했다.

"나도 알아." 해리가 얼른 말했다.

"그럼 아버지의 유령을 본 거라고 생각하니?"

"몰라…… 아냐…… 유령처럼 보이지는 않았어……."

"하지만 그러면……"

"어쩌면 정말로 유령을 봤는지도 몰라." 해리가 말했다. "하지만…… 내가 본 것은…… 꼭 아버지처럼 생겼었어……. 난 아버지 사진을 갖고 있거든……."

헤르미온느는 여전히 해리가 제정신이 아닌 것 같아 걱정스러운 얼굴로 바라보고 있었다.

"미친 소리처럼 들린다는 거 알아." 해리가 맥없이 말했다. 그는 고개를 돌려 벅빅을 바라보았다. 히포그리프는 벌레를 찾고 있는 듯, 부리로 땅을 파헤치고 있었다. 하지만 그는 사실 벅빅을 바라보고 있는 게 아니었다.

해리는 아버지와 아버지의 세 친구들에 대해 생각하고 있었다……. 무니와 웜테일과 패드풋과 그리고 프롱스……. 오늘 밤 그들 네 명이 모두 정원에 나왔던 것일까? 모두가 죽었다고 생각했던 웜테일이 오늘 저녁에 다시 나타났다……. 아버지도 우리 앞에 다시 나타나는 게 정말 불가능한 일일까? 아버지는 호수 건너편에 있는 나를 보고 있었던 걸까? ……그 형체는 너무 멀리 떨어져 있어서 명확히 볼 수가 없었다……. 하지만 아주 잠깐 동안이긴 했어도 의식을 잃기 전이었다. 확실하다…….

머리 위에 있는 나뭇잎들이 바람에 살랑거렸다. 떠다니는 구름 뒤로 달이 들어갔다 나왔다 했다. 헤르미온느는 버드나무 쪽으로 얼굴을 돌리고 앉아 기다렸다.

그리고 마침내 한 시간쯤 뒤…….

"우리가 나와!" 헤르미온느가 속삭였다.

그녀와 해리는 일어섰다. 벅빅이 고개를 들었다. 루핀 교수와 론과 페티그루가 뿌리의 구멍에서 어색하게 기어 올라오는 게 보였다. 그 뒤 의식이 없는 스네이프 교수가 이상하게 둥둥 떠서 나왔고…… 헤르미온느가 기어나왔다. 다음에 해리와 블랙이 나왔다. 그들 모두 성을 향해 걷기 시작했다.

해리는 가슴이 두근거리기 시작했다. 그는 하늘을 흘끗 올려다보았다. 이제 저 구름이 옆으로 움직이기만 하면 달이 모습을 드러낼 것이다…….

"해리." 헤르미온느가 해리와 똑같은 생각을 하고 있는 듯 중얼거렸다. "우린 그대로 있어야 해. 모습을 드러내면 안 되니까. 우리가 할 수 있는 건 아무것도 없어……."

"그러니까 페티그루가 다시 한 번 달아나도록 내버려 둬야 한단 말이지……." 해리가 조용히 말했다.

"어둠 속에서 쥐를 어떻게 찾겠다는 거야?" 헤르미온느가 날카롭게 말했다. "우리가 할 수 있는 건 아무것도 없어! 우린 시리우스를 돕기 위해 다시 온 거야. 그 밖의 일은 어떤 것도 해선 안 돼!"

"알았어!"

달이 구름 뒤에서 스르르 미끄러져 나왔다. 그들은 성 쪽으로 걸어가던 작은 형체들이 멈춰 서는 걸 보았다. 그리고……

"저기 루핀 교수가 가." 헤르미온느가 속삭였다. "교수님 몸이 변하고 있어."

"헤르미온느!" 해리가 갑자기 말했다. "여기 있으면 안 돼!"

"안 돼, 몇 번이나 말했니?"

"끼어들려고 그러는 게 아냐! 루핀 교수가 바로 우리 쪽으로 달려오고 있단 말야!"

헤르미온느는 숨이 막혔다.

"어서!" 그녀가 벅빅을 풀기 위해 달려가며 투덜거렸다. "어서! 어디로 가지? 어디에 숨지? 디멘터가 금방 올 텐데……."

"해그리드의 오두막으로 다시 가자!" 해리가 말했다. "거긴 지금 아무도 없어. 빨리!"

그들은 있는 힘껏 달렸다. 벅빅도 뒤에서 천천히 달려오고 있었다. 그들은 뒤에서 늑대인간이 소리를 길게 뽑으며 울부짖는 소리를 들을 수 있었다…….

오두막이 보였다. 해리는 달려가 손잡이를 비틀어 돌리고 문을 열었다. 헤르미온느와 벅빅이 안으로 휙 들어갔다. 해리는 그들을 따라 들어간 뒤 문을 잠갔다. 멧돼지 사냥용 개인 팽이 큰 소리로 짖어댔다.

"쉬, 팽. 우리야!" 헤르미온느가 개를 조용히 시키려고 귀를 잡으며 말했다. "하마터면 큰일 날 뻔했어!" 그녀가 해리를 돌아보며 말했다.

"그래……."

해리는 창 밖을 내다보고 있었다. 이곳에서는 어떤 일이 일어나는지 보기가 훨씬 더 힘들었다. 벅빅은 다시 해그리드의 집에 와 있는 걸 알고 매우 좋아하는 것 같았다. 히포그리프는 만족스러운 듯 날개를 접고 난로 앞에 누웠다. 잠 잘 채비를 하는 것 같았다.

"다시 밖으로 나가는 게 좋을 거 같아." 해리가 천천히 말했다. "무슨 일이 벌어지는지 전혀 볼 수가 없어. 언제 해야 할지 도무지 알 수가 없잖아……."

헤르미온느가 의심스런 표정으로 올려다보았다.

"끼어들려는 게 아니야." 해리가 얼른 말했다. "하지만 어떤 일이 일어나고 있는지 보지 못한다면, 언제 시리우스를 구해야 하는지 어떻게 알겠어?"

"글쎄…… 그렇담 좋아. 그러면…… 난 여기서 벅빅과 기다릴게……. 하지만 해리, 조심해. 저 밖에는 늑대인간이 있어. 그리고 디멘터도……."

해리는 다시 밖으로 걸어나가 오두막 가장자리로 서서히 나아갔다. 멀리서 낑낑대는 소리가 들렸다. 그건 디멘터가 시리우스에게로 다가가고 있다는 뜻이었다……. 조금 있으면 해리와 헤르미온느가 그에게로 달려갈 것이다…….

해리는 호수 쪽을 바라보았다. 가슴이 두 방망이질을 치고 있었다……. 이제 금방 저 패트로누스를 보냈던 사람이 나타날 것이다…….

그는 잠시 우물쭈물하며 해그리드의 오두막 문 앞에 서 있었다. *모습을 드러내면 안 돼.* 하지만 모습을 드러내고 싶은 게 아니었다. 그저 꼭 보고 싶었다……. 알아내야만 했다…….

디멘터가 사방에서 나와 호숫가로 다가가고 있었다……. 그들은 해리가 서 있는 곳에서 멀어져 반대편 둑으로 움직이고 있었다……. 그들 근처에 갈 필요는 없을 것이다…….

해리는 달리기 시작했다. 머릿속에는 오직 아버지 생각밖에 없었다……. 그것이 만약 아버지였다면…… 정말로 아버지였다면…… 그는 알아야 했다. 알아내야만 했다…….

호수가 점점 더 가까워지고 있었다. 하지만 사람의 흔적은 전혀 없었다. 맞은편 둑에 아주 작고 희미한 은빛 불빛이 보였다. 그 자신이 만들어 낸 패트로누스였다…….

호숫가에 덤불이 있었다. 해리는 그 뒤로 몸을 숨기고 이파리들 사이로 내다보았다. 맞은편 둑에 있던 희미한 은빛 불빛이 갑자기 꺼져 버렸다. 두려움이 밀려왔다…….

"어서요!" 그가 막연히 바라보며 중얼거렸다. "어디 계세요? 아빠, 어서요……."

하지만 아무도 오지 않았다. 해리는 고개를 들고 과거의 해리를 둘러싸고 있는 디멘터들을 바라보았다. 그들 중 하나가 두건을 내리고 있었다. 구조자가 나타날 시간이었다. 하지만 이번엔 아무도 그를 도우러 오지 않았다…….

그때 문득 어떤 생각이 떠올랐다. 마침내 깨달은 것이다. 그는 아버지를 본 게 아니었다. 바로 자기 모습을 본 것이다.

해리는 덤불 뒤에서 나와 요술지팡이를 꺼냈다.

"익스펙토 패트로눔!" 그가 소리쳤다.

그러자 그의 지팡이 끝에서 형체 없는 안개구름이 아닌 아주 눈부신 은빛 동물이 튀어나왔다. 그는 그게 무엇인지 보려고 눈을 가늘게 떴다. 꼭 말처럼 생긴 동물이었다. 그것이 조용히 호수의 검은 표면을 가로질러 뛰어가고 있었다. 그는 그것이 고개를 숙이고 떼지어 이동하는 디멘터들에게로 돌진하는 걸 보았다……. 그것이 검은 형체들에게로 달려가자, 디멘터들이 겁이 나서 주춤주춤하며 흩어지더니 물러가기 시작했다. 그리고 그들은 어둠 속으로 사라져 버렸다.

패트로누스가 돌아섰다. 그것이 잔잔한 물 표면을 가로질러 다시 해리 쪽으로 천천히 달려오고 있었다. 그것은 말이 아니었다. 유니콘도 아니었다. 그것은 수사슴이었다. 그 수사슴은 머리 위에 떠 있는 달빛만큼이나 밝게 빛나고 있었다……. 수사슴이 그에게로 다시 오고 있었다…….

수사슴이 둑에 멈춰 섰다. 그리고 부드러운 땅에 전혀 발굽 자국도 남기지 않은 채 커다란 은빛 눈으로 해리를 빤히 바라보았다. 그리곤 가지가 쭉 뻗은 뿔이 나 있는 고개로 천천히 인사를 했다. 해리는 깨달았다…….

"프롱스." 해리가 속삭였다.

그러나 그가 떨리는 손을 뻗는 순간 그 동물이 사라졌다.

해리는 여전히 한 손을 뻗은 채로 멍하니 서 있었다. 잠시 후 뒤에서 발굽소리가 들렸다. 그는 놀라서 홱 돌아섰다. 헤르미온느가 벅빅을 끌고 그에게로 달려오고 있었다.

"*뭐하고 있는 거야?*" 그녀가 화를 내며 말했다. "망보겠다고 가더니!"

"내가 막 우리 모두의 생명을 구했어……." 해리가 말했다. "이 뒤로 와 봐, 이 덤불 뒤로. 설명해 줄게."

헤르미온느는 방금 있었던 일을 들으며 다시 한 번 입을 다물지 못했다.

"누가 니 본 사람 있니?"

"그래, 내 말 헛들었니? 난 내 자신을 보고 아버지라고 생각했던 거야! 이제 됐어!"

"해리, 난 믿을 수가 없어……. 네가 디멘터를 모조리 물리친 패트로누스를 불러냈다는 게 말야! 그건 아주 어려운 고등 마법이야……."

"이번에는 할 수 있을 줄 알았어." 해리가 말했다. "왜냐하면 이미 그렇게 했었으니까 말야……. 말이 되니?"

"모르겠어. 해리, 스네이프 교수 좀 봐!"

그들은 함께 덤불 사이로 맞은편 둑을 바라보았다. 스네이프 교수가 의식을 회복한 것 같았다. 그는 마법으로 들것을 불러내어, 축 늘어진 해리와 헤르미온느와 블랙을 그 위로 들어올렸다. 론이 누워 있는 또 하나의 들것은 이미 그의 옆으로 둥둥 떠가고 있었다. 그 뒤 그가 지팡이를 들어올리더니, 들것이 성을 향해 떠가기 시작했다.

"좋아, 이제 시간이 거의 다 됐어." 헤르미온느가 시계를 들여다보며 긴장한 목소리로 말했다. "덤블도어 교수님이 병동 문을 잠글 때까지 45분 정도 남았어. 우리가 사라졌다는 걸 사람들이 알기 전에 시리우스를 구하고 병실로 돌아가야 해."

그들은 기다렸다. 호수에 움직이는 구름이 어렸다. 덤불이 바람에 살랑거렸다. 벅빅은 지루했는지 다시 벌레를 찾으며 땅을 파고 있었다.

"시리우스가 저 위에 와 있을까?" 해리가 시계를 들여다보며 초조하게 말했다. 그는 성을 올려다보며 서쪽 탑의 오른쪽에서부터 창문의 수를 세기 시작했다.

"저것 봐!" 헤르미온느가 작은 소리로 말했다. "저게 누구지? 또 누군가가 성에서 나오고 있어!"

해리는 어둠 속을 빤히 들여다보았다. 어떤 남자가 허둥지둥 정원을 가로질러 성 입구 쪽으로 걸어가고 있었다. 그의 허리띠에서 무언가가 반짝였다.

"맥네어야!" 해리가 말했다. "사형 집행인! 디멘터를 데리러 가고 있는 거야! 바로 지금이야, 헤르미온느!"

헤르미온느가 벅빅의 등에 손을 얹자, 해리는 그녀가 히포그리프 등에 올라타는 걸 도와주었다. 그러고 나서 해리도 덤불의 낮은 나뭇가지를 밟고 올라서서 헤르미온느 앞으로 기어올라 갔다. 그는 벅빅의 밧줄을 히포그리프의 목 뒤로 감아 다른 쪽에 연결한 후 고삐처럼 잡았다.

"준비됐니?" 그가 헤르미온느에게 속삭였다. "날 꽉 잡아."

그가 발뒤꿈치로 벅빅의 옆구리를 쿡 찔렀다.

벅빅은 곧장 어둠 속으로 날아올랐다. 해리는 양 무릎을 히포그리프의 옆구리에 바짝 붙였다. 힘차게 움직이는 히포그리프의 날갯짓이 느껴졌다. 헤르미온느는 해리의 허리를 꼭 잡고 있었다. 그녀가 중얼거리는 소리가 들렸다.

"어머, 무서워. 아, 난 이런 건 정말 싫어……."

해리는 벅빅을 앞으로 몰았다. 그들은 조용히 성의 위층으로 날고 있었다……. 해리가 왼손으로 잡고 있던 밧줄을 세게 잡아당기자 벅빅이 방향을 바꿨다. 해리는 지나가는 창문들을 세었다.

"우어우어!" 해리가 있는 힘껏 몸을 뒤로 젖히며 말했다.

벅빅이 속도를 늦추더니 멈춰 섰다. 하지만 히포그리프가 계속 공중에 떠 있기 위해 날갯짓을 하고 있었으므로, 해리와 헤르미온느의 몸은 계속해서 몇 미터씩 오르내렸다.

"저기야!" 창에 가까이 다가갔을 때 해리가 시리우스를 발견하고 말했다. 그는 손을 뻗고 있다가 벅빅의 날개가 밑으로 내려가는 순간 창문을 세게 두드렸다.

블랙이 올려다보았다. 그의 입이 쩍 벌어졌다. 그는 의자에서 펄쩍 뛰어내리더니 허둥지둥 창가로 갔다. 하지만 문은 잠겨 있었다.

"뒤로 물러서세요!" 헤르미온느가 그에게 소리쳤다. 그녀는 왼손으로는 여전히 해리의 망토 자락을 잡은 채 지팡이를 꺼냈다.

"*알로호모라!*"

창문이 확 열렸다.

"어떻게…… 어떻게……?" 블랙이 히포그리프를 빤히 바라보며 가냘프게 말했다.

"타세요! 시간이 얼마 없어요." 해리가 벅빅이 움직이지 않도록 매끄러운 목을 단단히 잡으며 말했다. "여기서 나가셔야 해요. 디멘터들이 오고 있어요. 맥네어가 그들을 데리러 갔어요."

블랙이 창틀에 양손을 올려놓고 머리와 어깨를 밖으로 내밀었다. 몸이 마른 게 천만다행이었다. 잠시 후 그는 이럭저럭 한쪽 발을 벅빅의 등으로 뻗고 헤르미온느 뒤로 몸을 끌어당겨 올라탔다.

"됐어, 벅빅. 날아올라!" 해리가 밧줄을 흔들며 말했다. "탑으로, 어서!"

히포그리프가 날개를 한 번 세게 퍼덕이자 그들이 다시 위쪽으로 날아올랐다. 벅빅이 달가닥거리며 탑 난간에 내려앉았다. 해리와 헤르미온느가 즉시 히포그리프에게서 미끄러져 내려왔다.

"시리우스, 빨리 가시는 게 좋아요. 어서요." 해리가 헐떡이며 말했다. "그들이 곧 플리트윅 교수의 사무실로 들이닥칠 거예요. 그러면 아저씨가 없어진 걸 알게 될 거예요."

벅빅이 갑자기 뾰족한 머리를 쳐들며 앞발로 땅을 긁었다.

"또 다른 아이는 어떻게 되었니? 론이라고 했던가?" 시리우스가 쉰 목소리로 말했다.

"그 앤 괜찮아질 거예요. 아직 의식이 없긴 하지만, 폼프리 부인이 그러는데 곧 나아질 거래요. 어서요, 가세요."

하지만 블랙은 여전히 해리를 내려다보고 있었다.

"이 고마움을 어떻게……"

"가세요!" 해리와 헤르미온느가 동시에 소리쳤다.

블랙이 밧줄을 틀어 벅빅을 돌아서게 했다.

"다시 만나게 되겠지." 그가 말했다. "넌…… 확실히 네 아버지의 아들이로구나, 해리……."

그가 발뒤꿈치로 벅빅의 옆구리를 눌렀다. 커다란 날개가 다시 한 번 펴지자 해리와 헤르미온느가 뒤로 물러섰다……. 히포그리프가 하늘로 날아오르면서, 히포그리프와 시리우스의 모습이 점점 더 작아졌다……. 구름이 달 쪽으로 둥둥 떠 왔다……. 그리고 그들은 그렇게 가 버렸다.

제 22장

새로 온 부엉이 집배원

"해리!"

헤르미온느가 손목 시계를 들여다보며 그의 소매를 잡아당기고 있었다. "정확히 10분 뒤엔 우린 아무에게도 들키지 않고 병동으로 다시 내려가 있어야 해. 덤블도어 교수가 문을 잠그기 전에……."

"알았어." 해리가 하늘에서 눈을 떼며 말했다. "가자……."

그들은 뒤에 있는 문간으로 살짝 빠져나가 나선형으로 돌돌 말린 돌계단을 내려갔다. 밑에 도착했을 때 사람들의 목소리가 들렸다. 그들은 벽에 바짝 기대어 서서 귀를 기울였다. 퍼지 장관과 스네이프 교수인 것 같았다. 그들은 층계참에 있는 복도를 따라 급히 걷고 있었다.

"……덤블도어 교수가 성가신 불평을 하지 않기만을 바랄 뿐이에요." 스네이프 교수가 말하고 있었다. "입맞춤이 즉시 실시될 건가요?"

"맥네어가 디멘터를 데려오기만 하면 바로 시작할 거라네. 이 시리우스 블랙 사건은 굉장히 수치스러운 것이었네. 우리가 마침내 그를 잡았다는 기사가 《예언자 일보》에 나는 날을 내가 얼마나 고대하고 있었는지 자넨 아마 모를 걸세……. 기자들이 자네를 인터뷰하고 싶어 할지도 모르겠군, 스네이프. 그리고 일단 해리가 제정신으로 돌아오면, 자네가 그 애를 정확히 어떻게 구했는지 《예언자 일보》에 싣고 싶어 할 거네……."

해리는 이를 뿌드득 갈았다. 그들이 해리와 헤르미온느가 숨어 있는 곳을 지나칠 때 그는 스네이프 교수의 능글맞은 웃음을 보았다. 그들의 발소리가 멀어져 갔다. 해리와 헤르미온느는 그들이 멀리 사라질 때까지 잠시 기다렸다가 반대 방향으로 달리기 시작했다. 한 계단을 내려가자 또 다른 계단이 나왔다. 그리고 새로운 복도를 따라 걸어가고 있을 때 앞에서 깔깔거리는 웃음 소리가 들렸다.

"피브스야!" 해리가 헤르미온느의 손목을 잡으며 중얼거렸다. "이리 들어와!"

그들은 아슬아슬한 순간에 왼쪽에 있는 텅 빈 교실로 달려 들어갔다. 피브스가 유쾌하게 소리내어 웃으며 복도를 뛰어다니고 있는 것 같았다.

"으, 저놈의 요정을 그냥……." 헤르미온느가 귀를 문에 바짝 갖다 대며 속삭였다. "디멘터가 시리우스를 해치러 오는 걸 알고 저렇게 좋아하는 게 틀림없어……." 그녀가 손목 시계를 들여다보았다. "3분 남았어, 해리!"

그들은 피브스의 기분 좋은 목소리가 멀리 사라질 때까지 기다린 뒤, 교실에서 살짝 나와 다시 달리기 시작했다.

"헤르미온느, 어떤 일이 벌어질까? 우리가 다시 돌아가지 못하면…… 덤블도어 교수가 문을 잠그기 전에 말야." 해리가 헐떡이며 물었다.

"그건 생각하고 싶지도 않아!" 헤르미온느가 다시 시계를 살피며 다급하게 말했다. "1분 남았어!"

그들은 병동 입구가 있는 복도 끝에 도달했다. "좋았어. 덤블도어 교수의 목소리가 들려." 헤르미온느가 긴장한 목소리로 말했다. "어서, 해리!"

"그들은 살금살금 복도를 걸어갔다. 문이 열렸다. 덤블도어 교수의 등이 나타났다.

"이제 난 이 문을 잠글 게다. 지금 시각이……" 덤블도어 교수가 말하는 소리가 들렸다. "자정까지 5분밖에 안 남았구나. 그레인저, 세 번 돌려야 할 게다. 행운을 빈다."

덤블도어 교수가 뒷걸음질 쳐서 방에서 나와 문을 닫더니 마법으로 문을 잠그기 위해 지팡이를 꺼냈다. 해리와 헤르미온느는 전전긍긍하며 앞으로 달렸다. 덤블도어 교수가 고개를 들었다. 긴 은빛 수염 밑으로 미소가 번졌다. "잘됐니?" 그가 조용히 말했다.

"저희가 해냈어요!" 해리가 숨을 죽이고 말했다. "시리우스가 탈출했어요, 벅빅을 타고……."

덤블도어 교수가 그들에게 환하게 미소 지어 보였다.

"잘했다. 난 또……" 그가 병동에서 나는 소리에 귀를 기울였다. "난 또 너희들도 같이 가 버린 줄 알았지. 아무튼 안으로 들어가거라. 문을 잠가야겠다……."

해리와 헤르미온느는 다시 병실로 들어갔다. 그곳엔 론밖에 없었다. 론은 여전히 침대 끝에 꼼짝 않고 누워 있었다. 문 밖에서 자물쇠가 짤깍 하는 소리가 나자, 해리와 헤르미온느는 다시 침대로 기어들어 갔다. 헤르미온느는 시간을 거꾸로 가게 하는 시계를 다시 망토 속으로 밀어 넣었다. 잠시 뒤, 폼프리 부인이 다시 성큼성큼 걸어왔다.

"교장 선생님이 떠나시는 소리가 난 것 같은데? 이제 내 환자를 돌봐도 되겠지?"

그녀는 기분이 몹시 좋지 않았다. 해리와 헤르미온느는 군말 없이 초콜릿을 받는 게 최선이라고 생각했다. 폼프리 부인이 다가와 그들이 먹는지 확인했다. 그러나 해리는 삼킬 수가 없었다. 그는 헤르미온느와 함께 가슴을 졸이며 귀를 기울이고 있었다……. 그리고 둘 다 폼프리 부인이 준 네 번째 초콜릿을 먹고 있을 때, 위쪽 어딘가에서 성이 나서 고함을 질러대는 소리가 어렴풋이 들렸다…….

"저게 무슨 소리지?" 폼프리 부인이 놀라서 말했다.

이제 성난 목소리는 점점 더 커지고 있었다. 폼프리 부인이 문을 빤히 바라보았다.

"정말이지…… 사람들을 모조리 깨우겠군! 도대체 무슨 일 때문에 저러는 거지?"

해리는 사람들이 하는 말을 들으려고 애썼다. 목소리가 점점 더 가까워지고 있었다.

"순간이동을 써서 달아난 게 틀림없네, 세베루스. 혼자 놔두는 게 아니었는데. 이 사실이 알려지면……."

"그는 순간이동을 쓴 게 아니에요!" 스네이프 교수가 고함을 질렀다. 이제 아주 가까이 있었다. "이 성 안에서는 순간이동을 쓸 수 없단 말입니다! 이건…… 포터와…… 어떤…… 관계가…… 있는 게 틀림없어요!"

"세베루스, 자네 지금 제정신인가? 병실 문은 잠겨 있었네."

쾅!

병실 문이 느닷없이 확 열렸다.

퍼지 장관과 스네이프 교수와 덤블도어 교수가 병실로 성큼성큼 걸어 들어왔다. 차분해 보이는 사람은 덤블도어 교수뿐이었다. 사실, 그는 아주 재미있어 하는 것처럼 보였다. 퍼지 장관은 성난 것 같았고 스네이프 교수는 몹시 흥분해 있었다

"말해라, 포터!" 그가 으르렁거렸다. "무슨 짓을 했지?"

"스네이프 교수님!" 폼프리 부인이 날카롭게 소리쳤다. "자제 좀 하세요!"

"이것 보게, 스네이프. 자네 지금 제정신으로 하는 소린가?" 퍼지 장관이 나무라듯 말했다. "이 문은 잠겨 있었네. 우리가 방금 보았잖나."

"저 애들이 그가 달아나도록 도와준 거예요. 전 알아요!" 스네이프 교수가 해리와 헤르미온느를 가리키며 악을 썼다. 그의 얼굴은 일그러지고 입에서는 침이 튀고 있었다.

"진정하게, 이 사람아!" 퍼지 장관이 크게 호통을 쳤다. "말도 안 되는 소리 말구!"

"장관님은 포터를 모르세요!" 스네이프 교수가 날카롭게 말했다. "저 애가 한 짓이에요. 전 저 애가 그랬다는 걸 알아요."

"그만하면 됐네, 세베루스." 덤블도어 교수가 조용히 말했다. "자네가 지금 무슨 말을 하고 있는지 생각해 보게. 내가 10분 전 병동을 나간 이후 이 문은 죽 잠겨 있었네. 폼프리 부인, 이 아이들이 침대

에서 나왔었나요?"

"물론 아니죠!" 폼프리 부인이 화를 내며 말했다. "그랬다면 제가 이 애들이 나가는 소리를 들었을 거예요!"

"그것 보게, 세베루스." 덤블도어 교수가 침착하게 말했다. "해리와 헤르미온느가 같은 시간에 두 장소에 있을 수 있다는 말을 하려는 게 아니라면, 더 이상 이 애들을 괴롭힐 이유가 없을 것 같네."

스네이프 교수는 부글부글 끓어오르는 화를 참지 못하고 제자리에 선 채, 그의 터무니없는 행동에 충격받은 것 같은 퍼지 장관과 안경 너머로 눈을 반짝이고 있는 덤블도어 교수를 차례로 바라보았다. 그리곤 홱 돌아서더니 망토를 휘날리며 병실 밖으로 뛰쳐나갔다.

"정서가 꽤나 불안정한 것 같군." 퍼지 장관이 그의 뒷모습을 못마땅한 듯이 바라보며 말했다. "앞으로 저 사람을 가까이하지 않는 게 좋을 것 같네, 덤블도어."

"아, 정서가 불안정한 게 아니야." 덤블도어 교수가 조용히 말했다. "그저 대단히 실망한 것뿐이지."

"실망한 게 어디 자기뿐이겠나!" 퍼지 장관이 코웃음을 쳤다. "《예언자 일보》는 또 한바탕 크게 떠들어 댈 게 분명하네! 블랙을 다 잡았다가 다시 놓쳤으니 말야. 이제 저 히포그리프의 탈출 이야기가 알려지는 일만 남았군. 그러면 난 틀림없이 웃음거리가 되겠지! 자……, 난 가서 마법부에 알리는 게 좋겠네……."

"그러면 디멘터는?" 덤블도어 교수가 물었다. "그들은 이제 학교에 더 이상 있을 필요가 없겠지?"

"아, 그야 여부가 있겠나. 당연히 돌아가야 하겠지." 퍼지 장관이 손가락으로 머리를 매만지며 말했다. "그들이 순진한 아이에게 죽음의 입맞춤을 하리라고는 꿈에도 생각지 못했네. 전혀 통제가 되지 않아……. 오늘 밤 당장 짐을 싸서 아즈카반으로 돌아가도록 조치를 취하겠네……. 대신 학교 입구에 용들을 세워 두는 것을 생각해 봐야겠네……."

"해그리드가 좋아하겠군." 덤블도어 교수가 해리와 헤르미온느에게 미소 지으며 말했다. 그가 퍼지 장관과 함께 나가자, 폼프리 부인이 급히 걸어가 문을 다시 잠갔다. 그녀는 화가 나서 투덜거리며 다시 자신의 사무실로 향했다.

병실 끝에서 낮은 신음 소리가 들렸다. 론이 깨어난 것이다. 그가 일어나 앉아 머리를 문지르며 주위를 둘러보았다.

"무슨…… 무슨 일이 있었니?" 그가 신음하며 말했다. "해리, 우리가 왜 여기에 있는 거지? 시리우스는 어디에 있어? 루핀 교수는 어디에 있지? 무슨 일이야?"

해리와 헤르미온느가 서로 바라보았다.

"네가 설명해."

해리가 초콜릿을 한 입 더 베어 먹으며 말했다.

해리와 론과 헤르미온느는 다음 날 정오에 병동에서 나왔다. 성은 거의 비어 있었다. 날씨가 찌는 듯이 더운 데다 시험까지 끝났으므로, 학생들은 모두 또 한 번 호그스미드로 갔다. 그러나 론과 헤르미온느 둘 다 그다지 가고 싶지 않았으므로, 해리와 함께 그냥 성에 남아 있었다. 그들은 정원을 거닐며 전날 밤에 있었던 놀라운 사건에 대해 이야기했다. 이제는 시리우스와 벅빅이 어디에 있을까 그게 궁금했다.

호숫가에 앉아서 대왕 오징어가 물 위로 빨판을 빈들빈들 흔드는 걸 지켜보던 해리는 맞은편 둑을 바라보다가 그만 넋을 잃고 말았다. 수사슴이 꼭 어젯밤처럼 둑 저쪽에서 그에게로 달려왔던 것이다…….

그들에게로 어떤 그림자가 드리워졌다. 고개를 들자 흐리멍덩한 눈의 해그리드가 식탁보만 한 손수건으로 땀으로 흠뻑 젖은 얼굴을 닦으면서 밝게 미소 짓고 있었다.

“기뻐해서는 안 된다는 거 알아. 어젯밤 그런 일이 일어났으니 말야.” 그가 말했다. “블랙도 다시 달아나고, 모든 게 다 말야……. 하지만 무슨 일이 있었는지 알아맞혀 볼래?”

“무슨 일인데요?” 그들은 시치미를 뚝 떼고 몹시 알고 싶어 하는 척하며 물었다.

“벅빅 말야! 녀석이 탈출했어! 자유의 몸이 되었다구! 기분이 좋아서 밤새도록 마셨어!”

“정말 잘됐군요!” 헤르미온느가 금방이라도 웃음을 터뜨릴 것 같은 표정을 짓고 있는 론을 나무라듯 흘끗 바라보며 말했다.

“그래……. 녀석을 제대로 매어 두지 않았었나 봐.” 해그리드가 행복하게 정원을 바라보며 말했다. “난 오늘 아침에 얼마나 걱정했는지 몰라……. 녀석이 정원에서 혹시 루핀 교수를 만났을까 봐 말야. 하지만 루핀 교수가 그러는데 지난밤에는 아무것도 먹지 않았대…….”

“뭐라구요?” 해리가 얼른 물었다.

“아차, 너희들 못 들었니?” 해그리드의 얼굴에서 미소가 약간 사라졌다. 그는 주위에 아무도 없는데도 불구하고 목소리를 낮추었다. “저…… 스네이프 교수가 오늘 아침에 슬리데린 아이들에게 말했어……. 지금쯤은 모든 사람들이 다 알고 있을 거야……. 루핀 교수가 늑대인간이라는 걸 말야. 그리고 그가 어젯밤에 정원을 돌아다녔다는 것도……. 그는 물론 지금 짐을 싸고 있어."

"짐을 싸신다구요?" 해리가 놀라서 물었다. "왜요?"

"떠나는 거지, 뭐." 해그리드는 해리가 너무나 당연한 걸 묻는다는 표정으로 말했다. "오늘 아침에 사임했어. 그런 위험한 일이 또 다시 일어나선 안 된다고 하면서 말야."

해리는 급히 일어섰다.

"교수님을 만나야겠어." 그가 론과 헤르미온느에게 말했다.

"하지만 이미 사임하셨다면……"

"우리가 할 수 있는 게 아무것도 없을 것 같은데……."

"상관없어. 그래도 교수님을 만나 뵙고 싶어. 여기서 다시 만나자."

루핀 교수의 사무실 문은 열려 있었다. 그는 이미 짐을 거의 다 싸두었다. 그라인딜로우의 빈 수조는 그의 낡은 여행 가방 옆에 놓여 있었다. 가방은 거의 꽉 차 있었다. 루핀 교수가 책상에 있는 무언가를 보다가 고개를 들었을 때 해리가 문을 두드렸다.

"네가 오는 걸 봤단다." 루핀 교수가 미소를 지으며 말했다. 그는 열심히 들여다보고 있던 양피지를 가리켰다. 호그와트 비밀 지도였다.

"방금 해그리드를 만났어요." 해리가 침울하게 말했다. "그런데 교수님이 사임하셨다고 했어요. 사실이 아니죠, 그렇죠?"

"미안하지만 사실이란다." 루핀 교수가 말했다. 그는 책상 서랍을 열고 물건을 꺼내기 시작했다.

"왜죠?" 해리가 물었다. "마법부 장관은 교수님이 시리우스의 탈

출을 도왔다고 생각하지 않잖아요, 안 그래요?"

루핀 교수가 걸어가 문을 닫았다.

"물론 그랬지. 덤블도어 교수님이 퍼지 장관에게 가서, 너희들의 생명을 구하려고 했던 사람이 스네이프 교수가 아니라 바로 나였다고 말했단다." 그가 한숨을 지었다. "그렇게 되자 세베루스가 분을 이기지 못하고 폭발해 버렸지. 멀린 훈장을 받지 못하게 되었다는 사실이 그에게 심한 정신적 충격을 주었던 것 같더구나. 그래서 그가…… 뭐랄까…… 실수로 오늘 아침식사 시간에 내가 늑대인간이라는 말을 무심코 해버리고 말았단다."

"단지 그런 이유로 떠나시다니, 말도 안 돼요!" 해리가 말했다.

루핀 교수가 쓴웃음을 지었다.

"내일 이 시간쯤이면 부모들이 보낸 부엉이가 도착하기 시작할 게다……. 그들은 늑대인간이 자기네 자녀를 가르치는 걸 원치 않는단다, 해리. 그리고 어젯밤 이후, 난 부모들의 입장을 이해할 수 있게 됐지. 난 너희들을 물어뜯을 수도 있었단다……. 그런 일은 절대 다시 일어나서는 안 돼."

"교수님은 지금까지 저희를 가르치셨던 어둠의 마법 방어술 교수님 중에서 가장 훌륭한 교수님이셨어요!" 해리가 간절하게 말했다. "가지 마세요!"

루핀 교수는 고개만 가로저을 뿐 아무 말도 하지 않았다. 그는 서랍을 비웠다. 해리가 어떻게 해야 그가 떠나지 않을까 생각하고 있는 사이, 루핀 교수가 말했다. "교장 선생님이 오늘 아침에 내게 하신 말씀으로 미루어 보아, 너희들이 어젯밤 많은 생명을 구한 것 같더구나, 해리. 내가 만약 금년에 한 일 가운데 가장 자랑스럽게 여기는 게 있다면, 바로 너를 가르쳤다는 것이란다……. 너의 패트로누스에 대해 말해 보렴."

"그걸 어떻게 아세요?" 해리가 깜짝 놀라 물었다.

"디멘터를 물리칠 수 있는 게 그것 말고 또 뭐가 있겠니?"

해리는 루핀 교수에게 어떤 일이 있었는지 죄다 말해 주었다. 그가 말을 마치자 루핀 교수가 다시 미소를 지었다.

"그래, 네 아버지는 항상 수사슴으로 변신했었지." 그가 말했다. "네 추측이 맞다……. 그를 프롱스라고 부른 건 바로 그 때문이란다."

루핀 교수는 마지막 책 몇 권을 가방 속에 쑤셔 넣고 책상 서랍을 닫고는 해리에게로 돌아섰다.

"옜다, 어젯밤 내가 비명을 지르는 오두막에서 가져왔단다." 그가 해리에게 투명 망토를 건네주며 말했다. "그리고……," 그는 망설이다가 호그와트 비밀 지도도 건네주었다. "난 이제 더 이상 이곳 선생이 아니니, 가책 없이 이걸 되돌려 줄 수 있겠구나. 내게는 아무 소용이 없지만, 너와 론과 헤르미온느에게는 유용할지도 모르겠다."

해리는 지도를 받아들고 씩 웃었다.

"교수님은 제게 무니와 웜테일과 패드풋과 프롱스가 절 학교 밖으로 불러 내고 싶어 했을 거라고 말씀하셨죠……. 그들은 그걸 재미있어 할 거라면서 말예요."

"물론 그랬지." 루핀 교수가 손을 뻗어 가방을 닫으며 말했다. "자신의 아들이 성 밖으로 나가는 비밀 통로를 하나도 찾아 내지 못했다면 네 아버지 제임스는 틀림없이 대단히 실망했을 거라는 말이었다."

노크 소리가 났다. 해리는 비밀 지도와 투명 망토를 얼른 주머니 속에 쑤셔 넣었다.

덤블도어 교수였다. 그는 해리가 그곳에 있는 걸 보고도 그다지 놀라는 기색이 없었다.

"자네가 타고 갈 차가 입구에 와 있네, 리무스." 그가 말했다.

"고맙습니다, 교장 선생님."

루핀 교수는 낡은 여행 가방과 텅 빈 그라인딜로우 수조를 집어 들었다.

"그럼…… 잘 있거라, 해리." 그가 미소 지으며 말했다. "널 가르쳐서 정말로 기뻤단다. 언젠가 꼭 다시 만날 날이 오리라 믿는다. 교장 선생님, 입구까지 나오실 필요 없습니다. 그냥 저 혼자서도 갈 수 있어요."

해리는 루핀 교수가 될 수 있는 대로 빨리 떠나고 싶어 한다는 인상을 받았다.

"그럼 잘 가게, 리무스." 덤블도어 교수가 진지하게 말했다. 루핀 교수는 그라인딜로우 수조를 잠깐 내려놓고 덤블도어 교수와 악수를 나눴다. 그리고는 해리에게 마지막으로 한 번 더 고개를 끄덕여 인사를 하고 살짝 미소를 지어 보인 뒤 사무실에서 나갔다.

해리는 빈 의자에 앉아 시무룩하게 마룻바닥만 내려다보고 있었다. 그리고 문이 닫히는 소리가 들리자 고개를 들었다. 덤블도어 교수는 여전히 그곳에 서 있었다.

"왜 그렇게 슬픈 얼굴을 하고 있니, 해리?" 그가 조용히 물었다. "어젯밤 일로 기분이 아주 좋아야 할 텐데 말이다."

"그래도 달라진 건 아무것도 없어요." 해리가 씁쓸하게 말했다. "페티그루가 도망쳤잖아요."

"달라진 게 아무것도 없다구?" 덤블도어 교수가 조용히 말했다.

"네가 한 일은 세상의 모든 걸 달라지게 했단다, 해리. 넌 진실을 밝히는 걸 도왔잖니. 넌 죄 없는 무고한 사람을 끔찍한 운명에서 구했잖니."

끔찍하다. 갑자기 한 가지 생각이 해리의 뇌리를 스쳤다. *그 어느 때보다도 강력하고 더 끔찍한*…… 트릴로니 교수의 예언이었다!

"덤블도어 교수님, 어제 제가 점술 시험을 치고 있을 때, 트릴로니 교수가 아주…… 아주 이상해졌었어요."

"그랬니?" 덤블도어 교수가 말했다. "그러니까…… 평상시보다 더 이상했단 말이니?"

"네……. 교수님의 목소리는 굵고 낮았고 눈알이 빙글빙글 돌았어요. 교수님은 볼드모트의 추종자가 자정 전에 볼드모트에게 돌아갈 거라고 말했어요……. 그리고 그자가 볼드모트가 힘을 회복하는 걸 도울 거라고 했어요." 해리는 덤블도어 교수를 빤히 올려다보았다. "그리고 그 뒤 다시 정상이 되었는데, 트릴로니 교수님은 자신이 무슨 말을 했는지 전혀 기억하지 못했어요. 그분이 진짜 예언을 한 걸까요?"

덤블도어 교수는 약간 감명받은 것 같았다.

"해리, 그랬을지도 모르겠구나." 그는 생각에 잠겨 있었다. "누가 생각이나 했겠니? 그러고 보니까 이제 트릴로니 교수가 진짜 예언을 한 게 모두 두 개가 되었구나. 봉급이라도 올려주어야겠다……."

"하지만……" 해리가 깜짝 놀라 그를 바라보았다. 덤블도어 교수는 이 사실을 어떻게 그렇게 태연하게 받아들일 수 있는 것일까?

"하지만…… 전 시리우스와 루핀 교수가 페티그루를 죽이지 못하게 막았어요! 볼드모트가 돌아온다면 그건 제 잘못이에요!"

"그렇지 않단다." 덤블도어 교수가 조용히 말했다. "시간을 거꾸로 가게 하는 시계를 이용해 과거로 돌아간 경험을 하면서 뭘 배웠니, 해리? 우리 행동의 결과는 항상 너무 복잡하고 다양하단다. 따라서 미래를 예측한다는 건 사실 대단히 어려운 일이지……. 안됐지만 트릴로니 교수가 바로 그 산 증거란다……. 페티그루의 생명을 구해 준 건 매우 훌륭한 일을 한 거란다."

"하지만 만약 그 때문에 볼드모트가 정말로 힘을 회복하기라도 한다면……."

"페티그루는 네 덕택에 생명을 구했단다. 넌 볼드모트에게 네게 빚을 지고 있는 사람을 보낸 거야……. 어떤 마법사가 다른 마법사의 생명을 구하게 되면, 그들 간에는 깊은 유대가 만들어진다……. 그리고 볼드모트가 해리 포터에게 빚을 지고 있는 추종자를 좋아할 것 같니? 그렇게 생각한다면 그건 큰 오산이지."

"전 페티그루와 어떤 관계도 맺고 싶지 않아요!" 해리가 말했다. "그는 제 부모님을 배신했어요!"

"그게 바로 가장 심오하고 가장 헤아릴 수 없는 마법이란다, 해리. 하지만 날 믿거라……. 네가 페티그루의 생명을 구해 준 걸 아주 기뻐하게 될 때가 분명히 올 게다."

해리는 하지만 그게 언제일지 상상할 수 없었다. 그런 일은 절대 일어날 것 같지 않았다. 덤블도어 교수는 해리가 무슨 생각을 하고 있는지 알고 있는 것 같았다.

"네 아버지를 잘 알고 있지, 해리. 호그와트 학생이었을 때나 졸업한 이후나 항상." 그가 부드럽게 말했다. "네 아버지였더라도 페티그루를 구했을 게다. 틀림없다."

해리는 그를 올려다보았다. 덤블도어 교수는 그 말을 들어도 웃지 않을 것이다…… 덤블도어 교수에게는 말할 수 있을 것이다…….

"전 제 패트로누스를 불러 낸 게 아버지였다고 생각했어요. 호수 건너편에 있는 제 자신을 보았을 때 말예요……. 전 아버지를 보았다고 생각했어요."

"그럴 만도 하지." 덤블도어 교수가 부드럽게 말했다. "이런 말 듣는 데 질렸을지도 모르지만, 넌 네 아버지 제임스를 놀라울 정도로 쏙 빼어 닮았단다. 눈을 제외하고 말이다……. 눈은 네 어머니 눈을 닮았지."

해리는 고개를 가로저었다.

"아버지라고 생각하다니, 어리석었어요." 그가 중얼거렸다. "아버진 돌아가셨는데 말예요."

"죽으면 우리가 사랑했던 사람이 영원히 우리 곁을 떠난다고 생각하니? 잘 생각해 보렴. 곤란에 처할 때마다 우린 그들을 훨씬 더 잘 기억한다고 생각지 않니? 네 아버지는 네 안에 살아 있단다, 해리. 그리고 네가 네 아버지를 필요로 할 때는 언제든지 모습을 나타낸단다. 그렇지 않다면 네가 어떻게 그런 특별한 패트로누스를 만들어 낼 수 있었겠니? 어젯밤에는 네 아버지가 다시 나타난 거나 다름없단다."

해리는 잠시 후에야 덤블도어 교수의 말뜻을 깨달았다.

"어젯밤에 시리우스가 나한테 전부 다 말해 주었다. 자신들이 어떻게 동물로 변신하게 되었는지 말이다." 덤블도어 교수가 미소 지으며 말했다. "대단한 성공이었지……. 특히 내게 비밀로 해둔 건 말이다. 그 뒤 난 네가 불러 낸 패트로누스의 이상한 형태가 생각났단다. 그게 아마 래번클로와의 퀴디치 시합 때 말포이 군에게 돌진했었지. 해리, 어떤 면에선 넌 어젯밤 네 아버지를 본 거란다…….

네 마음속에서 아버지를 발견한 거지."

그러고 나서 덤블도어 교수는 조용히 사무실에서 나갔다. 해리는 어리둥절한 표정으로 앉아 있었다.

호그와트에서는 해리와 론과 헤르미온느와 덤블도어 교수를 제외하고는, 시리우스와 벅빅과 페티그루가 사라진 날 밤에 진정으로 어떤 일이 있었는지 아는 사람은 아무도 없었다. 학기말이 다가오면서 그날 있었던 일에 대해 무성한 소문들이 나돌았지만 모두 다 진실과는 거리가 멀었다.

말포이는 벅빅에 대해 몹시 화가 나 있었다. 그는 해그리드가 히포그리프를 몰래 데리고 나간 게 분명하다고 생각하며, 자신과 아버지가 사냥터지기에게 속은 것을 분하게 여기는 것 같았다. 한편 퍼시 위즐리는 시리우스의 탈출 사건에 대해 할말이 많았다.

"내가 만약 마법부에 들어간다면, 난 마법사 법률을 강화하자고 제안할 거야!" 그가 유일하게 자신의 말에 귀 기울이는 여자 친구 페네로프에게 말했다.

날씨는 더할 나위 없이 좋았고 공기도 맑았다. 해리는 시리우스에게 자유를 찾아 주는 아주 어려운 일을 해냈음에도 불구하고 왠지 기운이 하나도 없었다.

루핀 교수가 학교를 떠난 것을 안타깝게 여긴 사람은 해리만이 아니었다. 어둠의 마법 방어술 수업을 들은 학급 아이들 모두가 그의 사임을 슬프게 생각했다.

"내년에는 또 어떤 교수님이 오실까?" 시무스 피니간이 음산하게 물었다.

"흡혈귀쯤 되겠지." 딘 토마스가 희망을 가지고 말했다.

해리의 마음을 무겁게 짓누르는 건 그러나 루핀 교수가 떠났기 때문만은 아니었다. 머릿속에서 트릴로니 교수의 예언이 떠나지 않았다. 그는 계속해서 페티그루는 지금쯤 어디에 있을까, 혹시 볼드모트와 합류한 것은 아닐까 하는 생각만 했다. 하지만 무엇보다도 해리의 기분을 무겁게 하는 건 또다시 더즐리 가족에게로 돌아가야 한다는 생각이었다. 불과 30분 정도였지만, 한때 그는 이제부터는 시리우스와 살게 될 거라고 믿은 적이 있었다……. 그는 부모의 가장 절친한 친구와 살게 될 거라는 희망에 부풀어 있었다……. 그건 아버지를 다시 갖게 되는 것 다음으로 행복한 일이었을 것이다. 그리고 시리우스에게서 아무 연락이 없다는 건 그가 무사히 은신처로 들어갔다는 의미였으므로 기뻐해야 했음에도 불구하고, 해리는 이제 시리우스와 함께 살 수 없게 되었다는 사실에 비참함마저 들었다.

시험 결과는 학기 마지막 날에 나왔다. 해리와 론과 헤르미온느는 전 과목을 통과했다. 해리는 자신이 마법의 약을 통과한 것을 알고 깜짝 놀랐다. 그는 웬일인지, 스네이프 교수가 자기에게 고의로 F를 주지 못하도록 덤블도어 교수가 손을 쓴 게 아닐까 하는 수상쩍은 생각이 들었다. 지난주에 스네이프 교수가 해리에게 보인 행동은 아주 심상치가 않았기 때문이다. 평소 스네이프 교수가 그를 극도로 미워한 탓에 더 이상 미워할 수 있으리라고는 꿈에도 생각지 못했는데도 불구하고, 해리에 대한 그의 행동은 훨씬 더 심해졌다. 해리를 볼 때마다 스네이프 교수의 가느다란 입술은 불쾌하게 비틀려졌고, 마치 해리의 목을 조르고 싶어 못 견디겠다는 듯, 항상 손가락을 구부리고 있었다.

퍼시는 최고 자격증 시험인 N. E. W. T.에서 최고 점수를 받았고, 프레드와 조지는 전과목에서 표준 마법사 수준인 O. W. L.을 받고 간신히 통과했다. 그리핀도르 기숙사는 한편 기숙사 우승컵을 3년 연속 받게 되었다. 주로 퀴디치에서 훌륭한 경기를 보여준 덕택이었다. 학기말 연회는 온통 진홍색과 황금빛 장식이 이루어진 가운데 치러졌으며 그리핀도르 테이블이 가장 떠들썩했다. 해리는 다른 아이들과 먹고 마시며 웃고 떠드느라 잠시나마 다음 날 더즐리 가족에게로 돌아가야 한다는 우울한 생각을 잊을 수 있었다.

다음 날 아침에 호그와트 급행 열차가 역을 빠져나가자, 헤르미온느가 해리와 론에게 놀라운 소식을 전해 주었다.

"난 오늘 아침에 맥고나걸 교수를 만나러 갔었어. 아침식사 직전에 말야. 머글 연구 수강을 그만두기로 했어."

"하지만 넌 320퍼센트로 시험을 통과했잖아!" 론이 말했다.

"그랬지." 헤르미온느가 말했다. "하지만 내년에도 또 이런 식으로 보낼 수는 없을 것 같아. 시간을 거꾸로 가게 하는 시계 때문에 골치가 딱딱 아파서 말야. 그래서 그걸 다시 돌려드렸어. 머글 연구와 점술만 빼면 다시 정상적인 시간표를 가질 수 있을 거야."

"난 네가 그 시계에 대해 우리에게 단 한 마디도 하지 않았다는 걸 생각하면 지금도 화가 나." 론이 심술이 나서 말했다. "우린 네 친구잖아."

"아무에게도 말하지 않겠다고 약속했으니까 그렇지." 헤르미온느가 엄하게 말했다. 그녀는 해리를 바라보았다. 그는 호그와트 성이 시야에서 사라지는 걸 지켜보고 있었다. 두 달 동안 그는 호그와트를 다시 보지 못할 것이다…….

"기운 내, 해리!" 헤르미온느가 위로해 주었다.

"난 괜찮아." 애써 아무렇지도 않은 척 해리가 얼른 말했다. "방학에 대해 생각하고 있었던 것뿐이야."

"그래, 나도 생각해 봤는데," 론이 말했다. "해리, 우리 집에 와서 함께 지내는 게 어떠니? 내가 엄마 아빠께 말씀드려 보고 진화할게. 이제는 진화를 어떻게 사용하는지 아니까……."

"*진화가 아니라 전화야*, 론." 헤르미온느가 얼른 지적해 주었다. "솔직히, 머글 연구를 들어야 할 사람은 바로 너야……."

론은 그녀의 말을 들은 척도 하지 않았다.

"이번 여름엔 퀴디치 월드컵이 있어! 어때, 해리? 우리 집에 와서 머물면 함께 가서 볼 수 있을 거야! 아빠가 직장에서 표를 구할 수 있거든."

이 말을 듣자, 해리의 기분은 확실히 나아졌다.

"그래, 더즐리 가족은 내가 간다면 틀림없이 기뻐할 거야. 내가 지난번에 마지 아줌마에게 그런 일까지 저질러 놓았으니 말야……."

해리는 기분이 한결 좋아져서 론과 헤르미온느와 카드 게임을 몇 차례 했다. 간식거리를 파는 마녀가 수레를 끌고 그들 옆으로 다가오자, 해리는 큼지막한 도시락을 샀다. 그러나 초콜릿은 전혀 들어 있지 않았다.

하지만 오후 늦게 그를 정말로 기쁘게 하는 일이 벌어졌다.

"해리." 헤르미온느가 그의 어깨 너머로 바라보며 불쑥 말했다. "창 밖 저기에 있는 게 뭐지?"

해리는 고개를 돌려 밖을 바라보았다. 아주 작은 회색빛의 무언가가 잔디에서 위아래로 가볍게 움직이고 있었다. 그는 더 자세히 보기 위해 일어섰다. 아주 작은 부엉이 한 마리가 자기 몸집보다도 훨씬 큰 편지를 물고 날아오고 있었다. 그런데 어찌나 작았던지 고속으로 달리는 기차의 뒷부분에 생기는 기류 때문에 몸을 가누지 못하고 이쪽저쪽으로 날리고 있었다. 해리는 얼른 창문을 내리고 팔을 뻗어 부엉이를 잡았다. 그 부엉이는 아주 복슬복슬한 스니치 같았다. 그는 부엉이를 조심스럽게 안으로 데리고 들어왔다. 부엉이는 해리의 의자 위에 편지를 떨어뜨리고는, 임무를 완성한 게 기뻤는지 붕 소리를 내며 객실 주위를 한 바퀴 돌았다. 헤드위그가 불만스러운 듯 부리로 딸깍딸깍 소리를 냈고, 크룩생크는 자리에 똑바로 앉은 채로 노란 눈을 동그랗게 뜨고 부엉이를 바라보았다. 론이 이것을 알아채고 부엉이를 얼른 잡았다.

해리는 편지를 집어 들었다. 수신인이 해리 앞으로 되어 있었다. 그런데 그가 편지를 뜯어 열더니 큰 소리로 외쳤다. "시리우스에게서 온 거야!"

"뭐라구?" 론과 헤르미온느가 흥분해서 말했다. "큰 소리로 읽어 봐!"

해리에게.

이모와 이모부 집에 도착하기 전에 네가 이 편지를 받았으면 좋겠구나. 그들이 부엉이 집배원에게 익숙한지 어떤지 몰라서 말이다.

벅빅과 난 은신처에 잘 있단다. 어딘지는 말하지 않으마. 이 편지가 혹시 엉뚱한 사람 손에 떨어질지도 모르니까 말이다. 사실 그 부엉이를 믿어야 하는지 좀 의심스럽긴 하지만, 내가 찾을 수 있는 최선의 방법은 그것뿐이었단다. 또 그 부엉이가 일거리를 몹시 바라고 있는 것 같기도 했고 말이다.

디멘터는 여전히 날 찾고 있겠지만, 이곳에 있는 한 절대 찾지는 못할 게다. 난 곧 몇몇 머글들 앞에 내 모습을 잠시 드러낼 계획이란다. 성의

경비가 풀어지도록 호그와트에서 멀리 떨어진 곳에서 말이다.

우리가 만난 시간이 너무 짧아서 네게 말하지 못한 게 있단다. 네게 파이어볼트를 보낸 건 바로 나였단다…….

"하!" 헤르미온느가 의기 양양하게 말했다. "거 봐! 내가 그가 보낸 거라고 했지!"

"그래. 하지만 그는 그 빗자루에 나쁜 마법을 걸어 두지는 않았어, 그렇지?" 론이 즉시 맞받아쳤다. "아야!" 이제 그의 손에서 유쾌하게 부엉거리고 있던 작은 부엉이가 애정의 표시라고 생각하기라도 하는 듯 론의 손가락을 살짝 물었다.

크룩생크가 날 위해 부엉이 우체국에 주문을 해주었다. 네 이름을 사용하긴 했지만 금화는 그린고트에 있는 내 금고에서 꺼내 가라고 했단다. 그걸 너의 대부가 보낸 네 열세 번째 생일 선물로 생각해 주렴. 또 작년에 네가 이모부의 집을 나오던 날 밤에 널 놀라게 한 것도 사과하고 싶구나. 난 그저 북쪽으로 떠나기 전에 널 잠시나마 보고 싶었을 뿐이었는데, 내 모습이 널 놀라게 한 것 같더구나.

널 위해 또 한 가지 동봉한다. 그게 있으면 내년에 호그와트에서의 생활이 더 즐거워질 게다.

언제든 내가 필요하면 편지를 보내거라. 네 부엉이가 날 찾아올 테니까.

편지 다시 하마.

시리우스

해리는 편지 봉투 안을 열심히 들여다보았다. 그 안에는 또 하나의 양피지 조각이 들어 있었다. 그것을 얼른 읽은 그는 마치 따뜻한 버터 맥주를 한 모금 삼키기라도 한 듯, 갑자기 몸에 온기가 돌며 기분이 좋아지는 걸 느꼈다.

나, 해리 포터의 대부 시리우스 블랙은 해리에게 주말에 호그스미드를 방문할 것을 허락한다.

"이것만 있으면 모든 게 다 잘될 거야!" 해리가 유쾌하게 말했다. 그는 시리우스의 편지를 다시 바라보았다.

"잠깐만, 추신이 있어……."

네 친구 론이 혹시 이 부엉이를 갖고 싶어할지도 모르겠구나. 그 애가 쥐를 잃게 된 건 내 잘못이잖니.

론은 눈이 휘둥그레졌다. 그 조그만 부엉이는 여전히 흥분해서 부엉대고 있었다.

"녀석을 가지라구?" 그가 확신이 없는 듯 말했다. 그는 그 부엉이를 잠시 뚫어지게 바라보았다. 그러더니 놀랍게도 론이 크룩생크가 냄새를 맡을 수 있도록 부엉이를 내밀었다.

"어떻게 생각하니?" 론이 고양이에게 물었다. "확실히 부엉이 맞지?"

크룩생크가 그르렁거렸다.

"이 정도면 통과야." 론이 유쾌하게 말했다. "녀석은 내 거야."

해리는 킹스 크로스 역까지 가는 동안 내내 시리우스의 편지를 읽고 또 읽었다. 론과 헤르미온느와 함께 9와 4분의 3번 승강장 개찰구를 빠져나갈 때도 그는 편지를 여전히 손에 꼭 쥐고 있었다.

해리는 버논 이모부를 단번에 발견했다. 이모부는 위즐리 부부에게서 멀찌감치 떨어져서, 두 부부를 미심쩍은 눈으로 흘금흘금 바라보며 서 있었다. 위즐리 부인이 해리를 와락 껴안자, 이모부는 그러면 그렇지 하는 표정으로 그들을 못마땅하게 바라보았다.

"월드컵 시즌 즈음에서 전화할게!"

해리가 론과 헤르미온느에게 작별 인사를 한 뒤, 가방과 헤드위그의 새장을 실은 수레를 밀고 버논 이모부에게로 걸어가자 론이 해리의 뒤에다 대고 소리쳤다.

버논 이모부는 언제나처럼 그를 시큰둥하게 맞았다.

"그건 뭐냐?" 그는 해리가 여전히 움켜쥐고 있는 봉투를 빤히 바라보며 무서운 어조로 말했다. "그게 만약 내가 서명해야 할 또 다른 서류라면, 넌……"

"아니에요." 해리가 명랑하게 말했다. "이건 제 대부에게서 온 편지예요."

"대부라구?" 버논 이모부가 침을 튀기며 말했다. "네게 그런 게 어딨니!"

"아뇨, 있어요." 해리가 밝게 말했다. "저희 엄마와 아빠의 절친한 친구세요. 살인범인데 마법사 감옥에서 탈출해서 지금 도망 중이에요. 하지만 그분은 저와 계속 연락하고 싶어 하세요. 제 소식을 계속 듣고 싶은 거죠……. 제가 행복하게 잘 있는지 알아보려구요……."

그리고는 해리는 버논 이모부의 얼굴에 나타난 겁에 질린 표정을 보고 씩 웃으며 기차역 출구 쪽으로 출발했다.

확실히 지난 여름보다는 훨씬 더 나은 여름을 보낼 수 있을 것처럼 보였던지, 헤드위그도 부엉부엉 신나게 울며 해리 앞을 날아가고 있었다.

* 제4권 《해리 포터와 불의 잔》에서 계속됩니다.

옮긴이 김혜원

김혜원은 1964년 서울에서 출생하여 연세대학교 천문기상학과를 졸업하고 같은 대학에서 이학 석사학위를 받았다. 번역서로 『상상할 수 없는 이야기』, 『대폭발과 우주의 탄생』, 『우주여행 시간여행』, 『물리가 물렁물렁』, 『우주가 우왕좌왕』 등 10여 권이 있으며, 현재 전문 번역가로 활동하고 있다. 제15회 한국과학기술 도서상 번역상을 수상했다.

해리 포터와 아즈카반의 죄수

초판 1쇄 발행 2003년 8월 22일
초판 4쇄 발행 2007년 7월 20일

지은이 | 조앤 K. 롤링
옮긴이 | 김혜원
발행인 | 김은경
펴낸곳 | 문학수첩 리틀북스

주소 | 경기도 파주시 교하읍 문발리 출판문화단지 525-3
전화 | 031-955-4446(마케팅부), 031-955-4500(편집부)
팩스 | 031-955-4455
등록 | 2001년 3월 29일 제 03-01282호
http:// www. moonhak. co. kr
e-mail: moonhak@moonhak. co. kr

ISBN 978-89-89708-69-8
ISBN 978-89-89708-57-5 (세트)